KB271151

염상섭 문학과 대안근대성

A Study on Altermodernity of Yom Sang-seop's Literature

지은이

이종호 李鍾護, Yi Jong-ho

성균관대학교 국어국문학과를 졸업하고, 같은 대학원 국어국문학과에서 「일제시대 아나키즘 문학 형성 연구-『근대사조』『삼광』『폐허』를 중심으로」로 석사학위를, 「염상섭 문학의 대안근대성 연구」로 박사학위를 받았다. 고려대학교 민족문화연구원에서 '자유실천문인협의회의 대항미디어 운동'에 관한 연구 주제로 박사후국내연수를 수행했다. 현재 20세기 전반기 식민지라는 조건 속에서 다층적으로 전개되었던 노동을 둘러싼 문학적·문화적 재현 및 사상의 전유 양상을 고찰하는 연구를 수행하며 고려대학교 민족문화연구원에서 연구교수로 재직하고 있다. 박사후국내연수의 연구 주제를 발전시켜 1980년대 출판문화운동 및 문화제도 등에도 관심을 기울이고 있다. 공저로는『3·1운동의 문학적 재인식』,『자본의 코뮤니즘, 우리의 코뮤니즘-공통적인 것의 구성을 위한 에세이』등이 있으며, 공역서로는『갖지 못한 자들의 문학사-제국과 군중의 근대』,『좌담회로 읽는 국민문학』등이 있다.

염상섭 문학과 대안근대성

초판발행 2025년 6월 30일

지은이 이종호

펴낸이 박성모
펴낸곳 소명출판
출판등록 제1998-000017호
주소 서울시 서초구 사임당로14길 15 서광빌딩 2층
전화 02-585-7840
팩스 02-585-7848
이메일 somyungbooks@daum.net
홈페이지 www.somyong.co.kr

ISBN 979-11-5905-977-3 93810
정가 37,000원

ⓒ 이종호, 2025

잘못된 책은 구입처에서 바꾸어드립니다.
이 책은 저작권법의 보호를 받는 저작물이므로 무단전재와 복제를 금하며,
이 책의 전부 또는 일부를 이용하려면 반드시 사전에 소명출판의 동의를 받아야 합니다.

(재)한국연구원은 학술지원사업의 일환으로 연구비를 지급. 그 성과를 한국연구총서로 출간하고 있음.

한국연구총서
121

염상섭 문학과 대안근대성

이종호 지음

A Study on Altermodernity of Yom Sang-seop's Literature

염상섭의 장편소설 『사랑과 죄』에는 아나키스트, 코뮤니스트, 니힐리스트, 사회주의자, 민족주의자 등이 한자리에 모여 논쟁을 벌이는 장면이 나온다. 논쟁에 참여한 인물들은 식민지 조선인, 제국 일본인, 그리고 조일朝日 혼혈인 등으로 그 민족과 인종의 구성이 다층적이었다. 이들은 "자본주의-제국주의에 대하여 반기"를 든다는 점에서는 "공통되는 일념"을 지니고 있었으나, "각각 다른 입장"에 서 있기에 실제 운동에서는 "병립竝立할 수 없는" 조건에 놓여 있었다. 이들을 두고 염상섭은 "지기상통하는" "'반항'이라는 일점에서" 그 공통의 기반을 발견하며, "병립을 노력하는" 인물들 사이의 "동맹"을 소설의 언어로 가늠해 보고자 했다. 다만 실제 현실에서도 그러했듯 염상섭의 소설에서도 그러한 '병립'과 '동맹'은 쉽사리 이루어지기 어려운 사건이었다. 이념과 운동, 민족과 인종, 계급과 젠더 등 각각의 층위에서 구획되고 중첩된 경계선들이 행위자의 신체를 분할하고 있었기 때문이다. 말하자면 그러한 분할선을 넘어서 새로운 공통적인 주체성을 생성시키는 '조직화의 기예'가 요구되고 있었다. 그것은 각자의 입장과 요구를 절충하거나 그 중간값을 구한다고 해서 이루어질 수 있는 성질의 것은 아니었다. 염상섭은 이 점을 잘 알고 있었던 것 같다. 그는 근대의 시간을 통과하며 생성된 개념들을 그대로 받아들이기보다는 그것을 한계 지점으로 가져가려고 했다. 그러한 가운데 한계를 넘어서는 새로운 문법을 만들어 내고자 했다. 이는 식민지기뿐 아니라 해방기와 한국전쟁기 등 염상섭의 전 생애를 관통하는 문제의식이었다.

이 책은 기본적으로 염상섭의 글쓰기가 근대 속에서 그것에 저항하며 그 너머로 나아가는 해방의 노선, 즉 대안근대성altermodernity을 구성했다고 본다. 일반적으로 염상섭은 가치중립성을 통해 근대성을 충실히 재현하고 이데올로기적으로는 좌우통합을 통해 근대를 완성하고자 한 근대주의자로 이해되어 왔다. 그러나 이 책은 그러한 기존의 독해 방식에 비판과 의문을 제기하면서, 염상섭이 국가와 자본으로 수렴되었던 근대성을 넘어서려는 기획을 글쓰기를 통해 추구했음을 밝히고자 했다. 염상섭은 제국주의 일본의 식민권력과 불화하며 긴장 관계를 형성했고, 동시에 저항세력이었던 사회주의자들과도 논전을 벌였으며, 내셔널리즘에 기초한 민족주의자 및 우파 이데올로그들과도 거리를 둔 채 독자적인 사유를 전개하였다. 즉 그는 자본주의적 근대성, 사회주의적 근대성, 그리고 국민국가를 지향한 민족주의적 근대성 등 여러 근대성의 양태들과 끊임없이 불화하면서 다른 대안을 모색하였다. 이 책에서는 염상섭 문학의 이러한 기획을 '대안근대성'으로 개념화하여 그 구체적인 양상을 살펴보았다.

이 책의 저본底本이 되는 박사학위논문을 쓰는 과정에서 일일이 거론하기 힘들 정도로 많은 분께 가르침과 도움을 받았다. 특히 황호덕 선생님의 애정 어린 격려가 없었더라면 이 책은 지금과 같은 모양새를 갖추기 어려웠을 것이다. 그 고마움을 오래도록 간직하면서 성실한 연구자로 살아가는 길이 은혜에 보답하는 것이라고 믿는다. 그리고 박사학위논문을 심사해 주신 이혜령, 천정환, 김영민, 황종연 선생님께도 감사드린다. 이혜령 선생님 덕분에 『염상섭 문장 전집』 발간 작업에도 참여할 수 있었을 뿐 아니라 염상섭 문학에 대한 생각들을 학술 언어로 제련할 수 있었다. 심사위원장을 맡아 주신 천정환 선생님께서는 학위논문이 잘 마무리될 수 있도록 이끌어 주셨으며 염상섭 연구가 지니는 현실적이고도 현재적인 의미를 고민하는 데에 많은 자극을 주셨다. 김영민 선생님께서는 논문의 전체적인 흐름을 짚어 주셨는데, 그에 힘입어 논문의 수정과 보완에 좀 더 용기를 낼 수 있었다. 황종연 선생님께서는 개념어 하나하나까지 꼼꼼하게 살펴주셨는데, 이를 통해 사유를 명료하게 다듬을 수 있었다.

미욱한 열정으로만 가득했던 시기가 있었다. 그때 조정환, 임규찬, 정남영 선생님을 만났고, 많은 가르침을 받는 과정에서 무형의 열정이 객관적인 언어로 변화할 수 있었던 것 같다. 이 자리를 빌려 세 분의 선생님께 감사의 말씀을 드리고 싶다. 대학원을 다니는 과정에서는 정우택, 한기형, 박헌호 선생님을 통해 학술장은 물론이고 일상의 시공간에서도 어떻게 살 것인가 하는 화두를 놓치지 않을 수 있었다. 이전보다 조금이나마 더 성숙할 수 있었던 것은 세 분의 가르침 덕분일 테다. 또한 여러 선후배와 동료들 덕분에 지리멸렬한 시간들을 버틸 수 있었다. '연구공간 L'에서 함께 공부하면서 생각을 나누었던 친구들의 우의友誼에 대해서도 기록해 두고 싶다. 그리고 학위논문을 작성하는 과정에서 큰 도움을 받은 '『염상섭 문장 전집』 발간 모임'과 '염상섭 세미나 모임'2014.9~2015.10에도 감사의 마음을 전한다.

박사학위를 받고 나서도 염상섭 연구와 관련하여 여러 선생님으로부터 많은 도움을 받았다. 2017년 하반기에는 이혜령, 박진영 선생님의 소개로 국립중앙도서관이 주최한 '염상섭 문학展―근대를 횡보하며 염상섭을 만나다'2017.11.27~2018.2.25에 참여하여 염상섭 문학의 대중적 확산에 대해서 진지하게 고민해 볼 수 있었다. 2018년 1월에는 일본문학 연구자 이한정 선생님과 함께 일본의 염상섭 연구자 시라카와 유타카白川豊 선생님을 찾아뵙고 염상섭 연구에 관한 소회를 들을 수 있었다. 시라카와 선생님의 따뜻한 환대와 규슈九州의 온화한 겨울 햇볕이 요즘도 가끔 떠오른다. 2018년 3월에는 김재용 선생님의 주선으로 염상섭의 장편소설 『홍염·사선』글누림, 2018의 해설을 쓰게 되면서, 해방기 염상섭의 삶과 문학에 대해 좀 더 섬세하게 들여다볼 수 있었다. 2019년 4월에는 염상섭 연구의 기틀을 마련하신 김종균 선생님과 우연히 연락이 닿았다. 김종균 선생님께서는 평생에 걸쳐 모으고 정리하신 염상섭 관련 자료들을 제자 류리수 선생님을 통해 전해 주셨다. 김종균, 류리수 선생님의 진심 어린 격려에 감사드린다. 무엇보다 얼마 전 작고하신 김종균 선생님께는 더 나은 연구로 보답하고자 한다.

아울러 이 책의 출간을 준비하는 과정에서도 많은 지원과 배려를 받았다. 특히 이 책이 세상에 나올 수 있도록 힘써 주신 (재)한국연구원과 소명출판의 후의에 다시 한번 감사드린다. 그리고 출간에 이르기까지 응원을 아끼지 않은 삶의 동반자 고지혜 선생에게 사랑이 깃든 고마움을 표하고 싶다. 이 책의 출간을 디딤돌 삼아 과제로 남겨둔 연구들을 충실히 진행해 나갈 것을 기약해 본다.

2025년 6월
횡보 선생 작고 62주기를 앞두고
이종호

차례

염상섭과 한국문학

한국문학사에서 염상섭은 근대문학의 정전 작가로서 안정적인 위상을 부여받아 왔다. 근대적 개인의 형성, 리얼리즘, 민족문학 등 근대문학사의 주요한 문법을 논의할 때, 염상섭은 빠질 수 없는 작가의 한 사람으로 거론된다. 국민국가의 형성이라는 측면에서 보자면, 좌우라는 이념적 지형을 가로질렀던 염상섭의 '횡보橫步'는 일국적 차원의 통합과 통일이라는 맥락에서 재의미화되어 왔다. 또한 중산층 혹은 소시민의 시선이라는 작품에 대한 계층적 규정은, 자본주의 질서 아래에서 발생하는 계급적 적대와 모순을 순치하며 국가와 사회 내부로의 통합을 유도하는 장치로서도 기능했다. 그리고 염상섭은 근대문학의 정전을 논의할 때마다 주요한 기준으로 제기되곤 하는 '친일親日'이라는 문제로부터도 상대적으로 자유로웠다. 이처럼 정전 작가로서의 염상섭의 안정적인 위상은 근대문학·국민국가·자본주의 등과 같은 근대적 기획과 가치 속에서 부여되어 왔다고 할 수 있다.

이러한 과정을 통해 정립된 염상섭의 평가는 대중적으로도 공고화되고 확대·재생산되었다. 예컨대 근래 염상섭을 추모한 한 신문기사에서

"사실주의문학의 선구자", "남북을 통틀어 최대의 작가"라고 염상섭을 칭송한 것은, 그러한 평가의 대중적 변용이라고 할 수 있다.[1] 그리고 학지學知의 계몽적 확산을 견인하는 백과사전류에서 보이는 염상섭에 대한 해설도 문학사 연구의 통설과 크게 다르지 않다.[2] 대체로 그의 문학은 미학적인 측면에서는 "암울·침통한 분위기를 자아내는 자연주의적 경향"에서 "치밀한 관찰과 객관적 기술"의 "리얼리즘적 경향"으로 나아간 것으로 정리된다. 또한 정치적인 측면에서는 "민족주의와 사회주의 사이에서 중립적인 노선을 견지"하는 "가치중립적 태도"를 작품과 평문 등을 통해서 구현했다고 평가 받는다. 다시 말해, 근대적 자연주의를 경유한 리얼리즘으로의 진화와 발전, 하지만 사회주의 리얼리즘으로 경화되지 않았던 작품의 경향, 계급적 중립성·좌우합작 혹은 남북통일이라는 근대 국민국가의 완성을 문학적으로 발현할 수 있는 정치적·윤리적 태도, 가치중립적인 중산층의 시선을 통해 자본주의하에서의 계급적 불화를 내부적으로 통합할 수 있는 가능성 등, 염상섭을 둘러싼 이러한 통념은 학술적 연구를 통해 생산되어 오늘날까지 유통되고 있다.

염상섭의 문학적 성취를 판단하는 기준들은, 한편으로 한국 근대문학사가 그 지향으로 삼고 있는 내용이기도 하다. 한국 근대문학사의 지향은 간단히 말해, 리얼리즘의 구현을 통해 민족문학을 구축할 수 있는 모범적인 사례와 행위자를 발굴하여 체계적으로 배치함으로써 국민국가를 중

---

1   「[금주의 역사 속 인물] 횡보 염상섭 사망」, 『매일신문』, 2016.3.18.
2   권영민 편, 『한국현대문학대사전』, 서울대 출판부, 2004, 544~552쪽; 이응백·김원경·김선풍 감수, 국어국문학편찬위원회 편, 『국어국문학자료사전』, 한국사전연구사, 1994, 1997~2000쪽 참조. 그리고 『한국문학사전-한국예술사전』 I(대한민국예술원, 1985, 270쪽), 『한국민족문화대백과사전』(15권, 한국정신문화연구원, 1990, 446쪽), 『브리태니커세계대백과사전』(15권, 한국브리태니커회사, 1993, 591~592쪽) 등에 등재된 "염상섭" 항목의 정리와 평가도 이와 크게 다르지 않다.

심으로 한 근대의 완성을 추구하는 것이었다고 할 수 있다. 가령 1960년대 무렵부터 리얼리즘·민족문학 등의 프레임을 통해 염상섭의 많은 작품들 가운데 『삼대』가 가장 높은 문학적 성취를 이룬 것으로 인정받았던 것도, 그러한 한국문학사의 목적론에 부합한다고 판단되었기 때문이라고 할 수 있다. 대다수의 문학사들은 복수적인 해석이 열려 있는 『삼대』를 민족부르주아지 중심의 좌우협력이라는 '신간회新幹會' 모델의 이야기로 재의미하여 내셔널리즘이나 국민국가 형성의 서사로 수렴하곤 했다. 또한 이러한 서사는 냉전체제하에서 남북으로 분단된 현실을 극복하며 통일된 국민국가를 형성함으로써 근대를 완성한다는 근대문학사의 지향으로 자연스럽게 연장되었다. 그리고 식민지기와 해방기에 염상섭이 전개한 문학 논쟁과 정치적 결단 또한 유사한 맥락 속에서 이해되었다.

그런데 주지하듯이 염상섭의 문학적 위상을 뒷받침하는 기준이면서 동시에 한국 근대문학사를 구성하는 주요한 문법이었던, 미학적 측면에서의 리얼리즘, 정치적 지향으로서의 민족문학, '중산층'으로 대변되는 계급적 통합 등은 더 이상 문학연구의 주요한 규범으로 작동하지 않는다. 그것들은 실효성을 상실한 지는 오래되었으며, 그 자체만으로는 역사적 생명력을 다했다고 할 수 있다. 현실사회주의권의 몰락으로 가속화된 근대성 연구와 문화 연구를 통해 근대문학사의 문법을 비롯하여 그것을 통해 형성된 정전들을 해체하는 작업들이 이루어져 왔기 때문이다. 대표적으로 내셔널리즘과 국민국가에 대한 비판은 민족문학과 리얼리즘 중심의 문학사적 규범을 적어도 학술과 연구의 층위에서는 해체했다. 그리고 자본주의 질서가 양산한 경제적 불평등을 오랫동안 방어해온 중산층 담론은, 현실적 층위에서 그것을 가능하게 하는 조건들이 붕괴하면서 논의의 토대를 잃어버렸다.

　염상섭의 문학을 외재적으로 규정해 온 근대문학사적 기준이 해체되는 과정에서, 실제로 그의 문학이 근대문학적 통념에 부합하는 내용을 지니고 있는지를 내재적으로 재검토하는 작업이 병행되었다. 가령 염상섭이 추구했던 근대적 개인을 아나키즘이라는 사상을 통해 재해석하며 급진화함으로써 근대적 권력 및 주류적 흐름과 불화하는 행위자로 재의미화하는 흐름, 자연주의와 리얼리즘 사이에 놓인 발전론적 도식을 해체하며 자연주의의 정치성을 재해석하는 작업, 식민지기와 해방기에 절충파·중간파로 평가받아온 그의 행보를 당시 유력했던 좌우 이념들과는 다른 성격과 지향을 가지는 제3의 흐름으로 평가하는 작업, 오랫동안 지속되었던 사회주의 문인들과의 논쟁을 좌우의 논쟁으로 이해하기보다 복수의 사회주의들 간의 논쟁으로 재정향하는 작업 등이 대표적인 사례들이라고 할 수 있겠다.

　요컨대 염상섭 문학은 여전히 현실적으로는 한국 근대문학의 정전으로서 그 위상을 부여받으며 대중적으로 향유되고 있다. 하지만 한편으로 그 위상을 가능하게 했던 기준과 내용은 근본적인 차원에서 의문시되면서 위기에 직면해 있다. 즉 표면적으로는 정전의 질서가 유지되고 있는 듯 보이지만 그것을 뒷받침하는 이론적 토대 자체는 실질적으로는 그 유효성을 상실했다는 것이다. 이러한 상황은 다음과 같이 이해할 수도 있다. 자본주의적 근대성을 넘어설 수 있는 대안적 근대로 간주되었던 현실사회주의가 그와 동일한 근대성으로 판명된 이후, 1990년대 중반부터 현재에 이르기까지 전개된 근대문학(론)에 대한 탈구축 작업들은 이론적 층위를 비롯하여 다양한 영역에서 기존의 전제들과 정전의 질서를 해체해 왔다. 다만 각론에 해당하는 작가 등의 층위에서는 그와 같은 탈구축이 충분히 이루어졌다고는 볼 수 없으며, 해체 이후 어떻게 재구성할 것인가 하는 문제는 여전히 과제로 주어져 있다. 그리고 학술장에서 진행된 근대문학(론)에 대한 탈구축 작업의 대중적 확산 및 공유는 동시적으로 이루어졌다기보다 일정한 시간차를 두고 이루어지고 있는 형편이다. 염상섭 문학도 이러한 상황에 놓여 있다고 할 수 있다. 염상섭을 비롯하여 근대문학을 규정했던 기존의 문법은 해체되고 있지만 여전히 현실에서 그 영향력을 발휘하고 있으며, 그것을 대체할 새로운 문법은 생성 중이지만 아직까지는 기존의 문법을 대체하거나 넘어서지는 못하고 있다.

이러한 과도기적인 모순적 상황은 '횡보 염상섭의 사후 50주년'2012을 기념하는 여러 기획과 행사를 통해 구체적으로 드러나기도 했다. 거기서는 염상섭과 근대문학을 둘러싼 다양한 층위에서의 욕망이 표출되었다. 먼저 '염상섭 동상' 등과 관련한 퍼포먼스는, 염상섭을 '국민작가'화함으로써 근대문학을 국민국가로 포섭하고자 하는 의도를 내포하고 있었다.[3] 또한 염상섭에 관한 전시·공연·장르적 융합은 활자 중심에서 벗어나 근대문학을 다양한 방식으로 콘텐츠화함으로써, 산업적으로 포섭하고자 하는 욕망이 투사되어 있었다.[4] 그리고 관련 기념행사를 네트워킹했던 신문 미디어는 근대문학의 상징자본을 획득하고 그것을 다방면으로 재생산하여 대중적 지지를 획득하고자 하는 미디어의 전략과 연결되어 있었다.[5] 즉 '횡보 염상섭의 사후 50주년을 기념'하는 행사는, 이른바 근대문학이 어떤 제도적 장치를 통해 생성되었고 그와 더불어 어떻게 작동했

---

3   「'표본실의 청개구리' 염상섭 동상, 집필 활동했던 광화문으로 옮긴다」, 『경향신문』, 2014.3.24; 「광화문에 돌아온 염상섭 동상」, 『경향신문』, 2014.4.1 등 참조.

4   활자 중심의 문학에서 벗어나, 기획전시·대중공연·전시회·문학기행·대중강연 등 다양한 형태의 행사들이 진행되었다.

5   2012~2014년에 걸쳐 진행된 '염상섭 사후 50주년 기념행사'는, 염상섭이 해방 후 초대편집국장으로 근무했던 '경향신문사'의 주도로 하여 기획·실행되었다.

으며 나아가 어떤 효과들을 산출하고자 했는지를 변화된 환경 속에서 다시 한번 재현하고 확인하는 사례이기도 했다. 근대문학의 국민국가에의 포섭과 자본주의에의 포섭, 그리고 이를 통한 이데올로기적 효과와 산업적 이윤 및 헤게모니의 산출 등과 같은 것은 이제 더 이상 새삼스러운 이야기가 아니다. 하지만 근대문학이 항상 국민국가와 자본주의에의 포섭과 공모에 단선적으로 일관하지 않았다는 사실도 덧붙여 두어야 하겠다. 항상 주류적 근대 권력인 국민국가와 자본주의를 넘어서며 그 제도적 장치를 재정향하여 역전시키고자 하는 열망이 그러한 포섭과 공모에 선행하고 있었고 그 열망은 사람들의 지지와 향유 가운데 발현될 수 있었다. 가령 기념행사의 일환으로 마련된 두 차례의 학술대회는 근대문학사의 문법에 갇혀 있던 염상섭을 그 한계 지점으로까지 가져가려고 했다.[6]

최근 염상섭 연구에서 새로운 경향으로 쟁점이 되고 있는 것은, 초기문학과 사유 형성에 강한 영향을 주었던 아나키즘적 요소, 전근대와 근대를 동시에 넘어서고자 했던 의지, 파괴와 구성봉기와 혁명이라는 문법에 기초한 '폐허'적 사유, 맑스레닌주의와 결을 달리하며 토착성에 기반을 둔 하이브리드된 사회주의적 기획, 그리고 전 생애를 관통하는 민주주의의 지향 등이다.[7] 이러한 사유의 계열들은 자본주의적 근대성이나 현실사회주의적 근대성으로 좀처럼 회수되지 않는 것이며, 항상 그러한 통치와 지배에 기초한 주류적 근대성과는 불화하는 것이다. 그리고 그러한 사유를 체현

6　'사상의 형상, 병문(屛門)의 작가―새로운 염상섭 문학을 찾아서', 성균관대 동아시아학술원 인문한국연구소·경향신문사 공동주최, 2015.1.17~1.18; '냉소와 소문의 경성, 그리고 염상섭', 국제어문학회·한국작가회의·경향신문사 공동주최, 2013.6.21.

7　김영민은 염상섭 연구에서 사회주의 및 아나키즘 관련 논의를 둘러싼 이견과 쟁점이 형성되고 있음을 지적한다. 김영민, 「한국 근대문학 연구의 쟁점」, 『한국민족문화』 59, 2016.5, 242~243쪽 참조.

하고 있는 주체성은 근대적인 주권과 지배구조 그리고 훈육권력 등이 생산재현한 수동적 주체성을 넘어서 그것을 위반하고 저항하며 전복하는 능동적 주체성으로 구성된다. 이러한 계열들은 근대성의 내부에서 출현하면서도 그것에 갇히는 것이 아니라 그것과 절연하며 그리하여 근대성 너머로 나아가는 흐름으로 이해할 수 있다.

염상섭은 식민지기에 제국주의 일본과 속류 맑스주의에 기반을 둔 프로문학자 사이에서, 그리고 냉전체제하에서는 제국주의의 대리자들과 우파 이데올로그들 사이에서 글쓰기를 통해 다양한 형태의 교전을 불사하면서, 목적론으로 미리 예정되어 있지 않은 길을 평생에 걸쳐 '횡보'했다. 이 사선斜線의 걸음은, 일국적 사회주의 근대성과 일국적 자본주의 근대성으로 귀결된 좌우의 이념 및 운동을 정태적인 형태로 봉합하는 스칼라와 같은 물리량이 아니라 그 주류적 근대성을 넘어서서 새로운 운동을 전개하는 벡터와 같은 물리량에 가깝다. 따라서 그 어지러운 듯하지만 방향성을 잃지 않으며 무모한 듯하지만 늘 새로웠던 행보는 중간파·절충주의·가치중립성 등과 같이 근대주의가 투영된 개념으로는 온전히 포착되지 않는다. 따라서 염상섭의 문학과 사유를 전체적으로 포괄하면서도 경향성을 묶어낼 수 있는 새로운 이름과 개념이 요청된다. 이 책에서는 염상섭이 다양한 국면에서 펼쳐 보인 '횡보'를 일정한 방향성을 지닌 흐름으로 계열화할 수 있으며, 동시에 주류적 근대성에 맞서 다른 길을 모색했던, 그 특이성을 드러낼 수 있는 개념이자 방법론으로 '대안근대성 altermodernity'을 설정한다.[8]

---

8   본서에서 방법론으로 사용하는 '대안근대성'은, 유럽중심주의적 근대성을 보편으로 상정하는 단수형의 근대성론을 비판하며, 근대성으로 향하는 다수의 경로들이 있음을 주장하는 복수형의 근대성론 혹은 대안적 형태의 근대성론과는 구분된다는 점을 언급해

　여기서 말하는 '대안근대성'은 우선 네그리와 하트가 제안한 개념에서 착안했다.[9] 그들은 '근대성'을 근대라는 시공간 속에서 생겨난 특성으로 이해하기 전에, "지배와 저항, 주권과 해방을 위한 투쟁"과 같은 "하나의 권력관계"113쪽로 이해하고자 한다. 이렇게 되면 유럽중심주의에 기초한 근대의 이념과 양식으로 이해되었던 근대성[10]은 두 계열로 분리되어, '근대성에 저항하는 반근대성' 혹은 '근대성과 반근대성 간의 대립'과 같은 권력관계로 사고 된다. 이러한 접근법은 근대성을 둘러싼 유럽중심주의와 근대중심주의를 극복하기 위한 방안 모색[11]과 관련이 있다. 그리하여

　두고자 한다. 예컨대 이는 "문명론적 관점에서 근대성을 하나의 개별적 문명의 유형으로 분석"하는 '다중적 근대성'론(아이젠스타트), 막스 베버적 합리화 과정 혹은 합리성에 기초하여 "단수의 근대로 직접 수렴되지 않는 비서구의" 다양한 근대성들을 찾아내려는 작업(우드사이드), 한국·중국·일본을 아우르는 동아시아의 이른 근대(近世)를 "동아시아의 유교적 근대"로서 재의미화하는 논의(미야지마 히로시), 서구근대성 개념을 비판하며 "다양한 모습의 여러 근대성의 발현"을 강조하는 '중층근대성론'(김상준), 혼종 근대성에 기초하여 한국사회를 '유교적 근대성'으로 파악하는 작업(장은주) 등과 같이 여러 차이들의 근대성을 주장하려고 하는 것은 아니다. 예시한 복수형 근대성론에 관해서는, 쉬무엘 N. 아이젠스타트, 임현진·최종철·이정환·고성호 역, 『다중적 근대성의 탐구』, 나남, 2009; 알렉산더 우드사이드, 민병희 역, 『잃어버린 근대성들―중국 베트남 한국 그리고 세계사의 위험성』, 너머북스, 2012; 미야지마 히로시, 『나의 한국사 공부』, 너머북스, 2013, 319~348쪽; 「'유교적 근대론'과 한국과 일본의 역사적 위치」, 『동아시아는 몇 시인가?』, 너머북스, 2015, 36~61쪽; 김상준, 『맹자의 땀 성왕의 피―중층근대와 동아시아 유교문명』, 아카넷, 2011; 장은주, 『유교적 근대성의 미래』, 한국학술정보, 2014 등 참조.

9　안토니오 네그리·마이클 하트, 정남영·윤영광 역, 『공통체』, 사월의책, 2014, 2부 참조. 이 책에서 구체적으로 인용할 경우 본문에서는 첨자 병기, 각주에서는 괄호 안에 쪽수를 기입한다.

10　위르겐 하버마스, 윤평중 역, 「근대성―미완의 과제」, 윤평중, 『푸코와 하버마스를 넘어서―합리성과 사회비판』, 교보문고, 1990, 240~255쪽; 안토니 기든스(앤서니 기든스), 이윤희·이현희 역, 『포스트 모더니티』, 민영사, 1991, 1장 등 참조.

11　이와 관련한 최근의 정리된 논의로는 다음을 참조. 배항섭, 「'탈근대론'과 근대중심주의」, 『민족문학사연구』 62, 2016.12; 황정아, 「한국의 근대성 연구와 '근대주의'」, 『사회와 철학』 31, 2016.4 등.

"근대성의 완성이 아니라 반근대성의 힘들, 다시 말해 근대적 지배 내부에 있는 저항들을 탐구"118쪽함으로써 그러한 권력관계를 탈구축하여 대안을 찾는 '근대 극복'의 기획과 연결된다. 즉 대안근대성은 근대성과 불화하는 "반근대성의 전통으로부터 출현"하여 "근대성과의 그리고 근대성을 규정하는 권력관계와의 결정적 단절"을 통해 근대성 너머로 나아가는 힘인데, 이 과정에서 궁극적으로는 "반근대성으로부터도 벗어"160쪽나게 된다.[12]

네그리와 하트의 근대성 및 대안근대성에 관한 사유는 기본적으로는 그들의 기존 연구들을 진전시킨 결과물이다. 즉 그들은 근대성을 "한편으로는 내재적인 욕망 및 결합의 힘인 공동체의 사랑과, 다른 한편으로는 사회적 장에 질서를 부과하고 강요하는 지배적인 권위의 강력한 작용 사이의 갈등"으로 구분하면서 두 계열 간의 권력관계를 부각한 바 있다.[13]

---

12 '반근대성'은 "근대성에 내재하는 저항의 형태"(158쪽)로 이해된다. 그것은 전근대적인 것이나 비근대적인 것으로 보호하기 위해서가 아니라 "근대 권력관계 내부에서 일어나는 자유를 쟁취하기 위한 투쟁"(158쪽)을 의미한다. 그런 의미에서 반근대성과 근대성은 시공간적으로 동일한 외연을 가진다. 반근대성이 근대성과의 권력관계 속에서 저항의 지평에 머무를 때, 그것은 근대성에 묶이게 된다. 전통과 정체성에 기반을 둔 '저항적 민족주의' 등을 반근대성의 사례로 들 수 있을 것이다. 관건은 저항에서 대안으로 이동하면서 근대성 내의 권력관계를 단절하며 반근대성을 넘어서 대안근대성을 창출하는 것이다. 안토니오 네그리·마이클 하트, 앞의 책, 158~166쪽 참조.

13 안토니오 네그리·마이클 하트, 윤수종 역, 『제국』, 이학사, 2001, 111~138쪽 참조. 더불어 그들은 정치철학적 층위에서는 스피노자를 정치적으로 독해하면서, 근대성을 '홉스-루소-헤겔로 이어지는 노선'과 '마키아벨리-스피노자-맑스로 이어지는 노선'의 대립 구도로 이해했고, 후자를 중심으로 민주주의에 기초한 해방의 기획을 제시하였다(안토니오 네그리, 윤수종 역, 『야만적 별종』, 푸른숲, 1997 참조). 그리고 사법이론과 혁명의 층위에서는 근대성을 '제헌권력(pouvoir constituant)'과 '제정된 권력(pouvoir constitué)' 사이의 갈등 관계로 파악하며, 주권과 혁명의 대립 구도로 제시한다(Antonio Negri, Trans. Maurizia Boscagli, *Insurgencies : constituent power and the modern state*, Minneapolis : University of Minnesota Press, 1999. 제1장과 제7장 등 참조).

그런데 다른 한편으로 그들은 라틴아메리카 '근대성 / 식민성 그룹'의 논의를 적극적으로 전유하여[14] 관련 논의를 보완·발전시키기도 했다. 가령 그들은 "식민성은 근대성을 구성하기 때문에 식민성 없이는 근대성도 없다"는 미뇰로의 논의[15]를 적극적으로 받아들여, 근대성과 반근대성의 권력관계를 전지구적 차원에서 이해한다. 그리하여 "근대성은 유럽에만 속하거나 식민지에만 속하는 것이 아니라 양자에 걸쳐있는 권력관계 속에 놓이"[16]게 된다. 이로써 근대성은 그 개념상에서 유럽의 발명품이기를 멈추고 전지구적 차원에서의 근대성과 그것에 저항하고 투쟁하는 반근대성의 권력관계로 그 의미가 재정의된다. 대안근대성이라는 개념의 경우, 엔리케 두셀이 유럽중심적 근대성을 극복하기 위해 제안한 트랜스모더니티transmodernity의 기획과 유사한 지점이 많다. 두셀은 "근대성을 넘어서는 과정, 즉 근대성과 더불어 부인된 타자들희생자들이 함께 창조적 풍요를 실현할 수 있는 과정"[17]으로서 트랜스모더니티의 기획을 제시한다. 즉 유럽중심적 근대성에 의해 억압되거나 배제되어온 근대성 내부의 반근대적 저항과 투쟁을 급진적으로 해석함으로써, 그러한 근대성의 대안을 창출하고자 하였다. 이러한 트랜스모더니티의 기획은 전근대적·반근대적 기획 그리고 탈근대적 기획과는 다른 것이며, "근대성에 내재한 합리적

---

14 김용규는, 네그리와 하트가 근대성과 반근대성 간의 권력관계로 근대성을 재정의하며 대안근대성을 개념적으로 도출하는 것이, '근대성 / 식민성 그룹'의 논의로부터 영향을 받았음을 주장한다. 특히 그는 대안근대성 개념이 두셀의 '트랜스모더니티(transmodernity)' 개념과 상당한 유사하다고 주장한다. 김용규, 『혼종문화론—지구화시대의 문화 연구와 로컬의 문화적 상상력』, 소명출판, 2013, 149~158쪽 참조.

15 월터 D. 미뇰로, 김은중 역, 『라틴아메리카, 만들어진 대륙』, 그린비, 2010, 23쪽.

16 안토니오 네그리·마이클 하트, 『공통체』, 113~114쪽 참조.

17 Enrique Dussel, "Eurocentrism and Modernity(Introduction and the Frankfurt Lectures", *boundary* 2, Vol.20, No.3, The Postmodernism Debate in Latin America(Autumn, 1993), p.76(송상기의 한국어 번역 참조).

인 해방의 특성을 실제적으로 포섭"하며 근대성에 의해 부정되고 "은폐되었던 타자성을 포용하는 것"이다.[18]

그렇다면 대안근대성이라는 개념과 기획이 지닌 특성과 효용성에 관해 다음과 같이 정리할 수 있겠다. 첫째, 유럽에서 기원하는 근대의 이념, 양식, 특성으로 이해되었던 근대성을 두 계열의 권력관계로 재정의한다. 둘째, 그럼으로써 근대성에 대한 유럽중심주의적 이해를 넘어서 전 지구적 범위에서 권력관계로서 근대성을 논의하게 된다. 셋째, 근대성에 의해 배제되었던 토착성과 타자성이 지닌 대안적 잠재성을 탐색 가능하게 한다. 넷째, 근대성에 저항했던 흐름을 근대성의 권력관계에 묶여있는 '반근대성'이나 '전근대성'에 머물게 하지 않고, 새로운 의미화의 가능성을 모색할 수 있다. 다섯째, 탈근대성postmodernity이라는 부정적 지칭 방식 및 사유에서 벗어나 근대 극복이라는 문제를 '구성적 방식'으로 재사유할 수 있게 된다.

이상을 통해서 알 수 있듯이, 대안근대성은 근대성을 규정하는 권력관계로부터 단절하여 그와는 다른 대안적 사회구성체를 구성한다는 점에서 혁명적 상황의 도래를 동반하기 마련이다. 그리고 혁명적 상황의 도래는 자동붕괴론과 같은 결정론적 믿음에 의존하지 않는 이상, 그것을 수행하는 행위자로서의 주체성을 요청하게 된다. 그러한 주체성의 생성은 근대성이 부과하는 삶의 형식을 탈구축하여 새로운 삶의 형식을 창출하는 가운데 이루어진다. 달리 말하면 특이성으로서의 개인의 윤리뿐만 아니

---

18 Enrique Dussel, "Europe, Modernity, and Eurocentrism", *Nepantla : Views from South*, Volume 1, Issue 3, 2000, p.474(여기서는 김은중, 「포스트식민주의를 거쳐, 모더니티를 넘어, 트랜스모더니티로」, 서울대 라틴아메리카연구소 편, 『라틴아메리카의 전환—변화와 갈등』(하), 한울, 2012, 53쪽에서 재인용 및 참조).

라 집합적 주체성^{공통적인 것}을 생성하는 협력 및 관계 구성의 윤리에 있어도 새로운 형식이 요청되는 것이다.

　이 책에서는 염상섭 문학의 대안근대성을 견인하며 지속화시켰던 사건으로 3·1운동에 주목한다. 염상섭에게 3·1운동은 봉기와 민주주의의 시간이 교직되는 혁명의 시간으로 작동했으며, 그것은 평생에 걸쳐 현재적으로 도래하는 사건으로 작동했기 때문이다. 말하자면 이 책은 염상섭의 대안근대성을 구성하는 원천으로서 3·1운동을 의미화하여, 그의 소설과 글쓰기에 바탕이 되는 것이 3·1운동이며 이는 곧 대안근대성의 기획과 맞물려 있는 것임을 논의할 것이다.

　또한 염상섭의 문학이 전근대성과 근대성에 어떤 관계를 형성했는지 혹은 어떤 태도를 취했는지를 논하는 가운데 대안근대성의 지향을 살펴보고자 한다. 구체적으로는 그가 봉건적인 전근대 질서와 자본주의적 근대적 질서 양자를 동시에 넘어서고자 한 점에 주목할 것이다. 염상섭은 3·1운동을 전후한 시기에 다양한 글쓰기를 통해 봉건적 질서로부터도 해방되며 나아가 자본주의 체제로부터도 해방됨으로써 진정한 해방을 이룰 수 있다는 사유를 전개하였다. 다시 말해 그는 전근대적 식민지라는 상황을 극복하기 위해 근대를 완성해야 한다는 기획으로 나아가지도 않았으며, 또한 제국주의라는 근대적 질서로부터 해방되기 위해 반/근대적 민족주의로 함몰되지도 않았다고 할 수 있다. 그의 사유는 시기에 따라 혹은 현실적 조건에 따라 변화하기는 했지만, 기본적으로는 전근대와 근대를 동시에 극복함으로써 궁극적으로는 '예술과 노동 그리고 삶이 일치되는 사회'를 지향하고 있었다. 염상섭의 이러한 지향은 근대적 지배 내부에 있는 저항적 주체성을 생성시키고 그것들의 힘을 최대로 발휘할 수 있게 하는 조건과 배치를 탐구하는 것으로 나아간다.

염상섭이 소설과 글쓰기를 통해 생성했던 다양한 주체성은 전근대적/근대적 질서와 원리를 넘어서는 가운데 그 활력과 윤리를 구성하게 됨에 주목할 필요가 있다. 그의 소설에 등장하는 주요한 인물들은 지배적인 질서와 체제에서 배제되어 가장자리에 놓인 이들이다. 가령『만세전』의 이인화,『사랑과 죄』의 이해춘,『삼대』의 조덕기 등 가장 안정적인 조건을 갖춘 근대적 개인이라고 할 법한 인물들조차 현실에서 고립되거나 방황하며 제국주의적 근대성 아래에서는 배제되거나 불화한다. 전근대성/근대성 모두로부터 부정·포섭되고 있었던 여성들, 식민권력과 불화하고 있었던 반체제적 인물들, 국민국가의 선을 따라 은폐되고 있었던 혼혈인들, 노동자계급에도 이르지 못했던 식민지 원주민프롤레타리아트 등은 그와 같은 배제의 정도에 있어서 더 큰 곤경에 처해 있다. 즉 염상섭은 하위주체뿐만 아니라 더불어 근대적부르주아적 개인에 해당할 만한 존재들도 전근대성과 근대성이 중첩된 식민지라는 조건에서 그 활력을 상실하고 가장자리에서 부유할 수밖에 없는 현실을 예민하게 포착한다. 이에 본 연구에서는 전/근대성에 의해 배제된 자들이 그러한 봉건적 질서와 제국주의적 질서에 맞서 어떻게 저항의 선을 그리며 새로운 삶의 형식을 창출하는지, 그러는 과정에서 대안근대적이라고 할 만한 주체성은 어떻게 구성되는지를 고찰하고자 한다.

다음으로는 이러한 탐구 속에서 염상섭이 현실사회주의나 맑스레닌주의처럼 손쉽게 접근할 수 있는, 양태가 다른 근대성을 자신의 기획으로 삼지 않았다는 점에 주목하며 제국주의적 근대성 및 사회주의적 근대성 양자를 넘어서고자 했던 다양한 사유와 시도를 대안근대성의 전개로 이해하고자 한다. 그렇다고 해서 염상섭이 사회주의가 가진 저항적 가능성을 완전히 부정한 것도 아니었다는 점 역시 확인해 둘 필요가 있다. 그는 사회주의적 근대성과 사선斜線의 관계를 맺으면서 그것이 지닌 저항과 대안으로서의 잠재력을 최대로 구성하면서 그것으로부터 단절하고자 했던 것이다.

　정통맑스주의적 입장에서 보자면 염상섭의 사회주의는 잡종적이고 이단적이며 식민지의 토착성과 현실이 뒤범벅이 된 '이상한 사회주의'였을 수도 있다. 달리 말해 프로문학론자들이 '이식'을 통해 맑스주의의 정통성을 확보하고자 노력했다면, 염상섭은 식민지라는 현실과 자신의 사유를 고려하는 가운데 그러한 사회주의를 '번역'하면서 '문화횡단transcultura-tion된 사회주의'를 만들어 내었다고 할 수 있다. 가령 그는 트로츠키 맥락의 '심퍼사이저', 즉 '동반자' 개념을 전유함으로써 식민지 조선에서 사회주의운동과 민족운동이 병진할 수 있는 조건을 탐색하였으며, 나아가 그 개념을 성별 및 계층 등으로 위계화되어 분리되어 있었던 다양한 존재들을 수평적으로 연대시켜 집합적 구성을 가능하게 하는 장치로서 적극적으로 재창조하였다. 이 책은 이러한 일련의 과정을 제국주의적 근대성뿐 아니라 사회주의적 근대성까지 넘어서고자 하는, 대안근대성의 기획으로 의미화하고자 한다.

　오늘날 우리는 '두 사람의 염상섭'을 만나고 있다. 한 사람은 가치중립성을 통해 근대성을 충실히 재현하고, 좌우통합을 통해 근대를 완성하고자 한 근대주의자로서의 '염상섭'이다. 그리고 또 한 사람은 제국주의·자본주의·현실사회주의 등 근대의 주류적 권력 및 아류들과 끊임없이 불화하고 싸우며 부정의 언어를 통해 횡보橫步하면서, 근대의 가장자리에서 주류 질서와는 다른 대안을 모색했던 '염상섭'이다. 한 사람은 익숙하고도 완전한 형상을 갖추고 있으며, 다른 한 사람은 다소 낯설고 파편적인 형상을 지니고 있다. 현재로서 '두 사람의 염상섭'은 비대칭적 관계를 이루고 있다. 이 '두 사람의 염상섭'은 동일한 근대를 기원으로 삼고 있지만, 그 구체적인 행보와 지향은 상이했다고 할 수 있다. 따라서 이 둘은 기원으로서는 분리될 수 없지만 그렇다고 해서 동일한 존재라고는 말할 수 없다.

염상섭이 봉건적 질서를 해체하는 가운데 생성하고자 했던 근대적 개인은, 한 해석의 지평에서는 국가와 자본이 만들어 낸 제도적 규범에서 충실한 국민과 노동자 등의 중산층으로 포섭되어 순응하는 근대인으로 살아간다. 하지만 다른 해석의 지평에서 그 근대적 개인은 아나키즘과 공동체 지향의 민족과 마주하면서 국가와 자본으로 수렴되는 주류적 근대와 불화하고 긴장을 형성하는데, 그 과정에서 그는 능동적 개인의 형상과 집합적 주체성으로 실재하게 된다. 또한 염상섭이 전개한 프로문학자들과의 논쟁은, 주로 민족주의문학과 사회주의문학의 논쟁이라는 익숙한 구도로 이해되지만 다른 한편으로는 현실사회주의 모델 혹은 정통맑스주의와 간단하게 규정되지 않는 잡종적 사회주의 간의 불화로 논의되기도 한다. 즉 이러한 논의는 당시 제국주의 질서뿐만 아니라 근대성 자체를 넘어서며 대안을 창출하고자 했던 흐름이 단성적인 목소리가 아니라 복수의 혼합된 목소리들로 경합하고 있었음을 말해 주기도 한다.

이 책은 '두 사람의 염상섭' 중에서 주류적 근대와 불화했던, 아직은 온전하게 그 모습을 드러내지 않은 '염상섭'을 '대안근대성'이라는 개념으로 계열화시키고 의미화하여, 기존의 '근대인으로서 염상섭'과 다른 형상을 구성하고자 하는 작업이다. 앞서도 언급했듯이 염상섭은 현실적인 지배 질서의 정점에 있었던 제국주의 식민권력과도 불화하며 긴장관계를 형성했고, 동시에 식민지의 주요한 저항 세력이었던 맑스레닌주의에 기

초한 사회주의자나 내셔널리즘에 기초한 민족주의자 등과도 논쟁을 전
개하면서 독자적인 사유를 전개해 왔다. 다만 그 방식이 개념의 적극적
산출을 통해서가 아니라, 근대성에 대립하고 저항하는 '부정否定의 사유'
를 통해서 이루어졌기 때문에 그러한 대안근대적인 형상이 뚜렷하게 부
조浮彫되지는 않는다. 그리고 그러한 부정적 사유는 근대성의 문법 자체
에 의문을 제기하고 비판함으로써 한계에 가닿는 경우가 많았다. 따라서
음각화되어 있는 부정적 사유는 그러한 부정성에 고착화되기보다는 기
존 질서에 대한 부정적 계기를 통해 그것을 해체하고 재구성하고자 하는
긍정적 계기와 사유를 내재하고 있었다고 할 수 있다. 따라서 본 연구에
서는 염상섭의 글쓰기에서 이러한 흐름을 추적함으로써 근대성을 넘어
서 대안을 창출하고자 했던 염상섭의 형상을 모색하고자 한다. 이는 염상
섭의 사상과 문학을 "시대의 주류들에 대한 불화와 비타협의 정신"[19]으로
이해하는 것에 대한 학술적 응답이기도 하다. 그리하여 제국 일본의 식
민자는 물론이고 식민지 조선의 사회주의 문인이나 우익 이데올로그들
과도 불화·비타협하며 글쓰기를 멈추지 않았던 염상섭의 사유에 합당한
이름을 붙일 수 있기를 기대한다.

---

19 한기형·이혜령, 「책머리에」, 한기형·이혜령 편, 『염상섭 문장 전집』 I, 소명출판, 2013,
3쪽.

제1장

근대성의 지배적 사유 안에서의 '염상섭'

염상섭이 글쓰기를 시작한 1918년부터 타계하는 1963년 무렵까지, 살아생전 그를 둘러싼 현장 비평과 문학사적인 평가는 지속적으로 진행되었다. 식민지시대와 냉전체제를 거치면서 염상섭은 문단의 헤게모니를 쥔 적은 없었지만, 사회주의 문학자들이나 우익 이데올로그에 가까운 문학자들 양자 모두에게 무시할 수 없는 존재였다. 그는 3·1운동 이후 본격적으로 전개된 한국 근대문학의 적자嫡子들 가운데 한 사람이었으며, 일제 말기 친일문학을 둘러싼 혐의에서도 상대적으로 자유로웠기에 그의 연륜과 경력은 문학사적 상징성을 담지하고 있었다. 그리고 염상섭은 문학장에서 전개된 여러 논쟁에 자의 반 타의 반으로 개입했기 때문에 그에 관한 관심과 평가는 끊이지 않았다. 그는 식민지기 프로문학과의 논쟁에서도 가장 날카로운 논리를 보여 주었으며, 해방기 이념적 대립에서도 독자적인 노선을 구축하면서 존재감을 드러내었다. 다만 이러한 가운데 이루어진 염상섭을 둘러싼 논의와 평가는 학술 연구라기보다는 동시대적 비평에 가까웠고, 본격적인 학술적 연구는 염상섭 사후인 1960~1970년대부터 시작되어 오늘에 이르고 있다.

　　최근까지 축적된 염상섭에 관한 연구는 그 양적인 면에서 상당한 수준이다. 2023년 기준으로 학위논문은 석사논문 151편·박사논문 44편으로 총 195편이며 학술지에 게재된 논문 및 기사는 557편에 이르고, 이를 모두 합하면 750여 편에 달한다.[1] 그리고 이선영이 작성한 한국문학 연구 유형별 목록은 한국문학 연구 내에서 염상섭 연구가 높은 위상을 차지한다는 것을 보여 준다.[2] 1895~1999년에 걸친 100년을 상회하는 20세기 '작가론작품론'에 관한 논저를 통계하여 조사한 그의 연구에 따르면, 염상섭 연구는 총 480편으로 이광수·이상·김소월의 뒤를 이어 네 번째로 많다.[3] 물론 시기별 근소한 등락은 있었지만, 염상섭이 본격적으로 활동한 1920년대부터 1990년대에 이르기까지 그에 관한 연구는 시대 상황이나 연구환경의 변화에 큰 영향을 받지 않고 꾸준히 이루어졌다. 다만 그의 많은 작품 가운데 『삼대』와 『만세전』에 연구가 집중되고 있다는 점은

1　2023년 7월 25일 기준으로 학술연구정보서비스 검색사이트(http://www.riss.kr)에 기초한 통계이다. '논문명' 검색을 기준으로 삼아 통계수치를 확보했다. 연구에 관한 통계는 그것을 산출하는 방법에 따라 수치상의 편차가 있음을 고려해야 한다.

2　이선영, 『한국문학논저 유형별 총목록』 1~7, 한국문화사, 1990~2001 참조. 이선영의 저작들은 20세기 연간의 자료만으로 한정되어 있는 까닭에 2000년대 이후의 연구경향을 반영하고 있지 못하며, 한국문학 연구의 전반적인 경향이 크게 변동한 현재의 시점에서 보면 다소 시의성이 떨어진 통계라는 점은 충분히 고려되어야 할 것이다.

3　이선영, 『한국문학의 사회학』, 태학사, 1993, 1·2장 참조; 「20세기 한국문학에 대한 전문가 반응―『한국문학논저 유형별 총목록』 제1~7권에 의거하여」, 『실천문학』 64, 2001.11, 227~245쪽 참조. 20세기 동안의 작가론(작품론)에 관한 논저를 통계하여 매긴 작가별 순위 가운데 앞선 12명과 그 총수(괄호)를 나열해 보면 다음과 같다. 이광수(688)·이상(625)·김소월(499)·염상섭(480)·채만식(425)·한용운(424)·서정주(422)·김동인(416)·정지용(404)·김동리(380)·윤동주(363)·김수영(317). 참고로 김종균은 1997년 말 당시 염상섭에 대한 연구논문과 비평을 527편으로 집계하기도 하였다(김종균, 「머리말」, 『염상섭소설연구』, 1999, 국학자료원, 3쪽 참조). 여기서 기록하는 수치는 정량적인 지표로 활용하기보다는 그 경향성을 검토하기 위한 것임을 재차 강조해 둔다.

특기해 둘 만하다.[4] 이는 일차적으로는 두 작품의 높은 문학적 성취와 관련되어 있다고 할 수 있을 것이다. 그런데 조금 달리 생각해 보면 이러한 두드러짐은, 20세기 염상섭에 관한 연구가 오랫동안 한정된 범위 내에서 이루어졌음을 말해 주는 것이기도 하다. 그러므로 염상섭 문학을 둘러싼 통설들은 다분히 부분적인 연구의 결과가 아닌가 하는 의문을 가질 수도 있다.

미학적으로는 자연주의를 극복했지만 사회주의리얼리즘으로 경화되지 않은 리얼리즘, 정치적으로는 좌우라는 이념적 대립을 통합하여 민족문학으로 재정향할 수 있는 중간파로서의 지향, 계급적·계층적으로는 경제적 갈등을 일국적인 차원에서 봉합할 수 있는 중산층의 시선 등은,『만세전』과『삼대』를 중심으로 이루어진 염상섭 문학에 대한 기존의 통설이다. 이것은 리얼리즘의 구현을 통해 민족문학을 추구하며 나아가 근대를 완성할 수 있는 모범적인 작품과 작가를 발굴하여 질서와 리듬을 부여하겠다는 통상적인 한국 근대문학사의 지향과 구도에 온전히 부합하는 내용이다. 다시 말해 이러한 문학사의 지향 속에서 염상섭의 문학연구은 제한적으로 선택되었으며, 그런 방식으로 문학사적으로 주조되었다고도 할 수 있을 것이다.

사실상 리얼리즘·민족문학·중산층 등 문학사를 구성하는 주요한 미학적·정치적·경제적 기준과 요건은 이미 그 유효성을 상실했다고 할 수 있다. 그리고 염상섭에 대한 기존 통설은 반복되어 대중적으로 소비되고는 있지만, 유의미한 논의로 재생산되지 않은 지 오래되었다. 따라서 이 책에서는 염상섭을 둘러싼 통설에 거리를 두면서, 기존의 염상섭에 대한

---

4   이선영,『한국문학의 사회학』, 1·2장 참조; 위의 글,『실천문학』, 227~245쪽 참조.

독법을 비판적으로 검토하고자 한다. 이를 통해 우선 학술적·대중적으로 공인되고 있는 염상섭에 대한 통설이 어떤 과정을 통해 성립되고 굳어졌는지 확인할 수 있을 것이다. 그리고 그것을 뒷받침했던 문학사적 기준과 통념들이 오늘날의 현실에 비추어 어떠한 유의미함과 유용성을 지니고 있는지 반문해 볼 수 있을 것이다.

염상섭에 관한 연구를 그가 활동을 하던 시기까지 확장하여 고려하면, 그 연구의 역사만 100년에 이른다.[5] 즉 이는 한국 근현대문학사의 대강을 관통하는 시간이며, 그 경향은 곧 한국 근현대문학연구의 전반을 대유 代喩하고 있다고 해도 좋을 것이다. 여기서는 염상섭 연구 100년의 역사를 식민지기, 냉전체제가 본격화되었던 해방기에서 한국전쟁 이후의 시기, 그리고 염상섭 사후 본격적인 학술 연구가 시작되어 현재에 이르는 시기까지 크게 세 시기로 나누어서 살펴보고자 한다. 그리하여 염상섭 문학은 시대별로 어떤 조건에 놓여 있었는지, 그에 대한 독법은 어떻게 변

---

5   염상섭에 관한 연구사의 시간적·양적 축적은, 다음과 같이 연구사 자체를 연구 대상으로 삼은 연구를 산출하기도 하였다. 김상선, 「염상섭 문학의 연구사적 비판」, 신동욱·김열규 편, 『염상섭 연구』, 새문사, 1982; 윤홍로, 「염상섭의 연구사적 비판」, 권영민 편, 『염상섭 문학연구 ─ 염상섭전집 별권』, 민음사, 1987; 양문규, 「근대성·리얼리즘·민족문학적 연구로의 도정」, 문학과사상 연구회 편, 『염상섭 문학의 재인식』, 깊은샘, 1998; 진정석, 「염상섭의 소설시학을 위하여 ─ 최근 연구 성과에 대한 검토를 중심으로」, 문학사와 비평연구회 편, 『한국 현대문학과 근대성의 탐구』, 새미, 2000; 김종균, 「염상섭(廉想涉) 연구 성과와 과제」, 『한국문학이론과 비평』 10, 2001.3; 이혜령, 「소시민, 레드콤플렉스의 양각 ─ 1960~1970년대 염상섭론과 한국 리얼리즘론의 사정」, 한기형·이혜령 편, 『저수하의 시간, 염상섭을 읽다』, 소명출판, 2014 등 참조. 이외에도 염상섭 연구를 둘러싼 제반 상황을 점검하고 새로운 관점과 갱신을 촉구하는 논의들이 다음과 같이 산출되기도 했다. 이보영, 「염상섭 문학의 재평가 ─ 횡보 탄생 90주년을 기념하여」, 『민족문화연구』 21, 1988.2; 김경수, 「횡보 염상섭 탄생 부끄러운 100년」, 『황해문화』 16, 1997.9; 송희복, 「비평 염상섭, 새로운 읽을거리, 새롭게 읽기 ─ 탄생 1백주년에 부쳐」, 『작가세계』, 1997.11 등 참조.

화해 왔는지, 나아가 그 독법에 내재해 있는 한국문학 연구의 욕망은 무엇이었는지를 들여다볼 수 있기를 기대해 본다.

1. 식민지 조선이라는 조건에서의 '염상섭'

염상섭에 대한 식민지기의 논의는, 근대적인 문학장과 학술장이 생성되는 가운데 진행되었기에 체계적인 형태로 이루어지지는 않았다. 초기에는 범주화하기 쉽지 않은 크고 작은 논쟁, 월평과 단평, 인상평 등을 중심으로 염상섭과 그의 작품에 대한 평가 및 관심이 표출되었다. 그리고 1930년대 초중반 식민지 상황에서 문학·학술 제도가 불완전하나마 구축되면서 염상섭의 문학적인 공과를 다루는 논의가 활발해지기 시작했다. 구체적으로 근대문학장의 형성과 논쟁, 초기 단편소설에 대한 평가, 자연주의적 이해와 작풍의 변화, 카프문학의 비판과 규정, 신문연재 장편소설과 대중성을 둘러싼 비판, 문학사적 위상 부여 등으로 나누어 볼 수 있다. 물론 이렇게 구분된 항목들은 독립적이라기보다는 연쇄적으로 작동하는 동시에 상호 규정하였다. 이러한 일련의 흐름과 평가를 검토함으로써, 염상섭에 대한 학문적·대중적 규정 및 시각이 어떻게 형성되었는지 확인하고자 한다.

1) 근대문학장의 형성과 단편소설을 둘러싼 논의

'『만세전』과 『삼대』의 작가'는 현재 널리 통용되고 있는 염상섭의 이미지이다. 하지만 염상섭이 처음부터 소설가가 되고자 했던 것은 아니었다. 처음에 그는 일본에서 저널리스트신문기자로 이력을 시작했는데, 그 주된 사상과 지향은 당시 활발하게 전개되고 있었던 다이쇼 데모크라시의 영향 아래에 놓여 있었다. 이 저널리스트로서의 면모는 시기별로 차이가 있었지만, 식민지기·해방기까지 지속되었다. 그렇다면 염상섭을 이해함에 있어, 그의 삶과 글쓰기를 소설가의 그것으로 축소하기보다는, 그의 삶과 사상을 구현하는 한 양태로서 소설을 이해하는 방식이 적절하지 않을까. 실제로 첫 소설이라고도 할 수 있는 「박래묘舶來猫 」『삼광』, 1920.4 이전에도, 그는 「부인의 각성이 남자보다 긴급한 소이所以」『여자계』, 1918.3 등의 정론에 가까운 글을 많이 썼다.[6] 거기에는 염상섭의 정치적·사상적 성격이 뚜렷이 드러난다.

이러한 맥락에서 염상섭의 글에 최초로 관심을 보인 이는 현상윤玄相允이었다. 현상윤은 자신에 대한 염상섭의 비판에 대해, 당시 염상섭의 비평적 글쓰기 방식과 그가 지니고 있었던 사유의 기반 ― 공적인 것과 사적인 것이라는 구분을 넘어서고자 하는 시도, 국가주의를 넘어서는 개인주의·세계주의 지향, 모든 도덕관념에 대한 부정, 절대적 삶의 의지 등 ― 을 재비판하였다.[7] 현상윤의 염상섭에 관한 언급은 시간 순서상 가장

---

6   염상섭이 발표한 가장 오래된 글로 추정되는 것은 「산문화(散文化)의 사회」인데, 이는 아직 발굴되지 않았다. 이와 관련해서는 제월(霽月), 「현상윤(玄相允) 씨에게 여(與)하여 「현시(現時) 조선청년과 가인불가인(可人不可人)을 표준」을 갱론(更論)함」(『기독청년』, 1918.4), 『염상섭 문장 전집』 I, 33쪽; 최인숙, 「염상섭 문학의 개인주의」, 인하대 박사논문, 2013, 63쪽; 김영민, 「염상섭 초기 산문 연구」, 한기형·이혜령 편, 『저수하의 시간, 염상섭을 읽다』, 소명출판, 2014, 205쪽 참조.

7   현상윤, 「제월(霽月) 씨의 비평을 독(讀)함」, 『기독청년』 7, 1918.5. 염상섭과 현상윤의 논쟁은, 염상섭이 『기독청년』 3(1918, 신년호)에 게재된 현상윤의 글을 비판하면서 시작되었다. 그 논쟁의 목록은 다음과 같다. 현상윤, 「현시(現時) 조선청년과 가인불가인(可人不可人)을 표준」, 『기독청년』 3, 1918 신년호(소재불명); 제월(霽月), 「현상윤(玄相允) 씨에게 여(與)하여 「현시(現時) 조선청년과 가인불가인(可人不可人)을 표준」을 갱론(更論)함」, 『기독청년』 6, 1918.4; 현상윤, 「제월(霽月) 씨의 비평을 독(讀)함」, 『기독청년』 7, 1918.5.

앞선다는 점에서도 의미가 있지만, 더 중요한 것은 그것을 통해 초기 염상섭이 지니고 있었던 사유의 거처와 그 대타항을 짐작할 수 있다는 점이다. 그리고 이러한 현상윤의 언급은 사상적인 입장 차이에서 비롯되었다는 점 역시 기억해 둘 만하다.

그다음은 김동인金東仁의 비판이 있었는데, 이는 곧 '비평'을 둘러싼 논쟁이었다.[8] 김동인은 비평가의 인격, 소설작법의 지식, 작품평가에 대한 기준 등 염상섭의 비평적 방법 및 태도를 문제 삼으면서 "작자의 인격 비평"에 불과하다고 비판한다. 이는 곧, '비평이란 무엇인가'라는 주제를 두고 염상섭과 김동인 사이의 논쟁으로 전개된다. 이 논쟁은 내용의 타당성 여부를 떠나, 염상섭이 당시 형성되고 있었던 근대문학장에 비평가로서 진입하고 있음을 보여 준다는[9] 점에서 의미가 있다. 이후 염상섭은 본격적으로 문단 내에서 크고 작은 평가를 받기 시작하며, 주요한 논쟁의 당사자로 참여하기도 한다. 이렇듯 1919년을 전후한 시기의 두 차례 논쟁을 통해, 염상섭은 소설가로서 입지를 다지기 이전에 사상과 비평의 영역에서 다양한 지향을 이미 드러내고 있었다. 이와 같은 염상섭의 다방면에 걸친 활동은 근대문학장의 미성숙 내지는 미분화로도 이해될 법한 것이지만, 달리 생각해 보면 오히려 여러 영역과 장場들을 횡단하는 가운데 복합적으로 생성된 당시 문학장의 포괄적 성격을 보여 주는 것이기도 하다. 그렇다면 이른바 '초기 3부작'을 통해 소설가로 그 면모를 공고히 하기

8　염상섭, 「백악씨의 「자연의 자각」을 보고서」, 『현대』 2, 1920.3; 김동인, 「제월(霽月) 씨의 평자적 가치―「자연의 자각」에 대한 평을 보고」, 『창조』 6, 1920.5; 「제월 씨에게 대답함」(전2회), 『동아일보』, 1920.6.12~6.13; 「비평에 대하여」, 『창조』 9, 1921.5.

9　당시 '비평가 염상섭'에 관한 여타 문인들의 인정은 다음의 글에서도 확인할 수 있다. 김유방(金惟邦), 「같은 공기에 묻혀서―「저수하에서」를 읽고」(전6회), 『조선일보』, 1921.3.1~3.6; 춘성(春城), 「오해한 상섭 형에게―『폐허이후』의 비평에 대하여」, 『동아일보』, 1924.1.7.

전의 염상섭에 대해서도 '습작기'라는 예비적 단계를 부여하기보다는 그 다면적인 면모에 걸맞은 사상적 고찰이 필요할 것이다. 그리고 그러한 고찰은 그의 소설과 산문을 해석하는 데 한 근거가 된다.

이후 1920년대 초중반에는 당시 염상섭이 발표했던 소설들에 그 논의의 초점이 맞추어졌다. 주지하듯이 염상섭은 1924년 7~8월에 걸쳐 소설 단행본 『해바라기』, 『만세전』, 『견우화牽牛花』를 출간하면서 그간의 소설 쓰기를 갈무리한다.

이 무렵 염상섭에 관해서는 세대나 이념적 성향을 넘어서 일정한 평가가 이루어지고 있었다. 앞선 세대였던 이광수는 "경이와 존경과 민족적 과긍誇矜"을 담아 일본 문단에 견주어도 손색없을 조선의 대표적인 소설가로 염상섭을 꼽았으며,[10] '카프'의 김기진은 "그의 창작은 선線의 굵은 것 (…중략…) 착상도 틀이 잡힌 것 (…중략…) 관찰도 명민하다"고 논평하며, 작품이 지닌 "사건의 연결과 묘사의 기교는 (…중략…) 타인의 추종을 허하지 않는"다고 소설의 형식적 완결을 높이 평가하였다.[11]

염상섭의 초기 소설에 관한 관심과 비평은 월탄月灘 박종화朴鍾和에 의해 본격적으로 시작되었는데, 그의 논의는 염상섭 연구에 지속적인 영향을 끼친다. 월탄은 횡보의 소설에서 발현되고 있는 '데카당한 힘'에 주목했으며, 그것이 지닌 현실 비판적 성격과 반항에 근거한 정치성을 높이 평가하였다. 예컨대 「제야除夜」가 지닌 "고삽미苦澁味와 침통미沈痛味"에 주목

---

10 이광수, 「문예쇄담(文藝瑣談)」, 『동아일보』, 1925.11.2(『이광수전집』 10, 삼중당, 1971, 407쪽).

11 김기진, 「내가 본 염상섭씨」(인물합평 염상섭론), 『생장』 2, 1925.2, 55~56쪽; 「문예 월평 ─산문적 월평」, 『조선지광』 61, 1926.12.

하여 당시 세상을 "강하게 조소하고 반항하는 현대인의 고뇌를 여지없이 묘사"했다고 평가하며, 그 소설에 내재한 현실 비판적 정치성을 읽어 낸다.[12] 그리하여 그는 「제야」에 관해 "'역力'이 솟는 듯한 혈血이 뛰는 듯한 연적戀的 '이단자'의 울음소리 같은 강하고 뜨거운 작품"으로 평한다. 이러한 평가는 동일한 지면에서 월탄이 제기한 이른바 "역力의 예술", "가장 강하고 뜨겁고 매운 힘 있는 예술"과 맞닿는 것이다.[13] 초기 소설들에 대한 이러한 평가는 약간의 변주를 거치며 지속되는 과정에서 일정한 이미지를 형성한다. 즉 염상섭이 창조하는 소설적 세계는 현실의 "암흑면"이 강조되고 그곳에서 인간 군상들은 "캄캄한 그 암흑 속에서 해조諧調되지 않는 목쉰 소리로 늘 고함치며 괴로이 울부짖"기에 그의 소설에서는 "열熱과 역力이" 충만하고 넘쳐흐른다.[14] 이처럼 월탄은 초기작에서 발현되는 횡보의 현실 인식과 그러한 현실에 맞서는 역동적 인물에 방점을 두었다.

정리하면, 월탄은 '역力의 예술'의 맥락에서 염상섭의 초기작을 이해하고자 했다. 통상적으로 한국 근대문학사에서는 월탄의 '역力의 예술'을, 그것에 내재한 현실비판과 정치성을 근거로 삼아, 신경향파문학 및 프로문학의 출현에 선행하는 과도기적 흐름으로 이해한다.[15] 그런데 월탄에

---

12   월탄, 「嗚呼 我文壇(附月評)」, 『백조』 2, 1922.5.

13   박월탄, 「문단 일년을 추억하야 현상(現狀)과 작품을 개평(槪評)하노라」, 『개벽』 31, 1923.1, 4·13~14쪽. 이 글에서 박종화는 「E선생」의 평범한 이야기에 실망하며 「제야」가 지닌 뜨거운 작풍을 높이 평가한다. 그리고 검열로 인해 「묘지」를 읽지 못한 점에 관해 유감을 표한다.

14   박종화, 「신춘창작평」, 『개벽』 45, 1924.3, 114~115쪽.

15   일제시대 문학사론의 대표적인 사례로는, 임화, 「『백조(白潮)』의 문학사적 의의—일(一) 전형기(轉形期)의 문학」(『춘추』 3(11), 1942.11), 임화문학예술전집 편찬위원회 편, 임규찬 책임편집, 『임화문학예술전집 2—문학사』, 소명출판, 2009, 459~487쪽 참조. 그런데 '역의 예술-『백조』-신경향파'와 같이 단선적으로 연결하는 문학사적 해석에 관해서는 1970년대 말 월탄 스스로가 부정한 바는 있다. 그는 '역의 예술론'에 관해

따르면, 이런 '역의 예술'의 대표적인 한 사례가 염상섭의 단편소설들이 었다. 그렇다면 우리는 염상섭의 초기작을, 신경향파문학 및 프로문학과 는 층위를 달리하는 정치성의 구현으로 독해할 수 있을 것이다. 이러한 독법은 횡보의 초기작에 대한 재해석은 물론 당대 '자연주의'에 대한 재 인식과도 깊은 관련을 지니고 있다. 이는 염상섭의 문학과 사상을 재구성 함에 있어, 중요한 관건 가운데 하나이다.

초기 단편소설에 관한 논의와 관련하여, 또 하나 흥미로운 점은 염상섭 의 성격·외모 등의 특성과 작품의 경향성을 서로 관련지어 설명한다는 것이다. 가령 이광수는 염상섭의 얼굴에서 "신랄한 풍자"의 성격을 읽어 내는데, 그것을 그의 소설과 연관시켜 "심각한 것과 응이불류凝而不流 또는 열이불류咽而不流한 것이 특장"이라고 평한다.[16] 이러한 방식은 반복되면서 염상섭 및 그의 작품에 관한 고정된 이미지를 형성한다. 양건식은 그에게 서 "우울성에 다혈질을 겸한" 특성을 발견하는데 이는 소설에서 현재 상 태에 관한 비관적 인식과 인물들의 반항적 대응으로 이해된다. 나아가 김 억은 그의 작품에서 "무겁고 괴로운 맛"과 더불어 "어두운 곳에서 밝은 곳 을 찾으려는 듯한 고민"을 인지하면서 우울과 비통이 지닌 양면성을 동 시에 읽어 낸다. 나아가 "술 먹고 취한 때의 상섭의 비통悲痛과 사상상思想 上의 테카당스의 고민으로 생기는 비통"을 동시에 강조하며 그의 삶과 사 상을 관류하는 '비통'이 지닌 힘을 재차 확인한다. 그와 같은 우울과 다혈

언급하면서, 신경향파문학의 등장을 예기했다기보다는 "항일정신의 민족문학을 수립 하자는 전제론이었다"고 말한다. 월탄의 이러한 회고적 서술은 분단·한국전쟁·반공 주의를 경험한 심연에서 이루어진 것이기에 곧이곧대로 받아들이기는 어렵다. 하지만 '역의 예술론'에서 신경향파문학으로의 단선적 이행을 재고하는 데는 일정한 시사점을 주기도 한다. 박종화, 「역의 예술론」, 『문학사상』 83, 1979. 10, 68~72쪽 참조.

16   장백산인(長白山人), 「문인인상호기(文人印象互記)」, 『개벽』 44, 1924. 2, 99~100쪽.

질 그리고 비통이 이익상에게는 "신랄한 풍자와 통쾌한 악구惡口"로 이해
되기도 한다.[17]

염상섭이라는 인간과 그의 작품들을 서로 연관시키는 논의 방식은 이
후에도 종종 반복되곤 했다.[18] 이는 염상섭과 그의 소설들에 대한 고정된
이미지를 만들어 낸다. 그것은 한편으로 작가와 작품에 대한 뚜렷한 특징
으로 안착하면서 양자를 명료하게 부각하는 효과를 낳기도 했다. 하지만
다른 한편으로는 초기작 이후 변화한 그 문학과 사상의 경향을 섬세하게
살피지 않게 만드는 선입견으로 작동하면서 다층적인 독해를 방해하는
원인이 되기도 했다.

초기 단편소설에 대한 평가와 관련하여, 마지막으로 언급해 둘 것은 그
소설의 국제적 성격에 관한 것이다. 당시 김형원은 염상섭과 그의 소설
에 관해 "예술가로 보아 북구적北歐的 색채가 농후한 편"이라고 지적하며
러시아문학과의 영향 관계를 암시한다.[19] 염상섭 소설과 러시아문학과의
관련성, 특히 도스토옙스키와의 상관성에 관한 당대 논의는 뒤에서 살펴
보겠지만, 이후 1920년대 말 박종화·김동인의 논의로 확장되고 1930년
대 말 김태준과 김문집의 논의로 좀 더 구체화된다.[20] 1930년대 나온 "서

---

17   양건식, 「염상섭론」(인물합평 염상섭론), 『생장』 2, 1925.2, 54쪽; 김억, 「悲痛'의 상섭」
      (인물합평 염상섭론), 『생장』 2, 1925.2, 57~58쪽; 이익상, 「중학시절추억」(인물합평
      염상섭론), 『생장』 2, 1925.2, 59~60쪽.

18   이후에도 염상섭의 외모와 성격에 초점을 맞춘 다음과 같은 글들이 지속적으로 산출
      된다. 편집인, 「문사들의 이 모양 저 모양」, 『조선문단』 7, 1925.4; 일기자(一記者), 「문
      사들의 얼골(1)」, 『조선문단』 15, 1926.4; 안재좌(安在左, 홍효민), 「신구문인(新舊文
      人) 언·파레드」, 『삼천리』 5(1), 1933.1; 「문사들의 양복, 구두, 모자」, 『삼천리』 7(3),
      1935.3.

19   김형원, 「紹介一言」(인물합평 염상섭론), 『생장』 2, 1925.2, 61쪽 참조.

20   월탄, 「대전 이후의 조선문예운동」(제4회), 『동아일보』, 1929.1.4; 김동인, 「조선근대
      소설고」(전17호), 『조선일보』, 1929.7.28~8.16(김치홍 편, 『김동인평론전집』, 삼영사,

에 도스토옙스키, 동에 염상섭"이라는 광고문구는 이러한 관련성을 단적으로 보여 준다.[21] 실제로 염상섭은 도스토옙스키 소설의 한 구절을 자신의 글에서 인용하기도 하고, 좋아하는 작가로 도스토옙스키를 꼽으며 그의 소설 속 등장인물을 예찬하기도 한다. 그리고 회고를 통해서는 이 무렵 러시아문학과의 공감과 영향을 언급하며, 특히 도스토옙스키와 고리키의 개인적 선호를 강조하기도 한다.[22]

염상섭과 러시아문학의 상관성은, 한국 근대문학의 형성과 관련하여 다양한 영향 관계를 시사한다. 물론 그것은 일본을 경유한 것이었지만, 식민지 상황에서 탈일본화 혹은 탈식민화를 추동하는 동력으로 작용했을 것이다. 일본문학을 두고 "배울 것은 기교"뿐이라는 차가운 평가를 내렸던[23] 염상섭을 상기할 때, 러시아문학에 대한 그의 예찬은 매우 인상적이다. 논의를 좀 더 확장해 보면, 그가 지향했던 근대와 문학은 '일본적인 것'도, '서구적인 것'도 아니었을 것이며 어떻게 보면 '러시아적인 것'에 가까웠던 것인지도 모른다.

2) '자연주의'적 이해와 카프문학의 규정

1920년대 중반까지의 초기 단편소설들『해바라기』, 『만세전』, 『견우화』에 대한 당대 문인들의 이해와 비평은, 간단히 다음과 같이 정리할 수 있다. 염상

1984, 73쪽); 김태준, 『증보조선소설사』, 학예사, 1939(박희병 교주, 『교주 증보조선소설사』, 한길사, 1990, 245쪽); 김문집, 「염상섭 저 『이심』」, 『문장』, 1939.7 등 참조.

21 『『염상섭단편소설집』광고』, 『삼천리』 8(2), 1936.2 참조.

22 상섭, 「저수하(樗樹下)에서」, 『폐허』, 1921.1.20; 「내가 좋아하는 1. 작품과 작가, 2. 영화와 배우」, 『문예공론』, 1925.5; 염상섭, 「소냐 예찬」(전5회), 『조선일보』, 1929.9.22~10.2; 염상섭, 「한국의 현대문학」, 『문예』, 1952.6; 염상섭, 「문학소년시대의 회상」 양주동 편, 『민족문화독본』 상(개정판), 문연사, 1955.

23 염상섭, 「배울 것은 기교─일본문단 잡관(雜觀)」(전6회), 『동아일보』, 1927.6.7~6.13.

섭의 소설을 "현실의 어둡고 부정적인 측면과 비통에 침윤된 인물에 대한 묘사가 뛰어나며, 부정적인 현실을 넘어서 새로운 현실을 창출하고자 하는 데서 연원하는 우울과 의지는 데카당스한 열망과 행동으로 분출되고 있다"라고.

앞서도 언급했듯이, 이는 월탄의 언어로 말하면 '역의 예술'에 해당한다. 그리고 염상섭 자신의 표현을 직접 가져오면 "현실폭로의 비애, 환멸의 애수, 또는 인생의 암흑추악한 일 반면反面으로 여실히 묘사함으로써, 인생의 진상은 이리하다는 것을 표현"하는 가운데 "자아각성에 의한 권위의 부정, 우상의 타파로 인하여 유기誘起된 환멸의 비애를 수소愁訴"하는 "자연주의의 사상"에 해당한다.[24] 여기서 횡보가 말하는 자연주의는 '역의 예술'처럼 현실비판과 극복 의지를 내재한다.

당시 평단에서 '자연주의'의 함의는 편차가 있었지만, 염상섭의 소설을 자연주의의 맥락에서 이해하고자 하는 경향은 일반적이었다. 당시 엘리트 독자군에 속했던 김성근金聲近은 『동아일보』 '신춘문예작품 현상모집 문예평론 부문' 당선작에서 「만세전」을 비롯한 횡보의 작품을 언급하면서 "제재와 묘사에 있어 그는 (…중략…) 조선에 있어 자연주의의 대표적 작가"라고 규정하며 "풍부한 풍자", "심리묘사·성격묘사의 극치"를 그 특징으로 꼽는다. 이어서 염상섭의 작풍의 변화를 감지하며, "좀 더 깊고 새로운 인간을 표현하려는 경처敬處한 노력에 있어 그의 자연주의도 불구에 새로운 의의를 가지게 될" 것으로 진단한다.[25]

---

24 상섭(相涉), 「개성과 예술」(『개벽』, 1922.4), 『염상섭 문장 전집』I, 191~193쪽 참조.
25 김성근(金聲近), 「조선 현대 문예개관」(전6회), 『동아일보』, 1927.1.1~1.6('신춘문예 공모' 공지는 1926.10.31). 이후 와세다대학(早稻田大學) 사학과를 졸업하고 훗날 서울대학교 사범대학 교수가 되는 김성근은 응모 당시 함흥고등보통학교 재학 중이었다. 그는 「조선 현대 문예개관」에서 '① 신문예운동 초기·② 프로문학의 발생·③ 최근경

1920년대 중반 염상섭의 작품이 변화하고 있다는 지적은 박종화에 의해 이미 이루어진 바 있었다. 월탄은 「제야」와 달리 「잊을 수 없는 사람들」, 「금반지」 등의 작품은 "암흑면"에서 벗어나 "산뜻한 일광日光을 향하여 경쾌한 걸음을 걷는 것 같다"고 평하며 "열정" 대신 "싸늘한 이지理智가 날카롭게 번쩍인다"고 그 변화를 강조했다.[26] 즉 염상섭이 자연주의의 문법을 넘어서고 있다는 지적이다. 한편 이것은 염상섭 스스로가 자연주의가 지닌 한계의 한 측면을 "조소의 태도"에서 찾고[27] "현실타파의 비애 혹은 현실폭로의 비애에 발을 멈추"는 자연주의의 "그 오산"에 대하여 거리를 두기 시작하는 논의[28]와도 상응한다. 염상섭은 소설창작과 비평 및 사상에서 자연주의의 한계를 넘어서기 위해 새로운 모색을 시작했던 것이다.

자연주의는 한국 근대문학사와 염상섭 연구에서 '계륵鷄肋'과 같은 문제였는지도 모르겠다. 염상섭의 초기 소설들이 발표되고 있을 당시에는 '자연주의'라는 규정을 통해 그의 문학과 사상을 이해하려는 시도는 드물었다. 오히려 소설들이 함의하고 있는 현실 부정과 극복 의지를 통해 발현되는 정치성을 "고삽미苦澁味와 침통미沈痛味" 등과 같은 인상비평에 가까운 언어로 표현하는 경우가 대부분이었다. 그것은 정제되지 않은 비평언어이기는 했지만, 정치적 잠재성을 표현하는 언어이기도 했다. 뒤에서 확인하게 되겠지만, 염상섭 문학에 대한 '자연주의'적 규정은 문학사적 작

향—서광기(曙光期)·④ 나타난 작가와 작품(소설단·시단·극단·기타(논문, 수필문학, 아동문예, 외국문학의 번역과 소개)·결론'으로 구분하여 체계적인 서술을 구현하였다. 언급하고 있는 잡지, 망라하고 있는 작가와 작품 등을 고려해 볼 때, 그는 수준 높은 독자였던 것으로 보인다.

26 박종화, 「신춘창작평」, 『개벽』 45, 1924.3, 114~115쪽.

27 염상섭, 「계급문학을 논하여 소위 신경향파에 여(與)함」(전7회)(『조선일보』, 1926.1.22~2.2), 『염상섭 문장 전집』I, 445쪽.

28 염상섭, 「문예와 생활」(『조선문단』, 1927.2), 『염상섭 문장 전집』I, 542쪽.

업이 진행되는 1930년대 초중반에 활발해진다. 이때 자연주의는 그 자체로 의미화되기보다는 '(사회주의)리얼리즘'이라는 준거를 통해 평가되고 의미가 부여되었다. 이 구도는 기본적으로 '자본주의→사회주의' = '자연주의→(사회주의)리얼리즘'과 같이, 이른바 '역사발전단계론'에 대응하는 구도였다. 그리하여 '자연주의적인 것'은 자본주의적인 것·(소)부르주아적인 것으로 치환되어 이해되었다. 이런 구도에서 자연주의적 정치성은 제대로 평가 받기 어려웠다. 기껏해야 '(소)시민적 부정성' 정도로 그 의미가 수렴될 뿐이었다.[29] 말하자면 자연주의가 함의하고 있는 잠재력에 대한 이해는, 월탄이 '역의 예술'을 통해 염상섭의 정치성을 드러내고자 했던 시도보다 퇴행적으로 이루어졌던 것이다. 따라서 리얼리즘 우위와 기준에 입각한 단계론적 사유에서 벗어나 자연주의를 재평가하고, 그 잠재력을 새롭게 가늠해 볼 필요가 있다. 그럴 때 1920년대 한국 근대문학사의 지형도는 새롭게 구성될 수 있을 것이며, 시효가 만료된 리얼리즘 중심의 문학사 구축에서도 벗어나 그 대안을 모색할 수 있을 것이다.

　문단에서 자연주의에 대한 비판적 인식이 확산하는 시기는, 신경향파 문학이 발생하고 본격적으로 프로문학계급문학이 성립한 때와 맞물린다. 이 시기에는 계급문학을 둘러싼 논쟁이 본격화한다. 이 논쟁은 일반적으로 '계급문학 대對 국민문학'의 2자 구도 혹은 양자 사이의 '절충파·중간파'가 개입하는 3자 구도로 이해된다. 이는 '좌·중도·우'라는 정치적 인식의 문학적 변형이다. 이러한 '좌우 대립 그리고 좌우합작·중간'좌파·중도·우파이라는 프레임은 오늘날까지도 널리 통용되고 있다. 그리고 이를 분단

29　뒤에서 살펴보게 될 문학사적 작업, 특히 1930년대 중후반 임화의 문학사 등 참조.

현실로 확장하면 암암리에 '북한·통일국가·한국'이라는 구도에 대응하기도 한다. 염상섭의 문학과 사상은 이러한 3자 구도 속에서 해석되어 왔다. 이것은 한국 근대문학사에서 근대의 완성을 염두에 두고 지속해서 애용해 왔던 구도이기도 하다. 하지만 이와 같은 구도가 문학 연구와 문학사서술에 여전히 유용한 방식인지는 재고해야 할 문제이며, 또한 이러한 구도가 염상섭을 이해하는 데 과연 적합한지도 되짚어 봐야 한다.

염상섭은 프로문학을 둘러싸고 크게 세 차례에 걸쳐 각각 박영희·홍기문·김기진과 논쟁을 진행한다. 그 논쟁들은 1926~1929년에 걸쳐 이루어졌는데, 그중에 박영희·홍기문과의 논쟁은 염상섭이 일본에 체류하던 시기에 진행되었다. 이 시기는 조선프롤레타리아예술가동맹KAPF의 맥락에서 보자면, 내부적으로는 아나키즘 논쟁·방향전환론·대중화론·창작방법론 등이 전개되고 외부적으로는 국민문학·절충파문학 진영과 논쟁이 벌어졌던 때다. 즉 이는 내외부적 다양성과 이견을 축출하고 하나의 논의로 수렴해 가는 과정이었다. 이런 맥락에서 보자면, 염상섭은 카프의 내외부에 걸쳐 있는 강력한 이견이자 차이였다.

먼저 박영희와의 논쟁은, 부르주아문학 비판·신경향파문학 옹호를 겨냥하여 작성된 박영희의 글에 대한 염상섭의 비판으로 촉발되었다.[30] 박영희는 염상섭의 비판을 "이론도 없고 주견도 없고 비판력조차 상실된 지리멸렬한 소위 논박"이라 대응하고, 그를 '개인주의자', '부르주아 퇴폐적 소설가', "지순한 부르주아 작가", "예술을 위한 예술을 창조하는 자"로

---

30 염상섭과 박영희의 논쟁은 다음과 같이 전개되었다. 박영희, 「신경향파의 문학과 그 문단적 지위—금년은 문단에서 있어서 새로운 첫걸음을 시작하였다」, 『개벽』 64, 1925.12; 염상섭, 「계급문학을 논하여 소위 신경향파에 여(與)함」(전7회), 『조선일보』, 1926.1.22~2.2; 박영희, 「신흥예술의 이론적 근거를 논하여 염상섭 군의 무지를 박함」(전14회), 『조선일보』, 1926.2.3~2.19.

규정한다. 그리고 구체적으로 횡보의 소설 「윤전기」를 "얼바람 맞은 부르주아문학"으로 혹평한다. 이와 같은 박영희의 염상섭에 관한 규정과 비판에서 그 근거가 되는 '부르주아문학과 프롤레타리아문학이라는 이분법적 구분'은 오늘날의 관점에서 보면 그 유효성을 상실한 기계적·도식적인 것에 불과하다. 이런 흐름은 이후 홍기문과의 논쟁으로 확장된다.[31] 홍기문은 염상섭의 논의가 무산계급문화를 부인하고 부르주아문화를 지지하는 것에 불과하다고 비판하며 염상섭이 말하는 '민족'과 '개성'을 부르주아적인 것으로 규정한다. 그러나 당시 카프에 속한 박영희와 홍기문이 붙인 '부르주아문학자'라는 레테르는 그 실질적 의미와는 무관하게 계속해서 확대·재생산되면서 고착화된 염상섭의 이미지를 만들어 내었다.

앞선 두 논쟁과 달리 김기진과의 논쟁은 리얼리즘을 둘러싼 논의로 심화되었지만, 그 최종적인 결론은 '관념론자, 자연주의 작가, 소시민적 계급성' 등과 같은 레테르로 귀결되었다.[32] 김기진은 소박한 수준의 토대와 상부구조론·결정론·역사발전단계론·전위와 대중의 위계화·프롤레타리아 전위의 진리 독점·'연장으로서의 문학'과 같은 맑스레닌주의에 기초한 합법칙성의 교의를 내세우며 그러한 세계관이 반영된 리얼리즘론을 주장한다. 이에 염상섭은 그러한 합법칙성을 부분적으로 인정하면서도, 그것으로 해소되지 않는혹은 그로부터 미끄러지는 현실 세계와 삶의 영역을

---

31 염상섭과 홍기문의 논쟁은 다음과 같이 전개되었다. 염상섭, 「민족, 사회운동의 유심적 고찰―반동, 전통, 문학의 관계」(전7회), 『조선일보』, 1927.1.4~1.16; 홍기문, 「염상섭 군의 반동적 사상을 반박함―『조선일보』의 「민족, 사회운동의 유심적 고찰」을 읽고」, 『조선지광』 64, 1927.2; 염상섭, 「나에 대한 반박에 답함」, 『조선지광』 65, 1927.3.

32 염상섭과 김기진의 논쟁은 다음과 같이 전개되었다. 팔봉(八峰), 「변증적 사실주의」, 『동아일보』, 1929.2.25~3.7; 염상섭, 「토구(討究), 비판' 3제(題)―무산문예·양식문제·기타」(전9회), 『동아일보』, 1929.5.4~5.15; 팔봉(八峰), 「사실주의 문제」, 『조선일보』, 1929.6.13~6.25.

제기하고, 외부로부터 미리 주어진 법칙성과 세계관에 현실과 작품을 감금시키는 김기진의 방법론을 비판한다. 그리하여 염상섭은 리얼리즘을 작가의 세계관보다는 "어떻게 쓴다는 문제", 즉 작품의 "표현양식"에 초점을 맞추어 논의를 전개한다. 즉 이 논쟁에는 여러 쟁점이 맞물려 있었지만, 가장 주요한 관건은 리얼리즘을 둘러싼 문제였다. 단순화를 무릅쓰고 정리하자면, 김기진의 세계관으로서의 리얼리즘과 염상섭의 표현양식으로서의 리얼리즘이 맞서는 형국이었다. 일견, 논쟁은 그 발전 양상에 따라서는 세계관과 방법의 문제 혹은 작가와 작품의 문제로 수렴되는 '리얼리즘의 승리'와 같은 쟁점으로도 발전될 수 있는 가능성을 미미하게나마 품고 있었지만, 그와 같은 논의로는 전개되지 못했다.[33] 김기진은 자신

---

33 이 책에서 리얼리즘 미학의 현재적 유효성을 주장하고자 하는 의도는 없다. 리얼리즘의 시대는 끝이 났고 그 방법론은 유효성을 상실했으며 그 시대적 소명을 다했다. 다만 그 배면에서 그것을 강력하게 추동했던 사회변혁의 지향과 열망은 여전히 현실적인 문제이고 탈구축해야 하는 문제이다. 엥겔스의 발자크론(만프레트 클림 편, 조만영·정재경 역, 「엥겔스가 런던의 마가렛 하크니스에게(런던, 1888년 4월초 : 초안)」, 『맑스·엥겔스 문학예술론』1, 돌베개, 1990, 162~166쪽), 레닌의 톨스토이론(「러시아 혁명의 거울인 레프 똘스또이(1908년 9월 11일(24일))」; 「L. N. 똘스또이(1910년 11월 16일(29일))」; 「똘스또이와 현대 노동운동(1910년 11월 26일)」; 「똘스또이와 프롤레타리아 투쟁(1910년 12월 18일(31일)」; 「레프 똘스또이와 그의 시대(1911년 1월 22일)」, 이길주 역, 『레닌의 문학예술론』, 논장, 1988), 루카치의 발자크론(변상출 역, 『발자크와 프랑스 리얼리즘』, 문예미학사, 1998)·톨스토이론(「톨스토이와 리얼리즘 문제」, 조정환 역, 『변혁기 러시아의 리얼리즘 문학』, 동녘, 1986) 등으로 이어지는 '리얼리즘의 승리' 명제는, 현재적 의미는 소멸했지만, 당대 현실사회주의·스탈린체제에서 공식적인 문학예술론으로 융성했으며 식민지 조선에 많은 영향을 주었던 프롤레타리아문화·문학론 및 사회주의 리얼리즘론 등을 상대화하여 이해·비판하는 데 일정한 시사점을 주기도 한다. 이와 관련하여 덧붙여 둘 만한 일화가 있다. 염상섭은 박영희와 프로문학을 둘러싼 논쟁을 전개하던 무렵, 시가 나오야(志賀直哉)의 논의를 빌려 '사상가로서의 톨스토이'와 '예술가로서의 톨스토이'를 구분하여, 후자를 통해 예술적 성취를 이루었다는 요지의 말을 하기도 했다고 한다. 조용만, 「생각나는 사람들―과묵강직의 문인 염상섭」, 『대한일보』, 1967.9.14 참조.

의 논의를 반복하는 방식으로, 그리고 염상섭의 세계관을 자연주의적인 것이자 소시민적인 계급성으로 단정하는 형태로 논쟁을 마무리 짓는다.

염상섭을 부르주아문학자로 규정하고 그의 문학과 사상을 부르주아적인 것으로 비판하는 방식은 이후 식민지기 내내 반복된다. 그것은 기성 문인은 물론 엘리트 독자군에게도 영향을 주었다. 가령 당시 문단과 카프 내에서 일정한 주도권을 쥐고 있었던 김기진은, 앞서 언급한 리얼리즘을 둘러싼 논쟁 이전에도, 염상섭에 관해 유사한 방식으로 비판을 가하였다. 즉 그는 염상섭의 「두 출발」을 무산자와 유산자의 "자각의 출발"을 그린 "웬만한 장편"에 비길 만한 "역작"이라고 인정한다. 하지만 동시에 그는 염상섭의 입장이 "어디까지든지 중간"이며 "그의 주의는 어디까지든지 회색"이라고 단정 내리고는, 그 소설의 특성을 제대로 살피지 않는다.[34] 또한 「윤전기」에 대해서도 김기진은 "이 작자의 태도는 리얼리즘"이지만, "종결은 노자 협조의 감격에 눈물지우는 센티멘털한 장면으로 끝을 맺어 버렸다"라고 주장하며, 소설 전체에 걸쳐 소부르주아적 편견이 작동하고 있을 뿐만 아니라 "작자 자신의 계급적 비밀이 폭로"되고 있다고 논평한다.[35] 이와 같은 인식과 사유는 대중 독자에게도 확산·재생산되었다. 당시 등단 이전의 강경애는 독자투고를 통해 기계에 관한 염상섭의 견해를 비판하는데, 그 주된 초점은 부르주아 정체성에 대한 비판이다. 구체적으로는 염상섭이 인류해방의 가치로 언급한 '자유·평등·박애'에 관해 "부르주아지 자신의 안전을 도모하기 위하여 인류적 결합의 원리로 내놓은 사기적 표어요, 썩은 그들의 무기이니, 아무 소용 없"다고 비판하며 그를

---

34 김팔봉, 「창작계의 1년」(전3회), 『동아일보』, 1928.1.1~1928.1.3.

35 팔봉(八峰), 「변증적 사실주의」(『동아일보』, 1929.2.25~1929.3.7), 홍정선 편, 『김팔봉문학전집 I—이론과 비평』, 문학과지성사, 1988, 70~71쪽.

"소부르주아지 문인"으로 규정한다.[36] 요컨대 프로문학 진영에서 염상섭은 부르주아지 내지 회색주의자에 불과했다.

이러한 흐름과는 대조적으로, 양주동은 염상섭이 프로문학 논자들과 벌인 논쟁을 "국민문학을 창도한 자취"로 맥락화한다.[37] 또한 그는 염상섭의 소설 「남충서」, 「미해결」, 「두 출발」 등을 자연주의적 흐름으로 이해하며 심리묘사 및 인물묘사의 우수함을 상찬한다. 그리고 사상적으로는 "민족문제와 사회문제"를 주제화하여 "정치적 의미"를 산출하고 있다고 해석한다. 즉 양주동은 국민문학적 맥락에서 그 소설의 정치성을 적극적으로 읽어 내고자 했다. 한편 "근작에는 일반으로 정열보다 이지가, 감격보다 냉정이 강한 것을 유감으로 생각한다"라며 그 자연주의적 작풍의 변화를 인지하기도 한다.[38]

이상의 논의를 통해서 알 수 있듯이, 염상섭에 대한 프로문학 진영의 비판과 국민문학·절충파문학론자의 옹호는, 결과적으로 그의 사상과 문학의 지향을 평면적인 좌표의 한 지점에 고정하는 효과를 낳았다. 즉 '부르주아'라는 계급적 규정과 '자연주의'라는 미학적 규정은 서로 결합하고, 그런 가운데 자연주의에 내재한 정치성은 휘발되고 그 위에 회색중간파이라는 모호함이 덧씌워졌다. 이렇게 굳어진 이미지는 이후 염상섭의 사상과 문학에 대한 선입견을 만들어 냈다.[39]

36　강경애, 「염상섭 씨의 논설 「명일(明日)의 길」을 읽고」(『조선일보』, 1929.10.3~10.7), 이상경 편, 『강경애 전집』, 소명출판, 1999, 705~709쪽.

37　양주동, 「정묘평론단총관(丁卯評論壇總觀)-국민문학과 무산문학의 제문제를 검토비판함」(전16회), 『동아일보』, 1928.1.1~1.18.

38　양주동, 「정묘문단총관(丁卯文壇總觀)-창작계만평」, 『신민』 33, 1928.1.

39　'해외문학파'의 한 사람이었던 함일돈은 1930년에 발표된 소설들과 그 작가들을 일별하면서, 염상섭 및 그의 소설을 부르주아작가·작품으로 분류하여 논평한다. 구체적으로 언급하고 있는 소설은 「남편의 책임」, 「세 식구」, 「지(池)선생」이며, 염상섭에 관해

3) 신문연재 장편소설과 대중성을 둘러싼 비판

염상섭이 자연주의적 경향에서 벗어나는 시기는, 잡지에서 신문으로 옮겨가 신문연재라는 형식을 통해 본격적으로 장편소설을 집필하는 때와 맞물린다. 식민지기에 완결을 맺은 신문연재 장편소설 —『너희들은 무엇을 얻었느냐』,『진주는 주었으나』,『사랑과 죄』,『이심二心』,『광분』,『삼대』,『무화과』,『백구白鳩』,『모란꽃 필 때』,『불연속선』— 만 10편에 이른다.[40] 염상섭은 1920년대 초중반부터 1930년대 중후반에 이르기까지 큰 휴지기 없이 지속해서 신문에 장편소설을 연재하였다. 그렇다면 자연주의 경향을 벗어난 이후 염상섭 소설의 본령은 장편소설에 있다고 해도 좋을 것이다.

하지만 당대 염상섭의 장편소설과 관련한 구체적인 작품평은 소수에 불과하다. 그 일차적인 원인을 미디어와 출판의 조건에서 찾자면, 단행본으로의 출간 유무를 꼽을 수 있겠다. 단행본 출간이 가능했던 10편 가운데 실제로 출판된 소설은 2편 —『사랑과 죄』박문서관, 1931,『이심』박문서관, 1939 — 에 불과했으며, 게다가『이심』은 신문연재 후 10년이 지난 후에야 단행본으로 출간되었다. 하지만 더 근본적인 원인은 소위 '순수문학'과 '대중문학'의 구별 짓기와 아울러 그 가치에 대한 위계적 인식에 있었다. 즉 신문연재소설은 대중적이고 통속적인 문학으로 폄하되었다. 여기에는 신문연재 장편소설 그 자체에 대한 비평적 호불호와 가치판단이 개입되

"연애소설도 쓰고 문제소설도 쓰는 작가"라 평한다. 함일돈,「창작계의 이삼(二三) 고찰」(전9회),『동아일보』, 1931.1.30~2.10 참조.

40 이외에 신문연재 장편소설로는『만선일보』에 연재된「개동(開東)」이 있지만 실물이 확인되지 않았으며, 잡지에 연재되었으나 미완에 그치거나 장편소설을 표제화했지만 분량이 장편에 미치지 못한 경우로는「무현금」(미완),「그 여자의 운명」(장편 분량에 미달),「청춘항로」(미완)가 있다.

어 있었다.

그 대표적인 사례로 조용만의 염상섭 비판을 들 수 있다. 당시 '구인회 九人會'의 일원이었던 조용만은 초기 단편소설 시절의 염상섭 문학은 "조선적인 맛", "조선적인 풍격", "작품의 생명"이 있었다고 고평한다. 하지만 "신문독자인 대중의 취미"와 "신문업자의 저속한 주문에 영합"하여 장편소설을 쓴 염상섭에 대해서는 "작가적 자질을 배반하고 완전히 한 개의 통속소설작가로 전환"하여 "저속低俗의 길"로 빠져들었다고 "일탄一彈을 날"린다.[41] 이와 같은 인식은 비단 문학자뿐만 아니라 당시 일부 독자들도 지니고 있었다. "신문사 판매 경쟁에 의해서 쓰는" "연재소설에만 집필하지 말고" "본격적의 작가도作家道를 진행"하여 "정말 작가적 태도를 접할 수 있는" "단편을 발표"할 것을 강력하게 요청하는 독자투고도 있을 정도였다.[42] 이러한 견해는 이념적 지향을 떠나 당시 문단 내에서 한 주류적 흐름을 형성하고 있었다.[43] 이런 까닭인지 일반적으로 염상섭 소설의 가장 큰 성취로 여겨지는 『삼대』에 대해서도 당대에는 본격적인 비평을 찾아보기 힘들다.

하지만 1930년대 신문연재 장편소설의 전성기에, 「백구」의 연재 횟수와 간략한 평가를 비롯하여,[44] 「모란꽃 필 때」의 집필과 그 원고료,[45] 『사

41　조용만, 「흉금을 열어 선배에게 일탄(一彈)을 날림－염상섭(廉想涉) 씨에게」(전2회), 『조선중앙일보』, 1934.6.26~6.27.

42　하영만(河榮萬), 「염상섭 씨에게－단편을 발표하라!」, 『조선중앙일보』, 1934.7.24. '독자로부터 작가에게'라는 코너에 실린 글로 "원산(元山) 하영만(河榮萬)"이라고 글쓴이를 밝히고 있다.

43　예컨대, 김환태는 자연주의 경향의 염상섭에 관해서는 "순수한 문학 정신"이 발현되었다고 논하지만, 그 이후에는 "생활에 쫓기고 하여 (…중략…) 그를 심화시키지 못하고 말았다"고 평가한다. 김환태, 「순수시비(純粹是非)」, 『문장』 10, 1939.11, 147쪽 참조.

44　김기림, 「신문소설 올림픽시대」, 『삼천리』 5(2), 1933.2.

45　「삼천리 기밀실(The Korean Black-chember)」, 『삼천리』 6(5), 1934.5; 「삼천리 기밀실」,

랑과 죄』의 단행본 출간과 초판본 매절 비용, 그리고 「삼대」의 게재 횟수
와 원고료[46] 등은 늘 문단과 미디어의 관심거리이기도 했다. 아울러 신문
연재 장편소설에 함께 참여하는 삽화가들 또한 염상섭 및 그의 작품에
대해 간략히 언급하는 경우도 있었다.[47] 순수소설과 통속소설 혹은 본격
소설과 대중소설 간의 대립 구도 속에서 염상섭의 신문연재 장편소설들
은 프로문학 진영과 순수문학을 옹호한 진영 모두에서 제대로 된 평가를
받지 못했다. 하지만 동료 소설가·대중 독자·신문 미디어·삽화가·출판
자본 등에게는 항상 화제가 되는 관심사였다.

　이렇듯 문학적 평가절하와 문단적·대중적 관심이라는 아이러니한 이
중적 상황에서, 염상섭의 신문연재 장편소설에 대한 논의가 그 소설들
에 비하면 턱없이 모자란 느낌을 주지만 이루어지기는 하였다. 체계적인
작품론보다는 서평이나 단평에 가까운 글들이 대부분이지만, 순수문학
을 옹호하는 관점에서 신문연재 장편소설 그 자체를 비판하는 견해와는
다른 입장을 보여 주기에 흥미롭다. 이는 크게 네 가지로 구분하여 볼 수
있다.

　첫째는 그 통속성을 비판하면서도 장편소설의 성취를 적극적으로 평
가하는 입장이다. 김억의 경우, 단행본으로 출간된 『사랑과 죄』를 두고
"예술적 의미에서는" "한 개의 통속품"이기는 하지만, '거대한 대작'으로
"조선문학이란 어떠한 것이냐"를 알고자 한다면 이 소설을 읽어 보라고
제안한다. 그는 조용만과는 달리, 염상섭을 "장편의 작가"로 규정하고 『사

『삼천리』6(7), 1934.6.

46　「문단잡화」, 『삼천리』3(9), 1931.9.

47　안석주(安碩柱) 외, 「신문소설과 삽화가」, 『삼천리』6(8), 1934.8; 이승만(李承萬) 외,
　　「[좌담]화가가 '미인'을 말함」, 『삼천리』8(8), 1936.8 참조.

랑과 죄』의 총체적 세계의 구현, 소설적 재미, 인물에 대한 심리 해부, 순수한 조선말의 활용 등을 높이 평가한다.[48] 또한 김기림은 「백구」를 두고 "예술의 향기 높던 석일昔日의 자취"는 잘 보이지 않는다며 유보하는 태도를 취하면서도, 염상섭의 신문소설에 대한 풍부한 경험을 상찬하며 그를 춘원과 벽초 등에 비견하고 "문단일방文壇一方의 웅雄을 이루고 있는 대가"로 평가한다.[49] 김억과 김기림의 논의는, 염상섭의 장편소설이 이른바 '예술성'이라 말해지곤 했던 기준과는 다른 층위의 논의 범주가 필요하다는 점을 시사한다.[50]

둘째는 그 대중성을 적극적으로 이해하고 정치적으로까지 독해하는 입장이다. 문예대중화 문제에 천착했던 심훈의 경우가 그 대표적인 사례이다. 그는 조선의 문학청년들이 염상섭의 "신문소설을 읽고 조선말"을 습득한 경험을 언급하며 그의 소설에서 구사된 "중인계급이나 상민계급"의 조선말의 구현 수준을 "당대의 독보"라고 상찬한다.[51] 즉 심훈은 예술성보

---

48 김안서(金岸曙), 「염상섭 씨의 근업(近業)『사랑과 죄』를 읽고서」, 『동아일보』, 1931.8.10.

49 김기림, 앞의 글, 61쪽.

50 이와 유사한 맥락에서, 이하관(李下冠)은 미완으로 끝난 잡지연재 장편소설『무현금(無絃琴)』・『청춘항로(靑春航路)』에 관해 "문학적 에스프리"는 부족하고 "성공에 이르지 못한" 작품이라고 평가한다. 하지만 그는 "리얼리스틱한 수법은 배울만"하며 "언어구사의 묘미는 조선 제일인 동시에 국보적 존재"라 상찬하면서 "조선작가는 일제히 씨에게 조선말을 배울 의무만은 있다"고 염상섭과 그 소설에 대한 의의를 부여한다. 이하관, 「문학의 인상-조선문학현상론」, 『중앙』, 1936.9, 142쪽 참조. 참고로 덧붙이면, 심진경은 '이하관'을 '김문집'으로 추정한다. 심진경, 「문단의 '여류'와 '여류문단'-식민지시대 여성작가의 형성과정」, 『상허학보』13, 2004.8, 298쪽 참조.

51 심훈, 심훈30주기추모(미발표)유고특집 「무딘 연장과 녹이 슬은 무기-언어와 문장에 관한 우감수제(偶感數題)」(1934.8), 『사상계』152, 1965.10, 252~255쪽; 「무딘 연장과 녹이 슬은 무기-언어와 문장에 관한 우감(偶感)」, 『심훈문학전집』3, 1966, 562~565쪽. 염상섭 장편소설의 조선어 구현과 문장에 대해서는 대체로 비슷한 견해를 가지고 있었던 것 같다. 예컨대 안석주는 『삼대』, 『백구』등을 언급하며, "장맛비같이 염증나는 문장"에 기초한 중산계급의 언어와 풍부한 우리말을 그 특징으로 기술한다.

다는 대중성에 주안점을 두어 신문소설의 정치적 효과와 더불어 염상섭의 구현하는 언어의 계급성 및 그 리얼리티에 주목했던 것이다. 이러한 견해는 프로문학 진영에 속했던 문학자 중에서는 아주 이례적인 것이었다.

셋째는 당대 신문연재 장편소설에 대한 통상적인 견해와는 상당히 이질적인 입장이다. 김동인은 염상섭의 「그 여자의 운명」에 대해 평하면서 다양한 인물의 자연스러운 배치와 사건의 다면적 전개 등과 같은 소설적 구성을 상찬하며 "조선어 구사"를 특장으로 꼽는다.[52] 그런데 김동인은 염상섭의 신문장편소설에 대해서는 "신문에 연재하였으니 신문소설이지 결코 신문소설의 본질에 맞는 자^者가 아니"라고 언급하며 "문예와 대중은 영구히 평행적으로 나아"가고 있다고 지적한다.[53] 즉 김동인은 염상섭의 장편소설에서 소설적 구성의 완결미는 높이 평가하지만, 그 소설의 대중성에 관해서는 의문을 표하며 독자 중심의 대중성을 좀 더 구현할 것을 촉구했던 것이다.

마지막으로는 1930년대 말, 일제 말기로 접어드는 시기의 논의이다. 염상섭의 신문연재 장편소설에 대한 논조는 이 무렵에 접어들면서 조금 달라진다. 신문연재 후 10년이 지난 후에 단행본으로 출간된 『이심』이 그 논의의 중심에 놓여 있었다. 이 무렵에 오면 소위 '통속성'에 관해서는 별

안석주, 「문단 메리꼬라운드(15)―지진계(地震系)에 사시는 횡보 염상섭 씨」, 『조선일보』, 1933.2.9; 안석주, 『안석영 문선』, 관동출판사, 1984, 110쪽.

52 김동인, 「2월 창작평―삼탄(三嘆)할 수법―염상섭 씨 작 「그 여자의 운명」(4)」, 『매일신보』, 1935.2.14 참조. 염상섭 소설의 사건 전개와 인물 묘사에 관해서는 대부분의 논자들이 높게 평가하였다. 예컨대 김환태는 이에 대해 "마치 펜화를 보는 것과 같이 윤곽이 명료한 인물과 사건을 볼 수가 있"다고 평하며 "이는 결코 범용한 작가에게 허락되지 않는 재능"이라고 상찬한다. 김환태, 「2월 창작계 개관―이 달의 수확은 무엇인가」(『조선중앙일보』, 1936.2.19~2.23), 문학사상자료조사연구실 편, 『김환태전집』, 문학사상사, 1988, 269쪽 참조.

53 김동인, 「춘원연구(6)」, 『삼천리』 7(5), 1935.6, 261쪽 참조.

반 초점화되지 않는다. 일제 말기라는 시대적 풍압 때문이었는지 몰라도 『이심』에 대한 당시의 평가는 자못 긍정적이었다. 김문집은 염상섭의 『이심』을 '본격소설'의 모범적인 사례로 들고 "조선판 『죄와 벌』"로 비유하며, 나아가 "세계 제일의 본격적 소설가 (…중략…) 도스토옙스키"에 비견되는 "동양 제일의 본격적 소설가"로 염상섭을 추켜세운다.[54] 김문집 특유의 자극적인 표현을 감안하더라도, 당시 『이심』은 문단이나 대중 모두에게 (이상할 정도의) 호평을 받았다. 채만식은 『이심』을 "현실의 인간을 (…중략…) 살려"낸 "본격적 사실주의"로 규정하며 오랜 세월이 흘러도 이 작품에 대한 평가는 계속될 것이라고 논한다.[55] 그리고 『이심』은 1939년에 첫 발행된 후 판을 거듭하며 1941년에는 사판을 발행할 정도로 당시 대중 독자들에게 좋은 반응을 끌어냈던 것으로 보인다.[56]

염상섭의 신문연재 장편소설에 관해서는 위와 같은 소수의 견해가 존재하기는 했다. 하지만 초기 단편소설들에 비해 그 평가는 질적으로나 양적으로나 모두 박한 편이었다. 그것은 특히 바로 다음의 문학사적 평가에서 뚜렷이 확인할 수 있다. 문학사에서 염상섭의 신문연재 장편소설에 대한 언급의 거의 없다고 해도 좋기 때문이다. 당시 신문연재 장편소설은 문학사에 등재될 만한 자질을 갖추지 못했다는 인식이 팽배했던 것 같다.

---

54 김문집, 「염상섭 저 『이심』」, 『문장』 1(6), 1939.7; 「염상섭 저 『이심』—조선판 『죄와 벌』」, 『박문』 9, 1939.7, 23~34쪽. 『박문』에서는 『문장』에 실린 서평을 재수록.

55 채만식, 「염상섭 작 『이심』 신간평」, 『조선일보』, 1939.6.5; 「염상섭 작 『이심』」, 『박문』 9, 1939.7, 20~21쪽. 『박문』에서는 『조선일보』에 실린 서평을 재수록.

56 염상섭, 『이심』, 박문서관, 1939.5.10 초판 발행; 1940.3.20 재판 발행; 1941.2.20 삼판 발행; 1941.12.15 사판 발행(필자가 확인한 것은 사판 발행까지인데, 더 발행되었을 가능성도 배제할 수는 없겠다). 『이심』의 이러한 대중적 인기의 원인은 당시 시대적 상황과 출판미디어의 환경을 염두에 두면서 좀 더 고찰해 볼 필요가 있다.

4) 문학사적 평가와 위상 부여

지금까지 살펴본 염상섭의 초기 단편소설에 대한 비평, 자연주의적 이해, 부르주아문학으로의 규정, 장편소설에 대한 평가 등은 최종적으로는 식민지기의 '문학사 작업'을 통해 종합된다. 이 과정에서 선택과 배제가 발생했음은 물론이며, 오늘날 일반적으로 통용되는 문학사적 구도의 토대가 마련되었다. '문학사'라는 표제를 단 본격적인 문학사적 서술이 등장하기 전부터, 당대 한국문학의 흐름을 정리하고자 하는 작업이 생겨나기 시작했다. 그와 같은 움직임은 3·1운동 발생 이후 10년이 지난 1929년 무렵부터 활발해지기 시작한다. 그러한 정리 과정에서 염상섭의 위상을 가늠하려는 시도가 자연스럽게 이루어졌다.

염상섭에 대한 문학사적 평가는, 프로문학에 대한 견해 차이에 따라 그리고 좌우의 이념적 지향에 따라 상이했다. 이 무렵 이루어진 문학사적 정리는 방편상 크게 사회주의적 이념과 방법에 기반을 둔 문학사와 그렇지 않은 문학사적 작업으로 구분해 볼 수 있다. 하지만 양쪽 모두 공통적으로 단계론적진화론적 사유에 기초하고 있었다. 다만 사회주의적 문학, 즉 프로문학에 관한 입장이 상이했을 뿐이었다. 물론 이른바 토대와 상부구조, 역사적 유물론 등과 같은 '과학적' 방법론을 사용하고 있다고 믿고 있었던 좌파의 문학사 기술이 좀 더 체계적으로 보이기는 한다. 그럼에도 오늘날 시각에서는 사상누각에 불과한 것이 되고 만 그 과학성과 체계성을 부러 강조할 필요는 없을 것이다.

먼저 비非사회주의적 입장을 견지했던 문인들의 문학사적 작업, 즉 박종화, 김동인, 이광수의 논의부터 검토하고자 한다. 다만 이들을 동일한 진영으로 한데 묶어 구도화하는 것이 적합하지 않은 방식임을 염두에 두면서도 이들이 프로문학에 비판적이었다는 점에서 함께 살펴볼 필요가 있음을 언급해 둔다.

박종화는 「대전 이후의 조선문예운동」에서 "조선의 신문예운동을 사적으로 고찰"하면서 그 단계를 모두 4기로 구분한다. "춘원의 독점시대"2기 이후 "신문예운동"3기 시기의 한 작가로 염상섭을 위치 짓는다.[57] 염상섭에 대한 박종화의 논의 가운데 가장 큰 특색은 자연주의적 경향과 사실주의적 경향을 나누어서 고찰한다는 것이다. 즉 그는 「제야」·「만세전」·「해바라기」 등의 소설들과 「금반지」·「전화」·「윤전기」 등의 소설들의 경향을 구분한다. 전자는 러시아 "북구의 작품"의 영향을 받은 "둔중한 텁텁한 사람의 마음을 누르는 듯한 그러한 문장의 맛"을 지닌 자연주의 경향으로 파악하며, 후자는 "리얼리스틱한 맛"의 작풍으로 "사실주의로 점점 기울어졌다"라고 평가한다. 이 외에도 월탄은 염상섭 작품에는 "세상을 히니쿠하는 듯한 성격이 저절로 반영"되어 있다면서 작가의 성격과 소설 간의 밀접한 상관성을 강조한다. 초기 염상섭에 대한 이러한 논의는 이후 다른 논자들에게 많은 영향을 끼친다.

김동인은 「조선근대소설고」와 「작가 4인」 등을 통해서 염상섭에 관해 언급한 바가 있다. 그는 여타의 문학사적 작업과는 달리 인물 중심으로 서술하는, 일종의 작가론을 나열하는 방법을 취한다. 「조선근대소설고」에서는 염상섭의 비평가로서의 면모와 소설가로서의 면모 모두 조명되는데, 그 논의는 주로 후자에 초점이 맞추어졌다.[58] 먼저, 김동인은 「표본

---

57   월탄, 「대전 이후의 조선문예운동」(전12회), 『동아일보』, 1929.1.1~1.12. 월탄은 조선의 신문예운동을 모두 4기로 구분한다. 구체적으로 1기는 융희 2, 3년(1908, 1909년)에서 한일합방 후 1913년 이인직·최남선·조일재 등이 활동한 시기, 2기는 1913, 1914년으로부터 1918년까지 춘원 독점시대(육당·진학문·민태원·이상협 포함), 3기는 구주대전 이후 3·1운동을 거쳐 신문예운동 발생한 1919~1925년 시기, 4기는 신경향파 소설, 프로문학이 발생한 1925~1929년(당대)까지의 시기로 구분한다.

58   김동인, 「조선근대소설고」(전17회), 『조선일보』, 1929.7.28~8.16.

실의 청개구리」를 기준으로 "작품의 변화"를 지적한다. 그에 따르면, 「표본실의 청개구리」는 "침울하고 다한多恨한 작풍과 사상"으로 정리가 되고, 이후의 작품들에서는 "침울과 번민"은 사라지고 "만연한 생활의 기록과 그 만연한 기록 아래 감추어져 있는 인생의 동적 일면"이 특징으로 나타나며 여기에 "무거운 동통疼痛"이 더해진다. 이러한 변화는 앞서 살펴보았듯이, 자연주의적 경향의 변화를 감지한 월탄 등의 견해와 유사한 맥락에서 이해할 만하다. 두 번째로, 김동인은 「표본실의 청개구리」에서 "새로운 햄릿의 출현"으로 압축되는 당시 조선에는 존재하지 않았던 새로운 인간형주체성의 출현을 언급한다. 이는 '개인과 개성의 발견'이라고도 말해지기도 한다. 그 인간형은 식민지 현실과의 불화로 인한 "과도기 청년이 받는 불안과 공포와 번민", "생활이나 생에 대한 번민"으로 가득 차 있다. 세 번째로, 그는 초기 염상섭 소설에서 러시아문학의 영향을 지적한다. 이와 같은 김동인의 서술은 대체로 인상비평의 한계에서 자유로울 수는 없다. 하지만 당대 식민지 현실과 불화·대응하는 주체(성) 및 그 감정·정동情動을 포착함으로써, 염상섭 소설을 보다 정치적으로 해석할 가능성을 열어 놓고 있다는 점만은 환기해 둘 필요가 있다. 그가 '침울과 다한' '무거운 동통', '인생의 동적 일면'이라고 표현한 염상섭 문학의 특징들은, 정치적인 것과 관련하여 이른바 '프로문학이 내세운 정치'와는 결을 달리하여 이해될 만한 것이기 때문이다.

　김동인은 「작가 4인」에서 본격적인 작가론에 해당하는 작업을 진행하는데, 춘원·상섭·빙허·서해를 문단에 출현한 시간순에 따라 배치한다.[59] "인물, 인격, 경력 등과 인과 관계로 생겨난 그들의 작품을 통하여" '작가

59　김동인, 「작가 4인―춘원·상섭·빙허·서해 그들에 대한 단평(전5회)」, 『매일신보』, 1931.1.1·3·5·7·8.

의 초상'을 그려 보겠다는 목적을 밝히고 있듯이, 이 글은 일종의 연속 작가론에 가깝다. 염상섭의 경우만 한정하여 살펴보면, 그의 문단 등장 시기, 기반을 둔 미디어, 출생 및 지역성, 사회적 지위, 결혼 유무, 학력 사항, 연령 등을 종합적으로 고려하면서 '작가 염상섭'의 초상을 그려 낸다. 이 글에서 두드러지는 점은, 김동인이 지역성에 기초하여 그 문학성 및 인간성성격을 도출한다는 것이다. 염상섭은 "경기 출신의 작가", "경기인의 능변과 간사함"으로 이야기된다. 이러한 지역과 성격을 연결 짓는 방식은 "조선의 표준어인 경기 말을 경기인뿐이 가장 잘 안다"는 맥락에서 "작품상 용어를 자유자재로 구사"한다는 문학적 특징으로까지 연결된다. 이외에도 "놀라운 호변가", "좌담과 대화 등에는 무서운 달인"이라는 작가의 특성과 '인물 심리묘사'라는 소설적 특징과 연관되고, 심지어 술을 좋아하는 성격호주객 역시 "그의 작풍"과 관련된다. 즉 김동인은 지역성과 "풍모와 작품"을 종합하고 통일하여 작가 염상섭에 대한 형상을 만들어 낸다. 결과적으로 그가 이러한 작업을 통해 주조해 낸 염상섭의 형상은, 여러 논의에서 자주 반복되면서 공고화된다. 하지만 김동인이 "그의 작품 중 장편은 여좀는 하나도 통독치를 못하였다"고 고백하고 있듯이, 그가 만들어 낸 염상섭의 형상은 '염상섭 전체'를 검토하는 가운데 이루어진 것은 아니었음을 유념해 두어야 한다. 김동인의 사례를 일반화할 수는 없겠지만, 식민지기에 나온 이른바 작가론들이 성실한 독서에 기반을 두고 있다고 볼 수는 없을 듯하다. 서술자의 필요에 따라 취사 선택되고 부분이 전체를 대신하는 경우가 많았기 때문이다.

이외에도 이광수는 「조선의 문학」에서 신라시대부터 당대에 이르는 문학의 흐름을 일별하는 가운데, 3·1운동 이후 등장한 소설가들 가운데 한 사람으로 염상섭을 꼽는다.[60] 그는 염상섭을 "장편 작가"로 규정하고 그의 작품을 "삽澁하며 둔중하며 심각한 느낌"으로 언급하는데, 이를 러시아문학의 영향으로 보았다. 눈에 띄는 대목은 프로문학 진영에서 염상섭을 두고 "민족주의문학의 대장으로 부른다"라는 언급이다. 이는 적절성의 여부를 떠나, 당대 문단에서 염상섭을 어떻게 규정하고 있었는지 그 위상을 가늠할 수 있게 하는 서술이다.

3·1운동 이후 전개된 10년 동안의 문학적 전개를 각각의 관점에서 정리하여 일정한 내러티브를 부여하는 작업은 문학적 지향 및 일종의 정치적 경향을 드러내는 것이었다. 앞서 살펴본 월탄과 김동인 그리고 이광수의 문학적 특성은 서로 매우 달랐다. 다만 당대 활발히 전개되고 있었던 프롤레타리아문학에 비판적 입장을 공유하고 있었다. 세 사람의 논의에는 직간접적으로 프로문학에 대한 반대의식이 표출되고 있으며, 그것이 각각의 논의에도 영향을 주었다. 다음으로는 살펴볼 작업들은 김기진, 김태준, 신남철, 임화의 논의이다.[61] 논자들마다 개별적인 차이는 있지만, 프로문학 및 사회주의적 지향이라는 동일한 기반을 공유하고 있었다.

김기진의 「10년간 조선문예 변천과정」은 소박한 수준의 '토대와 상부

---

60   이광수, 「조선의 문학」, 『삼천리』 5(3), 1933.3.

61   이외에도, '백조(白潮)' 동인 및 '파스큘라(PASKYULA)' 회원으로 참여했으며 신문소설 삽화의 선구자인, 안석주는 「조선문단 30년 측면사」에서 염상섭에 관해 서술하기도 한다. 그의 글은 본격적인 문학사 서술이라기보다는 흥미 위주의 회고 또는 문단사에 가깝다. 그 대강은 이인직의 「치악산」에서 시작하여 '백조' 이후에서 마무리되고, 프로문학에 대한 언급은 거의 찾아보기 힘들다. 안석주는 염상섭을 이광수·김동인와 더불어 신문연재 장편소설의 대표적인 3인으로 꼽는다. 또한 염상섭의 「표본실의 청개구리」·「삼대」를 언급하며 심리묘사, 대화의 풍부함, 중산층 및 인간에 대한 묘사, 풍속소설로서의 면모 등을 그 소설의 특장으로 서술한다. 그리고 염상섭이 지니고 있었던, 문단에서의 문인과 정치가로서의 두 면모, 생활에서의 문인과 신문기자라는 직업적 긴장에 관해 호의적으로 언급하기도 한다. 안석주, 「조선문단 30년 측면사」(전3회)(『조광』 1938.12~1939.2), 『안석영 문선』, 관동출판사, 1984, 114~139쪽 참조.

구조론'과 '역사발전단계론'을 방법론으로 삼고 있다.[62] 그는 그간의 근대 문학사를 각각 '신문예운동의 생성 과정·신문예운동의 혼란 과정·무산 계급문예의 조직 과정' 등의 세 시기로 구분한다. 염상섭의 문학은 두 번째 시기, 즉 3·1운동 이후의 "신문예 사상의 혼란과 수입 전성全盛"의 시기에 해당한다. 그에 따르면, 염상섭은 이광수의 인도주의와 이상주의에 반발하여 출현한 개인주의·현실주의·자연주의의 흐름에 놓인다. 특히 김기진은 「표본실의 청개구리」를 근거로 삼아, 염상섭의 문학을 (소)부르주아·지식계급·자연주의·개인주의·관념론에 한정된 것으로 파악한다. 물론 이러한 규정은 유물론적 프롤레타리아문학론에 의해 뒷받침되었다. 자본주의 이후 사회주의가 도래한다는 역사발전단계론에 대응시켜, 부르주아문학 이후 프롤레타리아문학이 도래한다는 내러티브를 구축하며 염상섭의 위치를 부여하고 동시에 제한한 것이다.[63]

이른바 '유물론', '토대와 상부구조론', '역사발전단계론'에 입각한 문학사 내지 문학현상에 관한 서술은, 그 정도의 차이는 있지만, 비단 카프 진영의 문인들뿐만 아니라 경성제국대학의 아카데미 출신들에게까지 확산되면서 다양한 형태로 변주되는 동시에 체계화되기에 이른다. 그중에서 김태준의 『조선소설사』는 조선의 소설을 3·1운동 이후인 당대까지 통사

---

62 팔봉학인(八峰學人), 「십년간 조선문예 변천과정」(전22회)(『조선일보』, 1929.1.1~2.2), 홍정선 편, 『김팔봉문학전집 II ─ 회고와 기록』, 문학과지성사, 1988, 11~52쪽.

63 김기진의 염상섭에 관한 이러한 견해는 이후에도 크게 달라지지 않는다. 예컨대 「조선문학의 현재의 수준」에서는 염상섭을 김동인·주요섭·강경애와 더불어 '조선문학-민족주의-소시민적 자유주의-사실주의'의 범주로 구획한다. 이는 염상섭을 자연주의로 범주화하지는 않지만, 소시민성 내지 부르주아적 경향으로 파악하여 '조선문학-사회주의-카프파'와 대별하고 있다는 점에서 큰 차이는 없다. 김팔봉, 「조선문학의 현재의 수준」(『신동아』 4(1), 1934.1), 홍정선 편, 『김팔봉문학전집 I ─ 이론과 비평』, 문학과지성사, 1988, 368~378쪽 참조.

적으로 정리한 문학사였다.

김태준의 『조선소설사』는 동아일보연재본[1931]·청진서관본[1933]·학예사본[1939] 등 모두 세 판본이 존재한다. 그리고 김태준 스스로가 밝히고 있듯이, 근대문학에 해당하는 부분의 서술은 박종화·김기진·전영택·박팔양·이은상 등 당대 문인들의 논의를 참고하였다. 특히 염상섭과 관련해서는 앞서 살펴본 박종화와 김기진의 논의를 상당 부분 참고하고 있다. 염상섭에 관한 서술에 한정해 보면, 『조선소설사』는 세 판본을 거치면서 관련 내용이 부가되고 그 특징이 뚜렷이 부각된다.

동아일보연재본에서는, 월탄의 논의를 거의 그대로 인용하다시피 하면서, 염상섭의 작풍에 대해 북구의 영향을 받은 "침통미와 고삽미"에서 "리얼리스틱한 맛"의 "사실주의"로 변화했다고 서술한다. 그리고 "이론과 창작의 양 방면"에서 "프로문예의 진영에 육박"하는 "유일한 용장"으로 규정하면서 염상섭을 고평한다. 하지만 이러한 평가는 제한적이었다. 청진서관본에서는 '계급문학의 여명기'라는 큰 규정 속에서 염상섭의 성과를 배치한다. 즉 계급문학의 출현을 위한 과도기 및 준비단계에 한정되는 성과로 염상섭 문학을 제한한 셈이다. 하지만 여타의 논의들과 달리, 청진서관본 『조선소설사』가 「표본실의 청개구리」와 같은 염상섭의 초기 작품들 외에 단편 「초련」·「밥」, 신문연재 장편소설 『이심』·『무화과』를 언급하는 등 소위 '본격소설과 대중소설'이라는 구분에 구애됨 없이 다양한 작품들을 섭렵하려고 한 것은 특기할 만한 점이다. 마지막으로 학예사본은 '결론'에서 염상섭을 두고 "북구적 페시미즘"이라고 규정하여, 그 특이성을 뚜렷이 부각하는 동시에 부정성을 강조함으로써 그 성과를 한정한다.[64]

김태준의 『조선소설사』는 이후, 아카데미에 기반을 둔 동료 연구자들이나 문해력을 갖추고 있었던 문예인들에게 널리 읽혔다.[65] 가령 경성 제대에서 맑스주의 경제학 및 철학을 전공한 신남철의 경우, 1920년대 "신경향파의 대두"를 당시 반자본주의에 기초한 여러 사회운동의 출현 과 연관지어 논의하는 글에서 『조선소설사』를 여러 차례 인용하며 참조 한다. 하지만 염상섭에 대한 평가는 김태준의 견해와 견주어 볼 때, 매우 비판적이었다. 기본적으로 역사발전단계론에 입각한 시점에서, 염상섭 의 『폐허』는 사상의 수입과 소개에 불과한 것으로 "혼돈하기 짝이 없는 것"이 되며 「표본실의 청개구리」는 "현상의 잡다성의 바다에 빠져서 허 덕이다가 만 것"이 된다. 그리하여 염상섭은 "반봉건적 부르주아적 문예" 의 한 부류로 평가되며 "프로문학 탄생의 진통기"의 한 흐름으로 제한[66]

---

64 김태준, 「조선소설사」(전69회), 『동아일보』, 1930.10.31~1931.2.14; 『조선소설사』, 청 진서관, 1933(『조선소설사』, 예문, 1989); 『증보조선소설사』, 학예사, 1939(박희병 교 주, 『교주 증보조선소설사』, 한길사, 1990). 김태준이 '걸작 춘향전의 출현' 부분을 서술 하는 가운데 염상섭의 「소설과 민중」의 관련 대목을 출처를 밝히며 길게 인용한 점도 특기할 부분이다. 이런 점들에 비춰 볼 때, 프로문학이라는 도달해야 할 기준하에서 염 상섭을 위치 지우기는 하지만, 김태준의 염상섭에 대한 신뢰 및 평가는 긍정적이었던 것으로 보인다.

65 대표적인 사례로, 이왕직아악부(李王職雅樂部)에 근무하며 인접 예술 영역에서 활동 하고 있었던 성경린을 들 수 있다. 그는 「염상섭론」이라는 작가론을 표방한 글에서, 논 의의 대부분을 『조선소설사』에 의거하였다. 김태준의 논의를 따라 염상섭을 "민족주의 문학"으로 범주화하며, 「만세전」에 대해서는 민족의식이 행동으로 발현되지 못하고 사 상에만 머물렀던 점에 관해 비판하고 이후에도 이러한 태도는 크게 달라지지 않았다 고 판단한다. 「표본실의 청개구리」·「만세전」→「검사국대합실」·「윤전기」→「삼대」· 「불연속선」으로 나아가는 큰 구도를 그려 보이기도 하고, "조선의 문인 중에 외경하는 사람"이라고 개인적 호의를 표하며 "리얼리스틱한 작풍"의 "장편이 본령"이라고 평하기 도 한다. 하지만 대부분의 장편소설은 읽어 보지 못했다는 그의 고백은, 그가 서술한 논 의에 대한 진의를 의심케 하기도 한다. 성경린, 「염상섭론」, 『풍림』 4, 1937.3, 12~13쪽.

66 신남철, 「최근 조선문학사조의 변천―'신경향파'의 대두와 그 내면적 관련에 대한 한 개 의 소묘」(『신동아』 5(9), 1935.9), 정종현 편, 『신남철 문장선집 1―식민지 시기편』, 성 균관대 출판부, 2013, 355~375쪽.

될 뿐이다.[67]

식민지기 문학사적 작업의 최종 판본은 임화의 논의들이다.[68] 임화에 이르러 한국 근대문학에 관한 논의가 종합되고 체계화되었으며, 오늘날까지도 고려해야 할 규범으로 그 영향력을 발휘하고 있음은 주지의 사실이다. 기본적으로 '사적유물론'과 '역사발전단계론'에 기초한 역사 인식, 민족을 단위로 하는 일국사회주의 지향, '전위주의'의 정치조직론, 전형의 창조를 통한 객관적 진리의 재현이라는 (사회주의)리얼리즘에 기반을 둔 미학적 기준이 문학사 서술을 위한 방법론으로 사용되었다. 그의 문학사 서술에서는, 식민지기에 도출된 대부분의 문학적 논의들이 이와 같은 원칙에 따라 변증법적으로 종합되었다. 그리고 이후 분단과 월북숙청이라는 현대사의 격변 속에서 그의 문학사론은 남북의 공론장에서 자취를 감추었지만, 이후의 문학사적 인식과 서술에 보이지 않는 기준으로 작동했다.

임화는 "자연주의시대의 왕도를 수립하고 조선소설사상 찬연한 지위를 점하고 있는 작가", "조선 자연주의문학이 소유하는 예술적 보옥"으로 염상섭을 상찬하고, 그의 작품에 대해서는 "시민적문학의 가장 투철

---

67 신남철과 마찬가지로 경성제대 법문학부 출신으로『신흥(新興)』의 필진이었던 이종수(李鍾洙)는, 신문학의 발생과 자본주의 생산양식을 관련지어 논의하는 가운데 염상섭에 관해 서술하기도 하였다. 이종수는 기본적으로 '민족문학과 프로문학'으로 대별하여 문학사의 전개를 파악하며, 문학이론상에서 프로문학 및 사회주의리얼리즘 우위의 관점에서 단계론적으로 서술한다. 여기서 염상섭에 관해서는「표본실의 청개구리」·『견우화』 등의 소설을 중심으로 그 성격을 자연주의·민족문학 등으로 평가한다. 그가 말하는 자연주의는 "인생의 암흑면이고 무엇이고 있는 그대로 그리자는 것"으로 "현상을 전반적으로 진보의 상(相)에서 보는 것이 아니라 일부분 많은 개인주의적 입장에서 보는" 것으로 말해진다. 이종수,「신문학 발생 이후의 조선문학―민족문학시대의 문학사상 변천」,『신동아』 5(9), 1935.9, 16~19쪽 참조.
68 임화,「조선신문학사론 서설―이인직으로부터 최서해까지」(『조선중앙일보』, 1935.10.9~11.13);「소설문학의 20년」(『동아일보』, 1940.4.12~4.20), 임규찬·한진일 편,『임화 신문학사』, 한길사, 1993, 313~370쪽·387~402쪽.

한 결론" 및 "조선 자연주의소설의 최고의 절정"으로 고평한다. 하지만 이러한 상찬과 고평은 "이기영을 발견하기까지 조선문학사상의 최대의 작가" 또는 "프로문학에 물려준 최량最良한 문학적 유산"이라는 한정, 즉 프로문학과 (사회주의)리얼리즘이라는 제한 속에서만 그 의미를 획득한다. 임화는 "소극적 부정"·"무이상성"이라는 전망의 부재와 "객관편중성"이라는 진리의 재현 불가능성, "소시민문학"이라는 계급성을 보편적 자연주의의 한계로 파악한다. 나아가 "조선의 자연주의"라는 특수성의 층위로 내려와 앞선 논자들과는 달리 그것이 "단순한 외국의 모방"이 아닌 "사회적 정신적 기초"하에서 발현되었음을 주장한다. 그리하여 '조선 자연주의'는 "리얼리즘 발전상에서 점령하는 바 높은 지위", 즉 리얼리즘으로 나아가기 위한 예비단계과도기로서의 의의를 부여받는다. 이러한 맥락에서 「제야」는 "성격 및 심리묘사의 높은 리얼리즘을 획득"했다고도 논해지며, 『만세전』은 "페시미즘으로 충만 되어있는 걸작"이라는 평가 받기도 한다. 그리하여 염상섭의 작품들은 "자연주의문학"과 "부정적 리얼리즘"의 그 어디쯤 놓이지만, 결론적으로 (사회주의)리얼리즘에는 미달하는 것으로 평가 받는다. 즉 염상섭의 『만세전』은 이기영의 『고향』을 준비하고 예비했던 전前단계로서의 위치를 부여받을 뿐이었다.

　임화에게 있어 '자연주의와 (사회주의)리얼리즘'의 관계는 발전단계론진화론의 문법으로 수렴되며, 생산양식의 층위로 옮겨 오면 '자본주의와 사회주의'라는 발전단계에 대응한다. '(소)시민적문학과 프롤레타리아문학'이라는 대응 또한 이러한 단계론으로부터 산출된 것이다. 역사발전단계론은 '난숙한 자본주의' 사회가 내적 모순과 투쟁을 통해 사회주의 사회로 나아간다는 이야기로 압축할 수 있다. 그 이야기의 가장 세련된 문학적 버전인 임화의 문학사에서는 (사회주의)리얼리즘이 성립하기 위해서는 그 난숙한 자본주의에 대응하는 미학적 규범과 그 작가와 작품이 강력하게 요청되었다. 즉 임화가 "프로문학의 본래적 달성의 최고의 수준"으로 평한 이기영의 『고향』에 앞선 단계에 놓일 난숙한 작가와 작품이 반드시 필요했던 것이다. 그 '잃어버린 고리'를 메웠던 것은, 지금껏 확인했듯이 자연주의로 규정된 염상섭과 그의 소설들「제야」·「만세전」 등이었다.

그런데 이와 관련하여 유념해야 할 점은, 임화의 문학사가 1930년대 중후반에 작성된 것임을 고려할 때, 염상섭의 작품을 매우 한정해서 선택하고 있다는 것이다. 그가 일련의 문학사 관련 논의에서 거론하고 있는 염상섭의 소설은 「표본실의 청개구리」, 「제야」, 『만세전』, 『견우화』, 「금반지」 등 모두 1925년 이전의 것으로 카프 성립 이전에 나온 작품이다. 이기영의 『고향』『조선일보』, 1933.11.15~1934.9.21에 앞서는 염상섭의 신문연재 장편소설로 『사랑과 죄』·『광분』·『삼대』 등의 작품이 존재한다. 하지만 그의 문학사론 어디에서도 이러한 작품들에 대한 언급은 찾아보기 힘들다. 임화가 카프 진영에 대한 가장 날카로운 비판자였던 염상섭의 소설들을 알지 못했을 리는 만무하다. 즉 임화의 선택적 고려였으며, 그 기준으로 사적유물론과 전위주의가 작동하고 있었다. 즉, 사적유물론의 구도에 조응하는 '자연주의의 염상섭'만이 그의 문학사에 필요했기에, '『삼대』의 염상섭'은 그 구도에 들어갈 수 없었다. 또한 전위주의적 사유 속에서 통속소설, 대중소설로 낙인을 받기도 했던 염상섭의 신문연재 장편소설은 고려의 대상이 아니었을 것이다.

임화가 만들어 놓은 문학사적 구도는 비단 좌파 혹은 사회주의 지향의 문인들만 공유하고 있었던 것은 아니다. 사회주의의 이념만 괄호친 채, 일국적 민족문학론, 리얼리즘론, 변형된 전위주의엘리트주의인 순수문학론 등은 이후 직간접적으로 여러 문학사에서 서술의 준거 및 역참조점이 되었다. 이 과정에서 염상섭의 문학과 사상은 선택적으로 재단되었으며 그렇게 제한적인 형태로 의미가 부여되었다.

2. 냉전체제의 성립과 염상섭의 폐색閉塞

1) 1940년대의 공백과 재구성

해방 당시, 한반도에서 염상섭의 위상은 모호했다. 주지하듯이 염상섭은 일제 말기인 1937년에 만주 신경新京으로 이주했다가 해방을 단둥安東에서 맞이한다. 다시 국경과 또 다른 경계선인 삼팔선을 넘어 서울로 돌아온 것은 1946년 6월 무렵이었다. 만 9년간의 공백이었으며, 그 기간 동안 문학적 활동은 여타의 시기와 비교하면 미미한 수준이었다. 그리고 그가 돌아온 무렵은 8·15해방으로부터도 일정한 시간이 경과하면서 혼란 속에서도 이념적 스펙트럼에 기초한 질서가 구축되어 가고 있을 때다. 시간적 공백과 힘의 재배치 속에서, 염상섭의 문학사적 위상과 자리는 불안정했다. 단편적 신문 기사를 제외하면, 염상섭의 귀환과 공론장으로의 복귀를 알리는 가장 이른 글로는 「동인과 상섭」이 있다. 이는 『백민』의 발행인으로 활동한 김송金松이 작성한 것으로 보이는데, 당시 염상섭에 대한 전반적인 이해를 가늠해 볼 수 있게 해 준다. 전체적으로 흥미 위주의 서술이 주를 이루는 이 글은 염상섭에 관해서도 "조선낭만주의소설의 터를 닦은 분"으로 규정하는 등 여러 오류 및 풍문에 가까운 서술로 일관한다. 그리고 여기에는 염상섭의 부재와 귀환에 대해 김동인이 감격 어린 감정을 표출한 일화가 등장하기도 한다.[69] 말하자면 십 년에 가까운 부재로 인해 염상섭에 대한 문학적 평가와 대중적 인상은 모호해져 있었고,

염상섭과 동시대에 활동했던 문학자들에게는 그의 재출현 자체가 이례적인 사건으로 여겨졌으며, 또한 거기에는 동세대로서의 동질감이 투사되어 있었다.

이런 의미에서 해방 이후 비단 염상섭만이 공백 속에서 망각되어 소실된 것은 아니었다. 일제 말기 '조선문학'이 '제국의 문학'의 한 마디로 절합되어 그 내용과 형식이 상실·변형되면서, 염상섭과 동시대에 활동했던 문학자들의 존재감 또한 엷어질 수밖에 없었다. 따라서 이들은 해방기의 이념적 대립과 세대적 갈등 속에서 그 문학적 위상을 회복하고 그 상징권력을 재구축하기 위해 애썼다.[70] 그 대표적인 글쓰기 형식은 직접적 경험에 기반을 둔 회고 내지는 문단사 기술이었다. 그 실질적인 내용은 식민지기에 서술된 내용과 크게 다를 것은 없었으나, 3·1운동과 민족 수난에 초점을 맞추어 과거의 영광을 현재적 상황에 겹쳐 놓음으로써 문학적 정통성을 재확보하고자 했다. 이 과정에서 염상섭에 대한 문학적 성과 및 평가가 재구성되었다. 예컨대 염상섭은 3·1운동의 여러 적자嫡子 가운데 러시아문학의 경향을 표출한 대표적 문인으로 평가 받았으며,[71] 그의 데카당한 경향과 술에 얽힌 일화는 일제의 압박에 대한 반작용으로 해석되는 등 그 문학 활동은 "민족의 생맥生脈"으로 의미화된다.[72] 그리고 그의 문학이 지니는 "심통·심각·둔중"의 특성은 "민족 수난의 (…중략…) 반

---

69 K기자, 「동인과 상섭」, 『백민』 2(4), 1946.10.
70 염상섭의 경우도, "신문학운동의 과거와 장래"를 논하는 좌담회에 초대되어 3·1운동 이후의 문학 활동을 회고하며 선배의 입장에서 당대 문단과 문학에 관해 제언을 하기도 한다. 염상섭·김동인·백철, 「신문학운동의 회고와 전망－김동인, 염상섭 양 씨(氏)에게 문학을 듣는 좌담회」(전2회), 『중앙신문』, 1947.11.1~11.2 참조.
71 월탄, 「삼일 전후의 문학운동(하)」, 『중앙신문』, 1946.3.1 참조.
72 안석주, 「문단삼십년비사」(『문화시보』, 1947.9~1947.10); 「문단회고록」(『민족문화』, 1949.9~1950.2), 『안석영 문선』, 관동출판사, 1984, 140~164쪽 참조.

영”으로 이해되어 “어른의 문장”으로 상찬되고 작품들의 오랜 생명력이 부각되었다.[73] 특히 이러한 회고적 문단사 기술 가운데 두드러진 것은 12회에 걸쳐 연재된 김동인의 작업이었다. 그는 3·1운동을 전후로 하여 해방기까지 이어지는 문단사를 잡지·인물·일화를 중심으로 기술한다. 그러는 가운데 염상섭에 관해서는, 동인지『폐허』,「표본실의 청개구리」, 비평을 둘러싼 논쟁과 ‘발가락사건’ 등을 언급하면서 “조선 신문학 초창기”의 주요 인물로 위치 짓는다.[74] 그 내용이나 관점은 새로운 것이 없었지만, 이는 결과적으로 해방기의 문학적 정통성 및 근대문학(사)을 둘러싼 헤게모니 확보와 결부되었다.

해방 후 ‘3·1운동 세대들’의 회고에 기초한 근대문학을 둘러싼 인정투쟁 및 정통성 확보 작업은 큰 효과를 산출하지는 못했다. 이념적 대립과 세대적 교체의 혼란 그리고 소위 ‘48년 체제’를 통한 분단의 가시화 속에서, 남한대한민국 문단의 주도권을 쥐기 시작한 조연현이 본격적으로 문단의 질서 및 문학사를 재구축하기 시작하면서, 앞서 살펴본 3·1운동 세대의 작업들은 사실상 그 실효성을 상실해 갔다.[75] 즉 염상섭에 대한 재평가를 비롯하여 근현대문학사 전반에 대한 이념적·시대(구분)적 재평가 작업이 조연현에 의해 수행되었으며, 그로 인해 구축된 프레임은 오랫동안 영향력을 발휘하게 된다. 물론 여기에 조연현의 작업과는 여러모로 차이가 있지만, 염상섭에게 한정하면 공통된 결론으로 수렴되기도 하는 백철

---

73 조용만,「장거리선수·횡보」(1948),『방의 숙명』, 삼중당, 1962 참조.
74 김동인,「문단 30년의 자최」(전12회),『신천지』3(3)~4(7), 1948.3~1949.8 참조.
75 『신천지』에 김동인의「문단 30년의 자최」(1948.3~1949.8)가 끝난 뒤, 바로 뒤이어 조연현의「해방문단 5년의 회고」(1949.9~1950.2)가 연재되는 상황은, 이러한 문단의 세대교체를 상징적으로 보여 준다. 조연현은 해방기 이념적·세대적으로 혼란했던 문단의 상황을 ‘한국문학가협회’ 결성(1949.12.17)으로 질서화 되었다고 서술하며 글을 마무리한다.

의 문학사 작업도 덧붙여야 할 것이다.[76]

2) '48년 체제'의 성립과 '중간파'라는 붉은 호명

한반도에 두 개의 정부가 수립되고 삼팔선을 경계로 분단이 현실화되는 '48년 체제'가 구축되면서, 남한의 공론장에서는 좌파의 주장과 담론뿐만 아니라 그 존재 자체가 더 이상 허용되지 않았다. 그러면서 이념적 갈등은 소위 중간파와 우파 간의 대립으로 재편되었다. 대한민국 정부가 수립1948.8.15되기 전까지 염상섭은, '조선문학가동맹'의 중앙집행위원1946.11.8 및 서울시 집행위원1946.11.23으로 보선되어 활동하면서, 좌파조선문학가동맹의 '정치주의'와 우파전조선문필가협회의 '순수성' 모두를 지양하며 그 양자의 "합류 가능성"을 타진하는 등 "문단의 통일시대를 희망"1947.11하였다. 또한 남북협상을 지지하는 '문화인 108인 지지 성명'1948.4.14 및 단독정부 수립반대와 통일자주독립을 촉구하는 '330문화인 성명'1948.7.26에 참여하는 등 정부수립 직전까지 좌우 모두를 비판하며 자주통일을 강력히 요청했다.[77] 말하자면 그는 위로부터 수립되는 두 개의 국가권력에 맞서 민족이라는 공동체에 기초한 구성권력pouvoir constituant[78]의 창출에 참여하고 있었던 셈이다. 이러한 그의 행위는 통상적으로 이념적 스펙트럼의 산술평균으로 이해되어 왔다. 하지만 염상섭 자신은 소위 '중간파'라는 레테르

---

76 해방 이후 염상섭 후반생에 이르는 기간의 문학사 서술과 평가에 관해서는 뒤에서 다시 상세히 언급할 것이다.

77 「문맹중앙위원회-문학운동결정서 등 발표」, 『일간 예술통신』, 1946.11.11; 「문학대중화운동」, 『조선일보』, 1946.11.29; 「신문학운동의 회고와 전망-김동인, 염상섭 양 씨(氏)에게 문학을 듣는 좌담회」(전2회), 『중앙신문』, 1947.11.1~11.2; 「조국흥망의 막다른 □間에서 百八 문화인도 단연 궐기」, 『우리신문』, 1948.4.29; 「330文化人聲明, 兩軍 撤退의 一路만이 角逐反撥猜疑를 一掃하는 正路」, 『조선중앙일보』, 1947.7.27 등 참조.

를 통해 스스로를 규정하는 일은 드물었으며 그러한 방식의 집단적 세력화에는 큰 관심을 기울이지 않았다. 그럼에도 48년 체제가 구축되기 전까지 이러한 그의 정치·문화적 행보는 당시 여러 논자에게 중간파의 맥락에서 해석되었으며 그 이후에도 같은 방식의 맥락화는 지속되었다.

당시 문학장에서, '중간파'와 '중간파문학'이라는 개념을 정식화하여 최초로 사용한 문인은 백철이다. 그는 계용묵, 정비석, 박영준, 최정희, 황순원, 손소희, 주요섭, 이무영 등과 함께 염상섭을 중간파문학으로 구분하여, 집단적으로 양각화시키면서 조연현·김동리 등의 우파 문인들과 대립선을 구축한다. 좌우의 대립선을 중간과 우파의 대립선으로 재정향한 셈이었다. 그리하여 백철은 단정 수립 이후 중간파문학의 단체결성 시도에 관여하는 한편, "19세기 리얼리즘을 비판하는" "신리얼리즘의문학"의 수립을 중간파의 미학적 원리로 내세우면서 그 구체적인 세력화를 기도하기도 하였다.[79] 이외에 홍효민도 중간파적 맥락에서, 제헌의회가 성

---

78 일반적인 사법이론에서 'pouvoir constituant'는 '제헌권력(헌법제정권력)'을 의미하는데, 이로부터 파생되어 대응하는 것이 'pouvoir constitué', 즉 '제정된 권력'이다. 이는 시에예스(E. J. Sieyès)에 의해 이론적으로 체계화되었다. 칼 슈미트는 이러한 '제헌권력'과 '제정된 권력' 양자의 관계가 스피노자의 '능산적(산출하는) 자연(natura naturans)'과 '소산적(산출된) 자연(natura naturata)'의 관계와 방법론적인 유사성을 지니고 있다고 주장하였다. 슈미트의 논의에 주목하여, 안토니오 네그리는 제헌권력을 사법이론에 한정시키지 않고, 정치철학과 사회철학, 나아가 존재론적 층위로까지 확장하여 재규정한다. 네그리의 용법에 따르면, 'pouvoir constituant'는 "물질적 구성의 근본적 재정식화에 기반을 두고 형식적 구성의 근본적 혁신을 꾀하는 능력"을 의미한다. 이러한 맥락에서 'pouvoir constituant'라는 개념은 정체(政體)를 전사회적으로 해체하고 재구성하는 '구성권력'의 의미로 확장된다. 이에 관해서는 이 책의 제2장에서 좀 더 상세히 논의할 것이다. 칼 슈미트, 김효전 역, 『독재론 — 근대 주권사상의 기원에서 프롤레타리아 계급투쟁까지』, 법원사, 1996, 178쪽; Antonio Negri, Trans. Maurizia Boscagli, *Insurgencies : constituent power and the modern state*, Minneapolis : University of Minnesota Press, 1999, 제1장과 제7장 등 참조.

79 백철, 「[기축(己丑) 신년의 문화건설 전망] 소위 중간파의 진출 — 예상되는 금년의 창작

립될 무렵에 "좌우익을 초월한 조선적 리얼리즘"을 주장하면서 염상섭의 「그 초기」를 모범적인 사례로 제시하기도 하였다.[80]

　주지하듯이 48년 체제가 구축된 남한^{대한민국}에서, 좌파 문학자들의 활동은 더 이상 불가능해졌다. 그들은 삼팔선 이북으로의 추방 및 격리의 형식으로 배제되어야 할 존재들이었다. 공론장에서 추방된 좌파문학자들을 대신하여 우파문학자들과 이념적 대결 구도를 형성했던 것은 중간파문학자들이었다. 이들은 월북하지 않고 결과적으로 대한민국의 국민이 됨으로써 공론장에 잔류할 수는 있었다. 하지만 삼팔선을 따라 적과 동지의 구분이 첨예해지고 있었던 그때, 남한에서 중간파라는 호명은 중립의 의미로 받아들여지기보다는 월북한 좌파를 대체하는 또 다른 '붉은 이름'으로 간주되었다. 가령 김동리는 '문화인 108인 지지 성명'^{염상섭 참여}을 주도하며 세력화를 꾀한 문화인들을 "소위 중간파로 처세하는 기회주의들의 집단"으로 규정하며 "남로당 직계의 문학가동맹원"과 연관 짓는다.[81] 정태용은 염상섭과 백철을 구체적으로 겨냥하여 중간 문학파 불가론을 강력하게 주장하는데, 염상섭에 관해서는 "전형적 기회주의자"로 비난하며 그가 주장한 '민족문학' 및 '문학의 자유성'은 "구국문학"으로 수렴되지 않으면 안 된다고 비판한다.[82] 요컨대 염상섭을 위시한 소위

계」, 『세계일보』, 1949.1.1;「현상은 타계될 것인가─주로 기성작가의 동향에 관한 전망」(전6회), 『경향신문』, 1949.1.5~1.12. 백철은 염상섭을 중간파문학으로 분류하지만, 그의 문학적 성취에 대해서는 비판적이었다. 비판의 요지는 염상섭의 소설들은 "근대적인 현실주의 작품"에 안주하여 "근대 리얼리즘을 양기(揚棄)하지 못"하고 있으며 "현대성을 감당하지 못"하고 있다는 데 있었다. 그리하여 백철은 염상섭에게 "새로운 적극적인 문학정신"을 요청하였다. 말하자면 백철은 시대를 근대와 현대로 구분하는 가운데, 염상섭의 문학은 근대적인 시간에 머무르고 말았다고 그 후진성을 비판하였다.

80　홍효민, 「문학의 역사적 실천─조선적 리얼리즘의 제창」, 『백민』 4(4), 1948.7·8.
81　김동리, 「문화인에 보내는 각서─주체의 일관성 가지라」, 『동아일보』, 1948.8.29.
82　정태용, 「문학의 자유─백철·염상섭 양씨를 박함」(전4회), 『조선중앙일보』, 1949.1.19

중간파문학은 한편으로는 김동리의 말대로 이념상 붉은 혐의가 두어져 배제되어야 함과 동시에 다른 한편으로는 정태용의 말처럼 국가대한민국의 이름으로 포섭·동원되어야 하는 이중의 입장에 놓여 있었다. 조연현은 해방문단을 정리하면서, 염상섭을 비롯한 중간파문학자를 "문맹이 제시한 문학적 이념의 공명자나 지지자들"로 규정하고 "남로당 제5열들의 문화적 음모"에 가담한 자들로 평가하면서, 전향하기 전까지는 '행동과 문학관이 상이했던 존재들'로 명료하게 구분하였다.[83] 조연현의 회고에 따르면, 실제로 염상섭은 문학가동맹 가입 이력과 그간 좌우 모두를 지양하는 중간적 태도로 말미암아 1949년 8월 이후에도 문단 안팎과 국가기관으로부터 '용공容共적 혐의'를 받고 있었다.[84]

단정 수립 후 대한민국에서는 제주4·3항쟁[1948.4] 및 여순사건[1948.10] 등 국가폭력의 가시화와 국가보안법 제정[1948.12] 등의 법률적 정비, 그리고 국민보도연맹 창설[1949.4] 등의 감시·동원시스템의 구축을 통해, 반공주의가 현실정치와 일상의 공간을 장악해 들어오고 있었다. 이런 가운데 이념적으로는 좌우를, 즉 분단된 남북 모두를 지양했던 염상섭이 취할 수 있는 현실정치적 선택지는 거의 없었다. 오히려 그 존재 자체가 위태로워지고 있었다. 이 시기 염상섭은 여러 방면에서 고립되어 어려움을 겪고 있었으며[85] 창작과 대학 강의에 전념하는[86] 방식으로 '용공 혐의'에서 벗어나고자 했지만, 그것만으로는 불충분했다. 기어이 "두 개의 세계를 몸소

~1.22. 정태용의 이 글은 백철의 「현상은 타개될 것인가-주로 기성작가의 동향에 관한 전망」(『경향신문』, 1949.1.5~1.12)과 염상섭의 「문단의 자유 분위기」(『민성』, 1948.12)에 대한 직접적인 반박문이었다.

83 조석제(조연현), 「해방문단 5년의 회고」, 『신천지』 4(8)~5(2), 1949.9~1950.2 참조.

84 조연현, 『조연현문학전집 1-내가 살아온 한국문단』, 어문각, 1977, 248~249쪽 참조.

85 K생, 「문인생활 별견기-월탄 박종화 씨와 횡보 염상섭 씨」, 『민성』 5(7), 1949.6 참조.

86 「문화인동정」, 『경향신문』, 1949.9.19; 「문화인동정」, 『경향신문』, 1949.10.5 참조.

체험한 월남 작가"의 문학단체인 '월남작가클럽' 결성1949.12.3에 참여하고 지도위원으로 선출되는 행보를 보여야만 했다.[87] 급기야는 "전향문학인을 포함한" '한국문학가협회' 결성1949.12.17에 준비위원으로 참여하여 '중앙집행부위원장'으로 선출되지 않으면 안 되었다.[88] 조연현은 이와 관련하여 "그전까지 행동이요 문학관을 달리해온 염상섭 (…중략…) 제씨도 참가"했다고 서술하며 그날의 풍경을 묘사하고 있다.[89] 이는 염상섭이 조선문학가동맹의 '중앙집행위원'으로 보선된 이후, 만 3년 만의 일이었다.

염상섭은 스스로를 중간파라고 적극적으로 규정하기보다는 문학과 정치 그리고 삶을 둘러싼 관계와 문제를 해방기라는 복잡다단한 국면들 속에서 풀어내고 정립하고자 했다.[90] 삶과 관련해서는 "인생의 탐구요, 인생의 표현이며, 인생의 의의를 발견하고 파악해가는 과정"으로 문학을 의미화한다. 또 정치적으로는 남북 분단을 비판하는 '민족문학'·'신新민주주의문학' 등으로 언표화하면서 "구래舊來의 민족주의에서 자본주의적 요소나 제국주의적 요소를 제거한 것"이라고 그 지향점을 드러내었다. 단정

87　「월남작가 클럽 결성」,『경향신문』, 1949.11.24;「월남작가 구락부 결성」,『자유신문』, 1949.11.24;「월남작가회, 반민족문학 반대를 강령으로 내세우고 결성」,『서울신문』, 1945.12.4;「월남문학자 클럽 대표에 김동명 씨 선출」,『경향신문』, 1949.12.6;「문화인동정」,『경향신문』, 1950.1.16;「'월문(越文) 클럽' 주최 월남예술인의 밤」,『경향신문』, 1950.1.26 등 참조.

88　「한국문학가협회 결성, 전향·무속(無屬) 작가도 참가」,『동아일보』, 1949.12.13;「한국문학가협회 결성식」,『경향신문』, 1949.12.14;「민족문화의 개화 위해 한국문학가협회를 결성」,『동아일보』, 1949.12.18;「중집위 33명 선출, 위원장엔 박종화 씨」,『동아일보』, 1949.12.19;「한국문학가협회 중앙집행위원결정」,『경향신문』, 1949.12.19 등 참조.

89　조석제(조연현),「해방문단 5년의 회고(5)」,『신천지』 5(2), 1950.2, 220쪽 참조.

90　염상섭,「'민족문학'이란 용어에 관련하여」,『호남문화』 1, 1948.5;「사회성과 시대성 중시」,『백민』 4(3), 1948.5;「'자유주의자'의 문학」,『삼천리』 3, 1948.7;「문단의 자유 분위기」,『민성』 5(1), 1948.12(발행) 등 참조.

이후 국가주의가 문단을 장악해 가는 국면에서는 "문학의 자유성"을 주
장하며 그에 맞서고자 했다. 이처럼 그의 문학과 사상은, 항상 다층적인
현실과 맞닿아 있으면서도 그 현실을 넘어서고자 하는 의지로 충만해 있
었다. 그런데 이를 중간파로 호명하여 '좌파-중간-우파' 프레임, 즉 냉전
체제의 프레임 속에 가두어버리면 사실상 그의 문학과 사상이 지닌 잠재
력은 그 활력을 상실하게 된다. 정작 염상섭이 무엇을 말하려고 했는지는
사라지고 당시 좌우라는 이념적 스펙트럼의 산술적 평균만이 남게 된다.
중간파문학을 정식화했던 백철의 작업도 결과적으로 각 행위자의 특이
성을 드러내기보다는 내용 없는 집단성을 표출하는 것으로 끝이 나고 말
았다. 우파 문학자들은 중간파문학이라는 호명을 통해 그들을 타자화하
고 격리함으로써, 전향과 포섭을 이끌어 낼 수 있었다. 따라서 해방기 염
상섭의 문학과 사상을 고찰함에 있어서는, 해방기의 복잡다단한 정치사
회적 변동을 고려하면서도 좌우의 이념적 프레임으로 재단하지 않는 시
각이 요청된다. 그럴 때만이 절충과 중간이라는 내용 없는 평면적 좌표설
정에서 벗어나 염상섭의 사상과 문학의 특이성을 이해할 수 있을 것이다.

3) 동시대성의 상실이라는 문학사적 평가

염상섭에 대한 세대론적 기각과 이념적 배제 및 포섭은 문학사라는 학
술적 작업을 통해 더욱 공고화되었다. 해방기와 염상섭의 후반생에 이르
는 시기에 주요한 문학사 작업으로는 임화, 박영희, 백철, 조연현의 것을
들 수 있다. 이 가운데 냉전과 분단·이념상의 대립·문단의 헤게모니 재
편 등으로 인해, 대한민국의 문학장에서 실질적인 영향력을 발휘한 것은
백철과 조연현의 작업이다. 다만 임화의 문학사 작업은 직접 언급되지는
않았지만 늘 의식될 수밖에 없는 하나의 준거점으로 작용하고 있었음을

염두에 두어야 한다.

해방기에 임화는 본격적인 문학사 서술보다는 당면한 실천 과제에 부합하는 문예정책 및 보고문 성격의 글들을 통해, 과거의 근대문학사를 일별하는 가운데 염상섭에 대한 평가를 진행한다.[91] 전체적으로는 "조선의 민주주의적 국가건설"이라는 기획 아래 "근대적인 민족문학의 수립"을 과제로 삼아 근대문학의 성립과 전개에 관해 서술한다. 염상섭과 관련된 내용은 자연주의에서 프로문학으로의 이행이라는 점에서 부각된다. 염상섭의 소설은 "조선 현대소설 발전사상上의 한 고봉高峰을 이루는 것"으로 평가되지만, 이러한 고평은 프로문학 이전의 '시민계급·소시민의 자연주의문학'이라는 단계에서만 허락된 것이다. 즉 "조선 시민계급의 문학적 단명短命과 더불어 새로이 대두한 프롤레타리아문학"이라는 단계론적 서술하에서 프로문학 이전 단계의 성과로서 그 의의를 부여받은 것이다. 물론 임화는 프로문학이 "자연주의문학의 성과"를 통해 출발했음을 강조하고 양자 간의 이행과 발전에 초점을 맞추어 그 의의를 부각하기는 한다. 임화의 이러한 관점과 서술방식은 식민지기에 그가 행했던 문학사 작업과 연속적이다.

박영희의 경우, 「현대조선문학사」와 「초창기의 문단측면사」라는 경험에 기초한 문학사文壇史를 기술하면서 염상섭에 관해 언급한다.[92] 그 논의

---

91 임화, 「조선 민족문학 건설의 기본과제에 관한 일반보고」(조선문학가동맹 중앙집행위원회서기국 편, 『건설기의 조선문학』, 조선문학가동맹, 1946); 「조선소설에 관한 보고 ─보고자 안회남 씨의 결석으로 인하여 대행한 연설요지」(『건설기의 조선문학』), 임규찬·한진일 편, 『임화 신문학사』, 한길사, 1993, 401~428쪽.

92 백철에 따르면, 박영희의 「조선현대문학사」는 1948년 중에 완결되어 『삼천리』에 서론 부분이 연재되었다가 출판될 예정이었으나 한국전쟁으로 말미암아 중단되었다고 한다(백철, 「회월의 문학사가 발표되는데 앞서서」, 『사상계』 57, 1958.4, 290쪽 참조). 필자는 "서론 현대조선문학의 성격─제3장 현대조선문학과 그 사상성"에 해당하는 글을

는 동인지『폐허』, 자연주의작가, 프로문학과 대립한 민족주의문학 등 세 가지로 정리된다. 동인지를 인정투쟁과 내적 성숙의 장으로 파악하는 박영희는,『폐허』에 관해서도 그 사상적 지향에 관해 언급하기보다는 동인 구성 등과 같은 사실적인 내용 기술에 그친다. 이러한 서술은『폐허』를 비롯하여 다양한 동인지들이 지니고 있었던 잠재력과 역동성을 봉쇄하는 결과를 낳기도 한다. 그리고 염상섭 개인에 관해서는 "자연주의문학의 현실성" 및 "사실성"에 주목하면서 "조선단편소설사의 첫 페이지를 차지"하는 "조선적인 현실을 사실적으로 묘사"한 작가로 평가한다. 하지만 이러한 평가는 프로문학이라는 준거점이 등장하기 이전에만 유효한 것이 된다. 계급문학을 둘러싼 논쟁에서 염상섭은 "우익문단의 대표"로 평가되어 민족주의문학 진영으로 분류되며 그의 소설「윤전기」는 이런 맥락에서 과잉 부각된다. 박영희는 통시적으로는 '자연주의문학→프로문학'이라는 이행의 맥락에서, 그리고 공시적으로는 좌우 대립 구도 하의 우파 문인이라는 맥락에서 염상섭의 위치를 가늠한다. 여기에는 단계론과 냉전체제의 인식이 주요한 프레임으로 작용한다. 이러한 구도는 문학사에서 염상섭을 이해하는 일반적인 형태이기는 하지만, 이것만으로는 염상섭의 문학과 사상의 면모가 온전하게 드러나지 않는다.

박영희,「현대조선문학사(3)」,『삼천리』14, 1949.12에서 확인할 수 있었다. 이후 박영희의 「조선현대문학사」는 『사상계』에 「현대한국문학사」라는 제목으로 10회에 걸쳐 일부가 연재(1958.4~1959.4)되었으며, 「초창기의 문단측면사」는 『현대문학』에서 9회에 걸쳐 연재(1959.8~1960.5)되었다. 그런 뒤에, 김윤식,『박영희 연구』, 열음사, 1989의 부록에 「현대조선문학사」 전체가 수록되었다. 임규찬 편, 조은정 입력교정,『현대조선문학사(외)』, 범우, 2003에 「현대조선문학사」와 「초창기의 문단측면사」 모두 나란히 수록되어 있다. 「조선현대문학사」와 「초창기의 문단측면사」는 "대략 회월이 45년 12월 서울을 떠나 춘천의 중학교 국어교사로 근무하며 49년 반민특위로부터의 소환 때문에 서울로 상경할 때까지 칩거한 동안 쓴 것으로 알려져 있다." 임규찬 편,『현대조선문학사(외)』, 범우, 2003, 일러두기 참조.

'48년 체제'의 구축과 한국전쟁을 통한 분단과 냉전의 고착화 속에서 월북한 임화의 문학사와 납북된 박영희의 문학사는 현실적 영향력을 획득하지 못한다. 반면에 백철과 조연현의 작업은 1960년대까지 문학장에서 강력한 영향력을 발휘하게 된다.

백철의 문학사는 사조를 방법론으로 한 문학사 서술로 여러 형태로 판을 거듭하면서 개작되곤 했지만 그 주요한 방법론은 거의 변화하지 않았다.[93] 백철은 "신경향파 이후의 현대문학"과 그 이전의 자연주의문학까지의 근대문학으로 시기를 구분한다.[94] 백철이 사용하는 근대와 현대를 구분하는 기준은 명확하지 않다. 한편으로는 역사발전단계론에 기반을 두어 자본주의 단계와 그 이후의 단계를 상정하여 근대와 현대로 구분한다. 하지만 이러한 구분법이 일관되지는 않는다. 전반적으로는 후진성과 동시대성contemporaneity에 근대문학과 현대문학으로 대응시켜 시기를 구분하는 방식이 우세하다. 이러한 시대 구분법에 기초하여, 백철은 염상섭의 문학을 사조적으로는 자연주의문학으로, 시기적으로는 근대문학으로 한정한다. 즉 "자연주의문학은 19세기 문학이요, 근대적인 문학"으로, "부르주아지가 근대를 완전히 자기 수중에 제패하게 된 시대"의 문학, "부르주

93　백철, 『조선신문학사조사』, 수선사, 1948; 『조선신문학사조사―현대편』, 백양당, 1949. 이후 백철은 다음과 같이 판본 변화 및 개작을 진행한다. 『신문학사조사』, 민중서관, 1953; 『신문학사조사(증보판)』, 민중서관, 1955; 이병기·백철, 『표준국문학사』, 1956; 이병기·백철, 『국문학전사』, 신구문화사, 1957; 『신문학사조사(백철전집 4)』, 신구문화사, 1968; 『한국신문학발달사』, 박영사, 1975 등.

94　다만 『한국신문학발달사』(박영사, 1975)에서 백철은 '현대문학'의 시작을 1930년대 모더니즘·주지주의문학으로 그 시기를 뒤로 늦춘다. 즉 여기서는 프로문학까지 근대문학으로 포함시키는 변화를 보여 준다. 백철의 어법대로 말하자면, 프로문학은 "세계문학사적인 관점에서 볼 땐 (…중략…) 20세기적인 현대의 문학"(「후기」, 『조선신문학사조사―현대편』, 백양당, 1949, 411쪽)으로서의 의의(동시대성 내지는 현대성)를 상실했다고 판단한 셈이다.

아지에 대한 소시민, 소부르주아지의 반항적인 문학"으로서의 의의를 지닌다. 이런 맥락 위에서 염상섭은 "자연주의문학의 열렬한 지지자요 변호인"으로 규정된다. 또한 백철에 따르면 "자연주의와 퇴폐주의는 19세기에 탄생된 쌍아雙兒"로, 염상섭 초기 소설의 우울과 '현실폭로의 비애'는 동인지『폐허』의 퇴폐주의와 상통하는 것이 된다. 요컨대 백철은 염상섭의 초기 문학과 동인지『폐허』의 사상적·사조적 통일성을 규명하면서 그 퇴폐성과 자연주의적 성격을 강조하고, 계급적으로는 소부르주아지의 문학으로 위치 짓는다. 그리하여 최종적으로 염상섭 문학은 근대문학으로만 한정되어 당대의 동시대성은 부여받지 못하게 된다. 백철에게 있어 근대적인 것은 후진성의 또 다른 이름이며 이는 동시대적인 의의를 결핍한 것이 된다.

조연현은 '한국문학가협회' 결성1949.12.17을 앞둔 시점에서 근대문학과 현대문학의 구분을 명확히 하면서 그의 문학적 지향을 드러낸다.[95] 이광수 이래의 근대문학을 비판하고 김동리 이후의 현대문학을 긍정하면서, 그의 문학적 지향을 근대 비판과 그 초극에 두고 현대성 구현에 초점을 맞춘다. 조연현의 작업은 분단이 고착화되고 문인들 역시 분열된 상황에서 세대론적·시대적 구획을 통해 문단의 헤게모니를 장악하겠다는 의지가 투영된 것이기도 했다. 당시 용공적 혐의로부터 자유롭지 못했던 염상섭은 "자연주의라는 근대사상"과 관련한 "조선의 대표적인 작가"에서 배제되어 조연현의 작업에서는 언급되지 않는다. 이러한 조연현의 시기 구분과 지향은 이후 그의 문학사 서술에도 하나의 전제가 된다.[96] 『한국현

---

95 조연현, 「근대조선소설사상계보론 서설―우리의 근대소설이 시험한 사상적 과업」, 『신천지』 4(7), 1949.8.

96 조연현, 「한국현대문학사」(전41회), 『현대문학』 6~41, 1955.6~1958.5; 『한국현대문

대문학사』에서 조연현은 근대문학과 현대문학을 구분하는 기준을 이론적 차원에서 명확하게 제시하지는 못한다. 다만 그는 "근대문학과 현대문학은 그 성격이 다르다"고 미리 규정하고 나서, 자연주의·낭만주의 등을 "근대적 문예사조"로, 초현실주의·모더니즘·신심리주의·실존주의 등을 "현대적 문예사조"로 각각 구분한다. 이러한 관점을 한국문학사에 투사하여 "1930년의 중반기를 전후하면서부터는 현대문학적인 성격으로 전환"된 것으로 파악한다. 조연현이 말하는 근대문학을 구성하는 "근대정신은 산문정신이며, 산문정신은 언제나 자연주의나 사실주의로서 대표"된다. 그리고 염상섭의 문학은 「표본실의 청개구리」를 비롯하여 『사랑과 죄』, 『광분』, 「임종」, 「두 파산」 등에 이르기까지 "그 전부가 자연주의적 원칙 위에 서 있었던 것이며, 그 객관적인 묘사성에 있어서 그 전부가 사실주의적인 방법에 입각된 것"으로 규정된다. 조연현은 자연주의naturalism와 사실주의realism를 구분하지 않고, 근대문학으로서의 성격을 강조한다. 이런 맥락에서 염상섭은 근대문학의 대표적인 작가로 자리매김하게 되지만, 한편으로는 '현대문학'에는 미달하는 작가로서 평가받게 된다. 여기서 한 가지 덧붙여 둘 점은, 백철과 달리 조연현은 염상섭이 참여한 동인지 『폐허』를 평가할 때, "퇴폐적인 요소와 경향"뿐만 아니라 "신생 혹은 재생을 위해서 건설적인 의미에서 출발되어진" "이상주의적인 열정"을 강조하며 퇴폐주의적 규정을 비판하고 그 잠재력을 가늠하고 있다는 것이다. 『폐허』에 대한 이러한 해석은 이후 초기 염상섭의 문학을 다각적으로 논의할 수 있는 가능성을 제시하고 있다는 점에서 눈여겨볼 만하다.

　임화, 박영희, 백철, 조연현 등은 문학사 작업을 통해 근대문학을 정리

학사』(제1부), 현대문학사, 1956; 『한국현대문학사』(전권), 인간사, 1961 참조.

하고 그 이후를 상상하거나 지향하기 시작했다. 물론 그 '근대문학'과 '이후'는 각자가 추구하는 이상에 따라 의미가 상이했으며 현실화된 적이 없었기 때문에 모호하기도 했다. 임화의 경우는 부르주아사회와 자연주의를 극복한 사회주의리얼리즘이었을 것이며, 조연현에게 있어서는 서구의 근대정신을 청산하고 근대적 자연주의 및 사실주의를 넘어선 "인간의 탐구와 옹호에 그 문학적 본령을 두는 일종의 본격문학" 같은 것이었을 테다. 친일과 전향 그리고 반공주의로부터 자유롭지 못했던 박영희와 백철은, 시류에 따라 임화와 조연현 사이 어디쯤을 서성대고 있었다고도 할 수 있겠다. 근대문학 이후 — 현대문학에 관한 지향을 어떤 것으로 삼았든지 간에, 염상섭에 대한 문학사가들의 평가는 유사했다. 대체로 그들은 염상섭의 문학을, 자연주의 및 사실주의라는 문학적 성과는 거두었지만 현대성 및 동시대성에는 미달하는 '낡은 근대문학'으로 규정하였다. 즉 그들은 넓은 의미의 단계론적 사유 속에서 염상섭을 전前단계에 묶어두려고 했던 것이다. 다만 문제는 염상섭이 여전히 현역으로 활동하며 계속해서 소설 및 산문을 쓰는 동시에 현실 문단에 직간접적으로 개입하고 있었다는 점이다. 말하자면 (그 타당성과는 상관없이 문학사에서 규정한) 염상섭이라는 '살아있는 후진성'에 어떻게 응답할 것인지가 조연현과 백철을 비롯한 당대 평론가와 문인들의 과제였을 것이다.

4) 근대적 후진성이라는 규정을 통한 통제와 배제

염상섭은 해방기부터 작고하기 전1946~1962까지, 장편소설을 포함한 소설 116편, 산문 114편 등 모두 230편 이상의 글을 남기는 등 식민지기 못지않은 글쓰기 활동을 전개한다.[97] 그는 『난류』, 『홍염』, 『취우』, 『미망인』, 『젊은 세대』, 『대를 물려서』 등 12편의 장편소설을 주요 일간지 및 문예지에 연재하면서, 집필 능력과 소설적 완성도 그리고 대중성 및 상업성도 일정 정도 입증했다. 즉, 염상섭은 해방 이후 가장 왕성하게 활동한 문인들 가운데 한 사람이었다. 따라서 세간에 떠돌던 그에 대한 평가 — 동시대성 결핍이라는 문학사적 정리, 세대론적 분리, 이념상의 불충분함 — 에도 불구하고 그는 계속 쓰고 있었기 때문에, 문단과 아카데미의 주도권을 쥔 자들은 어떤 식으로든 응답하지 않으면 안 되었다.

우선 '조선청년문학가협회'^{1946.4.4} 출신들로 순수문학의 기치를 내걸고 분단 이후 대한민국 문단 및 아카데미의 주도권을 장악하게 되는 조연현과 김동리를 비롯하여 임긍재, 곽종원, 김광주 등은 염상섭의 소설에 지속해서 응답하며 그 '후진성'을 관리하고자 했다. 주된 관리방식은 배제와 포섭이었다. 그들은 염상섭의 이념적, 미학적 특성을 비판하면서도 연륜에서 묻어나는 다양한 경험과 성실한 글쓰기를 인정하여 그를 문단의 주도권 아래에 둠으로써, 염상섭이 지닌 근대문학으로서의 상징성과 대표성을 전용轉用하고자 했다.

이념적인 측면에서는, 문단 내 그 대립의 잔영이 남아있을 때는 소설「이합(離合)」에 등장하는 인물들의 관념성과 태도의 불명료함을 비판하고,[98] 반공주의가 안착할 무렵에는 염상섭의 소위 '중간파'적 이력과 활동을 고의로 누락하거나 평가절하하는 방식으로 그의 정치적 경향을 소거했다.[99] 미학적인 측면에서는, 작품들「임종」, 「두 파산」, 「일대의 유업」 등이 "사실주의문학의 한 구경을 상징"한다고 상찬하면서도, "자연주의나 사실주의가 가졌던

---

97   구체적인 소설과 산문의 통계는, 『염상섭 경성을 횡보하다 — 한국 근대문학의 아버지, 경성의 풍속도를 그린 작가』, 경향신문사·염상섭 문학제운영위원회, 2012, 108~123쪽의 「소설연보」와 「산문연보」 참조.

98   김광주, 「최근 창작계 — 기억에 남은 작품들」, 『백민』 4(4), 1948.7·8 참조.

99   조연현, 「염상섭론 — 한국현대작가론4」, 『새벽』 4(6), 1957.6 참조.

낡은 인생관 (…중략…) 문학관"을 문제로 삼아 "문학의 구경적인 의의"의 결여에 관해 "혁기적인 반성"을 촉구하기도 한다.[100] 즉 염상섭 소설의 리얼리티사실성와 묘사의 독특함과 우수함을 강조하면서도 그것이 지닌 평면성의 한계를 지적하는 비평들이 잇달았다.[101] 대표적으로 조연현은 「표본실의 청개구리」에서 「임종」에 이르는 초기-중기-말기의 작품세계를 모두 자연주의 및 사실주의 문학관으로 규정하여, 사실주의문학의 확립자로서 그 의의를 부여함과 동시에 "인생을 창조할 수 있는 사상"이 아니라는 한계를 명확히 한다. 나아가 "자기의 문학적 사명을 완료한 역사적 존재"로 규정함으로써 염상섭을 서둘러 역사화해 버린다.[102] 이와 유사한 맥락에서 곽종원은 염상섭 작품들「부성애」, 「위협」, 「자취」 등에서 "작가의 철학"이 부재함을 비판한다.[103] 문학제도적인 측면에서는, 법률 정비를 통해 염상섭을 문단의 원로라는 명목하에 국가주의적으로 포섭 / 우대했으며, 그에게 다양한 문학상 수여하고 그의 상징성을 활용함으로써, 이를 주도한 '조선청년문학가협회' 출신들 스스로의 행위에 정당성을 부여하고자 했다. 예를 들어, 염상섭은 「문화보호법」의 제정[104]에 기반을 둔 「문

---

100 임긍재, 「본격문학의 인간성과 시류문학의 목적성-1948년도 창작계 총평」, 『백민』 5(1), 1949.1; 조연현, 「문학의 구경적 의의-염상섭 씨의 「두 파산」을 읽고」(전2회), 『경향신문』, 1949.8.30~8.31; 「문학계 1년」, 『신천지』, 1950.1 등 참조.

101 김동리, 「성하의 작단-7·8월의 창작평」, 『문예』 1(2), 1949.9; 임긍재, 「주관성의 박약-문학」, 『민성』 5(12), 1949.12; 「내용의 몽환성과 형식의 기교성-1950년도 상반기 개평」, 『연합신문』, 1950.6.20; 홍백웅, 「인물평론·염상섭」, 『자유세계』 1(5), 1952.8 등 참조.

102 조연현, 「염상섭론」, 『신태양』 32, 1955.4; 「해방후 창작계의 제양상-작가의 특성을 중심으로」(전4회), 『조선일보』, 1957.8.19~8.23 등 참조.

103 곽종원, 「주조의 상실과 사상성의 빈곤-상반기 창작계 총평」(전3회), 『조선일보』, 1956.7.21~7.24.

104 「문화보호법」(시행 1952.8.7)(법률 제248호, 1952.8.7 제정) "제1장 총칙 : 제1조 본 법은 학문과 예술의 자유를 보장하고 과학자와 예술가의 지위를 향상시킴으로써 민족

화인등록령」[105]을 통해 국가에 등록되고 '예술원' 회원으로 선출되어 종신회원으로 임명되었다.[106] 그리고 그의 문학에 관한 현장 비평에서의 지속적인 비판에도 불구하고 '서울시 문화상'[1954], '자유문학상'[1956], '예술원 공로상'[1957], '3·1문화상'[1962] 등을 수상한다. 다소 아이러니한 것은, 그 수상의 취지로 "민족적 수난의 현실상을 그대로 묘사"한 것에 대한 높은 평가, "그 묘사의 사실성"의 우수함, "사실주의의 문학자"로서의 일관성 등을 제시하고 있다는 점이다.[107] 말하자면 여기에는 '자연주의와 사실주의'라는 후진성을 동시대적 맥락에서는 비판 / 배제하면서도 근대문학의 상징으로 포섭하는 이중적 상황이 연출되고 있었다. 이러한 이중적 상황을 봉합한 것은, "노대가" "문단의 원로"라는 호명과 "꾸준한 작품 활동" "노련한 사실가寫實家의 작가적인 역량" 등 염상섭의 성실성과 능력에 대한 경의였다.[108]

염상섭과 김동인 간의 비평 논쟁을 시작으로 비평의 흐름을 일별하는

<hr>

문화의 창조·발전에 공헌함을 목적으로 한다. 제2조 본법에서 문화라 함은 학문과 예술을 말한다." 그리고 '학술원'과 '예술원'의 설치에 관한 구체적인 내용을 법조문으로 명시하고 있다. 이하 구체적인 법령에 관해서는 '국가법령정보센터'(http://www.law.go.kr/) 참조.

105 「문화인등록령」(시행 1953.4.14)(대통령령 제773호, 1953.4.14 제정) 참조.

106 「총수 75명 학·예술원회원당선자」, 『동아일보』, 1954.4.8; 「예술원회원 공고」, 『경향신문』, 1954.6.25 등 참조.

107 「서울시 문화상 수상자 프로필(2) 옥중 독서로 기초 염상섭 씨」, 『동아일보』, 1954.3.14; 조연현, 「자유문학상 심사의 공명성 - 문총성명에 대한 구체적 답변」, 『새벽』 3(3), 1956.5; 「예술원상에 빛나는 양 대가」, 『한국일보』, 1957.6.29; 박종화, 「횡보의 문학과 업적, 앞으로도 건필 휘두르길 - 3·1문화상 수상을 계기로」, 『동아일보』, 1962.3.9 등 참조.

108 임긍재, 「본격문학의 인간성과 시류문학의 목적성」, 『백민』 5(1), 1949.1; 홍백웅, 「인물평론·염상섭」, 『자유세계』 1(5), 1952.8; 임긍재, 「문학상실에의 경향 - 1월 작품을 중심으로」, 『새벽』 3(2), 1956.3; 조연현, 「양에 비해 저조한 질 - 금년도 창작계 총평」(전 2회), 『조선일보』, 1956.12.17~12.18 등 참조.

글에서, 조연현이 신인비평가들의 출현을 언급하고 있듯이,『현대문학』·
『문학예술』등 잡지의 신인추천제와『조선일보』등 신문의 신인현상모집
을 통해 많은 '신세대' 비평가들이 등장하고 있었다.[109] 염상섭에 대한 신
세대들의 평가는 개별적인 차이는 있었지만, 일정한 경향을 드러냈다. 조
연현이 주재하고 김우종, 김양수, 천상병이 참여한 좌담회는 그러한 경향
을 단적으로 보여 준다고 할 수 있다. 염상섭이 지닌 소설 제작의 노련미,
산문정신의 충실성, 독자적인 문체 등에 대해서는 신세대들도 인정하는
편이었지만, 내용 없는 사실성, 고정된^{변화} 없는 사실주의 정신, 지루한 문
체 등은 비판의 대상이 되었다.[110] 대체로 이들은 조연현과 백철의 문학
사에서 규정한 자연주의^{사실주의} 작가로서의 염상섭을 추인하면서 당대 소
설에도 변주하여 적용하였다. 또한 그 규정을 전제로 삼되 세부적인 변화
에 주목하거나, 자연주의적 경향의 문학적 한계를 지적하는 흐름이 우세
했지만, 드물게 염상섭의 당대 소설들이 지닌 새로운 가능성을 발견하는
시선도 있었다. 이러한 신세대 비평가들의 평가는 대략 다음과 같이 정리
해 볼 수 있다. 하나는 문학사적으로 평가가 정리된 초기의 자연주의^{사실}
^{주의}에 관해서 재확인하거나 그 세부적인 흐름을 재검토하는 흐름이 있었
다.[111] 예컨대 윤병로는 월탄의 견해에 의지하여 자연주의에서 사실주의

---

109 조연현,「우리나라의 비평문학―그 회고와 전망」,『문학예술』3(1), 1956.1;「비평의 신
    세대」,『문학예술』3(3), 1956.3. 조연현은 이 두 글에서 신인 평론가들로, 김양수, 정창
    범, 최일부, 이봉래, 천상병, 홍사중, 김종후, 이항, 안동민, 윤병로, 이석재, 김성욱 등을
    언급한다.
110 김우종 외,「1957년의 문단과 문학―신예평론가 정담」,『현대문학』36, 1957.12.
111 윤병로,「염상섭 문학의 사실성―주로『취우』에 대하여」,『성대문학』1, 1955.11; 김상일,
    「자연주의의 유산」(전2회),『현대문학』33~34, 1957.9~10; 정한모,「리얼리즘 문학의
    한국적 양상」,『사조』5, 1958.10; 윤병로,「무덤 속의『만세전』」,『여원』75, 1961.11; 김
    송현,「한국 자연주의 문학 서설―염상섭을 중심으로」,『현대문학』91, 1962.7 등 참조.

로의 변화를 강조했고, 이와는 달리 김송현은 『삼대』까지 자연주의의 대표작이라고 보면서 자연주의 작가로서의 일관성을 주장하기도 했다. 두 번째는 당대 발표된 염상섭 작품의 자연주의적 경향을 비판하는 흐름이 있었는데, 이는 자연주의 자체에 대한 비판을 포함하고 있었다.[112] 즉 묘사라는 방법론의 한계를 지적함과 동시에 그 묘사 능력마저도 퇴화하고 있으며, 그러다 보니 작품의 철학이 부재하고 나아가 새로운 현실을 창조하려는 의지 또한 존재하지 않는다는 것이다. 가령 이어령은 염상섭이 "국화빵 같은 소설"을 반복하고 있다고 진단하면서 자연주의적 기법으로는 현실의 리얼리티를 확보할 수 없다고 지적한다. 세 번째는 자연주의의 개척자라는 문학사적 전제마저도 부정하려는 흐름이다. 잘 알려져 있듯이, 이어령은 「표본실의 청개구리」의 해부 장면을 근거로 자연주의^{사실주의}를 하나의 해프닝으로 만들어 버리면서 염상섭뿐만 아니라 조연현과 백철의 문학사도 비판하려는 신경전을 벌인다.[113]

요컨대 1950년대에 등장한 신세대 비평가들은 염상섭의 작품 및 자연주의 자체에 대해서 비판적인 입장을 견지했다. 당시 유종호의 표현을 빌려 보면, "'그 원숙한 사실적 필치에는 감복한다. 그러나 그 이상의 작가정신의 심도에는 불만이다' 하는 것이 거의 일치된 세평"[114]이었다. 물론 당대 소설을 통해 염상섭이 "어른의 문학"을 구현하고 있으며 "생활인

112　이봉래, 「문학과 문학상의 경위―자유문학상 수상작품의 구체적 비판」, 『새벽』 3(3), 1956.5; 이어령, 「유성군의 위치―1956년도 창작총평」, 『문학예술』 4(1), 1957.2; 김상일, 「한국의 상징주의」, 『현대문학』 30, 1957.6; 이어령, 「1957년도의 작가들」, 『사상계』 54, 1958.1; 윤병로, 「단평―2월의 소설」, 『현대문학』 39, 1958.3; 장백일, 「1958년의 작단 총평(上)―또 하나의 빛을 향해서」, 『자유문학』 3(12), 1958.12; 김우종, 「정월의 작단」, 『현대문학』 50, 1959.2 등 참조.
113　이어령, 「한국소설의 맹점―리얼리즘 문제를 중심으로」, 『사상계』 100, 1961.11 참조.
114　유종호, 「일별이언(一瞥二言)」, 『사상계』 67, 1959.2.

의 눈"으로 작가의 윤리를 수행하고 있다는 식의 다소 호의적인 평가[115]가 없었던 것은 아니다. 여기서 한 가지 덧붙여 둘 것은 당시 염상섭에 대한 신세대 비평가들의 비판은 문단의 주도권을 장악하고 있었던 기성세대를 겨냥한 대리전의 성격을 지니고 있었다는 점이다. 정태용은 신세대를 직접적으로 의식한 세대론의 입장에서 염상섭 문학이 지닌 가능성을 적극적으로 규명하고자 했다. 그는 신세대 비평가들의 평가와는 정반대로 현실의 불안과 절망을 극복하고자 하는 "시민적 인간상"과 "풍부하고 원숙한 소시민철학", 그리고 당대 현실사회가 빚어내고 있는 미시적·거시적 삶의 문제를 염상섭의 소설에서 발견해 낸다.[116] 이외에도 염상섭과 그 소설을 두고, 단순한 풍속도 넘어서는 인생관을 강조[117]하거나 문학사적인 정통성 및 대표성을 부각[118]하는 시선도 있었다.

염상섭을 매개로 한 신구세대들의 대리전은, '국제펜클럽 한국본부'가 개최한 '작품합평회'라는 다소 우연한 계기로 의도치 않게 확산되며 파장을 낳았다.[119] 염상섭의 소설「인플루엔자」에 대해 "늙고 병중에 먹기를 위하

---

115 위의 글.

116 정태용,「1958년의 소설 총관—두 세대와 디렘마의 세계」,『현대문학』49, 1959.1;「6월의 소설」,『현대문학』55, 1959.7;「9월의 소설」,『현대문학』58, 1959.10 등 참조. 정태용은 그 평가의 시시비비를 떠나, 1950년대 염상섭 소설이 지니고 있었던 가능성과 잠재력을 가장 적극적으로 읽어 내려고 했던 인물이었다.

117 안수길,「기교의 면에서 본 9월의 창작」,『문학예술』4(9), 1957.10.

118 조영암,「염상섭전」,『한국대표작가전』, 광문사, 1958, 169~183쪽 참조.

119 「작품합평회개최」,『동아일보』, 1957.11.3; 염상섭,「합평에 오른 작품」,『자유문학』3(6), 1958.6; 염상섭,「문학도 함께 늙는가?」(전2회),『동아일보』, 1958.6.11~6.12; 이어령,「문학과 '젊음'—「문학도 함께 늙는가?」를 읽고」(전2회),『경향신문』, 1958.6.21~6.22; 이무영,「50대 문학의 항변」(전4회),『동아일보』, 1958.7.5~7.10; 염상섭,「소설과 인생—문학은 언제나 아름답고 젊어져야 한다」,『서울신문』, 1958.7.14; 이숭녕,「학문의 노인왕국」(전3회),『동아일보』, 1958.7.13~7.16; 염상섭,「(작가의 일기) 독나방 제1호」,『자유문학』3(9), 1958.9; 이숭녕,「제2공화국의 문화창조—인문과

여 썼다"는 인신공격에 가까운 김성한의 평가로 촉발된 이 논쟁은, 말 그대로 "적지 않은 파문을 일으킨 듯"하다. 이는 염상섭과 이어령 간의 논쟁으로 전개되면서, 신구세대간의 대립, 미학적으로는 리얼리즘과 실존주의의 대립으로 구체화되었다. 염상섭은 "불안과 부조리에 휘둘리"는 실존주의에 비판적 입장을 견지하며 리얼리즘을 옹호했고, 이에 맞서 이어령은 "비생명적인 형식주의의 리얼리즘"과 "은둔적인 비역사적 순수문학" 양자를 비판하였다. 염상섭은 이어령의 비판을 받아안는 과정에서 순수문학과는 거리를 두며 "문학이란 한마디로 말하면 인생의 탐구요, 인생의 창조"라는, 일생 견지해 온 문학관을 다시 한번 피력한다. 이 논쟁은 "리얼리즘에 대한 새로운 해석"을 요청하는 이무영이 개입하면서 확대되기 시작했다. 또한 이를 이어받은 이숭녕이 학술계의 "노인왕국"을 비판하면서 "완전한 세대교체"를 주장함으로써 논쟁은 문학장을 넘어 학술장까지 확산되었으며, 4·19 이후에까지 그 잔영이 남게 된다.

염상섭은 논쟁의 당사자이기는 했지만, 그 포지션이 애매했다. '조선청년문학가협회' 출신의 조연현과 김동리 등이 문학장의 주도권을 쥐고 반공주의 및 이승만 정권과 연계하여 기성세대구세대로서의 영향력을 행사하고 있었지만, 염상섭은 사정이 달랐다. 이념적 차이와 용공 혐의로 말미암아, 해방기의 『경향신문』과 『신민일보』를 끝으로 그는 신문·잡지 등 저널리즘의 중심으로 돌아오지 못했으며, '서라벌예대 학장'이라는 감투는 그의 의지와 무관하게 구색 갖추기[120]에 가까웠다. 즉 염상섭은 당대

학−청신한 기백이 풍겨야 한다」, 『동아일보』, 1960.6.5~6.6. 염상섭에 관한 기존 연구에서, 방향성이 명료하지 않은 이 미묘한 논쟁이 제대로 다루어진 적은 없다. 논쟁답지 않은 논쟁으로도 볼 수 있는 이 사건은 당시 문단과 지식인사회의 갈등 양상을 보여 주고 있는지도 모르겠다. 향후 지면을 달리해서 이 논쟁의 함의를 논할 예정이다.

120 염상섭, 「무료한 실직자」, 『현대문학』 67, 1960.7 참조.

문학장의 헤게모니를 구성했던 저널리즘·대학·문인단체 등으로부터 소외되어 있었으며, 그의 문학적 삶을 연장하고 있었던 유일한 거점은 글쓰기뿐이었다. 말하자면 염상섭은 신세대 주류들과는 물론이고 구세대 주류들과도 일정한 거리를 두고 있었던 제3의 위치에 놓여 있었다. 따라서 어쩌면 논쟁의 초점화와 관련할 때, 그는 적합한 대상이 아니었을 수도 있다. 그리고 이 논쟁은 이숭녕의 언급들을 통해서 알 수 있듯이, 문학장만의 문제가 아니라 학술장을 비롯하여 정치·사회·문화의 전 영역에 걸쳐 있는 사안이었다. 그것은 현실 정치적으로 말해질 때, 이승만 정권 기반 세력과 4·19 기반 세력의 대결로 치환될 가능성도 품고 있었다. 즉 이 논쟁은 대상과 내용상에서 그 초점화가 제대로 이루어지지는 않았지만, 내외연의 폭은 넓었으며 다양한 시대적 가능성을 함의하고 있었다.

당시 문단에서는 염상섭의 당대 작품을 둘러싼 신구세대 간의 이견은 대체로 조연현 등이 정리한 — '문학사적으로는 자연주의적 사실주의의 개척자이자 완성자이지만, 동시대적 의미는 상실했다' — 평가에 동의하고 있었으며, 이는 일정한 변주를 거쳐 재생산되고 있었다.[121] 그리고 이러한 견해들은 대학이라는 아카데미 영역에서 점차 재생산되기 시작했다. 학위논문이나 학술지의 이름에 걸맞은 연구의 형태를 갖춘 것은 아니었지만, 백철과 조연현의 문학사 작업 및 당시 문단의 염상섭에 대한 작품론·작가론을 참조한 연구들이 나타나기 시작했다.[122] 이들은 염상섭

---

121 이러한 작업들 가운데, 언급해 둘 만한 것은 이인모의 연구이다. 이인모는 문학사, 작가론, 작품론 등에서의 염상섭에 대한 평가를 품사와 문장의 분석을 통해 규명하고, 이를 통해 "자연주의가 씨의 성격에 완전 부합되는 사조"라고 주장한다. 이인모, 「품사적 사실과 작가의 성격」(전4회), 『현대문학』 17~20, 1956.5~8; 「문장 형성법과 작가의 성격 — 김동인과 염상섭의 작품을 통한」(전5회), 『현대문학』 23~27, 1956.11~1957.3 참조.
122 김정숙, 「염상섭의 「표본실의 청개구리」에서 본 자연주의」, 『국어국문학연구』(이화여대) 3, 1961.2; 이춘식, 「염상섭론」, 『동아』(동아대 학술부) 1, 1961.6; 강남주, 「한국의

연구에 새로운 시각을 보태기보다는 기존의 논의를 정리하여 재생산하는 경우가 대부분이었다. 따라서 그 요지는 '자연주의 작가로서의 염상섭'에 초점이 맞추어졌다. 그 '자연주의'는 "인생이나 현실을 있는 그대로 표현"한 것이라는 지극히 평면적 이해에 머물고 있었고, '염상섭'은 근대문학으로서 그 시효를 만료한 것으로 결론지어지고 있었다.

해방기부터 1950년대까지의 염상섭에 관한 이러한 규정과 정리는, 염상섭이 작고[1963.3.14]한 직후부터 발표된 추모특집 원고들을 통해 최종적으로 공고화된다. 염상섭과 직간접적인 관련을 맺고 있었던 20여 명이 글을 썼으며, 대략 30편에 가까운 기사와 원고가 주요 일간지와 잡지에 게재되었다. 추모특집을 주도한 『현대문학』은 "계획된 원고가 많이 들오지 않아 첫 생각보다는 퍽 엉뚱하게 되어 버렸"다고 아쉬움을 피력하고 있지만[123] 적지 않은 규모의 다양한 추모글이 발표되었다. 문학사적인 평가는 신문학의 개척자, 동인지 『폐허』와 자연주의[사실주의] 등에 초점이 맞추어졌으며, 거기에는 "현대문학으로서의 비약은 못했"다는 지적이 늘 한계로 덧붙여졌다.[124] 이러한 문학사적 평가는 하나의 클리셰처럼 굳어

자연주의 문학―특히 「표본실의 청개고리」를 중심으로」, 『백경』(부산수산대 학도호국단) 3, 1962.10; 김양무, 「염상섭론―자연주의작가요 단편의 선구자」, 『국문학보』(전남대 문리과대 국문학연구회) 4, 1964.12; 김영수, 「염상섭 연구」(전2회), 『문과대학보(문경)』(중앙대 문과대학생회) 19~20, 1965.8~1966.2 등 참조. 이 글들은 백철의 『신문학사조사』(민중서관, 1953·1955), 조연현의 『한국현대문학사』(성문각, 1957) 및 『문학개론』(인간사, 1957), 이병기·백철 공저의 『국문학전사』(신구문화사, 1957) 등과 당대 평론들을 직간접적으로 참조하면서 논의를 확대·재생산하였다.

123 「편집후기」, 『현대문학』 101, 1963.5 참조.

124 「'자연주의'의 거목 염상섭 씨」, 『동아일보』, 1963.3.14; 박두진, 「추도시―거성 지시다니」, 『동아일보』, 1963.3.14; 박종화, 「우리 문학에 공적 크다―가난하게 죽다니 가슴 아픈 일」, 『동아일보』, 1963.3.14; 「문학에 평생 바친 거성」, 『경향신문』, 1963.3.15; 이병도, 「상섭의 부음을 듣고」, 『경향신문』, 1963.3.15; 수(秀)(최일수), 「자연주의 문학의 선구자―횡보 염상섭 씨 가다」, 『조선일보』, 1963.3.15; 박종화, 「횡보 염상섭 형을 보

지고 있었다. 그보다는 오히려 경험에 기초한 회고나 일화의 소개가 염상섭의 새로운 면모를 가늠할 수 있게 했다. 일본 오사카大阪 덴노지天王寺공원에서의 3·1운동, 『동아일보』 창간 기자로서의 활동과 뛰어난 일본어 실력, 정치·사회평론가로서의 날카로운 식견, 최초의 문학사회단체 '문인회' 결성, 제2도일기渡日期의 일화, 일제 말기 만주행, 『만선일보』에서의 활동 및 일본인 주간과의 갈등, 해방기 『경향신문』 편집국장으로서의 성실한 활동과 이념적 갈등, 한국전쟁기 해군장교로서 사보타주에 가까운 수동성, 한국전쟁 이후 스스로 주류문단과 일정한 거리를 둔 점, 말년의 소탈한 행동 등이 그것이다.[125] '후진성'에 초점이 맞추어진 문학사적 평가가 고리타분한 정체감停滯感을 불러일으킴에 반해, 생생한 경험에 기초한 일화들은 염상섭이 매 국면마다 정치적 결단과 능동적·수동적 저항을 지속했으며 강력한 활력을 바탕으로 삶을 영위했음을 직간접적으로 증언한다. 문학사적 평가와 경험적 일화 사이에서 환기되는 미묘한 위화

내면서」, 『현대문학』 100, 1963.4; 전영택, 「횡보 염상섭 형의 서거를 슬퍼하며」, 『현대문학』 100, 1963.4; 백철, 「[횡보 염상섭 특집] 염상섭의 문학사적 위치-「표본실의 청개구리」를 예로」, 『현대문학』 101, 1963.5 등 참조.

125 박종화, 「횡보 추도-우정과 술과 고집과」, 『조선일보』, 1963.3.15; 염재용, 「가친(家親)과 '횡보(橫步)'와」, 『현대문학』 101, 1963.5; 박종화, 「[횡보 염상섭 특집] 1920년대의 염상섭-젊은 시절의 염상섭」, 『현대문학』 101; 유광렬, 「[횡보 염상섭 특집] 1920년대의 염상섭-횡보의 이 일 저 일」, 『현대문학』 101; 양주동, 「[횡보 염상섭 특집] 1920년대의 염상섭-문(文)·주회구기(酒懷舊記)」, 『현대문학』 101; 안수길, 「[횡보 염상섭 특집] 내가 본 횡보선생-횡보선생과 나」, 『현대문학』 101; 김동리, 「[횡보 염상섭 특집] 내가 본 횡보선생-횡보선생의 일면」, 『현대문학』 101; 박영준, 「[횡보 염상섭 특집] 내가 본 횡보선생-횡보선생 옆에서」, 『현대문학』 101; 이선구, 「[횡보 염상섭 특집] 내가 본 횡보선생-관찰자의 생애」, 『현대문학』 101; 윤일주, 「[횡보 염상섭 특집] 내가 본 횡보선생-해군생활에서」, 『현대문학』 101; 박용구, 「[횡보 염상섭 특집] 내가 본 횡보선생-같은 동리에 사셨던 횡보선생」, 『현대문학』 101; 이종환, 「[횡보 염상섭 특집] 내가 본 횡보선생-대가풍 비치지 않는 대가」, 『현대문학』 101.

감은, 염상섭의 삶과 문학은 당대 문단과 문학사로부터 오랫동안 억압 받아 온 것은 아닌가 하는 의구심을 낳기도 한다.[126] 경험적 일화 속에서 그는 항상 주류 질서와 불화하고 있었으며, 주어진 공간의 경계에서 아슬아슬하게 저항을 지속하고 있었다. 이러한 그의 면모는, 당시에는 "위대한 지조", "꿋꿋한 지조", "독립불기獨立不羈하는 성격"을 지니고 "불의·부정에는 언제나 항거"하고 "사회현실에 대한 날카로운 비판"을 가한 "점잖고 양심적인 분"이자 "우리 민중의 친구"인 동시에 "숭고한 인간에의 시점"에서 "서민문학"을 전개한 "참된 리얼리스트"·"침묵한 애국작가"라는 식의 소박한 언어로 포착되곤 했다.[127] 물론 이 같은 소박한 표현은 개념어 및 학술어에는 미치지 않는 언어일 수 있다. 하지만 그 생생함은 염상섭에 대한 화석화된 문학사적 평가를 재고할 수 있도록 하는 계기를 부여하기도 한다. 즉 이는 문단과 문학사에서 좀처럼 포착되지 않았던 / 포착할 수 없었던, 혹은 그동안 회수되지 않았던 염상섭의 미묘한 정치성을 재평가할 수 있는 가능성을 지니고 있었다. 이것이 사후 추모특집이 의미를 획득하는 지점이다.

---

126 물론 추모특집 원고에는 고인(故人)의 문학과 삶을 추모하기 위한 의례적인 서술들이 많이 포함되어 있다는 점을 감안하여야 한다. 하지만 추모특집 원고에 나타난 염상섭 대한 문학적 평가는 해방기와 1950년대를 경과하면서 형성된 단조로운 평가를 크게 벗어나지 않는다. 이에 반해 경험적 일화에 기반을 둔 인간적 평가는 문자 그대로 '추모'를 위한 의례적인 서술이 많이 개입되고 있기는 하지만 단조로운 문학적 평가와는 대별되는 다양한 면모를 보여 주기도 한다.

127 「'자연주의' 거목 염상섭 씨」, 『동아일보』, 1963.3.14; 박두진, 「추도시-거성 지시다니」, 『동아일보』, 1963.3.14; 김팔봉, 「횡보 사망의 부음을 듣고」, 『동아일보』, 1963.3.14; 이헌구, 「양심적인 분이었는데-애도의 말하기조차 어려워」, 『동아일보』, 1963.3.14; 전영택, 「횡보와 우리문학」, 『동아일보』, 1963.3.15; 「문학에 평생 바친 거성」, 『경향신문』, 1963.3.15; 신동한, 「횡보의 인간과 문학」, 『자유문학』 8(4), 1963.4; 유광렬, 「[횡보 염상섭 특집] 1920년대의 염상섭-횡보의 이 일 저 일」, 『현대문학』 101, 1963.5; 방인근, 「[횡보 염상섭 특집] 상섭을 땅에 묻고서」, 『현대문학』 101 등 참조.

3. 근대와 근대성을 둘러싼 염상섭의 명암明暗

1) 근대의 기획과 완성 – 리얼리즘과 민족문학

염상섭 사후 본격적으로 학술적 차원에서 그에 관한 연구가 시작되었다. 주지하듯이 1960년대는 4·19를 계기로 하여, 분단 이후 고착화되었던 정치경제적 영역뿐만 아니라 사회문화적 영역에 이르기까지 전 영역에 걸쳐 새로운 토대가 구축되는 시기였다. 문학 연구의 측면에서는 기존의 조연현과 백철의 독법을 중심으로 행해진 문학 연구 경향이 쇄신되었다. 즉 방법론적으로는 리얼리즘 및 참여문학 등의 쟁점이 부각되었으며 인적으로는 김윤식, 김치수, 백낙청, 김현, 염무웅 등 오늘날까지 그 영향력을 발휘하고 있는 신진 연구자들이 등장하면서 한국문학 연구의 토대가 재구축되기 시작했다.

염상섭이 작고1963.3.14한 직후부터 발표된 추모특집 원고들은 대체로 염상섭의 문학적 성과를 자연주의적 사실주의로 규정하여 근대문학 단계로 한정하면서, 동시대성으로서의 현대문학 단계에는 이르지 못했다고 평가한다.[128] 이러한 견해는 반공주의에 기초한 냉전체제하의 문학장에서 주도권을 쥐고 있었던 조연현에 의해 확정되고 확산된 것이었다. 기본적으로 조연현은 문학사 서술에서 근대문학과 현대문학을 단계론적으로 구분하면서, 자연주의와 사실주의를 근대문학 단계에 귀속시킨다. 이런 논법과 구도하에서 염상섭은 근대문학 작가로 규정되어 현대문학 작가에는 미달하게 되며 동시대적 의의는 상실하게 된다.[129] 또한 당시 근대

---

128 「'자연주의'의 거목 염상섭 씨」, 『동아일보』, 1963.3.14; 박두진, 「추도시−거성 지시다니」, 『동아일보』, 1963.3.14; 박종화, 「우리 문학에 공적 크다−가난하게 죽다니 가슴 아픈 일」, 『동아일보』, 1963.3.14; 「문학에 평생 바친 거성」, 『경향신문』, 1963.3.15; 이

문학과 현대문학을 단계적으로 구분하고 있었던 백철 역시도 문학사 기술에서 염상섭을 두고 사조상으로는 자연주의로, 단계적으로는 근대문학으로 한정한다. 즉 백철은 동시대성을 지닌 현대문학에 미달하는 '후진성'으로 염상섭을 평가하였다.[130] 즉 염상섭이 죽기 전까지 소설을 계속 발표한 것과 무관하게 당대 문단은 그의 문학을 시대적 '후진성'으로 평가하여 시효 만료를 선언하고 있었다.

이와 같은 조연현과 백철의 견해는 그들만의 독창적인 것이라고 보기는 어렵다. 근대와 현대라는 시기 구분 및 단계론적 사유를 통해 문학사를 기술하는 방법론은 임화로 대표되는 사회주의적 시간관역사발전단계론에 기대어 있는 것이었다. 좀 더 세심하고 확장적인 논의가 동반되어야 하겠지만, 조연현과 백철은 임화로 대표되는 사회주의 문인들과 이데올로기적으로는 대립하고 있었지만, 문학사 기술에 있어서는 단계론적 사유라는 근대적 시간관을 공유하고 있었다. 아니 보다 적나라하게 말하면, 임화 등의 문학사 작업 등을 강력하게 의식하면서 언급하지 않는 방식으로 그들의 성과를 가져오고 있었다고 해도 좋을 것이다. 임화는 자연주의≒자

병도, 「상섭의 부음을 듣고」, 『경향신문』, 1963.3.15; 수(秀)(최일수), 「자연주의 문학의 선구자 ─ 횡보 염상섭 씨 가다」, 『조선일보』, 1963.3.15; 박종화, 「횡보 염상섭 형을 보내면서」, 『현대문학』 100, 1963.4; 전영택, 「횡보 염상섭 형의 서거를 슬퍼하며」, 『현대문학』 100; 백철, 「[횡보 염상섭 특집] 염상섭의 문학사적 위치 ─ 「표본실의 청개구리」를 예로」, 『현대문학』 101, 1963.5 등 참조.

129 조연현, 「근대조선소설사상계보론 서설 ─ 우리의 근대소설이 시험한 사상적 과업」, 『신천지』 4(7), 1949.8; 「한국현대문학사」(전41회), 『현대문학』 6~41, 1955.6~1958.5; 『한국현대문학사』(제1부), 현대문학사, 1956; 『한국현대문학사』(전권), 인간사, 1961 참조.

130 백철, 『조선신문학사조사』, 수선사, 1948; 『조선신문학사조사 ─ 현대편』, 백양당, 1949; 『신문학사조사』, 민중서관, 1953; 『신문학사조사(증보판)』, 민중서관, 1955; 이병기·백철, 『표준국문학사』, 1956; 『국문학전사』, 신구문화사, 1957; 『신문학사조사(백철전집 4)』, 신구문화사, 1968; 『한국신문학발달사』, 박영사, 1975 등 참조.

본주의에서 리얼리즘≒사회주의으로 나아간다는 시간관에 입각해 있었고, 염
상섭의 문학적 성과를 자연주의 단계에 묶어 두려고 했음은 주지의 사실
이다.[131]

이처럼 조연현과 백철의 독법에 기초하여 '자연주의'라는 맥락에서 염
상섭을 이해하려는 경향은 그의 사후에도 일정 기간 지속되었다.[132] 그럼
으로써 염상섭은 동시대적 의의를 상실하고 역사적 유물로 박제화되어
갔다. 그런데 이러한 경향은 4·19와 5·16이라는 역사적 격변을 거치면
서 변화하기 시작한다. 이 시기를 경유하면서 염상섭 연구는 세 가지 측
면에서는 큰 전환을 맞이한다. 먼저 리얼리즘을 통해 염상섭의 문학과 그
정치성이 새롭게 발견되었으며, 둘째 염상섭의 자연주의에 대한 비교문
학적 연구가 새롭게 활성화되었다. 그리고 마지막으로 실증적 작업에 기
초한 학술적 연구가 정착되면서 염상섭의 삶과 문학의 전체성이 확보되
기 시작했다.

리얼리즘을 통한 염상섭의 재발견에 대해, 양문규는 "4·19라는 역사
적 개화는 5·16으로 인해 그 좌절을 겪게 되며 이후 대두한 군사정권과
이로부터 시작되는 1960년대 '근대화'의 초기 진행 과정 중에서 문학은
우리의 근대 및 민족적 현실에 대해 그 관심을 돌릴 수밖에 없게 되며 이

---

131 임화, 「조선신문학사론 서설 — 이인직으로부터 최서해까지」(『조선중앙일보』,
    1935.10.9~11.13); 「소설문학의 20년」(『동아일보』, 1940.4.12~4.20), 임규찬·한진
    일 편, 『임화 신문학사』, 한길사, 1993, 313~370쪽·387~402쪽.

132 구창환, 「염상섭의 「만세전」 소고」, 『한국언어문학』 1, 1963.12; 이광훈, 「자연주의 그
    위대한 모순—염상섭」, 『문학춘추』 8, 1964.11; 김양무, 「염상섭론—자연주의작가요 단
    편의 선구자」, 『국문학보』(전남대 문리과대 국문학연구회) 4, 1964.12; 김찬념, 「자연
    주의 문학 연구—염상섭을 중심으로」, 숙명여대 석사논문, 1965; 김영수, 「염상섭 연
    구」(전2회), 『문과대학보(문경)』 19~20, 중앙대 문과대학생회, 1965.8~1966.2; 천이
    두, 「한국단편소설론(하)」, 『현대문학』 131, 1965.11; 장무익, 「횡보 염상섭 연구」, 『논문
    집』 2, 공군사관학교, 1967.6 등 참조.

것이 현실에 대한 리얼리즘적 관심을 배태시"켰다고 진단한 바 있다.[133] 확실히 당시 리얼리즘 논의는 당대 현실에 대한 비판적 정치성과 근대를 지향하는 근대성을 배면에 깔고 있었다. 당대의 김종균은 기존의 염상섭 연구를 비판하면서 "근대화의 구호와 물결 속에서 대두된 문제가 바로 문학에 있어서의 리얼리즘"[134]이라고 진단하기도 하였다.

리얼리즘을 통해 염상섭을 이해하고자 하는 논의들은 대부분 조연현과 백철의 연구를 비판의 대상으로 삼고 있었다. 김치수는 조연현의 자연주의와 사실주의에 대한 이해를 비판하면서, 염상섭을 "자연주의작가라기보다 사실주의작가"로, 그리고 "리얼리즘문학의 가능성"[135]으로 독해하고자 했다. 또한 백낙청은 염상섭의 『삼대』를 리얼리즘 소설의 걸작으로 평가하면서 리얼리즘의 문제가 문학의 범위를 넘어서는 사회 전체의 문제임을 역설한다.[136] 김현은 『삼대』를 중심으로 리얼리즘의 맥락에서 논의를 전개하는데, 그것이 보여 주는 현실감각에 주목하여 "이중으로 모험이 금지봉건과 제국주의에 대항하는 모험의 금지—인용자된 닫힌 사회의 사회학, 그것이 『삼대』의 염상섭이 묘파하고 있"다고 평가한다.[137] 그리고 염무웅은 염상섭의 문학을 사조적 범주로 구분하는 일이 "거의 무의미한 문제제기"임을 주장하면서 "중요한 것은 염상섭의 구체적인 작품을 앞에 놓고 리얼리즘이 달성된 측면과 염상섭적 리얼리즘의 한계로 지적될 측면을 분석·비판하는 일"이라고 주장한다.[138]

---

133 양문규, 앞의 글, 210~211쪽 참조.

134 김종균, 「염상섭 연구의 비판(한국현대문학의 재정리—횡보 염상섭 편)」, 『문학사상』 6, 1973.3.

135 김치수, 「염상섭 재고」(『중앙일보』, 1966.1.15·1.20), 『문예사조』, 문학과지성사, 1977, 429쪽 참조.

136 백낙청, 「한국소설에 있어서서의 리얼리즘 전망」, 『동아일보』, 1967.8.12.

137 김현, 「염상섭과 발자크」, 『향연』 3, 서울대, 1970.12.

　이러한 연구 경향 속에서 염상섭의 소설을 사실주의나 리얼리즘으로 이해하려는 연구가 점차 증가하기[139] 시작했다. 물론 리얼리즘 논의를 받아들여 그것을 가치적으로 지향하면서도 염상섭의 소설을 자연주의적 경향으로 이해하고자 하는 연구들이 없었던 것은 아니다.[140] 홍기삼의 언급대로, 1960년대 말 1970년대 초에는 "횡보의 소설이 자연주의문학이냐 또는 사실주의문학이냐, 혹은 자연주의적 요소가 있는 사실주의문학이냐"는 "끊임없는 논쟁"이 진행되었으며 "중요한 비평계의 쟁점"이 되기도 하였다.[141] 이런 과정을 거치고 사후 10년 무렵[1973]에 이르면, 염상섭은 "리얼리스트로로서 전형적인 산문을 최초로 구사한 작가"이자 "아직까지도 정당한 평가를 받지 못한 작가"로서 대체로 합의되기에 이른다.[142] 김우창은 3·1운동과 근대문학을 고찰하는 가운데 "구체적이고 합리적인 감각"과 "사회문제를 다루려는 노력"을 "전체의식 속에 묶은 작가"로 염상섭을 꼽으며, 『만세전』에는 "양심적인 사실주의자의 부정의식"이 구현되어 있다고 높이 평가한다.[143] 이후 권영민은 염상섭의 소설론을 검토하

138　염무웅, 「리얼리즘의 역사성과 현실성」, 『문학사상』 1, 1972.10.

139　김우종, 「범속의 리얼리즘」, 『한국현대소설사』, 선명문화사, 1968; 이동주, 「한국현대소설사전(7) - 염상섭 편」, 『현대문학』 171, 1969.3; 김현, 「식민지시대의 문학 - 염상섭과 채만식」, 『문학과지성』 5, 1971.9; 채훈, 「염상섭 연구 시론」, 『어문논지』 1, 충남대, 1972.1 등 참조.

140　구중서, 「한국 리얼리즘 문학의 형성」, 『창작과비평』 17, 1970.6; 김순남, 「리얼리즘소고」, 『한양』 104, 1972.1 등 참조.

141　홍기삼, 「폐쇄된 상황의 인간들 - 염상섭의 『취우』」, 『수록작가 작품해설집(한국문학전집 별권)』, 삼성출판사, 1972.

142　잡지 『문학사상』(1973.3)은 염상섭 사후 10주년 무렵에 "한국현대문학의 재정리 - 횡보 염상섭 편"라는 특집을 다음과 같이 마련하여 그의 문학사적 의의를 정리한다. 김우종, 「산문정신의 구도자」; 정한모, 「염상섭의 문체와 어휘 구성의 특성 - 형성과정에서의 그의 가능성을 중심으로」; 김주연, 「현실주의의 한 승화」; 김종균, 「염상섭 연구의 비판」; 박신자, 「새 자료로 본 횡보의 생애」, 『문학사상』 6, 1973.3.

면서 "자기 생명과 객체의 합일을 통해 총체적인 삶의 형상화에 도달하게 되는 리얼리즘의 정신을 명확하게 이해"[144]하고 있었다고 정리한다.

염상섭의 문학을 자연주의에서 리얼리즘으로 재독해하고자 하는 흐름은 자연스럽게 자연주의에 대한 재인식으로 확산되었다. 김윤식은 「개성과 예술」로 대표되는 염상섭의 자연주의문학론이 프랑스 졸라이슴에 대한 인식에서 출발한 것이 아니라 일본의 자연주의론에 가까운 것이라고 분석하면서 한국적 자연주의의 특수성을 논의하였다.[145] 김흥규 또한 '폐허 동인' 시절에 염상섭이 보여 준 면모를 자연주의적인 것이라기보다는 낭만적·주관적·관념적인 것으로 해석하기도 하였다.[146] 이러한 맥락에서 기존에 '자연주의'라고 명명되었던 염상섭의 문학적 특질을 '서구의 자연주의'와는 거리를 두면서 이해하려는 작업들이 진행되었다.[147]

조연현과 백철의 염상섭 연구는 리얼리즘을 기치로 내세운 비평 작업 및 학술 연구를 통해 1970년대로 접어들면서 점차 극복되었다.[148] 그리

143　김우창, 「비범한 삶과 나날의 삶―3·1운동과 근대 문학」, 『뿌리깊은나무』1, 1976.3.

144　권영민, 「자연주의인가 리얼리즘인가―염상섭의 소설론과 그 성격」, 『소설문학』8(8), 1982.8.

145　김윤식, 「한국자연주의문학론고에 대한 비판」, 『국어국문학』29, 1965.8; 「한국문예 비평사 연구의 방법론」, 『근대한국문학연구』, 일지사, 1973 등 참조.

146　김흥규, 「1920년대 초 한국 자연주의 문학 재고―염상섭을 중심으로 한 그 서구적 양상과의 대비적 고찰」, 『고대문화』11, 1970.5.

147　케빈 오록(Kevin O'Rourke), 「1920년대의 한국단편 문학과 자연주의」, 연세대 석사논문, 1970.7; 趙鳳濟, 「김이 모락모락 나는 청개구리 五臟―염상섭과 자연주의」, 『시문학』6(5), 1976.5 등 참조

148　김병걸, 「20년대의 리얼리즘문학 비판―서구의 리얼리즘과 김동인 염상섭의 초기작들」, 『창작과 비평』32, 1974.6; 이강언, 「현실조응과 작가의식의 반응―염상섭의 리얼리즘」, 『영남어문학』(영남대) 1, 1974.11; 정한숙, 「상섭문학의 사회성과 세태풍경」, 『아세아연구』53, 1975.1; 성형경, 「「암야」를 통해 본 상섭의 현실인식」, 도남조윤제박사 고희기념논총간행위원회 편, 『도남조윤제박사고희기념논총』, 형설출판사, 1976; 유종호, 「죽음과 싸움―염상섭에 있어서의 삶」, 『한국문학』4(7), 1976.7; 김우종, 「염상

고 대학을 중심으로 본격적인 학술 작업이 진행됨에 따라, 염상섭 연구의 토대는 완전히 새로운 국면을 맞이하게 된다. 그 중심에는 김종균의 연구가 있었다.[149] 김종균은 말년의 염상섭을 세 차례 만나 인터뷰를 진행

섭의 사실주의와 객담소설」, 『현대소설의 이해』, 삼우사, 1976; 구인환, 「염상섭의 소설고」, 서울대 사범대 국어교육과 편, 『金亭奎교수정년퇴임기념논문집』, 서울대 사범대 국어교육과, 1976; 김병익, 「시대적 갈등과 통찰―염상섭의 『삼대』」, 『현대예술』 3, 1977.5; 윤병로, 「염상섭의 「만세전」」, 『현대작가론』, 이우출판사, 1978; 서정록, 「염상섭의 문체연구」, 『동대논총』(동덕여대) 8, 1978.5; 구인환, 「「만세전」의 소설 미학」, 『사대논총』 18, 1978.12; 석일균, 「염상섭의 문학과 언어기교―문학사상과 독자적인 문제」, 『한국외국어대학 논문집』 12, 1979.6; 金聖基, 「『삼대』고」, 『연구논문집』(울산공대) 10(2), 1979.6; 김미란, 「염상섭의 『삼대』론」, 『어문학보』 6, 1982.12; 곽학송, 「김동인과 염상섭」, 『월간문학』 16(4), 1983.4 등 참조.

149 김종균은 염상섭이 작고한 1963년 무렵부터 본격적인 연구 작업을 발표하기 시작했으며, 단행본 『염상섭 연구』(1974)를 출간한 이후에도 꾸준히 염상섭 연구를 진행하였다. 이에 대해서는 다음을 참조. 김종균, 「평론가로서의 상섭」, 『국문학』(고려대 국문학학생회) 7, 1963.9; 「횡보수필소고―전반기작품을 중심으로」, 『고대신문』, 1963.11.2; 「염상섭 소설의 연구―전반기를 중심으로 한 고찰」, 고려대 석사논문, 1964.2; 「염상섭소설의 연대적 고찰」, 『국어국문학』, 1967.5; 「염상섭소설의 대비적 고찰」, 『국어국문학』, 1969.2; 「평론가로서의 상섭」, 『국문학』(고려대), 1969.9; 「염상섭 소설의 구조적 고찰―작중 인물론을 중심으로」, 『국어국문학』 51, 1971.1; 「염상섭 소설의 연대적 고찰―중기 작품을 중심으로」, 『국어국문학』 55·56·57 합본, 1972.11; 「염상섭 연구의 비판(한국현대문학의 재정리―횡보 염상섭 편)」, 『문학사상』 6, 1973.3; 「염상섭의 장편소설―3부작 「무화과」를 중심으로」, 『국어국문학』 64, 1974.9; 『염상섭 연구』, 고려대 출판부, 1974; 「염상섭의 장편소설―삼부작 「무화과」를 중심으로」, 『고대신문』, 1974.9.3; 「염상섭의 1930년대 단편소설연구」, 『국어국문학』 77, 1978.6; 「염상섭의 단편소설―특히 同體異名의 문제작을 중심으로」, 『시문학』 8(7), 1978.7; 「염상섭 소설의 배경 및 그 특성」, 『시문학』 9(2), 1979.2; 「염상섭의 장편소설―그 삼부작을 중심으로」, 『시문학』 9(10), 1979.10; 「염상섭의 1920년대 장편소설연구―그 작가의식을 중심으로」, 『논문집』(청주사범대) 9, 1980.6; 「염상섭의 1920년대 장편소설연구」, 『논문집』(청주사범대) 9, 1980.6; 「염상섭소설의 구조」, 『한국근대작가의식연구』, 성문당, 1980, 202~258쪽; 『염상섭의 생애와 문학』, 박영사, 1981; 「염상섭의 『만세전』고」, 『어문연구』 31~32, 1981.12; 「자아실현과 시대인식―염상섭론」, 『한국근대작가연구』, 삼지원, 1985; 「염상섭의 중편소설연구―「두 출발」의 대비·분석을 중심으로」, 『논문집』(한국외대) 18, 1985.7; 「염상섭의 중편 「미해결」고」, 『교육논총』(한국외대 교육대학원) 1, 1986.2; 「도시의 야인 염상섭」, 『문학사상』 163, 1986.5; 「염상섭―한국 근대 리

하고 방대한 자료를 수집하는 등 실증적 연구를 통해 그의 생애와 문학을 정리하고 복원한다. 김종균의 『염상섭 연구』1974는 연구사, 작가론, 작품론소설·평론·시·수필, 한국문학과 상섭문학 등 모두 4부로 구성되어 있으며, 부록으로 생애와 가계, 작품목록, 연구목록을 덧붙이고 있다. 그것은 천이두의 말대로 "실증적 역사적 접근"을 통해 "염상섭에 관계되는 '모든 것'"을 담고 있는데, "특히 그 방대한 자료 수집의 노고는 (…중략…) 상섭 문학의 연구를 위한 훌륭한 이정표"가 되었다. 실제로 김종균은 생애연표와 장편소설·단편소설·평론 및 산문 등의 총목록을 체계적으로 집대성함으로써 이후 다양한 염상섭 연구들의 토대를 마련하였다. 다만 실증적 연구를 토대로 진행한 해석적 연구는 "여러 비평적 문헌의 단편들의 취합"[150]한 정도의 소박한 수준에 머물고 있다. 물론 김종균은 단행본 이후 지속적인 연구를 통해 이러한 한계를 극복하고자 노력하였다.

이와 같은 김종균의 작업을 통해 「표본실의 청개구리」, 『만세전』, 『삼대』 등의 특정 작품에만 집중되어 있었던 염상섭 연구는 기존의 경향을 극복하고 다양화될 수 있었다. 서지학적인 연구를 통한 초기작의 개작 연구가 시작되었으며, 나아가 식민지 검열과 판본 연구가 진행되면서 출판제도와 문화제도 등과 관련 짓는 연구도 등장하기 시작한다.[151] 그리고 기존에는 주목받지 못한 초기 문학과 평론에 관한 연구를 비롯하여 「박래묘舶來猫」, 「암야」, 「제야」, 「두 출발」, 「고독」, 「밥」 등의 단편소설과 『이심』, 『사랑과 죄』 등의 장편소설에 관한 연구를 비롯하여 해방 이후 소설

얼리즘 문학의 거장』, 동아일보사, 1995 등

150 천이두, 「역사적 접근과 공시적 접근」, 『문학과지성』 18, 1974.11, 893~895쪽 참조.

151 김근수, 「횡보 초기 작품의 개제와 개작」, 『문학사상』 49, 1976.10; 이명자, 「'청개고리'의 해부—한국 대표작 정리, 염상섭의 「표본실의 청개구리」」, 『문학사상』 58, 1977.7; 이재선, 「일제의 검열과 「만세전」의 개작」, 『문학사상』 84, 1979.11 등 참조.

에 관한 연구로까지 확장되었다.[152] 특히 김우창은 초기 단편소설들을 중심으로 낭만주의에서 리얼리즘으로 옮겨가게 되는 경로를 추적함으로써 그 변화 양상을 입체적으로 보여 주었다.[153]

2) 근대성 연구와 포스트 담론에 기반을 둔 논의들

(1) 이러한 경향 속에서 1980년대 중반 무렵까지 염상섭 연구는, 미학적 측면에서는 리얼리즘론을 통해 염상섭을 독해하는 경향이 완전히 자리 잡게 된다. 또한 연구대상의 측면에서는 『만세전』과 『삼대』의 중심성을 유지하면서도 다양한 평론과 산문, 그리고 여러 단편·장편소설로 폭넓게 확장되는 양상을 보여 주었다. 그리고 연구형태상으로는 비평 작업과 학술 작업이 서로 교차하고 혼용되는 형태로 양분되어 진행되었는데, 이후 점차 학술 작업의 형태로 연구가 심화·확장된다.[154] 이와 같은 연구

---

152 백순재, 「염상섭의 초기문학과 그의 새 평론 고찰」, 『한국문학』 5(10), 1977.10; 이보영, 「식민지적 걸작에의 도전 – 염상섭의 「이심」」, 『현대문학』 280, 1978.4; 조석래, 「염상섭 「박래묘」에 대하여 – 한국근대작가의 습작품의 문제」, 『도남학보』 2, 1979.4; 이보영, 「식민지 문학의 前夜性 – 횡보의 초기작을 중심으로」, 『월간문학』 13(5), 1980.5; 권영민, 「염상섭의 문학론에 대한 검토 – 1920년대 비평 활동을 중심으로」, 『동양학』 10, 1980.10; 이래수, 「염상섭의 전기문학고」, 『한국문학론연구』, 대광문화사, 1980; 이보영, 「추락한 사회와 윤리 – 염상섭의 「사랑과 죄」」, 『월간문학』 14(10), 1981.10; 정경수, 「염상섭 소설에 나타난 사회의식의 변용」, 『어문학교육』(부산교육학회) 4, 1981.12; 신상섭, 「근대문학초기중편소설의 재평가」, 『월간문학』 15(9), 1982.9; 유병석, 『염상섭 전반기 소설 연구』, 아세아문화사, 1985; 정호웅, 「염상섭 전기문학론 – 작가의식을 중심으로」, 『한국문화』 6, 1985.12; 서정록, 「염상섭 문학의 서민적 리얼리티 – 해방 후 단편을 중심으로」, 『동대논총』(동덕여대) 15, 1985.6; 정호웅, 「염상섭의 「광분」 연구」, 『국어국문학』 95, 1986.5.

153 김우창, 「리얼리즘에의 길 – 염상섭 초기 단편」, 『문예중앙』 27, 1984.9.

154 윤홍로는 이에 관해 "80년대에 들어 (…중략…) 대학에서 한국 현대문학을 강의하고 연구하는 국문학 교수들의 상섭에 대한 강단비평의 결과 학술논문들이 괄목할 정도로 증가했다"고 서술함과 동시에 염상섭 관련 학위논문의 양산을 지적하고 있다. 윤홍로, 앞의 글, 451쪽 참조.

경향은 두 고유명의 연구작업을 통해 수렴되고 집대성되었다고 할 수 있는데, 김윤식의 작업과 이보영의 작업이 그것이다.

김윤식은 1960년대 중반부터 지속적으로 염상섭을 둘러싼 논의를 진행해 왔는데[155] 『염상섭 연구』1986를 통해 집대성하면서 '염상섭 연구'의 새로운 지평을 열었다.[156] 이는 이광수·김동인·안수길 등 김윤식의 작가론 시리즈의 한 일환이기도 했다. 실증적 연구를 바탕으로 역사·전기적 비평을 통해 염상섭의 총체적인 모습을 조망한 역작이었다. 그리고 염상섭 문학과 사상의 형성을 이해하는 데 있어, 비교문학적 연구방법을 적극적으로 도입함으로써 그 해석의 편폭을 확장하기도 하였다. 이와 같은 방법론을 통해, 그는 '제도적 장치' 혹은 '제도로서의 근대'를 통해 생성된 염상섭의 삶과 문학을 형상화하였다. 그 구체적인 모습은 '민족주의·제국주의·자본주의'라는 삼각동맹에 기초한 '가치중립성', '중산층 보수주의' 등으로 귀결되며 일본 제국주의 혹은 식민지 자본주의 제도를 통해 생산된 인물형과 문학으로 정리된다. 즉 김윤식은 제국주의와 식민지라는 관계 속에서 형성된 근대성 아래에서 구현된 인간과 문학을 『염상섭 연구』에서 보여 주었다. 그것은 행위자로서의 능동적 형상보다는 제도에 의해 산출된 수동적 형상에 가깝다. 김종균의 실증적 작업을 넘어서는 방대한 실증적 규명에도 불구하고 그 연구로부터 산출된 염상섭이라는 행

---

155 김윤식, 「한국자연주의문학론고에 대한 비판」, 『국어국문학』 29, 1965.8; 「초창기문학론과 비평의 성립」, 『현대문학』 217~219, 1973.1~3; 「한국문예 비평사 연구의 방법론」, 『근대한국문학연구』, 일지사, 1973.3; 김윤식·김현, 「영정조에서 4·19에 이르는 한국문학사―개인과 민족의 발견」, 『문학과지성』 11, 1973.2; 김윤식, 「염상섭의 소설구조」, 『염상섭』, 문학과지성사, 1977; 「고백체 소설형식의 기원―염상섭의 경우」, 『현대문학』 370, 1985.10; 「만주에서의 한국문학―염상섭의 경우」, 『소설문학』 12(7), 1986.7 등 참조.
156 김윤식, 『염상섭 연구』, 서울대 출판부, 1986 참조.

위자는 정신적으로 뒤틀려 있으며 '가치중립성'에 긴박된 인물로 묘사된다. 즉 염상섭의 문학적 잠재성 및 가능성은 '근대의 반영'이라는 관점에서 일면적으로 다루어진다. 그럼에도 김윤식의 작업은 리얼리즘과 민족주의라는 다소 단선적인 방식으로 독해되던 염상섭을 근대성이라는 보다 거시적인 시각에서 입체적으로 조망함으로써 연구의 새로운 장을 열었다고 할 수 있다.

이보영의 『난세의 문학—염상섭론』[1991]은 명시적으로 김종균의 연구를 계승하는 한편, 김윤식의 연구를 비판하면서 그것과는 완전히 다른 염상섭의 형상을 만들어 내었다. 그의 단행본은 김윤식의 작업에 비하자면 시간상으로 5년 가량 뒤늦은 것이었지만,[157] 염상섭에 관한 그의 관심은 그 이전인 1970년대 말부터 시작된 것이었다.[158] 이보영은 '가치중립성으로서의 염상섭'을 비판하면서 자본주의의 특수한 국면인 제국주의하의 식민지 시기라는 '난세'를 살아가면서 '난세를 극복'하기 위해 저항의 선들을 그려 내는 염상섭의 형상을 강조한다. 즉 그는 "난세적 상상력"을 통해 발현된 "난세의 의식"을 염상섭의 사유로 규정하는데, 그것은 "식민지적 시민사회의 일상적 가치를 초월한 윤리적 가치"이며 "민족해방투쟁"으로 형상화된 "정치적 윤리의식"으로 드러난다. 이와 같은 이보영의 독법은 확실히 김윤식의 독법과는 다른 것이다. 염상섭 연구를 통해서, 김윤식이 근대라는 제도적 장치가 생산한 주체의 수동적 형상을 발견했다면, 이보

---

157 이보영, 『난세의 문학—염상섭론』, 예지각, 1991 참조. 이후 이보영은 다음과 같은 작업을 통해 '난세 의식'을 발현한 '반체제적 작가'로서의 염상섭이라는 형상을 보완하고 발전시켰다. 이보영, 『염상섭 문학론』, 금문, 2000.

158 이보영, 「식민지적 걸작에의 도전—염상섭의 「이심」」, 『현대문학』 280, 1978.4; 「한국 현대소설과 도스토예프스키」, 『월간문학』 12(9), 1979.9; 「식민지 문학의 前夜性—횡보의 초기작을 중심으로」, 『월간문학』 13(5), 1980.5; 「추락한 사회와 윤리—염상섭의 「사랑과 죄」」, 『월간문학』 14(10), 1981.10 등 참조.

영은 그것에 저항하며 그것을 넘어서고자 했던 주체의 능동적 형상을 좇는다. 이를 제국주의와 자본주의 질서에 부합하는 주체성과 그것과 불화하는 주체성으로 대별해 볼 수도 있겠다. 이보영은 염상섭을 연구하는 과정에서 근대라는 제도적 장치와 불화하는 주체성의 정치적 지향을 민족해방투쟁으로 귀결되는 사회주의로 보았다. 그리고 그 주체성의 형성은 "반체제적인 부랑자적 지식인"과 "사회주의자"의 제휴를 통해 이루어진다. 즉 그는 염상섭의 소설의 중요한 설정인 '심퍼사이저'를 사회주의와 민족해방투쟁의 맥락에서 재구성함으로써 저항의 흐름을 발견하고 그 반체제성을 강조하였다.

염상섭을 둘러싼 이보영과 김윤식의 독법은 정반대의 형상을 창출하며 서로 대립한다. 하지만 두 연구자는 근대성을 기반으로 하여 논의를 전개하고 있다는 점에서 동일한 평면 위에 있다. 도식적으로 말하자면 김윤식은 '자본주의와 민족'이라는 프레임을 통해, 이보영은 '사회주의와 민족'이라는 프레임을 통해 염상섭을 읽고 있다. 두 프레임을 연장하면 일국적 자본주의형 인물유형과 일국적 사회주의형 인물유형으로 귀결될 것일 텐데, 그것은 근래의 '총력전체제론' 논의 등을 통해서도 강조되었듯이[159] 사실상 국가와 자본으로 수렴되는 동일한 근대적 인간형인 것이

---

159 야마노우치 야스시(山之內靖)로 대표되는 '총력전체제론'은 근대성, 신자유주의, 수동적 주체형성 등을 비롯하여 여러 논의와 쟁점을 함의하고 있는데, '제국—식민지'의 시각을 결여하여 일국사적 서술에 그치고 말았다는 한계도 안고 있다. 여기서는 '총력전체제론'이 '총력전'이라는 개념을 통해 근대의 스탈린주의·뉴딜·파시즘을 나란히 '시스템 사회'라는 동형적 체제로 파악하여 총체로서의 근대를 비판한 점에 주목하고자 한다. 즉 러시아혁명(1917)과 대공황(1929)를 거치면서 형성된 현실사회주의와 뉴딜형 자본주의 그리고 파시즘체제, 나아가 제2차 세계대전 이후의 사회주의체제와 자본주의체제는 궁극적으로는 고도의 근대성에 기반을 둔 동형적 체제였다는 의미이다. '총력전체제론'에 관해서는 다음의 저서들을 참조. 山之內靖·ヴィクターコシュマン·成田龍一 編, 『総力戦と現代化』, 柏書房, 1995; Edited by Yasushi Yamanouchi·J.

다. 이러한 점에서 이 책은 김윤식과 이보영의 연구가 서로 맞서는 지점 역시 강조해야 하겠지만, 이 둘이 공유하고 있는 공통된 지점 역시 충분히 강조하고 싶다.[160] 물론 이보영의 논의 가운데는 근대성의 가장자리에 놓여 있는 요소들도 다분히 존재한다는 사실을 고려해야 한다. 가령 염상섭의 사유에서 반근대성의 반체적 저항의 가능성을 추출하는 지점과 근대 사회주의적 주체의 전형으로 수렴되지 않는 '룸펜인텔리겐차'나 '부랑자' 등 ― 주변적이고 가장자리에 놓인 이른바 '근대적 노동계급'으로 수렴되지 않는 무산자·프롤레타리아·서발턴의 존재 ― 에서 정치적 가능성을 발견하는 지점들은 새로운 의미화를 기다리고 있다. 다만 이보영은 그 이례적인 반근대성의 선들을 계열화하여 다른 평면으로 밀고 나아가기보다는 근대성의 평면으로 수렴되곤 한다. 그리하여 이보영이 염상섭의 한계로 규정하고 있는 '이중성' ― 진보성과 보수성 ― 과 "풍속소설과 통속적 연애소설", 그리고 '소시민성' 등과 같은 지점들은 여전히 새로운

Victor Koschmann · Ryuichi Narita, *Total War and Modernization*, Cornell East Asia Program, 1998; 山之內靖, 伊豫谷登士翁·成田龍一·岩崎稔 編, 『總力戰体制』, 筑摩書房, 2015; 酒井直樹 外, 『總力戰下の知と制度－1935~1955年』 1(岩波講座 近代日本の文化史 7), 岩波書店, 2002(사카이 나오키 외, 이종호·임미진·정실비·양승모·이경미·최정옥 역, 『총력전하의 앎과 제도』, 소명출판, 2014) 등 참조. 현실사회주의와 현실자본주의를 동형적인 체제로 파악하는 논의는 '총력전체제론'에 국한된 것은 아니다. 맑스주의 내의 신좌파 이론 지형에서도 이러한 논의는 일반적인 것이 되고 있다. 이에 관해서는 안토니오 네그리 등의 논의를 참조할 수 있다. 안토니오 네그리, 영광 역, 『혁명의 만회』, 갈무리, 2005; 안토니오 네그리·마이클 하트, 『공통체』 등 참조.

160 물론 이보영은 염상섭의 사유에 나타나는 반근대성의 가능성과 근대 사회주의적 주체에서 소외된 '룸펜인텔리겐차'나 '부랑자 지식인'을 적극적으로 의미화하고 있으며, 정통맑스주의적 규범을 벗어난 범사회주의적 경험과 전망 그리고 조직화의 가능성을 일부 제시함으로, 대안근대성의 가능성을 단초적으로나마 보여 주고 있다. 하지만 그러한 단초들은 독자적인 흐름으로 구체화되기보다는 민족과 사회주의라는 개념으로 곧잘 회수되곤 한다.

해석을 요청하며 기다리고 있다.

김윤식의 연구[1986]와 이보영의 연구[1991] 사이에는, 염상섭 연구를 둘러싼 세 가지 조건의 변화가 놓여 있었다. 『염상섭전집』의 출간, 월북작가 해금조치[1988], 87년 체제의 성립과 현실사회주의권의 몰락[1989]이 그것이다. 이러한 문학 내외적인 변화는 염상섭 연구의 전반적인 흐름에 큰 영향을 주었다.

비록 애초의 계획대로 완결되지 못하고 미완에 그치고 말았지만 민음사판 『염상섭전집』이 1987년에 출간되면서, 염상섭 연구는 새로운 전기를 맞이한다. 그간 단행본으로 출간되지 않았거나 절판되었던 『이심』, 『사랑과 죄』, 『백구』, 『모란꽃 필 때』, 『취우』, 『화관』, 『젊은 세대』, 『대를 물려서』 등의 장편소설과 초기·중기·후기 단편소설, 평론 및 수필들이 정리되어 출간되었고, 또 개별적으로 잇따라 『광분』, 『무화과』, 『불연속선』 등이 출간되었다.[161] 이로써 『만세전』과 『삼대』에 편중되어 있었던 연구 경향에서 벗어나 '염상섭 연구'가 본격화될 수 있는 토대가 마련되었고, 연구 대상 또한 다양화되면서[162] 그 전체적인 면모가 드러나기 시작

---

161 권영민·김우창·유종호·이재선 책임편집, 『염상섭전집』(전12권), 민음사, 1987. 민음사판 전집 출간 이후, 이 전집의 불완전성을 보완하기 위해 개별적인 형태로 염상섭 소설 텍스트 정리 및 출판이 다음과 같이 잇따랐다. 류보선 정리, 『삼대 外』, 동아출판사, 1995; 류보선 정리, 『무화과』, 동아출판사, 1995; 김경수 감수, 『광분(狂奔)』, 프레스21, 1996; 김경수 감수, 『불연속선』, 프레스21, 1997; 『효풍』, 실천문학사, 1998 등 참조.

162 이병렬, 「염상섭의 「너희들은 무엇을 어덧느냐」 고(攷)」, 『숭실어문』 5, 1988.4; 이은봉, 「염상섭의 장편 「모란꽃 필 때」 연구―등장인물의 상관관계를 중심으로」, 『한남어문학』 14, 1988.12; 조남현, 「염상섭의 후기소설」, 『문학정신』 35~36, 1989.8~9; 한승옥, 「염상섭 장편소설 연구―「난류」, 「취우」, 「지평선」을 중심으로」, 『숭실어문』 7, 1990.10; 김종환, 「염상섭의 장편소설 2편 연구―「백구」와 「모란꽃 필 때」를 중심으로」, 『논문집』(육군제3사관학교) 30, 1990.5; 신영덕, 「「취우」에 나타난 현실인식의 성격」, 『한국현대문학연구』 1, 1991.4; 김종욱, 「염상섭의 「취우」에 나타난 일상성에 관한 연구」, 『관악어문연구』 17, 1992.12; 이병순, 「염상섭의 후기소설 연구」, 『국어국문학』

했다.

1988년 월북작가 해금조치가 이루어져 프로문학사회주의문학 연구가 본격화되는데, 이를 통해 문학사에서 '좌우'라는 이념적 스펙트럼이 재정렬되며 염상섭의 위치가 상대화되기에 이른다. '80년 광주' 이후 가파르게 상승했던 문학의 정치성은 월북작가 해금으로 부흥된 프로문학 연구를 통해 전면화되었다. '사회주의리얼리즘'으로 대변되는 연구 프레임은 '현실-문학-정치'의 문제를 둘러싼 근대적 논의 가운데 가장 경화된 것이기는 했지만, 당대의 현실운동과 직간접적으로 결합함으로써 일면적으로 단정 내릴 수 없는 정치성 및 현실성의 밀도를 보여 주었다. 즉 '프로문학의 회귀'는 염상섭을 문학사 속에서 입체적으로 재구성할 수 있는 기회가 되었지만, 결과적으로 그것은 현실화되지 못했다. 오히려 그것은 '좌-중도-우'라는 단선적인 스펙트럼에 염상섭을 가두어버림으로써, '중간파' 내지 '절충주의'라는 선입관을 강화하고 고착화시키는 결과를 낳았다. 한편 염상섭 문학은 현실사회주의 몰락 이후 프로문학 연구의 퇴조 속에서, 경화되었던 리얼리즘 담론이 '사회주의'라는 상반신을 잘라내고 되돌아갈 수 있는 기착지가 되기도 했다. 하지만 결과적으로 그것은 너무나 퇴행적으로 염상섭의 의의를 드러내는 방식이었다.

110, 1993.12; 김정진, 「염상섭 초기장편 「사랑과 죄」」, 『한국어문학연구』 5, 1994.12; 김경수, 「염상섭의 통속소설 연구-「二心」, 「白鳩」, 「牧丹꽃 필 때」」, 『서강어문』 11, 1995.11; 문재호, 「「취우」의 공간 연구」, 『숭실어문』 12, 1995.11; 김경수, 「소설로 증거한 해방기의 현실-염상섭의 「양과자갑」」, 『문학사상』 287, 1996.9; 김경수, 「일제하 염상섭 장편소설의 귀결과 운명-「불연속선」론」, 『서강어문』 12, 1996.12; 김경수, 「혼란된 해방 정국과 정치 의식의 소설화-염상섭의 「효풍(曉風)」론」, 『외국문학』 53, 1997.12; 김양선, 「염상섭의 「취우」론-욕망의 한시성과 텍스트의 탈이념적 성격을 중심으로」, 『서강어문』 14, 1998.12; 김성희, 「「이심」론」, 『한국어문학연구』 9, 1998.12 등 참조.

현실사회주의의 몰락과 1987년 체제의 성립 등으로 말해지는 국내외의 현실적 변동은 한국문학 연구에도 큰 영향을 끼쳤다. 그간 문학을 사회와의 연관 속에서 이해함으로써 그 정치성의 해석에 주안점을 두었던 연구는 점차 의문시되기 시작했다. 아울러 자본주의와 사회주의라는 근대성 자체에 관한 논의와 성찰이 주를 이루기 시작했다. 박헌호가 지적하고 있듯이, 근대성 연구는 "프로문학의 주류성"에 관한 비판과 성찰로부터 출발하여 궁극적으로는 '근대 극복'이라는 문제의식을 내재하고 있었지만, 한편으로는 애초의 의도와 문제의식을 누락한 채 "문학과 사회의 연관성을 말할 수 있는 입각지"를 잃어버리는 결과를 초래하기도 하였다.[163] 이와 같은 격변과 모색 속에서 염상섭 연구는 리얼리즘·민족문제·근대성 등에 초점이 맞춰져 심화되고 확장되었다.

이러한 조건하에서 이루어진 대표적인 작업으로 김경수의 연구를 꼽을 수 있다. 김경수는 김종균·김윤식·이보영으로 진행되어 온 염상섭 연구의 궤적을 종합적으로 계승하면서, 논의를 전개한다. 그는 전체적으로 '문학의 근대성'이라는 전제하에서 연구를 진행하며 장편소설, 단편소설, 비평과 논쟁, 번역, 연극 체험 등 염상섭의 다층적인 분야를 작품론과 주제론의 형태로 분석하고 논지를 펼친다.[164] 장편소설 연구에서는 기존의 『만세전』,『삼대』 중심의 연구에서 벗어나 일제시대 『너희들은 무엇을 얻었느냐』부터 해방기 『효풍』과 이후 『젊은 세대』·『대를 물려서』에 이르기까지 거의 모든 장편소설을 섭렵하여 연구를 진행함으로써, 염상섭의 장

---

163 박헌호, 「'문화 연구'의 정치성과 역사성 — 근대문학연구의 현황과 반성」(『민족문화연구』 53, 2010.12), 임형택 편, 『한국학의 학술사적 전망 2 — 근현대편』, 소명출판, 2014, 493~495쪽 참조.

164 김경수, 『염상섭 장편소설 연구』, 일조각, 1999;『염상섭과 현대소설의 형성』, 일조각, 2008.

편소설에 대한 전체상을 제시하였다. 그는 전체 장편소설의 서사적 특징 및 문법을 "남녀 연애담"으로 밝히면서 염상섭의 장편소설에 드리워져 있었던 기존의 본격소설과 통속소설이라는 무의미한 구분을 걷어 낸다. 그리고 사적인 소유"개인적 사랑"로 회수되지 않는 남녀관계"동지애"가 반체제적 정치성을 생성하는 주요한 장치임을 규명함으로써, 미시적 관계와 거시적 관계를 통합하여 논의할 수 있는 단초를 마련하기도 하였다. 그리고 단편소설과 장편소설과의 관계를 규명함으로써 염상섭 소설의 창작방법이 지닌 전체상을 드러내기도 하였다. 또한 근대성이라는 지평에서 염상섭의 번역·독서체험·연극체험들에 주목함으로써 텍스트 중심의 문학에서 다양한 범주의 문화로 그 연구의 영역을 확장시킨다. 그러나 김경수의 작업은 근대성을 논의의 전제로 삼아 염상섭의 다양한 활동들을 조망하고 통일성을 부여하고 있다는 점이 장점이자 한계라고 할 수 있다. 염상섭은 근대적인 공적인 것과 사적인 것의 구분을 넘어서거나 근대적인 국가와 민족의 관념 및 현실태를 넘어서는, 즉 주류적 근대성을 초과하는 사유의 실마리를 지니고 있었다고 할 수 있는데, 이는 기존의 근대성 논의와는 다른 지평을 필요로 한다.

(2) 염상섭 탄생 100주년[1997]을 기념하여 두 권의 논문집이 발간되었다. 『염상섭 문학의 재인식』[1998]과 『염상섭 문학의 재조명』[1998]이 그것이다.[165] 이 작업들은 기존의 염상섭 연구들을 통해 고정관념으로 자리 잡은 분석들 — "리얼리즘, 자연주의, 현실주의, 민족주의, 민족의식, 가치중립성, 혹은 반사회주의, 반봉건주의, 반제국주의, 그 밖에도 서울 중인층

---

165 문학과사상 연구회 편, 『염상섭 문학의 재인식』, 깊은샘, 1998(이하 『재인식』); 문학사와 비평연구회 편, 『염상섭 문학의 재조명』, 새미, 1998(이하 『재조명』).

언어, 일상성 치중의 쇄말주의"[166] 등 — 을 재검토하고 비판하면서 새로운 염상섭의 상像을 모색하였다. 구체적으로 살펴보면, 기존의 염상섭 연구를 점검하고 그 의미를 부여하는 작업을 비롯하여[167] 소설가가 아닌 비평가로서의 염상섭에 관해 시기별로 집중 조명하며 그 속에서 근대성의 발현을 추적하는 작업들,[168] 미완의 『염상섭전집』이 출간되기 전에는 접근이 어려웠던 해방기와 후기 소설들에 관한 작업들,[169] 그리고 장편소설의 재인식을 통한 식민지적 현실과 근대성을 추적하는 작업들[170]이 주요한 논의를 이루었다. 요컨대 탄생 100주년을 기념한 두 권의 단행본을 구성한 각 논문들은 편차는 있지만, 주로 리얼리즘·민족문제·근대성이라는 문제의식에 초점을 맞추고 있었다.

이처럼 민족문학과 리얼리즘 그리고 근대성 등으로 수렴되는 시각은 1990년대를 관통하면서 염상섭 연구의 한 흐름을 형성했다. 한국 근대문학의 오랜 지향점이자 근거로서의 민족문학론은, 염상섭의 소위 '절충주의·중도주의'와 해방기의 활동에 의의를 부여할 수 있는 토대가 되기도[171] 했으며, 특히 분단과 냉전의 문제를 사유하는 데 일정한 시사점을 주

---

166 『재인식』, 4쪽 참조.

167 김윤식, 「『염상섭 연구』가 서 있는 자리」, 『재조명』; 양문규, 「근대성·리얼리즘·민족문학적 연구로의 도정」, 『재인식』 참조.

168 김영민, 「역사·사회 그리고 문학에 대한 공정한 관심－문학비평」, 『재인식』; 서영채, 「염상섭의 초기 문학의 성격에 대한 한 고찰」, 『재조명』; 손정수, 「해방 이전 염상섭 비평의 전개과정에 대한 고찰」, 『재조명』 참조.

169 신영덕, 「한국전쟁기 염상섭의 전쟁 체험과 소설적 형상화 방식 연구」, 『재조명』; 최현식, 「파탄난 '생활세계'의 관찰과 기록」, 『재인식』; 한수영, 「소설과 일상성－후기 단편소설」, 『재인식』 참조.

170 김경수, 「염상섭 장편소설의 시학」, 『재조명』; 이현식, 「식민지적 근대성과 민족문학－일제하 장편소설」, 『재인식』; 김재용, 「염상섭과 민족의식－『삼대』와 『효풍』」, 『재조명』 참조.

171 권영민, 「염상섭의 민족문학론」, 『한국문화』 7, 1986.12; 신철하, 「중도론, 민족주의론

기도 했다.[172] 하지만 이러한 민족문학론은 '현실사회주의 이후'와 '신자유주의적 흐름'이라는 현실변화에 대안적 문제틀로 기능하기에는 효과적인 입론이 되지는 못했다. 그리고 당시 이념으로서의 민족문학론은 미학적으로는 리얼리즘론에 의해 뒷받침되고 있었다고 할 수 있는데, '사회주의리얼리즘론'의 퇴조 속에서도 리얼리즘을 통한 염상섭 연구는 한동안 지속되었다.[173] 리얼리즘론을 통한 염상섭 연구는 현재의 시점에서 보자면 다소 정체된 방법론이었으며 변화하는 현실에 대한 수세적인 대응에 가까웠다. 그럼에도 기존의 이념과 전망perspective 구현 중심의 방법론에서 벗어나 프레드릭 제임슨이 제시한 것처럼 정신분석과 서사분석 또는 욕망과 리얼리즘을 연결시키는 연구,[174] 바흐친의 다성성대화주의에 기초

의 정체와 지향—염상섭의 비평」,『한양어문연구』5, 1987.10; 신영덕, 「염상섭의 민족문학론 고찰」,『논문집』28, 공군사관학교, 1990.8; 김준기, 「염상섭 소설 고찰—해방공간기의 작품을 중심으로」,『인천어문학』7, 1991.2; 김재용, 「민족문학의 거장 염상섭, 그 세계문학적 위상 찾기」,『민족예술』53, 1999.12 등 참조.

172 김재용, 「민족주의와 관념적 국제주의를 넘어서—한국 근대문학사에서 민족문학의 의미」,『한국근대문학연구』1, 2000.4; 김재용, 「남북 문학계의 교류와 문학유산의 확충—남북에서 함께 읽는 홍명희와 염상섭」,『실천문학』58, 2000.5; 김재용, 「염상섭 전쟁문학과 분단극복의 눈」,『역사비평』51, 2000.5 등 참조.

173 최순렬, 「염상섭의 「만세전」과 리얼리즘」,『한국문학연구』8, 1985.6; 임명진, 「염상섭의 리얼리즘론과 그 절충적 성격」,『국어국문학』105, 1991.5; 김동환, 「「삼대」·「태평천하」의 환멸구조」,『관악어문연구』16, 1991.12; 이동하, 「염상섭 장편소설 연구—그 현재적 의의의 구명을 위한 시론」,『인문과학』1, 서울시립대 인문과학연구소, 1993.12; 김승환, 「염상섭론—상승하는 부르주아와 육이오」,『한국학보』74, 1994.3; 임영천, 「세속화시대의 종교와 문학—염상섭의 「삼대」론」,『비평문학』10, 1996.7; 유임하, 「세태로서의 분단현실과 중산층의 일상적 세계—염상섭의 해방 이후 단편과 장편 「취우」에 나타난 현실인식」,『동악어문논집』31, 1996.12; 신영덕, 「염상섭의 창작방법론 연구」,『관악어문연구』13, 1996.12; 황광수, 「염상섭 소설의 현재성」,『창작과비평』98, 1997.12; 김종구, 「염상섭의 세태쓰기의 플롯과 서술상황」,『한남어문학』22, 1997.12; 박상준, 「풍속 묘사의 전면화와 리얼리즘의 길—염상섭의 「사랑과 죄」론」,『문학사와비평』7, 2000.2; 임영천, 「염상섭 소설의 다성성 연구」,『한민족문화연구』6, 2000.6; 유철상, 「매개적 인물의 형상화와 관조적 리얼리즘의 구현—염상섭의 「삼대」

하여 리얼리즘을 재구성하고자 하는 연구[175] 등 리얼리즘의 방법론을 갱신하려는 시도가 이어지기도 했다. 그리고 유문선은 『삼대』를 식민지 조선의 구체적인 현실과 대응시키며 밀도 있게 분석하여 "식민지 조선사회의 사회역사적 조감도"를 펼쳐 보임으로써,[176] 리얼리즘적 방법론이 지닌 유효성을 확인하는 한편 그것을 변형하여 근대성 연구나 문화론적 연구로 확장시킬 수 있는 실마리를 제시하기도 하였다. 염상섭 문학의 근대성 연구는 앞서도 언급했듯이 김윤식의 『염상섭 연구』를 통해 시작되었다고 할 수 있는데, 현실사회주의의 몰락 이후 1990년대에는 근대성 자체에 대한 물음이 제기되면서 염상섭 연구에 있어서도 질적 도약을 이루었다고 할 수 있다. 즉 '리얼리즘과 모더니즘'을 대립 구도로 이해하여 서술해 온 문학사의 구도를 탈구축하고 양자를 근대가 낳은 쌍생아로 파악하여 근대성 자체에 천착하여,[177] 염상섭의 문학을 다시 이해하고자 하는 경향이 폭발적으로 증가하였다.[178] 염상섭을 둘러싼 근대성 연구는, 처음에는 소설 및 비평 텍스트를 중심으로 기존의 '작품론' 형식을 유지한 논의가 주를 이루었는데, 이후 근대소설의 근거 자체를 따져 묻는 연구를 비롯하여 염상섭의 소설과 산문 등을 당대 현실의 정치·경제·사회·문화 등의 현상과 관련지어 근대성을 해명하고자 하는 논의들로 확산되었다. 구

론」, 『현대문학이론연구』 21, 2004.4 등 참조.

174 이선영, 「리얼리즘과 한국 장편소설」, 『민족문학사연구』 2, 1992.7; 이선영, 「주체와 욕망 그리고 리얼리즘 – 염상섭 소설 총론」, 『민족문학사연구』 11, 1997.9 등 참조.

175 김종욱, 「관념의 예술적 묘사 가능성과 다성성의 원리 – 염상섭의 「삼대」론」, 『민족문학사연구』 5, 1994.7; 나병철, 「리얼리즘의 두 유형과 대화적 소설」, 『기전어문학』 10·11, 1996.11 등 참조.

176 유문선, 「식민지시대 대지주계급의 삶과 역사적 운명 – 「삼대」의 리얼리즘적 성과와 한계」, 『민족문학사연구』 1, 1991.9 참조.

177 당대의 이러한 관점의 확립 및 근대성 연구에는 다음의 저작이 많은 영향을 주었다. 마셜 버먼, 윤호병·이만식 역, 『현대성의 경험』, 현대미학사, 1994.

체적으로는 염상섭 문학과 비평이 구현하고 있는 근대성에 관한 논의, 근대소설로서의 성격과 가능성을 분석하는 작업, 소설 속에 등장하는 주체 및 인물들의 근대적 의식을 추적하는 작업, 소설의 서사 및 서술방식이나 문체에 체현되어 있는 근대성을 논의하는 작업, 보편적 근대성과 구분되는 식민지 근대성의 발현을 탐색하는 작업, 미적 근대성에 관한 논의, 소설과 산문을 통해 재현된 당대의 정치·사회·문화적 현상과 사건에서 근대성을 규명하는 작업 등 다층적인 범주에서 염상섭 문학을 둘러싼 근대성을 규명하는 연구들이 진행되었다. 이러한 연구들은 텍스트를 넘어서 당대 현실 세계로 확장되면서 향후 문화론적 연구로 전화될 수 있는 계기 및 가능성을 내재하고 있었다.

이러한 흐름 속에서, 이후 1990년대 중후반 무렵부터 탈근대 / 포스트모더니즘 이론과 담론이 광범위하게 유통되면서 근대에 대한 성찰이 보

---

178 한형구, 「「만세전」—한국 근대소설의 진정한 출발 그 근대성의 기념비적 성격」, 『문학정신』 48, 1990.9; 김정진, 「상섭의 초기 창작방법론 연구」, 『이문논총』 14, 1994.12; 최혜실, 「염상섭 소설에 나타나는 근대성—돈과 애정의 갈등구조를 중심으로」, 『선청어문』 21, 1998.9; 채호석, 「가족 구조 속에 담아낸 식민지 자본주의 사회—염상섭의 「삼대」」, 『문학사상』 317, 1999.3; 김양선, 「식민지적 근대성의 한 양상—염상섭의 「삼대」와 「무화과」를 중심으로」, 『서강어문』 12, 1996.12; 황국명, 「『삼대』의 근대성 연구」, 『인제논총』 12(2), 1996.12; 최주한, 「염상섭과 근대적 주체—초기 작품을 대상으로」, 『서강어문』 13, 1997.12; 정정숙, 「염상섭 초기 단편에 나타난 식민지 지식인의 근대의식—「암야」, 「표본실의 청개구리」, 「제야」를 중심으로」, 『전농어문연구』 10, 1998.9; 김재용, 「염상섭의 민족의식과 비서구 식민지의 근대성」, 『한국언어문학』 41, 1998.12; 김형수, 「염상섭, 예술, 근대성—1920년대 염상섭의 비평」, 『사림어문연구』 12, 1999.1; 서영채, 「한국소설과 근대성의 세 가지 파토스」, 『문학동네』 19, 1999.5; 양문규, 「염상섭 문학을 통해 본 근대 이후의 인간관」, 『인문학보』 27, 강릉대 인문과학연구소, 1999.6; 박현수, 「염상섭의 초기 소설과 문화주의」, 『상허학보』 1, 1999.12; 김원수, 「「삼대」와 「무화과」의 근대성」, 『어문학』 69, 2000.2; 이훈, 「「만세전」의 근대성에 대한 연구—주체의 근대적인 의식과 식민지적 근대성에 대한 반영 양상을 중심으로」, 『한국언어문학』 45, 2000.12; 김양선, 「『광분』 자세히 읽기」, 『한국문학이론과 비평』 10, 2001.3; 신종곤, 「염상섭 초기작에 나타난 자기반성적 서술 형식 연구—「표

본실의 청게고리」, 「암야」, 「제야」, 「만세전」을 중심으로」, 『상허학보』 7, 2001.8; 박노자, 「한국적 근대 만들기-1920년대의 '타이쇼 데모크라시'형(型) 개인주의-염상섭의 「만세전」」, 『인물과사상』 48, 2002.4; 곽원석, 「현실 모순의 소설화의 그 세 가지 차원-「만세전」을 중심으로」, 『현대소설연구』 16, 2002.6; 김휘정, 「「만세전」과 근대성」, 『여성문학연구』 7, 2002.6; 임영봉, 「식민지 근대성과 광인 서사의 의미-광인형 등장인물의 세 가지 유형을 중심으로」, 『인문학연구』 34, 중앙대 인문과학연구소, 2002.8; 김경수, 「염상섭의 초기 소설과 개성론과 연애론-「암야」와 「제야」를 중심으로」, 『어문학』 77, 2002.9; 이주열, 「염상섭의 「사랑과 죄」 주제의식과 갈등 양상」, 『어문논총』 22, 2002.12; 차원현, 「유명론적 세계 이해와 개체성의 윤리성-염상섭과 20년대」, 『민족문학사연구』 22, 2003.6; 곽원석, 「염상섭 장편소설 「광분(狂奔)」 연구」, 『현대소설연구』 20, 2003.12; 나병철, 「미적 근대성의 두 가지 길-탈주의 욕망과 에로티즘」, 『현대문학의 연구』 20, 2003.2; 홍재범, 「근대적 이성의 이율배반-염상섭 「E 선생」론」, 『어문학』 83, 2004.3; 박상준, 「환멸에서 풍속으로 이르는 길-「만세전」을 전후로 한 염상섭 소설의 변모 양상 논고」, 『민족문학사연구』 24, 2004.3; 임규찬, 「3・1운동 전후의 작가와 문학적 근대성-이광수・김동인・염상섭의 비평을 중심으로」, 『민족문학사연구』 24, 2004.3; 정연희, 「염상섭 초기 소설의 자기서술방식과 작가의식 연구」, 『현대문학이론연구』 21, 2004.4; 강상희, 「「만세전」의 주체」, 『어문연구』 122, 2004.6; 정혜영, 「삶의 허위와 사랑의 허위-염상섭 「너희들은 무엇을 어덧느냐」」, 『한국문학논총』 39, 2005.4; 김성연, 「염상섭 「무화과」 연구-새 시대의 징후와 대안 인물의 등장」, 『한민족문화연구』 16, 2005.6; 이덕화, 「염상섭 초기 문학에 나타난 근대체험과 가족 이데올로기」, 『여성문학연구』 13, 2005.6; 김지영, 「1920년대 문학에서 고백의 성립과 자기 인식의 문제-이광수, 김동인, 염상섭을 중심으로」, 『현대소설연구』 28, 2005.12; 김명인, 「비극적 자아의 형성과 소멸 그 이후-1920년대 초반 염상섭 소설세계의 전환과 관련하여」, 『민족문학사연구』 28, 2005.8; 김정숙, 「「삼대」의 대화적 담론과 근대성 연구」, 『어문연구』 48, 2005.8; 최미진・임주탁, 「1920년대 신문소설에 나타난 유학 체험과 근대적 특성-「읍혈조(泣血鳥)」와 「진주(珍珠)는 주엇스나」」, 『한국문학논총』 41, 2005.12; 이미림, 「근대인 되기와 정주 실패-여행소설로서의 『만세전』」, 『현대소설연구』 31, 2006.9; 김학균, 「'가족살해 모티프'와 가족 공동체의 붕괴-1930년대 염상섭 장편을 중심으로」, 『인문논총』 56, 서울대, 2006.12; 김은하, 「근대소설의 형성과 우울한 남자-염상섭의 「만세전」을 대상으로」, 『현대문학이론연구』 29, 2006.12; 임주탁, 「1920년대 초반 소설의 근대적 특성 연구-『동아일보』 연재소설을 중심으로」, 『한국문학논총』 42, 2006.4; 김지영, 「환멸의 비애를 넘어서기-1920년대 염상섭 문학에 나타난 '개성'과 '생활'의 의미」, 『한국현대문학연구』 21, 2007.4; 김정진, 「염상섭 소설의 동정자 인물유형 연구」, 『새국어교육』 75, 2007.4; 이덕화, 「염상섭의 '同情者' 윤리를 통해 본 세계관과 돈에 대한 인식」, 『현대문학의 연구』 32, 2007.7; 김경수, 「염상섭 문학의 근대성」, 『한국언어문화』 33, 2007.8; 蔡永姃, 「廉想涉の初期作品に見る日本植

다 강화되었다. 또한 상상의 공동체로서의 민족과[179] 국민국가론에 대한 비판이 제기되면서 정치·문화공동체로서의 민족을 둘러싼 논의민족문학론가 퇴색함과 더불어 총체성·당파성·전형성 등에 기초한 미학적 기준으로서의 리얼리즘에 대한 시효 만료가 선언되기[180] 시작한다. 기존의 근대

民地下の「近代」朝鮮認識−「闇夜」「標本室の靑蛙」の家族像を通して」,『日本文化學報』34, 2007.8; 장수익, 「이기심과 교환 관계 그리고 이념−염상섭 중기 소설 연구1」, 『한국언어문학』64, 2008.3; 이혜령, 「지식인의 자기정의와 '계급'−식민지시대 지식계급론과 한국 근대소설의 지식인 표상」,『상허학보』22, 2008.2; 배개화,「『東光』을 통해 본 근대적 글쓰기의 형성」,『국어국문학』150, 2008.12; 김도경, 「염상섭 초기 단편소설 연구−「표본실의 청게고리」, 「암야」, 「제야」를 중심으로」,『한국문예비평연구』29, 2009.8; 김성연, 「가족 개념의 해체와 재형성−염상섭 장편소설「삼대」, 「무화과」, 「불연속선」을 중심으로」,『인문과학』(성균관대 인문과학연구소) 44, 2009.8; 신영미, 「저항과 모색을 통한 자아의 완성−염상섭의 「제야」, 김동인의 「눈을 겨우 뜰 때」에 나타난 죽음을 중심으로」,『한국학연구』20, 2009.5; 류희석, 「세계체제의 (반)주변부와 근대소설−식민지근대의 극복을 화두로」,『창작과비평』148, 2010.6; 서은경, 「1910년대 후반 미적 감수성의 분화와 '감정'이 부상되는 과정−유학생 잡지『삼광』을 중심으로」, 『현대소설연구』45, 2010.12; 김대성, 「바다라는 '사이', 부산이라는 '사이'−염상섭의 「만세전」을 경유하여」,『해양평론』5, 2010.12; 송은영, 「1910년대 잡지에 나타난 장르 분화와 언어의식−역사·허구의 분리와 근대소설의 재현 관념을 중심으로」,『석당논총』48, 2010.11; 조미숙, 「「진주는 주었으나」의 이야기 방식과 근대성」,『한국문예비평연구』34, 2011.4; 이광호, 「염상섭 소설의 시선 주체와 문학사적 의미−소설「만세전」을 중심으로」,『현대소설연구』50, 2012.8; 유승미, 「식민지 조선의 근대와 자립의 과제−염상섭의 「사랑과 죄」, 「광분」, 「삼대」를 중심으로」,『어문논집』66, 2012.10; 임명진, 「「삼대」에 나타난 '자본'의 문제」,『비평문학』43, 2012.3; 최성윤, 「근대 초기의 비평 논쟁과 '묘사' 개념의 구체화 과정」,『우리어문연구』49, 2014.5; 조미희, 「염상섭 소설에 나타난 희생의 의미 연구−「해바라기」를 중심으로」,『한국언어문화』58, 2015.12; 김연숙, 「'나혜석'의 재현과 자기서사−염상섭, 함정임의 소설을 중심으로」,『어문연구』167, 2015.9 등 참조.

179 베네딕트 앤더슨, 윤형숙 역,『민족주의의 기원과 전파』, 나남, 1991; 최석영 역,『民族意識의 歷史人類學』, 서경문화사, 1995; 윤형숙 역,『상상의 공동체−민족주의의 기원과 전파에 대한 성찰』, 나남, 2002 참조.

180 정남영, 「Dickens의 Little Dorrit와 새로운 리얼리즘론의 가능성」, 서울대 박사논문, 1996;『리얼리즘과 그 너머−디킨즈 소설 연구』, 갈무리, 2001; 「근대, 대안근대, 그리고 문학−리얼리즘론을 되돌아보며」,『자음과 모음』25, 2014.8; 조정환, 「사회주의 리

적 거대 담론과 진보적 시간관에 대한 비판과 성찰을 기반으로 한 근대
성 논의가 문학의 영역을 넘어서 문화의 영역으로 확장되면서 연구대상
의 경계가 사라지기 시작했다. 이와 같은 한국문학 연구 경향의 급격한
변화 속에서 염상섭을 둘러싼 논의도 자연스럽게 달라질 수밖에 없었다.
이러한 변화의 흐름을 다음과 같이 정리해 볼 수 있다.

먼저 민족문학론이나 리얼리즘론과 같이 도달해야 할 규범이 미리 제
시되는 목적론의 서사가 붕괴하면서, 염상섭의 연구는 소설 장르의 내재
적 입법을 통해 텍스트 중심으로 그 의미를 추출하려는 시도가 전체 작
품들에 걸쳐 행해졌다.[181] 주체성의 측면에서는 대문자 민족과 계급에 통

얼리즘의 종말 이후의 노동문학」(『실천문학』 57, 2000.2), 『카이로스의 문학』, 갈무
리, 2006; 「오늘날의 문학상황과 버추얼리즘―최근 리얼리즘 / 모더니즘 논쟁에 부처」
(『시작』 3, 2002.11), 『카이로스의 문학』, 갈무리, 2006; 「내재적 리얼리즘―리얼리즘
의 폐허에서 생각하는 대안리얼리즘의 잠재력」(『오늘의 문예비평』 92, 2014.3), 『예술
인간의 탄생』, 갈무리, 2015; 황호덕, 「차이와 반복―회통, 민족적 기억과 코스모폴리탄
적 문체」(『문학동네』 32, 2002.8), 『프랑켄 마르크스』, 민음사, 2008; 천정환, 「민족문
학과 민중문학을 다시 생각하기―서발턴은 쓸 수 있는가」, 백영서·김명인 편, 『민족문
학론에서 동아시아론까지―최원식 정년기념논총』, 창비, 2015 등 참조.

181 박상준, 「지속과 변화의 변증법―「만세전」 연구」, 『관악어문연구』 22, 1997.12; 김병구,
「염상섭의 「사랑과 죄」론」, 『어문연구』 118, 2003.6; 강헌국, 「기분과 서사―「표본실의
청개고리」론」, 『현대소설연구』 29, 2006.3; 김영택, 「염상섭 소설에서 '거리(距離)' 문
제」, 『한국문예비평연구』 20, 2006.8; 강헌국, 「개념의 서사화―염상섭의 초기 소설」,
『국어국문학』 143, 2006.9; 김종구, 「염상섭 「삼대」의 다성성(多聲性) 연구」, 『한국언
어문학』 59, 2006.12; 김학균, 「1930년대 염상섭 장편소설에 나타난 '희생양'의 이미
지」, 『한국문학평론』 32, 2007.12; 김승민, 「염상섭 소설에 나타난 '소문'의 의미와 서
사화 방식에 대한 고찰―「사랑과 죄」를 중심으로」, 『한국현대문학연구』 33, 2011.4; 장
두영, 「염상섭의 모델소설 창작 방법 연구―「너희들은 무엇을 어덧느냐」를 중심으로」,
『한국현대문학연구』 34, 2011.8; 신희교, 「염상섭의 「짖지 않는 개」에 나타난 초점화
연구」, 『한국언어문학』 80, 2012.3; 백윤경, 「가족로망스의 변형과 그 가능성―『삼대』
론」, 『인문학연구』 89, 충남대 인문과학연구소, 2012.12; 김병구, 「염상섭의 「이심」론」,
『시학과 언어학』 24, 2013.2; 장두영, 『염상섭 소설의 내적 형식과 탈식민성』, 태학사,
2013; 양미영, 「「만세전」의 텍스트 일기―내포작가와 서술자를 중심으로」, 『인문학연

합되어 있었던 다양한 행위자들이 자신의 몫을 주장하며 문학 연구라는 무대에 등장했다. 그중에서도 민족과 남성 중심의 주체를 비판하면서 등장한 여성 및 젠더 연구가 가장 활발하게 전개되었다.[182] 그것은 작가의

<hr>

구』 94, 충남대 인문과학연구소, 2014.3; 김병구, 「염상섭 장편소설 「불연속선」 연구」, 『우리문학연구』 45, 2015.1 등 참조.

182 신명란, 「1930년대 소설의 여성인물 연구-염상섭·채만식을 중심으로」, 『대구어문논총』 12, 1994.6; 감영상, 「염상섭 소설의 여성 인물 연구-장편 『삼대』, 『백구』, 『취우』를 중심으로」, 『사림어문연구』 13, 2000.12; 김재용, 「염상섭 문학과 여성의식」, 『작가연구』 9, 2000.4; 최주한, 「염상섭 소설의 여성과 민족주의 담론의 젠더 이데올로기-여성의 재현 양상과 그 의미를 중심으로」, 『어문연구』 115, 2002.9; 김동윤, 「염상섭의 『미망인』 연구」, 『한국언어문화』 22, 2002.12; 안미영, 「1920년대 불량 여학생의 출현 배경 고찰-염상섭의 「너희들은 무엇을 어덧느냐」를 중심으로」, 『한국문학이론과 비평』 18, 2003.3; 김종욱, 「한국전쟁과 여성의 존재 양상-염상섭의 「미망인」과 「화관」 연작」, 『한국근대문학연구』 9, 2004.4; 조미숙, 「식민지시대 지식인 여성상 연구-남성 작가와 여성작가 비교를 중심으로」, 『한국문예비평연구』 17, 2005.8; 이덕화, 「염상섭의 작품을 통해서 본 신여성에 대한 오인 메커니즘」, 『현대소설연구』 28, 2005.12; 손지연, 「민족 알레고리로서의 여성-염상섭의 『만세전』을 중심으로」, 『비교문화연구』 10(1), 2006.6; 김경수, 「현대소설의 형성과 여성-악한의 탄생-염상섭의 「해바라기」론」, 『우리말글』 39, 2007.4; 진선정, 「「제야」와 「해바라기」의 신여성 연구」, 『한남어문학』 33, 2009.7; 최성실, 「염상섭 후기 단편소설의 창작방법론-'개성'과 '젠더' 문제를 중심으로」, 『한국문예창작』 17, 2009.12; 공종구, 「염상섭 초기 소설의 여성의식」, 『한국언어어문학』 74, 2010.9; 김주현, 「근대 초기 문사의식과 예술가의 형상의 상관성」, 『한국문학논총』 54, 2010.4; 송명희, 「근대소설에 나타난 신여성 모티프」, 『인문사회과학연구』(부경대 인문사회과학연구소) 11(2), 2010.10; 김병구, 「염상섭의 「광분」론」, 『반교어문연구』 30, 2011.2; 이형진, 「'이미지'로서의 여성의 삶과 사랑-1910, 20년대 이광수, 김동인, 염상섭의 작품들을 중심으로」, 『한국현대문학연구』 36, 2012.4; 조미숙, 「「진주는 주었으나」, 「남편의 책임」을 통해 본 1920년대 염상섭의 젠더의식」, 인문과학논집(강남대 인문과학연구소) 23, 2012.6; 심진경, 「세태로서의 여성-염상섭의 신여성 모델소설을 중심으로」, 『대동문화연구』 82, 2013.6; 박희현, 「염상섭의 「牧丹꽃 필 때」 연구-민족적 정체성의 재현으로서의 여성과 가부장적 세계관」, 『어문연구』 157, 2013.3; 허윤, 「1950년대 전후 남성성의 탈구축과 젠더의 비수행(Undoing)」, 『여성문학연구』 30, 2013.12; 윤영옥, 「염상섭 소설에서의 자유연애와 자본으로서의 젠더인식-「제야」, 「너희는 무엇을 얻었느냐」, 「해바라기」를 중심으로」, 『현대문학이론연구』 58, 2014.9; 이용희, 「염상섭의 장편소설과 식민지 모던 걸의 서사학-「사랑과 죄」의 '모던 걸' 재현 문제를 중심으로」, 『한국어문학연구』 62, 2014.2; 조미숙 「「사랑과 죄」의 여

젠더의식, 소설에 재현된 여성상, 신여성 모티프, 모델소설 연구에 이르기까지 다양한 층위에서 괄목한 성과를 보여 주었다. 그리고 이러한 맥락의 연장선상에서 인종과 혼혈을 둘러싼 주체성과 소수자 문제에 착목한 연구들도 산출되었는데,[183] 이를 통해 민족이라는 근대적 단위와 경계를 반문하고 그 외부를 사유하는 경향이 증가했으며 자아, 타자, 청년, 군중 등과 같이 기존에 크게 주목받지 못한 다양한 층위에서 주체성의 형성과 재현을 논의하는 움직임도 나타났다.[184] 또한 탈근대론의 영향 아래에서 활성화된 탈식민주의 연구를 통해 염상섭을 재독해하며 그 가능성을 가늠하려는 흐름도 광범위하게 존재했다.[185] 역사발전단계론이나 진보적

성 인물 주체 형성 과정과 인물묘사방법─「광분」의 인물들과의 비교를 중심으로」,『한국문예비평연구』47, 2015.8; 정보람, 「'괴물'에서 '거울'로의 전환─「만세전」, 「사랑과 죄」의 여성 인물 연구」,『어문연구』167, 2015.9; 심진경, 「염상섭 소설에 나타난 소문의 서사화 전략 연구─「이심」의 스캔들화된 여성을 중심으로」,『어문론총』68, 2016.6; 홍혜원, 「'집'의 장소성과 젠더─염상섭의 「일대의 유업」을 중심으로」,『어문연구』88, 2016.6 등 참조.

183 이혜령, 「인종과 젠더, 그리고 민족 동일성의 역학─1920~30년대 염상섭 소설에 나타난 혼혈아의 정체성」,『현대소설연구』18, 2003.6; 김승민, 「염상섭 소설에 나타난 '혼혈'의 문제」,『문학사상』381, 2004.7; 최현식, 「혼혈 / 혼종과 주체의 문제」,『민족문학사연구』23, 2003.12; 안서현, 「두 개의 이름 사이─염상섭 소설에 나타난 언어적 혼종성의 문제」,『한국근대문학연구』30, 2014.10; 김미영, 「다문화적 체험과 소수자 표상에 대한 소설사교육 연구─염상섭 소설에 나타난 '혼혈의식'을 중심으로」,『한국언어문화』53, 2014.4; 전훈지, 「식민지시기 혼혈인의 자아 정체성 연구─염상섭 소설을 중심으로」,『우리어문연구』53, 2015.9; 김정진, 「염상섭 소설에 나타난 혼혈의 문제─남충서, 유진, 조준석을 중심으로」,『한어문교육』34, 2015.11; 이정은, 「염상섭 소설에 나타난 혼혈의 양상과 의미─경계인 의식을 중심으로」,『현대소설연구』61, 2016.4 등 참조.

184 최현희, 「염상섭 초기 문학에 나타난 '자아'의 담론」,『관악어문연구』30, 2005.12; 박정애, 「근대적 주체의 시선에 포착된 타자들─염상섭 「만세전」의 경우」,『여성문학연구』6, 2001.12; 홍순애, 「근대소설에 나타난 타자성 경험의 이중적 양상─염상섭 「만세전」을 중심으로」,『정신문화연구』106, 2007.3; 이혜령, 「식민지 군중과 개인─염상섭의 「광분」을 통해서 본 시론」,『대동문화연구』69, 2010.3; 안용희, 「염상섭 초기 소설의 세대의식과 공동체 윤리의 문제」,『국제어문』57, 2013.4 등 참조.

시간관 등에 기초한 거대 담론에 대한 회의와 비판은 일상세계 혹은 일상성에 관한 관심으로 이어졌다. 염상섭 문학을 일상성이라는 관점으로 이해하고자 하는 연구는 김우창 등에 의해 오래전부터 시도된 바 있지만,[186] 본격적인 작업은 1990년대에 접어들면서 이루어졌다.[187] 이 연구들은 당시 리얼리즘의 새로운 모색과도 연관이 있었으며, 근대소설의 특성 및 근대적 일상과 밀접한 관련을 맺고 있었다는 점에서 근대성 연구

---

185 나병철, 「식민지시대 문학의 민족인식과 탈식민주의 – 염상섭의 민족인식과 타자성의 경험」, 『현대문학의 연구』 13, 1999.8; 김병구, 「염상섭 소설의 탈식민성 – 『만세전』과 『삼대』를 중심으로」, 『현대소설연구』 18, 2003.6; 나병철, 「한국문학과 탈식민」, 『상허학보』 14, 2005.12; 노연숙, 「염상섭의 『만세전』 연구 – 탈식민주의 시각에서 본 '나'의 자리 찾기와 '일본인 표상'을 중심으로」, 『한국문화』 43, 2008.9; 김도경, 「염상섭의 『牧丹꽃 필 때』 연구」, 『한국문예비평연구』 27, 2008.12; 김병구, 「염상섭 『효풍』의 탈식민성 연구」, 『비평문학』 33, 2009.9; 공종구, 「염상섭 초기 소설의 탈식민 의식」, 『현대문학이론연구』 38, 2009.9; 최성민, 「제3세계를 향한 제국주의적 시선과 탈식민주의적 시선」, 『현대소설연구』 40, 2009.4; 이혜령, 「식민자는 말해질 수 있는가 – 염상섭 소설 속 식민자의 환유들」, 『대동문화연구』 78, 2012.6; 김병구, 「1920년대 초기 염상섭 소설의 탈식민주의적 연구 – 「표본실의 청개구리」를 중심으로」, 『우리문학연구』 35, 2012.2; 나병철, 「탈식민 소설과 트랜스내셔널의 전망」, 『현대문학이론연구』 54, 2013.9; 김학균, 「염상섭 장편소설에 나타난 미국인과 '아메리카니즘' – 『이심』과 『효풍』을 중심으로」, 『도시인문학연구』 6(1), 2014.4 등 참조.

186 김우창, 「비범한 삶과 나날의 삶」, 『뿌리깊은 나무』 1, 1976.3.

187 조남현, 「염상섭의 후기소설」, 『문학정신』 35~36, 1989.8~9; 김윤식, 「우리근대문학사의 연속성에 대하여 – 『취우』와 『대동강』을 중심으로」, 『한국현대문학연구』 1, 1991.4; 김종욱, 「염상섭의 『취우』에 나타난 일상성에 관한 연구」, 『관악어문연구』 17, 1992.12; 유임하, 「세태로서의 분단현실과 중산층의 일상적 세계 – 염상섭의 해방 이후 단편과 장편 『취우』에 나타난 현실인식」, 『동악어문논집』 31, 1996.12; 최현식, 「파탄난 '생활세계'의 관찰과 기록 – 해방기 단편소설」, 『재인식』, 깊은샘, 1998; 한수영, 「소설과 일상성 – 후기 단편소설」, 『재인식』; 유문선, 「식민지 조선사회 욕망과 이념의 한 자리 – 염상섭의 『사랑과 죄』」, 『민족문학사연구』 13, 1998.12; 김정진, 「염상섭 후기 단편소설 연구」, 『한국문학이론과 비평』 10, 2001.3; 최주한, 「일상화된 식민주의와 '범죄'의 서사 – 염상섭의 『백구』론」, 『어문연구』 120, 2003.12; 조미희, 「염상섭 소설에 나타난 근대적 일상과 법의식 연구」, 『동아시아문화연구』 64, 2016.2 등 참조.

와도 연접해 있었다.

이러한 갱신의 노력은 염상섭 연구에 있어서 큰 변화를 가져왔는데, 한편으로 보자면 무너진 총체성과 글로벌화하는 신자유주의^{자본주의}하에서 기존의 한국 근현대문학 영역을 유지하면서 연구의 활로를 암중모색하는 수세적인 대응이었다고도 할 수 있다.

3) 문화·제도 연구로의 확장과 정치성의 재발견

(1) 염상섭 연구는, 2000년대에 접어들면서 다시 한번 급격한 변화를 맞이하는데 이는 문학을 둘러싼 제반 조건의 변화에 기인한 것이다. 예컨대 오늘날 "자본주의와 국가의 운동"에 맞서는 대항운동에서 근대문학이 수행할 수 있는 역할은 더 이상 존재하지 않는다는 '근대문학의 종언'론은[188] '(인)문학의 위기'를 학술적 언어로 재확인케 했으며, 나아가 문학의 정치성과 문학연구의 방향에 관해 근본적인 층위에서 재질의하게끔 하기도 했다. 이 같은 전반적인 위기 담론의 융성하에서 문학연구의 방법론을 쇄신하고자 하는 적극적인 대응이 도출되었는데, 이는 크게 두 가지 흐름으로 나누어 볼 수 있다. 하나는 주체성으로서의 대중성을 재평가하고 미시사·풍속사·영화연구 등을 아우르며 '문학성'을 재정의하는 동시에 연구영역을 확장한 '문화론적 연구'이다.[189] 다른 하나는 근대적 문

---

188 가라타니 고진(柄谷行人), 구인모 역, 「근대문학의 종말」, 『문학동네』 41, 2004.11; 가라타니 고진, 조영일 역, 『근대문학의 종언』, 도서출판b, 2006, 43~86쪽.

189 천정환, 「새로운 문학연구와 글쓰기를 위한 시론」, 『민족문학사연구』 26, 2004.11; 천정환, 「'문화론적 연구'의 현실 인식과 전망」, 『상허학보』 19, 2007.2. 등 참조. 이외에도 풍속·문화 연구 등과 관련하여 학문적으로 분류하고 정의하려고 했던 작업에 대해서는 다음의 논문들을 참조. 하정일, 「'개인'의 이데올로기를 넘어서―90년대 한국 근대문학 비평과 연구에 대한 한 반성」, 『비평과 전망』 8, 2004.6; 권보드래, 「'풍속사'와 문학의 질서―김동인을 통한 물음」, 『현대소설연구』 27, 2005.9; 이경훈, 「오딧세우스

학과 문화를 가능하게 했던 토대이면서 상부구조이기도 했던, "근대라는 특정한 역사의 시공간이 주형해낸 물질화된 지향성이며, 삶을 양식화하는 구조이자, 인간의 제반 실천을 작동시키는 조건"[190]인 '근대문화제도'를 탐색하는 '문화제도사 연구'이다.[191] 구체적으로는 매체론적 연구, 검열 연구, 출판 연구, 번역 연구 등을 통해 문학과 문화의 존재 방식을 해명하며 국가와 자본의 운동하에서 문학과 문화의 대응 양상을 고찰하면서 연구영역의 경계를 확장했다.

이와 같은 한국 근현대문학을 둘러싼 연구방법의 전회와 연구영역의 확장에 발맞추어, 염상섭 연구도 달라지기 시작했다. 물론 이러한 변화는 1990년대 이루어진 다양한 모색을 자원으로 삼았기에 가능한 것이었다. 염상섭의 소설을 법률, 범죄, 저항운동, 사회주의, 철도, 여행, 편지, 박람회, 유학, 전쟁, 지성, 감정 등과 같은 문화·풍속적 키워드와 접속시켜 당대의 시대상 및 행위자의 정동을 추적하는 문화론적 연구가 양적으로나 질적으로나 크게 증가하였다.[192] 그중에서도 염상섭 소설의 중요한 설

의 변명—문학과 풍속에 대해」,『현대소설연구』27, 2005.9; 차혜영, 「지식의 최전선—'풍속—문화론 연구'에 대한 비판적 검토—」,『민족문학사연구』33, 2007.4; 윤대석, 「문학(화)·식민지·근대—한국근대문학연구의 새 영역」,『역사비평』78, 2007.2 등.

190 박헌호 외,『작가의 탄생과 근대문학의 재생산 제도』, 소명출판, 2008, 2쪽 참조.

191 이에 관해서는 다음의 논문들을 참조. 박헌호, 「문학 '史'없는 시대의 문학연구—우리 시대 한국 근대문학 연구에 대한 어떤 소회」,『역사비평』75, 2006.5; 박헌호, 「'문화연구'의 정치성과 역사성—근대문학 연구의 현황과 반성」,『민족문화연구』53, 2010.12; 이경돈, 「세 척의 함선 세 곳의 행선지—2010년대, 문학 연구의 향배」,『반교어문연구』32, 2012.2 등.

192 김정진, 「염상섭 소설에 나타난 저항단체 연구」,『한국문예비평연구』2, 1998.6; 이경훈, 「염상섭 문학에 나타난 법의 문제—그 시론적 고찰」,『한국현대문예비평연구』2, 1998.6; 현순영, 「염상섭의『삼대』, '주의자에 대한 담론'의 반영과 해부」,『현대소설연구』19, 2003.9; 최주한, 「일상화된 식민주의와 '범죄'의 서사—염상섭의「백구」론」,『어문연구』120, 2003.12; 조성면, 「철도와 문학—경인선 철도를 통해서 본 한국의 근대문

정인 여성과 남성의 연애에 초점을 맞춘 논의들이 일군을 이루었으며,[193]

학」,『인천학연구』4, 2005.2; 김태진, 「전후의 풍속과 전쟁 미망인의 서사 재현 양상-
염상섭의 「미망인」·「화관」 연작을 중심으로」,『현대소설연구』27, 2005.9; 김경수, 「염
상섭 소설과 연극」,『현대소설연구』31, 2006.9; 허병식, 「사랑의 정치학과 죄의 윤리학
-염상섭의 「사랑과 죄」를 중심으로」,『한국문학연구』31, 2006.12; 김정진, 「염상섭 초
기 단편에서 고뇌의 의미」,『새국어교육』72, 2006.4; 이철호, 「1910년대 후반 도쿄 유
학생의 문화 인식과 실천-『기독청년』을 중심으로」,『한국문학연구』35, 2008.12; 김
경수, 「한국 현대소설의 문학법리학적 연구」,『현대소설연구』38, 2008.8; 서준섭, 「염
상섭의 「효풍」에 나타난 정부 수립 직전의 사회·문화적 풍경과 그 의미」,『한중인문학
연구』28, 2009.12; 한만수, 「「만세전」과 공동묘지령, 선산과 북망산-염상섭의 「만세
전」에 대한 신역사주의적 해석」,『한국문학연구』39, 2010.2; 곽상순, 「근대 형성기 소
설에 나타난 여행의 의미-「무정」, 「배따라기」, 「만세전」을 대상으로」,『시학과 언어학』
19, 2010.8; 이철호, 「염상섭 장편소설의 동정자(sympathizer) 형상과 다이쇼(大正) 생
명주의-「사랑과 죄」, 「삼대」를 중심으로」,『비교문학』53, 2011.2; 장두영, 「염상섭 문
학에 나타난 '죽음'」,『한국현대문학연구』36, 2012.4; 김학균, 「「사랑과 죄」에 나타난
아편중독자 표상 연구」,『국제어문』54, 2012.4; 이철호, 「한국 근대소설과 '의식의 흐
름'-베르그송, 제임스, 아인슈타인을 중심으로」,『상허학보』36, 2012.10; 이경훈, 「문
자의 전성시대-염상섭의 「모란꽃 필 때」에 대한 일 고찰」,『사이間SAI』14, 2013.5; 장
인수, 「1920년대 '편지'의 배치와 감수성의 문학」,『한민족문화연구』42, 2013.2; 김학
균, 「염상섭 장편소설에 나타난 미국인과 '아메리카니즘'-『이심』과 『효풍』을 중심으
로」,『도시인문학연구』6(1), 2014.4; 김성연, 「조선박람회의 문학적 재현-염상섭 『광
분(狂奔)』의 세계」,『인문학논총』(경성대 인문과학연구소) 36, 2014.10; 전훈지, 「식민
지 근대사회의 속물근성 연구-염상섭의 「모란꽃 필 때」를 중심으로」,『동서비교문학
저널』32, 2015.4; 신윤주, 「한·일 근현대문학에 나타난 생활사적 의미에서 「전당포
(典當鋪)」가 미친 영향」,『일본근대학연구』50, 2015.11; 조미희, 「염상섭 소설에 나타
난 근대적 일상과 법의식 연구」,『동아시아문화연구』64, 2016.2; 조미숙, 「염상섭 중기
소설의 크로노토프-『삼대』 삼부작을 중심으로」,『한국문예비평연구』51, 2016.9; 강
지윤, 「수전노, 탕자, 사회주의자-아버지와 아들, 그리고 식민지 자본주의」,『현대문학
의 연구』58, 2016.2 등 참조.

193   김학균 「「사랑과 죄」에 나타난 연애구조 고찰」,『한국문학평론』28, 2004.12; 김지영,
「'연애'의 형성과 초기 근대소설」,『현대소설연구』27, 2005.9; 김학균, 「「사랑과 죄」에
나타난 연애의 성립 과정 고찰」,『한국현대문학연구』19, 2006.6; 최미진·임주탁, 「한
국 근대소설과 연애담론-1920년대 『동아일보』 연재소설을 중심으로」,『한국문학논
총』44, 2006.12; 김정희·노상래, 「「삼대」에 나타난 '연애'의 양상과 의미에 관한 고
찰」,『우리말글』41, 2007.12; 김주현, 「자유연애의 이상과 파국-염상섭의 「제야」를 중
심으로」,『우리문학연구』26, 2009.2; 이태숙, 「염상섭의 20년대 연애소설과 유학의 경

이는 기존의 여성 및 젠더 연구와 긴밀한 연관을 맺고 있었다. 또한 기존의 근대적 도시의 일상성 연구를 참조하는 한편, 본격적으로 염상섭 소설에 나온 경성과 부산 등 식민지 조선의 근대적 도시의 형성 및 재현 문제와 관련지어 논의를 전개하는 도시공간 및 지리적 연구가 일군을 형성하였는데,[194] 이러한 흐름은 염상섭 소설의 학제간 연구의 가능성을 보여주는 것이기도 했다. '대중성'에 대한 재평가와 긍정적 이해는 기존에 통속소설로 분류되어 그다지 평가받지 못했던 작품들을 새롭게 이해할 수 있는 기반이 되었다. 염상섭 소설에서 탐정서사를 추출하여 소설 내적 양상을 규명하는 논의부터 통속성에서 당대의 문화와 풍속을 읽어 내는 논

험」, 『한중인문학연구』 29, 2010.4; 지용신, 「염상섭 초기 소설 속 연애 담론 고찰」, 『한남어문학』 37, 2013.3; 김성연, 「경성의 '직업인'과 '직업부인' ─ 신비한 연애와 결혼이라는 현실 ─ 염상섭의 「백구」에 대한 일 고찰」, 『한어문교육』 28, 2013.5 등 참조.

194 이강언, 「염상섭소설의 도시성 연구 ─ 1920년대 작품을 중심으로」, 『대구어문론총』 10, 1992.6; 문재호, 「근대 도시소설 연구 ─ 염상섭 「암야」와 박태원의 「소설가 구보씨의 일일」을 중심으로」, 『숭실어문』 15, 1999.6; 김용희, 「염상섭 소설의 도시인식 ─ 「牧丹꽃 필 때」와 「불연속선」의 경우」, 『어문연구』 120, 2003.12; 구모룡, 「한국 근대소설에 나타난 해항도시 부산의 근대 풍경」, 『해항도시문화교섭학』 4, 2011.4; 조은애, 「식민도시의 상징과 잔여 ─ 염상섭 소설의 在京城 일본인, 그 재현 (불)가능의 장소들」, 『한국문학이론과 비평』 57, 2012.12; 권혁건·이경규·전수진, 「한·일 근대소설에 묘사된 부산과 도쿄의 도시 공간에 대한 비교」, 『일본근대학연구』 39, 2013.2; 오창은, 「염상섭 문학과 공간의 문화정치 ─ 「사랑과 죄」와 1920년대 경성」, 『국제어문』 58, 2013.8; 유승미, 「식민지 경성, 그 상실된 장소의 소설적 재현 ─ 염상섭 「광분」을 중심으로」, 『한국문예비평연구』 41, 2013.8; 유인혁·박광현, 「염상섭 소설에 나타난 이중적 건축과 식민지 도시의 이중성 ─ 「광분」, 「삼대」, 「무화과」를 중심으로」, 『한국어문학연구』 62, 2014.2; 유인혁, 「식민지시기 염상섭 장편소설의 총체적 도시 재현」, 『인문논총』(서울대) 71, 2014.8; 유인혁, 「염상섭 장편소설 「사랑과 죄」에 나타난 범죄의 지리」, 『구보학회』 13, 2015.12; 임상민·이경규, 「제국 일본의 출판유통과 식민도시 부산의 독자층 연구 ─ 일본인 경영 서점과 염상섭 「만세전」을 중심으로」, 『일본근대학연구』 49, 2015.8; 조미숙, 「「무화과」에 나타난 1930년대 경성의 장소성」, 『통일인문학』 65, 2016.3; 유인혁, 「이광수와 염상섭의 경성 ─ '경성 / 지방'의 공간 분할과 소설의 플롯」, 『사이間SAI』 21, 2016.10 등 참조.

의, 그리고 그러한 통속성에 내재해 있는 대중적 정치성 및 급진성을 독해하고자 하는 논의에 이르기까지 다양한 측면에서 염상섭 소설의 대중성과 통속성이 재조명되기 시작했다.[195]

문화제도사 연구도 적지 않은 성과를 보여 주었다. 주지하듯이 염상섭은 평생에 걸쳐 신문과 잡지에 소설을 쓴 문학자였으며, 5개의 잡지와 7개의 신문에 직접적으로 관여한 저널리스트이기도 했다. 이러한 조건을 염두에 두면서 염상섭 소설의 형성과 전개를 신문 및 잡지와 연관 지어 해명하고 그 존재 조건을 탐구하는 매체론적 연구[196]를 비롯하여, 그 과

---

195 최혜실,「염상섭 장편소설에 나타난 통속성 연구」,『국어국문학』108, 1992.12; 김경수,「염상섭의 통속소설 연구 ―「二心」,「白鳩」,「牧丹꽃 필 때」」,『서강어문』11, 1995.11; 김학균,「탐정서사에 나타난 가족공동체의 해체 연구 ― 염상섭의 1930년대 장편을 중심으로」,『한국문학평론』30, 2006,6; 이보영,「염상섭의 잠복된 항일의지 ―「모란꽃 필 때론」」,『월간문학』39(12), 2006.12; 김학균,『염상섭 소설 다시 읽기』, 한국학술정보, 2009; 오혜진a,「근대 대중소설에 나타난 장르믹스의 변모양상 ― 염상섭의「사랑과 죄」와 김말봉의「찔레꽃」을 중심으로」,『우리문학연구』27, 2009.6; 김학균,「염상섭「이심」론」,『한국문학평론』35, 2009.8; 김정진,「「백구」의 인물 연구」,『새국어교육』82, 2009.8; 유봉희,「염상섭 장편「牧丹꽃 필 때」연구 ― 은유와 환유를 중심으로」,『어문논총』20, 2009.8; 한기형,「노블과 식민지 ― 염상섭소설의 통속과 반통속」,『대동문화연구』82, 2013.6; 김정진,「염상섭 장편소설「이심」연구」,『한국문예창작』29, 2013.12; 김병구,「'적색쌩그사건'과 염상섭의 통속소설「백구」」,『어문연구』159, 2013.9; 장두영,「「사랑과 죄」의 통속성과 1920년대 후반 염상섭의 장편소설 인식」,『한국현대문학연구』42, 2014.4; 박윤영,「염상섭『불연속선(不連續線)』연구」,『한국어와 문화』16, 2014.8; 김병구,「염상섭의 통속 장편소설「모란꽃 필 때」연구」,『시학과 언어학』28, 2014.11; 김승민,「염상섭「모란꽃 필 때」연구 ― 삼각관계 구도 변화와 '동경'의 의미를 중심으로」,『현대문학이론연구』63, 2015.12; 배준,「평범함의 비극성 ― 염상섭 소설의 통속적 대중 재현에 나타난 멜로드라마 전유 양상의 고찰」,『대중서사연구』35, 2015.8; 김병구,「염상섭 장편소설「백구」의 정치 시학적 특성 고찰」,『국어문학』58, 2015.2; 선민서,「염상섭 소설의 예술가 표상 연구 ―「사랑과 죄」·「모란꽃 필 때」를 중심으로」,『우리어문연구』55, 2016.5; 김정진,「염상섭「미망인」연구 ― 종결어미 이외의 종결 표현을 중심으로」,『한어문교육』38, 2016.11 등 참조.

196 이철호,「1910년대 후반 도쿄 유학생의 문화 인식과 실천 ―『기독청년』을 중심으로」,『한국문학연구』35, 2008.12; 이희정·김상모,「염상섭 초기 소설의 변화 과정 고찰 ―

정에서 필연적인 상수常數로 개입한 감시와 통제 권력인 검열에 관한 연구[197]가 활성화되었다. 그리고 염상섭이 여러 차례에 걸쳐 소설을 개작한 사실에 주목하여 그 판본과 출판 상황을 종합적으로 논의하면서 의미를 규명하는 연구[198]도 있었으며, 번역가로서의 염상섭에 초점을 맞추어 그의 번역작업과 소설창작의 관계를 논의한 연구[199]도 진행되었다.

현실사회주의의 붕괴와 신자유주의적 자본주의의 융성 그리고 학술

매체와의 상관성을 중심으로」,『한민족문화연구』38, 2011.10; 이희정,「1920년대 식민지 동화정책과『매일신보』문학연구(2)-후반기 연재소설의 전개과정을 중심으로」,『현대소설연구』48, 2011.12; 박정희,「1920년대 근대소설의 형성과 '신문기사'의 소설화 방법-「발[簾]」과 「검사국대합실」을 중심으로」,『어문연구』155, 2012.9; 신은경,「1950년대 '중간소설 전문지'『소설계』의 지형-1950년대 후반에서 1960년대까지 초기 잡지를 중심으로」,『어문논집』71, 2014.8; 김준현,「1950년대 문예지와 염상섭의 단편소설」,『비교어문연구』40, 2015.8; 권동우,「염상섭의 초기 신문연재소설과 '문학 저널리즘' 인식-「진주는 주엇스나」를 중심으로」,『한민족어문학』72, 2016.4 등 참조.

197 한만수,「『만세전』에 나타난 감시와 검열」,『한국문학연구』40, 2011.6; 이혜령,「사상지리(ideological geography)의 형성으로서의 냉전과 검열-해방기 염상섭의 이동과 문학을 중심으로」,『상허학보』34, 2012.2; 이혜령,「검열의 미메시스-염상섭의「광분」을 통해서 본 식민지 예술장의 초(超)규칙과 섹슈얼리티」,『민족문학사연구』51, 2013.4 등 참조.

198 이정임,「염상섭 소설의 판본 비교 연구-『만세전』,『해바라기』,『삼대』의 해방 후 개작 양상을 중심으로」, 연세대 석사논문, 1998; 최태원,「「묘지」와「만세전」의 거리-'묘지'와 '신석현(新潟縣)사건'을 중심으로」,『한국학보』103, 2001.6; 박현수,「「묘지」에서「만세전」으로의 개작과 그 의미-「만세전」 판본 연구」,『상허학보』19, 2007.2; 박정희,「「만세전」 개작의 의미 고찰-'首善社版'「만세전」(1948)을 중심으로」,『한국현대문학연구』31, 2010.8 등 참조.

199 김경수,「염상섭 소설과 번역」,『어문연구』134, 2007.6; 손성준,「번역이라는 고투(苦鬪)의 시간-염상섭의 번역과 초기 소설의 문체 변화」,『한국문학논총』67, 2014.8; 손성준,「텍스트 시차와 공간적 재맥락화-염상섭의 러시아 소설 번역이 의미하는 것들」,『한국어문학연구』62, 2014.2; 정선태,「시인의 번역과 소설가의 번역-김억과 염상섭의「밀회」 번역을 중심으로」,『외국문학연구』53, 2014.2; 손성준,「한국 근대소설과 번역·창작의 복합주체-염상섭과 현진건의 통속소설 번역과 그 이후」,『한국현대문학연구』47, 2015.12; 신혜수,「해방 후 염상섭 문학 궤적의 일단-『그리운 사랑』을 중심으로」,『이화어문논집』40, 2016.12 등 참조.

진흥재단한국연구재단에 의한 지원 등과 같은 연구풍토를 둘러싼 제반 조건들의 변화 속에서, 앞에서 살펴보았듯이 한국문학 연구를 비롯하여 염상섭 연구도 그 방법론과 영역에 있어서 큰 변화를 겪었다. 그것은 기본적으로 근대문학사 및 근대성 일반에 대한 회의와 비판에서 시작되었다. 근대문학사의 궁극적 귀결로 인식되었던 민족문학론과 그것을 미학적으로 구현하는 리얼리즘론 등에 기초한 거대 서사의 세계관이 민주주의적 지향 — 혹은 시효 만료된 개념으로 말하자면 '진보적' 지향 — 에 더 이상 유효하지 않다는 전세계적인 흐름에 근거하고 있었다. 더불어 근대국민국가 시스템에서 네이션의 형성 및 정치적 효과와 관련하여 주도적 위치를 점하고 있었던 '문학소설'에 대한 현재적 위상 변화가 수반되면서 '문학의 위기' 담론이 확산되었다. 이 과정에서 문학을 매개로 삼아 문화론적 연구와 문화제도사 연구로 연구영역이 확장되었고 근현대문학을 둘러싼 가능성이 재구성되었다. 이처럼 붕괴와 위기 국면에서 다양한 연구방법론이 제출되었고, 한국문학 연구의 질적·양적 성과 및 다양성 그 어느 때보다 풍부해졌다. 하지만 한편으로 붕괴와 위기를 재구성하면서 '근대 극복'이라는 지향 및 연구의 정치성이 전반적인 연구의 성장에 비해 모호해지거나 엷어졌으며, 다양한 논의들을 소통 가능하게 하는 평면 — 낡은 용어로 말하면 '거대 담론·서사' 등에 해당할 것이다 — 이 약화되면서 그 논의들이 공통적인 것으로 구성될 수 있도록 하는 토대가 위축되기도 하였다.

염상섭 연구는 한국문학 연구의 전반적인 변화를 수용하면서 새로운 흐름을 만들어 갔다. 먼저 다소간의 시차는 있었지만, 실증적 작업에 기초하여 염상섭 삶의 빈칸을 채우고 새로운 자료 발굴에 기초하여 의미를 부여하는 연구들이 꾸준히 산출되었다. 그리하여 일본 유학 시절의 활동

과 자료, 간토대지진関東大地震 이후 도일渡日 당시의 활동 등이 새롭게 밝혀
졌으며, 염상섭이 관여한 '조선문인회'의 면모가 재의미화되고 관련 번역
서 등이 발굴되었다.[200] 비단 식민지기뿐만 아니라 해방기의 주목받지 못
했던 소설, 한국전쟁 당시의 해군 체험 및 문학 활동 등에 관한 자료들도
발굴되어 소개되었다.[201] 이러한 실증적 작업은 기존의 염상섭 연구를 보
완하는 한편, 새로운 염상섭의 상像을 구성하는 데 밑바탕이 되었다. 그런
과정을 거치는 가운데, '제국주의'라는 프레임, 즉 '식민지-제국'에 관한
연구 속에서 식민지 근대성 등을 규명하고자 했던 연구의 흐름은 점차
'냉전체제'라는 프레임 속에서 반공주의, 분단 등의 정치적·문화적 굴절
과 대응을 규명하는 연구 흐름으로 전환되었다. 이러한 전환에 조응하면
서 시대적으로는 해방기, 한국전쟁기, 1950년대를 중심으로 염상섭의 문
학과 사상을 규명하려는 시도가 증가하였다. 염상섭의 삶과 문학에서 보
면 이 시기들은 후반기에 해당한다고 할 수 있는데, 기존에는 대체로『만

---

200 김종균,「염상섭 초기 소설과「악몽(惡夢)」의 상관성 연구」,『외국문학연구』4, 1998.2;
　　이경훈,「완전한 귀향－염상섭론 2」,『한국문예비평연구』1, 1997.12; 김경수,「횡보의
　　재도일기(再渡日期) 작품」,『한국문학이론과 비평』10, 2001.3; 송하춘,「염상섭의 초
　　기 창작방법론－『남방의 처녀』와『이심』의 대비 고찰」,『현대소설연구』36, 2007.12;
　　김경수,「1차 유학시기 염상섭 문학 연구」,『어문연구』146, 2010.6; 장두영,「염상섭의
　　「조야의 제공에게 호소함(朝野の諸公に訴う)」이 지닌 자료적 의미」,『문학사상』454,
　　2010.8; 김경수,「염상섭의 시조(時調)론과 조선정서론」,『한국언어문화』46, 2011.12;
　　오혜진b,「'캄포차 로멘쓰'를 통해 본 제국의 욕망과 횡보의 문화적 기획－『남방의 처
　　녀』(염상섭 역술, 평문관, 1924) 해제」,『근대서지』3, 2011.6; 박헌호,「염상섭과 '조
　　선문인회'」,『한국문학연구』43, 2012.12; 박현수,「염상섭의 소설론에 대한 고찰－
　　1927~1929년을 중심으로」,『한국근대문학연구』28, 2013.10; 박현수,「1920년대 전
　　반기〈문인회〉의 결성과 그 와해」,『한민족문화연구』49, 2015.2 등 참조.
201 신영덕,「염상섭의 해군 체험과 관련된 새로운 자료에 관하여」,『문학정신』60,
　　1991.10; 신영덕,「전쟁기의 염상섭의 해군 체험과 문학 활동」,『한국학보』67, 1992.6;
　　안서현,「'효풍(曉風)'이 불지 않는 곳－염상섭「무풍대(無風帶)」연구」,『한국현대문학
　　연구』39, 2013.4 등 참조.

세전』과『삼대』를 중심으로 식민지기에 논의가 집중된 경향이 있었으며 후반기에 관한 연구는 앞선 시기에 비해서는 엉성한 편이었다. 하지만 이 무렵에 접어들면서 '중간파'라는 이념적 좌표에 독자성을 부여하여 재평가하고, 일제 말기 만주에서의 활동과 해방기 좌우 통합적 실천을 규명하는 가운데, 냉전체제하에서 형성되는 남북의 국민국가와 불화한 존재들을 형상화한 소설들이 지닌 정치적 가능성에 주목하는 등 해방기 염상섭의 삶과 문학을 적극적으로 의미화하는 작업들이 상당수 제출되었다.[202]

---

202 이병순,「해방기 중간파 문학론 연구」,『어문논집』5, 1995.12; 정호웅,「염상섭의「효풍」론―냉소와 풍자」,『실천문학』52, 1998.11; 조남현,「1948년과 염상섭의 이념적 정향」,『한국현대문학연구』6, 1998.12; 서형범,「염상섭「효풍(曉風)」의 중도주의 이데올로기에 대한 고찰」,『한국학보』115, 2004.6; 전성욱,「작가의 욕망과 텍스트의 욕망―염상섭의「효풍」론」,『국어국문학』23, 2004.12; 김동석,「염상섭 소설에 나타난 욕망과 윤리, 이념―해방기를 중심으로」,『한국문학연구』5, 2004.12; 김승민,「해방 직후 염상섭 소설에 나타난 만주 체험의 의미―「혼란」,「모략」,「해방의 아들」을 중심으로」,『한국근대문학연구』16, 2007.10; 조형래,「『효풍』과 소설의 경찰적 기능―염상섭의『효풍』연구」,『사이間SAI』3, 2007.11; 최진옥,「해방 직후 염상섭 소설에 나타난 민족의식 고찰」,『한국현대문학연구』23, 2007.12; 김재용,「염상섭과 한설야―식민지와 분단을 거부한 남북의 문학적 상상력」,『역사비평』82, 2008.2; 김학균,「가족 갈등에 나타난 분단의 현실과 '중간파'의 정치의식―해방 후 염상섭 소설을 중심으로」,『현대소설연구』38, 2008.8; 김종욱,「언어의 제국으로부터의 귀환―염상섭의「해방의 아들」」,『현대문학의 연구』35, 2008.6; 이종호,「해방기 이동의 정치학―염상섭의 단편소설을 중심으로」,『한국문학연구』36, 2009.6; 류진희,「염상섭의「해방의 아들」과 해방기 민족서사의 젠더」,『상허학보』27, 2009.10; 안미영,「염상섭의 해방직후 소설에서 '민족'을 자각하는 방식과 계기―1949년~1948년 작품을 중심으로」,『한국언어문학』68, 2009.3; 김예림,「'배반'으로서의 국가 혹은 '난민'으로서의 인민―해방기 귀환의 지정학과 귀환자의 정치성」,『상허학보』29, 2010.6; 이정숙,「해방기 소설에 나타난 귀환의 양상 고찰」,『현대소설연구』48, 2011.12; 조윤정,「언어의 위계와 어법의 균열―해방기~1960년대, 한국의 언어적 혼종상태와 문학자의 자의식」,『현대문학의 연구』46, 2012.2; 신은경,「해방 후 이념의 초월 양상―염상섭 소설「효풍」을 중심으로」,『국제한인문학연구』13, 2014.2; 강영훈,「염상섭 장편소설「효풍」연구」,『어문논총』25, 2014.6; 류경동,「염상섭의「효풍」에 나타난 상품세계의 변동과 갈등 양상 연구」,『현대문학이론연구』59, 2014.12; 김영경,「해방기 염상섭의 정치·경제의식과 서사의 비균

그리고 이 연장선상에서 한국전쟁기 염상섭 삶의 굴곡 — 보도연맹 가입과 해군 입대 등 — 을 재조명하면서 한국전쟁을 둘러싼 작가의 인식, 이념적 지향, 일상성, 전쟁미망인 표상, 전후의 문화론적 접근 등과 관련된 작업들도 활발히 진행되었다.[203] 또한 많은 작품 활동에도 불구하고 그동안 정당한 평가를 받지 못했던 1950년대, 즉 말년의 활동에 관해서도 풍속사적 접근을 비롯하여 중산층의 정치의식과 4·19를 연관 지어 논의하는 중요한 작업들이 산출되었다.[204] 그리고 조금 범주를 달리하여, 염상섭

질성 — 염상섭의 「효풍」론」, 『우리말글』 67, 2015.12; 김종욱, 「해방기 국민국가 수립과 염상섭 소설의 정치성 — 「효풍」을 중심으로」, 『외국문학연구』 60, 2015.11; 김재용, 「해방 직후 염상섭과 만주 재현의 정치학」, 『한민족문화연구』 50, 2015.6; 최미선, 「해방기 장편 아동서사의 현실인식 연구」, 『한국아동문학연구』 29, 2015.10; 신샛별, 「염상섭 「효풍」에 나타난 해방기 도덕지층 연구」, 『동악어문학』 68, 2016.8; 신지영, 「해방 전후 '소문'에 나타난 복수의 시간성과 이족(異族) 갈등 — 안회남과 염상섭의 귀환 / 이주 단편소설을 중심으로」, 『사이間SAI』 21, 2016.11 등 참조.

203 김종욱, 「염상섭의 『취우』에 나타난 일상성에 관한 연구」, 『관악어문연구』 17, 1992.12; 김재용, 「염상섭 전쟁문학과 분단극복의 눈」, 『역사비평』 51, 2000.5; 배경렬, 「한국전쟁 이후 염상섭 소설 연구」, 『현대문학이론연구』 32, 2007.12; 김정진, 「「취우(驟雨)」의 냉소적 세계관 연구」, 『지역문화연구』 10, 2011.12; 정보람, 「전쟁의 시대, 생존의지의 문학적 체현 — 염상섭의 「취우」, 「미망인」 연구」, 『현대소설연구』 49, 2012.4; 정연정, 「근대화 과정 속 전쟁미망인의 존재양상과 역할변화 — 염상섭 「미망인」·「화관」 연작을 중심으로」, 『문학 사학 철학』 28·29, 2012.4; 이철호, 「반복과 예외, 혹은 불가능한 공동체 — 「취우」(1953)를 중심으로」, 『대동문화연구』 82, 2013.6; 배하은, 「전시의 서사, 전후의 윤리 — 「난류」, 「취우」, 「지평선」 연작에 나타난 염상섭의 한국전쟁 인식 연구」, 『한국현대문학연구』 45, 2015.4; 정보람, 「'탕녀'와 '가장' — 1950년대 전쟁미망인의 이중적 표상 연구」, 『현대소설연구』 61, 2016.4 등 참조.

204 김희자, 「핏줄과 돈 계산 — 염상섭의 후기 단편을 중심으로」, 『겨레어문학』 22, 1997.9; 김경수, 「전후 염상섭 장편소설의 전개」, 『서강어문』 13, 1997.12; 한수영, 「소설과 일상성 — 후기 단편소설」, 『재인식』, 깊은샘, 1998; 김정진, 「염상섭 후기 단편소설 연구」, 『한국문학이론과 비평』 10, 2001.3; 김정진, 「횡보 후기 단편소설 연구」, 『한국어문학연구』 21, 2005.2; 최애순, 「1950년대 서울 종로 중산층 풍경 속 염상섭의 위치 — 「젊은 세대」와 「대를 물려서」를 중심으로」, 『현대소설연구』 52, 2013.4; 정종현, 「1950년대 염상섭 소설에 나타난 정치와 윤리 — 「젊은 세대」, 「대를 물려서」를 중심으로」, 『한국어문학연

이 작품들에서 사용한 한국어·소설어·일본어·한자어 그리고 철자법 및 한자 사용에 관한 인식 등 언어사용 및 언어 의식을 둘러싼 논의들이 일군을 형성하기도 했다.[205]

(2) 이처럼 다양한 연구 경향이 대두했는데, 그중에서도 특히 2000년대 접어들면서 등장하기 시작한 아나키즘 관련 논의들을 통해 염상섭 연구는 새로운 국면을 맞이하게 된다. 한기형은 염상섭의 아나키즘 수용을 탈식민의 맥락에서 독해하면서 민족주의국민문학와 사회주의프로문학로 이분되어 있었던 근대문학사의 구도에 제3의 항을 추가함으로써 염상섭의 고유성을 강조한다.[206] 그리고 잡지라는 근대미디어의 인적 네트워크와 이념적 연쇄의 규명을 통해, 염상섭 및 『폐허』 동인의 아나키즘생디칼리슴 경향과 그 미학적·문학적 가능성을 고찰한 작업이 있었다.[207] 이후 2010년대 들어서면서 이러한 연구를 기반으로 삼아 염상섭이 중심이 되어 추진한 최초의 문인단체인 조선문인회를 아나키즘 및 생디칼리슴의 연관

구』62, 2014.2; 오창은, 「염상섭과 4·19혁명」, 『국어국문학』170, 2015.3 등 참조.

205 조남현, 「국어 사랑, 시대의 한복판을 뚫은 명작의 버팀목」, 『새국어생활』11(3), 2001.9; 이상억, 「현대문학에 나타난 서울 옛말씨의 연구」, 『서울학연구』17, 2001.9; 곽원석, 「염상섭 소설어의 성격」, 『인문학연구』(숭실대 인문과학연구소) 32, 2002.12; 김정진, 「향수 어린 서울말」, 『서울말연구』2, 2002.12; 곽원석, 「경아리 말씨 염상섭」, 『새국어생활』17(2), 2007.6; 김학균, 「염상섭의 유머 감각」, 『새국어생활』23(4), 2013.12; 金慶洙, 大川大輔 訳, 「廉想渉の言語意識—ハングル綴字法と漢子に対する認識を中心に」, 『朝鮮学報』226, 2013.1; 시라카와 유타카(白川豊), 「염상섭과 일본」, 『국제어문』58, 2013.8; 김재용, 「'일본식 한자어'의 정체—일본 제국하 조선인 문인들의 위기의식을 중심으로」, 『새국어생활』25(4), 2015.12 등 참조.

206 한기형, 「초기 염상섭의 아나키즘 수용과 탈식민적 태도—잡지『삼광』에 실린 염상섭 자료에 대하여」, 『한민족어문학』43, 2003.12.

207 이종호, 「일제시대 아나키즘 문학 형성 연구—『近代思潮』『三光』『廢墟』를 중심으로」, 성균관대 석사논문, 2006.

속에서 파악하는 논의, 염상섭의 개인주의를 슈티르너의 아나키즘의 영향 속에서 해석하는 논의, 『사랑과 죄』를 슈티르너적 개인주의·아나볼 赤黑연대·조일연대朝日連帶의 정치적 문법으로 독해하는 논의, 프로문학에 맞선 염상섭의 주장과 논쟁을 스탈린주의에 맞선 다른 사회주의적 기획으로 해석하는 논의, 『만세전』 및 자연주의를 아나키즘적 정치 미학으로 해석하는 논의, 니가타현新潟県 조선인 학살사건에 대한 염상섭의 대응을 생디칼리슴의 맥락에서 해석한 논의, 초기 염상섭의 문학과 사상을 베르그송을 경유한 아나키즘으로 분석한 논의, 초기 염상섭이 개인주의 아나키즘을 전유함으로써 근대적 주체를 초과하는 윤리를 구축했음을 밝히는 논의, 염상섭의 계급 인식을 아나키즘에 기반을 둔 사유로 해석하는 논의, 『삼대』의 사회주의자 형상을 주류적 공산주의와는 구별되는 대안으로 독해하는 논의, 초기 문학을 슈티르너의 자기혁명의 문법으로 이해하는 논의, 「제야」를 아나키즘의 시간관으로 해석하는 논의 등 다양한 형태로 발현되었다.[208]

아나키즘 및 생디칼리슴의 다양한 편폭을 통해 염상섭의 문학 및 사

---

208 박헌호, 「염상섭과 '조선문인회'」, 『한국문학연구』 43, 2012.12; 최인숙, 「염상섭 문학의 개인주의」, 인하대 박사논문, 2013; 황종연, 「과학과 반항―염상섭의 『사랑과 죄』 다시 읽기」, 『사이間SAI』 15, 2013.11; 이종호, 「염상섭의 자리, 프로문학 밖, 대항제국주의 안―두 개의 사회주의 혹은 '문학과 혁명'의 사선(斜線)」, 『상허학보』 38, 2013.6; 권철호, 「「만세전」과 초기 염상섭의 아나키즘적 정치미학」, 『민족문학사연구』 52, 2013.8; 이종호, 「혈력(血力) 발전(發電 / 發展)의 제국, 이주노동의 식민지―니가타현(新潟縣) 조선인 학살사건과 염상섭」, 『사이間SAI』 16, 2014.5; 이종호, 「염상섭 문학과 사상의 장소―초기 단행본 발간과 그 맥락을 중심으로」, 『한민족문화연구』 46, 2014.6; 배준, 「반역과 윤리―염상섭 초기 창작방법론 재독」, 『한국학연구』 34, 2014.8; 박헌호, 「염상섭과 부르주아지」, 『한국학연구』 39, 2015.11; 박헌호, 「'생활'하는 '주의자'들―〈김병화 傳〉으로 읽는 「삼대」」, 『반교어문연구』 40, 2015.8; 이경민, 「염상섭의 자기혁명과 초기 문학」, 『민족문학사연구』 60, 2016.4; 가게모토 츠요시, 「'영원'으로의 도망가기―염상섭 「제야」론」, 『한국학연구』 42, 2016.8 등 참조.

상을 정치적·윤리적으로 재해석하고자 하는 연구 경향은, 염상섭이 아나키즘에 영향을 받았다는 새로운 문학사적 사실뿐만 아니라 그것을 넘어서는 다층적인 정치적·윤리적 잠재성을 내재하고 있다. 2000년대 이후 염상섭을 아나키즘을 통해 해명하고자 하는 연구들은 동시대적인 아나키즘 사상 및 운동의 복원과 깊은 연관을 맺고 있었다. 당시 아나키즘에 대한 역사적 재평가와 현재적 재구성은 전 세계적인 흐름이었고 한국에서는 '아나키즘의 귀환'이라고 해도 좋을 정도로 다양한 번역서[209]들이

209 2000년대 이후 아나키즘 관련 출판 번역서는 그 이전과 비교가 불가능할 정도로 질적으로 양적으로나 상당했다. 윌리엄 고드윈, 프루동, 크로포트킨, 고토쿠 슈스이, 오스기 사카에 등 동서양 아나키즘 고전, 아나키즘 관련 이론 및 역사서적, 동남아시아의 역사·이주·출판·문학적 유통 등을 아나키즘의 맥락에서 재구성하는 서적, 현재적 아나키즘 운동 및 이론에 관한 서적 등 다양한 번역서들이 출간되었다. 로버트 폴 볼프, 임홍순 역, 『아나키즘 국가권력을 넘어서』, 책세상, 2001; 엠마 골드만, 김시완 역, 『저주받은 아나키즘』, 우물이있는집, 2001; 야마다 쇼지, 정선태 역, 『가네코 후미코—식민지 조선을 사랑한 일본 제국의 아나키스트』, 산처럼, 2003; 숀 쉬한, 조준상 역, 『우리 시대의 아나키즘』, 필맥, 2003; 장 프레포지에, 이소희·이지선·김지은 역, 『아나키즘의 역사』, 이룸, 2003; 폴 애브리치, 하승우 역, 『아나키스트의 초상』, 갈무리, 2004; 콜린 워드, 김정아 역, 『아나키즘, 대안의 상상력』, 돌베개, 2004; 오스기 사카에, 김응교·윤영수 역, 『오스기 사카에 자서전』, 실천문학사, 2005; 나카미 마리, 김순희 역, 『야나기 무네요시 평전—미학적 아나키스트』, 효형출판, 2005; 윌리엄 고드윈, 피터 마셜 편·강미경 역, 『최초의 아나키스트—윌리엄 고드윈 수상록』, 지식의숲, 2006; 마이클 테일러, 송재우 역, 『공동체, 아나키, 자유』, 이학사, 2006; 제임스 카할란, 최충익 역, 『사막의 아나키스트—70~80년대 미국 환경운동의 새로운 전위 에드워드 애비의 일생』, 달팽이, 2006; 리처드 포튼, 박현선 역, 『영화, 아나키스트의 상상력』, 이후, 2007; 노엄 촘스키, 이정아 역, 『촘스키의 아나키즘』, 해토, 2007; 캔데이스 포크, 이혜선 역, 『엠마 골드만—사랑, 자유, 그리고 불멸의 아나키스트』, 한얼미디어, 2008; 표트르 알렉세예비치 크로포트킨, 백용식 역, 『아나키즘』, 개신, 2009; 베네딕트 앤더슨, 서지원 역, 『세 깃발 아래에서—아나키즘과 반식민주의적 상상력』, 길, 2009; 고토쿠 슈스이, 임경화 편역, 『나는 사회주의자다—동아시아 사회주의의 기원, 고토쿠 슈스이 선집』, 교양인, 2011; 가네코 후미코, 정애영 역, 『무엇이 나를 이렇게 만들었는가—일본 제국을 뒤흔든 아나키스트 가네코 후미코 옥중 수기』, 이학사, 2012; 에드워드 H. 카, 이태규 역, 『미하일 바쿠닌』, 이매진, 2012; 피에르 조제프 프루동, 이용재 역, 『소유란 무엇인가』, 아카

출간되었으며, 아카데미 차원에서의 학술 연구와 대중출판도 붐을 이루었다.[210] 이러한 경향은 소재와 유행의 차원을 넘어서는 문제의식을 함의

<hr>

넷, 2013; 안토니오 알타리바·킴, 해바라기 프로젝트 역, 『어느 아나키스트의 고백』, 이미지프레임, 2013; 제임스 C. 스콧, 김훈 역, 『우리는 모두 아나키스트다』, 여름언덕, 2014; 표트르 알렉세예비치 크로포트킨, 김유곤 역, 『크로포트킨 자서전-인류의 품격 있는 진보를 꿈꾸었던 아나키스트』, 우물이있는집, 2014; 에리코 말라테스타, 하승우 역, 『국가 없는 사회-카페에서 만난 어느 아나키스트와의 대화』, 포도밭출판사, 2014; 앨런 앤틀리프, 신혜경 역, 『아나키와 예술-파리코뮌에서 베를린장벽의 붕괴까지』, 이학사, 2015; 다니엘 게랭, 김홍옥 역, 『아나키즘-이론에서 실천까지』, 여름언덕, 2015; 제임스 C. 스콧, 이상국 역, 『조미아, 지배받지 않는 사람들-동남아시아 산악지대 아나키즘의 역사』, 삼천리, 2015; 데이비드 그레이버, 나현영 역, 『아나키스트 인류학의 조각들』, 포도밭출판사, 2016 등 참조.

210 2000년대 이후 국내 저자들에 의한 아나키즘 관련 출판물로는 다음의 것들이 있다. 이덕일, 『아나키스트 이회영과 젊은 그들』, 웅진닷컴, 2001; 이호룡, 『한국의 아나키즘-사상편』, 지식산업사, 2001; 조세현, 『동아시아 아나키즘, 그 반역의 역사』, 책세상, 2001; 김은석, 『개인주의적 아나키즘-절대 자유를 향한 철학』, 우물있는집, 2004; 구승회 외, 『한국 아나키즘 백년』, 이학사, 2004; 박홍규, 『(자유·자치·자연)아나키즘 이야기』, 이학사, 2004; 박환, 『식민지시대 한인아나키즘운동사』, 선인, 2005; 안종수, 『에스페란토, 아나키즘 그리고 평화』, 선인, 2006; 하승우, 『세계를 뒤흔든 상호부조론』, 그린비, 2006; 방영준, 『저항과 희망, 아나키즘』, 이학사, 2006; 박난영, 『혁명과 문학의 경계에 선 아나키스트 바진』, 한울, 2006; 김성국, 『한국의 아나키스트, 자유와 해방의 전사』, 이학사, 2007; 하승우, 『아나키즘』, 책세상, 2008; 이호룡, 『아나키스트들의 민족해방운동』, 독립기념관 한국독립운동사연구소, 2008; 이문창, 『해방 공간의 아나키스트』, 이학사, 2008; 박홍규, 『카페의 아나키스트, 사르트르-자유를 위해 반항하라』, 영남대 출판부, 2008; 김명섭, 『한국 아나키스트들의 독립운동-일본에서의 투쟁』, 이학사, 2008; 김명섭, 『이회영-자유를 위해 투쟁한 아나키스트』, 역사공간, 2008; 이호룡, 『절대적 자유를 향한 반역의 역사-한국 아나키즘을 돌아본다』, 서해문집, 2008; 박홍규, 『인디언 아나키 민주주의-인디언에게 배우는 자유, 자치, 자연의 정치』, 홍성사, 2009; 김택호, 『한국 근대 아나키즘문학, 낯선 저항』, 월인, 2009; 조세현, 『동아시아 아나키스트의 국제 교류와 연대-적자생존에서 상호부조로』, 창부, 2010; 조약골, 『운동권 셀레브리티』, 텍스트, 2011; 김삼웅, 『이회영 평전-항일 무장투쟁의 중심, 자유정신의 아나키스트』, 책으로보는세상, 2011; 박진희, 『유치환 문학과 아나키즘』, 지식과교양, 2012; 박홍규, 『절망 속에서도 희망을-노동자화가 빈센트 반 고흐의 아나키 유토피아』, 영남대 출판부, 2013; 김성국 외, 『지금, 여기의 아나키스트』, 이학사, 2013; 이호룡, 『신채호 다시 읽기-민족주의자에서 아나키스트로』, 돌베개, 2013; 하승우, 『풀뿌리 민주주의

하고 있었다. 근대 역사에서 아나키즘은 좌우 양쪽에서, 현실사회주의와 현실자본주의에서, 국가와 자본 모두에서 배척되었다. 자본주의의 극복을 내세웠던 변혁적 정치운동에서 아나키즘은 이단과 비난의 레테르가 붙기 일쑤였다. 주지하듯이 현실사회주의가 붕괴하면서 국가 중심의 사회주의적 가치는 자본주의체제로 흡수되었다. 이후 등장한 아나키즘 열풍은 현실사회주의의 문법과는 다른 방식으로 자본주의를 극복하겠다는 지향을 내재하고 있었다. 아나키즘은 개체성특이성을 중시하는 개인주의적 아나키즘에서 집합적 주체 및 거시적 대안을 가진 아나코-코뮤니즘에 이르기까지 폭넓은 스펙트럼을 아우르고 있다. 달리 말하면 그것은 미시적 층위의 문제의식과 거시적 층위의 문제의식 모두를 포괄하는 정치성과 윤리성을 지니고 있다고 할 수 있다. 역사적 차원에서 아나키즘은 운동과 사상으로서 존재했으며 때로는 사회주의를 압도할 정도의 위세를 보여 주기도 했지만, 그것은 현실화되거나 제도화되지 못하고 항상 잠재성으로 머무르곤 했다. 아나키즘은 국가와 자본이라는 근대성과 불화했으며, 대의제와 중앙집권화된 권력을 지양한다는 점에서 현실사회주의와도 다른 원리를 지니고 있었다. 요컨대 2000년대를 전후하여 등장한 '아나키즘'이라는 기표와 내용은, 실패한 현실사회주의와는 다른 방식으로, 국가와 자본으로 대표되어버린 근대성을 새롭게 탈구축하고자 하는 의지가 투사되어 있었던 것이다.

이런 맥락에서 염상섭과 아나키즘을 관련짓는 연구들은 문학과 현실

와 아나키즘―삶의 정치 그리고 살림살이의 재구성을 향해』, 이매진, 2014; 김의경, 『식민지에서 온 아나키스트』, 지식을만드는지식, 2014; 김택호, 『아나키즘, 비애와 분노의 뿌리―근대 지식인 문학과 농민주체문학의 기원』, 소명출판, 2015; 김성국, 『잡종사회와 그 친구들―아나키스트 자유주의 문명전환론』, 이학사, 2015; 이호룡, 『한국의 아나키즘―운동편』, 지식산업사, 2015 등 참조.

의 관계 혹은 문학의 정치성을 새로운 방식으로 정초하는 작업이었다고 할 수 있다. 그리고 이는 문학사적 측면에서는 근대문학사를 넘어서는 문제의식을 제시한 것이었으며, 나아가 기존의 근대성과는 구별되는 대안적 근대성의 자취와 잠재성을 추적한 것이라고 할 수 있다. 염상섭 문학과 사상에 관한 정치적 재해석과 대안적 가능성에 관한 모색은 최근에 이르기까지 여러 새로운 관점의 연구를 통해 서로 공명하면서 증폭되고 있으며, 과거와는 다른 염상섭의 형상을 만들어 가고 있다. 예컨대 3·1운동과 근대문학의 관련 속에서 염상섭을 재평가하는 흐름[211]을 비롯하여, 염상섭의 초기 산문과 소설들 그리고 『폐허』가 지닌 해방적 가능성을 재평가하는 논의,[212] 프로문학과의 논쟁 및 사회주의에 대한 인식을 재해석하는 논의,[213] 식민지 자본주의라는 관점에서 염상섭의 소설적 재현과 대응을 탐구하는 논의,[214] 염상섭의 정치성과 리얼리즘을 민주주의의 구현

---

211 이혜령, 「正史와 情史 사이-3·1운동 후일담의 시작」, 『민족문학사연구』 40, 2009.8; 권보드래, 「3·1운동과 '개조'의 후예들-식민지시기 후일담 소설의 계보」, 『민족문학사연구』 58, 2015.8 등 참조.

212 조은주, 「1920년대 문학에 나타난 허무주의와 '폐허(廢墟)'의 수사학」, 『한국현대문학연구』 25, 2008.8; 장두영, 「염상섭 초기 문학론의 형성과정 연구-1918~1920년대 초반에 발표된 평론을 중심으로」, 『어문학』 121, 2013.9; 김영민, 「염상섭 초기 산문 연구」, 『대동문화연구』 85, 2014.3; 김영민, 「염상섭 초기 문학 재인식-「제야(除夜)」 연구」, 『사이間SAI』 16, 2014.5; 이한결, 「염상섭의 초기 3부작 재독-예술론과의 연관성을 중심으로」, 『인문학연구』 49, 2015.2; 이만영, 「염상섭과 진화론-염상섭의 초기 텍스트들을 중심으로」, 『민족문화연구』 68, 2015.8; 서경석, 「염상섭 초기 소설 문체의 특징과 '사라진 매개자'」, 『우리말글』 67, 2015.12; 임희현, 「염상섭 초기 문학에 나타난 '폐허'와 '죽음'의 의미」, 『구보학보』 14, 2016.6 등 참조.

213 조미숙, 「1920년대 중반 염상섭 작품에 나타난 프로의식의 성격」, 『한국문예비평연구』 37, 2012.4; 장문석, 「전통지식과 사회주의의 접변-염상섭의 「현대인과 문학」에 관한 몇 개의 주석」, 『대동문화연구』 82, 2013.6; 박성태, 「염상섭의 프로문학론 비판과 개성적 사실주의 문학론」, 『현대문학이론연구』 66, 2016.9 등 참조.

214 박헌호, 「소모로서의 식민지, [不姙]資本의 운명-염상섭의 『무화과』를 중심으로」, 『외국문학연구』 48, 2012.11; 김항, 「식민지배와 민족국가 / 자본주의의 본원적 축적에 대

이라는 관점에서 해석하는 논의,[215] 염상섭 소설의 중요한 장치인 심퍼사이저에 대한 재해석,[216] 그리고 이러한 연구들을 바탕으로 염상섭의 전체상을 재구성하려는 논의[217]에 이르기까지 다양한 시도가 행해지고 있다.

이러한 움직임의 중간결산이자 기폭제라고 할 만한 작업들이 염상섭 사후 50주년[2013]을 계기로 삼아 진행되었다. 먼저 학술대회 등에 기반하여 두 권의 논문집이 발간되었다. 『저수하의 시간, 염상섭을 읽다』는 20편의 논문을 수록하였는데, 주되게는 기존의 중도적·중산층 보수주의라는 독법을 반성하고, '식민지-해방기-냉전체제'라는 한국 근현대사를 관통하면서 제국주의 및 경화된 좌우 프레임에 맞서 염상섭이 전개한 문학적·사회적 실천과 대응을 재조명하며 그 정치성과 현재적 가능성을 적극적으로 포착하였다.[218] 그리고 『염상섭 문학의 재인식』[개정판] 경우, 염상섭 탄생 100주년[1997]을 기념하여 발간된 동명[同名]의 논문집의 개정판으로, 전체 9편의 논문 가운데 6편을 새로 수록하여 초기 문학의 재인식을 비

<hr>

하여-「만세전」재독해」,『대동문화연구』82, 2013.6; 김병구, 「염상섭 장편소설『무화과』연구」,『한국근대문학연구』28, 2013.10; 장수익, 「자본의 무차별성에 대한 극복책 모색-염상섭 중기소설 연구2」,『현대소설연구』56, 2014.8; 가게모토 츠요시, 「'부흥'과 불안-염상섭「숙박기」(1928) 읽기」,『국제어문』65, 2015.6 등 참조.

215　황종연, 「플로베르, 염상섭, 문학 정치-한국 근대문학에 대한 랑시에르적 사유의 시도」,『한국현대문학연구』47, 2015.12.

216　오혜진b, 「'심퍼사이저(sympathizer)'라는 필터-저항의 자원과 그 양식들-1920~1930년대 염상섭의 소설과 평문을 중심으로」,『상허학보』38, 2013.6.

217　이경돈, 「횡보(橫步)의 문리(文理)-염상섭과 산(散)혼(混)공(共)통(通)의 상상」,『상허학보』38, 2013.6; 염무웅, 「염상섭의 중도적 민족노선-1922년부터 1960년까지」,『국제어문』58, 2013.8; 염무웅, 「염상섭의 중도적 민족노선-그의 50주기를 기념하여」,『창작과비평』161, 2013.9; 김재용, 「세계문학으로서의 염상섭 문학」,『지구적 세계문학』2, 2013.10; 임형택, 「염상섭의 작가정신과 한국 근대-「삼대」를 중심으로」,『창작과비평』166, 2014.12 등 참조.

218　한기형·이혜령 편,『저수하의 시간, 염상섭을 읽다』, 소명출판, 2014.

롯하여 탈식민주의적 관점에서의 혼혈 문제, 냉전체제하에서의 분단극
복과 민주주의적 지향을 논의하고 있다.[219] 아울러 염상섭이 신문과 잡지
등에 게재한 산문들을 정리한 『염상섭 문장 전집』이 발간되었는데, 이를
통해 그간 주목받지 못한 염상섭의 면모를 재해석할 수 있는 기반이 마
련되었다.[220]

4) 외부로부터의 시선과 사유
— 비교문학적 접근과 북한·일본·미국 등에서의 독법들

(1) 지금까지 염상섭 사후 진행된 연구사를 시대적 특성과 주제별 구
분을 통해 정리해 보았다. 그런데 미처 다루지 못한 연구 경향이 있는데
비교문학적 작업들이 그것이다. 여기서는 간략하게나마 정리해 두고자
한다. 이미 1920년대 중반부터 염상섭을 러시아문학의 영향 속에서 언급
하는 논의들이 다수[221]를 이룬 사실을 통해서 알 수 있듯이, 염상섭 연구
에서 비교문학적 접근은 일찍부터 시작되었다. 그중에서도 자연주의적
맥락에서 염상섭을 프랑스의 에밀 졸라Emile Zola와 비교하는 논의들은 오
래전부터 이루어졌고, 이후 일본을 경유한 자연주의의 수용을 논하는 작
업들이 뒤를 이었으며, 최근에 와서는 아나키즘에 대한 재해석에 기초하
여 자연주의의 급진성을 논의하는 작업들도 등장하고 있다.[222] 식민지라

---

219 문학과사상연구회, 『염상섭 문학의 재인식(개정판)』, 소명출판, 2016.

220 한기형·이혜령 편, 『염상섭 문장 전집』(전3권), 소명출판, 2013~2014.

221 이 책의 제1장 제1절 참조.

222 정명환, 「염상섭과 Zola—성에 대한 견해를 중심으로」, 『한불연구』 1, 1974.12; 유인순,
「한국 자연주의 문학 소고」, 『연구논집』 10, 이화여대, 1982.7; 「「표본실의 청개구리」에
대한 비교문학적 연구」, 『이화어문논총』 5, 1982.12; 이기인, 「「삼대」의 문학적 성과와
한계」, 『동서문학』 172, 1988.11; 고영자, 「횡보와 자연주의론—「표본실의 청개구리」를
통해 본 고찰」, 『월간문학』 21(10), 1988.10; 강인숙, 「염상섭과 자연주의 2」, 『건국대

는 조건하에서 형성된 근대문학의 대표적인 사례들 가운데 하나인 염상섭에 관한 연구는 자연스럽게 식민 모국인 일본의 근대문학과 비교하는 논의로 이어졌다. 이는 제국 일본과 식민지 조선이라는 서로 상이한 조건하에서 형성된 근대문학의 보편성과 특수성의 한 단면을 부조하는 작업이기도 했다. 그리고 이러한 역사적 사실은, 비교문학적 접근 가운데 일본근대문학과의 상관성을 묻는 연구들이 가장 큰 비중을 차지하게 되는 배경이 되기도 했다. 예컨대 염상섭 문학을 일본의 대표적인 근대문학자들인 아리시마 다케오有島武郎, 나쓰메 소세키夏目漱石, 시마자키 도손島崎藤村, 시가 나오야志賀直哉, 다야마 가타이田山花袋, 아쿠타가와 류노스케芥川龍之介, 고지마 노부오小島信夫 등과 비교하는 작업들이 많았는데, 구체적으로는 신여성, 자아 인식, 불안, 근대문명, 유학 체험, 지식인 형상 등 근대성을 둘러싼 논의들이 주를 이루었다.[223] 서구적 근대를 받아들이는 입장에 서

학교학술지(인문사회과학편)』33, 1989.5; 강인숙, 「염상섭의 소설에 나타난 돈과 性의 양상」, 『인문과학논총』22, 1990.9; 강인숙, 「염상섭의 작중인물 연구-자연주의와의 관계를 중심으로」, 『건국대학교학술지(인문사회과학편)』35, 1991.5; 김정진, 「염상섭과 Emile Zola의 소설론-소설창작론을 중심으로」, 『한국어문학연구』5, 1993.11; 박현수, 「1920년대 자연주의 소설론-염상섭을 중심으로」, 『반교어문연구』8, 1997.12; 이명원, 「계몽과 창조의 혼성담론-염상섭의 「개성과 예술」(1922)론」, 『반교어문연구』15, 2003.8; 전종봉, 「실험소설(the experimental novel)론과 염상섭 자연주의」, 『동서비교문학저널』11, 2004.12; 김윤지, 「한·일 자연주의의 수용양상」, 『일본어문학』43, 2008.11; 김윤지, 「염상섭 문학의 일본 자연주의 수용 양상」, 『한일어문논집』13, 2009.8; 오윤호, 「자연주의 경향의 염상섭 소설과 진화론적 상상력-「만세전」을 중심으로」, 『현대문학이론연구』54, 2013.9; 이혜진, 「1920년대 자연주의 문학의 메타 내러티브-염상섭의 자연주의 문학론 재고」, 『국제어문』58, 2013.8; 유기환, 「자연주의론 비교 연구-졸라의 「실험소설」과 염상섭의 「개성과 예술」」, 『불어불문학연구』100, 2014.12; 주현진, 「근대소설 속의 의학-프랑스와 한국의 자연주의 소설 비교 연구」, 『인문학연구』102, 충남대 인문과학연구소, 2016.3 등 참조.

223 노영희, 「韓·日家族史小說 속의 아버지상-島崎藤村과 廉想燮의 비교를 중심으로」, 『일본학』11, 1992.8; 유숙자, 「염상섭과 아리시마 타케오(有島武郎)-초기 3부작을 중심으로」, 『비교문학』20, 1995.12; 류리수, 「아리시마 타케오(有島武郎)와 염상섭 작

품에 나타난 근대인의 고뇌」, 『일본학보』 48, 2001.9; 류리수, 「한일 근대 서간체소설을
통해 본 신여성의 자아연소―아리시마 타케오(有島武郎)의 『돌에 짓눌린 잡초(石にひ
しがれた雜草)』와 염상섭의 『제야(除夜)』」, 『일본학보』 50, 2002.3; 최해수, 「한일근대
소설 작중 지식인의 유형 비교연구―나쓰메 소세키(夏目漱石) 소설의 '高等遊民'과 염
상섭 소설의 '심퍼사이저'의 비교」, 『일본학보』 57(2), 2003.12; 류리수, 「아리시마 타
케오(有島武郎)의 「宣言」과 염상섭의 「너희들은 무엇을 어덧느냐」―신여성의 자아각
성을 중심으로」, 『일본학보』 57(2), 2003.12; 蔡永姈, 「近代文學に見る植民地朝鮮―
高浜虚子「朝鮮」と廉想渉「萬歲前」を比較して」, 『日本文化學報』 17, 2003.5; 류리수,
「'집(家)'안에서의 근대적 자아―아리시마(有島武郎)의 「부자(親子)」와 염상섭의 「삼
대」」, 『일본근대문학―연구와비평』 3, 2004.5; 최해수, 「나츠메 소오세키(夏目漱石)
와 염상섭 문학의 영향관계 연구―「나는 고양이다(吾輩は猫である)」와 「박래묘(舶來
猫)」」, 『일본근대문학―연구와비평』 3, 2004.5; 최해수, 「나쓰메 소세키의 「도련님(坊
っちゃん)」과 염상섭의 「E 선생」 비교연구」, 『일본연구』 23, 2004.12; 최해수, 「청년지
식인 근대체험의 두 양상―나쓰메 소세키(夏目漱石)의 「三四郎」와 염상섭의 「만세전」
의 비교」, 『일본학보』 62, 2005.2; 채영님, 「시마자키 토오송(島崎藤村)과 염상섭의 시
대인식과 '가족'―입센의 『인형의 집』의 수용양상을 통하여」, 『일본근대문학―연구와
비평』 4, 2005.10; 김성은, 「志賀直哉와 염상섭의 초기 문학적 영향관계에 대한 소고
―초기작품을 중심으로 不一致의 발견과 자아인식의 경로」, 『한양일본학』 15, 2005.8;
김성은, 「志賀直哉와 염상섭의 중기소설 비교연구―근대적 자기인식의 경로를 중심
으로」, 『일본어문학』 28, 2006.3; 김성은, 「시가나오야와 염상섭 비교연구―고백문학
을 중심으로」, 『일본어문학』 31, 2006.12; 김도경, 「염상섭·김동인 논쟁과 坪內逍遙·
森鷗外의 물이상 논쟁 비교 연구」, 『현대소설연구』 39, 2008.12; 김윤지, 「다야마 가타
이(田山花袋)와 염상섭의 소설 비교―「이불(蒲団)」과 「표본실의 청개구리」를 중심으
로」, 『일어일문학』 45, 2010.2; 이호규·권혁건, 「다이쇼 데모크라시와 한일 근대 작가
의 개인주의적 주체 비교연구―염상섭과 아쿠타가와 류노스케 비교를 통해」, 『한국문
학논총』 54, 2010.4; 김연숙, 「아시아적 근대와 청년 지식인의 '불안' 감정―나쓰메 소
세키의 「산시로」와 염상섭 「만세전」을 중심으로」, 『인문학연구』(경희대 인문학연구원)
20, 2011.12; 장두영, 「염상섭의 「만세전」에 나타난 '개성'과 '생활'의 의미―아리시마
다케오(有島武郎)의 『아낌없이 사랑은 빼앗는다(惜みなく愛は奪ふ)』와의 비교를 중
심으로」, 『일본학연구』 34, 2011.9; 최강민, 「1920년대 한일소설에 나타난 조선인의 민
족성 비교」, 『한국문예비평연구』 35, 2011.8; 권혁건, 「나쓰메 소세키의 「산시로」와 염
상섭의 「만세전」 비교 연구―기차 안 승객의 현실인식을 중심으로」, 『일본근대학연구』
35, 2012.2; 권정희, 「『인형의 집』의 수용과 1920년대 '생명' 담론」, 『한국학연구』 42,
2012.9; 권혁건, 「나쓰메 소세키와 염상섭의 유학체험과 소설의 형상화 비교 고찰」,
『일본학보』 99, 2014.5; 김희정, 「염상섭에 있어서의 아리시마 다케오 수용―아리시마
다케오의 『태어나는 고뇌』와의 교감을 중심으로」, 『일본어문학』 65, 2014.5; 권혁건·

있었던 중국의 문학과 비교하는 연구들도 적지 않았다. 마오둔茅盾, 바진 巴金, 루쉰魯迅, 장셴량張賢亮 등의 작품들과 염상섭의 소설들을 비교하는 작업이 주를 이루었는데, 특히 가족사소설의 측면에서 접근하는 관점이 두드러졌다.[224] 이후 동아시아아론이 부상하는 가운데 한중일 3국을 중심으로 근대소설 및 근대성의 측면에서 비교하는 연구들이 제출되기도 하였다.[225] 한중일뿐만 아니라 서구문학이나 철학과 염상섭의 문학을 비교하

전수진, 「나쓰메 소세키의 「산시로」와 염상섭의 「해바라기」 속 여성주인공의 결혼관 비교」, 『일본근대학연구』 45, 2014.8; 권혁건·전수진, 「나쓰메 소세키의 「산시로」와 염상섭의 「해바라기」 속 여성주인공의 결혼관 비교」, 『일본근대학연구』 45, 2014.8; 송인선, 「해방 / 패전 체험과 미(美·米)점령기의 '영어' 이야기─염상섭과 고지마 노부오의 소설을 중심으로」, 『비교문학』 64, 2014.10; 최해수, 「나츠메 소오세키(夏目漱石)와 염상섭 문학의 지식인상 비교연구」, 『일본근대문학산책』 7, 2015.5; 권정희, 「「태어나는 고뇌(生れ出づる悩み)」와의 비교로 읽는 「암야(闇夜)」」, 『외국문학연구』 60, 2015.11 등 참조.

224 白川豊, 「한중현대소설에 나타난 리얼리즘─염상섭의 「두파산」과 모순의 「임가포자」를 중심으로」, 『비교문화연구』 2, 1983.12; 강경구, 「가족, 돈과 권력과 성의 삼중주─파금의 『가(家)』와 염상섭의 『삼대』의 비교연구」, 『중국학보』 40, 1999; 김성옥, 「사회 축도로서의 봉건대가정과 신세대의 삶의 대응양상─염상섭의 「삼대」와 巴金의 「家」의 비교」, 『한중인문학연구』 10, 2003.6; 胡薇, 「1930년대 한·중 가족사소설에 나타난 가부장제 질서 대응양상에 대한 비교─염상섭의 『삼대』·『무화과』 연작과 巴金의 『激流三部曲』을 중심으로」, 『외국학연구』 12(2), 2008.8; 박은숙, 「전쟁과 사상투쟁의 객관화와 그 의미─염상섭의 「취우」와 張賢亮의 「綠化樹」의 비교연구」, 『한국문학이론과 비평』 40, 2008.9; 胡薇, 「1930年代韩中长篇小说再现的资产阶级人物形象比较研究─以廉想涉的『三代』·『无花果』和茅盾的『子夜』为中心」, 『외국학연구』 13(2), 2009.12; 颜宁宁, 「近代中韩两国的家族小说中人物形象的分析─以巴金的『家』和廉想涉的『三代』为中心」, 『東方學術論檀』 14, 2009.12; 최인숙, 「'노라'를 바라보는 염상섭과 루쉰의 시선─염상섭의 「제야」와 루쉰의 「傷逝」」, 『한국학연구』 21, 2009.11 등 참조.

225 조동일, 「동아시아 소설이 보여준 가부장(家父長)의 종말」, 『국제지역연구』 10(2), 2001.6; 서영채, 「둘째 아들의 서사─염상섭, 소세키, 루쉰」, 『민족문학사연구』 51, 2013.4; 서영채, 「무한공간의 출현과 근대의 서사─아리시마 다케오를 중심으로」, 『비교문학』 67, 2015.10 등 참조.

는 작업도 있었는데, 그중에서도 러시아문학과의 비교분석이 주목할 만하다.[226]

(2) 지금까지 살펴본 연구들은 한국에서 이루어진 염상섭과 그의 작품에 대한 논의들이다. 그런데 구한말에 태어나 일제 식민지기를 거쳐 해방과 분단을 경험하면서 문학 활동을 전개한 염상섭의 생애와 이력을 생각하면, 그에 관한 연구가 한국이라는 공간에 한정되지는 않을 것이다. 또한 해방기 '조선문학가동맹'에 참여[1946]하면서 좌우 문단을 아우르는 통일된 문단과 민족주체성을 구성하려고 했던 그의 지향과 의지는 공간지리상 휴전선 이남의 한국을 넘어서는 것이기도 하다. 이런 점을 고려할 때, 일제 식민지기와 해방기를 역사적으로 공유하고 있는 북한에서 이루어진 염상섭 연구를 간략하게나마 검토할 필요가 있을 것이다. 북한이라는 정치체와 북한문학(연구)을 한마디로 규정하기는 어렵지만, 간단히 말해 근대 사회주의 기획의 스탈린주의적 혹은 국민국가적 귀결이라고 할 수 있다. 이러한 규정의 문학적 연장이 곧 북한문학이라고 할 수 있는

226　신규호, 「「표본실의 청개구리」와 露文學」, 『비평문학』 2, 1988.8; 이보영, 「염상섭 문학과 도스토예프스키—초기작을 중심으로」, 『동양문학』 3, 1988.9; 이보영, 「Oscar Wilde와 염상섭—비교문학적 고찰」, 『인문논총』(전북대 인문과학연구소) 20, 1990.12; 이보영, 「염상섭과 베르그송」, 『월간문학』 26(2), 1993.2; 이보영, 「죠셉 콘라드와 염상섭—『어둠의 핵심』과 『만세전』」, 『신학과 사회』 15, 2001.12; 이보영, 「한국 작가와 러시아 문학—신문학 초기 외국문학의 수용」, 『문예연구』 55, 2007.12; 윤순식, 「토마스 만의 「부덴브로크가의 사람들」과 염상섭 「삼대」 비교—인물 유형을 중심으로」, 『독일어문화권연구』 18, 2009.12; 김명훈, 「염상섭 초기 소설의 창작기법 연구—「진주는 주엇스나」와 「햄릿」 비교를 중심으로」, 『한국현대문학연구』 39, 2013.4; 이명현, 「「카라마조프가의 형제들」과 「삼대」—가족서사의 근대성」, 『러시아어문학연구논집』 43, 2013.6; 등천, 「염상섭 초기작에 나타난 입센 수용 양상 연구—「지상선을 위하여」와 「제야」를 중심으로」, 『국제어문』 68, 2016.3 등 참조.

데, 그것의 미학적·정치적 준거점은 '사회주의리얼리즘론' 및 일국적 변형태인 '주체리얼리즘론'이었다. 이와 같은 북한의 정치적·문학적 조건 — 분단·냉전체제·현실사회주의 등 — 은 염상섭을 둘러싼 독해와 평가의 전제이자 토대가 되었다.

아주 작은 사례에 불과하지만, 한국전쟁 이후 김일성종합대학에서 "조선문학사 연구의 참고 자료"로 편찬된 『조선문학년대표』[1957]는 북한문학사에서 염상섭이 지니는 위상 및 그 연구 경향을 단적으로 보여 준다.[227] 거기에는 염상섭의 대표작이라고 할 수 있는 『만세전』·『삼대』 등에 관한 언급들은 눈에 띄지 않으며, 유일하게 "1921.7 문예 잡지 『폐허』 창간"이라는 항목만을 찾아볼 수 있다. 계속해서 살펴보겠지만, 일반적으로 북한 문학사에서 동인지 『폐허』는 반리얼리즘으로서의 자연주의 및 데카당스의 퇴폐주의, 그리고 부르주아자본주의 미학의 맥락에서 이해되었다. 그리고 이러한 규정은 곧 염상섭에 대한 평가와 이해에도 고스란히 반영되었다.

일반적으로 북한의 문학사 서술 및 문학연구는 국가주도하에 크게 세 시기에 걸쳐 그 경향이 변화한 것으로 논의되고 있다.[228] 첫 번째는 1948년 분단 이후 맑스레닌주의혹은 스탈린주의 미학 및 사회주의리얼리즘에 기초하여 근대문학사를 구축하는 시기이며, 두 번째는 1967년 '김일성의 주체사상'이 공식화되면서 그에 기초한 정치 미학에 입각하여 문학사적 선택과 배제가 이루어지는 시기이다. 세 번째는 1990년을 전후한 시기, 즉

---

227 교육도서출판사 편, 『조선문학사년대표 – 김일성종합대학 조선문학 강좌편찬』, 교육도서출판사, 1957(東京都, 학우서방, 1961)(이하 북한 자료의 표기는 의미를 훼손하지 않는 범위 내에서 현재 한국어 표기법에 따라 고쳐 인용한다).

228 이에 관해서는 다음의 논문집들을 참조하였다. 민족문학사연구소, 『북한의 우리문학사 인식』, 창작과비평사, 1991; 민족문학연구소 남북한문학사연구반, 『북한의 우리문학사 재인식』, 소명출판, 2014.

현실사회주의권이 동요하기 시작하는 1980년대 중후반 무렵부터 '김정일의 『주체문학론』'1992이 전면화되는 과정에서 문학사와 문학작품을 둘러싼 범위의 확장과 아울러 '주체리얼리즘'에 입각한 새로운 위계화가 구축된 시기이다. 북한문학사는 기본적으로는 '자본주의→맑스레닌주의적 사회주의→주체사상적우리식 사회주의'로 나아간다는 발전단계론에 입각하여 그에 미학적으로 조응하는 '자연주의→사회주의리얼리즘→주체리얼리즘'으로 서사화되고 있다. 여기서는 북한문학사 및 연구의 경향 변화를 염두에 두면서 문학사류, 개별 연구, 문학선집류, 백과사전류 등을 대상으로 삼아 염상섭을 둘러싼 북한에서의 연구 경향을 살펴보겠다.

첫 번째 시기는 분단과 한국전쟁을 통과하면서 냉전체제의 공고화가 이루어지는 때로, 정치적으로는 내외부적인 타자敵의 배제가 요청되었다. 북한문학사 및 문학연구는 레닌·스탈린·러시아 문예이론 등을 원용하면서 맑스레닌주의 미학인 사회주의리얼리즘에 입각하여 내외부적인 타자를 만들어 내고 그것을 비판하면서 구축되었다. 그리하여 근대문학사에서는 '신경향파문학'과 '프로문학'이 사회주의리얼리즘의 적자로 그 중심에 자리 잡는다. 그 외부의 적으로는 '자연주의'로 설정되는데, 그것은 자본주의 발전단계와 부르주아 계급에 조응하는 것으로 과잉 규정된다. 내부의 적으로는 '남로당' 계열 문인들의 작품들이 설정되었는데, 특히 임화의 문학사 작업이 대표적인 비판의 대상이 되었다.

이 시기 개별 연구 중에서 염상섭을 구체적으로 거론하고 있는 것으로는, 한효韓曉의 작업들이 대표적이다.[229] 한효는 자연주의를 사회주의리얼

---

229 한효, 「조선현대문학의 역사적 고찰─특히 조선 프롤레타리아문학의 첫 단계로서의 신경향파문학에 대하여」(『역사제문제』 11·12, 1949), 이선영·김병민·김재용 편, 『현대

리즘의 대립물로 인식하는 가운데, "부르주아사회의 적대적 모순을 호도하며 현대의 가장 중요한 문제와 계급투쟁으로부터 예술가를 떼어내려는 (…중략…) 미학"으로 규정한다. 그리고 염상섭을 대표적인 "자연주의작가"로 꼽고 "반동작가"라는 레테르를 붙인다. 염상섭은 신경향파문학 및 카프문학에 반대했다는 의미에서 "순수예술"의 작가로 분류된다. 한효는 사회주의리얼리즘의 기준에서 벗어난 문학은 대체로 자연주의로 분류하여 계열화하는 논법을 전개하는데, 이는 이후의 북한문학사나 개별 연구 등에서 반복된다. 한효에 따르면 염상섭의 『폐허』, 「제야」, 「암야」, 『만세전』 「묘지」 등의 작품들과 「토구 비판 3제」, 「개성과 예술」 등의 평론 등은 모두 퇴폐적 자연주의의 맥락에서 독해되어 "노골적인 반동적 지향"으로 평가받는다. 이러한 연장에서 염상섭은 "이광수의 아류" 및 "순수문학론"자로 평가되거나 "부르주아 반동작가"로 고정화되어 간다.[230]

문학비평자료집 1 -이북편(1945~1950)』, 태학사, 1993, 303~364쪽; 한효, 「민족문학에 대하여」(문화전선사, 1949), 앞의 책, 391~437쪽; 한효, 「사회주의 리얼리즘과 조선문학」(『문학론』, 1952), 이선영·김병민·김재용 편, 『현대문학비평자료집 2 -이북편(1950~1953)』, 태학사, 1993, 318~353쪽; 한효, 「자연주의를 반대하는 투쟁에 있어서의 조선문학」(『문학예술』, 1953.1~4), 앞의 책, 391~522쪽 참조.

230 엄호석, 「현대 조선문학에 있어서의 사회주의적 사실주의 전통」, 『우리문학의 혁명적 전통』, 1956, 이선영·김병민·김재용 편, 『현대문학비평자료집 7 -카프 및 항일혁명문학』, 태학사, 1994, 64~87쪽; 박팔양, 「가시덤불길」, 『문학신문』, 1957.8.22; 이선영·김병민·김재용 편, 『현대문학비평자료집 8 -사회주의 사실주의 발생 발전론』, 태학사, 1994, 138~142쪽; 윤세평(윤기섭), 『해방전 조선 문학』, 조선작가동맹출판사, 1958, 222~223쪽; 박팔양, 「카프 문학의 영예로운 길」, 『문학신문』, 1959.8.5; 이선영·김병민·김재용 편, 『현대문학비평자료집 8 -사회주의 사실주의 발생 발전론』, 태학사, 1994, 268~272쪽; 고정옥, 「해방 후 15년간의 조선 문예학-문학사 연구 및 고전 계승 사업을 중심으로」, 『조선어문』 5, 1960; 이선영·김병민·김재용 편, 『현대문학비평자료집 5 -이북편(1959~1962)』, 태학사, 1993, 158~185쪽; 엄호석, 「사회주의 사실주의 창작 방법」, 『조선문학에서의 사조 및 방법연구』, 1963, 이선영·김병민·김재용 편, 『현대문학비평자료집 7 -카프 및 항일혁명문학』, 태학사, 1994, 189~367쪽 참조.

그리하여 일제시대 임화가 문학사 작업을 통해 "이기영의 『고향』에 대비되는 기념비적 작품"이라고 고평한 『만세전』에 대한 평가는 "궤변과 역설"로 비난받게 되며,[231] 전반적으로 염상섭에 대한 이해는 일제시대보다 후퇴하면서 일면화되었다.

이와 같은 개별 연구들 속에서 이 시기에는 두 종류의 (근대) 문학사가 출판된다. 하나는 대학용 교재로 편찬된 안함광의 『조선문학사』1956이다.[232] 여기서 염상섭은 이인직―이광수를 잇는 "반동적 부르주아문학"으로 계열화되면서 "현실의 진실을 왜곡하는 반리얼리즘의 자연주의문학"으로 규정된다. 염상섭의 『폐허』, 「표본실의 청개구리」, 「암야」, 「제야」, 『만세전』 등이 구체적으로 언급되기는 하지만, "퇴폐주의, 허무주의와 결합"한 자연주의라는 평가를 벗어나지 못한다. 과학원의 '언어문학연구소 문학연구실'에서 공식적으로 출판된 『조선문학통사』(하)1959는 근대문학사를 "프롤레타리아문학과 자연주의 기타 부르주아 반동문학의 대립"으로 파악하면서 염상섭을 후자의 대표적인 사례로 거론한다.[233] 또 이와 같은 개별 연구와 문학사 작업에 기반을 둔 것으로 보이는 『현대조선문학선집』전16권으로 추정이 1957~1961년 사이에 간행되는데, 대부분 이기영·한설야 등의 프롤레타리아문학운동의 작품들로 편찬되었으며 염상섭의 작품은 완전히 배제되었다.[234]

---

231 김명수, 「조선 프로레타리아 문학의 첫단계로서의 '신경향파' 문학」, 『우리문학의 혁명적 전통』, 1956, 이선영·김병민·김재용 편, 『현대문학 비평 자료집 7―카프 및 항일혁명문학』, 태학사, 1994, 88~105쪽 참조.

232 안함광, 『조선문학사(1900~)―대학용 교재』(조선문학사 제3권), 교육도서출판사, 1956, 50·170~176쪽 참조.

233 언어문학연구소 문학연구실, 『조선문학통사』(하), 과학원출판사, 1959, 23~24·150~151쪽 참조.

234 오무라 마스오(大村益夫), 「북한의 문학선집 출판현황」(『한길문학』 2, 1990.6), 『윤동

두 번째 시기는, 스탈린 사후의 격하운동을 목도한 뒤 김일성이 주체사상을 공식화[1967]하면서 북한체제를 강화하는 때이다. 이 시기 염상섭과 자연주의에 대한 비판은 더욱 강해진다. 이 무렵의 근대문학 연구를 망라하고 있다고 할 수 있는『조선문학사』[1980]에서는 다소 원색적인 표현들이 동원되면서 그 비판의 강도가 심해진다.[235] "반동작가"로서의 "부르주아문학의 반인민성"이 강조되면서, 동인지『폐허』는 "반동문학단체"로 규정되어 "당대의 조선사회는 폐허로 변하였다는 잠꼬대를 하면서 절망과 감상에 빠져 헤매는 병적인 인간 성격들을 내세우고 미화분식하였다"라고 서술된다. 그리고 프롤레타리아문학에 반대한 염상섭의 면모가 부각되며 이는 "예술지상주의"의 한 측면으로 규정되었다. 보다 대중적인 백과사전류의 서술에서도 염상섭에 관한 이해는 크게 다르지 않았다. 사회과학원 문학연구소가 편찬한『문학예술사전』[1972]은 김일성의 저작에 의거하여 자연주의의 부르주아적·현실유리적 측면을 강조하며 염상섭을 이러한 경향을 대표하는 작가 중 한 사람으로 거론한다. 이 저서에서는 "우리나라에서 자연주의는 1920년대 일본제국주의 침략자들의 비호 밑에 염상섭, 김동인 기타 부르주아 반동작가들에 의하여 유포되었으며 매국배족적인 반동적 목적을 추구하는데 이용"되었고 "오늘 공화국 남반부에서 인민들의 혁명의식을 마비시키기 위한 미제국주의와 그 주구들의 반동적인 사상적 수단의 하나로 이용"되고 있다고 서술된다.[236] 자연주의를 자본주의 전체에 조응하는 미학적 양식으로 왜곡하여 서술함으로써 근

주와 한국문학』, 소명출판, 2001, 350~355쪽 참조.

235 박종원 외,『조선문학사(19세기 말~1925)』, 과학백과사전출판사, 1980, 175~182쪽 참조.

236 사회과학원 문학연구소 편,『문학예술사전』, 사회과학출판사, 1972, 596~597쪽, "자연주의" 항목 참조.

대문학사 및 한국의 현대문학사에 대한 학술적 엄밀성을 유지하지 못한 채 이를 지나치게 주관화하여 일원화하는 경향을 노정한다.

이와 같은 경향을 보여 주는 대표적인 개별 연구로 박종식의 작업을 거론할 수 있다.[237] 그는 "자연주의가 부르주아체제의 공고성과 '영원성'을 변호하는 모순되고 불합리한 자본주의체제의 옹호자로 된다"고 주장하며, 프롤레타리아문학 이외의 이상·김동리·황순원 등 대부분의 근대문학뿐만 아니라 선우휘·손창섭 등 한국의 전후문학에 이르기까지 그 모두를 자연주의 문학으로 규정한다. 여기서 염상섭은 "남조선의 자연주의문학의 창시자"가 되며 "저열한 문학정신, 지저분한 인생관"을 표출한 작가로서 위치 지어진다. 자연주의에 대한 일면적 이해는 논외로 치더라도, 근현대문학사를 비롯하여 염상섭의 문학을 지나치게 단순화·평면화하고 있다는 비판은 피할 수 없다. 다만 「표본실의 청개구리」와 『만세전』을 비롯하여 분단 이후에 발표된 염상섭의 소설들인 「절곡」·「정염에 사는 모욕감」·「동서」·「인플루엔자」·「의처증」 등을 분석 대상으로 삼아 구체적인 내용을 언급하고 있다는 점은 눈여겨볼 필요가 있다. 북한에서의 염상섭 연구에서 식민지기의 초기 몇몇 소설들을 대상화하여 논의한 경우는 있었지만, 분단 이후 후기 소설들을 구체적인 분석 대상으로 삼은 경우는 거의 없었기 때문이다. 어쨌든 가치평가와는 무관하게 염상섭의 문학이 완전히 배제되지 않고 계속해서 연구의 대상이 되어 왔다는 점에서 시사하는 바가 있다.

세 번째 시기는, 북한 내부적으로 김정일의 후계가 공식화되고 정권교체가 가시화되면서 기존의 주체사상에 김정일의 언어가 덧씌워지는 동

---

237 박종식, 「남조선 자연주의문학의 력사적 지위와 그 몰락상」(1981), 『문학사조와 작가 정신』, 평양출판사, 1993 참조.

시에 전세계적으로는 냉전 질서가 변화하여 동구권이 해체되면서 위기가 가중되던 때이다. 이러한 내외부적 변동과 위기 속에서 북한문학사 및 문학 연구 또한 큰 변화를 맞이한다. 문학사적으로는 기존의 '부르주아 반동문학'이라고 비판했던 대상들을 "민족문학예술유산"으로 재평가하면서 포섭하려는 경향이 나타나게 된다. 대다수의 북한문학 연구자들은 그러한 변화가 가시화되기 시작하는 시점을 1986년 전후 무렵으로 잡고 있으며,[238] 그것은 김정일의 『주체문학론』을 통해 이론화·체계화된다고 논의한다.[239] 『주체문학론』은 "민족문학예술유산을 주체적 입장에서 바로 평가하여야 한다"는 취지하에 부르주아 반동문학으로 규정되었던 이인직·이광수·최남선 등을 재평가하며 '민족문학예술'로 포섭한다. 그리고 '주체사실주의'라는 세계관 및 창작방법을 내세우며, '주체사실주의-사회주의리얼리즘-민족문학예술유산'으로 차등화하여 새로운 위계화를 조성한다.[240] 말하자면 기존에는 경화된 '배제와 선택'의 논리에 기초했다면, 『주체문학론』에 와서는 포섭하면서 위계화를 구축하는 유연화된 통치술을 구사하고 있는 것이다. 다만 『주체문학론』에서 이광수는 재평가되고 있지만 염상섭에 대한 구체적인 언급은 찾아볼 수 없다.

이 시기 발간된 문학사류로는 3가지를 찾아볼 수 있다. 1986년에 발간

---

238 오무라 마스오(大村益夫), 앞의 글; 김영민, 「남·북한에서의 이광수 문학 연구사 정리와 검토」, 『동방학지』 83, 1994.3; 연세대 국학연구원 편, 『춘원 이광수 문학연구』, 국학자료원, 1994, 175~212쪽; 유문선, 「최근 북한 근대문학사 인식의 변화-『현대조선문학선집』(1987~)의 '1920~30년대 시선'을 중심으로」, 『민족문학사연구』 35, 2007.12, 407~436쪽; 황정현, 「북한 문학사의 시각과 이광수 연구사-『조선문학개관』 이후의 인식 변화를 중심으로」, 『현대문학이론연구』 66, 2016.9, 375~403쪽 등 참조.

239 임옥규의 「북한의 문학사 서술토대, 주체문학론의 실체와 위상」을 비롯하여 이 글이 실린 다음 책의 논문들을 참조. 민족문학사연구소 남북한문학사연구반 편, 『북한의 우리 문학사 재인식』, 소명출판, 2014.

240 김정일, 『주체문학론』, 조선로동당출판사, 1992 참조.

된 『조선 근대 및 해방전현대 소설사 연구』 1·2와 『조선문학개관』 1·2, 그리고 1990년대 중반 이후에 발간된 『조선문학사』 9[1995]·『조선문학사』 7[2000]이 그것이다. 『조선 근대 및 해방전현대 소설사연구』 1·2에서는 『폐허』·「표본실의 청개구리」·『만세전』·「윤전기」 등을 비롯하여 "국민문학론"과 "절충주의"로서의 면모 등 염상섭에 대한 서술이 증가하기는 하지만, "철저한 부르주아 자연주의작가" "위장된 부르주아 민족주의문학론" 등과 같이 그 가치 평가는 기존의 문학사들과 크게 다르지 않다.[241] 『조선문학개관』에서는 "부르주아 반동작가"라는 서술 이외에는 염상섭과 관련된 내용을 찾아보기 힘들다.[242] 이러한 서술 경향은 『조선문학사』에 오면서 큰 변화를 맞이한다. 염상섭이 참여한 국민문학 및 절충주의가 본질적으로는 "계급성 부인" 및 "순수예술적인 것" 등의 한계를 지니는 것으로 평가 받지만, 한편으로는 "외래적인 요소에 대한 배척과 '조선심, 조선혼, 조선적'인 것에 대한 선양은 일제의 식민통치가 가혹해지던 당시 문학에서 민족성을 고수하려는 진보적인 의도의 반영"이라고, 기존과는 달리 "민족문학"으로서의 의의가 부각되기도 한다.[243] 동인지 『폐허』에 대해서도 "퇴폐주의적 경향"이라는 평가는 여전하지만, "그 주장과 작품에서 일부 사실주의적 경향을 보여 주고 문장 같은 데서 이전 시기 문학에 비하여 보다 근대적인 성격을 드러"내었다고 하면서 제한적인 형태로나마 문학적 근대성의 의의를 인정하고 있다.[244] 아울러 염상섭에 관해 전체적으

---

241 은종섭, 『조선 근대 및 해방전현대 소설사 연구』 1, 김일성종합대학출판사, 1986, 226~239쪽; 『조선 근대 및 해방전현대 소설사 연구』 2, 김일성종합대학출판사, 1986, 110~111쪽·123~126쪽·244~247쪽 참조.

242 정홍교·박종원, 『조선문학개관』 1, 사회과학출판사, 1986, 364~365쪽; 박종원·류만, 『조선문학개관』 2, 사회과학출판사, 1986 참조.

243 류만, 『조선문학사』 9, 과학백과사전종합출판사, 1995, 13~16쪽 참조.

로 '반동문학' 및 '반동작가'라는 표현은 더 이상 사용하지 않는다.

백과사전류의 서술에서 염상섭에 대한 가치평가는 큰 변화가 없지만, 그의 활동 및 문학작품에 관해서는 내용이 풍부해지는 변화를 보인다. 1990년을 전후로 하여 출간된 『문학예술사전』 시리즈에는 '염상섭'과 '자연주의'가 표제어로 등장한다.[245] 여기서는 염상섭의 전반적인 이력을 요약하고 「표본실의 청개구리」·「암야」·「제야」·『만세전』·「금반지」·「전화」·「윤전기」·「조그만 일」·「밥」 등을 비롯하여 『이심』·『삼대』의 장편소설과 해방 후에 발표된 『취우』·『미망인』에 이르기까지 염상섭의 소설세계 전반을 간략하게 언급하는 이례적인 서술을 보여 준다. 하지만 그 평가는 여전히 "퇴폐적인 자연주의소설들을 통하여 염세주의와 패배주의를 고취함으로써 사람들의 사상정신생활과 민족문학발전에 많은 해독을 끼"친 "부르주아 반동작가"라는 클리셰를 벗어나지는 못한다. 말하자면 염상섭은 자료 및 대상으로서 문학 연구에 포섭되기는 하지만, 가치평가는 낮은 수준이었다. 이러한 경향은 1990년대 중후반에 출간된 『문예상식』, 『조선대백과사전』 등에서도 큰 변화 없이 반복된다.[246]

이 시기 염상섭과 관련하여 가장 주목할 만한 변화는 1987년 이래 시리즈로 간행되어 오던 『현대조선문학선집』에 「표본실의 청개구리」와

244　류만·리동수, 『조선문학사』 7, 과학백과사전종합출판사, 2000, 90~91쪽 참조.

245　사회과학원 주체문학연구소 편, 『문학예술사전』(상), 과학백과사전종합출판사, 1988, 580~581쪽, "렴상섭" 항목 참조; 『문학예술사전』(중), 1991, 398쪽, "자연주의" 항목 참조.

246　『문예상식』, 문학예술종합출판사, 1994, 194~196쪽; 『조선대백과사전』 7, 백과사전출판사, 1998, 446쪽 등 참조. 참고로 덧붙여 두면, "선국시대의 요구에 맞게 혁명적인 문학예술작품을 창작하는 창작가, 예술인들의 창조 활동을 힘있게 고무하며 광범한 근로자들의 문학예술상식을 높여주는 데 크게 이바지"하기 위해 편찬된 『광명백과사전』에서는 염상섭에 관한 내용을 찾아보기 힘들다. 『광명백과사전 6-문학예술』, 백과사전출판사, 2008 참조.

『만세전』이 각각 수록되었다는 사실이다.[247] 이 선집의 「해제」를 작성한
박춘명은, "우리는 일제의 식민지민족문화말살정책으로 말미암아 인멸
되었거나 파묻혀 있던 문학작품을 더 많이 찾아내야 하며 작가와 작품을
우리나라의 문학사와 예술사 발전의 견지에서 정확히 평가하여야 한다"
는 김정일의 『주체문학론』에 의거하여 작품을 선별하여 수록하고 있음
을 밝히고 있다. 이 해제에서는 염상섭의 일본 유학, 3·1운동과 수감생활
을 서술하며 의분심이 강했던 작가로 염상섭을 언급하기도 하지만, 전체
적으로는 "자연주의적인 작가로 남아 있었고 소시민적인 입장에서 벗어
나지 못하였다"고 평가한다. 『만세전』에 대해서는 "자연주의적이고 유미
주의적인 요소들과 표현이 난해한 부분이 다분히 내포되어" 있는 한계가
있지만 "1919년 이전의 사회현실을 인텔리의 시점에서 형상적으로 보여
준 것으로 하여 긍정적인 의의를 갖는다"고 평가한다. 또 「표본실의 청개
구리」는 "자연주의적 소설"임에도 불구하고 "1920년대 초 인텔리들의 운
명이 일정한 정도로 반영"되어 있다는 점을 긍정한다.

지금까지 살펴보았듯이 1948년 분단 이후 최근까지 이루어진 북한에
서의 염상섭 연구는 각 시기별로 다소간의 차이가 있으며 점차 대상 작
품이 증가하기는 하였으나, 연구방법론이나 경향상에 있어 큰 변화가 있
었다고 보기는 힘들다. 사회주의가 국민국가시스템과 결합하여 생성된
근대성의 말로가 북한의 염상섭 연구를 통해서도 표출되고 있다고 해도
좋을 것이다. 속류화된 단계론적 시간의 구획 속에서 염상섭은 '자연주
의·부르주아·소시민성'이라는 규정을 좀처럼 벗어나지 못하며, 다소라
도 그의 문학사적 의의가 재조명되는 것은 일국적 지평민족주의적 자질에서만

247　염상섭, 「표본실의 청개구리」(1921)·「만세전」(1923), 『소설집 인력거군』(현대조선문
　　　학선집16), 문학예술종합출판사, 1998, 188~230·231~339쪽 참조.

이다. 사회주의적 시간과 국민국가의 시간, 즉 근대성의 시간 속에서 염상섭의 문학은 박제화되고 있다고 해도 좋다. 단적으로 말하면, 북한에서는 일제시대 임화가 문학사 작업에서 염상섭을 평가한 것에도 미치지 못하는 연구들이 최근까지도 이어져 오고 있다고 할 수 있다. 그리하여 북한에서의 염상섭 연구는, '일국적우리식 사회주의'라는 막다른 곳에 당도한 근대성이 표출할 수 있는 가장 극단적이며 빈곤한 문학적 성과를 보여주고 있다.

(3) 염상섭에 관한 연구는 한국과 북한이라는 시공간을 넘어서는 문제이기도 하다. 즉 '일제시대' 혹은 '식민지기'라는 특정한 역사적 시간의 공유는 한반도라는 공간을 넘어서 불가피하게 일본에도 해당한다. 일본에서의 염상섭 연구는 그 연구자의 성격에 따라 크게 두 흐름으로 진행되었다. 한 흐름은 재일조선인 및 한국유학생들의 비교문학적 관점의 연구들이었다. 구체적으로는 일본의 근대문학자 시마자키 도손島崎藤村·구니키다 돗포国木田独歩·마키노 신이치牧野信一·아리시마 다케오有島武郎 등의 작품들과 염상섭의 『만세전』·「제야」·『삼대』 등의 작품들을 비교문학적 관점에서 그 공통점과 차이점을 논의하는 연구들이 많았다.[248] 물론 드물

---

[248] 盧英姬, 「島崎藤村の「家」と廉想渉の「三代」─"家"の束縛と崩壊を中心に」, 『比較文学研究』 48, 1985.10, 95~106쪽; 丁貴連, 「日韓帰郷小説に見られる故郷の意味をめぐって─独歩『帰去来』と廉想渉(ヨムサンソブ)『万歳前』」, 『稿本近代文学』 21, 1996.11, 24~41쪽; 任呑均, 「牧野信一の「父親小説」群と廉想渉の『三代』─父子関係を中心に」, 『待兼山論叢(文学篇)』 32, 1998.12, 29~42쪽; 任呑均, 「島崎藤村『破戒』と廉想渉『万歳前』─〈父性〉と〈旅〉を中心に」, 『島崎藤村研究』 27, 1999.9, 30~41쪽; 任呑均, 「日韓近代文学における父子関係の比較研究─島崎藤村と廉想渉を中心に」, 大阪大学博士論文, 2000; 柳利須, 「韓國近代文學における有島武郎の『宣言』─廉想渉『お前たちは何を得たのか』を中心に」, 『有島武郎研究』 12, 2009.9, 76~87쪽 등 참조.

기는 했지만 염상섭의 『만세전』·『삼대』 등을 단독 주제로 삼은 연구도 없지는 않았다.[249] 또 다른 흐름은 일본인 연구자의 염상섭 연구이다. 연구성과적 측면에서 앞의 흐름보다 주목을 요한다고 할 수 있는데, 이 중에는 일본의 염상섭 연구를 대표한다고도 할 수 있는 시라카와 유타카白川豊의 작업이 있다.[250] 그는 『만세전』에서 1950년대 단편소설들에 이르기까지 염상섭의 전생애에 걸친 소설들을 대상으로 삼아 연구를 진행하였다. 구체적인 연구방법은 실증적 방법에 기초한 해석이었다. 일차적으로는 그는 실증주의에 기초하여 염상섭의 삶과 소설들을 문헌학적으로 접근하면서, 한국 연구자들이 놓친 공백을 메우며 오류들을 바로잡았다. 그리고 이에 기초하여 일본과 관련된 지점 ― 일본·일본인의 형상화 방법과 일본어 사용방식 등 ― 에 초점을 맞추어 논의를 진행하였다. 연구자 자신은 이러한 접근법을 '친일親日'과 '반일反日'이라는 프레임을 넘어선 '지일知日'의 관점이라고 말하고 있다.[251] 시라카와 유타카는 문헌자료에

---

249 蔡永姬,「廉想涉『三代』論－家族共同体の新しい生成へ向けて」,『広島大学大学院教育学研究科紀要』50, 2002.2, 181~186쪽; 蔡永姬,「廉想涉『万歳前』に見る家族・民族－1918年の東京・京城認識を通して」,『広島大学大学院教育学研究科紀要』51, 2003.3, 257~266쪽 등 참조.

250 白川豊・小野順子,「朝鮮戦争 前後の廉想涉小説について－1948~53年を中心に」,『九州産業大学国際文化学部紀要』32, 2005.11, 1~37쪽; 白川豊,「廉想涉の1930年代中盤長篇小説考－1932~36年を中心に」,『朝鮮学報』199・200, 2006.7, 121~167쪽;「廉想涉と張赫宙－朝鮮近代作家の二つの〈生〉と文学」,『朝鮮学報』203, 2007.4, 1~30쪽;「廉想涉の〈二つの破産〉と茅盾の〈林商店〉について－朝中現代小説に表れたリアリズムの様相(特集 日本の中の韓国学)」,『東アジア比較文化研究』8, 2009.6, 44~55쪽;「朝鮮近代の文豪, 廉想涉とその文学」,『東京大学コリア・コロキュアム講演記録 2010年度』, 2010, 43~71쪽;「廉想涉の1950年前後の長編小説について－〈暁風〉〈暖流〉〈驟雨〉を中心に」,『朝鮮学報』217, 2010.10, 1~27쪽;「廉想涉の朝鮮戦争後短編と1950年代韓国小説－1953~62年を中心に」,『朝鮮学報』227, 2013.4, 1~45쪽 등 참조.

251 白川豊,『朝鮮近代の知日派作家, 苦闘の軌跡－廉想涉, 張赫宙とその文学』, 勉誠出版,

기초한 실증적 연구를 통해, 한국의 염상섭 연구가 간과한 여러 지점들을 보완함으로써 한국의 연구자들에게 많은 자극을 주었다. 다만 그의 해석적 연구는 그 실증적 노고에 비해서는 다소 소박한 인물유형론이나 평면적 작품해석에 머무르고 있어 아쉬움을 남기고 있다. 그럼에도 그는 염상섭의 『만세전』과 『삼대』를 일본어로 번역하여 출간함으로써,[252] 일본에서 염상섭 연구의 토대를 마련함과 동시에 대중적 확산을 꾀한 점은 그에 걸맞게 평가되어야 할 것이다. 그리고 실증주의에 기초한 또 다른 연구로, '모델소설'의 관점에서 『해바라기』를 분석한 우라카와 도쿠에浦川登久恵의 작업[253] 또한 주목을 요한다.

이외에도 미국에서의 연구도 간략하게나마 언급하고자 한다. 해방기를 중심으로 냉전체제의 구축과 관련하여 염상섭의 소설을 분석하고 있는 테드 휴즈의 연구[254]를 비롯하여, 일제시대 프롤레타리아문학과 관련하여 염상섭의 고유성에 주목하는 박선영의 연구,[255] 번역과 한국 근대문

2008; 시라카와 유타카, 곽형덕 역, 『한국근대 知日작가와 그 문학연구』, 깊은샘, 2010 참조.

252 廉想涉, 白川豊 訳, 『万歳前』, 勉誠出版, 2003; 白川豊 訳, 『三代』(朝鮮近代文学選集), 平凡社, 2012.

253 浦川登久恵, 「モデル小説・廉想涉『해바라기』の分析」, 『朝鮮学報』 207, 2008.4, 87~136쪽.

254 테오드로 휴즈(Theodore Hughes), 「국제화시대의 한국 문학 강의와 읽기 — 미국에서의 한국 문학 읽기와 염상섭의 「효풍」」, 『예술원보』 47, 2003.12; 테오도르 휴즈(Theodore Hughes), 박병옥 역, 「냉전세계질서 속에서의 '해방공간' — 해방 직후의 남·북한문학」, 『한국문학연구』 28, 2005.6; Theodore Hughes, *Literature and Film in cold War South Korea*, Columbia University Press, 2012; 테오도르 휴즈(테드 휴즈), 나병철 역, 『냉전시대 한국의 문학과 영화 — 자유의 경계선』, 소명출판, 2013, 140~161쪽 등 참조.

255 Sunyoung Park, *The Proletarian Wave : Literature and Leftist Culture in Colonial Korea, 1910-1945*, Harvard University Asia Center, 2015; 박선영, 나병철 역, 『프롤레타리아의 물결 — 식민지 조선의 문학과 좌파문화』, 소명출판, 2022, 241~292쪽 참조.

학의 형성이라는 측면에서, 러시아문학 번역투르게네프의『그 전날 밤』과 염상섭 소설『사랑과 죄』 창작과의 관련성에 주목한 조희경의 연구[256]가 있다.

염상섭 사후부터 현재까지 진행된 연구 경향을 지역별, 시기별, 방법론 등으로 구분하여 살펴보았다. 통시적으로는 구한말, 일제시대, 해방기, 한국전쟁, 분단 및 냉전체제를 관통했으며 공시적으로는 한반도 및 일본과 만주를 넘나들었던 염상섭의 삶과 문학의 궤적에 걸맞게, 그의 연구들 또한 동아시아 지역을 아우르고 있으며 글로벌한 한국학에서도 한 귀퉁이를 점하고 있다. 염상섭 연구가 놓여 있는 조건과 상황 그리고 방법론의 변천은, 한국 근현대문학 연구가 밟아온 도정의 한 부면을 보여 주고 있다고도 할 수 있다.

지금까지의 염상섭 연구는 크고 작은 여러 계기와 변화가 있었는데, 넓게 보면 근대성 연구 이전과 이후로 구분해 볼 수 있다. 본격적인 근대성 연구 이전에는 민족문학이라는 정치적 지향과 리얼리즘이라는 미학적 기준 속에서 염상섭을 논의하고자 하는 경향이 우세했다. 그 과정에서 염상섭은 대체로 문학사의 좌우 대립의 정태적 중간항중간파로서의 위상 및 민족문학으로서의 가치를 부여받았고 사회주의리얼리즘으로 경화되지 않은 리얼리즘 미학으로서 긍정되었으며 계층적계급적으로는 중산층으로서의 위상을 부여받았다. 염상섭에 관한 이러한 정치적·미학적·계급적 규정은 단적으로 말해 문학적 차원에서의 근대를 어떻게 완성할 것인가 하는 기획과 맞닿아 있는 것이었다. 이러한 접근은 염상섭의 문학과 사유가 지닌 고유성을 내재적으로 규명하는 것이라기보다는 목적론적 지향과 좌우라는 이념적 기준에 의해 외재적으로 규정하는 것이다.

---

256 Heekyoung Cho, *Translation's Forgotten History : Russian Literature, Japanese Mediation, and the Formation of Modern Korean Literature*, Harvard University Asia Center, 2016.

실제로 염상섭의 삶과 문학에는 중간파로서의 민족문학, 시민사회적인 리얼리즘, 계급적 적대를 아우르는 중산층의 시선 등으로 해석할 수 있는 요소들이 존재한다. 그렇기에 많은 연구와 비평이 이와 관련된 해석을 내어 놓았다. 하지만 한편으로 그것은 근대의 완성이라는 비평가, 연구자, 문학사가의 욕망이 투사된 결과이기도 하다. 한국 근현대문학사는 식민지기와 해방기 그리고 분단 이후에 이르기까지 내외부적으로 전개된 이념적 좌우의 대립 및 계급적 대립을 종합하고, 발전단계론에 의거하여 부르주아 시민사회에 걸맞은 리얼리즘을 구현하며, 나아가 '친일'이라는 훼절로부터도 자유로울 수 있는 작가와 작품을 강력히 요청하고 있었다. 이는 근대문학사 구축의 알파와 오메가였다. 이러한 맥락에서 다양한 해석적 지평이 가능했던 염상섭의 면모들은 재단되고 주조되었다고 할 수 있다. 즉 염상섭은 통일된 국민국가를 기반으로 하는 근대의 완성을 위해, 달리 말하면 자본과 국가의 내부에 필연적으로 상존하는 적대를 봉합하고 변증법적으로 종합할 수 있는 매개로서 종종 선택되어진 것이다.

근대의 완성이라는 전망에서 도출된 방법론이었던 민족문학론과 리얼리즘론은 이론적 층위에서나 현실적 층위에서나 오늘날 그 실효성을 더 이상 증명하고 있지 못하고 있다. 문학사를 비롯하여 작가와 작품을 해석하고 의의를 부여하는 방법론으로서 더 이상 기능하지 않는다. 따라서 그와 같은 연구방법론을 넘어서는 작업이 요청되고 있다. 다만 민족문학론과 리얼리즘론의 배후에 놓여있는 집합적 주체성에 관한 열망, 현실과의 관련 속에서 문학을 사유하는 관점 및 문학의 정치성을 향한 지향은 전유되어 다른 방식으로 재구성되어야 한다. 가령 '민족'은 근대 제국주의 하에서 저항하는 집합적 주체성을 구성하는 유일한 형식은 아니었지만 쉽게 접근 가능한 우세한 형식이었으며, 모든 민족해방투쟁이 민족주의와 등가관계를 갖는 것은 아니었다. 국민국가의 형성과 자본주의적 생산의 배치를 통해 근대를 완성한다는 오랜 전망에는 비판적으로 접근하여 단절해야 하지만, 그러한 전망의 배면에 놓여 있으며 그보다 우선하는 구성적 정치성에 대한 열망은 전유되어 재맥락화될 필요가 있다.

근대성 연구는 근대의 폭력성 및 근대를 완성하고자 했던 기획을 비판하고 성찰하면서 시작되었고 이를 통해 근대 극복의 경로를 모색하겠다는 전망을 지니고 있었다. 역사적으로는 전 지구적인 층위에서의 현실사회주의의 몰락, '역사의 종말'이라는 담론과 신자유주의의 전면화, 국내적인 층위에서의 1987년 체제의 성립 등과 같은 격변 속에서 본격화되었다. 이론적 층위에서는 탈근대·탈식민·탈민족 등의 '포스트post 담론'이 기반이 되어 발전단계론진보의 믿음, 대문자 주체, 근대적 합리성, 전위와 대중이라는 정치모델 등의 근대적 기획을 비판하고 해체하였다. 한국학의 맥락에서는 기존의 주요한 패러다임이었던 민족주의, 내재적 발전론수탈론, 식민지 근대화론을 비롯하여 현실사회주의와 같은 속류화된 정치적 지향 등을 비판하고 식민지 근대성 등의 입론을 대안으로 내세웠다. 한국문학장에서 근대성 연구들은 근대의 기원에 대한 탐색으로 나아갔고, 그 과정에서 근대문학을 논의함에 있어 자명하다고 여겼던 개념·방법론·프레임들 — 진보, 민족, 문학, 리얼리즘 등 — 을 모두 의문시하면서 그 자명성을 해체하였다. 염상섭 연구의 측면에 국한해서 보면, 근대성 연구는 그 이전에 염상섭의 의의를 담보하고 있던 기준과 토대를 사실상 모두 붕괴시켰다고 할 수 있다. 수세적인 형태로 민족문학, 리얼리즘이라는 패러다임을 방어하면서 염상섭의 문학적 성취를 고수하려는 흐름이 없었던 것은 아니었지만, 그 방법론을 근본적으로 갱신해 내지는 못했다. 이후 연구들은 염상섭의 문학이 근대성을 어떻게 / 얼마나 구현하고 있는가에 초점이 맞추어졌으며, 특히 식민지 근대성에 관한 논의가 중요하게 부각되었다.

한국문학장에서 '민족'과 '문학' 등 '근대 국문학'의 근거가 되었던 토대를 해체한 근대성 연구는, 주지하듯이 전통적인 문학이라는 범주를 해체하고 분과학문적인 경계를 넘어서면서 '문화 연구'로 확산되었다. 문화 연구는 기존 연구의 조건과 토대를 해체하여 풍속·대중문화·일상·문화제도^{출판·검열·미디어 등}·독자·젠더 연구 등으로 문학의 영역을 확장하고 현실과의 부면을 재설정한다는 점에서 급진성을 지닐 수밖에 없었다. 전통적인 문학의 연구 대상을 넘어서 근대를 증언하고 있는 자료의 더미들을 재조직화하여 근대를 복원하는 유의미한 작업들[257]이 잇따랐으며, 민족이라는 거대서사와 대문자 주체에 눌려 있었던 여성, 청년, 독자, 대중, 서발턴 등 다양한 복수의 주체성이 등장했고, 그에 따른 정체성의 정치학이 전개되었다. 이런 맥락에서 문화 연구는 정치적인 것과 문화적인 것의 밀접한 연관 속에서 출발했으며 다양한 미시적인 정치의 가능성을 보여주었다고 할 수 있다.

근대성 연구와 문화 연구를 이론적으로 견인했던 탈근대·탈식민·탈민족 등의 포스트 담론은 근대적 기획이 지닌 폭력성, 해방적 기획의 전략·전술적 오류, 유럽중심주의 등을 정면으로 비판함으로써 근대에 대한 환상, 진보와 계몽에 대한 허위성을 폭로하였다. 그 비판에는 근대의 대안이라고 여겨졌던 맑스레닌주의와 현실사회주의에 대한 한계도 포함되었다. 즉 포스트 담론은 근대적인 지배와 해방이라는 특정한 기획 모두

257　여기서는 대표적인 몇 가지 사례만 들어 본다. 천정환, 『근대의 책읽기』, 푸른역사, 2003; 권보드래, 『연애의 시대』, 현실문화연구, 2003; 이경훈, 『오빠의 탄생』, 문학과지성사, 2003 등 참조.

가 사실상 공모 관계에 놓여 있음을 밝힘으로써, 근대를 해체하고 그로부터 철저한 단절斷絶을 꾀할 수 있는 이론적 토대를 제공하였다. 다만 포스트 담론은 파국을 맞은 근대에 초점을 맞추는 네거티브한 방식을 통해 그 단절에 주력함으로써 그 이후를 어떻게 구성할 것인가 하는 문제설정에는 취약했다. 그리고 주체성의 측면에서 보자면 근대라는 낡은 형식에 감금되어 있는 해방의 잠재성을 추출하고 공통된 평면에서 재구성하여 현실적 실천력으로 전화시키는 데 있어 강력한 힘을 발휘하지는 못했다. 오래되어 낡은 것에 관한 해체는 이루어졌으나 이론이 애초에 의도했던 현실적 응전력은 효과적으로 창출되지 못했던 것이다.

한국 인문사회과학에 큰 영향을 발휘한 포스트 담론의 공과와 앞으로의 가능성을 점검하는 한 학술기획은, 지난 20년간 한국적 맥락에서 포스트 담론의 수용과 재맥락화의 의미를 일면적으로나마 보여 주고 있다.[258] 주된 요지는 맑스주의 등의 근대적 정치 기획 및 실천의 몰락과 한계를 애도·비판하고 그것을 넘어서는 새로운 정치적 기획을 구성하기 위해 국내에 도입된 포스트 담론이, 과거를 청산하는 데는 유용했지만 신자유주의적 세계질서로 대변되는 현실적 변화에 생산적인 의제를 도출하거나 실천력을 담보하는 데는 효과적이지 못했다는 것이다. 그리하여 포스트 담론의 급진성을 자본주의 비판을 수행함에 있어 유효성을 지니고 있는 맑스주의적 기획·유산과의 화학적 결합을 통해 재구성할 필요가 있다고 주장한다. 이러한 진단과 주장은 포스트 담론의 한국적 맥락화

---

258 진태원, 「'포스트' 담론의 유령들—애도의 애도를 위하여」; 김정한, 「한국에서 포스트맑스주의의 수용 과정과 쟁점들」; 서동진, 「포스트사회과학—사회적인 것의 과학, 그 이후?」; 이명원, 「문학의 탈정치화와 포스트 담론의 파장—민주화 이후 한국문학의 전개와 쇠락」, 『민족문화연구』 57, 2012.12 참조.

에 대한 일면적인 평가일 수는 있지만, 그것이 현재 처해 있는 곤경과 쇄
신의 요청을 전반적으로 보여 준다고 할 수 있겠다.

　논의를 한국문학으로 좁혀 보면, 연구자들이 지적하고 있듯이[259] 한국
문학에서 근대성 연구는 근대에 대한 탐색을 통해 근대 극복의 전망을
모색한다는 전망을 제시하면서도 정치성 혹은 정치적인 것을 괄호 치는
아이러니한 조건 및 곤경에서 출발하였다.[260] 이 때문이었는지 '근대에
대한 탐색'을 둘러싼 논의들은 양적으로나 질적으로 상당한 성과를 거두
었지만, 그러한 축적이 '근대 극복'이라는 지향으로 이어지지는 않았다.
다시 말해 전반적인 연구 경향은 근본적인 문제의식인 근대 극복의 모색
이라는 지점까지 이르지 못하고 근대성을 규명하는 데에 집중되었다. 문
화연구의 경우, 앞서 언급했듯이 기존의 한국문학 연구의 조건과 토대를
모두 해체하는 급진성을 보여 주었다. 하지만 문화 연구가 제한적인 형태
로나마 '붐'을 형성하고 학위논문과 학술지 등을 통해 제도적으로 안착하
면서, 유사한 유형의 연구들이 반복되는 경향과 소재주의의 모습을 노정

259　박헌호, 「'문화 연구'의 정치성과 역사성―근대문학 연구의 현황과 반성」, 『민족문화연
　　구』 53, 2010.12; 임형택 편, 『한국학의 학술사적 전망2―근현대편』, 소명출판, 2014,
　　493~496쪽; 이혜령, 「언어 = 네이션, 그 제유법의 긴박과 성찰 사이―한국문학 근대성
　　연구의 한 귀결에 대하여」, 『상허학보』 19, 2007.2, 243~246쪽 참조.

260　최원식, 「한국문학의 근대성을 다시 생각한다」, 『창작과비평』 86, 1994.12. 한국문학
　　장에서 근대성 연구가 시작되었음을 선언하는 역할을 했던 이 글은 '한국문학사에서의
　　프로문학의 주류성 해소'를 주장했는데, 주장 자체만 놓고 보면 문제가 될 것은 없다.
　　현실사회주의적 지향과 절연하고자 했던 입장과 마찬가지로 그것의 문학적 발현이었
　　던 '프로문학'을 상대화하여 다루고자 했던 시각은 동의할 수 있는 지점이다. 하지만 문
　　제는 '목욕물을 버리려다가 아이까지 함께 버리는 오류'와 유사한 상황이 발생했다는
　　것이다. 프로문학의 주류성 해소와 함께, 문학의 정치성과 그것에 투영되어 있는 변혁
　　을 향한 인간의 열망과 경험이 모두 해소되는 상황으로 확산되었기 때문이다. 박헌호
　　는 이러한 상황을 "문학과 사회의 연관성을 말할 수 있는 입각지 자체가 주소불명이 되
　　었다"고 진단한다. 박헌호, 위의 글, 494쪽 참조.

하기 시작한다는 비판이 제기되기도 하였다.[261] 또한 각 연구들의 개별화와 미시화가 두드러지면서 상호소통할 수 있는 평면은 점차 엷어졌다.[262] 이런 과정에서 근대 극복이라는 애초의 정치적 기획은 약화되었으며 그것을 논의할 수 있는 공통적인 장場도 줄어들었다. 말하자면 정치적인 것과 문화적인 것의 결합을 통해 시작된 문화 연구는, 시간이 지남에 따라 정치적인 것의 지향이 모호해지기 시작했으며[263] 때로는 문화적인 것이 정치적인 것을 대체하는 경향을 보여 주기도 하였다.[264] 이러한 현상은 모든 새로운 연구들이 경험하기 마련인 일시적이고 부분적인 과정일 수

---

261 박헌호, 위의 글 참조.

262 이러한 상황을 박헌호는 "근대문학계가 뚜렷한 전환의 와중에 있으며 폭발적인 연구의 신장을 보여줌에도 불구하고 뭔가 석연치 않은 폐쇄성과 적막감을 띠고 있다"고 진단하기도 했다. 박헌호, 「'문학' '史' 없는 시대의 문학연구」, 『역사비평』 75, 2006. 5, 99쪽.

263 천정환은 문화연구에 대한 성마른 진단과 조급한 성과주의적 시선 그리고 협소한 정치성을 통한 비판 등에 관해 재비판하며 대학·연구·제도 등을 둘러싼 문화연구의 급진성을 강조한다. 대학과 연구를 둘러싼 제도 그리고 자본과 국가에 의한 삶의 재배치에 대한 근본적인 성찰과 비판을 수행하는 방법론으로서의 문화연구를 강조한다. Chen Jung-Hwan, "'Cultural Studies' as Interdisciplinary Literary Studies", *The Review of Korean Studies* Vol. 16 No. 2, 2013 참조.

264 물론 문화연구의 정치성이 약화되고 모호해졌다고 해서, 기존의 전통적인 문학연구의 정치성이 갱신되거나 재구성된 것도 아니었다. 연구의 정치성을 둘러싼 곤경은 전통적인 문학연구나 문화연구 모두가 겪고 있는 것이다. 이와 관련하여 첨언하고 싶은 것은, '문학연구인가 문화연구인가'하는 식의 영역을 둘러싼 논쟁은 더 이상 비생산적이며 무의미해 보인다는 것이다. 사실상 각자도생의 길을 가거나 문학과 문화를 가로지르는 하이브리드한 연구가 증식하고 있는 현상황에서, 문제는 영역을 둘러싼 논쟁보다는 어떤 정치적 지향과 대안을 통해 연구의 정치성을 회복·예각화·공통화할 것인가에 논의의 초점이 맞춰져야 한다는 것이다. 정치적 지향과 사상에 따른 연구(자)의 재배치가 필요하고 쟁점을 어떤 정치성이냐는 문제로 이동해야 할 것이다. 본문에서 서술하고 있는 '근대성 연구'의 문제의식을 빌려 와 말한다면, 실종되어버린 '근대 극복'이라는 문제틀을 재구성하면서 쟁점화하고 확산할 필요가 있다. 그리고 그러한 쟁점은 연구의 내용과 형식뿐만 아니라 연구의 토대를 가능하게 하는 제도와 질서로까지 확산되어야만 근본적인 변화(근대 극복)를 견인할 수 있을 것이다.

도 있을 것이며, 이에 대한 비판은 다소 성급하다고도 할 수 있다. 하지만 그 성마름의 배면에 놓인 연구의 정치성의 회복과 공통성의 확장에 대한 쇄신의 요청은 낡은 한국문학 연구의 시스템으로 되돌아가기 위해서가 아니라 문화 연구의 급진성과 학술적 기여를 적극적으로 살리는 가운데 대안을 창출하기 위해 고민해야 할 지점이기도 하다.

근대 극복을 위한 새로운 정치성의 생성이라는 점에서 근대성 연구와 문화 연구의 답보 및 정치적인 것의 약화는, 연구가 놓여 있는 환경과 조건이라고 할 수 있는 자본주의의 역동적 변화, 즉 '인지자본주의' 등으로 말해지는 상황[265]과 분리하여 사고하기는 어렵다. 자본주의적 가치 창출을 위해 지성·감성·문화 등의 비물질적인 것을 전면적으로 흡수하며 그것을 생산·유통하는 장소 가운데 하나인 대학에 대한 통제가 강화되면서, 체제를 둘러싼 저항과 포섭의 경계가 모호해지기 시작했다. 그리고 근대 극복이라는 거시적인 전략이 정체성 정치나 미시정치학에 기반을 두고 수행되면서 그 실질적인 실현 가능성 혹은 현실적 응전력이 불투명해졌던 것도 사실이다. 말하자면 "우리의 사유가 작아지기 시작한 바로 그 시점에, 역사는 더 거대하게 움직이기 시작했다".[266] 주지하듯이 극복해야 할 근대의 가장 강력한 고리인 생산시스템과 주권시스템은 더욱 큰 거대서사를 구축해 나갔다. 간단히 말해 일국을 넘어서 전 지구적 자본주의라는 거대서사와 '제국'적인 주권시스템이라는 거대서사를 구축해 나가기 시작했으며,[267] '전지구적 근대성global modernity'이라고 할 만한 것을

---

265 조정환, 『인지자본주의─현대 세계의 거대한 전환과 사회적 삶의 재구성』, 갈무리, 2011 참조.
266 테리 이글턴, 이재원 역, 『이론 이후』, 길, 2010, 109쪽.
267 안토니오 네그리·마이클 하트, 윤수종 역, 『제국』, 이학사, 2001 참조.

가시화[268]했다. 이러한 조건과 상황에서 이에 대항하며 근대를 극복하기 위해서는 정체성 정치와 미시정치학을 계승하면서도 그것을 넘어서는 방법론이 요청된다.

염상섭 연구에 있어서 근대성 연구와 문화 연구의 경향은 근대적인 문학, 주체, 개인, 글쓰기, 감정, 문명, 여성, 연애, 자본주의, 사회주의, 일상성 등의 구현 방식에 주로 초점이 맞추어졌다. 염상섭이 식민지 근대라는 시공간을 체험하고 통과하면서 얼마나 / 어떻게 근대성을 재현하고 있는가에 주목한 연구들이 주를 이루었다. 하지만 의도적으로 정치적·경제적·문화적 주류들과 불화했던 염상섭의 삶의 궤적을 고려할 때, 그를 주류적 근대성의 충실한 재현자로 규명하려는 것은 확실히 어색하다. 그리고 결과적으로 보자면 근대성 연구와 문화 연구에 기반을 둔 염상섭 연구들이 기존의 리얼리즘·민족문학·중간파·중산층으로서의 염상섭의 이미지와 평가를 완전히 해체했다고 보기는 어렵다. 현상적으로 보자면, 근대적 기획 속에서 주조된 염상섭의 형상과 근대성 연구를 통해 도출된 염상섭 문학을 둘러싼 성과들은, 서로 쟁점을 형성하기보다는 각각 평행적인 계열을 형성하거나 혹은 의도하지 않았지만 상호보완적인 구도를 보여 주기도 한다.

---

268 아리프 딜릭, 장세룡 역, 『글로벌 모더니티―전 지구적 자본주의시대의 근대성』, 에코리브로, 2016 참조.

3·1운동의 시간과 대안근대성의 형성

1. 봉기와 민주주의의 시간[1]

1) 도래하는 3·1운동 – 한 '말년의 양식'

횡보 염상섭은 1963년 3월 14일 67세의 일기로 생을 마감한다. 말년에 그가 투병 생활을 견디면서 마지막으로 남긴 문장은 「횡보문단회상기」이하 「회상기」이다.[2] 이 글은 『사상계』에 두 차례에 걸쳐 연재된 후 그의 병세가 악화되면서 미완으로 중단되었는데, 염상섭 사후에 정리된 유품들 가운데 쓰다가 중단한 3회 연재분에 해당하는 원고가 발견되기도 하였

---

1   이 책의 제2장 제1절의 1)과 2)의 부분은 기존의 연구 논문인 「염상섭의 자리, 프로문학 밖, 대항제국주의 안―두 개의 사회주의 혹은 '문학과 혁명'의 사선(斜線)」, 『상허학보』 38, 2013.6, 11~18쪽(한기형·이혜령 편, 『저수하의 시간』, 소명출판, 2014, 52~58쪽 재인용)의 문제의식을 보다 진전시키면서 전체적으로 수정·보완하였음을 밝힌다. 염상섭의 사유 속에서 3·1운동은 '통치체제·근현대한국문학·염상섭 개인'이라는 세 층위를 동시에 규정하는 역사적 사건이자 힘으로 작동하고 있다.

2   염상섭(廉想涉), 「횡보문단회상기(橫步文壇回想記)」(전2회 미완)(『사상계』, 1962.11~ 12), 『염상섭 문장 전집』III, 한기형·이혜령 편, 소명출판, 2014, 589~609쪽. 이 책에서 『염상섭 문장 전집』III를 인용할 경우 따옴표 표시를 하고 첨자 병기로 쪽수를 기입한다.

다.[3] 그의 삶이 조금 더 허락되었더라면, 회상기의 구성과 내용은 더욱더 중층적이며 풍부해졌을 것이다. 염상섭은 목전에 드리워진 죽음의 그림자와 맞서면서 글쓰기를 중단하지 않을 정도로, 이 회상기에 마지막 남은 삶의 의지와 열정을 쏟아부었다. 확실히 그는 이 글을 통해 그의 문학과 사상에 관해 마지막 메시지를 남기고 있다. 염상섭에게 이 회상기는 임박한 죽음의 시간과 파란만장했던 삶의 시간이 행간을 따라 소리 없이 격렬하게 부딪히는 장소였다. 바로 그곳에서 그의 삶과 문학을 근거 지우는 의미가 생성되고 있었다.

기존 연구에서 「회상기」는, 그의 전기적 삶을 재구성하며 그의 소설 세계 및 문학적 입장을 규정하는 기초자료로써 종종 활용되었다. 200자 원고지 100매 미만의 분량, 기억에 의존한 까닭에 빚어진 사실과는 다소 어긋나는 언급들, 에피소드 중심의 단편적인 서술 등 여러 불충분함에도 불구하고, 이 회상기에는 여타의 지면을 통해 언급되지 않았던 염상섭의 삶과 문학을 둘러싼 많은 일화와 견해가 담겨 있다. 예컨대 3·19오사카 독립선언과 노동운동에의 투신,『동아일보』기자생활과 동인지『폐허』의 발간,「표본실 청개구리」와『삼대』를 비롯한 창작 활동에 대한 갈무리, 일제 말기 만주에서의 생활, 해방 이후의 신문사 생활과 창작 활동, 자연주의와 사실주의에 대한 견해, 민족문학에 대한 입장, '심퍼사이저sympathizer'라는 인물형에 대한 해설, 그리고 프로문학에 대한 비판적 입장 등이 그것이다. 이와 같은 염상섭의 회상과 서술은 삶과 문학에 관한 실증적인 차원에서의 빈칸을 채우며 그 해석의 지평을 넓히는 데 주요한 참조점이 되었다. 즉 전체적인 회상기에는 염상섭의 삶과 문학, 한국 근대문학의

---

3   「"미발표 유고 없다" 고(故) 염상섭 씨 장남의 말」,『동아일보』, 1963.3.15, 5면. 염상섭의 유품 중에는『사상계』의 3회분 원고청탁서가 있기도 했다.

주요한 결절점과 단층들, 한국근대사의 변동과 그것을 둘러싼 개인과 문학에 관한 여러 일화 등이 풍부하게 담겨 있는 것이다.

이런 맥락에 비춰 볼 때, 「회상기」가 지닌 자료로서의 성격과 그 중요성은 새삼스레 강조하지 않아도 좋을 것이다. 따라서 여기서는 회상기가 지닌 세세한 사실에 대한 논의보다는 염상섭이 취하고 있는 서술방식과 그로부터 생성되는 의미망에 관해 주목하고자 한다. 전체적으로 회상기는 그의 깊어진 병세 탓인지 가지런하게 구성되어 있지 않다. 그럼에도 염상섭은 의식적으로든 혹은 무의식적으로든, 전반적인 내용들을 세 층위로 분절하여 서술하는 일관성을 보여 준다.

첫째, 그가 일생에 걸쳐 살아왔으며 그리하여 자신을 위로부터 규정한 통치체제政體의 변동과 작동 — 한일병탄, 일제의 무단통치와 문화통치, 일제 말기, 해방기, 한국전쟁, 분단 이후 등 — 에 관한 서술이다. 회상기에서 이 통치체제는 단순한 시대적 배경에만 머무르지 않는다. 그것은 근현대문학의 "발판"553쪽이 된 문화의 수입을 관장하고, 문학 형성의 토대가 된 잡지·신문에 대한 발행 허가 및 규제를 수행하며, 경찰권력 및 사상적 규제를 통해 문학작품에 대한 검열을 비롯하여 문학자들의 인신을 구속하는 등 근현대 한국문학을 둘러싼 제도적 토대를 통제한 것으로 나타난다.

두 번째 층위는, 그러한 통치체제와 지속적인 긴장 관계를 형성한 근현대 한국문학의 전반적인 흐름이다. 이 흐름은 다양한 미디어신문과 잡지의 이름들과 출판제도, 그리고 동인단체 및 문학단체의 구성과 활동이 언급되는 가운데, 구체적으로 서술된다. 즉 회상기에서 언급되고 있는 한국문학의 생성과 전개는 여러 사회적·경제적 제도 기반 위에서 규정된다.

마지막으로는, 체제와 문학 가운데 횡보 그 자신이 서 있었던 특이한 위치에 대해 언급하는 층위이다. 염상섭은 스스로를 비롯해 개별 문학자를 서술하기 위해 그러한 단독자를 조건 지운 관민官民의 여러 제도에 관해 먼저 언급한다. 회상기에 등장하는 고유명들은 이러한 제도의 기반 위에서 창출된 수동적 존재이기도 하지만, 또한 제도의 규칙과 질서를 교란하고 위반하며 나아가 그것을 무화하고 새로운 제도를 구성하는 능동적 존재이기도 하다. 요컨대 「회상기」는 '통치체제-한국문학-행위자'라는 세 층위의 서술로 이루어져 있다. 그리고 행위자로서의 염상섭은 통치체제 및 한국문학의 주류와 지속적인 긴장 관계를 형성한 것으로 서술된다.

그리고 이러한 세 층위를 규정하는 역사적인 사건이자 힘으로 '3·1운동'이 배치된다. 이는 「회상기」를 이해함에 있어 가장 주목해야 할 점이다. 즉 회상기에서는 먼저 "무단통치에서 문화정책으로의 전환"593쪽이라는 일제 식민지시기 통치체제를 변화시킨 근본적인 힘으로 '대중 봉기'인 3·1운동이 제시된다. 물론 이는 새삼스러운 것이 없는 일반적 관점이기는 하다. 하지만 지배체제 변형의 동력 내지는 근본 원인으로 3·1운동과 같은 아래로부터의 봉기, 말하자면 저항과 반란에 우선성을 두고 있다는 점[4]은 재확인해 둘 필요가 있다. 그리고 염상섭은 여러 층위에서 전

---

4 푸코는 주체와 권력을 논의하면서 "권력은 자유로운 주체들에게만, 그리고 그들이 자유로운 한에서만 행사된다"고 말한다(Michel Foucault, "Afterward : The Subject and Power," in Hubert Dreyfus and Paul Rabinow, *Michel Foucault : Beyond Structuralism and Hermeneutics*, The University of Chicago Press, 1982, p.221). 즉 자유로운 인간의 활력이 권력에 우선한다는 의미이다. 이는 맑스가 노동이 자본에 선차적이라고 주장한 관점과 상통한다. 그리고 들뢰즈와 가타리는 절대적 탈영토화·절대적 탈주선이 우선적이라는 명제를 제출한 바 있다(질 들뢰즈·펠릭스 가타리, 김재인 역, 『천 개의 고원』, 새물결, 2001, 115~116쪽 참조). 이러한 맥락에서 네그리와 하트는 저항이 권력에 우선하며, 곧 인간의 활력이 권력에 우선한다는 테제를 제출하기도 하였다(안토니오 네그리·마이클 하트, 조정환·정남영·서창현 역, 『다중』, 세종서적, 2008, 98~103쪽 참조).

방위적으로 3·1운동이 지니는 의의를 강조한다. 즉 3·1운동은 체제 변형에만 영향을 준 것으로만 서술되지 않는다. "기미년 3·1운동은 문화방면, 더욱이 신문학 수립에 큰 에포크"590쪽로 설정된다. 다시 말해 3·1운동이라는 내재적 힘의 분출이 사회·정치적 운동이나 근본적인 제도적 변형으로 승화되지 못함에 따라 그것이 "토로될 창구멍은 오직 문화 방면이었고, 그중에서도 문학의 분야에서 그 배설구를 찾으려"590쪽 했던 것으로 서술된다. 여기에는 정치적 변형과 문학적 형성을 추동하는 힘의 근원이 동일한 지점에 내재해 있다는 인식, 그리고 3·1운동 이후 정치사회운동의 역할을 문학이 대행했다는 인식이 자리하고 있다. 봉기가 혁명으로 전화하지 못하고 비록 굴절되었지만, 3·1운동의 활력과 잠재력이 곧 한국 근대문학을 가능하게 했던 원동력이라는 의미이다. 이런 의미에서 "우리의 현대문학의 연륜은 고작 40여 년밖에 안 되"590쪽는, 3·1운동의 아이들이 된다. 즉 염상섭에게 한국 근현대문학은 '포스트 3·1운동'이었던 셈이다.

염상섭은 「회상기」에서 그의 삶과 문학 활동을 3·1운동 및 한국 근대문학의 형성과의 긴밀한 연관 속에서 서술한다. 그는 1919년 3월 19일 일본 오사카 덴노지공원天王寺公園에서 '재오사카한국노동자일동대표在大阪韓國勞動者一同代表'로 '3·19오사카독립선언'을 실행하고자 했다. 식민지 통치체제의 변동을 야기하고 한국 근현대문학의 성립을 가능하게 했던 3·1운동에 그는 직접적인 행위자였다. 염상섭은 「회상기」에서 자신이 거행했던 '3·19오사카독립선언'을 둘러싼 행위에 대하여 계획, 실행, 구속과 석방 등의 순서로 그 어떤 일화들보다 생생하게 가능한 한 자세히 기술한다. 그리고 자신이 오사카에서 행한 독립선언을 "서울에서"의 "33인의 독립선언"591쪽과 "동경유학생들이 일본의 기원절인 2월 11일에" 행한 "독립운동"591쪽과 나란히 병치한다. 이러한 서술은 당시 3·1운동이 지니고 있었던 잠재력을 공간적으로 확장하며 주체 구성의 측면에서 다양화하는 효과를 산출한다. 또한 그는 자신의 행위가 시공간적 차이에도 불구하고 전체적인 운동의 마디로 교직되어 공통성commonality을 형성했음을 보여 주며, 그와 동시에 그의 행위가 지닌 특이성singularity을 강조한다.

이러한 관점은 그의 문학 활동에 관한 서술에서도 마찬가지로 투영되어 있다. 염상섭은 그의 주요작들을 연대기 순으로 써 내려가면서, 그 삶의 역정을 더불어 풀어놓는다. 눈여겨볼 것은, 한 개인의 총체적인 문학 활동의 서술이라는 지층의 가장 아랫자리에 3·1운동이라는 사건 및 그 의의를 배치한다는 점이다. 그의 이력을 고려할 때, 문단회상이라면 통상적으로 '폐허廢墟' 동인의 결성이나 아니면 그보다 시기적으로 앞선 '삼광三光' 동인으로의 합류와 같은 개인사적인 활동으로 시작될 법한데, 그는 그와 같은 서술 순서를 취하지는 않는다. 그 대신에 "기미 3·1운동을 계기로"590쪽 삼아 그 운동의 역동성과 그로 인해 촉발된 / 구축된 제도화문화정치를 둘러싼 논의로부터 '문단회상'을 시작한다. 이런 서술 구도는 염상섭의 한국 근대문학사에 관한 관점과 문학에 대한 견해를 함의한다. 이런 배치 속에서 그의 전 생애에 걸친 문학은 3·1운동 '이후의 이야기' 혹은 그 '후일담'만세후(萬歲後)의 이야기로 자리 잡는다. 마치 누군가에게 있어 "이 땅의 모든 청년들과 마찬가지로 내 정치경력은 3·1운동으로 시작되었다"[5]고 한다면, 염상섭의 문학경력 또한 3·1운동으로부터 새롭게 시작·정초되었다고 해야 할 것이다.

이와 같이, 염상섭이 마지막으로 남긴 「회상기」를 근저에서 규정하는 것은 '3·1운동'이라는 사건이다. 그것은 '제국(주의)일본'이라는 현실의

---

5   김산·님 웨일즈, 조우화 역, 『아리랑』, 동녘, 1995(개정2판), 68쪽.

통치체제나 권력관계와 길항하면서도 그것에 우선하는 힘으로 제시된다. 그리고 한국 근대문학은 개화하지 못하고 굴절된 3·1운동의 잠재력이 문학적인 양태로 발현된 것으로 묘사된다. 주지하듯이 염상섭은 이 양쪽 모두 — 3·1운동과 한국 근대문학 — 에 적극적인 행위자로 참여하면서 그 사건 및 과정을 통해 그 자신만의 글쓰기를 구성해 갔다. 3·1운동에 관한 이러한 그의 특별한 기억은 일회적인 것이 아니다. 가령 본격적인 염상섭 연구에 초석을 마련했다고 할 수 있는 김종균은 연구자들 가운데 유일하게 염상섭을 만난 경험을 기록으로 남긴 바 있다. 그는 이 회상기가 쓰인 때보다 조금 앞선 시기[1962.6.5]에도 "매우 신기 좋"게 "오사카에서 '3·19독립선언서'와 격문을 써 독립시위를 할 당시를 말"하는 인상적인 염상섭의 형상을 증언하고 있다.[6] 그리고 염상섭의 장남은 오사카 덴노지공원에서의 독립선언과 검거 후 법정에서 전개한 자기 변론에 관한 일화를 "마음에 드는 작품을 탈고해 놓고 거나해지시면 (…중략…) 몇 번이고 되풀이"한 염상섭의 모습을 강렬하게 기억해 낸다.[7]

이와 같은 사실들을 고려해 보면, 염상섭에게 3·1운동은 단순한 사실 기록이나 회고담에 으레 등장하곤 하는 '왕년의 이야기' 수준에 머무르는 클리셰가 아님을 알 수 있다. 3·1운동을 통해 그의 삶의 끝자락과 그 출발점은 서로 마주하고 이어진다. 일종의 수미상관 구조를 보여 준다고도

---

6   김종균, 「『염상섭 연구』(1974)의 역정」, 김종균 편, 『염상섭소설연구』, 국학자료원, 1999, 653~656쪽. 김종균은 여기서 언급한 염상섭과의 만남을 다음과 같은 글에서 반복하여 기술한다. 김종균, 「염상섭(廉想涉) "내가 뭐 논문감이 되나"—횡보(橫步) 선생님과의 만남」, 『내가 뭐 논문감이 되나—작고 문인 50 회고담』, 우리문학기림회 편, 새미, 2002, 63~67쪽; 김종균, 「내가 만난 작가 염상섭—"어디 내가 논문감이 되나"」, 『염상섭 경성을 횡보하다—한국 근대문학의 아버지, 경성의 풍속도를 그린 작가』, 경향신문사·염상섭 문학제운영위원회, 2012, 10~13쪽.
7   염재용, 「가친(家親)과 '횡보(橫步)'와」, 『현대문학』 101, 1963.5 참조.

할 수 있다. 이는 한편으로 염상섭이 자신의 삶이 마무리되는 시점에 그의 공공적인 삶이 시작되었던 순간을 소환하는 것이기도 하며, 또한 자신의 말년의 삶을 독립선언 당시의 청년의 삶으로 가져가는 것이기도 하다. 그리고 또한 3·1운동을 통해서 그의 삶과 문학은 마지막 순간에도 '사건'으로서 생성되고 있다고 할 수 있을 것이다. 그리하여 횡보의 삶은 선형적 시간의 한 지점에서 소멸한다기보다 3·1운동을 향해 회귀하고 그것을 통해 지속적으로 갱신되며, 그 회귀와 갱신이 만들어 내는 나선형적 파동을 통해 여타의 다른 삶들과 더불어 공명을 만들어 낸다. 에드워드 사이드가 말한 '말년의 양식'이란 게 염상섭에게도 가능하다면 그것은 확실히 3·1운동을 관통하며 구성될 것이다. 그렇다면 그 "말년성은 종국에 접어드는 것, 의식이 깨어 있고 기억으로 넘치는 것, 그러면서도 현재를 대단히 예민하게 (심지어 초자연적으로) 인식하는 것"[8]과 같은 것이지 않을까.

2) 혁명의 문법과 회귀하는 반복구^{ritornello}

앞에서 살펴보았듯이, 3·1운동은 염상섭의 문학과 사상 그리고 삶을 아래로부터 규정한다. 그리고 염상섭에 따르면, 그것은 한 개인의 정체성을 구성하는 것에 머물지 않고 한국문학과 나아가 통치체제를 심저에서 규정하는 사건이었다. 그렇다면 염상섭은 3·1운동을 어떻게 사유하고 있었던 것일까. 이 물음은 그의 문학과 사상 그리고 삶을 전체적으로 이해하는 데 실마리를 제공해줄 것이다. 그리고 그것은 그가 한국문학과 통치체제를 어떻게 바라보고 있었는지를 이해하는 데도 적지 않은 도움을 줄 것이다.

---

8   에드워드 사이드, 장호연 역, 『말년의 양식에 관하여』, 마티, 2005, 36쪽.

회상기에서 염상섭은 3·1운동에 관해 언급할 때 이중적 계기로 나눠어 서술하고 있다. 즉 그는 3·1운동을 서로 상이한 두 계기의 분절 및 절합으로 구분한다. 하나는 "갱생·신생의 울연蔚然한 발흥기세가, 심저心底로부터 터져 나오고 치밀어 오르던 그 한 고비의 심각하고도 처절하였던 오뇌와 분노와 절규가 거칠고 숨가쁜 대로 토로"590쪽되어 분출하는 '봉기蜂起'의 계기이다. 그리고 다른 하나는 그 이후에 전개된 "일제가 과거의 무단통치를 소위 문화정책으로 대치한"593쪽 그리하여 이전과는 새로운 질서를 위로부터 부과한 '제도화'의 계기이다. 이 두 계기가 표면적으로는 순차적인 시간순의 자연스러운 흐름으로 서술되고 있지만, 실제로는 그사이에 하나의 계기가 봉합됨으로써 그 시간이 강제로 닫혀버리는 휴지休止가 놓여 있다. 다시 말해 식민지 조선에 대한 제국(주의) 일본의 지배 질서를 정지시키고 그 외부로 솟아오른 3·1운동이라는 '봉기'는 기존의 시간과는 다른 새로운 시간을 구성하는 순간이었다. 즉 제국 일본과 조선총독부의 조선 지배가 하루하루 누적되는 크로노스kronos의 시간을 구축하는 것을 의미했다면, 3·1운동은 그와 같은 일상적 시간을 파열시키며 사건으로 도래하는 카이로스kairos의 시간이었다. 하지만 주지하듯이, 새로운 카이로스의 시간은 지속적으로 구성되지 못하고 지배 질서 속으로 회수되어 '제도화'되었다. 3·1운동을 둘러싼 시간을 봉기와 제도화의 계기로 구분하여 사유하는 이러한 방식은 염상섭이 이 사건을 일종의 혁명의 프로세스문법을 통해 사유하고 있음을 보여 준다.[9] 일반적으로 혁명의

---

9 '혁명(革命, revolution)'이라는 개념은 그 복잡다단함으로 인해 한 마디로 정의를 내리기가 쉽지는 않지만, 일단 어원적으로 보자면 그것은 '위아래가 바뀌고 뒤집히는 급격하고 근본적인 변화'(봉기)의 의미와 '원래 상태로 되돌아온다는 회귀'(제도화)의 의미 모두를 가지고 있다. 혁명의 개념 및 어원적 맥락에 대해서는 다음을 참조. 上条勇, 「革命」, 石塚正英·柴田隆行 監修, 『哲学·思想翻訳語事典』, 論創社, 2003, 38쪽; 피

프로세스는, 구체제_{기존의 질서·헌법·제도}를 급격하고도 근본적으로 중단·변화시키는 '봉기'가 발생하고, 그다음에 구체제를 대신하여 새로운 체제를 구축하는 '제도화'가 진행되는 것으로 이해되곤 한다. 이런 점에 비추어 보자면, 염상섭이 3·1운동을 구조화하는 방식은 이와 같은 혁명론의 관점이나 그 서사에 기대고 있다고 해도 좋을 것이다.[10]

염상섭의 회상기에 나타난 3·1운동에 대한 이러한 관점은 비단 사후적으로 형성되거나 뒤늦게 정리된 시각은 아니다. 봉기가 발생한 이후 10년이 지난 시점에서, 그는 3·1운동을 러시아혁명과 동일한 문법으로 파악하는 글을 쓰기도 한다. 즉 "적색 10년 (…중략…) 무산독재 10년"이라는 구절을 통해 1917년 러시아혁명의 함의를 은유적으로 표현하며 3·1운동을 "백색 10년"으로 규정하면서 두 사건을 동일한 층위로 배치한다.[11] 하지만 염상섭이 이 글에서 서술하고 있듯이, 제정 러시아와 달리

터 칼버트, 김동택 역, 『혁명』, 이후, 2002, 20~45쪽; 박윤덕, 『시민혁명』, 책세상, 2010, 21~35쪽; 잭 A. 골드스톤, 노승영 역, 『혁명』, 교유서가, 2016, 12~24쪽.

10 천정환은 혁명론의 관점에서 3·1운동을 사유하면서, 이 '혁명-운동'은 일제의 반혁명과 식민지 부르주아의 '수동혁명'으로 흡수되었다고 서술한다(천정환, 「소문(所聞)·방문(訪問)·신문(新聞)·격문(檄文)-3·1운동 시기의 미디어와 주체성」, 『한국문학연구』 36, 2009.6 참조). 저자는 이 시각에 전체적으로 동의한다. 다만 일제 및 조선총독부는 3·1운동을 '반대'하는 반혁명을 수행함과 동시에 봉기의 활력을 재포섭하기 위한 제도와 통치의 변형(무단에서 문화로의 통치형태 변형)을 통해 '거꾸로' 실행하는 수동혁명을 일정하게 수행했다고 보아도 좋을 것이다. 그리고 권보드래에 따르면, 3·1운동은 당대 혁명의 문법 속에서 이해되었으며 실제로 '혁명'으로 불리기도 했다고 한다. 이러한 경향은 해방기에도 계속되었다. 3·1운동이 오늘날의 '3·1운동'이라는 명칭으로 굳어진 것은, 해방 이후부터이다. 1910년대에는 신해혁명·러시아혁명·다이쇼 데모크라시 등의 영향으로 개인적인 층위에서 민족국가·전지구적 층위를 포괄하는 '혁명(revolution)'을 둘러싼 담론이 활발히 전개되었다(권보드래, 「1910년대의 혁명-3·1운동 전야의 개념과 용법을 중심으로」, 박헌호 편, 『백 년 동안의 진보』, 소명출판, 2015 참조).

11 하지만 염상섭은 두 사건의 발생적 성격(봉기)의 동일함에 대해서 주목하는 한편, 그 이후의 전개과정(제도화의 국면)은 전혀 상이한 것에 대하여 강도 높은 비판을 가하고

식민지 조선에서의 봉기는 결과적으로 실패로 끝이 났고, 그 이후 반혁명 및 수동혁명을 통해 구축된 제도화 국면은 "백색이 무無인 것과 같이 다만 '무無'를 가"진 것에 불과했음을 토로한다. 그의 언어는 냉정하다. 하지만 비관적인 언어는 아니다. 그는 3·1운동 이후에 빚어진 식민지 조선의 현실적인 측면에 대해서는 "암흑, 혼돈, 공포"라고 신랄할 정도로 비판적으로 평가하며 어떠한 여지도 남겨 놓지 않는다. 그렇지만 그와 동시에 3·1운동이 지닌 잠재력을 여전히 긍정하며 그것이 현실화하여 발현될 가능성을 여전히 탐색한다. 가령 "무無를 의의 있게 하는 것은 '유有'를 약속한다는 점"이라고 강조하면서 부단한 "노력"과 "정근精勤"을 요청한다. 그리하여 "'백색 20년', '백색 50년'을 맞는 사람"과 도래할 "그때"를 여전히 적극적으로 기다리며 추동한다. 즉 3·1운동은 단지 과거의 사실에 불과한 것이 아니라 지속하는 현재의 사건으로 출현하며 또한 반드시 도래할 미래완료의 사건으로 존재한다.

이와 관련하여 염상섭의 주요한 소설들을 떠올려 보자.「표본실의 청개구리」의 절대자유를 추구하는 광인狂人 '김창억'의 형상과 '주인공X',『만세전』의 '이인화'가 여러 시공간에서 조우하는 인물들과의 접속과 분리는 '3·1운동의 시간'이 없었더라면 생성 자체가 불가능했을 것이다. 그리고 이러한 형상들은『사랑과 죄』,『삼대』,『무화과』등의 다층적인 인물들과 사건들의 짜임으로 변주·전환·진화하면서 회귀 / 도래한다.

이처럼 염상섭의 문장과 소설에서 '3·1운동의 시간'은 하나의 반복구

있다. 모스크바에서는 백설(白雪) 속에서 꽃이 피었지만, 조선은 백설뿐이며 그리하여 백색이라는 것이다. 이어서 3·1운동 이후 10년 동안의 식민지통치방침 및 식민지 부르주아의 무능한 활동을 비판적으로 서술한다. 염상섭,「'백색(白色)' 10년－'철옹성'의 세제언(歲除言)」(『중외일보』, 1928.1.1),『염상섭 문장 전집』III, 640~643쪽 참조.

ritornello[12]로서 등장한다. 그 과정에서 '3·1운동의 시간'은 진화해 나간다. 그리하여 이 반복구는 물론 연대기적 과거를 향해 되돌아가기도 하지만, 보다 근본적으로는 현실적 차원에서는 미완이지만 잠재적인 차원에서는 오래된 미래인 탈식민혁명의 시간을 향해 도래한다. 그 시간들은 산문들 도처에서 잠복하면서 예기치 않게 불쑥불쑥 튀어나오는 가운데 여러 효과를 산출한다. 그런데 그것은 검열로 대표되는 일제의 사상통제로 인한 탓인지 명료하고 구체적인 서술어를 동반하지 못한 채, 함축적인 명사적 표현[13]으로 일관된다. 이는 마치 하나의 암구호처럼 등장했다가 이내 그 모습을 감추는 형태를 띠는 경우가 대부분인데, 그로 인해 글 전체 문맥에서는 이질적이며 낯선 기호처럼 등장하곤 한다. 그런데 역설적으로 이

---

12 여기서는 들뢰즈 가타리의 '리토르넬로' 개념을 염두에 두고 사용하였다. 이에 관해서는 질 들뢰즈·펠릭스 가타리, 앞의 책, "11장 1837년—리토르넬로에 대해" 참조.

13 저자는 염상섭의 소설과 산문이 지니는 특이성의 하나로 '함축적인 명사적 표현'을 들고 싶다. 이 명사들은 표면적으로 그 품사 특유의 매끈하고 한정적인 규정을 갖지만, 그 안쪽에는 많은 접힘의 과정을 통해 형성된 굴곡과 주름을 가지고 있다. 이 주름은 텍스트 그 자체에도 연원을 두고 있지만, 한편으로는 텍스트 밖의 현실세계와 접속·대결하는 가운데 형성된 것이기도 하다. 그러한 사례 가운데 일부이지만, 소설과 산문 등에서 인과적이지 않은 방식으로 불쑥불쑥 등장하는 아리시마 다케오(有島武郎), 오스기 사카에(大杉栄), 오스카 와일드, 레닌, 트로츠키 등의 고유명사를 들 수도 있겠다. 그것들은 한편으로는 단어의 사전적 지시성을 유지하면서도 다른 한편으로는 당대의 역사적 상황에서 그 고유명사가 지니는 역할과 위상을 환기함으로써 그 사전적 지시성보다는 더 풍부하고 다층적인 내용과 사건을 함축한다. 말하자면 이 고유명들은 그것이 관계되어 있는 사건들, 저작들, 인적 네트워크, 사상 등을 함께 소환한다(그리고 그 명사들을 통해 염상섭의 독서체험 및 사상편력을 가늠해 볼 수도 있는데, 그러한 맥락과 사정(射程)은 다시 텍스트로 회귀한다). 가령 『만세전』 판본들 가운데 『시대일보』(1924.4.26) 판본에서 '오스기 사카에'를 작가가 스스로 삭제하는 것은, 단순한 활자의 범위를 넘어서 간토대지진과 조선인 및 사회주의자의 학살과 관련되어 있을 것이라는 견해(이혜령, 「正史와 情史 사이—3·1운동, 후일담의 시작」, 『민족문학사연구』 40, 2009.8, 265~266쪽 참조) 또한 이러한 특이한 언어 사용을 방증하는 한 사례라 해도 좋을 듯싶다.

러한 낯섦이 강한 효과를 추동한다. 그 효과들은 다음과 같이 대략 세 계열로 범주화해 볼 수 있을 것이다.

먼저 이 반복구는 (탈식민적) 주체성 형성에 기여한다. 방탕하고 우울한 성벽을 바로잡는 교정 및 갱신, 나아가 존재론적 변형의 계기로서 기미년 수감생활이 제시되기도 하며,[14] 비평가로서의 자기 정체성을 변호하는 글 도중에 "만세가 일어나던 해1919년-인용자 봄"과 "3월사건"이 특별한 맥락 없이 튀어나오면서 그러한 정체성의 윤리적 태도를 보완하며,[15] 절친한 망우亡友의 문학 활동을 "기미 이후 (…중략…) 조선청년의" 망탈리테 차원에서 의미화하면서 자신 또한 그 부분집합임을 환기한다.[16] 봉기라는 사건은 다양한 행위자의 참여를 통해 발생하며, 그것이 발생하는 순간 그 행위자들은 기존의 정체성과 사회적 관계를 파괴하고 새로운 주체성을 구성하며 새로운 사회적 관계를 만들어 낸다. 즉 말 그대로 '새로운 인간'의 창조인 것이다. 이와 같은 의미에서 3·1운동이라는 반복구를 통과하면서 수동적인 식민지하의 삶을 갱신하는 능동적인 주체성이 생성되는 것이다.

다른 한편으로 반복구는 그러한 주체성을 에워싼 식민지적 환경과 배치에 대한 의문을 제기하며 그로부터 벗어날 탈영토화의 계기를 만들어 낸다. 예컨대 조선문학 및 문단이 침체와 불안에 빠지게 된 근본적인 원인인 식민지적 조건 ― '삶의 활력生의力'으로서의 "정치적 욕망"이 좌절·굴절됨으로써 불가피하게 "정치에서 문학으로 전향"하여 문학행위로만

14 　염상섭, 「소위 '모델' 문제(4)」(『조선일보』, 1932.2.25), 『염상섭 문장 전집』 II, 345~348쪽.
15 　염상섭, 「부득이하여」(『개벽』, 1921.10), 『염상섭 문장 전집』 I, 172~178쪽.
16 　염상섭, 「남궁벽 군이 갔을 길」(『삼천리』, 1929.9), 『염상섭 문장 전집』 II, 126~127쪽.

그것을 표현할 수밖에 없는 조건 — 임을 토로할 때에서도 "기미 전후"라
는 구절은 슬그머니 등장하여 그 의미를 증폭시킨다. 그리고 제국주의 일
본의 근대성에 내재적인 조선의 식민성을 묘파하고, 조선의 통치 형태의
변화 및 식민지 부르주아지 활동과 자본의 허위성을 폭로할 때도 "기미
운동"은 소환된다.[17] 또한 식민지 근대화의 알리바이로 조선총독부가 개
최한 "조선의 그림자 없는 (…중략…) 조선박람회"의 공허함을 고발하면
서 조선총독부의 통치 형태와 경제공황에 대응하는 "하마구치濱口식 대긴
축주의"를 비판할 때에도 "기미년"은 (굳이 불려 나올 필요가 없음에도 불구하
고) '기미己未, 1919'와 '기사己巳, 1929'를 겹쳐놓는 언어유희를 통해 등장하여[18]
3·1운동 10주년을 환기하고 그 비판의 거점을 재확인한다. 염상섭은 일
제의 식민지 정책이 지닌 불구성과 허구성 그리고 착취적 성격을 비판하
는 가장 적극적인 방법으로, 그것을 근저에서 부정했던 3·1운동을 배치
함으로써 탈영토화의 계기를 구성한다.

　이처럼 반복구는 탈식민적 주체성의 형성과 식민지적 조건의 탈영토
화 계기를 마련하면서, 한 걸음 더 나아가 제국주의 현실에 대한 대항서
사를 구축하는 데도 기여한다. 가령 사회주의운동과 민족주의운동의 탈
식민적·대항제국주의적 제휴와 연대를 논하면서 민족주의 경제정책의
임기응변성을 비판하고 사회주의 경제정책을 한 대안으로 제시할 때에
도 "기미년"은 그 기원으로서 삽입되며,[19] "경술합병庚戌合倂"과 "기미운동
己未運動"을 병치·대치시키면서, 후자를 "정치생활"·"사회생활"·"문학상에

17　염상섭, 「6년 후의 동경에 와서」(『신민(新民)』, 1926.5), 『염상섭 문장 전집』I, 484~495쪽.

18　상섭생(想涉生), 「박람회 보고 보지 못한 기(記)」(전4회)(『조선일보』, 1929.9.15~9.19),
　　『염상섭 문장 전집』II, 143~151쪽.

19　염상섭, 「민족, 사회운동의 유심적 고찰 — 반동, 전통, 문학의 관계」(전7회)(『조선일보』,
　　1927.1.4~1.16), 『염상섭 문장 전집』I, 510~539쪽 참조.

새로운 기축機軸"·"새로운 발전", 그리고 "전 민족생활상 대변동"의 "중심"으로 놓는 글쓰기 수법을 통해 식민지적 현실에 대한 대항서사를 구축하려고 한다.[20]

요컨대 염상섭의 글쓰기에서 3·1운동의 시간은 마치 식민지 원주민들처럼 아무데나 편재하는 가운데 회귀하며, 각각의 시기와 국면에 따라 그에 걸맞은 다층적인 의미망을 주조하며 식민지라는 현실을 다시금 확인하면서도 '운동(과 그에 잠재된 봉기와 혁명)'의 계기를 끊임없이 소환하며 도래케 한다.[21]

3) 제헌권력과 민주주의로서의 3·1운동

3·1운동의 독립선언은 제국주의 일본의 통치체제를 정지시키면서 탈식민이라는 새로운 시간을 창출하는 사건이었다. 따라서 엄밀하게 말해 그 독립선언의 '선언declaration'은 매니페스토manifesto가 아니다. 우리가 경험한 일반적인 매니페스토는 "도래할 세계에 대한 조망을 제공하며, 지금은 구경꾼일 뿐이지만 변화의 행위자로 물질화되어야 할 주체를 생성시킨다".[22] 그런 만큼 그 시간은 미래에 닿아 있으며 직면한 문제는 미래로 지연되며, 그 주체는 현재의 연장을 통해 미래에 존재하게 된다. 그런데 미래의 시간은 현재의 연장을 통해서 가닿을 수 있는 것이 아니라, 오

20　염상섭, 「문단 10년」(『별건곤』, 1930.1; 『학해』, 1937.9), 『염상섭 문장 전집』 II, 175~183쪽. 이 두 글은 몇몇 단어 및 표기의 차이를 제외하고는 동일한 내용으로 이루어져 있다. 동일한 글이 두 번에 걸쳐 활자화되었다는 것은 염상섭이 이 글을 매우 중요하게 생각했으며, 애착을 가지고 있었음을 반증하는 것이라 추정된다.

21　어쩌면 기미년-3·1운동의 시간을 말하기 위해서 이 다수의 에피소드들과 각양각생의 서술 형태들이 불가피하게 요구되었던 것은 아닐까, 하는 다소 비약이 있을 수 있는 물음을 조심스럽게 던져 볼 수 있겠다.

22　안토니오 네그리·마이클 하트, 조정환·유충현·김정연 역, 『선언』, 갈무리, 2012, 39쪽.

히려 현재의 정지를 통해서 "비역사적인 주체성이 반역사적으로 역사의 한가운데에 쏟아져 들어오는" 바로 그 순간 창출된다.[23] 3·1운동의 다양한 형태의 '독립선언'은 바로 일제의 식민통치라는 기존의 시간을 정지시키고 새로운 시간을 창출하였다. 그리고 그런 과정으로 거치면서 비가시적인 존재들^{몫 없는 자들}이 목소리를 내고 스스로 그 주체성을 구성해 나갔다. 이는 물론 염상섭의 경우에도 해당하는 것이었다. 염상섭은 "재在오사카大阪한국노동자일동대표"라는 이름으로 제국주의 일본의 "군벌의 관료적 가정苛政"을 정지시키면서 "마땅히 한 목숨을 걸어 독립을 선언"한다.[24] 그리고 앞서 살펴보았듯이, 이러한 독립선언은 단지 일회적 사건으로 완료되는 것이 아니라 여러 글쓰기의 형태를 통해 반복적으로 회귀하고 계속해서 현재진행형으로 작동하며 그때마다 새로운 시간을 창출하였다.

이러한 시각으로 3·1운동의 독립선언을 의미화할 때, 벤야민의 혁명에 관한 유명한 서술은 그것이 지닌 의의를 풍부하게 하는 데 여러 유용함을 제공한다. 벤야민은 "맑스에게 혁명은 역사의 기관차이다. 그러나 어쩌면 사정은 그와는 아주 다를지 모른다. 아마 혁명이란 그 열차를 타고 여행하는 인류가 잡아당기는 긴급정지 브레이크일 것이다"[25]라고 서술한다. 여기서 벤야민은 혁명의 이미지를 기관차에 비유한 표현을 진보주의적·목적론적·결정론적·유토피아적 역사관으로 이해하면서 맑스에 대하여 비판적인 입장을 취한다. 그리고 혁명에 관한 사유를, 바로 지금의 현재를 '긴급정지'시키는 봉기에 관한 사유로 옮겨온다. 그럼으로써

23　廣瀬純·コレクティボシトゥアシオネス,「まえがき」,『闘争のアサンブレア』, 月曜社, 2009, 참조.

24　염상섭,「독립선언서」,『염상섭 문장 전집』I, 43~44쪽 참조.

25　발터 벤야민, 최성만 역,「「역사의 개념에 대하여」 관련 노트들」,『발터 벤야민 선집』5, 길, 2008, 356쪽.

관건은 기존 체제를 대체할 잘 정돈된 전망과 해답을 내어놓는 것이 아니라 기존 체제의 문제를 제기하고 공유하는 것이 된다. 여기서는 혁명에 관한 맑스의 견해와 벤야민의 견해 양자 모두를 다시 이해하면서 염상섭의 3·1운동과 '선언'에 관해 논의하는 편이 좀 더 유용할 듯하다. 이를 위해 먼저 맑스에 대한 벤야민의 이해를 조금 달리 생각해 보자. 간단히 말하면 그러한 맑스의 언급이 진보주의적 역사관을 의미한 것은 아니었다. 그 표현이 언급된 전체 글의 문맥을 고려하면, 맑스의 그 표현은 역사를 주도하는 것은 자본이 아니라 혁명그리고 궁극적으로는 노동이라는 점을 강조하기 위한 것이었다.[26] 달리 말하면 자본에 대한 노동의 우선성, 권력에 대한 저항의 우선성을 말하고자 한 것이며, 궁극적으로 여기에는 주체성의 문제가 내재되어 있다. 이러한 관점은 앞서 언급했듯이, 식민지 조선에 대한 제국 일본의 통치체제의 변화가 3·1운동이라는 저항과 봉기로부터 비롯되었다고 서사를 구축하는 염상섭의 관점과 일정 정도 공명하는 것이기도 하다. 요컨대 벤야민의 서술은 봉기와 주체성의 구성이라는 논의로 모아진다. 이 논의를 통해 염상섭을 바라보면, 그는 글쓰기를 통해 통치체제의 크로노스적인 시간에 브레이크를 걸어 정지시키며 카이로스적인 봉기 혹은 혁명의 시간을 활성화시키고 있는 것으로 이해된다. 물론 여기에는 집단적 주체성의 형성과 기동은 빠질 수 없는 문제가 된다.

3·1운동을 혁명론의 문법으로 이해하며 봉기와 제도화의 국면으로 분절하여 사고하는 관점은, 헌법사법이론상으로 말하자면 제헌권력pouvoir

---

26 맑스의 이러한 서술은 「1848년에서 1850년까지의 프랑스에서의 계급 투쟁」(최인호 역, 『칼 맑스 프리드리히 엥겔스 저작 선집』 2, 박종철출판사, 1992, 88쪽)에 서술되어 있다. 이 구절을 둘러싼 맥락에 대해서는 조정환, 「생산력, 제헌권력, 대도시, 다중」, blog.daum.net/nalsee/16521646에서 많은 시사를 받았다.

constituant, 헌법제정권력과 제정된 권력pouvoir constitué의 문제를 함의한다고 할 수 있다. 칼 슈미트Carl Schmitt는 시에예스E. J. Sieyès가 표명한 '제헌권력'과 '제정된 권력'의 관계에 대한 근본적인 개념화를 위해 스피노자로 돌아간다. 그리하여 그는 양자의 관계가 스피노자의 '능산적산출하는 자연natura naturans'과 '소산적산출된 자연natura naturata'에 대한 관계와 방법론적인 유사성을 지니고 있다고 언급한다.[27] 그리고 안토니오 네그리는 이와 같은 점에 주목하여 제헌권력이라는 개념설정을 사법이론의 범주에 한정하지 않고, 정치철학 및 사회철학의 맥락으로 확장시키며 나아가 궁극적으로 존재론의 층위존재론적 역능과 활력, 구성하는 힘로까지 확장하여 재규정한다.[28] 즉 그는 제헌권력을 "힘들의 공적 구조가 스스로를 갱신할 수 있는 능력", "힘들의 분포 내에서 새로운 공적 차원들을 제안하고 확립하는 능력", "물질적 구성의 근본적radical 재정식화에 기반을 두고 형식적 구성의 근본적 혁신을 꾀하는 능력"[29]으로 설명한다. 요컨대 "제헌권력은 정치적 권력이면서 사회적 권력이고 동시에 존재론적 권력"[30]으로 '구성권력'의 의미를 지니게 된다.[31]

---

27 칼 슈미트, 김효전 역, 『독재론—근대 주권사상의 기원에서 프롤레타리아 계급투쟁까지』, 법원사, 178쪽 참조.

28 Antonio Negri, Trans. Maurizia Boscagli, *Insurgencies : constituent power and the modern state*, Minneapolis : University of Minnesota Press, 1999, 제1장과 제7장 참조.

29 Antonio Negri, Trans. Noura Wedell, *The Porcelain Workshop : For a New Grammar of Politics*, Los Angeles, CA : Semiotext(e), 2008, p.119.

30 조정환, 『공통도시—광주민중항쟁과 제헌권력』, 갈무리, 2010, 174쪽.

31 이런 맥락에서 네그리의 *Le pouvoir constiuant*의 일역자들은 "네그리는 헌법 자체를 제정하는 권력으로서 일본에서는 일반적으로 '헌법제정권력'으로 번역되는 pouvoir constiuant라는 개념을, 정체(政體)를 전(全)사회적으로 결정하는 역동적인 힘의 전개를 드러내는 '구성적 권력'이라는 독자적인 개념으로 재검토"한다고 평가하며 일역서의 제목을 '구성적 권력'으로 옮기고 있다. アントニオ ネグリ, 杉村昌昭・斉藤悦則 訳, 『構成的権力—近代のオルタナティブ』, 松籟社, 1999의 「역자후기(訳者のあとが

제헌권력은 "모든 선재하는 평형과 모든 연속성의 가능성을 파열시키고 부수며 중단시키고 혼란에 빠뜨리는 힘의 패러다임"이다. 그리하여 "제헌권력은 절대적 권력으로서의 민주주의라는 관념과 연결"되며 "제헌권력과 혁명 개념 사이에는 긴밀한 관계가 존재한다".[32] 3·1운동의 봉기를 이러한 제헌권력구성권력 개념과 겹쳐 놓으면, 우리는 일반적인 맥락에서 3·1운동이 무엇이었는지를, 그리고 염상섭의 맥락에서 3·1운동이 무엇이었는지를 좀 더 명확하게 알 수 있게 된다. 3·1운동을 통해 봉기한 집단적 주체성 및 그것을 구성하는 특이성으로서의 개인은, 제정된 권력 및 기존의 정체라고 할 수 있는 제국 일본과 조선총독부의 통치체제 속에서 봉합되거나 해소될 수 있는 성격이 아니었다. 봉기의 주체성이 선언한 것은 제국 일본으로부터의 독립탈식민이었으며, 그것은 근본적으로 조선총독부의 통치체제의 평형과 연속성을 중단시키며 새로운 정체를 구성하려는 시도였다. 그러므로 현실적 차원에서는 '문화정치'라는 새로운 형태의 제도화를 통해 봉기의 주체성이 진압되고 봉합되었다손 치더라도, 그 주체성은 여전히 잠재적인 차원에서는 제헌권력으로서의 기동을 예비하기 마련이다.

이와 관련하여 「회상기」에는 염상섭이 현실적인 정세를 고려하면서 기도한 구체적인 방책이 기술되어 있다. 그것은 "민족해방운동은 노동쟁의를 통한 무산자해방운동으로 우회하는 작전"592쪽, "독립운동을 정면으로 부닥뜨릴 것이 아니라 노동운동, 광의廣義로서는 무산자해방운동으로 방향과 수단을 돌려서 간접적인 방법과 행동을 취"하는 "양책良策"606쪽 등

き)」 참조.

32 Antonio Negri, Trans. Maurizia Boscagli, *Insurgencies : constituent power and the modern state*, Minneapolis : University of Minnesota Press, 1999, p.10.

으로 표현된다. 염상섭은 조선총독부가 통치하는 식민지 조선이라는 현실 상황을 중단시킬 수 있는 구성권력이 현실화될 수 있는 구체적인 양태로 민족해방운동과 무산자해방운동을 제시하며 양자의 절합을 도모한다. 그의 이러한 제안을 기존의 일반적인 견해처럼, 민족해방운동^{민족운동}과 무산자해방운동^{사회주의운동} 사이의 물리적 중간항을 찾고자 하는 '중간파'의 의지로 해석하는 것은 충분한 독해 방법이 아니다. 특히 민족주의와 사회주의와 제휴라는 1920년 후반 신간회의 전망의 일부로 염상섭의 이러한 사유를 수축시키고 재단하는 방식은, 시대적 상황 및 당대 운동의 흐름 속에 염상섭의 특이성을 용해시켜버리는 것이다. 그것은 구체적인 여러 방책의 하나에 지나지 않는 것으로 염상섭의 사유를 근본적으로 규정하는 것이 아니다.

3·1운동이라는 봉기와 혁명에 대해 말하는 것은, 즉 "제헌권력^{구성권력}에 대해 말하는 것은 곧 민주주의에 대해 말하는 것"[33]이다. 모든 것을 중지시키며 모든 것을 새로운 정초하는 전능한 힘의 작동은 봉기와 혁명이 기동하는 순간이며, 그것은 문자 그대로의 민주주의^{democracy}가 현실화하는 시간이다. 실제로 염상섭은 "3·1정신은 (…중략…) 정치적 해방이자, 그 의지·의사의 자유해방인 점에 있어 민주주의의 시발"[34]이라고 주장한 바 있다. 주지하듯이 1919년을 전후한 무렵은 '러시아혁명'으로 대표되는 혁명의 시기이기도 했으며, 또한 일본의 '다이쇼 데모크라시'로 대표되는 민주주의 시기이기도 했다. 염상섭이 유학생활을 통해 일본에 머물렀던 8년^{1912~1920}은 다이쇼 데모크라시^{1905~1925}가 절정을 이루던 시기이다.[35] 이 시기에는 "권력에 대항하는 운동의 시대"^{232쪽}로 국가에 대항하는

---

33   Ibid., p.1.
34   염상섭, 「기미운동과 문학정신」(『평화신문』, 1958.3.1), 『염상섭 문장 전집』 III, 409쪽.

주체로서 민중이 정치적 무대에 처음으로 등장하였으며, "국가적 가치에 대한 비국가적 가치의 자립화 경향"이 두드러졌다.[36]

일본에 체류하는 동안 염상섭은 열정적으로 관련 연설회에 참여하면서 거리의 정치를 체험하고,[37] 비록 지방의 소규모 신문사였을망정 신문기자로 당대 정세를 전체적으로 파악하며 여론을 조성하는 저널리즘을 경험하면서[38] 다이쇼 데모크라시의 흐름을 풍부하게 학습한다. 이를 통해 그는 다이쇼 데모크라시의 다양한 지형도와 사상적 스펙트럼을 인지하게 되었던 것 같다. 가령 「회상기」에 등장하는 "당시 일본에서 유수한 법학자로 동제대東帝大 교수"이며 "지한파知韓派"(592쪽)인 "요시노 사쿠조吉野作造"는 이른바 당대 "다이쇼 데모크라시의 가장 유력한 지도적 정치이념"인 '민본주의'를 창도한 상징적인 인물이다.[39] 회상기에서 염상섭은 직접적이지는 않지만 '다이쇼 데모크라시'를 "정우政友·헌정憲政"으로 대표되는 정당에 기초한 대의정치 흐름과 "무산계급해방"·"노동운동" 등으로 표현되는 직접행동의 흐름으로 구분 짓는다. 단순화의 위험을 무릅쓰고 말하면, 그 경계에 요시노 사쿠조의 민본주의가 놓여 있었다.[40] 요시노는

---

35   박노자는 염상섭의 『만세전』을 1920년대 '다이쇼 데모크라시'형 개인주의의 구현으로 파악하기도 한다. 박노자, 「한국적 근대(近代) 만들기 IV−1920년대 '타이쇼 데모크라시 형(型) 개인주의−염상섭의 「만세전」」, 『인물과사상』 48, 2002.4, 76~87쪽 참조.

36   미타니 다이치로(三谷太一郎), 염재용 역, 「다이쇼(大正) 데모크라시의 전개와 논리」, 차기벽·박충석 편, 『일본현대사의 구조』, 한길사, 1980, 228~233쪽 참조.

37   염상섭, 「남궁벽(南宮璧) 군」(『신천지』, 1954.9), 『염상섭 문장 전집』 III, 282쪽 참조.

38   염상섭, 「3·1운동 당시의 회고」(『신태양』, 1954.3), 『염상섭 문장 전집』 III, 259~260쪽 참조.

39   미쓰오 다카요시, 오석철 역, 『다이쇼 데모크라시』, 소명출판, 2011, 15쪽 참조.

40   吉野作造, 「憲政の本義を說いてその有終の美を濟すの途を論ず」(『中央公論』, 1916.1); 「民本主義の意義を說いて再び憲政有終の美を濟すの途を論ず」(『中央公論』, 1918.1), 『吉野作造選集』 2, 岩波書店, 1996 참조.

민본주의라는 대의정치를 통해 민중의 자발성 및 혁명적 상황을 국가권력을 재포섭하려고 했다. 그에 반해 오스기 사카에大杉榮와 같은 아나키스트는 요시노의 민본주의를 비판하는 동시에 국가를 넘어선 절대적 민주주의를 주장하면서 전선을 형성하고 있었다.[41] 말하자면 요시노의 제안을 거절하고 요코하마의 "복음인쇄소福音印刷所의 직공으로 자칭하여 노동자로"592쪽로 나선 것은 후자에 가까운 정치적·사상적 지향을 드러낸 것이라고 볼 수 있다. 일본 유학시절 염상섭이 여러 미디어, 인적 네트워크, 직접행동 등을 통해 학습하고 경험한 '다이쇼 데모크라시'의 사상과 운동은 향후 다양한 양태로 변주되면서 지속적으로 그의 사상과 문학세계에 많은 영향을 끼친다. 다만 이러한 염상섭의 경험이 일본이라는 시공간에서 형성되었지만, 그로 인해 '일본적인 것'으로 환원되는 것은 아니라는 점은 강조하고 싶다. 당시 사상의 스펙트럼을 일별하고 있는 글과 도표에서 확인할 수 있듯이,[42] 그것은 일본적 기원을 갖는다기보다 '초기 지구화 early globalization'의 네트워크를 통해 형성된 전 지구적 차원에서의 사상의 유통과 연쇄에 기초해 있는 것[43]이었다. 따라서 염상섭의 민주주의에 관

41 　大杉榮, 「民主主義の寂滅」(「盲の手引する盲」, 『文明批判』, 1918.2), 大杉榮全集刊行會 編, 『大杉榮全集』第一卷, 大杉榮全集刊行會, 1926 참조.

42 　사카이 도시히코는 당시 사상의 스펙트럼을 "개인적 무정부주의-무정부공산주의-공산주의-사회주의-국가사회주의-국가주의-개인주의"로 도표화하며 그 사상에 해당하는 주요한 인물군과 집단을 배치한다. 거기에는 톨스토이·슈티르너·니체·크로포트킨·고리키·리프크네히트·조레스·졸라·버나드 쇼·로이드 조지 등의 사상가들을 비롯하여, 직접행동파·생디칼리스트·맑스파·정통파·영국노동당 등 다양한 정치집단들이 자리하고 있다(堺利彦, 「大杉君と僕」(『近代思想』第二卷, 1914.9), 川口武彦 編, 『堺利彦全集』第四卷, 法律文化社, 1971, 87~90쪽 참조). 즉 '다이쇼 데모크라시'는 일본적인 특수성으로부터 출발한 것이지만, 그것을 뒷받침한 사상적 축은 유럽과 러시아의 급진적인 운동 및 투쟁의 유통·연쇄에 기반을 두고 있었다. 그리고 그것을 매개한 것은 인쇄(출판)자본주의와 번역이었다.

43 　베네딕트 앤더슨은 말년에 '인쇄출판자본주의'를 통한 '초기 지구화' 현상에 관해 주목

한 경험은 '내셔널한 것'이라기보다는 '코즈모폴리턴한 것'에 기반을 두고 있었다고 할 수 있다.

4) 문학과 사상의 지향으로서의 민주주의

기존의 연구들에서는 그다지 주목받지 못한 감이 있지만, 염상섭의 산문과 소설에서 중요한 개념어 중의 하나가 바로 '민주주의'이다.[44] 물론 이 개념은 아카데믹한 서술에 기대어 있기보다는 저널리즘에 가까운 서술로 이루어져 있기 때문에 그 이론적 전개가 충분하다고는 할 수 없다. 하지만 '민주주의'라는 개념은 염상섭의 문학과 사상을 규정하는 최종심급으로 작동하고 있다는 것이 필자의 판단이다.[45] 그것은 시기에 따라 출현 빈도상의 편차를 보이기는 하지만, 염상섭의 전생에 걸쳐 처음부터 끝까지 지속적으로 등장한다. 그리고 그것은 혁명과 봉기, 해방과 자유 등

한 바 있다. 베네딕트 앤더슨, 서지원 역, 『세 깃발 아래에서—아나키즘과 반식민적 상상력』, 길, 2009 참조.

44 '염상섭과 민주주의'에 초점을 맞춘 주목할 만한 연구로는 다음을 참조. 한기형은 소설·민중·데모크라시에 관한 염상섭의 서술에 주목하여, "염상섭은 '무엇이 노블인가'라는 질문에 대해 '데모크라시'의 정신과 '민중성'의 존재 유무"를 문제로 삼았다고 주장하고, 아울러 "염상섭이 민주주의적 시각 속에서 사회주의의 역사성을 조망했다"고 평가한다(한기형, 「노블과 식민지—염상섭 소설의 통속과 반통속」(『대동문화연구』 82, 2013.6), 한기형·이혜령 편, 『저수하의 시간, 염상섭을 읽다』, 소명출판, 2014, 166~197쪽 참조). 황종연은 염상섭의 『사랑과 죄』를 분석하면서 랑시에르의 이론과 개념을 참조하여 "민주적 문학성이 글을 지배"하고 있다고 평가한다. 그리하여 소설과 데모크라시에 관한 염상섭의 서술, '다이쇼 데모크라시'에 대한 염상섭의 경험 등에 주목하여 『사랑과 죄』의 데모크라시와 정치를 논의한다(황종연, 「플로베르, 염상섭, 문학 정치—한국 근대문학에 대한 랑시에르적 사유의 시도」, 『한국현대문학연구』 47, 2015.12, 7~44쪽 참조).

45 예컨대 염상섭은 다음과 같이 소설이라는 장르를 민주주의의 발현과 민중이라는 주체성의 생성으로 정의한다. "소설이란 데모크라시 정서에 의하여 (…중략…) 민중의 공향공락(共享共樂)을 위하여 제공된 보편성을 가진 예술이다." 염상섭, 「소설시대 = 사대사상」(『조선지광』, 1928.1), 『염상섭 문장 전집』 I, 676쪽.

정치적 가능성이 열리는 시기에 집중적으로 출현한다. 우연인지 몰라도 1919년 3·1운동을 전후한 시기, 1929년 대공황이라는 자본주의 위기 국면, 모든 정치적 잠재태가 현실화한 해방기신(新)민주주의문학, 4·19를 전후한 시기 등에 염상섭의 산문에서 '민주주의데모크라시'와 관련된 단어가 집중적으로 나타나는 것이다.[46] 소설들에서도 다이쇼 데모크라시의 영향은 『만세전』, 『사랑과 죄』 등에서 나타나고 있으며, 해방기 『채석장의 소년』, 이후 『젊은 세대』 등에서도 민주주의가 중요한 키워드로 종종 등장한다. 앞에서도 언급했듯이, 염상섭은 3·1운동의 정신을 민주주의의 구현으로 보고 있었다. 말하자면 염상섭의 문학과 사상에 있어서, '봉기-혁명-구

---

46 관련된 염상섭의 산문을 정리해 보면 다음과 같다. 「부인의 각성이 남자보다 긴급한 소이(所以)」(『여자계』, 1918.3); 「상아탑 형께-「정사(丁巳)의 작(作)」과 「이상적 결혼」을 보고」(『삼광』, 1919.12); 「이중해방(二重解放)」(『삼광』, 1920.4); 「노동운동의 경향과 노동의 진의(眞義)」(전7회)(『동아일보』, 1920.4.20~4.26); 「지상선(至上善)을 위하여」(『신생활』, 1922.7); 염상섭, 「소설시대 = 사대사상」(『조선지광』, 1928.1); 「조선과 문예, 문예와 민중」(전7회)(『동아일보』, 1929.4.10~4.17); 「소설과 민중-「조선과 문예, 문예와 민중」의 속론(續論)」(전7회)(『동아일보』, 1928.5.27~6.3); 「빵과 나르키소스」(『동아일보』, 1929.2.13); 「문학상의 집단의식과 개인의식」(『문예공론』, 1929.5); 「현대인과 문학-「소설의 본질」의 서언으로 비문단인을 위하여 씁니다」(전7회)(『동아일보』, 1931.11.7~11.19); 「'자유주의자'의 문학」(『삼천리』, 1948.7); 「해방 후의 나의 작품메모」(『삼천리』, 1948.7); 「가두만필(街頭漫筆)」(전7회)(『경향신문』, 1948.12.23~12.31); 「설문」(『신천지』, 1949.10); 「민족문학 수립의 이념」(전2회)(『조선일보』, 1950.1.1~1.5); 「작가와 분위기-정치소설이 나와도 좋을 때다」(전2회)(『연합신문』, 1953.2.19~2.20); 「문인의 한국언론관-비약을 약속하는 현상」(전2회)(『경향신문』, 1957.4.9~4.10); 「기미운동과 문학정신」(『평화신문』, 1958.3.1); 「문학도 함께 늙는가?」(전2회)(『동아일보』, 1958.6.11~6.12); 「씨족의식과 감투욕」(전2회)(『경향신문』, 1958.6.27~6.28); 「자기완성 위해 새출발하자-건국 10주년 광복절 이날 아침에」(『경향신문』, 1958.8.15); 「전기적(轉機的) 정리와 새 약동-눈살을 펴고 반가운 인사부터 나눌 수는 없는가? 새날 아침에……」(『경향신문』, 1959.1.1); 「여론의 단일화냐」(『동아일보』, 1959.5.9); 「대도(大道)로 가는 길」(『동아일보』, 1960.4.25); 「학생들의 공이 컸다-사회적 면에서 살핀 4·19 위업」(『조선일보』, 1960.5.3); 「서로 듣고 이해하고」(『동아일보』, 1960.9.4); 「혁명과 문인」(『현대문학』, 1961.9).

성권력^{제헌권력}–민주주의'는 서로 개념적 연쇄를 이루면서 핵심 키워드 중
의 하나로 내재해 있는 것이다.

그렇다면 염상섭은 민주주의를 어떻게 사유하고 있었던 것일까. 그는
"데모크라시 사상은 '만인의 총의總意'가 과불급過不及 없이 표백表白되는 때
에 성취"된다고 주장한다. 그리고 그러한 "'만인의 총의'는 한낱 우수한
두뇌가 만인의 의사意思를 통일·지휘함에서 나오는 것에 불과한 것"이 되
고 마는 일반적이며 현실적인 상황에 대해서 비판적 입장을 취한다.[47] 그
러니까 염상섭은 데모크라시를 '만인의 민주주의'라고 이해하고 있었던
것이다. 그리고 그는 그것이 특정 집단이나 개인에 의해 통일·지휘, 즉
대의代議되는 것에 반대하고 있었다. 확실히 '만인의 총의'라는 표현은 루
소의 일반의지volonté générale; general will와 구분되는 구절이다.[48] 그렇다면 염
상섭은 '모두all의 의지'로서의 '만인의 총의'가 대의를 통해 '일반의지'화
되는 것에 비판적 인식을 지니고 있었다고 보아도 좋을 것이다.[49] "일반의

---

47   염상섭, 「문학상의 집단의식과 개인의식」(『문예공론』, 1929.5), 『염상섭 문장 전집』 II,
     74쪽 참조.

48   염상섭은 장 자크 루소에 관해 일정한 수준의 이해와 독서 경험을 지니고 있었던 것으
     로 보인다. 다음의 글에서 루소의 『고백록』(『참회록』), 『사회계약론』(『민약론』), 『에밀』
     등의 언급을 참조할 수 있다. 횡보생(橫步生), 「위인과 여성애」(전15회)(『매일신보』,
     1935.1.23~2.8), 『염상섭 문장 전집』 II, 459~463쪽 참조.

49   1920년대 식민지 조선에서는 루소의 'volonté générale'를 "일반적 의지" 등으로 번역
     하면서 이해하고 있었다. 「불란서 혁명과 문학의 혁신」(12회), 『동아일보』, 1921.9.12
     등 참조. 그리고 1920년대 전후 일본에서는 루소의 『사회계약론』은 『민약론(民約論)』
     등으로 번역되었다. 이 과정에서 루소의 'volonté générale'는 "公衆の意志"(공중의 의
     지)·"共同意思"(공동의사) 등으로 번역되다가 점차 "一般意志"(일반의지)로 정착된다.
     ルウソー, 藤田浪人 訳, 『ルウソー 民約論』, 新鋭 堂書店, 1919, 28쪽(公衆の意志로
     번역); ジャン·ジャック·ルソー, 市村光恵·森口繁治 訳, 『民約論』, 有斐閣, 1920,
     39쪽(共同意思로 번역); ルーソォ, 平林初之輔 訳, 『民約論』, 人文会 出版部, 1925, 29
     쪽(一般意志로 번역); ルーソォ, 「民約論」, 加藤一夫 訳, 『世界大思想全集』 第7卷, 春
     秋社, 1927, 24쪽(一般意志로 번역).

지는 사회 위에 군림하는 초월적이고 통일된 표현"이며, 그리하여 결과
적으로 특이성으로서의 개별자의 목소리는 대의되면서 사라지고 하나의
단성적인 목소리로 통일된다.[50] 염상섭은 대의를 통해 "개인의사나 개인
성은" "전연全然히 몰각"되는 상황, 즉 "생명이 약여躍如하고 발랄潑剌한 개
성個性"[51]이 사라지는 상황을 항상 가장 우려하였다. 즉 염상섭이 전생애
에 걸쳐 주장한 개성은, 사회계약론에 기초하여 개인의 권리를 양도하며
의사를 대의하는 근대국가 시스템 내에서는 온전히 발현될 수 없는 것이
다. 그리고 전위前衛와 당黨으로 프롤레타리아의 의식을 수렴·지도하고자
했던 현실사회주의적 방책 또한 그와 같은 대의와 재현의 시스템에 기초
하고 있었다. 그리고 나아가 인간의 구체적이며 측정 불가능한 활동을 측
정 가능한 노동(시간)으로 수량화하고 그 결과물을 균질한 노동시간으로
환원하여 통일적인 상품의 세계로 귀결시켜버리는 자본주의 시스템도
마찬가지라고 할 수 있을 것이다.[52]

　　장을 달리해서 상세히 논의해야 할 내용이기는 하지만 미리 간단히 말
하면, 염상섭이 말한 개성은 민주주의·제헌권력을 구성하는 주체성의
원리에 다름 아니다. 그에게 있어 특이성으로서의 개성은 통일된 집단성
으로 환원될 수 없는 것이다. 또한 그가 봉기와 민주주의에 관한 사유를
지속적으로 전개하고 있다는 점에서 집단성집합적 구성을 포기하는 것도 아

50　안토니오 네그리·마이클 하트, 앞의 책, 293~296쪽 참조.

51　염상섭, 「문학상의 집단의식과 개인의식」(『문예공론』, 1929.5), 『염상섭 문장 전집』 II,
　　74·78쪽.

52　이 책의 제3장에서 자세히 논하게 될 터이지만, 염상섭은 인간의 생명과 개성의 발로인
　　'활동 = 노동 = 예술'이 되는 조건을 지향하고 있었다. 사실상 그런 조건은 자본주의 시
　　스템에서는 불가능한 것이다. 염상섭, 「노동운동의 경향과 노동의 진의(眞義)」(전7회)
　　(『동아일보』, 1920.4.20~4.26), 『염상섭 문장 전집』 I, 115~118쪽 참조.

니다. 요컨대 염상섭은 봉기와 구성권력 그리고 민주주의 실현 과정에서, 집단성을 구현하면서도 개성이 여전히 약동할 수 있는 주체 구성의 방법을 찾고 있었던 것이다. 이것은 근대적 개인에서 출발하면서도 그것을 초과한다. 대의에 기초한 자본주의적 근대국가나 사회주의적 근대국가에서 그와 같은 주체성은 온전히 발현될 수 없으며 사실상 그 형성은 불가능에 가깝다. 오히려 그것은 그러한 근대국가를 파열시킬 때 사건으로서 도래할 따름이다.

염상섭의 민주주의에 대한 지향은 3·1운동을 시작으로 해방기를 지나 말년까지 지속된다. 최종적으로 그에게 도래한 것은 4·19혁명이다. 혁명 전야에 그는 『젊은 세대』, 『대를 물려서』 등의 소설을 통해 민주주의의 윤리성과 주체성을 모색하고 있었다.[53] 또한 이승만 정권의 『경향신문』 폐간1959.4.30에 맞서 민주주의의 가치를 구한다.[54] 4·19혁명 당시 염상섭은 직접 거리에 나설 형편이 되지 않았지만, 글쓰기를 통해 "건국 후 12년간의 독재로부터 해방된 기쁨"[55]을 만끽하고 "민주국가 수립을 다시 목표 삼고 나아가야겠다"고 주장하는 등 강렬한 지지를 표명한다.[56] 그리고 나아가 염상섭은 4·19의 의의와 그 위업을 살피면서 3·1운동을 소환한다. 그는 '3·1운동-광주학생운동-4·19'를 하나의 의미로 계열화하며, 4·19를 "'민주주의란 무엇인가' 하는 산교육"장場이었다고 평가한다.[57] 「회상

53　이와 관련해서는 다음의 연구를 참조. 정종현, 「1950년대 염상섭 소설에 나타난 정치와 윤리-『젊은 세대』, 『대를 물려서』」(『한국어문학연구』 62, 2014.2), 한기형·이혜령 편, 『저수하의 시간, 염상섭을 읽다』, 소명출판, 2014, 638~664쪽 참조.

54　염상섭, 「여론의 단일화냐」(『동아일보』, 1959.5.9), 『염상섭 문장 전집』 III, 471~473쪽 참조.

55　염상섭, 「머리말」, 『일대의 유업』, 을유문화사, 1960, 1~2쪽 참조.

56　염상섭, 「대도(大道)로 가는 길」(『동아일보』, 1960.4.25), 『염상섭 문장 전집』 III, 502쪽.

57　염상섭, 「학생들의 공이 컸다-사회적 면에서 살핀 4·19위업」(『조선일보』, 1960.5.3),

기」에서 그의 삶은 3·1운동을 통해 처음과 끝이 이어지는 구조를 이루었다면, 실제 현실에서는 3·1운동과 4·19가 시공간을 도약하여 서로 만나는 구조를 이룬다. 그런 가운데 봉기·제헌권력·민주주의라는 문제가 일상의 한가운데로 쏟아져 들어온다.

염상섭은 민주주의를 단지 정치적·사회적 영역에서의 변화로 한정하지 않았다. 그는 그것을 "지식의 해방, 정서의 해방까지 의미하는 것"으로 보았으며, 이를 통해 정치적·사회적 해방이 성취된다는 입장을 지니고 있었다.[58] 즉 해방으로서의 민주주의는 소위 미시적·거시적 영역과 하부·상부구조 모두를 전방위적으로 포괄하는 것이었으며, 궁극적으로 개성을 해방하여 새로운 인간형을 창출하는 것이었다.

이러한 민주주의의 정신은 물론 문학에도 해당하는 것이었다. 앞서 살펴보았듯이, 염상섭에게 있어서 한국의 민주주의는 3·1운동의 정신에 그 기원을 둔다. 염상섭은 "3·1운동의 정신이 문학정신에 통"하며 "문학정신도 3·1운동 정신에 합치한다"고 말한다. 그리고 그는 "3·1정신이 정치적·사회적 모든 방면으로 발현 기회를 잃었을 그때에 있어서 오직 문학적 표현이나 그 노력에 의하여 함양되었"다고 주장한다.[59] 이와 같은 그의 서술은, 한국의 근현대문학이 일반적인 '근대문학'의 질서와 영역을 항상 초과해 온 매우 특이한 존재 양태를 지니고 있었음을 의미한다. 즉 일제의 식민지와 냉전의 반공주의 아래에서 이른바 '정치·사회적 모든 방면'은 굴절되거나 통제되어 왔으며, 문학이 그 역할을 담당해 왔다는

『염상섭 문장 전집』III, 504~506쪽 참조.

58 염상섭, 「소설시대 = 사대사상」(『조선지광』, 1928.1), 『염상섭 문장 전집』I, 676쪽 참조.

59 염상섭, 「기미운동과 문학정신」(『평화신문』, 1958.3.1), 『염상섭 문장 전집』III, 407~410쪽 참조.

것이다. 이렇게 보면 한국문학은 비단 '참여문학'을 말하지 않을 때도 항상 정치성을 함의하고 있었다.

요컨대 염상섭의 "문학은 우선 그 자기표현의 가장 세련되고 정치한 수단"[60]이며 동시에 "정치적·사회적으로 봉쇄되고 억압된 생명력·생활력의 발로·발산의 분출구"[61]가 된다. 그리하여 염상섭에게 문학은 항상 '제도로서의 근대문학'을 초과하는 것이었다. 그리고 지금까지 살펴보았듯이, 그의 문학은 3·1운동·민주주의·봉기제헌권력 등 근대적 제도를 넘어서는 사건들을 불러내며 대안적 정치적 구성을 통해 형성되는 것이었다. 여기서는 바로 이 지점을 원점으로 삼아 염상섭의 문학과 사상을 (다시) 독해하고자 한다.

2. 오사카독립선언의 사상과 주체성

1) '염상섭 연구'와 오사카독립선언

앞에서는 3·1운동이 염상섭에게 어떠한 의미를 지니고 있는지 살펴보았다. 먼저 그것은 통치체제·한국문학·행위자를 근원적으로 규정하는 사건이자 힘이었다. 실제 현실에서 3·1운동의 힘은 일제의 통치체제로 포섭되지만, 염상섭의 소설과 산문에서는 잠재력으로 실재하면서 반복적으로 도래한다. 그리하여 그것은 탈식민적 주체성을 형성하여 식민지적 기반을 탈영토화하는 계기를 만들어 내면서 제국주의에 대한 대항서사를 구축하였다. 염상섭에게 3·1운동은 달리 말하면, 새로운 시간을 창출

---

60   염상섭, 「나의 소설과 문학관」(『백민』, 1948.10), 『염상섭 문장 전집』 III, 108쪽.
61   염상섭, 「3·1 전후와 문학운동」(『신민일보』, 1948.2.29), 『염상섭 문장 전집』 III, 73쪽.

하는 봉기였으며 개성이 충만한 모두의 의지를 발현하는 절대적 민주주의의 다른 이름이었다. 따라서 3·1운동의 정신이 온전히 발현될 때, 그것은 근대국가와 자본주의 그리고 현실사회주의와 불화할 수밖에 없었다.

3·1운동의 정신은 궁극적으로 염상섭이 지향한 문학의 정신과 맞닿아 있었으며, 어떤 의미에서는 동일한 실체의 상이한 양태라고 할 수 있었다. 염상섭이 소설과 산문을 통해 — 혹은 문학과 사상을 통해 — 지향한 정신은 자본과 국가로 수렴되는 주류적 근대성을 초과하는 것이었다. 그의 삶에서 3·1운동은 그 시작과 끝을 잇는 붉은 실이었으며, 실제 현실에서 3·1운동은 시공간을 넘어 4·19혁명과 이어진다. 따라서 염상섭의 문학과 사상을 이해하기 위해서는 3·1운동에 관한 논의가 필수적일 수밖에 없다. 구체적으로는 염상섭이 1919년 3월 19일 일본 오사카大阪 덴노지天王寺공원에서 행한 독립선언이라는 사건을 통과해야 한다.

기존의 염상섭 연구들에서 '3·19오사카독립선언'은 염상섭의 삶을 실증적으로 재구성하는 과정에서 주되게 논의되었다. 기본적으로 염상섭의 회고, 일제의 경찰자료, 당시 신문미디어의 보고 등을 바탕으로 연구가 진행되었다. 참고로 덧붙여 두면, 본격적인 학술 연구 이전에는 기억 등에 의존한 회고와 작가론들에서 이 사건이 심심찮게 언급되기도 했다.[62] 직간접적으로 이것은 한국 근대문학의 부분적인 정통성을 염상섭에게 부여할 수 있는 근거가 되기도 했으며, 해방기 때 불거졌던 용공容共 혐의를 무마하는 알리바이가 되기도 하였다.

이 사건에 관한 본격적인 학술 연구는 김종균에 의해 시작되었다. 그는 말년의 염상섭을 세 차례 만나 "오사카에서의 독립시위 당시"의 여러 일

---

62   염재용, 「가친(家親)과 '횡보(横步)'와」, 『현대문학』 101, 1963.5 참조.

화를 상세히 직접 듣기도 한다.[63] 김종균은 염상섭과의 인터뷰 내용, 염상섭의 회고 등을 중심으로 오사카 독립운동을 재구성하며, 그 무렵『삼광三光』등에 발표한 산문들을 초기 비평으로 분석한다.[64] 그는 독립운동 자체는 실행되지는 못했지만, 당시 일본 신문들에 "대서특필"됨으로써 그 효과는 충분히 달성하였다고 판단하며, 당시 염상섭의「독립선언서」를 여타의 독립선언서들과 더불어 높이 평가한다. 그리고 그는 이 무렵부터 이미 평생에 걸쳐 강조해 온 생활生活을 중시하는 문학관이 확립되었다고 주장한다.[65] 즉 김종균은 '3·19오사카독립선언'과 이후 염상섭의 문학과 사상이 연속적으로 이어지고 있다고 보았던 것이다.

회고에 의존한 이러한 경향의 연구는 김윤식에 의해 당시의 다양한 자료들을 직접 검토한 실증주의적 연구 경향으로 변모한다. 김윤식은 염상섭의 회고와「독립선언서」·「격檄」등을 참고로 하면서 염상섭의 행적을 기록해 놓은 당시 일제 경찰의 문헌, 당시『오사카아사히신문大阪朝日新聞』, 염상섭의 학적부 등으로 기반으로 하여 실증적으로 재구성한다. 김윤식은 경찰권력, 매스미디어, 학교제도, 일본유학생 등과 관련된 실증적 자료를 통해 당시 사건에 육박해 들어간다. 그리하여 이 사건이 다양한 제도 및 행위자들과 관련을 맺고 있음을 보여 주며, 다양한 시점을 통해 조망함으로써 사건에 입체감과 객관성을 부여한다. 그런데 이 사건에 대한

63　김종균은 염상섭으로부터 "오사카 노동자들을 상대로 격문을 써 배포하던 일, 빨간 리본을 나눠주던 일, 동지를 규합하던 일, 시위 당일 삼엄한 경계망을 뚫고 들어가던 일, 헌책방에서 오스카 와일드의『옥중기』를 사들고 갔던 일 등등" "오사카에서의 독립시위 당시"의 여러 일화들을 직접 들었다고 한다. 김종균,「『염상섭 연구』(1974)의 역정」, 김종균 편,『염상섭소설연구』, 국학자료원, 1999, 655쪽 참조.
64　김종균,『염상섭 연구』, 고려대 출판부, 1974, 26~29·386~392쪽 참조.
65　김종균,『염상섭의 생애와 문학』, 박영사, 1981; 김종균,『염상섭-한국 근대 리얼리즘 문학의 거장』, 동아일보사, 1995 참조.

해석적 지평에서는 이상하리만치 독립선언이라는 행위를 정치사회적 맥락에서 해석하기보다는 염상섭 개인의 사적인 형태의 굴절된 심리상태—"콤플렉스"—로 축소시켜 버린다. 즉 김윤식은 오사카독립선언을 "동경유학생 중심부에서 (…중략…) 멀어져 있었던 (…중략…) 한갓 주변부의 소외된 유학생"의 행동, "지방학생의 뒤틀린 심정" 등으로 치부한다. 그리고 그는 이 사건은 염상섭 개인 혼자 실행한 것에 지나지 않으며, 그 독립선언에는 사상과 방법이 결여되어 있다고 평가한다. 나아가 염상섭이 독립선언서에서 '오사카한국노동자일동대표'라고 자신을 밝힌 것은 "어불성설"이라고 혹평한다.[66] 이후 1987년 한국 사회의 변동을 경험한 것에서 연유했는지 확인할 수는 없지만, 김윤식은 오사카와 재일조선인 노동자의 관련성을 인식하면서 '노동자일동대표'로 발표된 염상섭의 독립선언서에 부분적인 의미를 부여하기 시작한다.[67] 그리하여 이를 "'민족주의와 사회주의의 갈림길의 독립선언서'로 평가"되어야 할 지점이 있다고까지 한편으로 주장한다.[68] 다시 말해 이 사건에 대한 김윤식의 평가는 이중적이다. 한편으로는 염상섭의 "소영웅주의적 태도"나 "자의식"이 표출된 개인사적인 일화로 축소한다. 다른 한편으로는 『삼대』 등에서 등장하는 심퍼사이저형 인물과 관련지어 "노동운동에 대한 동정자적 관심"으로 이해하기도 한다.[69] 요컨대 김윤식은 방대한 저작인 『염상섭 연구』의

66　김윤식, 『염상섭 연구』, 서울대 출판부, 1986, 39~66쪽 참조.

67　김윤식, 「3·1운동과 문인들의 저항운동」(『한국독립운동사연구』1, 1987.8), 『한국 근대문학과 문인들의 독립운동』, 독립기념관한국독립운동사연구소, 1989, 51~68쪽.

68　김윤식, 「제1분과 토론-3·1운동과 염상섭·김동인」, 동아일보사 편, 『3·1운동과 민족통일-3·1운동 70주년 기념 심포지엄』, 동아일보사, 1989, 109~115쪽; 김윤식, 「노동자의 독립선언서와 염상섭」, 『현대소설과의 대화』, 현대소설사, 1992, 456~459쪽.

69　김윤식, 「『염상섭 연구』가 서 있는 자리」, 『염상섭 문학의 재조명』, 새미, 1998, 9~36쪽; 김윤식, 「증언으로서의 소설-염상섭론」, 『20세기 한국작가론』, 서울대 출판부, 2004,

전체 주제인 '근대적 개인'과 '가치중립성'에 기초하여 이 사건을 해석하고 있다고 할 수 있다. 이러한 평가는 염상섭에 관한 이해에 있어서, 주류적 해석으로 자리 잡아 오랫동안 영향력을 발휘하고 있다.

이와는 달리 이보영은 염상섭이 작성한 독립선언서과 그 이후의 행보를 적극적으로 이해하여 그것이 "사회주의 사상에 감화되어 있었음을 증명한다"고 주장한다. 그리고 그의 사회주의는 현실사회주의와는 결을 달리하는 "무정부주의적인 개인주의에 가깝다"고 해석한다. 이와 같은 경향은 이후 『사랑과 죄』, 『삼대』, 『무화과』 등의 사회주의 지향의 인물군과 주제로 연결된다고 평가한다. 즉 이보영은 3·1운동이 향후 염상섭의 "반체제적 저항문학"의 토대와 계기가 되었다고 강조한다. 이보영의 이러한 해석은 다소간의 논리적 비약에도 불구하고 '염상섭 연구'에 새로운 관점과 상상력을 불어넣었음은 부인하기 어렵다.[70]

이후 일제시대 아나키즘 문학의 형성과 관련하여 '3·19오사카독립선언'을 재평가하는 논의가 있기도 했다. 거기서는 당시 염상섭이 아나키즘이나 생디칼리슴의 지향을 지니고 있었다고 해석하며 그러한 지향이 향후 『폐허』 등의 동인지로 이어진다고 주장한다.[71] 그리고 박현수는 염상섭에 미친 3·1운동의 영향을 밝히는 과정에서, 오사카독립선언을 실증적으로 재구하며 그 행위에 내재해 있는 의식의 근간을 논증한 바 있다. 그는 오사카독립선언과 아나키즘의 사상적 기반에 관해서는 유보적인

28~67쪽.

70　이보영, 『난세의 문학 ─ 염상섭론』, 예지각, 1991, 401~404쪽; 『염상섭 문학론 ─ 문제점을 중심으로』, 금문서적, 2003, 371~373쪽; 「염상섭 평전 ─ 생애와 문제 1~2」, 『문예연구』 61~62, 2009.6~9 참조.

71　이종호, 「일제시대 아나키즘 문학 형성 연구 ─ 『근대사조』『삼광』『폐허』를 중심으로」, 성균관대 석사논문, 2006 참조.

판단을 내리며, 염상섭이 이후 수감생활에서의 독서 경험을 통해 아나키즘 및 생디칼리슴 등의 당대 변혁사상에 관심을 가지게 되었으리라 추정한다.[72] 최근에는 당시 수감상태에서 염상섭이 일본어로 작성한 글이 발굴되면서, 이 사건을 보다 입체적으로 조망할 수 있게 되었다.[73] 도쿄제국대학 학생이 중심이 되어 결성한 '신인회新人會' 기관지 『데모크라시デモクラシイ』2호, 1919.4에, 염상섭은 「조야의 제공에게 호소함朝野の諸公に訴う」을 게재하였다. 이로 볼 때, 염상섭이 실행한 오사카독립선언은 조선인뿐만 아니라 일본 내 진보적인 운동단체와도 직간접적으로 관련을 맺고 있었다고 추정할 수 있다. 이에 관한 실체는 다시 논의될 필요가 있으며, 그에 따른 사건의 의미도 재해석될 필요가 있는 것이다.

문학 연구에서 '3·19오사카독립선언'은 '염상섭 연구'에 초점화되어 진행되어 왔다. 하지만 앞으로 살펴보게 되겠지만, 이 사건은 실행 주체 및 관련 주체 등과 관련하여 여러 측면에서 논의할 수 있는 가능성을 품고 있다. 재일조선인 민족운동을 연구한 역사학자 정혜영은 당시 오사카에 거주한 조선인의 직업구성을 밝히면서 이 사건의 의의를 논의하기도 하였다. 그는 염상섭이 거행한 조선노동자대회와 독립선언을 "오사카 지역 조선인 민족운동의 시원"으로서 평가하면서 그 의의를 부여한다.[74]

여기서는 염상섭의 행적을 상세하게 재구성하며, 이에 기반하여 오사카독립선언조선노동자대회가 지닌 의미를 주체 구성, 미디어와의 결합, 조직

72　박현수, 「3·1운동과 근대 문인의 의식─김동인, 염상섭의 행적과 사상을 중심으로」, 박헌호·류준필 편, 『1919년 3월 1일에 묻다』, 성균관대 출판부, 2009, 479~489쪽 참조.

73　김경수, 「1차 유학 시기 염상섭 문학 연구」(『어문연구』38(2), 2010.6), 한기형·이혜령 편, 『저수하의 시간, 염상섭을 읽다』, 소명출판, 2014, 236~264쪽; 장두영, 「염상섭의 「조야의 제공에 호소함(朝野の諸公に訴う)」이 지닌 자료적 의미」, 『문학사상』454, 2010.8, 35~43쪽.

74　정혜영, 『일제시대 재일조선인민족운동연구』, 국학자료원, 2001, 134~139쪽 참조.

화의 기예 등의 측면으로 나누어 입체적으로 분석해 보고자 한다. 그럼으로써 이 사건이 단지 개인사적인 층위로 수렴되는 것이 아니라 당시 일본의 다이쇼 데모크라시 흐름과 오사카라는 지역적 특수성 및 거사 장소의 특성, 그리고 다양한 인적 네트워크 등에 기반을 둔 역동적 사건이었음을 확인하게 될 것이다. 또한 이를 통해 향후 염상섭이 전개한 사상과 문학에 3·1운동이 끼친 영향을 짐작해 볼 수 있을 것이다.

2) 오사카독립선언의 전모

앞서 살펴보았듯이, 염상섭은 자신이 주재한 '3·19오사카독립선언'에 대하여 마지막 순간까지 자부심을 놓지 않을 정도로 이 사건에 큰 의미를 부여했다. 그는 1919년 3월 19일 오후 7시 무렵 오사카 덴노지공원 내의 음악당공회당 앞에서 독립선언을 실행하고자 했으나, 8시경에 집회 장소에 모인 다른 참가자 23명과 더불어 오사카 경찰에 체포당한다.

이 사건과 관련하여 염상섭이 작성한 문건은 모두 4건으로 알려져 있다. 즉 오사카 한국노동자대표로 발표한 「독립선언서」, 덴노지공원에 모여 독립선언을 실행할 것을 호소하는 「격檄」문, 체포된 이후 감옥에서 작성했을 것으로 추정되는 「조야의 제공에게 호소함朝野の諸公に訴ふ」, 그리고 실체가 확인되지 않는 『오사카아사히신문大阪朝日新聞』에 투고한 글「조선이 독립하지 않으면 안 될 이유서」 혹은 「어째서 조선은 독립하지 않으면 안 되는가」로 추정이다.

이 절에서는 먼저, 일본 측의 자료「朝鮮人槪況第三」, 당대 일본과 조선의 신문미디어, 염상섭의 회고 등을 바탕으로 삼아 '3·19오사카독립선언'의 전모를 재구성해 보고자 한다. 각각의 자료 등은 일정한 오류들을 포함하고 있기도 하며, 서로 보완적인 내용을 담고 있기도 하다. 필자가 검토한 바에 따르면, 어느 특정 자료가 사실관계와 관련하여 월등한 우위를 보이는 것은 아니다. 각각의 자료들은 다른 자료가 말하지 않는 바를 말해 주고 있으며, 또한 각각의 자료들이 지닌 상이한 내용들은 사실에 대한 균열을 만들어 내는데, 오히려 이러한 균열을 통해 이 사건이 지닌 의미망을 더 풍부하게 확장하여 이해할 수 있게 해 준다. 즉 이러한 복합적인 자료들을 통해, 좀 더 사실에 가깝게 그 당시의 상황을 조망할 수도 있을 것이다. 여기에서는 다음과 같은 작업을 통해 사건을 둘러싼 전모를 파악하며, 궁극적으로 그 사건이 지니고 있었던 잠재력을 확인하고자 한다.

날짜	염상섭의 주요 행적
1919년 3월 3일 이전	염상섭은 게이오(慶應)대학 문과(文科)에 적을 두고 있었지만 휴학을 하고, 교토에서 멀지 않은 쓰루가항(敦賀港)[75]의 헌정회(憲政會) 계열의 작은 신문사, 즉 쓰루가츄가이신문사(敦賀中外新聞社)에서 1918년 10월부터 기자생활[76]을 하고 있었다. 그 신문사에서는 당시 노동운동의 영향 속에서 노동조건을 둘러싸고 노동쟁의가 발생하여 경영주와 대립·갈등을 빚는데, 이 과정에서 그는 1919년 1월 신문사를 사직한다.[77] ㉠ 이 무렵 염상섭은, 평소에 조선총독정치를 저주하고 기회가 되면 조국의 독립을 도모하려고 하는 목적을 지니고 있었다고 한다.[78]
3월 3~4일	이후 염상섭은 3월 3일 고종 인산일(因山日)에 유학생 중심의 요배식(遙拜式)에 참석하기 위해 오사카로 이동한다. 오사카에 와서 비로소 도쿄 유학생의 2·8독립선언 소식을 듣게 되고, 가두판매의 석간신문을 보고[79] 조선의 3·1운동 소식을 알게 된다. 당시 그는 일본에서 생활하고 있었기 때문에 조선에서의 사정은 잘 모르는 상태였다.[80] 요배식은 오사카부(大阪府) 니시나리군(西成郡) 가미쓰촌(神津村) 163번지 오이시 세이치로(大石淸一郎) 집에 거주하는 오사카의과대학생(大阪醫科大學生) 정구충(鄭求忠) 씨 집에서 개최되었다. 이 자리에서 염상섭은 이경근(李敬根, 오사카상공학생(大阪商工學生)), 백봉제(白鳳濟, 오사카상공학생(大阪商工學生)), 고영순(高永珣, 오사카 의대생(大阪醫大生)), 권태영(權泰亨, 오사카의대생(大阪醫大生)), 김시창(金時昌, 오사카농학생(大阪農學生)), 김형식(金亨植, 의과의전생(醫科醫專生)), 호정호(浩淳湖, 의과의전생(醫科醫專生)) 및 정구충 등과 회합하였고, 요배식을 거행하였다. 이 자리에서 정구충이 조선역사에 관해 강연하였고, 조선에서의 3·1운동 소식을 교류하면서 참석자들은 독립운동에 대한 의지를 고양하게 된다.[81] 그리하여 조선에 호응하여 3천 오사카 동포를 동원하여 일대 시위 운동을 전개하자는 데에 의견을 모으고 자금의 판출(辦出)방법도 토의하여, 경성과 도쿄에 연락원을 다음날인 4일에 파견하기로 하였다.[82] 그런데 당시 오사카부 경찰부에서는, 3·1운동 이후 재오사카 조선인 행동에 대해 엄중하고 특별한 감시를 기울이고 있었다.[83] 당시 오사카 거주 조선인의 직업구성을 살펴보면, 대부분이 노동자였으며 지식인·학생층은 손에 꼽을 정도로 소수였다.[84] 이런 상황에서 염상섭이 참여한

날짜	염상섭의 주요 행적
3월 3~4일	지식인 학생 중심의 회합은 경찰권력의 감시로부터 자유로울 수 없었다. 마침 미행 형사가 회합 장소에 등장하면서 모든 논의는 중지된다. 다음날인 4일에 염상섭은 다시 회합을 열어 의논해 보았지만, 구성원(유학생) 대부분이 정치운동에 관여하기보다는 연구에 전념하겠다는 의사를 가지고 난색을 표명하는 바람에 시위 운동과 관련한 논의는 잠정 중단된다.[85]
3월 4~6일	시위 운동의 계획이 무산된 이 무렵, 염상섭은 상아탑(象牙塔) 황석우(黃錫禹)를 만나 지우(知友)의 정을 맺게 된다. 당시 염상섭은 1919년 2월 도쿄에서 발간된 『삼광(三光)』 창간호에서 상아탑의 시(「정사(丁巳)의 작(作)」)를 보고 그 존재를 알고 있었으나 그가 누구인지는 모르고 있었다.[86] 그러다가 그는 3월 3일 요배식에 회합에 참여하러 가는 길에, L 씨에게 상아탑 씨가 염상섭을 찾는다는 전언을 듣고 상아탑이 6~7년 전에 도쿄 간다구(神田區) 성천관(聖天館)에서 만난 황석우임을 알게 된다.[87] 염상섭은 황석우와 만나 교토로 이동하여 2~3일 동거하며 시국과 문단에 관하여 담론을 주고받는다. 그러는 과정에서 그는 3월 6일 황석우의 시 「정사의 작」에 대한 감상을 집필하게 되는데,[88] 이 원고를 『학지광』 편집인 박승철(朴勝喆)에게 발송한다.[89]
3월 7~14일	이후 염상섭은 도쿄 유학생과의 연락 및 기타 목적으로 상경하여, 게이오대학 이재과(理財科) 학생이자 당시 일본 경찰로부터 요시찰인 갑(甲)호로 분류되어 있었던 변희용(卞熙瑢)을 만나 시위 운동과 관련된 구체적인 협의를 진행한다.[90] 그는 변희용 등으로부터 환영받았고, 학생층이 움직이지 않는다면 오사카 거주의 3천 명 동포, 민중, 노동자를 기반으로 하여 시위 운동을 진행할 것을 권유받는다. 그리고 시위 운동 관련 문건을 작성할 경우 검거를 피하기 위해 등사가 아닌 골필을 사용할 것 등의 조언을 받고, 이와 관련한 자금 35원을 지원받는다. 이러한 과정을 거쳐 그는 3월 14일 도쿄에서 오사카로 출발한다. 이때 염상섭은 학생처럼 보이지 않게 하려고 기나가시(着流し)로 기모노에 하오리(羽織)만 걸치고 중절모를 쓴 차림을 하고 움직인다.[91]
3월 15일	염상섭은 기후역(岐阜駅)에 하차하여 그 정거장 부근인 수전(水田)여관(혹은 이즈카(泉嘉)여관)에서 「독립선언서」라는 제목의 조선문으로 된 인쇄물을 기초하고 수십 매를 복제하였다.[92]
3월 16일	염상섭은 하숙집인 오사카시 북구 후쿠시마(福島) 북(北) 일정목(一丁目) 144번지 아베(阿部艶子) 집에서 이경근과 백봉제 두 사람을 만난다. 그는 이들에게 오사카에서 '노동자 조선인 대회'를 개최하고 시위 운동을 거행하고자 하는 취지를 말하고 선언서에 서명할 것을 요구하였다. 그런데 이 두 사람은 그 주의(主義)에는 크게 찬성하지만, 학생 신분으로 표면에 나설 수 없다고 하여 서명은 거부하였으나, 그 운동에 관한 원조는 아끼지 않겠다고 결의하였다.[93]
3월 16~17일	17일에 염상섭은 배포할 목적의 「격(檄)」문의 초안을 기초하였고, 일본문으로 「독립선언서」와 「격」문의 인쇄물을 만들고자 미완의 원고를 이경근과 백봉제 두 사람에게 보여 주고 동의를 얻었다. 16~17일 양일에 걸쳐 염상섭, 이경근, 백봉제는 골필로 탄산지(炭酸紙)를 사용하여 복사하는 방법으로 「격」문 십수 통과 「독립선언서」 백 수십 통을 작성하였다.[94]

날짜	염상섭의 주요 행적
3월 17~18일	염상섭은 오사카에 있는 공장에서 조업하는 조선인 노동자에게 '3·19오사카독립선언'을 요청하는 「격」문과 집회 때 완장으로 사용할 붉은색 천 조각을 함께 배포하였다.[95] 그는 오사카 공장지대의 조선인 노동자를 찾아갈 때마다 변장하였고, 한 번 방문한 곳은 두 번 발을 들여놓지 않는 치밀함을 보였다. 날마다 여관을 이동하면서 새벽녘과 오밤중에는 공장지대에서 유인물을 배포하고 낮에는 골필로 유인물을 작성하였다.[96]
3월 19일	거사 당일, 염상섭은 정해진 시간을 기다리며 시내를 돌아다녔고, 덴노지공원 근처와 그 안팎을 몇 차례 정찰하기도 하였다. 그리고 시내를 돌아다니는 중에, 헌책방에서 감옥생활을 하게 되면 읽어 볼 요량으로 오스카 와일드의 『옥중기(獄中記)』를 구입한다.[97] 오후 7시경에 그는 일인(日人) 행색을 한 채로, 독립선언서 230매, 격문 1매, '대한독립'이라고 쓴 깃발 1대, 그리고 일본문으로 작성한 독립선언서 13매를 휴대하고 덴노지공원에 들어선다. 일본문으로 작성한 독립선언서 13매는 집회에 모인 사람들로 하여금 내각 총리대신, 양원 의장(兩院議長), 기타 학자, 신문사 등 13곳에 우송하기 위한 것이었다. 염상섭은 이 거사를 통해, 조국 광복을 위한 재일 조선인의 결속을 다지고 조선내지와 책응(策應)하여 독립의 기운을 촉진하고자 하였다.[98] 예정된 시간이 되어, 그는 일인(日人)의 행색을 하고 공원의 입구 가운데 허술한 곳을 택하여 음악당(공회당) 앞까지 오는 데는 성공하였다.[99] 그러나 오후 8시 무렵 이내 곧 잠복하고 있었던, 오사카부 덴노지·나니와(難波) 두 경찰서에서 출동한 경관들에 의해 체포당하고 만다. 체포된 조선인은 염상섭을 포함하여 모두 24명이었다. 불완전하지만 그 명단을 살펴보면 다음과 같다. 염상섭(22세), 김호종(金琥宗, 22세), 손풍구(孫風九, 30세), 이규인(李圭寅, 20세), 배재용(裵在用, 27세), 이계문(李啓文, 23세), 고영호(高永浩, 18세), 양좌천(梁左天, 36세), 종흥섭(宗興燮, 27세), 성봉술(成鳳述, 20세), 좌공림(左公琳, 20세), 김호석(金昊錫, 23세), 홍동표(洪同杓, 24세), 조계순(曹桂淳, 27세), 이춘광(李春光, 29세), 김인강(金仁綱, 28세), 정근발(鄭根發, 25세), 조송길(趙松吉, 21세), 강송길(姜松吉, 21세), 강영삼(姜永三, 23세), 와성원(窪星元, 31세), 박광성(朴光成, 21세), 정성국(鄭聖國, 23세).[100]
3월 20일	이후 오사카 경찰본부에서 고등과장, 오사카재판소에서 검사 등이 파견되어 취조가 진행되었다. 그러면서 체포된 24명 가운데 11명은 오사카 미나미구(南區) 니혼바시(日本橋) 스지히가시(筋東) 1정목 김상원(金相元) 집에 머무르고 있었던 무직 노동자로 밝혀진다.[101] 그리고 20일 오후에 이경근과 백봉제가 구속되어 경찰서 사법 주임과 검사의 취조를 받게 된다. 염상섭은 구속된 이후 배후관계를 추궁 받았으며, 사건에 대한 이경근과 백봉제의 방조 혐의를 둘러싸고 필적감정이 이루어지기도 하였다. 그리고 검사 측에서는 독립선언이 수포로 돌아가고 실질적인 시가행진이나 경찰과의 정면충돌 및 사건이 발생하지 않았기 때문에 위헌죄(내란죄) 대신에 출판법 위반을 적용하기로 하였다.[102]
3월 21일	21일 오후 5시에 염상섭, 백봉제, 이경근 세 명은 출판법 위반으로 기소된다. 그리고 체포되었던 나머지 사람들은 같은 시간에 석방되었다.[103]

날짜	염상섭의 주요 행적
4월 11일	오후 1시 50분부터 오사카구(大阪區)재판소 판사와 검사 주재 하에 공판에 개정되었다. 염상섭은 검은 테 안경을 쓰고 일본 옷을 입고 출정했는데, 공판 내내 싱글벙글 웃으면서 방청하러 온 몇 명의 조선인을 힐끗 쳐다보곤 하였다. 재판장이 "족적(族籍)은?"이라고 묻자, 그는 "조선은 사족·평민의 구별이 없으니 족적이라는 호칭은 없습니다. 말하자면, 양민이라고 하겠지요."라고 유창하게 대답하였다. 이후 사실 조사에 들어가려고 했는데, 검사의 청구에 의해 공안을 해칠 염려가 있다고 하여 방청 금지로 심리가 진행되었다.[104]
4월 18일	오후 4시 오사카구재판소 판사에 의해, 염상섭은 저작자로서 금고 4개월, 인쇄자로서 3개월, 발행자로서 3개월로, 합계 10개월의 금고를 언도 받았다. 그리고 이경근과 백봉제는 인쇄자로서 2개월, 저작방조자로서 1개월 15일로 합계 3개월 반의 금고에 처해졌다. 적용된 법률은 출판법 제26조였으며, 이 공판 역시 방청이 금지되었다.[105]
6월 6일	염상섭, 이경근, 백봉제 3명은 금고형을 받은 뒤에 판결이 부당하다고 공소하여 재심이 진행되었다. 오후 2시 오사카구재판소 판사에 의해, 3명이 국헌을 문란케 한 것은 인정되지만, 탄산지로 인쇄한 것은 출판법 위반으로 인정할 수 없다고 하여 무죄 판결을 받는다.[106] 당시 이들을 담당했던 변호사가 프랑스에서의 판례를 근거로 삼아 필사한 것은 아무리 불온문서라 하더라도 출판물로 인정하지 않는다고 변호하여 무죄를 받게 되었다.[107]
6월 9일	염상섭, 이경근, 백봉제는 상고 기한일인 6월 9일 오후 6시 와카마쓰초(若松町) 분감(分監)에서 출옥하였다.[108]
7월 12일	출옥 이후 염상섭은 도쿄 유학을 계속하려는 희망을 품고, 7월 12일 도쿄로 이동한다.[109]
7월 18일 7월 23일	염상섭은 7월 18·23일 두 차례 요시노 사쿠조(吉野作造)와 만난다.[110] 요시노로부터 학비를 제공하겠다는 제안을 받지만 일언지하에 물리쳤다고 한다.[111]
미상	도쿄에서 무산자운동에 자극받아 일부 지도층과 접촉한다. 노동운동에 공명하여 그것을 실천하기로 결심한다.[112] 일본의 갱부노동조합장 등 노동운동 활동가를 만나 조선인 갱부의 노동조합을 신속히 조직할 것을 권고 받는다.[113]
10월 1일 이후	10월 1일 오사카로 돌아갔다가 11월 15일 다시 도쿄로 이동한다.[114]

75 염상섭이 1918년 말~1919년 초에 걸쳐 약 2개월 간 신문기자로서 활동했던 쓰루가항 (敦賀港)은 교토(京都)의 동쪽에 인접한 후쿠이현(福井縣)의 쓰루가군(敦賀郡)에 위 치해 있었다. 통상적으로 한국에서 쓰루가항은 일본의 다른 지역에 비해 인지도가 낮 지만, 그 당시 제국 일본과 식민지 조선과의 관계 및 동아시아 정세와 관련하여 중요한 의미를 지니는 장소였다. 당시 일본 정부를 비롯한 민간에서는 쓰루가항을 대외 교통 의 전략적 요충지로 파악하고 있었다. 역사적으로는 임나일본부설의 근거가 되었던 일 본 진구황후(神功皇后)의 삼한정벌(三韓征伐) 책원지(策源地)로 의미화되고 있었다. 당시 동아시아적 맥락에서는, 일본이 청일전쟁과 러일전쟁을 수행함에 있어 전략적 요 충지로서 기능하였으며, 또한 블라디보스토크와 항로가 개설되고 유럽에서 시작하는 시베리아 횡단 철도와 연결되면서 "동아(東亞)의 관문"으로서의 역할을 수행한다고 평 가되었다. 그리고 한일병탄 이후, 1918년 4월 조선총독부가 보조금을 지원하여 조선의 청진항(淸津港)과 정기항로가 개설되면서 동해(東海)를 횡단하여 한반도 북부와 연결 되는 교통망을 구축하게 된다. 요컨대 당시 쓰루가항은 조선, 러시아, 유럽 등지를 원근 으로 네트워킹하면서 다양한 형태의 정보와 물자를 교류하는 허브 역할을 수행하는 요 충지였다고 할 수 있다. 1919년 3·1운동을 전후한 시기, 동아시아적 맥락 및 한일관계 에서, 쓰루가항이 지니고 있었던 지정학적 의미 및 역사적 의미에 대해서는 다음의 문 헌들을 참조. 敦賀新聞社 編, 『(改版)敦賀』, 山上書店, 1919, 1~58쪽; 住田正一, 『近海 港灣論』, 嚴松堂, 1921, 153~156쪽; 內務省土木局 編, 『日本の港灣』, 港灣協會, 1924, 353~369쪽; 廣井勇, 『日本築港史』, 丸善株式會社, 1927, 260~265쪽 등.

76 동아일보사, 『퇴사원록』(신문박물관 소장) 중에서 '염상섭' 관련 내용(약력) 참조. 염상 섭은 1918년 10월~1919년 1월 무렵까지 '쓰루가츄가이신문사(敦賀中外新聞社)' 기 자로 근무했다. 염상섭의 회고에 따르면, 그는 "쓰루가항 새로 발간되는 다시 헌정회 (憲政會)계의 소신문(小新聞)의 기자"로 활동하였는데 주된 임무는 "해삼위(海蔘威)· 청진(淸津)·원산(元山)을 거쳐 매일 한 번씩 들어오는 정기항로의 배를 출영(出迎) 하여 취재하고 경찰서 출입"하는 일이었다(염상섭, 「3·1운동 당시의 회고」(『신태양』, 1954.3), 『염상섭 문장 전집』 III, 259~260쪽 참조). 당시 '일본전보통신사(日本電報 通信社)'에서 매년 발간한 『신문총람(新聞總覽)』에 따르면 『쓰루가츄가이신문(敦賀 中外新聞)』은 1918년 10월 23일에 창간된 신생 신문으로 창간 무렵에는 사장이 주필 을 겸하는 소규모 신문사였다. 신문 표제명에 '국내와 국외'를 의미하는 '중외(中外)' 가 포함된 것으로 보아, 쓰루가항이 네트워킹되어 있었던 조선, 러시아 및 유럽과의 국 제정세 및 관련 정보 보도에 주력했던 것으로 보인다. 당시 일본 후쿠이현 쓰루가 지 방의 신문 및 신문사에 관해서는 『新聞總覽』, 日本電報通信社, 1917, 421~428쪽; 『新 聞總覽』, 日本電報通信社, 1920, 487~500쪽; 『新聞總覽』, 日本電報通信社, 1922, 518~529쪽 참조.

77　염상섭, 「3·1운동 당시의 회고」(『신태양』, 1954.3), 『염상섭 문장 전집』III, 259~260
　　쪽 참조.

78　「朝鮮人槪況第三」(大正九年六月三十日), 朴慶植 編, 『在日朝鮮人關係資料集成第一
　　卷』, 三一書房, 1975, 106쪽.

79　오사카에서 발행되고 있었던 『大阪朝日新聞』과 『大阪每日新聞』에 3·1운동 기사가
　　게재되는 것은 3월 3일이다. 특히 『大阪每日新聞』 석간 3월 3일자 6면에 「조선각지의
　　소요(朝鮮各地の騷擾―京城の一大示威運動)」의 기사를 비롯하여 3·1운동 관련 6건
　　의 기사가 게재되는데, 염상섭은 아마도 이 기사를 접한 것 같다. 윤소영 편역, 『日本新
　　聞 韓國獨立運動記事集(I)―3·1운동편(1) 大阪朝日新聞』, 독립기념관 한국독립운동
　　사연구소, 2009, 80~81쪽; 윤소영 편역, 『日本新聞 韓國獨立運動記事集(II)―3·1운
　　동편(2) 大阪每日新聞』, 독립기념관 한국독립운동사연구소, 2009, 113~115쪽 참조.
　　이후 인용하는 『大阪朝日新聞』과 『大阪每日新聞』의 경우 윤소영이 편역한 앞의 책에
　　서 가져왔음을 밝혀 둔다.

80　염상섭 외, 「3·1운동과 신문학」(『서울신문』, 1953.3.1), 『염상섭 문장 전집』III, 224쪽
　　참조.

81　「朝鮮人槪況第三」(大正九年六月三十日), 앞의 책 참조.

82　염상섭, 「3·1운동 당시의 회고」(『신태양』, 1954.3), 『염상섭 문장 전집』III, 260쪽 참조.

83　「嗟や大阪にも鮮民の騷擾」, 『大阪每日新聞』, 1919.3.21(夕刊), 6면; 「在阪鮮人は平
　　穩」, 『大阪每日新聞』, 1919.5.27, 11면 등 참조.

84　1920년도 오사카의 조선인 노동자 수는 4,362명이었음에 반해, 학생은 10명에 불과했
　　다. 이에 대해서는 정혜영, 앞의 책, 국학자료원, 2001, 79쪽 참조.

85　염상섭, 「3·1운동 당시의 회고」(『신태양』, 1954.3), 『염상섭 문장 전집』III, 260~261
　　쪽 참조.

86　염상섭, 「부득이하여」(『개벽』, 1921.10), 『염상섭 문장 전집』I, 174쪽 참조.

87　염상섭, 「상아탑 형께―「정사(丁巳)의 작(作)」과 「이상적 결혼을 보고」」(『삼광』,
　　1919.12), 『염상섭 문장 전집』I, 56~57쪽 참조.

88　염상섭, 위의 글. 이 글의 말미에는 "3월 6일 오사카(大阪)에서"라고 글을 쓴 날짜가 부
　　기되어 있다.

89　염상섭, 「부득이하여」(『개벽』, 1921.10), 『염상섭 문장 전집』I, 174~175쪽 참조. 염
　　상섭이 쓴 「상아탑 형께―「정사(丁巳)의 작(作)」과 「이상적 결혼을 보고」」(『삼광』,
　　1919.12)은 원래는 『학지광』에 투고한 원고였다. 그런데 학지광 편집부에서는 황석우
　　가 『매일신보』에 투고하였다는 이유로 그에 대한 염상섭의 글도 『학지광』에 게재하기
　　를 거부하였고, 염상섭의 원고를 『삼광』에 보냈다.

90　「朝鮮人槪況第三」(大正九年六月三十日), 앞의 책 참조.

91　염상섭, 「3·1운동 당시의 회고」(『신태양』, 1954.3), 『염상섭 문장 전집』III, 261~262

쪽 참조.

92 「朝鮮人槪況第三」(大正九年六月三十日), 앞의 책;「大阪で騷擾の朝鮮人等は國憲紊亂で處刑」,『大阪朝日新聞』, 1919.4.19, 7면;「大阪서 騷擾한 조선학생들은 출판법위반으로 각각 금고에 처함」,『매일신보』, 1919.4.21, 3면 참조. 사실 내용과 관련하여 이 자료들은 약간의 차이를 보이고 있다. 기후역 근처에서 염상섭이 묵었던 여관이름을 『大阪朝日新聞』과 『매일신보』에서는 '재판소의 판결 이유'를 근거로 삼아 '이즈카(泉嘉)여관'이라고 보도하고 있는데,「朝鮮人槪況第三」에서는 '水田여관'이라고 기록하고 있다. 이외에도 자료에 따라 사실상의 차이가 조금씩 나타나는데, 각각의 자료들이 일정한 오류와 부정확성을 지니고 있기에 어느 쪽이 더 정확하다고 할 수 없는 지점이 있다. 따라서 이하에서는 여러 자료를 종합적으로 판단하여 당시의 전모를 구성하도록 한다.

93 「朝鮮人槪況第三」(大正九年六月三十日), 앞의 책 참조. 하숙집 주소에 대해서는 약간의 다른 기록이 있다. 즉「大阪で騷擾の朝鮮人等は國憲紊亂で處刑」,『大阪朝日新聞』, 1919.4.19, 7면;「大阪서 騷擾한 조선학생들은 출판법위반으로 각각 금고에 처함」,『매일신보』, 1919.4.21, 3면에서는 오사카시 북구 가미후쿠시마(上福島) 3정목 아베(阿部) 집이라고 기록되어 있다.

94 「朝鮮人槪況第三」(大正九年六月三十日), 앞의 책;「大阪で騷擾の朝鮮人等は國憲紊亂で處刑」, 大阪朝日新聞, 1919.4.19, 7면;「大阪서 騷擾한 조선학생들은 출판법위반으로 각각 금고에 처함」,『매일신보』, 1919.4.21, 3면 참조.

95 「朝鮮人槪況第三」(大正九年六月三十日), 앞의 책 참조.

96 염상섭,「3·1운동 당시의 회고」(『신태양』, 1954.3),『염상섭 문장 전집』III, 262쪽 참조.

97 염상섭,「기미운동과 문학정신」(『평화신문』, 1958.3.1),『염상섭 문장 전집』III, 410쪽에서는 3월 18일에『옥중기』를 구입한 것으로 되어 있다.

98 「朝鮮人槪況第三」(大正九年六月三十日), 앞의 책 참조.

99 염상섭,「3·1운동 당시의 회고」(『신태양』, 1954.3),『염상섭 문장 전집』III, 263~264쪽 참조.

100 「市內朝鮮人の檢擧」,『大阪朝日新聞』, 1919.3.21(夕刊), 2면 참조. 이 명단에는 어느 정도 오류가 있을 것으로 추정된다. 예컨대 염상섭의 성명이 '廉相燐'으로 잘못 기재되어 있다. 그리고 신문 본문에서는 모두 24명이 체포되었다고 하는데, 그 명단에는 23명만 기재되어 있다.

101 「朝鮮勞働者 取調續行」,『大阪朝日新聞』, 1919.3.21, 7면 참조.

102 염상섭,「3·1운동 당시의 회고」(『신태양』, 1954.3),『염상섭 문장 전집』III, 265쪽 참조.

103 「朝鮮學生 三名起訴」,『大阪朝日新聞』, 1919.3.22, 7면 참조.

104 「天王寺で騷いだ朝鮮人公判 傍聽禁止」,『大阪朝日新聞』, 1919.4.12(夕刊), 2면 참조. 염상섭은 이 날 공판을 기억하여 술회하고 있다. 그는 "상민(常民)이요"라고 대답

3) 독립선언의 주체구성과 연대의 잠재력

쓰루가항에서 오사카로 올라온 염상섭은 뒤에서 다시 확인하게 되겠지만, 다이쇼 데모크라시의 영향을 통해 '해방의 정치와 사랑의 윤리'로 충만해 있었다.[115] 앞에서는 일본 측 경찰 자료, 신문자료, 회상기 등을 참조하여 당시 염상섭의 구체적인 행보를 실증적으로 재구성해 보았다. 여기서는 그렇게 재구성된 사실을 바탕으로 그 사건이 지니고 있었던 주체구성과 연대의 잠재력을 확인해 보고자 한다. 앞서 확인했듯이, 기존의 연구에서 이 무렵 염상섭의 행보와 사유는 충분히 조명받지 못했다. 약관

하였다고 회상한다. 이에 대해서는 염상섭, 「씨족의식과 감투욕」(전2회)(『경향신문』, 1958.6.27~6.28), 『염상섭 문장 전집』III, 427~428쪽 참조.

105 「大阪で騷擾の朝鮮人等は國憲紊亂で處刑」, 『大阪朝日新聞』, 1919.4.19, 7면; 「天王寺公園に集つて不穩の檄文を配布した鮮人學生等の判決」, 『大阪每日新聞』, 1919.4.19, 11면; 「大阪서 騷擾한 조선학생들은 출판법위반으로 각각 금고에 처함」, 『매일신보』, 1919.4.21, 3면 참조.

106 「出版法違反の三朝鮮人 全部無罪」, 『大阪每日新聞』, 1919. 6. 7(夕刊), 6면; 「朝鮮學生無罪」, 『大阪朝日新聞』, 1919.6.10, 7면; 「大阪의 煽動者 세 명은 무죄 방면」, 『매일신보』, 1919.6.10, 3면 참조.

107 염상섭, 「3·1운동 당시의 회고」(『신태양』, 1954.3), 『염상섭 문장 전집』III, 265~266쪽 참조.

108 「朝鮮學生無罪」, 『大阪朝日新聞』, 1919.6.10, 7면 참조.

109 「朝鮮人槪況第三」(大正九年六月三十日), 앞의 책, 106~107쪽 참조.

110 吉野作造, 『吉野作造選集 14 - 日記 二(大正4~14)』, 岩波書店, 1996, 210쪽.

111 염상섭, 「횡보문단회상기」(전2회 미완)(『사상계』, 1962.11~12), 『염상섭 문장 전집』III, 592쪽.

112 위의 글.

113 상섭, 「니가타현(新潟縣) 사건에 감(鑑)하여 이출노동자에 대한 응급책」(『동명』 2, 1922.9.3~9.10), 『염상섭 문장 전집』I, 261~262쪽 참조

114 「朝鮮人槪況第三」(大正九年六月三十日), 앞의 책, 106~107쪽 참조.

115 제월(霽月), 「부인의 각성이 남자보다 긴급한 소이(所以)」, 『여자계』, 1918.3; 「현상윤(現相允) 씨에게 여(與)하여 「현시(現時) 조선청년과 가인불가인(可人不可人)을 표준」을 갱론(更論)함」, 『기독청년』, 1918.4.16; 「비평, 애(愛), 증오(憎惡)」, 『기독청년』, 1918.9.16 등 참조.

을 조금 넘어선 젊은 시절의 일종의 치기 어린 행동으로 간주된 감도 있으며, 이후 프로문학자들과의 논쟁이 빚어낸 민족주의자 내지는 중간파라는 평가로 인해 이 시기 그의 사유는 연속성이 결여된 고립된 에피소드로 간주되기도 했다. 하지만 계속해서 살펴보겠지만, 이 시기 염상섭의 행동과 사유는 그렇게 간단하게 정리될 만한 것은 아니다. 오히려 독립선언을 둘러싼 경험과 사유는 그의 지속적인 소설과 비평 작업 등과 같은 글쓰기를 견인하는 수원지로서 기능하고 있다고 해도 좋을 것이다.

염상섭은 「회상기」에서 "단독으로 거사할 준비에 동분서주하였었다"라고 술회하고 있다.[116] 확실히 3·19오사카독립선언의 대표자와 주도자는 염상섭이었다. 이와 더불어 여기에는 염상섭을 제외하고 적어도 네 집단이 함께 참여하고 있음을 알 수 있다.

첫 번째 집단은 독립선언과 관련하여 사상적인 측면과 실행적인 측면에서 영향을 준 인물들 — 황석우와 변희용 — 이다. 염상섭은 3월 3일 오사카에서 진행된 고종의 요배식에서 논의된 시위 운동의 계획이 무산된 무렵, 황석우를 만난다. 염상섭과 황석우는 교토로 이동하여 2~3일 동안 동거하면서 '시국과 문단'에 관하여 담론을 주고받는다. 당시 황석우는 『근대사조』1916.1를 둘러싼 인적 네트워크를 통해 당대 아나키스트들과 교류하면서 사상적으로는 아나키즘적 경향을 보여 주고 있었다.[117] 염

116　염상섭, 「횡보문단회상기」(전2회 미완)(『사상계』, 1962.11~12), 『염상섭 문장 전집』 III, 591쪽.

117　이 시기 황석우의 아나키즘적 사상 편력에 대해서는 조두섭, 「1920년대 한국 상징주의 시의 아나키즘과 연속성 연구」, 『우리말글』 26, 2003.12; 한기형, 「초기 염상섭의 아나키즘 수용과 탈식민적 태도─잡지 『삼광』에 실린 염상섭 자료에 대하여」, 『한민족어문학』 43, 2003.12; 정우택, 「황석우의 매체 발간과 사상적 특징」, 『민족문학사연구』 32, 2006.12; 이종호, 「일제시대 아나키즘 문학 형성 연구─『근대사조』 『삼광』 『폐허』를 중심으로」, 성균관대 석사논문, 2006, 36~66쪽 등 참조.

상섭과 황석우가 오사카독립선언과 관련하여 구체적으로 어떤 내용을 주고받았는지를 알려주는 자료는 없지만, 이 만남이 이루어진 시기를 고려하면 의례적인 만남은 아니었을 것으로 판단된다.[118] 미루어 짐작건대, 황석우는 시위 운동과 관련하여 염상섭에게 사상적으로 일정한 영향을 주었던 것으로 보인다. 가령 노동자 중심의 독립선언은 당대 아나키즘 및 아나코 생디칼리슴과 관련하여 이해할 수 있을 것이다. 그리고 당시 도쿄 유학생 사회 및 그 사정에 어두웠던 염상섭에게 변희용을 만날 수 있도록 도움을 준 매개자가 황석우였을 수도 있을 것이다. 이후 염상섭은 도쿄로 올라와 변희용을 만난다. 변희용은 1919년 2월 24일 도쿄 히비야日比谷공원에서 「조선청년독립단 민족대회소집촉진부 취지서」를 인쇄하여 배포하려다가 체포되었다가 석방된 상태였다.[119] 앞에서 서술했듯이, 염상섭은 변희용으로부터 독립선언의 민중·노동자라는 구체적인 주체 및 대상의 설정, 등사가 아닌 골필을 사용한 유인물 작성이라는 선전방식, 자금 등과 관련하여 지원 및 조언을 받는다. 특히 등사가 아닌 골필을 사용하라는 조언은 염상섭이 무죄로 방면될 수 있었던 결정적인 요건이 되었다. 이와 같은 사실을 고려할 때, 염상섭이 오사카독립선언을 계획하고 실행함에 있어, 황석우와 변희용이 적지 않은 영향 및 도움을 주었음을 알 수 있다. 즉 이 독립선언은 표면적으로는 염상섭의 단독거사였지만, 실제로는 점차 사회주의로 기울고 있었던 변희용을 비롯하여 아나키

---

118 염상섭은 3·19오사카독립선언과 관련하여 체포된 뒤, 일본 경찰에게 자백하는 과정에서 황석우와의 만난 사실과 그와 함께 논의한 내용들을 누락시킨다. 오사카독립선언과 관련한 거의 모든 전모를 자백하면서도 황석우와의 만남을 유독 누락시키고 있는 사실은, 역설적으로 그 만남이 예사로운 만남이 아니었음을 방증해 주기도 한다. 「朝鮮人槪況 第三」(大正九年六月三十日), 앞의 책 참조.

119 慶北警察局 編, 『高等警察要史』, 1929(류시중·박병원·김희곤 역주, 『국역 고등경찰요사』, 선인, 2010, 429쪽) 참조.

스트 황석우 사이에서 계획된 공동 기획으로 봄이 타당할 것 같다. 한편 이 독립선언서는 변희용에게 있어서도 매우 중요한 사상적 전환점이 되었다고 논의된다. 즉 그의 사상적 중심축이 '민족자결주의'에서 '노동운동'이라는 선택지를 통해 '사회주의'로 옮겨 가고 있음을 이 선언서가 반증하고 있다는 것이다.[120]

두 번째 집단은 당시 일본 오사카에서 유학하고 있었던 학생집단이다. 이에 대해서는 염상섭이 독립선언에 관해 서술할 때, 더불어서 항상 기술되곤 했지만 그 의미에 대해서는 소홀히 다루어져 왔다. 염상섭이 오사카에서의 독립선언을 결심하게 되는 중요한 계기는 오사카대 의과대 학생인 정구충의 집에서 열린 고종의 요배식이었다. 이 회합에서 정구충은 요배식의 공간을 제공하고 민족의식을 고취하면서, 독립선언과 관련하여 도화선 역할을 하였다. 비록 무산되고 말았지만, 독립선언과 관련한 구체적인 실행 계획의 일부도 이 회합에서 마련되었음을 기억해 둘 필요가 있을 것이다. 말하자면 정구충을 비롯하여 이경근, 백봉제 등 8명의 오사카 유학생 또한 직간접적인 참여자인 셈이다. 그 가운데 이경근과 백

---

120 변희용을 단독 주제로 한 연구는 매우 드문 편이다. 小野容照는 변희용이 관여한 독립선언서를 비교 검토하면서 오사카독립선언의 중심인물로 변희용, 염상섭 양자를 거론하며, '在大阪韓國勞働者一同' 명의로 배포하고 '노동자'들을 그 대상으로 삼은 점은 이전(2월)의 독립선언서와 비교할 때 매우 큰 차이라고 강조한다. 요컨대 이러한 변화, 즉 변희용이 노동운동이라는 선택지를 택하는 것은 그가 이후에 사회주의자로 변모하게 되는 단초를 의미한다는 것이다(小野容照, 「在日朝鮮人留学生卞熙瑢の軌跡 ―在日朝鮮人社会主義運動史研究のための一視座」, 『二十世紀研究』 10, 2009.12, 50~51쪽 참조). 변희용의 경우 그의 회고에서 '조선유학생학우회'가 조직될 무렵부터 "크로포트킨 著 『一革命家의 回想記』"의 독서체험과 더불어 "직접행동파"의 기질을 지니고 있었다고 술회하는데, "3·1운동 직후"에는 "민족운동을 성공의 방향으로 발전시키기 위하여는 사회주의운동을 수단으로 향하는 것이 최선의 길이란 결론을 얻어" "사회문제·노동문제·사회주의"에 관심을 쏟고 있었다고 한다(변희용, 「行動을 쏟았던 젊음의 情熱」, 『一波 卞熙瑢先生遺稿』, 성균관대 출판부, 1977, 296~299쪽 참조).

봉제는 「독립선언서」에 직접 서명하자는 염상섭의 제안은 거부하였지만, 그 운동에 관해서는 원조를 아끼지 않았다. 실제로 이들은 「독립선언서」 와 「격」문을 탄산지와 골필로 복제하면서 선전 활동이 가능하게 한 인물들이었다. 염상섭이 회고하고 있듯이 "일일이 골필로 복사하는 데 여간 시간이 들지 않고 뼈골이 빠졌"던 유인물 복제 작업[121]은 이들이 참여하지 않았다면 원활히 이루어지기 힘들었을 것이다. 이런 상황 속에서 이들은 독립선언 거사의 다음 날인 3월 20일에 구속되어 1심에서 인쇄자·저작방조자로 지목되어 출판법 위반으로 3개월 반의 금고형을 선고받기도했다. 더불어 구속 다음 날인 3월 21일 오사카고등공업학교大阪高等工業学校에서는 이경근과 백봉제 두 사람에 대하여 기소될 경우 퇴학 처분을 내릴 것을 언명하기도 하였는데, 이처럼 이들은 학업적인 면에서도 적지 않은 탄압을 받게 된다.[122] 이들은 6월 9일 염상섭과 더불어 무죄 방면되었는데, 이런 형편 속에서 백봉제는 6월 21일에 이경근은 7월 15일에 각각 조선으로 귀국한다.[123] 당시 오사카에 거주하는 조선인의 대부분이 노동자층이며 학생층은 소수에 불과했던 사실[124]을 고려하면, 염상섭이 거사를 구체적으로 실행함에 있어서 이 두 사람은 매우 중요한 역할을 수행했던 것이다.

　세 번째 집단은 독립선언에 참여했던 노동자들이다. 앞서 언급했듯이,

121　염상섭, 「3·1운동 당시의 회고」(『신태양』, 1954.3), 『염상섭 문장 전집』 III, 262쪽 참조.
122　「妄動に參加せる二鮮人學生」, 『大阪每日新聞』, 1919.3.22(夕), 6면 참조.
123　「朝鮮人槪況第三」(大正九年六月三十日), 앞의 책 참조.
124　1919년 오사카 거주 조선인 가운데 노동자와 학생의 비율을 알려주는 자료는 현재로서는 찾아보기 힘들었다. 다만 1920년 자료가 남아 있어 이를 토대로 1919년의 상황을 역으로 추정해 볼 수는 있겠다. 1920년도 오사카의 조선인노동자 수는 4,362명으로 전체의 97.1%를 차지하였다. 학생은 10명으로 0.2%에 불과했다. 정혜영, 『일제시대 재일조선인민족운동연구』, 국학자료원, 2001, 79쪽 참조.

구체적으로 구속된 노동자 수는 염상섭을 제외하면 23명이었다. 제1차 세계대전 종전1918.11.11 이후 전세계적인 불황이 가속되었는데, 이에 따라 일본에서도 노동력은 과잉 상태에 이르고 있었다. 이러한 상황은 이주노동자인 재일조선인노동자들에게도 큰 영향을 끼쳤다. 오사카 거주 조선인노동자는 거의 대다수가 비숙련·일용직 노동자들이었는데, 이런 상황은 실업률을 더욱 촉진하는 요인이기도 했다.[125] 당시 『오사카아사히신문』은 염상섭 주도의 오사카독립선언을 보도하면서 모두에 다음과 같은 오사카 거주 조선인노동자의 분위기를 전하고 있다.

> 오사카시 및 부근 마을에 거주하는 약 3천 명의 조선노동자는 사업계의 위축과 함께 대타격을 입어 실업자가 속출하고 유민이 증가하면서 사상적으로 험악한 경향을 띠고 있다. 또한 최근 조선의 폭동이 계속됨에 따라 앞으로의 방책에 대해 당국에서도 매우 우려하고 있던 중 19일 밤 시내 덴노지天王寺공원 음악당 앞에 다수의 조선인이 집합하여 무엇인가 계획하고 있다는[126]

이와 같은 신문 기사에 근거해 보면, 당시 오사카 조선인사회에서는 전 지구적인 차원의 경제 불황으로 인해 자발적인자생적인 노동운동의 분위기가 고조되고 있었으며, 특히 3·1운동의 영향으로 민족감정 역시 고양되면서, 봉기의 기운이 무르익고 있었음을 알 수 있다. 염상섭이 3월 19일 오사카에서 거행하고자 했던 집회의 성격명칭이 '조선인노동자대회재대판한국노동자대회'였음을 다시 한번 상기해 보자. 그는 비록 쓰루가라는 지역의 작은 신문사에서 기자생활을 했지만, 당시 신문사는 다양한 정보가 집중

---

125 「能率の低い鮮人勞働者」, 『大阪每日新聞』, 1919.4.15(夕), 6면 참조.
126 「市內朝鮮人の檢擧」, 『大阪朝日新聞』, 1919.3.21(夕), 2면.

되고 확산하는 정보네트워크의 최전선이었다. 이런 점을 고려하면 염상섭은 오사카의 이와 같은 상황을 어느 정도는 알고 있었을 것이다. 그는 오사카 거주 조선인의 인구 구성, 고조되고 있었던 자생적인 운동의 흐름의 정치·사회적 정세를 면밀히 주시한 가운데 '노동자대회'라는 형식을 통해 독립선언을 감행하려고 했던 것이다. 흥미로운 점은 식민지시기 내내 염상섭의 오랜 화두였던 민족운동과 노동운동의 절합이 오사카독립선언에서 이미 의식되지 않은 형태로 이루어지고 있다는 사실이다.

당시 오사카 거주 조선인노동자의 이와 같은 저항과 불만에 기반을 둔 자발적인 움직임을 고려할 때, 거사 당일 현장에서 체포된 23명의 조선인노동자를 단순 가담자나 단순한 수동적 객체로만 한정할 수는 없어 보인다. 당시『오사카아사히신문』이 보도하고 있듯이, 이 가운데 11명은 동일한 주소지에 집단적으로 거주하는 조선인들이었다.[127] 즉 이들이 견고한 형태의 조직력이나 일사불란한 행동력을 가지고 있었다고는 보기 어렵지만, 삶과 노동을 공유하는 느슨한 형태의 조직된 노동자들이었다고는 볼 수 있을 것이다. 조선에서의 3·1운동 이후 오사카 조선인사회에 경찰권력의 감시와 통제가 강화되는 가운데, 불과 며칠 동안의 선전조직 활동에 호응하여 덴노지공원으로 모여든 것은 자발적인 의지와 능동적인 움직임이 없었더라면 불가능했을 것이다. 그리고 이들의 호응이 없었더라면 염상섭의 오사카독립선언은 그야말로 관념적인 의미에서의 단독거사로 끝이 났을지도 모른다. 당시에 구속되었던 조선인노동자의 신원을 모두 추적하기는 힘들지만, 그 가운데 한 사람이었던 '좌공림'이라는 인물은 이후 조선공산당의 활동가로 성장한다.[128] 그에게는 이날 오사카에서

---

127 「朝鮮人勞働者 取調續行」, 『大阪朝日新聞』, 1919.3.21, 7면 참조.
128 좌공림(左公琳)은 1900년 제주도에서 태어났는데, 고아로 어렵게 생활하면서 보통학

의 경험이 그의 사상과 활동에 있어 (작지만 큰) 밑거름이 되었을 것이다.

지금까지 서술한 내용은 3·19오사카독립선언과 관련하여 직접적으로 참여하고 있었던 주체들에 관한 것이었다. 여기에 간접적이고 방계적인 형태로 연결되어 연대의 의지를 피력했던 또 하나의 집단을 추가해야 할 것이다. 그것은 도쿄제국대학 학생이 중심이 되었던 신인회新人會이다. 염상섭은 수감상태에서 일본어로 작성한 「조야의 제공에게 호소함」이라는 글을 신인회의 기관지 『데모크라시デモクラシイ』에 투고하여 독립선언의 정당성을 주장한다. 이에 신인회에서는 「조선청년 제군에게 드린다朝鮮靑年諸君に呈す」로 화답하면서 연대와 지지의 의사를 전한다.[129]

염상섭이 '재대판한국노동자대표'로 나서 개최한 '조선인노동자대회'에서 행하려고 했던 '독립선언'을 구성하고 있었던 주체(성)에 관해 다시 한번 정리해 보자. 이 사건은 먼저 일본 유학생이자 신문기자로 활동했던 염상섭을 그 원점으로 삼고 있다. 두 번째로, 선언의 사상적 지향 및 선언을 둘러싼 주체 설정, 구체적인 선전방식, 자금 동원 등의 형태로 지원과 조언을 아끼지 않았던 변희용과 황석우가 그 배후이자 전위로서 자리하고 있었다. 그리하여 이 선언은 아나키즘, 생디칼리슴, 사회주의 등의 지향점에서 민족운동과 결합하게 된다. 세 번째로 실질적인 조선인노동자

교를 졸업하였다. 이후 1926년 1월 사회주의 사상단체인 조선노동당 당원이 된다. 그리고 1928년 3월 조선공산당 중앙간부회에서 경기도책에 선출되어 사유재산제 반대와 사회주의사상 전파 및 동지 규합 등에 힘쓰던 중, '제4차 조선공산당검거사건' 때 김용찬(金容贊) 등과 함께 일본 경찰에 체포되었다. 1929년 3월 경성지방법원에서 치안유지법 위반으로 2년 징역형을 선고받고 복역한 후 1931년 3월 출감하였다. 『한국역대인물종합정보시스템』(http://people.aks.ac.kr/index.aks)의 '좌공림' 관련 항목 참조.
129 이에 관한 자세한 내용은 다음을 참조. 이종호, 「염상섭의 자리, 프로문학 밖, 대항제국주의 안—두 개의 사회주의 혹은 '문학과 혁명'의 사선(斜線)」, 『상허학보』 38, 2013.6, 22~24쪽(한기형·이혜령 편, 『저수하의 시간, 염상섭을 읽다』, 소명출판, 2014, 62~64쪽).

대회의 준비를 함께 실행한 오사카 유학생 이경근과 백봉제는 염상섭과 수평적인 형태로 연결되어 있었다. 네 번째로, 오사카 거주 조선인노동자들은 누적되어 분출되기 일보 직전이었던 저항의 활력을 이 선언에 접속시키면서 염상섭이 내걸었던 '조선인노동자대회'와 '재대판한국노동자 대표'라는 명칭을 온전히 뒷받침하였다. 마지막으로 신인회의 일본 대학생들은 간접적인 형태로 이 사건에 관해 연대와 지지의 의사를 표했다. 이를 통해 조선의 독립선언이라는 문제는 상징적인 형태이기는 했지만, 반제국주의적 맥락에서 민족 단위를 넘어서는 새로운 지형도를 창출할 수 있는 가능성을 보여 주게 된다. 요컨대 오사카에서 염상섭은 이러한 다양한 주체들을 접속시키고 확장시키는 가운데 독립선언을 준비하고 실행했던 것이다. 계급구성으로 보면 학생층과 노동자층의 결합이라는 '노학연대勞學連帶'의 형태를 보여 주었다고 할 수 있다. 그리고 민족구성으로 보면 현장에서 검거된 사람들은 모두 조선인이었지만, 오사카 덴노지 공원이라는 상징적인 장소[130]를 통해 일본 민중들과 연결될 수 있는 가능성을 열어 놓았으며 신인회의 기관지를 매개로 한 연대를 구축함으로써 반제국주의에 동의하는 일본 지식인층들과 연결될 수 있었다. 말하자면 이 선언은 '조일연대朝日連帶'의 가능성을 열어 놓았던 것이다. 즉, 이 사건은 근대적인 형태로 분할된 계급구성과 민족구성을 가로질러 새로운 차원의 주체성을 형성할 수 있는 잠재력을 맹아적인 형태로나마 보여 주었다고 해도 좋을 것이다.[131]

130　당시 오사카 민중운동의 중심지였으며 상징적인 장소였다. 이에 대해서는 뒤에서 다시 논의한다.

131　이후 『사랑과 죄』에서 등장하는 조선인 민족주의자·사회주의자·아나키스트의 토론과 연대, 그리고 일본인 지식인의 지지와 연대는 그러한 맹아가 지닌 잠재력의 소설적 현실화라고도 할 수 있을 것이다.

4) 개인과 집단의 네트워킹 — 조직화라는 예술적 기예

새로운 차원의 주체성을 형성할 수 있는 잠재력은 각 주체가 지닌 활력에 기반을 두고 있었다. 그런데 그것을 접속시키며 마주치게 하여 주체성을 현실적으로 창출하는 것은 선전과 조직화라는 예술적 기예를 통해서 가속화되기 마련이다. 염상섭은 이러한 맥락을 잘 알고 있었던 것 같다. 앞에서 확인했듯이, 오사카독립선언의 주체성은 구체적으로는 '염상섭-황석우·변희용-오사카 조선인 유학생-오사카 조선인 노동자-일본의 지식인신인회'로 확장되어, 노학연대와 조일연대의 가능성을 보여 주었다. 민족운동, 노동운동, 반제국주의, 민주주의데모크라시 등의 해방적 욕망 및 지향의 잠재력을 보유하고 있었던 각 개별적 주체들은 현실적 차원에서 네트워킹되면서 그 실제적인 힘과 움직임을 가시적인 형태로 드러내었다. 주지하듯이 이러한 네트워킹에 있어 염상섭의 역할과 활동이 결정적이었다.

염상섭은 끊임없이 이동하면서 사람들을 만났고, 당시 대중미디어와는 흐름을 달리하는 다른 형태의 문자미디어「독립선언서」와 「격」문 등를 만들었으며, 그러면서도 일본의 대중신문과 지식인들의 인쇄미디어를 적극적으로 이용·활용하고자 하였다. 그리고 오사카독립선언을 전후하여 이 사건을 둘러싼 논의와 회고는 지속적으로 변형되면서 현실적인 층위에서 긴장을 창출하게 된다. 말하자면, 그는 방문과 소문 등의 구술문화적 미디어와 격문과 신문잡지 등의 문자문화적 미디어를 선전과 조직화의 테크놀로지로 활용하면서 선언을 둘러싼 주체성을 구성해 나갔던 것이다.[132]

---

132 천정환은 3·1운동(혁명)과 미디어와의 관계를 논하면서 다음과 같이 언급하고 있다. 염상섭의 선전 및 조직화의 행위를 분석하는 데 이 논의로부터 시사 받은 점이 크다. "소문(所聞)·신문(新聞)·격문(檄文)·방문(訪問)은 3·1운동 당시의 네트워커이자

3월 3일 고종의 요배식 이후, 염상섭의 움직임은 복잡하게 전개된다. '오사카-교토-오사카-도쿄-기후-오사카'로 이어지는 동선이었다. 마치 『만세전』의 이인화가 도쿄와 경성으로 이어지는 긴 여정 속에서 여러 인물 군상들을 만나듯이, 염상섭도 또한 여러 인물을 만난다. 다만 이인화는 예견된 (아내의) 죽음을 맞이하기 위해 예정된 경로를 따라가면서 여러 인물과 수동적인 형태로 마주하게 되는 관찰자에 머물렀다면, 염상섭은 살아 있는 자들의 활력을 이끌어내기 위해 동분서주하는 적극적인 행위자의 모습을 보여 주었다. 그리고 이인화가 마주친 군상들은 스스로의 정체성을 탈각하고 새로운 주체성으로 네트워킹될 잠재력을 보유하고 있는 것으로는 형상화되지만,[133] 구체적으로 그 힘들이 서로 연결·접속되어 새로운 관계망을 형성하지는 못하고 여전히 각자의 자리에 그대로 머무른다. 하지만 염상섭은 다양한 인물들을 적극적으로 '방문'하여 그들과 상호작용하면서 스스로도 변화하고 그들 또한 변화시키면서 '선언'의 주체성으로 거듭나게 된다. 가령 염상섭은 황석우와 변희용을 만나 사상적인 명료함을 획득하면서 '노동자대표'로 스스로를 변화시킨다. 그리고 도쿄에서 변희용을 만나고 내려온 염상섭이 다시 만난 백봉제와 이경근은 평범한 학생에서 선언의 주요 행위자로 변신한다. 거사를 며칠 앞둔 시점

커뮤니케이션 수단이었다. (⋯중략⋯) 소문과 방문은 구술문화(적) 상황을, 신문과 격문은 새로운 문자문화를 대표하는 '매체'라 볼 수 있다." 천정환, 「소문(所聞)·방문(訪問)·신문(新聞)·격문(檄文)─3·1운동 시기의 미디어와 주체성」, 『한국문학연구』 36, 2009.6, 122쪽.

133 예컨대, 이인화가 마지막에 '서촌정자(西村靜子)' 보낸 편지에서 "새로운 생명이 약동하는 환희를 얻을 때까지 우리의 생활을 광명과 정도로 인도"하자고 제안하는 것은 그러한 잠재력을 형상화하는 것이라고 해도 좋을 것이다. 다만 이들의 잠재력은 편지라는 매개물(매체)를 통해 서로 연결되고 있지만, 그것이 어떻게 현실화될 수 있는지는 미지수로 남는다. 염상섭, 「만세전」, 『염상섭전집』 1, 민음사, 1987, 106쪽 참조.

에서 염상섭이 격문과 선전물을 나눠 주며 접촉한 오사카 조선인노동자는 공장에 매여 있었던 임금노동자에서 봉기의 참여자로 거듭나게 된다.

염상섭의 이와 같은 적극적인 방문을 통한 선전과 조직화는, 문자미디어글쓰기를 통해서 증폭된다. 선언과 관련하여 당시 염상섭이 작성한 문자매체는 앞에서도 언급했듯이 모두 4건이다. 즉 「독립선언서」, 「격」문, 「조야의 제공에게 호소함」, 「조선이 독립하지 않으면 안 될 이유서」가 그것이다. 이 가운데 「독립선언서」와 「격」문은 골필과 탄산지를 사용한 수작업으로 이루어진 문자미디어로, 매스컴mass communication과는 다른 성격을 지니는 미니컴mini communication으로서의 형태를 보여 주었다. 이 두 건의 글쓰기는 그것이 지니는 불온성으로 인해 통상적인 인쇄미디어 형태를 지닐 수 없었다. 그 목적은 먼저 선언의 참여자를 조직하는 데 있었고 나아가 대외적으로 선언을 공표하는 데 있었다. 이와 달리 「조야의 제공에게 호소함」, 「조선이 독립하지 않으면 안 될 이유서」는 최종적으로는 인쇄미디어에 게재되는 것을 겨냥한 매스컴의 성격을 지향한 것이었다. 즉 일본의 대중미디어인 신문과 진보적인 지식인들의 잡지에 이를 게재함으로써 그 유통망을 통해 대외적인 선전과 지지를 통한 조직화를 달성하기 위한 것이었다. 이처럼 염상섭은 문자미디어를 그 목적과 성격에 따라 비제도적인 형태와 제도적인 형태로 적절하게 나누어 배치하면서 넘나드는 전술을 구사하고 있었다. 말하자면 그는 근대적인 도시와 인쇄미디어라는 정글에서 글쓰기를 통한 일종의 게릴라 전술을 수행했던 것이다. 이러한 행위의 연장선상에서 다음과 같은 서술들은 흥미롭다.

㉮ 염염상섭-인용자은 자진해서 동월同月 18일 밤에 오사카에 있는 공장에서 조업하는 노동자 조선인에게 배포하려고 해당 격문에 집회 때 완장으로 할 붉은

색 천 조각을 첨부하여 약 12, 3매를 배포하고, 또한 3월 19일 오후 7시경에 독립선언서 230매, 격문 1매, 한랭사기寒冷紗旗 1개에 '대한독립'을 쓴 것과 일본문 독립선언서 13장을 휴대하고 천왕사 공원에 선착하여 내중자來衆者를 기다려 이들로 하여금 선언서를 내각 총리대신, 귀중양원의장貴中兩院議長, 기타 학자, 신문사 등 13곳에 우송케 하고, 해당 선언의 취지를 발표하고, 한편으로는 회중會衆에 대해서는 이 기회에 조국 광복을 위해 내지內地 조선인의 결속을 공고히 하고, 조선내지와 책응策應하여 독립의 기운機運을 촉진하려고 참회자參會者의 내집來集을 기다리고 있었으나[134]

㉯ 알기 쉽게 쓴 격문을 합숙소나 밀집 부락에 뿌리고 빨강 헝겊을 나누어주어서 그것을 팔목에 매고 (…중략…) 덴노지공원天王寺公園 음악당 앞으로 모이라는 것이었다. 여기에서 간단히 지은 선언서를 낭독하고 독립만세 삼창을 한 뒤에 대오를 지어 시가행진을 하자는 것이다. 공원문만 나서면 사통오달四通五達한 번화가이니 일이 제대로만 되면 얼마를 못 가서 제지를 당하더라도 시위의 목적은 달할 것이요, 현장에서 내가 체포된다 하여도 다만 몇백 명만 모였으면 흥분 끝에 격투라도 하여 신문에 보도만 되면 그만큼 효과는 나려니 하는 예상이다.[135]

여기서 인용한 내용은 각각 일본 측 경찰자료㉮와 염상섭의 회고㉯이다. 1919년 3월 19일 오후 7시 무렵 오사카 덴노지공원에서는 '식민지조선의 독립선언을 위한 조선인노동자대회'라는 근대적인 형태의 집회와 시위 운동이 전개될 예정이었다. 조선어와 일본어로 각각 제작된 유인물과 깃발을 비롯한 다양한 형태의 시위·선전물이 집회참여자에게 배포됨

---

134 「朝鮮人槪況第三」(大正九年六月三十日), 앞의 책 참조.
135 염상섭, 「3·1운동 당시의 회고」(『신태양』, 1954.3), 『염상섭 문장 전집』 III, 262쪽.

은 물론, 일본의 정계·학계·언론계 등에도 배포될 것이었다. 그리고 나아가 「독립선언서」가 낭독되고 만세삼창이 이어진 뒤에는 덴노지공원을 그 출발점으로 삼아 오사카 시내를 경유하는 시가행진이 계획되어 있었다. 그리고 이러한 계획과 실행은 일본의 미디어를 통해 하나하나 보도될 참이었다. 이러한 스펙터클한 상황이 염상섭이 애초에 계획한 조선인노동자대회의 광경이었다.

　여기서 염상섭이 집회 장소로 선택한 덴노지공원이 가지는 의미에 대해서도 언급해 둘 필요가 있다. 그가 '조선인노동자대회'를 개최하여 독립선언을 거행하려고 했던 오사카의 덴노지공원은 일상성을 초과하는 장소였다. 당시 오사카의 민중운동은 나카노시마中之島공원공회당과 덴노지공원공회당을 중심거점으로 삼아 각각 남북南北으로 가로지르는 형세였다. 특히 일본 노동운동을 비약적으로 발전시킨 1918년 쌀소동[136]은 오사카에서도 발생1918.8.9했는데, 그 중심 발화지점의 하나가 덴노지공원이었으며 그곳에는 대략 8천 명가량의 군중이 운집하였다. 쌀소동 시기에 오사카부大阪府에서는 덴노지공원을, 민중봉기의 흐름이 구성되고 활성화되는 핵심적 장소로 파악하고 그곳에 경찰과 군대를 배치하여 야간에 출입을 통제하였다. 또한 그때 일본 아나키즘및 생디칼리슴의 중심인물이었던 오스기 사카에大杉栄의 동선이 덴노지공원을 가로지르고 있었다. 그리고 1921년 오사카에서 최초로 거행된 메이데이 집회에서는 대략 5천 명의 군중이 덴노지공원에 운집하여 적색과 흑색의 깃발을 함께 나부끼면서 혁명

136　"쌀소동은 어민들 가운데서 발생하고 그것이 도시 시민들에게 파급하여 급기야는 탄갱 공장 노동자들의 파업, 폭동을 불러일으킨 일본 근대사상 최대 규모의 민중 봉기였다." 그리고 "쌀소동은 러시아혁명, 독일혁명, 3·1운동, 5·4운동 등과 관련하여 세계사의 새로운 조류를 나타내는 의의를 갖는 것"이었다. 미나미 히로시, 정대성 역, 『다이쇼 문화 1905~1927 – 일본 대중문화의 기원』, 제이엔씨, 2007, 122쪽.

노동가를 제창하기도 하는, 아나키즘과 볼셰비즘이 공존하는 보기 드문 사건을 연출하기도 하였다.[137]

　요컨대 1919년을 전후로 한 시기에 덴노지공원은 오사카 민중봉기 및 민중운동의 지리적 중심 거점이었다. 시야를 조금만 확장해 보면, 1917년 러시아혁명으로부터 일정한 영향을 받은 노동운동·계급운동, 1918년 쌀소동이라는 일본의 민중운동, 1919년 조선인노동자대회 및 3·1운동독립선언, 그리고 '초기 지구화' 운동의 상징이라고 할 수 있는 메이데이 집회가 일정한 시차를 두고 한데 어우러지며 횡단하는 장소가 덴노지공원이었다. 그리고 그곳은 사상적으로 보자면 아나키즘, 생디칼리슴, 볼셰비즘, 그리고 식민지 독립운동 등이 교차하고 교직되는 장소이기도 했다. 이러한 맥락들을 고려해 보면, 염상섭이 조선인노동자대회를 통한 독립선언 장소로 덴노지공원을 선택한 것은 단순한 우연이라고 보기는 힘들다. 그곳은 오사카의 민중운동 진영과 경찰군대 권력이 항시적으로 주목하고 대결하며 보기 드문 스펙터클한 장면을 연출하는 장소였으며, 그런 만큼 신문·잡지 등의 매스미디어가 그 관심을 집중시킬 수밖에 없는 장소이기도 했다. 염상섭은 일본 생활 및 신문사 기자생활을 통해 당시의 민중운동과 시위·집회의 문화 그리고 공간과 장소가 지니는 의미망을 체득하고 있었을 것이며, 그에 기초하여 '3·19오사카독립선언'을 기획하고 조직화했던 것이다.

137　오사카 민중운동에서 '덴노지공원'이라는 지리적 장소가 지니는 상징적 의미에 관해서는 酒井隆史, 『通天閣 新·日本資本主義發達史』, 靑土社, 2011, 356~368쪽 참조.

3. 해방의 정치와 사랑의 윤리

1) 해방론과 다이쇼 데모크라시 — 선언과 봉기 전야의 사상(1)

염상섭이 실행한 '3·19오사카독립선언'의 의미를 온전히 이해하기 위해서는 이 사건을 실행하기 전에 그가 행했던 활동들과 작성했던 글들을 검토해 볼 필요가 있다. 독립선언의 배면에 놓인 염상섭의 사유를 독해함으로써 그 사건이 지닌 의의와 가능성을 더욱 풍부하게 가늠해 볼 수 있을 것이다. 또한 이 사건은 향후 전개될 염상섭 문학과 사상의 주요한 수원지로 작동하고 있음을 확인할 수 있을 것이다. 더불어 오사카에서의 독립선언이 단지 "2·8독립선언에 대한 소외의식" — "2·8독립운동에 대한 지방 학생의 뒤틀린 심정의 뒤늦은 발로" — 이나 "염상섭의 고집스러운 자존심의 드러남"[138]으로 규정될 사건이 아니라는 것도 알게 될 것이다.

당시 일본 측 자료에는 염상섭이 "평소에 조선총독정치를 저주하고 기회가 되면 조국의 독립을 도모하려고 하는 목적을 지니고 있었다"[139]고 기재되어 있다. 이러한 평가는 일본 경찰권력이 독립선언으로 검거된 인물들을 규정하는 의례적인 표현으로 간주하여 그 의미를 축소하여 해석할 수도 있다. 하지만 당시 염상섭의 행적과 작성한 문장들을 검토해 보면, 그와 같은 평가에 걸맞은 그의 사상을 살펴볼 수 있다.

먼저 그의 행적을 살펴보자. 염상섭은 자신의 유년 시절에 관하여, "열 살 전후, 나의 어린 첫 꿈은 총소리와 함께 깨었는지, 깨어졌었는지 하여간 요란한 세상에 두 눈을 크게 뜨게 되었었다"고 기술하면서 "내 생애는

---

138 김윤식, 『염상섭 연구』, 서울대 출판부, 1986, 50~54쪽 참조.
139 「朝鮮人槪況第三」(大正九年六月三十日), 朴慶植 編, 『在日朝鮮人關係資料集成第一卷』, 三一書房, 1975, 106쪽.

이때부터 시작되었"다고 강하게 의미를 부여한다. '총소리'로 상징되는 이 시절의 사건은 그에 따르면, 구체적으로 1905년 "을사조약"과 "민충정 公閔忠正公"의 "자결", 1907년 "고종황제의 양위"와 그에 항의하는 군중 "시위대"의 "총소리", 그리고 대한제국의 군대해산과 의병운동 등을 가리킨다. 경합하는 총소리는 제국 일본과 식민지 조선의 힘의 충돌을 의미하는 것이었을 테다. 일련의 사건들은 대한제국이 일본의 식민지로 추락하는 과정을 의미했으며, 그에 대한 저항은 개인적인 층위와 집단적 주체의 층위에서 전개되었음을 알 수 있다. 이와 같은 흐름을 인지하는 시공간에서 염상섭의 실질적인 삶은 시작되고 있었다. "관립 사범보통학교"에서의 "3·1운동"과 이를 동기로 삼은 "보성학교"로의 전학은 그와 같은 삶이 현실 속에서 발현되는 구체적인 한 장면이었다.[140]

1910년 한일병합 이후, 염상섭은 "신지식을 구하러 백난百難을 무릅쓰고 일본"으로 건너가[1912.9.10] "신문학이라는 미지의 세계"를 경험하게 된다. 도쿄의 아자부중학교麻布中学校를 거쳐 세이가쿠인중학교聖学院中学校를 다닐 무렵,[141] 그는 일본의 다이쇼 데모크라시를 직접 현장에서 체험하게 된다. 1919년으로부터 대략 5년 전 무렵의 작은 일화이기는 하지만, 염상섭은 나중에 『폐허』 동인의 중심인물이 될 남궁벽南宮璧과 함께 다이쇼 데모크라시가 발흥하면서 등장한 각종 연설회에 열심히 참석하였다. 예컨대 그는 '지멘스Siemens사건'을 계기로 정부를 탄핵하는 오자키 유키오尾崎行雄의 연설회에[142] 점심을 싸 들고 다니며 3시간을 기다려 참여하기도

---

140 염상섭,「별을 그리던 시절」(『지성』, 1958.9), 『염상섭 문장 전집』 III, 447~450쪽 참조.
141 염상섭은 도쿄의 아자부중학교(1913.4~1913.12), 세이가쿠인중학교(1914.4~1915.8)에서 수업을 받았고, 이후 교토부립제이중학교(京都府立第二中學校)(1915.9~1918.3)에서 중학교 생활을 마무리하였다. 이에 대해서는 김종균, 『염상섭 연구』, 고려대 출판부, 1974, 25쪽, '想涉의 學歷 一覽表' 참조.

한다.[143] 일견 다소 유머러스한 해프닝으로 비치기도 하지만, 조금 달리 생각해 보면 이는 그가 그러한 다이쇼 데모크라시의 흐름에 얼마나 열정적인 관심을 지니고 있었는지를 방증해 주는 일화이기도 하다. 당시 연설회는 일본 부르주아 정당정치의 등장과 거리로 쏟아져 나온 수많은 민중을 직접 눈으로 목격할 수 있는 장소이자 형식이었다. 염상섭이 참석한 연설회는 그와 같은 민중의 활력과 그에 기반을 둔 대의정치를 생생하게 살펴볼 수 있는 공간이었다. 여기에서 그는 제국 "일본의 정치를 비롯해 널리 사회·문화 각 방면에서 현저하게 나타난 민주주의적 경향"과 "광범위한 민중의 정치적, 시민적 자유의 획득과 옹호를 위한 운동들"[144]을 직접 목도할 수 있었다. 말하자면 염상섭은 이른바 '다이쇼 데모크라시'의 흐름으로부터 강한 자극과 영향을 받았던 것이다.[145]

염상섭이 유년 시절에 품었던 배일감정은 당시 '조선인'이라면 누구나 가지게 되는 즉자적이며 생래적인 것에 가까웠을 것이다. 또한 '민영환의 자결'과 같은 형식을 통해 깊은 감화를 받게 된 점을 십분 고려한다면, 그것은 개인적인 층위의 지사志士적 감각에 머물러 있었을 것이다. 그가 일본 유학을 통해 남궁벽과 더불어 경험했던 다이쇼 데모크라시는 군중 혹은 민중이라는 집단적 주체와 그것을 가능하게 하는 조직화의 형식연설회

---

142 '다이쇼 데모크라시'에서 '지멘스사건'이 지니는 맥락과 의미에 대해서는 나리타 유이치, 이규수 역,『다이쇼 데모크라시』, 어문학사, 2011, 34~43쪽.

143 염상섭,「남궁벽(南宮璧) 군」(『신천지』, 1954.9),『염상섭 문장 전집』III, 282쪽 참조.

144 미쓰오 다카요시, 오석철 역,『다이쇼 데모크라시』, 소명출판, 2011, 5쪽.

145 김종균은 세이가쿠인중학교 시절의 염상섭이 '자유주의 사상'에 눈을 떠 가고 있었던 것으로 판단한다. 그 구체적인 근거로 "규율과 규범을 무시하는 윤리 답안지 사건"을 제시한다. 김종균,『염상섭 연구』, 고려대 출판부, 1974, 24쪽 참조. 다만 김종균이 언급한 염상섭의 자유주의 사상은 당시의 시대적 맥락에서 이해될 때, 그것이 지니고 있는 의미가 좀 더 구체적으로 드러날 수 있을 것이다.

에 눈을 뜨게 되는 일정한 계기가 되었을 것이다. 하지만 그와 남궁벽이 앉아 있었던 연설회의 자리는 어딘가 불충분하거나 부자연스러운 위화감이 느껴지는 장소이기도 했을 것이다. 식민지 조선인이라는 그들의 정체성은 때때로 직접적인 참여자이기보다는 구경꾼에 가까운 것이었을 테니까 말이다.

어쨌든 다이쇼 데모크라시로부터의 이러한 자극과 영향은 오사카독립선언 직전, 쓰루가 지방의 헌정회憲政會 계열의 신문사에서 기자생활을 하면서 좀 더 구체화되었을 것이다. 즉 염상섭은 신문사 기자생활을 통해 정우政友·헌정憲政으로 대별되는 일본 정당정치(운동)의 흐름을 구체적으로 접하게 된다. 그리고 그곳에서 당시 일본의 노동운동과 사내의 노사분규를 통해, 그와 같은 대의정치와는 결을 달리하는 직접행동에 기반을 둔 사회주의 및 생디칼리슴 중심의 노동운동의 흐름을 직간접적으로 경험하기도 한다. 또한 당시 신문지상을 통해 수차례에 걸쳐 보도되었을 노동운동과 관련한 기사 역시 염상섭에게 일정한 학습효과를 제공했을 것이다. 이러한 맥락들을 고려해 보면, 염상섭은 다양한 층위의 직간접적인 경험을 통해 다이쇼 데모크라시로 통칭되는 ― 대의정치에서 직접행동에 이르는 ― 다양한 정치·사회운동의 스펙트럼을 뚜렷이 인지하게 되었을 것이다.

이러한 그의 행적과 활동은 언어로 표현되기 시작하면서 구체성을 지니게 되었고 독자와 민중大衆들에게로 확장되었다. 염상섭이 3·19오사카독립선언 이전에 작성한 문장은 모두 4편으로 알려져 있다. 「부인의 각성이 남자보다 긴급한 소이所以」『여자계』, 1918.3, 「현상윤玄相允 씨에게 여與하여 「현시現時 조선청년과 가인불가인可人不可人을 표준」을 갱론更論함」『기독청년』, 1918.4.16, 「비평, 애愛, 증오憎惡」『기독청년』, 1918.9.16 그리고 존재는 알려져 있지만 아직 소재가 알려지지 않은 「산문화散文化의 사회」^{1918.2.24 이전 추정}가 그것이다.[146]

　따라서 현재 확인할 수 있는 염상섭의 첫 글은 「부인의 각성이 남자보다 긴급한 소이」이다. 이 글은 『여자계』에 게재되었고,[147] 그 제목을 통해서 명시적으로 제시되듯이 전체적으로는 여성의 각성 및 해방을 주제로 하는 글이다. 그런데 이 글이 단지 '여성의 자각과 해방'만을 주장하고 있는 것이 아니라는 점을 유념해 둘 필요가 있다. 염상섭의 '여성각성론'은 그가 궁극적으로 주장하고자 하는 '해방론' 위에서 정초되고 있다. 즉 그는 이 글 첫머리에서 '인류의 노력은 해방을 획득함에 있음'이라고 명시적으로 제시한다. 이러한 언명은 주목을 요한다. 현재 확인할 수 있는 글들 가운데, 염상섭이 공식적으로 '해방'에 대해 발언한 최초의 구절이다. 이 문장의 주어는 '식민지 조선인'이 아닌 보편적인 '인류'로 제시된다. 그리하여 그 인류가 누리는 삶의 궁극적 지향은 근대적 국민국가의 국민이 되는 것도 아니며, 자본주의의 경제적 행위자 혹은 노동자가 되는 것도 아니다. 오직 그 지향은 '해방'에 초점이 맞추어진다. 좀 더 구체적으로 살펴보면, "인류의 노력은" "인생의 무한한 향상과 생명의 진전 우ᄶ는 행

146　「산문화의 사회」는 「현상윤 씨에게 여하여 「현시 조선청년과 가인불가인을 표준」을 갱론함」에서 염상섭이 "나의 졸문"으로 직접 언급한다. 「현상윤 씨에게 여하여 「현시 조선청년과 가인불가인을 표준」을 갱론함」의 말미에 글을 작성한 날짜가 2월 24일이라고 기재되어 있으므로 「산문화의 사회」는 그 이전에 작성 혹은 발표되었음을 미루어 짐작할 수 있다(『염상섭 문장 전집』 I, 28~35쪽 참조). 이에 대해서는 최인숙, 「염상섭 문학의 개인주의」, 인하대 박사논문, 2013, 63쪽; 김영민, 「염상섭 초기 산문 연구」(『대동문화연구』 85, 2014.3), 한기형·이혜령 편, 『저수하의 시간』, 소명출판, 2014, 205쪽 참조.

147　이 글이 『여자계』에 게재되는 과정과 맥락, 그리고 나혜석과의 관련 사항에 대해서는, 김영민, 위의 글, 205~210쪽; 김경수, 「1차 유학시기 염상섭 문학 연구」(『어문연구』 38(2), 2010.6), 한기형·이혜령 편, 『저수하의 시간』, 소명출판, 2014, 239~245쪽 참조.

복의 증식"에 있는 것이 아니라 "생물의 본능적 요구되는 자유의 획득, 즉 모든 것에 대한 해방을 수행·실현"하는 데 있다. 염상섭은 발전론적·진화론적인 시간관을 상대화하면서, 인류의 본능적이며 궁극적인 상태를 자유와 해방에서 찾고 있다. 이러한 해방론의 구체적인 내용은 다음과 같이 제시된다.

역사가가 우리의 역사는 위인의 사업록事業錄이나, 역사는 반복하나니 함도 그 이면을 상찰詳察할진대 주권에 대한 불평과 반항, 전제에 대한 민주, 계급에 대한 **평등, 구속과 압박에 대한 해방 등 자유를 강구하는 근본적인 정신이 일관함을 볼 수**가 있고, 그 변천은 이러한 정신의 활동에 기인한다 하고자 하나이다. 즉 역사의 반복은 인류의 '상태常態' 일 자유해방의 '상태狀態' 가 소위 위인협의로 이름. 즉 나옹(那翁) 같은 자(者)이라는 무장한 악마가 **일반 민중의 무지무력無智無力함을 기화奇話로 삼아** 부도덕한 폭행을 전천專擅함으로 생生하는 '변조變調—무법無法한 압제와 협박'과 우리의 노력으로 복구되는 '해방상태'가 반복상체反復相替됨을 이름이라 함이외다.[148]

국가 최고권력으로서의 '주권', 민중의 정치참여가 차단된 '전제정치', 자본주의 체제의 기반을 이루는 '계급관계', 그리고 개개인의 삶을 구속하고 압박하는 '일상적인 도덕관념'에 이르기까지, 염상섭은 거시적인 국가권력과 자본주의체제를 비롯하여 미시적인 일상적 층위에 이르기까지 모든 억압적인 상태에 대하여 '해방'을 주장한다. 달리 말하면 국민국가와 자본주의라는 근대성이 창출한 지배체제에 대한 비판과 아울러 그로

---

148 염상섭, 「부인의 각성이 남자보다 긴급한 소이(所以)」(『여자계』, 1918.3), 『염상섭 문장전집』 I, 15~16쪽(강조는 인용자).

부터 빠져나오기 위한 방략을 모색하고 있는 것이다. 인용문에서도 언급되고 있듯이, 그가 생각하는 인류의 정상적인·본연적인 상태, 즉 자연 상태는 '자유해방의 상태'이다. 그가 보기에, 이러한 정상적인 상태가 '무법한 압제와 협박'의 비상적인 상태로 변조되는 것은 '일반 민중의 무지무력'에서 기인한다.[149] 그러니까 염상섭은 지배체제로부터의 해방이라는 인류의 목표를 이루어 나감에 있어, 사회구조적인 문제나 제도적 변형의 문제에서 출발하기보다는 주체성을 어떻게 생성시키고 변형할 것인가 하는 문제로부터 시작한다. 그가 '각성'이라는 문제를 설정하는 것은 이와 같은 맥락이다. 이 글에서 중요하게 논의되고 있는 '부인의 각성' 혹은 '여성의 각성'은 인류를 구속하고 압박하는 모든 것으로부터 해방되기 위한 각성 가운데 그 일부를 이루는 것이다.

2) 근대적 공사 분할을 초과하는 주체성 – 선언과 봉기 전야의 사상(2)

염상섭의 이러한 사유는 제국 일본의 다이쇼 데모크라시라는 스펙터클한 광경이 생성한 이론과 경험에 추상적이거나 당위적인 형태로 기대어 있지는 않다. '각성'으로 말해지는 주체성을 생성하기 위하여 그는 습관에 대해 말한다. "습여성성習與成性이라 이름도 선악을 불문하고 습관이 천성을 마비시키고 중독시킴을 이름이라 하나이다"라고 언급하면서, 주되게는 습관이 지닌 부정적인 측면을 중심으로 서술한다. 하지만 한편으로 "사람의 천부天賦인 개성과 자유의지"를 회복하기 위해서는 그것을 '마

---

149 이러한 점에서 염상섭의 사유는 인간의 자연상태를 '만인에 대한 만인의 투쟁'인 내전 상태로 보고 국가 및 국가폭력의 정당성을 주장하는 토머스 홉스의 사유(토머스 홉스, 진석용 역, 『리바이어던』, 나남, 2008 참조)와는 일정한 거리를 두고 있다. 염상섭은 국가와 자본으로부터 해방된 상태로써의 자연상태를 긍정한다.

취·중독·몰함·탈각'시키는 습관을 버리고 새로운 습관을 형성하는 것이
관건이 된다.

네그리와 하트에 따르면, 습관은 초월적인 권력으로부터 조형되는 것
도 아니고 개별적인 개인의 내면으로부터 형성되는 것도 아니다. 그것은
일상적인 경험, 실천, 행위를 통해서 생성된다. 따라서 이것은 표면적으
로 보자면 개인적인 층위에서 형성된다고 볼 수도 있지만, "습관들과 행
위는 공유되며 사회적이다. 그것들은 타자들과의 상호관계 및 소통 속에
서 생산되고 재생산된다." 다시 말해 습관은 전적으로 사적인 영역도 아
니고, 또 전적으로 공적인 영역도 아니며, 그런 의미에서 공사公私 구분이
라는 근대적 문법의 경계에 놓여 있는 영역이기도 하다. 습관은 사적인
것과 공적인 것이 서로 교차하는 새로운 영역이며, 바로 거기서 새로운
주체성 — 각성하는 자아개인, 각성하는 여성 — 이 생성된다. 이런 의미에
서, 염상섭이 말하는 '각성한 자아 및 개인'이라는 특이성singularity은 공적
인 것과 사적인 것을 가로지르는 공통성commonality을 기반으로 하여 사회
적으로 상호작용하고 소통한다고 할 수 있다. 그리고 그 공통성은 특이성
의 소통을 통해 창출된다.[150]

---

150 안토니오 네그리와 마이클 하트는 윌리엄 제임스와 존 듀이와 같은 프래그머티즘의 논
의를 통해 습관이 지닌 '공통적인' 성격을 논의하면서, 습관과 주디스 버틀러의 '수행
성(performativity)'을 연결시킨다. 본문에서 언급하고 있는 습관과 관련한 대부분의 논
의는 네그리와 하트의 사유로부터 시사 받았다. 안토니오 네그리·마이클 하트, 조정
환·정남영·서창현 역, 『다중—제국이 지배하는 시대의 전쟁과 민주주의』, 세종서적,
2008, 244~247쪽 참조. 여기서 저자는 다이쇼기 제국 일본에 영향을 끼친 프래그머티
즘을 염두에 두고 있는데, 그것이 염상섭의 사유에도 일정한 영향을 끼치지 않았을까
하는 잠정적인 가설을 가지고 있다. 하지만 아직은 이와 관련하여 당시 지적인·사상적
흐름과 더불어 설명할 충분한 기반을 가지고 있지는 못하기에, 이는 추후의 과제로 남
겨 두겠다. 다만 다이쇼기를 대표하는 아나키스트 오스기 사카에(大杉栄)가 근대적 합
리주의를 비판하기 위한 논의로써, 그리고 노동운동의 주요한 이론적 근거로써 프래그

염상섭이 생각하는 인격을 비롯하여 자아·개인 등은 사적인 것과 공적인 것과의 분할이라는 이원적 구도 속에서 한 자리를 부여받는 것이 아니다. 그것을 명확하게 주장하고 있는 글이 「현상윤 씨에게 여하여 「현시 조선청년과 가인불가인을 표준」을 갱론함」이다. 이는 염상섭이 현상윤의 '가인불가인론'『기독청년』 3, 1918 신년호에 대한 반론의 형태로 작성한 것이다. 이 글에서 가장 큰 쟁점을 이루는 것은 공사 구분을 둘러싼 문제이다. 염상섭은, 현상윤이 '인격'을 '사회적인 것'과 '개인적인 것', 즉 '공적인 것'과 '사적인 것'으로 이분하여 각각 배타적인 영역으로 사유하는 것에 대해 비판한다. 즉 그는 "개인과 사회와의 관계가 이같이 밀접하게 된 오늘날에 와서는" "모든 개인이 사인인 동시에 공인이 아닌 자가 없"다고 언급하면서, "사인의 도덕적 행위가 곧 공인사회적의 도덕적 행위가 된다"고 주장한다. 그리하여 염상섭은 "'사회적 인격 즉 개인적 인격'이요, '공인적 인격 즉 사인적 인격'"이라는 표현으로 결론을 내린다. 말하자면 그는 공적인 것과 사적인 것이라는 근대적 분할을 넘어서는, 혹은 개인적인 것과 사회적인 것을 가로지르는 사유를 도출하고 있는 셈인데, 그에 걸맞은 합당한 개념어를 산출하지는 않는다. 그래서 스스로도 "궤변을 농弄하는 공론空論"일 수도 있다는 양보적 표현을 하고 있지만, 그 개념어의 존재 여부와는 무관하게 공사 구분을 넘어서는 사유를 진전시키고 있다는 지점에 주목할 필요가 있다.[151]

머티즘을 높이 평가하고 있었다는 점만은 확인해 두기로 하자. 이에 대해서는 大杉榮, 「勞働運動とプラグマティズム」(1915), 大杉榮全集刊行會 編, 『大杉榮全集』 第一卷, 大杉栄全集刊行會, 1926, 380~392쪽 참조.

151 염상섭, 「현상윤(玄相允) 씨에게 여(與)하여 「현시(現時) 조선청년과 가인불가인(可人不可人)을 표준」을 갱론(更論)함」(『기독청년』, 1918.4.16), 『염상섭 문장 전집』 I, 28~31쪽 참조.

개인과 사회, 사적인 것과 공적인 것의 구분에 대한 이러한 사유는 '국가주의와 세계주의'라는 범주로 확장된다. 염상섭은 일견 개념상 동시에 공존하기 어려워 보이는 양자를 공존 가능하게 하려고 노력한다. 이러한 그의 작업은 두 개념 사이에서 적당한 물리적인 중간지점을 찾는 것이 아니다. 즉 개인과 사회의 중간지점, 사적인 것과 공적인 것 사이의 중간지점, 국가주의와 세계주의와의 중간지점 등 이러한 물리적 중간지점을 찾는 것으로 그의 사유가 이해되어서는 곤란하다는 것이다. 실제로 이러한 중간지점으로 해결될 수 있는 것은 아무것도 없으며 그런 것은 현실 속에서 가능하지 않다. 앞서도 언급했듯이 그의 사유는 새로운 개념어를 필요로 하지만, 적절한 언어를 찾아내거나 창조하는 데까지 나아가지는 않는다. 즉 그의 언어는 정교한 개념어를 추출하고 논증하는 아카데믹한 차원에서가 아니라 다소 애매모호하지만, 시대와 현실에서 생동하는 저널리즘 차원에서 활성화되고 있다.

염상섭이 말하고자 하는 것은 개인적인 동시에 사회적인 것, 사적인 것이면서 동시에 공적인 것, 국가주의와 세계주의가 동시에 가능할 수 있는 조건과 평면이다. 그리고 그러한 평면 위에서 생성되는 주체성이다. 그런데 그의 언어와 표현은 근대적인 개념어의 틀 속에서 출발하며, 다소 불필요해 보이는 동어반복이 계속된다. 그리하여 그는 자신의 사유를 "진부한 말"이라고 인정하면서도 '수신제가치국평천하修身齊家治國平天下'라는 반근대적인전통적인 언어를 통해 전달하고자 한다. 물론 이러한 반근대적인전통적인 언어의 사용이 과거지향적인 것을 의미하는 것은 아니다. 그것은 공사 구분을 전제로 삼는 근대성과의 부단한 긴장을 형성한다. 즉 염상섭의 사유는 근대적 국민국가와 자본주의체제가 구축하고자 했던 개인과 사회, 사적인 것과 공적인 것 사이의 분할이라는 구도의 한계 지점까지 나아간다. 다만 이러한 사유가 가능성에 머무르지 않고, 구체적으로 현실화되려면 궁극적으로는 그러한 분할을 해체하고 탈구축하려는 시도가 이루어져야만 하는 것이었다.

글의 말미에서 그는 "개인주의든지 국가주의든지 세계주의든지 다 상관없다. 왜 그러냐 하면 그들의 노력은 (…중략…) 모두 '어떠한 목적의 일점에 집중'될 것은 정리定理이기 때문"이라고 결론을 짓는다.[152] 여기서 말하는 목적을 「부인의 각성이 남자보다 긴급한 소이所以」에서 말한 '인류의 노력이 내재하는 목적'과 겹쳐 읽어 보자. 염상섭이 말하는 개인주의, 국가주의, 세계주의는 "모든 것에 대한 해방을 수행·실행"하기 위한 것이 된다. 그가 공식적으로 발표한 첫 소설인 「표본실의 청개구리」에 등장하는 "북극의 철인哲人, 남포의 광인狂人 김창억"을 떠올려 보자. 김창억은 3·1운동으로 투옥되었다가 출감한 인물로 암시되고 있는데, 그의 기본적인 성정은 개인주의에 기반을 두고 있다. 3·1운동으로 대변되는 민족주의의 흔적, 그리고 "톨스토이즘에다가 윌슨이즘을 가미"한 "세계평화론이나 인류애"를 주장하는 그의 형상은 식민지 조선이라는 근대성이 압박해 들어오는 시공간에 좀처럼 녹아들기 힘든 존재이다. 하지만 염상섭은 작중인물 '나', 즉 'X'를 김창억과 연결하면서 그러한 사유가 현실화될 수 있는 실마리를 찾아내기 위해 고뇌한다.[153]

염상섭은, 인류의 노력혹은 삶의 목적을 국가와 자본 그리고 일상의 낡은 도덕관념에서의 해방에 두고, 그것을 가능하게 주체(성)의 생성을 사적인 것과 공적인 것이라는 분할을 넘어서는 평면 위에서 정초하고자 한다. 그

---

152 위의 글, 35쪽.
153 염상섭, 「표본실의 청개구리」(『개벽』, 1921.8~1921.10), 『염상섭전집 9 — 초기단편
    (1921~1936)』, 민음사, 1987 참조.

렇다면 그와 같이 생성된 개인이 그 자체로 고립되지 않고 타자와의 연대나 집단적 주체성의 형성을 가능하게 하는 원리는 무엇이었을까. 이러한 문제와 관련하여 일정한 암시를 주고 있는 글이 「비평, 애, 증오」이다.

염상섭의 이 글은 앞서 진행된 현상윤과의 논쟁의 연장선상에 놓여 있는 글이다.[154] 이 글의 주요한 내용은 비평의 목적과 그 요건에 관한 것이다. 그는 비평의 목적을 "인류의 '행복증진 = 지식의 확실, 가치의 평정, 민중의 교선敎善'"에서 찾는다. 여기서 말하고 있는 비평은 단지 기능적인 형태의 글쓰기에 국한되지는 않는다. 비평의 고원高遠한 목적은 인류 행복의 증진이다. 그런데 염상섭에게 있어 인류의 행복은 인류의 해방이라는 조건하에서 충만해질 수 있다. 그리고 인류를 "무법한 압제와 협박" 속에 놓이게 하는 근본적인 원인 가운데 하나는 "민중의 무지무력"이다. 그리하여 그로부터 민중을 교선교양하는 비평은 민중을 각성하는 하나의 방도가 되는 것이며, 이는 궁극적으로는 해방에 이르는 방략 가운데 하나가 된다.[155] 이러한 비평의 요건에 대하여 그는 다음과 같이 말한다.

과연 '애愛'는 비평의 제1요건이다. 인류를 사랑하고, 자기를 사랑하는 인생

---

154 염상섭이 「현상윤 씨에게 여하여 「현시 조선청년과 가인불가인을 표준」을 갱론함」을 통해 현상윤의 논의에 반박을 한 이후에, 현상윤은 「제월(霽月) 씨의 비평을 독(讀)함」(『기독청년』, 1918.5.16)이라는 글로 맞선다. 이러한 현상윤의 글에 대한 염상섭의 응답이 「비평, 애, 증오」라고 할 수 있다. 하지만 그는 "이 일문(一文)은 독립한 소논문이다"라고 밝히면서 현상윤 "씨에 대한 답변은 곧 발표하려고" 한다고 언급한다. 요컨대 염상섭은 현상윤의 그 글에 대하여 직접적인 대응은 하지 않는다. 제월(霽月), 「비평, 애(愛), 증오(憎惡)」(『기독청년』, 1918.9.16), 『염상섭 문장 전집』I, 36~40쪽 참조.
155 염상섭이 비평이라는 글쓰기에 이와 같은 역할을 부여하는 것은, 이후 출현하게 될 프로문학이 제기한 '정치와 문학'이라는 문제, 즉 '정치에 종속된 문학'이라는 문제와는 다른 위상을 가진다. 뒤에서 논하겠지만, 이와 관련해서 프로문학과 논쟁을 전개한 염상섭의 논의를 살펴보아야 한다.

의 열애자熱愛者만 능히 비평할 권리를 가질 수 있다. 그리고 애는 동정이다, 이해다.[156]

'애愛' — 그러니까 '사랑' — 은 비평의 요건이기도 하며, 글쓰기 일반에 대한 요건이기도 하다. 그리고 지금까지 염상섭이 언급한 내용들을 고려해 보면, 인류의 삶의 요건이 사랑愛이고 나아가 인류의 해방의 요건이 사랑인 것이다. "자기를 사랑하는" "개인주의", "인류를 사랑"하는 "세계주의" 등은 자아각성의 원리이기도 하며, 타자와의 관계를 형성하는 원리이며, 나아가 민족과 인류애를 형성하는 원리인 것이다. 주지하듯이 염상섭의 대부분의 소설에서는 남녀 간의 연애라는 사랑의 특정한 형태가 주요한 사건으로 등장한다. 그런데 염상섭이 형상화하는 사랑은 안정된 가족주의로 귀결되는, 근대 자본주의에 부합하는 사적 소유로서의 사랑[157]만이 아니다. 논의를 당겨 말하면, 그의 소설들에서는 친구들 간의 우정이나 계급과 계층적 차이를 가로지르는 사랑, 그리고 사적인 사랑과 공적인 사랑으로 회수되지 않는, 그러한 분할을 넘어서는 사랑 등 다양한 형태의 사랑이 등장한다. 염상섭의 소설에서 사적 소유로서의 사랑은 인물들 간의 관계를 확장하는 중요한 매개이기는 하지만, 그러한 사랑으로만 귀결될 때 대부분의 인물은 파국을 맞이한다. 그는 사적 소유로 회수되지 않는 사랑의 가능성, 그리고 가족이라는 국민국가 및 자본주의 통치의 기본 단위로 회수되지 않는 사랑의 가능성을 소설에서 가늠해 보인다.

---

156 제월(霽月), 「비평, 애(愛), 증오(憎惡)」(『기독청년』, 1918.9.16), 『염상섭 문장 전집』 I, 39쪽.

157 염상섭의 소설이 그리고 있는 사적 소유로서의 사랑에 관해서는 서영채, 『사랑의 문법』, 민음사, 2004 참조.

‘식민지 조선’이라는 상황을 최종적으로 확정하는 / 거부하는 의례이
자 퍼포먼스였다고 할 수 있는 고종의 인산일에 맞추어 오사카로 올라오
던 염상섭의 사유는 이와 같은 형태로 주조되고 있었다. ‘해방론’을 인류
의 삶의 전제로 삼아, 근대가 구축해 가던 공사公私 분할의 경계 지점에서
주체(성)을 생성하며, 그것이 집단적인 주체성으로 형성될 수 있는 원리
로 ‘사랑’을 제기하고 있었다. 물론 그 언어는 그의 독창적인 사유체계 속
에서 마련되었다기보다는 시대를 압도하고 있었던 많은 문헌과 주장들
을 그 나름으로 새롭게 직조한 것이었을 테다. 그것은 매끈한 논리를 갖
춘 질서정연한 언어는 아니었으며 불필요한 동어반복이 계속되고 모호
한 표현들이 중첩되고 있었지만, 그의 젊은 혈기만큼이나 실질적인 힘을
발휘하고 있었다.

3) ‘노동자-되기’와 ‘이중해방론’의 함의[158]

염상섭이 작성한 「독립선언서」에서는 적어도 두 개의 사상적 배경을
찾아볼 수 있다. 하나는 독립선언의 근거로 내세우는 ‘민족자결주의’이
며, 다른 하나는 선언의 주체를 노동자로 표기한 것에서 알 수 있듯이 ‘노
동운동생디칼리슴’이다. 1919년 3월에서 11월 사이 염상섭은, ‘민족자결주
의’와 ‘노동운동’이 다소 불편하게 동거하고 있었던 모호한 사상적 편린
속에서 계급해방을 위한 노동운동으로 그 사상적 진화를 이루어 나감과
동시에 그는 자신의 정체성을 ‘유학생’이라는 지식계급에서 ‘노동자’라

---

158 이하 염상섭과 아리시마 다케오를 비교하는 아래 세 문단은, 기존에 발표한 다음의 논
　　문에서 가져와 수정·보완하였음을 밝힌다. 이종호, 「염상섭의 자리, 프로문학 밖, 대
　　항제국주의 안－두 개의 사회주의 혹은 ‘문학과 혁명’의 사선(斜線)」(『상허학보』 38,
　　2013.6, 25~26쪽), 한기형·이혜령 편, 『저수하의 시간, 염상섭을 읽다』, 소명출판,
　　2014, 65~66쪽.

는 제사계급으로 이행하는 변형을 단행한다. 이러한 '탈정체화로서의 주체화'[159]라고 할 만한 변형은 쓰루가 지방에서 신문기자로 활동할 때부터 싹텄을지도 모를 일이지만, 어쨌든 이것은 하나의 사건이었다.

동시대를 함께 살고 있었으며 염상섭에게 영향을 주었다고 알려진 아리시마 다케오有島武郎의 경우, 노동자의 자생성을 적극적으로 긍정하는 아나키즘의 입장에서 제사계급의 부상을 목격하고 '프롤레타리아가 승리한다'는 역사적 필연성을 인정하면서 — 그리하여 자신이 속한 계급의 몰락을 자인하면서도 — 끝내 자신은 "절대로 신흥계급의 사람이 될 수 없"기에 '계급이행'이라는 생각 자체가 불가한 일임을 단언했다.[160] 이후 얼마 지나지 않아 단행된 그의 자살은, 이러한 사유와 존재의 괴리 속에서 스스로 자산의 계급을 몰락을 실행함으로써 그가 가진 사유를 현실화하고자 한 기획이었을 것이다.[161]

아리시마가 제국주의의 지식계급지배계급이라는 자신의 전제가 곧 자기 사상의 적이라는 인식 속에서 적과 싸우기 위해 죽음을 택했다면, 식민지 조선인으로서의 염상섭의 선택은 다를 수밖에 없었다. 염상섭은 식민지의 지식계급으로서 마땅히 싸워야만 한다는 전제, 곧 "민족해방운동"이라는 전제 아래에서 부상하는 노동계급을 통해 "무산자해방운동으로"[162] 나아가야 했고 그리하여 노동자로의 계급이행이 요청되었다고 할 수 있

---

159 자크 랑시에르, 양창렬 역, 『정치적인 것의 가장자리에서』, 길, 2008 참조.

160 有島武郎, 「宣言一つ」, 『改造』, 1922.1. 여기서는 다음을 참조하였다. 有島武郎, 「선언 I」, 임규찬 편, 『일본프로문학과 한국문학』, 연구사, 1987, 39~44쪽 참조.

161 아리시마 다케오의 '자살'을 '계급이행'의 문제와 결부시켜 해석하는 시각은, 長堀祐造, 『魯迅とトロツキー』, 平凡社, 2011, 86~87쪽 참조.

162 염상섭, 「횡보문단회상기」(전2회 미완)(『사상계』, 1962.11~12), 『염상섭 문장 전집』 III, 556·569쪽 참조.

다. 요컨대 탈식민의 계기와 계급운동이 항상 겹칠 수밖에 없는 그 자리에서 염상섭은 서 있었다.

염상섭은 '3·19오사카독립선언'으로 인해 체포되어 오사카 법정에서 재판을 받게 된다. 판사가 염상섭에게 족적族籍을 묻자, 그는 평민平民이나 사족士族으로 대답하지 않고 "언하言下에 서슴치 않고" "조선은 사족·평민의 구별이 없으니 따라서 족적이라는 호칭은 없습니다. 말하자면, 양민이라고 하겠지요"[163]라고 대답하기도 한다.[164] 굳이 따지자면 염상섭은 '파주坡州 염씨'의 양반 출신이었다. 그리고 그의 족적의 경우 교토부립京都府立 제2중학 시절 학적부에는 '평민'이라고 기재되어 있었으며 게이오慶應대학 예과 기록에는 '사족'이라고 기재되어 있었다.[165] 그러니까 그는 조선이라는 전근대가 부여한 신분질서를 부정했으며, 제국주의 근대 일본이 여전히 작동시키고 있었던 신분질서 또한 거부한 것이 된다. 물론 여기에는 젊은 혈기에서 뿜어져 나오는 허세가 있었을지도 모른다. 하지만 그가 법정에서 자신을 '양민상민'이라고 대답한 것을 두고 "자존심과 부끄러움의 뒤틀림"으로 이해하거나 스스로를 '노동자'라고 규정한 것을 두고 "노동자를 사칭한 파렴치한 행위"라고 볼 수는 없을 듯하다.[166] 그는 전지구적 노동운동이 합류하고 검붉은 혁명의 깃발이 나부끼며 식민지의 이주 노동자들이 암약하고 있었던 오사카의 광장과 거리에서 '노동자-되기'를 실행했던 것이다. 그리고 제국주의 일본의 사법적·국가적 질서의 정점

---

163 「天王寺で騷いだ朝鮮人公判傍聽禁止－族籍を問はれてマア良民です」, 『大阪朝日新聞』, 1919. 4. 12(夕刊), 2면.

164 염상섭, 「씨족의식과 감투욕」(전2회)(『경향신문』, 1958. 6. 27~6. 28), 427~428쪽 참조. 여기서 염상섭은 "상민(常民)이요"라고 대답했다고 회상하고 있다.

165 김윤식, 「『염상섭 연구』가 서 있는 자리」, 『염상섭 문학의 재조명』, 새미, 1998, 13~15쪽 참조.

166 김윤식, 『염상섭 연구』, 서울대 출판부, 1986, 58쪽 참조.

인 법정에서 국가교육문서에 기재되어 있었던 신분의 규범을 넘어서는 '양민-되기'를 실행했던 것이다. 주지하듯이 이는 젊은 혈기, 달리 말하면 '습작기'라는 미성숙성으로 평가절하될 만한 것은 아니다. 그는 평생에 걸쳐 문필노동자 ― 소설가 혹은 기자 ― 로 살았다. 그는 글쓰기 활동이 자본주의적 노동이라는 점을 명확히 깨닫고 있었다.[167] 그리하여 '노동자-되기'를 통한 노동운동에 관한 관심은 일회적인 것이 아니라 향후 강연 활동, 노동운동에 관한 글쓰기, 소설 속에서의 아나키스트·사회주의자들에 대한 형상 주조 등으로 변주되면서 다양한 형태로 전개될 예정이었다. 또한 그와 궤를 같이하는 '양민-되기'는 그가 여러 차례 강조한 '민중의 시대'에 걸맞은 주체성이었으며, 이는 소설 속 시정의 여러 다층적인 인물들을 통해 그 잠재성을 드러낼 참이었다.

시야를 멀리 돌려 1919년 시점에서 아직 도래하지 않는 미래의 시간으로 나아가기보다 여기서는 그 당시 3·1운동을 결산하며 염상섭의 사유를 집약하고 있는 한 편의 글에 초점을 맞추어 보자. 염상섭이 1919년 11월 26일에 작성한 「이중해방」이라는 글이다.[168] 기존의 염상섭 연구들에서는 이 글이 지닌 의미와 의의에 대해서 충분히 논의되지 못한 감이 있다.[169] 저자가 보기에 이것은 염상섭의 삶에서 하나의 결절점이 되었던 글

167　상섭, 「문예시장」, 『가면(假面)』 4, 1926.3. 잡지 『가면』은 현재 발굴되지 않은 자료라서 염상섭의 「문예시장」을 직접 확인할 수는 없었다. 다만 『가면』 4호에 관한 『동아일보』 신문광고 및 신간소개를 통해 그 발행 시기, 발행소(賣文社), 글 제목과 필자가 기재된 세부 목차 등을 확인할 수 있었다. 이에 관해서는 다음을 참조. 「광고」, 『동아일보』, 1926.3.5, 1면; 「신간소개」, 『동아일보』, 1926.3.6, 3면. 그리고 이량(李亮)은 다음의 글에서 염상섭의 「문예시장」에 서술된 주요 구절을 직접 인용하면서 자신의 논지를 전개하고 있기에, 「문예시장」의 부분적 내용을 간접적으로 확인할 수 있었다. 이량, 「문예시장론에 대한 편언(片言)」, 『개벽』 69, 1926.5.

168　염상섭, 「이중해방(二重解放)」(『삼광』, 1920.4), 『염상섭 문장 전집』 I, 72~75쪽.

169　저자는 '일제시대 아나키즘문학 형성'을 주제로 한 연구에서 염상섭의 「이중해방」을 일

로 판단된다. 그의 삶에서 이 글은 8년간[1912~1920]의 일본 유학생활을 결산하는 글이었으며, 그동안에 받았던 다이쇼 데모크라시의 영향을 나름의 방식으로 정리하는 글이었다. 나아가 '3·19오사카독립선언' 이후의 수감과 석방 그리고 노동운동에의 공명을 갈무리하는 글이었다. 이 글의 작성 시점은, 11월 15일 오사카에서 도쿄로 다시 올라와 그곳에 머물면서 요코하마복음인쇄소에 노동자로 가기로 했던 무렵이다. 즉 이는 "노동자의 생활을 터득하고 그 속에서 투쟁의식을 키우고 그 방법과 수단을 익혀가면서 학자學資와 생계의 자資를 벌겠다"[170]고 결심한 시기와 겹친다.

또한 염상섭은 「이중해방」에 이르러 제도적인 출판물에서 비로소 '제월霽月'이라는 필명을 뒤로하고 비로소 '염상섭廉尙燮'이라는 이름을 사용하기 시작한다.[171] 밤의 어둠에서 자신을 표출하던 태도에서 좀 더 나아가 자신을 적극적으로 드러내며 미디어의 밀림 속으로 뛰어드는 자세를 보여 주고 있다고 해도 좋을 듯싶다.

「이중해방」은 2년 전에 발표한 「부인의 각성이 남자보다 긴급한 소이」

본의 오스기 사카에(大杉栄)의 논의와 비교하여 아나키즘의 맥락에서 분석하고 독해한 바 있다. 이종호, 「일제시대 아나키즘 문학 형성 연구―『近代思潮』『三光』『廢墟』를 중심으로」, 성균관대 석사논문, 2006, 77~88쪽 참조. 이하 「이중해방」에 관한 논의는, 기존 연구의 분석과 독해를 일정 부분 참조했음을 밝혀 둔다. 여기서는 ① '이중해방론'이 3·1운동·봉기·민주주의라는 맥락 속에서 제기된 것임을 주장했고, ② 전근대와 근대를 모두를 넘어서고자 하는 대안근대성의 지향이 표출되고 있음을 밝혔으며, ③ 구체적인 해방적 주체성의 조직화 방식이 수평적 연대를 염두에 둔 것임을 논의했다. ④ 그리고 토대와 상부구조와 같은 결정론적 사고에서 벗어나 해방과 혁명을 이해하고자 한 염상섭의 사유에 주목하기도 하였다.

170 염상섭, 「횡보문단회상기」(전2회 미완)(『사상계』, 1962.11~12), 『염상섭 문장 전집』 III, 592~593쪽.
171 '염상섭'이라는 이름의 사용은, 해당 연속간행물의 발표순으로 보자면 「머리의 개조와 생활의 개조―안방주인마님께」(『여자시론』, 1920.1)가 앞서지만, 실제 집필순으로는 「이중해방」이 가장 빨랐던 것 같다.

의 모두에서 보여 주었던 '해방론'의 연장선상에 있다. 3·1운동과 노동운동생디칼리슴에의 경사를 경험하면서 염상섭은 그와 같은 '해방론'을 「이중해방」에서 더욱 진전시킨다. 즉 그의 사유는 '무엇으로부터 어떻게 해방될 것인가'라는 지점에서 보다 구체화되었으며, 특히 자본주의와 노동문제에 관한 관심이 깊어졌다. 이 글에서 염상섭은 인류 역사를 지배층과 피지배층으로 분할된 체제의 반복"권위와 권위와의 쟁투", "'권위'의 교대"으로 인식하며, "세계는 늘 개조하여 왔"고 "개혁되었"지만, "'해방'은 없었다"고 이해한다. 그리하여 "'해방'을 전제로 하지 않는 개조, '해방'을 의미치 않는 개조, 부분적·비세계적 개조"를 "사이비 개조"라고 비판한다. 염상섭의 이러한 해방론은 사실상 기존의 모든 질서를 허물고 새로운 질서를 창출하는 '혁명론'에 가까운 진술이다. 즉 앞서 서술했던 3·1운동·봉기·민주주의라는 주제가 이를 관통한다.

이 글에서는 표제로 제시된 '이중해방'이 무엇을 의미하는지 구체적으로 기술되어 있지는 않다. 그런데 이 점이 글의 약점으로 기능하기보다는 전체 문맥상 다양한 층위에서 해석할 수 있는 가능성을 열어 놓는다.[172]

먼저, 그것은 당시의 현실적 상황과 관련하여 이해할 수 있다. 염상섭은 1919년을 전후로 구축되고 있었던 제국주의적 "세계질서"와 자본주의적 "사회질서노동질서" 모두를 비판하는 입장을 취한다. 그가 언급하는 "파리의 소위 미증유하다는 세계개조의 회의"는 제1차 세계대전 이후 형성된 베르사유체제에 기초한 제국주의적 세계질서를 가리키는 것이다. 또한 "노동자를 위하여(?)" 베푼 "만찬의 연宴"은 1일 8시간 노동과 여성·

172　이보영은 이중해방의 내용을 "정치생활과 경제생활의 해방"으로 이해한다. 이보영, 「염상섭 평전—생애와 문제 1」, 『문예연구』 61, 2009.6, 206~207쪽 참조. 하지만 저자는 '이중해방'이 여러 층위에서 이해될 수 있다고 생각한다.

아동의 노동 제한에 관한 조약을 체결한 '국제노동기구ILO 협약'에 기초한 자본주의적 사회노동질서를 의미한다. 염상섭은 이러한 양兩 질서를 모두 비판하는 것은 물론, 그러한 질서의 구축을 "개조되었다"고 환영하는 개조론자에 대해서도 비판한다. 당대 현실적 상황과 관련하여 '이중해방'을 이해해 보면, 그것은 확실히 근대성의 주류적 정점이라고 할 수 있는 제국주의에 기초한 국민국가 체제와 자본주의 체제로부터의 해방을 의미하는 것이 된다.

두 번째로, 통시적 시대구분과 관련하여 '이중해방'을 이해할 수도 있다. 다음의 인용문을 보자.

> ㉮ 미후충비微嗅衝鼻하는 구도덕의 질곡으로부터 신시대의 신인을, 완명고루頑冥固陋한 노부형老父兄으로부터 청년을, 남자로부터 부인을, 구관누습舊慣陋習의 연벽鍊璧으로 당撞□한 가정으로부터 개인을, ㉯ 노동과잉과 생활난의 견뇌堅牢한 철쇄鐵鏁로부터 직공을, 자본주資本主의 채찍으로부터 노동자를, 전제의 기반羈絆으로부터 민중을, 모든 권위로부터 민주데모크라시democracy에 철저히 해방하여야 비로소 세계는 개조되고, 이상의 사회는 건설되며, 인류의 무한한 향상과 행복을 보장할 수 있다.[173]

"모든 권위로부터 민주데모크라시에 철저히 해방"하겠다는 의지 속에서 서술되고 있는 여러 층위로부터의 해방은 언뜻 보면, 체계를 갖추지 않은 소재적인 나열로 보이기도 한다. 하지만 시대구분이라는 문제로 접근해 보면, ㉮는 전근대적인봉건적인 것으로부터의 해방을 의미하며, ㉯는 근대적인 것으로부터의 해방을 의미한다. 즉 염상섭은 시대구분의 측

---

173 염상섭, 「이중해방」(『삼광』, 1920.4), 『염상섭 문장 전집』 I, 74쪽(강조는 인용자).

면에서는 전근대와 근대 모두로부터 해방하여 "이상의 사회"를 건설하고 "인류의 무한한 향상과 행복을 보장"하고자 했다. 이러한 기획은 소위 역사발전단계론적 시간관을 비약하거나 가속화하는 것이다. 즉 염상섭의 '이중해방론'은 근대의 완성을 목표로 하는 것이 아니라 대안근대성을 창출하고자 하는 기획의 일부분인 것이다. 해방의 주체성이 '신인, 청년, 부인여성, 개인, 노동자직공, 민중'으로 수평적으로 열거되고 있는 것도 이런 맥락에서 이해할 수 있다. 가령 — 사회주의적 전망하에서의 노동계급 중심성과 같이 — 특정 계층이나 계급을 중심으로 위계화되어 제시되지 않는 것도, 전근대와 근대를 모두 지양하고자 하는 의지의 산물로 이해할 수 있는 것이다. 염상섭은 단계론적 사유를 통해 현실화하고자 하는 '이상의 사회'를 미래로 지연시키는 방식을 취하지는 않는다. 그는 시간을 가속화하고 비역사적인 여러 주체성을 한꺼번에 불러내어 전근대와 근대 모두를 해체하고자 하는 지향을 드러낸다. 염상섭의 시간관과 그에 기초한 주체성의 연대에 관한 사유는 향후 여러 소설을 통해 실험될 예정이었다. 참고로 미리 덧붙이면, 그가 사회주의를 내면화한 남성 인물을 등장시키면서도 여성 인물들과 하층민민중들을 보조적인 수단으로 다루지 않고 이들 모두를 끊임없이 수평적 연대의 지평에서 합류시키고자 하는 노력은 이러한 맥락에서 이해할 수 있을 것이다. 전근대와 근대의 "질곡"으로부터 해방의 시간으로 도약하기 위해서는 모든 주체성의 위계화 없는 수평적 연대가 요구되었다.

그렇다면 그러한 주체성은 어떤 방식을 통해 형성될 수 있다고 염상섭은 생각하고 있었던 것일까? 그에 관한 방법론은 다음의 인용문과 같이 제시되고 있다.

내적 해방과 외적 해방, 영靈의 해방과 육肉의 해방, 정치생활의 해방과 경제
생활의 해방, 이 양자兩者 이외에는 오인吾人의 노력의 대상이 없다. 해방의 욕구
는 인류의 본능이요, 권리요, 공통한 노력이다.[174]

공시적으로 구축되고 있었던 제국주의와 자본주의의 질서로부터의 해
방, 통시적인 전근대와 근대로부터의 해방이라는 이중해방의 과제를 어
떻게 수행할 수 있는가 하는 문제 역시도 '이중해방'의 방식으로 제기된
다. 이러한 이중해방의 방략은 정신과 육체의 해방, 개인과 사회의 해방,
정치와 경제의 해방 등으로 다시 정리될 수 있을 것이다. 염상섭은 하나
를 구성하는 두 측면과 요소에 관해 동등한 무게를 부여하며, 해방을 위
해서는 양자 모두가 중요하다는 관점을 취한다. 말하자면 염상섭은 근대
사회를 구성하는 요소와 개념을 사유함에 있어, 결정론적 사유를 피하고
있다. 가령 당대 사회주의적 문법에서의 주요한 이론적 거점으로 자리 잡
았던 '토대와 상부구조론'이나 '경제결정론'의 경우 한 요소를 다른 요소
에 종속시켜 이해하는 방식이었다. 그러나 염상섭은 해방 혹은 혁명이라
는 사회주의적 전망과 유사한 문제를 제기하면서도 그 방법론에 있어서
는 상이한 입장을 취하고 있었다. 이는 기본적으로 주체성인 인간을 어떻
게 이해하고 어떻게 변화시킬 수 있는가 하는 문제와 긴밀히 연관된다.
이에 관한 염상섭 사유의 진전은 1920년대 중후반 정도에 이르러 본격
화될 예정이었다.

---

174 위의 글.

4) 민중의 시대, 민중의 예술

염상섭은 3·1운동이 일어나기 1년 전, 「부인의 각성이 남자보다 긴급한 소이所以」라는 글을 다음과 같이 마무리한다.

차此를 요컨대 우리가 전인적으로 생활하려는 요구가 심각할수록 그만치 해방에 대한 노력을 하여야 할 것이요, 그 해방은 각성을 전제로 한다 함이외다.[175]

이 마지막 구절은 이 글 전체를 요약하고 있으며, 3·1운동을 전후로 한 시기의 염상섭의 사유를 압축적으로 보여 준다. 해방을 둘러싼 청사진은 '자아의 각성 → 해방에 대한 노력 → 전인적 인간의 실현'으로 제시된다. 여기서도 명시화되고 있듯이, 그가 말하는 해방은 제도의 개혁이나 구조의 변화에 그친다기보다 전근대적·근대적 소외와 착취를 넘어선 '전인적全人的 인간'의 실현에 있었다. 달리 말해 새로운 인간을 발명하거나 구성하는 문제로 귀착이 되는 것이었다. 그리고 인용문에서도 언급되어 있듯이, 해방은 개체들의 각성을 전제로 하여 이루어지는 것이다. 그렇다면 '자아의 각성'이라는 계기와 방책은 어떻게 마련되는 것이었을까?

공사公私 구분을 둘러싸고 현상윤과 주고받는 논쟁에서, 염상섭은 소위 사적인 것에 속한다고도 여겨질 수 있는 예술이 어떻게 사적인 개인을 넘어 공적인 것과 소통하며 서로 통섭할 수 있는지를 다음과 같이 서술한다.

예술을 자기의 생명보다 중히 여기고 예술의 세계를 자기의 생존욕을 만족시키는 무대로 삼아 건실히 노력한다 하면 (…중략…) 이것이 과연 공공도리公

---

175 제월(霽月), 「부인의 각성이 남자보다 긴급한 소이(所以)」(『여자계』, 1918.3), 『염상섭 문장 전집』 I, 27쪽.

公圖利에 과효寡效할까? 현시現時 유행되는 민중예술의 시급을 고告함은 무엇을 의미하나? 더구나 우리 조선 같이 전연히 사상으로 지도하지 못할 민중에게는 이 연극같이 제일 필요한 것은 없다고 생각한다. 실로 우리에게는 이같이 외형적으로 사회와 '밀접한 이해利害가 없는 듯한' 모든 노력이 그 실은 가장 긴급하고 중요하다.[176]

여기서 염상섭은 그 구체적인 내용과 의미를 제시하고 있지는 않지만, '데모크라시의 시대' 혹은 '민중의 시대'에 걸맞은 예술로 '민중의 예술'을 제시한다. 그리고 이와 같은 예술은 '개체의 생명'이라는 개인적인 영역에서 시작되지만, 궁극적으로는 '공공도리'라는 공적인 영역으로 확장되며 공사적인 영역을 통합하거나 그러한 구분을 무화시키는 것으로 말해진다. 그리고 "사상으로 지도하지 못하"는 식민지라는 특수한 조건하에서 예술은 민중의 각성을 유도하는 것으로 그 위상을 부여받는다. 말하자면 염상섭은 전세계적인 차원에서의 민중의 시대민주주의의 도래라는 시대적 흐름과 식민지 조선이라는 조건 모두를 고려하면서, 예술이라는 영역에서 공사 분할이라는 근대적 질서를 재구성하고 집합적 주체의 각성을 유도할 수 있다는 가능성을 발견하고 있는 것이다. 그러므로 그는 같은 글에서, 공공성으로 발현될 수 있는 음악적 재능을 포기하고 사적인 차원의 "영화로운 공명", "정치 공명을 얻으려"는 태도와 방식을 "민중을 도외시하고 평민을 노예시하던 봉건시대의 표준"으로 비판한다. 그리고 "정신적 노력" 및 각성으로서의 예술의 필요성을 강조한다.

염상섭에게 있어, 문학을 비롯한 예술은 분과 학문적인 제도로서의 성

---

176 제월(霽月), 「현상윤(玄相允)씨에게 여(與)하여 「현시(現時) 조선청년과 가인불가인(可人不可人)을 표준」을 갱론(更論)함」(『기독청년』, 1918. 4. 16), 『염상섭 문장 전집』 I, 31~32쪽(강조는 인용자).

격을 우선시한다기보다는 개인의 각성과 민중·민족이라는 집합적 주체성의 변화를 꾀하여 새로운 인간을 창출하는 방략으로 자리매김한다. 즉 '전인적 인간' 창출을 위한 (해방의 전제가) 되는 주체성 각성의 한 계기로 예술이 그 의의를 획득한다. 이런 맥락을 고려하면 당시 그가『삼광三光』동인으로 참여하면서 평상시의 절제된 표현을 뒤로 하고 다음과 같이 다소 과장된 듯한 감격을 표출하고 있는 점은 십분 이해할 수 있다.

> 음악·미술·문학의 삼대三大 예술을 연찬硏鑽하여 광채 있는 신문화를 삼천리강토에 건설할 사명을 가지고 나온 것이 '삼광'이냐? (…중략…)
>
> 미양년未羊年 양춘陽春에 서기광풍瑞氣光風이 어리어서 나왔으니 너는 '평화의 서광'이요, 묘향산 높은 정기 골수에 깊이 맺혀 단목檀木하에 비쳤으니 너는 '근역槿域의 서광'이고, 2천만의 우리 동포 갈 바를 지도하니 너는 '암야闇夜의 월광月光'이 아니냐?[177]

1919년 3·1운동 ―"미양년未羊年 양춘陽春"― 을 20여 일을 앞두고 일본 도쿄東京에서 난파蘭波 홍영후洪永厚가 '편집 겸 발행인'이 되어 창간한 동인지『삼광』은, 그 표제와 인용문을 통해서도 알 수 있듯이 음악·미술·문학을 포괄하는 예술종합지였다.[178] 염상섭은 이 잡지의 동인으로 참여하면서 위와 같이「삼광송」이라는 자축의 글을 작성한다. 여기에서

---

177 염상섭,「삼광송(三光頌)」(『삼광』, 1919.12),『염상섭 문장 전집』I, 51~52쪽(강조는 인용자).

178 동인지『삼광』에 관한 보다 상세한 내용은 다음을 참조할 수 있다. 외솔회 편집실,「난파 홍 영후 해적이(홍 난파 연보)」,『나라사랑』52, 1984.9, 17~18쪽; 한기형,「초기 염상섭의 아나키즘 수용과 탈식민적 태도―잡지『삼광』에 실린 염상섭 자료에 대하여」,『한민족어문학』43, 2003.12, 5~10쪽 참조.

예술은 식민지 조선을 아우르며 3·1운동을 관통하여 민중에게 길을 안내하는 "암야의 월광"이라는 역할을 부여받는다. 잡지의 창간을 축하하는 다소 의례적인 성격의 글임을 고려하더라도, 염상섭이 예술을 사회적 관계 속에서 배치하고 집합적 주체와의 연관을 강조하는 점은 주목할 필요가 있다. 즉 염상섭에게 있어서 '자아의 각성'으로 대변되는 주체의 탄생 및 해방은, 근대적인 공사 구분 속에서 사적인 밀실 속의 개인을 생성시키는 것이라기보다는 식민지의 '민족'이나 '민중'이라는 기표로 표현되는 집합적 주체성으로 나아가기 위한 과정인 셈이다. 그리고 예술은 자아의 해방과 집합적 주체성의 형성에 있어서 중요한 계기가 되는 것이다.

그렇다면 염상섭은 그와 같은 예술이 어떠한 성격을 지녀야 한다고 생각했던 것일까. 다시 말해 이 시기 그의 예술관은 어떠한 것이었을까. 예술관을 직접적으로 주제로 삼아 서술한 것은 아니지만, 이 무렵 그가 말하는 '민중의 예술'과 관련하여 좀 더 구체적으로 이해할 수 있는 글이 있다. 1919년 3·1운동 이후 염상섭이 오사카에서의 독립선언을 준비할 무렵, 황석우가 염상섭을 찾아온다. 두 사람은 교토에서 시국과 문단 등에 관해 이야기를 나누고, 이 과정에서 염상섭은 『삼광』 동인으로 참여하게 된다.[179] 이러한 과정을 거쳐 『삼광』에 글을 발표하게 되는데, 그중에는 황석우에게 보내는 서간 형식을 취하고 있는 「상아탑 형께」라는 글이 있다. 이 글에서 염상섭은 황석우의 시와 유지영의 희곡을 비평하는 가운데 그의 예술관 혹은 문학관을 다음과 같이 피력한다.

---

179 염상섭과 황석우의 만남, 『삼광』 동인으로의 참여 등에 관해서는 다음을 참조. 제월, 「상아탑 형께─「정사(丁巳)의 작(作)과 「이상적 결혼」을 보고」(『삼광』, 1919.12), 『염상섭 문장 전집』 I, 56~57쪽; 염상섭, 「부득이하여」(『개벽』, 1921.10), 『염상섭 문장 전집』 I, 174~175쪽.

우리는 첫째 문학인이란 것은 능필能筆 · 달필達筆이거나, 미문美文을 쓰는 것이 아니라는 것을 깨달아야 하겠소이다. 미문을 가려내거나 혹은 달필을 가지고 최고표준을 삼으로면, 하루에 적어도 수삼백 행行을 1, 2시간 동안에 써내는 신문기자도 대문학가라 하겠소이다. 문장이란 것은 문장 자신으로 제일의第一義일지 모르나, 문학이란 것으로 보면 제이의第二義라고 생각합니다. 자연이란 것은 가르치지 않고, 사회의 진상을 뚫지 않고, '사람'을 가르치지 않고, 인생과 및 인생의 기미機微에 부딪히지 않는, 즉 어떠한 제재를 가지고 종횡으로 묘사를 마음대로 하더라도, 우리의 생활과 아무 교섭이 없으면, 아무리 능란한 미문을 써 놓았더라도, 결국은 미장美裝한 '현대여자'요, 청보靑褓에 개똥 싼 것이요, 빈탕이 아닐지요.[180]

이 글에서 그는 "능필能筆 · 달필達筆이거나, 미문美文을 쓰는" "인조적 천재, 속성 문학대가"를 비판하고 있는데, 구체적인 대상은 '이광수'를 지칭하는 것으로 알려져 있다.[181] 즉 염상섭은 당대 한국 근대문학의 주류적 경향이었던 이광수의 문학을 비판하고 있는데, 구체적으로는 "자연이란 것은 가르치지 않고, 사회의 진상을 뚫지 않고, '사람'을 가르치지 않고, 인생과 및 인생의 기미에 부딪히지 않는" 문학으로 규정하여 비판하였다. 그는 '신문기자'와 '문학가'를 구별하면서, 글쓰기라는 범주의 인간 활동 중에서도 문학이라는 활동이 지니는 특이성을 강조한다. 그렇다고 해서, 그가 문학예술이 그 자체로만 자기완결성을 갖는 예술지상주의와 같은 예술관을 지향하는 것은 아니었으며, 인간의 삶과 현실에 밀접하게 관계하

180　제월, 「상아탑 형께―「정사(丁巳)의 작(作)과 「이상적 결혼」을 보고」(『삼광』, 1919.12), 『염상섭 문장 전집』 I, 54~55쪽(강조는 인용자).

181　한기형, 「초기 염상섭의 아나키즘 수용과 탈식민적 태도―잡지 『삼광』에 실린 염상섭 자료에 대하여」, 『한민족어문학』 43, 2003.12, 14~15쪽 참조.

는 예술을 주장하고 있었다. 말하자면 그가 추구하는 예술이란, "사회의 진상"을 꿰뚫으며 생활살과 적극적으로 교섭하는 것으로, 굳이 규정을 하자면 소박한 자연주의나 리얼리즘 경향에 근접한 것이 된다.

이러한 예술관에 기반을 둔 염상섭은 이 무렵 「박래묘舶來猫」라는 미완의 소설을 『삼광』에 발표하기도 한다. 이 작품은 염상섭 문학 연구의 토대를 구축한 김종균이 '우화소설'로 규정[182]한 이후 그 풍자성과 사회성에 주목한 논의가 제기되기도[183] 하였지만, 오랫동안 주목받지 못하다가 『삼광』지誌와 염상섭의 초기 문학에 대한 사상적 재인식이 이루어지면서 2000년대 들어 활발한 논의를 이어오고 있다.[184]

소설의 본문에서 직접 관련 내용이 언급되어 있고 최근의 대다수 연구가 지적하고 있듯이, 「박래묘」는 일본 근대문학의 대표적 작가 나쓰메 소세키夏目漱石의 『나는 고양이로소이다吾輩は猫である』를 패러디한 작품이다. 염상섭은 일본 유학시절 나쓰메 소세키로부터 직간접적인 영향을 받던 것으로 보인다. 즉 그는 일본문학 중에 "나쓰메 소세키"의 "작품은 거지반 다 읽었"을 정도로 깊은 관심으로 보였으며, "사조상으로나 기법상으로나 영향을 적지 않게 받았"다고 회고한 바가 있다.[185] 그리고 당대 일

182 　김종균, 『염상섭 연구』, 고려대 출판부, 1974, 387~388쪽.

183 　조석래, 「염상섭의 「박래묘」에 대하여―한국 근대작가의 습작품의 문제」, 『도남학보』 2, 1979.4.

184 　한기형, 「초기 염상섭의 아나키즘 수용과 탈식민적 태도―잡지 『삼광』에 실린 염상섭 자료에 대하여」, 『한민족어문학』 43, 2003.12; 최해수, 「나츠메 소오세키(夏目漱石)와 염상섭 문학의 영향관계 연구―「나는 고양이다(吾輩は猫である)」와 「박래묘(舶來猫)」」, 『일본근대문학―연구와 비평』 3, 2004.5; 안남일, 「『삼광(三光)』 수록 소설 연구」, 『한국학연구』 31, 2009.11; 서은경, 「1910년대 후반 미적 감수성의 분화와 '감정'이 부상되는 과정―유학생 잡지 『삼광』을 중심으로」, 『현대소설연구』 45, 2010.12 등 참조.

185 　염상섭, 「문학소년시대의 회상」(양주동 편, 『민족문화독본』 상(개정판), 문연사, 1955),

본문단을 일별하면서 "기교와 표현 (…중략…) 이상으로는 배울 수도 없고 배울 필요도 없"다고 비판적인 입장을 견지하면서도 "메이지, 다이쇼大正를 통하여 나쓰메만 한 작가도 찾을 수 없"다고 그를 높이 평가하기도 하였다.[186]

이 소설은 '박래묘'라는 고양이를 화자로 내세우는 장치를 통해 제국주의 일본과 식민지 조선의 현실과 인간세계를 자연주의적 시선으로 관찰하면서, 그러한 고양이의 시선을 통해 당대의 현실을 풍자적으로 비판한다. 그 비판은 근대성에 내재한 위계화, 일본적 근대 혹은 박래적 근대, 그리고 그것을 맹목적으로 추정하는 식민지 조선의 부르주아들에 초점이 맞추어졌다.

먼저 제국주의 일본과 식민지 조선 사이에서 형성되는 근대성을 둘러싼 관계를 비틀어 놓음으로써, 문명과 야만 혹은 발전과 후진이라는 위계 질서를 흔들어 놓는다. 그리고 일본으로 대표되는 근대화와 근대적 인간에 대한 비판적 시선을 드러낸다.

나는 '박래묘'올시다. (…중략…) 나의 본명은 '고마'라고 하는 대화묘족大和猫族이다. 하나 나의 성명을 한자로는 '고려'라고 쓰는 것을 보면 성이 고가高哥요, 이름이 려麗인지, 혹은 우리 선조가 고려시대에 일본에 귀화하여 그 후예가 나인지 모르겠지만, (…중략…) 우리 같은 고양이 족속은 머릿살 아픈 족보란 것이 없지마는, 제일 가까운 계통으로만 보아도 위선爲先 일본의 일류작가 나쓰메 소세키夏目漱石 군을 서기 겸 식객으로 생활비를 주어가며 유명한 『나는 고양이

『염상섭 문장 전집』III, 308쪽.
186 염상섭, 「배울 것은 기교―일본문단 잡관(雜觀)」(전6회)(『동아일보』, 1927.6.7~6.13), 『염상섭 문장 전집』I, 630~634쪽 참조.

다』라는 걸작을 지은 무명묘無名猫 씨가 나의 조부다. 우리 할아버님의 공적을
자랑하는 것은 아니나, 진담의 말이지 중학교 교원으로 월급 40원에 목을 매
이고 회ㅉ박을 쓰고 일생을 마칠 나쓰메 군이, 작고한 뒤까지라도 후생들에게
나쓰메 선생, 나쓰메 선생이라고 경모를 받게 되었을 뿐 아니라, 잔돈 양이라
도 모아놓고 편안히 명목瞑目하게 된 것이, 다 우리 조부의 덕택이었다.[187]

이 소설에 따르면 나쓰메 소세키라는 "일본의 일류작가"의 "걸작" 『나
는 고양이로소이다』를 가능하게 했던 것은 '무명묘'였는데, 그 기원을 거
슬러 올라가면 '식민지 조선'고려시대에 이른다. 이러한 설정은 「박래묘」의
가장 의미심장한 부분이다. 이는, 즉 일본의 근대문학을 가능하게 했던
것은 다름 아니라 '식민지 조선'이라는 것이다. 염상섭은 「독립선언서」에
서, 일본이 조선의 지배를 정당화하기 위해 만들어낸 '동족同族·동조同祖'
라는 주장을 단호하게 비판하기도 했었는데,[188] 「박래묘」에서는 그러한
주장을 물구나무 세우듯이 비틀면서, 일본 근대문학의 기원이 식민지 조
선에서 비롯되었다는 듯한 이야기를 만들어낸다. 고양이의 눈과 말을 빌
린 이 풍자의 내러티브는 제국주의 일본과 식민지 조선 사이에 놓인 문
명과 야만, 발전과 후진이라는 발전론에 기초한 근대의 논리와 내러티브
를 흔들어 놓는다.

비판과 풍자는 전체적인 근대의 패러다임을 뒤흔드는 것에서 한 걸음
더 나아가 일본으로 대표되는 근대적 문명과 근대적 인간형에게도 가
해진다. 가령 "위생인지 똥싸개인지 하느라고 동경 근처에는 그런 것도
없다"고 하며 근대적 위생 관념과 제도에 관해 비딱한 시선을 보낸다든

187　제월, 「박래묘」, 『삼광』, 1920.4(표기는 현대문으로 고침).
188　염상섭, 「독립선언서」(1919.3.19), 『염상섭 문장 전집』I, 43쪽 참조.

지, "나를 경박한 현대 인종과 동류시하는 것이 제일 괘씸하다"고 하며 당대 산출되고 있었던 근대적 인간형에 대해서도 비판적인 인식을 드러낸다.

그런데 「박래묘」에서는 현실에서 구축되고 있었던 근대적 문명과 제도에 대한 비판이 전근대성에 대한 옹호로 이어지지는 않으며, 또한 제국주의 일본에 대한 비판적 시선이 무조건 식민지 조선에 대한 옹호로 나아가지 않는다. 예컨대 "우리 같은 고양이 족속은 머릿살 아픈 족보란 것이 없"다고 하거나 "단침沖唾을 삼켜가며 가문자랑을 하는 것은 봉건시대를 꿈꾸는 조선의 소위 여덟팔자걸음에 엉덩이짓 하는 양반의 티"라고 말하면서 봉건질서에 기반을 둔 전근대성에 대해서 날선 풍자와 비판을 행한다. 그리고 "동경고등공업학교 학생실험실에서 집어 온 알콜酒精병을 내여 놓고도 '이것이 박래의 향수올시다'라고만 하면 감지덕지"하는 "소위 현대신사現代紳士라는 괴물"·"번두番頭：점원가 '마마님 이것이 이번에 신착한 박래품이올시다'라고 늘어놓으면, 나막신下駄이 어느 곳 특산물인지도 모르고, '박래'라는 바람에 처녀 불알이나 얻은 듯"이 행동하는 "귀부인 숙부인 정경부인" 등과 같이 '박래적 근대'에 들려 있는 식민지 조선의 부르주아 남성과 여성의 맹목적인 행태 또한 이 소설에서 풍자된다.

3·1운동을 전후한 시기, 염상섭은 다이쇼 데모크라시라고 명명될 새로운 정치적·사회적 질서의 대두를 목도하였다. 그것을 가장 가시적으로 보여 준 것은 민중이라고 말해지는 새로운 인간형의 출현이었다. 다시 말해 이 시기 염상섭은 소박한 수준이기는 하지만, 민중의 시대에 부합하는 민중의 예술을 의식하고 있었던 것 같다. 그것은 이광수로 대표되는 계몽주의적 성격의 문학과도 거리가 있었고, 또 현실과 큰 관계를 맺지 못하

는 예술지상주의적 경향과도 거리를 두고 있었다. 그는 현실과 밀접하게 교섭하는 문학을 통해 새로운 주체성을 형성할 수 있는 문학을 추구하고 있었다. 이러한 경향은 향후 문학을 "작가의 인생탐구·인생관조의 눈을 거쳐서 발견된 새 사실을 중심으로 다시 종합한 다음에 문학적 제약과 표현의 솜씨^{표현수법}로써 전개시킨 하나의 새로운 인간형, 새로운 생활형태의 창조"[189]로 사유한 염상섭의 문학관 및 예술관의 초기 형태라고도 할 수 있겠다.

---

189 염상섭, 「소설과 인생 ─ 문학은 언제나 아름답고 젊어야 한다」(『서울신문』, 1958.7.14), 『염상섭 문장 전집』 III, 432쪽.

제3장

식민지 조선의 근대성과 대안근대성

1. 폐허의 시간과 생성의 시간

1) 『폐허』 – 구성적 사유로 나아가는 부정의 사유

염상섭은 오사카 독립운동, 수감·재판·무죄 방면, 요코하마복음인
쇄소에서의 노동 등 일련의 사건을 경험하고 아나키즘·생디칼리슴 등
범사회주의적 경향의 사상에 공명하는 과정을 거치게 된다. 이후 그는
1920년 1월 무렵 『동아일보』 정경부 기자로 임명되어 일본 생활을 정리
하고 조선으로 귀국하는데, 이와 거의 같은 시기에 동인지 『폐허』의 동인
으로 참여하여 본격적인 문학 활동을 전개한다. 이 무렵의 사정을 염상섭
은 오랜 시간이 지난 후이기는 하지만, "기자생활이 민족운동에 의의 깊
은 봉사라는 것을 자각하지 못한 바는 아니나 당면문제로는 기자라는 직
업에 생계를 맡겨 놓고 개인적 사업, 또는 정신적 내부 생활로는 문예에
정진하고 문학운동을 전개하려는 결심으로 돌아왔"[1]다고 기술하고 있다.

앞에서 논의한 '이중해방론'에 기대어[2] 염상섭의 행보를 이해한다면,
『동아일보』 기자생활은 생계를 유지할 수 있는 임금노동의 형태이면서

도 민족운동이라는 '외적 해방' 경향의 글쓰기 활동이었으며, 『폐허』의 동인 생활은 문학운동으로 '내적 해방'을 위한 글쓰기 활동이었다고 할 수 있을 것이다. 이 양자는 임금노동의 유무에 따라 상이한 범주에 속하는 글쓰기 활동이지만, 다른 한편으로 해방론에 비추어보자면 동일한 지향을 지닌다고도 할 수 있다. 말하자면 오사카 독립운동-아나키즘 / 생디칼리슴-노동자 정체성-이중해방론-『동아일보』 기자 / 『폐허』 동인 등으로 이어지는 만 1년이 채 되지 않는 기간에 걸친 일련의 활동과 흐름은, 염상섭에게 있어서는 내적인 연속성을 지니고 있었다.

하지만 염상섭의 『폐허』 활동을 그와 같은 연속성 — 해방론 혹은 혁명의 문법 — 에서 파악하고자 하는 논의는 드물었다. 한국 근대문학사의 방법론을 정초했다고 할 수 있는 임화는, 문학사 작업을 통해 동인지 『폐허』를 "자연주의문학"으로 진단하고, "소시민"이라는 계층에 기반을 두고 "현실폭로"와 "부정의 태도"에 입각하여 "암담한 현실감과 무이상"을 표출했다고 서술한다. 나아가 염상섭의 경우, 『만세전』, 「제야」 등의 소설을 통해 그러한 "자연주의적 부정의 태도"가 구체화되었음을 덧붙인다. 다시 말해 임화는 1920년대 중반까지의 염상섭 문학을 이상적 지향이 결여된 현실 부정의 소시민^{중산층}적 성격으로 규정하였던 것이다.[3]

임화의 이러한 논의는 이후 『폐허』를 비롯한 이 시절 염상섭 문학을 규정함에 있어, 직간접적으로 많은 영향을 끼친다. 해방 이후 한국 근현대문학사를 사조^{思潮}에 의거하여 기술한 백철은 동인지 "『폐허』시대를 전후

---

1   염상섭, 「나와 『폐허』 시대」(『신천지』, 1954.2), 『염상섭 문장 전집』 III, 254쪽.
2   염상섭, 「이중해방」(『삼광』, 1920.4), 『염상섭 문장 전집』 I, 72~75쪽 참조.
3   임화, 「조선신문학사론 서설 — 이인직으로부터 최서해까지」(『조선중앙일보』, 1935.10.9~11.13), 임규찬·한진일 편, 『임화 신문학사』, 한길사, 1993, 340~343쪽 참조.

하여 퇴폐적 경향은 하나의 전성기를 이루"었다고 평가하면서, 구체적으로는 "퇴폐적·유미적·허무적 혹은 자연에 의한 도피와 혹은 동양적인 운명관인 체념과 무상을 느낀 감상적인 경향"이었다고 논의한다.[4] 『폐허』의 부정적 현실인식을 퇴폐주의로 규정함으로써 그것이 지니고 있는 문학적·정치적 잠재력을 차단하는 효과를 발생시켰는데, 이러한 해석은 오랫동안 변주되며 반복되었다. 가령 김우종은 예술지상주의적 관점에서 당시 동인지 문학을 맥락화하면서 『폐허』에 관해서는 "절망적 퇴폐적인 현실관"을 강조하였다.[5] 그리고 김흥규는 『폐허』를 포함한 1920년대 동인지가 지닌 "부정의 세계"를 "원자화된 개인의 정치적 무력성"으로 이해하고, 그것은 "중산층 지식인들의 불확실한 전망"에서 기인한다고 설명하면서 계층적계급적 성격에서 그 직접적인 원인을 찾고 있다.[6] 덧붙이자면 앞의 연구사 검토에서 살펴보았듯이, 북한문학사에서도 『폐허』는 반리얼리즘의 자연주의, 퇴폐주의, 부르주아 미학으로 이해되고 있다.[7]

다소 이례적인 해석은 조연현에 의해서 이루어졌다. 그는 백철의 퇴폐주의적 규정을 비판하면서 "『폐허』지의 문학적인 동기는 근대 데카당스의 의식에서 보담도 오히려 신생 혹은 재생의 건설적인 의식미에서 출발"되었다고 평가하고 염상섭의 「폐허에 서서」를 "부활 내지 신생의 뜻"으로 해석하기도 한다.[8] 하지만 『폐허』와 거의 같은 시기에 진행되었던

---

4   백철, 『조선신문학사조사』, 수선사, 1948, 227~240쪽 참조.
5   김우종, 『한국현대소설사』, 선명문화사, 1968, 100~119쪽 참조.
6   김흥규, 「1920년대 초기시의 낭만적 상상력과 그 역사적 성격」(『한국학논집』 6, 1979.2), 『문학과 역사적 인간』, 창작과비평사, 1980. 이러한 김흥규의 논의는 임화가 '소시민성'(계층성·계급성)을 통해 『폐허』와 자연주의의 부정성을 이해하려고 했던 관점과 연속성을 지닌다.
7   이에 관해서는 이 책의 제1장 제3절 '제4항 외부로부터의 시선과 사유'에서 상술한 바 있다.

초기 염상섭의 소설 —「표본실의 청개구리」등 — 은 그것과는 구별되는 "자연주의적 사실주의적 문학"으로 규정되어 "현실폭로의 암흑면에 대한 이성적인 분석과 호소" 정도의 평가를 받는다.[9] 즉 이 양자 사이의 관련성 내지는 연속성에 대한 해명은 적절하게 이루어지지 않고『폐허』에 내재한 신생·부활의 의미는 표면적인 서술에 그치게 된다.

　동인지『폐허』를 퇴폐주의의 맥락에서 이해하고자 하는 흐름은 꾸준히 지속되었으며, 이것의 배면에는 리얼리즘 중심의 문학사 인식이 자리하고 있었다. 이러한 이해는 근대성 연구 등에 의해 기존의 근현대문학사를 구성했던 것들에 대한 전면적인 비판과 해체가 이루어지면서 변화하기 시작했다.『폐허』가 지닌 현실 부정 내지는 부정적 인식을 단일한 계기로 파악하기보다는 역설적인 이중의 계기로 파악하고자 하는 경향이 증가하였다. 구체적으로는 1920년대 초반 동인지의 미적 세계관이 부정의식으로 일관된 것이 아니라 "'폐허'로부터 '창조'에로 넘어가고자 한" 이중적 계기로 이루어져 있었다는 논의[10]를 비롯하여, '폐허'의 수사를 "소멸과 생성의 교차점"[11] 내지는 "'죽음'과 '생명'이라는 역설적인 문제"를 함의[12] 하고 있다는 논의 등이 제기되었다. 그리고 그 데카당스한 부정성이 함의하고 있는 정치성 및 사상적 경향을 당대 인적·사상적 네트워크를 통해 밝히고자 하는 논의들도 제출되었다.[13] 그것은 주되게 아나키즘이라는 사

8　조연현,『한국현대문학사─제1부』, 현대문학사, 1956, 282~289쪽 참조.

9　위의 책, 379~404쪽 참조.

10　차승기,「'폐허'의 시간─1920년대 초 동인지 문학의 미적 세계관 형성에 대하여」,『상허학보』6, 2000.8 참조.

11　조은주,「1920년대 문학에 나타난 허무주의와 '폐허'의 수사학」,『한국현대문학연구』25, 2008.8 참조.

12　임희현,「염상섭 초기 문학에 나타난 '폐허'와 '죽음'의 의미」,『구보학보』14, 2016.6 참조.

상적 경향 및 생디칼리슴이라는 운동적 흐름과 공명했던 것으로 해석되었는데, 그러면서 데카당스한 부정성을 급진적으로 해석할 수 있는 가능성을 열어 놓았다.[14] 이러한 연구들은 『폐허』의 부정적 사유가 단지 표면적인 부정성에 한정되지 않았다는 논의로 수렴된다. 여기서는 그와 같은 점에 주목하여 『폐허』 중에서도 염상섭의 글에 주목하여 그 '폐허'적 사유가 당대 식민지 조선이라는 현실과 어떠한 불화·긴장을 내재하고 있었으며, 그의 초기 문학과 어떤 연관을 맺고 있는지를 살펴보고자 한다.

주지하듯이 동인지 『폐허』는 창간호[1920.7]와 2호[1921.1]가 발행되어 통권 2호로 종간되었다. 염상섭은 「폐허에 서서」[1호, 「법의法衣」[1호, 「상여想餘」[1호, 「저수하樗樹下에서」[2호, 「월평」[2호, 「정情의 오뭇 군동인인상기」[2호 등의 글을 『폐허』에 게재했다. 요코하마복음인쇄소에서 창작했다고 모두에서 밝히고 있는 그가 남긴 유일한 시詩인 「법의」를 통해서 알 수 있듯이,[15] 3·1운동에서 노동운동으로 이어지는 시간과 『폐허』가 생성되는 시간은 서로 단절되어 있지는 않다. 오랜 일본 생활을 정리하고 조선으로 돌아오게 되는 등 개인사적으로 큰 변화가 발생했지만, 사유의 흐름은 여전히 연속적이

---

13   조영복, 『1920년대 초기 시의 이념과 미학』, 소명출판, 2004; 정우택, 『황석우 연구』, 박이정, 2008; 최인숙, 「염상섭 문학의 개인주의」, 인하대 박사논문, 2003 등 참조.

14   저자는 『폐허』를 아나키즘과의 연관성에서 논하면서, 퇴폐주의라는 규정을 넘어설 필요가 있음을 역설한 바 있다. 폐허적 현실 인식 배면에는 그러한 부정성을 넘어서는 긍정적인 지향점이 놓여 있기 때문이다. 즉 『폐허』는 당대 식민지 조선을 '폐허'로 인식했지만 그것에 머무르지 않고 이상세계와 세계주의를 지향하고 있었으며, 또한 자연과 대지에 대한 예찬과 생명사상으로 충만해 있었음을 논증하였다(이종호, 「일제시대 아나키즘 문학 형성 연구-『근대사조』『삼광』『폐허』를 중심으로」, 성균관대 석사논문, 2006, 123~145쪽 참조). 이러한 논의를 바탕으로 하여, 이 책에서는 『폐허』 중에서 염상섭이 작성한 글을 중심으로 그것이 3·1운동의 혁명의 문법을 문학적으로 구현하는 장치였음을 논의하고자 한다.

15   제월, 「법의(法衣)」(『폐허』, 1920.7.25), 『염상섭 문장 전집』 I, 131~133쪽.

었다고 보는 편이 타당할 듯하다.

염상섭이 『폐허』에 게재한 글들 가운데, 「폐허에 서서」는 그의 사유가 가장 뚜렷하게 드러나는 글이다. 또한 이는 창간호의 권두언의 성격을 지닌다는 점에서 『폐허』 전체의 방향성을 제시하고 있다고 할 수 있다. 그리고 그것과 짝을 이루는 것이 창간호의 편집후기에 해당하는 「상여」이다. 이 두 글은 '폐허'라는 인식이 어디에서 발원하고 있는지를 보여 준다.

㉮ 땅이 말라서 쩍쩍 갈라지고, 풀잎이란 풀잎은 새까맣게 타며, 돈이 말라서 **우후雨後의 죽순竹筍** 같은 주식회사의 간판이 날아가고, 호주머니 속에서 회리바람이 부는 이 때다. **과연 '폐허'다.** 금년의 수확이 얼마나 될지는, 물론 예상외다마는 이 **한발旱魃**, 이 **전황錢荒** 속에서, 하여간 이 세상에, 나오게 된 것만 다행이다.[16]

㉯ 소언少焉에 한 큰 '황야'가, 그 무리의 안역眼域을 점령할 때, 그들의 심금은 또 한번 추억과 동경에 울렸습니다.

거기에는 오직, 님 없는 교목과, 기둥 없는 주춧돌과, 영롱한 채색에 싸인 옛 목재가 지기知己의 벗을 기다리며, 고적孤寂히 이곳저곳 흩어져 누워 있을 따름이외다.[17]

㉮의 경우, 「상여」의 한 부분이다. 염상섭이 "돈이 말라서 우후의 죽순 같은 주식회사의 간판이 날아"간다고, 서술하고 있는 내용은 3·1운동 이후 무단통치에서 문화정치로 일제의 통치술이 변경되면서 이루어진 '회사령 철폐'1920.4와 관련된 것이다. 즉 회사령이 철폐되어 식민지 조선에

---

16   제월, 「상여(想餘)」(『폐허』, 1920.7.25), 『염상섭 문장 전집』 I, 134쪽(강조는 인용자).
17   제월, 「폐허에 서서」(『폐허』, 1920.7.25), 『염상섭 문장 전집』 I, 135~136쪽.

서 조선인 자본에 의한 기업 활동이 보장되기 시작했지만, 현실적으로는 그러한 활동이 원활하게 전개되고 있지 않음에 대한 비판적 인식이다.[18] 다소 오랜 시간이 경과한 시점에서의 회고이기는 하지만, 이때의 상황을 "외세에 대한 경제투쟁"으로 규정하고 "각종 기업체의 출뿔로 '주식회사 창립사무소'라는 문패가 (…중략…) 경향 도처에 나붙었으나, 민족자본이 빈약하고 경험과 수완이 도저히 일본의 자본주의 세력과 항쟁할 수 없고 또한 정치적 해방 없이 경제적 해방이 있을 수 없으니 우후죽순 같던 회사문패도 (…중략…) 추풍낙엽으로 1년이 못 가고 다 날아가 버렸던 것"이라고 서술한다.[19] 즉 「상여」의 이 짧은 한 구절에는, 3·1운동 이후의 문화정치의 현실, 조선총독부의 통치정책, 식민지 조선의 경제적 발전, 일본 자본의 조선 진출 등의 복합적인 상황이 함축되어 있는 것이다. 염상섭이 "과연 '폐허'다"라고 탄식하며 당대 상황을 다시 한번 재확인하는 배면에는 식민지 조선의 폐허적 상황에 대한 인식과 아울러 그것을 초래한 일제의 식민통치에 대한 비판도 자리하고 있다.[20]

그러나 식민지 조선이 폐허라는 인식이 그러한 상황의 체념적 수락을 의미하는 것은 아니었다. 「폐허에 서서」의 일절인 ㉯의 경우, 여기에는 폐허적 상황에 대한 묘사가 두드러지고 있지만 거기에는 다양한 형태의 잠

---

18 회사령의 폐지는 산업과 자본의 측면에서 새로운 조건을 부여하였다. 기업 활동을 보장한다는 면에서 조선의 자본에도 기회가 주어졌지만, 또한 일본의 자본이 식민지 조선에 진출할 수 있는 기회를 제공하였다. 식민지 조선에서의 '회사령의 폐지'와 관련해서는 다음의 논문을 참조. 손정목, 「회사령연구」, 『한국사연구』 45, 1984.6; 채오병, 「국제 노동분업과 국내 산업공동화―제국질서와 위기담론의 궤적」, 『경제와사회』 98, 2013.6.

19 염상섭, 「나와 『폐허』 시대」(『신천지』, 1954.2), 『염상섭 문장 전집』 III, 252쪽.

20 회사령의 철폐 이후에도 여전히 낙후적인 조선의 산업적 상황과 조선총독부에 대한 염상섭의 비판은 「세 번이나 본 공진회」(『개벽』, 1923.11) 등을 통해 보다 구체적으로 표출되기도 하였다.

재력을 긍정하는 표현들로 채워져 있다. 창간호의 '권두언'이라는 성격을 고려하더라도, '폐허에 서 있다'라는 부정적 인식과는 반대로 전반적인 내용은 그러한 폐허적 상황을 극복하겠다는 의지로 충만해 있다. 동일한 맥락에서 『폐허』의 동인인 남궁벽南宮璧은 그 지향성을 보다 직접적으로 제시하기도 한다. 그는 "우리는 살기 위하여, 우리의 욕망을 만족하기 위하여 이 '빈터'에다가, □□□건설하고, 무엇을 부활하고, 무엇을 이식하지 않으면 아니 되겠다"고 "『폐허』의 목적"을 설명한다. 따라서 "'폐허'라는 제목은, 독일 시인 실러Friedrich Schiller의, '옛것은 멸하고 시대는 변하였다, 내 생명은 폐허로부터 온다'라는 시구에서 취한 것"이라고 서술한다.[21]

요컨대 『폐허』는 당대 식민지 조선의 상황을 '폐허'라고 인식하면서도, 그것에 함몰되지 않고 그 상황을 해체하고 재구성하겠다는 욕망이 충만해 있는 동인지였다. 염상섭의 회고와 같이, 『폐허』에는, "만세운동 직후의" "당장 잃은 것은 많고 얻은 것은 없다는 허탈감·공허감"이 없었던 것은 아니지만, 그에 비례하여 "폐허에 앉아서 솟아오르는 햇발을 바라보며 신문학을 위하여 신개척·신건설의 괭이질을 한다"[22]는 의지가 작동하고 있었다. 달리 말하면, 염상섭은 현실과 불화하는 부정의 사유를 통해서 구성적 사유로 나아가는 과정을 보여 주고 있었다고 할 수 있다.

이런 맥락에서 동인지 『폐허』는 해체와 재구성, 폐허와 신생, 소멸과 부활, 파괴와 건설, 부정과 구성 등의 역설적인 이중의 계기로 수렴된다고 할 수 있다. 그리고 이것은 1920년대 초반 염상섭의 현실 인식과 사유를 관통했던 문법이라고도 할 수 있을 것이다. 이러한 경향은 '3·1운동의 염상섭'과 '『폐허』의 염상섭'을 연속적으로 이해할 수 있도록 해 주는 특성

---

21   벽생(壁生), 「상여」, 『폐허』 창간호, 1920.7, 124~129쪽 참조.
22   염상섭, 「『폐허(廢墟)』」(『사상계』, 1960.1), 『염상섭 문장 전집』 III, 495쪽.

이 된다. 3·1운동 이후의 문학운동에 관해 회고하는 한 글에서, 염상섭은 "당시에 문학하는 사람들은 결코 정치의욕 — 쉽게 말하면 민족운동·독립운동이나 사회운동에서 이탈된 것은 아니었"으며 "정치의욕을 카무플라주하고" "정치적·사회적으로 봉쇄되고 억압된 생명력·생활력의 발로·발산의 분출구를 문학에 구하려는 일종의 유행성"이 있었음을 강조한다.[23] 이와 같은 오랜 시간이 경과한 이후의 회상을 일면적으로 받아들일 수는 없지만, 적어도 사상적 공명에 기반을 둔 동인지 시스템하에서 3·1운동으로부터 파생된 운동성이 지속되고 있었던 것은 분명해 보인다.

염상섭은 『폐허』 동인으로 활동하는 동시기에 인간의 모든 활동을 노동의 범주로 통합하고, 노동과 예술이 하나의 활동으로 일치되는 사회, 그리하여 궁극적으로 인간 활동이 예술로 자리 잡을 수 있는 사회에 대한 지향을 사유의 형태로나마 표출한 바 있다.[24] 염상섭에게 3·1운동과 『폐허』를 통한 문학운동은 그것이 현실에서 구현되는 구체적인 양태는 상이했지만, 통합적인 인간 활동이라는 측면에서 연속성을 지닌다고 해도 좋을 것이다. 좀 더 구체적으로 서술해 보면, 3·1운동을 관통하는 혁명의 프로세스 — 구체제를 파괴하는 봉기의 발생과 새로운 체제를 구성하는 제도화의 진행 — 와 동인지 『폐허』가 지향하는 파괴와 건설, 소멸과 부활이라는 이중적 계기는 사실상 동일한 문법을 공유하고 있는 것이다. 염상섭의 어법으로 말하자면 '정치투쟁으로서의 3·1운동', '문화 활동으로서의 『폐허』의 발간'은[25] 그 범주에서 차이는 있었지만, 동일한 지

---

23 염상섭, 「3·1 전후와 문학운동」(『신민일보』, 1948.2.29), 『염상섭 문학 전집』III, 73쪽.
24 염상섭, 「노동운동의 경향과 노동의 진의」(전7회)(『동아일보』, 1920.4.20~4.26), 『염상섭 문장 전집』I, 114~120쪽 참조. 이에 관한 보다 상세한 논의는 이 책의 제3장 제2절 참조.
25 염상섭, 「나와 『폐허』 시대」(『신천지』, 1954.2), 『염상섭 문장 전집』III, 251~258쪽 참조.

향과 방법론을 공유하고 있는 인간 활동이었다.

봉기와 제도화, 부정과 구성, 파괴와 건설, 폐허와 재생과 같은 일련의 프로세스는 그것을 실행하는 행위자를 필연적으로 전제하기 마련이라는 점에서, 기존의 현실 및 제도와 불화하는 주체성을 생성하는 하나의 장치로서 기능한다. 염상섭이 3·1운동의 봉기를 통해 다소 소박하기는 하지만 민족이라는 정체성에 한정되지 않는 노동자라는 주체성을 만들어 내었듯이, '폐허'라는 부정성을 통해서는 예술적 주체성을 구성해 내려고 했던 것이다.

⒟ 이 처참하나 거룩한 '성전聖典'에 들어온 청년의 무리는, 자기들이, 이 정밀한 침묵과 찬란한 리듬을, 파괴하는 침입자가 아닐까 두려워하는 동시에, 자기에게는 이 재목의 지기지우知己之友가 되고, 주춧돌의 주인이 되어, 이 황폐한 허지墟址에 (예술의) □□□□□□ 책임이 있다고 자부합니다. (…중략…)

⒠ 이것은 사소한 우정이거나, 불순한 사정이 그 무리에게 강요하는 것이 아니라, 진리의 궁전에 순례하겠다는 자의 지고지순한 영혼이 악수한 때문이요, 또 그 악수는 영원히 흩어질 시간을 가지지 않기 때문이외다.

그러나 ⒡ 피등은 이지理智에만 살려고는 아니합니다. (…중략…)

뜨거운 기꺼움의 눈물로, 대지의 모든 생물을 축이고, 서로의 뺨을 적실 제, 그들의 가슴 속에는, ⒢ 한량없는 애愛의 샘이 끓어오릅니다. (…중략…)

실로 그 무리의 영혼은 진리의 끈으로 비끄러매고, 애愛의 쇠로 채웠습니다. 그러함으로 그 무리는 열 마음이, 한 마음일 수가 있고, 백의 발자취가 한길을 밟을 수 있습니다.[26]

---

26 제월, 「폐허에 서서」(『폐허』, 1920.7.25), 『염상섭 문장 전집』 I, 136~137쪽(강조는 인용자).

㉰와 같이, '처참하고 황폐한 터전墟址'에서 '예술의 성전聖典'으로의 이행은 『폐허』 동인을 암시하는 '청년의 무리'에 의해서 가능해지는 것이다. 또한 그러한 이행을 통해서 '청년의 무리'와 같은 새로운 인간형으로서의 주체성이 생성되는 것이다. 그리고 그러한 주체성의 생성은 ㉱와 같이 현실에서 자동적으로 주어져 있는 낡은 관계나 강요에 의한 지시를 통해 이루어지는 것이 아니라 능동적이며 자발적인 의지와 공통된 지향 속에서 이루어지게 된다. 그리고 공통성을 전제한 특이성으로 개별자들이 구성되는 원리는 ㉲와 ㉳와 같이 근대적 이성에 기반을 둔 '이지理智'와 대지의 공동체에 기반을 둔 '사랑愛'이었다. 특히 이 '사랑'은 단지 이성애 관계로 기초한 근대적 연애나 자본주의하의 사적 소유로서의 사랑으로 환원되지 않는, 인류애로 확장 가능성이 항상 전제되어 있다. 따라서 이 같은 원리에 기초하여 생성된 "무리는 열 마음이 한 마음일 수가 있고, 백의 발자취가 한길을 밟을 수 있"게 되는 것이다. 다시 말해 봉건질서로부터 해방된 '자아'는 폐허와 같은 식민지 현실로부터 다시 한번 해방될 때 온전히 구성될 수 있는데, 그것은 집단적 주체성을 형성함으로써 가능하게 된다.

이와 같은 새로운 인간형으로서의 주체성의 생성은, 『폐허』만 놓고 보면 문학적·예술적 영역을 중심으로 이루어지는 것 같지만, 그것에 한정되는 것은 아니다. 염상섭의 '이중해방론'과 같은 시기에 발표된 소설들에 등장하는 여러 인물을 통해 확인할 수 있듯이, 식민지 조선이라는 현실 속에서 다양한 주체성의 형성으로 확장된다. 그런데 여기서 주의할 점은 그러한 주체성은 완성형이라기보다는 형성되는 과정에 놓여 있었으며, 그리하여 각 양태에 따라 비균질적인 양상을 보이기도 했다는 것이다.

우선 자아 혹은 개인이라는 주체성은 염상섭에게 있어서 항상 가장 근본적인 출발 지점이었다. "기성적 모든 관념으로부터 적라의 개인"으로 "자기해방"을 이루겠다는 기획은 "정치적, 사회적, 경제적, 도덕적 — 외적 해방의 출발점이요, 제1요건"이었다.[27] 즉 염상섭에게 있어서 '자아의 각성'은 내적 해방의 맥락에서 의미화되지만, 외적 해방으로의 전개를 전제하고 있는 것이었다. 「암야闇夜」[28]의 주인공 'X'는 '대한문'과 '광화문'을 가로지르며 "'무덤이다'라고 혼자 속으로 부르짖"53쪽고 '창경궁'의 "동물원에서 본, 철창 안의 검은 곰黑熊"48쪽의 신세와 같은 자신의 처지를 신랄하게 냉소한다. 하지만 그는 "물질생활의 노예"를 벗어난 "개성의 자유로운 발현", "자기의 예술의 궁전", "인생의 아름답고 순결한 정서를 발로하는 연애"를 위한 "심각하고 영원한 고뇌"56쪽를 지속한다.[29] 이러한 모습은 「표본실의 청개구리」에 등장하는 '김창억'과 '나'로 이어진다. '나'는 3·1운동 직후의 "무거운 기분의 침체와 한없이 늘어진 생生의 권태"11쪽로부터 자유롭지 못하며 '김창억'은 3·1운동의 "옥중생활"로 인해 "바늘 끝같이 예민"33쪽한 신경을 소유한 광인狂人이 되어 "현실폭로의 비애"46쪽에 깊이 침윤되어 있다. 그럼에도 이들은 "약육강식의 대원칙"25쪽의 제국주의 및 자본주의 문명 비판을 수행하며 "톨스토이즘 (…중략…) 윌슨이즘"에 기초한 "세계평화론이나 인류애"20쪽를 지향한다. 하지만 이들의 지향과 신체는 현실과의 접점을 찾지 못하고 부유한다. 소설 전체를 관통하는 우

---

27 염상섭, 「자기학대에서 자기해방에 — 생활의 성찰」(전4회)(『동아일보』, 1920.4.6~4.9), 『염상섭 문장 전집』 I, 82~83쪽.

28 「암야」의 말미에는 "19.10.26 작(作)"이라고 부기되어 있는데, 이로 보아 창작 순서상으로는 이 작품이 가장 앞섰던 것으로 보인다(염상섭, 「闇夜」, 『개벽』 19, 1922.1, 64쪽 참조). 이하 이 절에서 소설 원문을 직접 인용할 경우, 인용한 쪽을 본문에 첨자로 병기하고 해당 작품의 인용이 끝나는 부분에서 출처의 서지 사항을 밝힌다.

29 염상섭, 「闇夜」(『개벽』, 1922.1), 『염상섭전집 9 — 초기단편 1921~1936』, 민음사, 1987 참조.

울과 비애는 그로부터 연원하는 것이기도 하다.[30] 이러한 경향은 「E선생」
과 『만세전』에 와서 다소 변모한다. '이인화'는 여전히 관념적이기는 하
지만, "새로운 생명이 약동하는 환희" 속에서 조선의 봉건적 질서와 제국
주의적 식민권력으로부터 "개인에게서 출발하여 개인에 종결"106쪽할 수
있는 자아의 각성과 해방을 고취하기도 한다.[31] 'E선생'은 식민지 조선의
학교라는 구체적인 제도에 불안정하나마 안착하여 교육을 통해 "감정을
해방"117쪽하고 "사람다운 의기, 지기志氣", "자각 있는 봉공심奉公心"144쪽 혹
은 "자율 자발이라는 정신"145쪽에 기초한 개인·새로운 인간형을 형성하
기 위한 노력을 기울이기도 한다.[32]

그리고 염상섭이 추구한 새로운 인간형으로서의 주체성 형성에서 중
요한 비중을 차지하는 것이 '여성'이었다.[33] 그는 「제야」, 『해바라기』, 「너
희들은 무엇을 얻었느냐」 등을 통해 봉건적 인습과 자본을 매개로 한 사
적 소유로서의 사랑근대적 가족제도이라는 전근대와 근대가 만들어 놓은 이중
구속의 상황 속에서 행로를 잃어버린 여성들을 다면적으로 형상화한다.
이를 통해 여성해방이라는 문제를 부각함과 동시에 전근대적 질서와 근
대적 질서 모두 여성에게는 대안이 될 수 없음을 보여 준다. 그리하여 해
방이 현실화할 수 있는 조건과 계기에 대한 모색을 과제로 남겨 놓는다.

염상섭이 염두에 둔 또 다른 주체성으로는 노동자 혹은 프롤레타리아

---

30   염상섭, 「標本室의 靑게고리」(『개벽』, 1921.8~10), 『염상섭전집 9-초기단편 1921~1936』,
     민음사, 1987 참조.
31   염상섭, 『만세전』(고려공사, 1924), 『염상섭전집』 1, 민음사, 1987 참조.
32   염상섭, 「E先生」(『동명』, 1922.9.10~12.10), 『염상섭전집 9-초기단편 1921~1936』,
     민음사, 1987 참조.
33   김영민은 염상섭의 초기 산문을 분석하면서 그의 "가장 큰 관심사는 여성문제"였음을
     주장한다. 김영민, 「염상섭 초기 산문 연구」(『대동문화연구』 85, 2014.3), 한기형·이혜
     령 편, 『저수하의 시간, 염상섭을 읽다』, 소명출판, 2014 참조.

를 들 수 있다. 이는 3·1운동과 깊은 연관을 맺고 있었으며 산문을 통해서 이론적으로도 상세하게 전개가 되고 있었지만, 소설적으로는 아직은 충분히 형상화되고 있지는 않았다. 그 형상은 『만세전』에 이르러 비로소 등장하는데 온전한 주체성으로 생성되지 못하고 주변부에 머물러 있다. 즉 그것은 "덕의적德義的 이론으로나 서적으로는 소위 무산계급이라는 것처럼, 우리 친구가 되고 우리 편이 될 사람은 없다고 생각하면서도 (…중략…) 감정상으로 그들과 융합할 길이 없다"48쪽라는 곤경의 반영으로 이해할 수도 있겠다.

요컨대 『폐허』를 관통하고 있었던 부정성에 기초한 구성적 원리는 전근대와 근대의 중첩적 질서를 넘어서는 다양한 주체성의 형성과 밀접한 관련을 맺고 있었다. 「이중해방」에서 봉건적 질서와 자본주의적 질서로부터 해방되어야 함을 역설했던 신인, 청년, 부인, 개인, 직공, 노동자, 민중 등이 그에 해당한다고 할 수 있겠다. 그리고 또한 염상섭은 그의 소설을 통해 그러한 주체성을 구체적으로 형상화하기도 한다. 다만 그것은 완전하거나 안정된 형상을 갖추고 있었던 것은 아니며 종종 고립되거나 파국을 맞이하기도 한다. 그리하여 염상섭은 지향과 현실적 조건의 유리로 인해 발생하는 불완전함을 넘어설 수 있는 방략을 지속적으로 모색하게 된다.

2) 자연주의·아나키즘·노동운동의 연쇄

염상섭에게 있어서 『폐허』 동인 활동에서 『만세전』에 이르는, 3·1운동 이후 1920년대 중반까지의 기간은, 통상적으로 '자연주의' 경향을 보여 주었다고 간주되는 시기이다. 염상섭이 활동했던 시기의 문단과 문학사에서 그에게 붙이는 자연주의라는 규정은, 심리와 인물에 대한 묘사의 우수함을 상찬하는 긍정적인 평가[34]가 없었던 것은 아니지만, 전반적으로는 목표로 삼고 있는 지향점에 미달한다는 의미의 부정적인 평가가 우세했다. 김기진이 염상섭을 비판하면서 붙인 '자연주의작가'라는 규정은 관념적 성격, 회색주의 및 소시민성 등과 등가를 이루는 비난의 레테르에 가까웠다.[35] 임화는 일련의 문학사 작업을 통해 "자연주의시대의 왕도를 수립하고 조선소설사상 찬연한 지위를 점하고 있는 작가"로서 염상섭을 상찬하지만, 그것은 정확하게 프로문학과 사회주의리얼리즘이 출현하기 전까지만 유효한 것이었다. 염상섭은 리얼리즘 문학의 출현을 예비하는 과도기로서만 문학사적 의의를 부여받을 뿐이다. 임화에게 있어서 자연주의는 전망 부재, 진리와 현실 재현의 불충분성, 당파성의 미달 등의 한계를 내재한 것이기 때문이다.[36] 해방 이후 간행된 백철과 조연현의 문학사에서도 염상섭의 문학은 전체적으로 자연주의라는 자장 속에서 논의되었다. 두 문학사 모두 근대와 현대라는 시대구분법을 사용하고 있는데, 염상섭의 자연주의는 근대문학에 국한된 것으로 규정되어 현대라는 시간에 뒤떨어진 것으로 간주된다.[37] 다시 말해 식민지 시기와 해방 이후 간행된 대부분의 문학사는, 발전론적 시간관을 전제하면서 그 이데올로기 지향과 방법론의 차이와 관계없이, 염상섭의 자연주의를 도달해야 할 목표점에 미달하는 후진적인 것으로 상정하면서 그것이 지닌 가능성을 충

---

34 양주동, 「정묘문단총관(丁卯文壇總觀)—창작계만평」, 『신민』 33, 1928.1 참조.
35 김기진, 「창작계의 1년」(전3회), 『동아일보』, 1928.1.1~1.3; 김기진, 「변증적 사실주의」, 『동아일보』, 1929.2.25~3.7; 김기진, 「사실주의 문제」, 『조선일보』, 1929.6.13~6.25 참조.
36 임화, 「조선신문학사 서설」(『조선중앙일보』, 1935.10.9~11.13); 「소설문학의 20년」(『동아일보』, 1940.4.12~4.20), 임규찬·한진일 편, 『임화 신문학사』, 한길사, 1993 참조.
37 백철, 『조선신문학사조사』, 수선사, 1948; 조연현, 『한국현대문학사—제1부』, 현대문학사, 1956.

분히 의미화하지 못했다.

염상섭의 문학에서 자연주의적 경향이 우세했던 때는, 사상적으로는 아나키즘, 운동적으로는 직접행동에 기반을 둔 노동운동에 대한 지향과 관심이 동시에 두드러지던 시기이다. 한국 근대문학에서 '자연주의-아나키즘-직접행동노동운동'의 연쇄를 공식화할 수는 없지만, 적어도 염상섭에게 있어서는 1920년대 중반까지 이 세 가지 요소가 한꺼번에 동시적으로 작동하고 있었다. 이는 총체성·전형성·전망 등에 기반을 둔 '리얼리즘-사회주의-대의제전위와 대중'라는 세 가지 요소가 한 묶음으로 작동하면서 특정한 근대적 질서를 형성해 온 것과 나란히 놓아 볼 수도 있다. 여기서 리얼리즘은 확실히 문학의 문법이었지만, 그것에만 한정되지 않고 정치의 문법이 되기도 했으며 운동의 문법으로 작동하기도 했다. 물론 염상섭에게 있어서 '자연주의-아나키즘-직접행동노동운동'의 연쇄가 '리얼리즘-사회주의-대의제전위와 대중'라는 연쇄만큼이나 그 원리에서 내적인 통일성을 지니고 있었다고 확언하기는 어려울지 모른다. 하지만 적어도 염상섭에 한정해서 보자면, 그러한 연쇄에 버금가는 정도의 연관성이 동시적으로 작동하고 있었던 것 같다. 즉 염상섭에게 자연주의는 문학에만 국한되는 것이 아니라, 정치적·운동적인 영역에서도 그 문법을 공유하고 있었다고 할 수 있다.

자연주의에 대한 염상섭의 논의와 관점을 살펴보기 전에, 거의 유사한 시기에 식민지 조선에서 다른 논자들은 자연주의를 어떻게 이해하고 있었는지 살펴보자. 다음의 인용은 『창조』 동인 최승만의 글로, 당시 자연주의에 대한 인식과 이해의 한 측면을 보여 준다.

> 자연주의의 가장 큰 특색은 현실적이라는 것이다. 이 현실의 인생 이 현실의 생

활에 대하여 심절하게 주의를 두는 것이다. 자연주의로 말미암아 예술은 실인생 실생활과 밀접한 관계를 맺어 있는 것이다. 인생의 의미는 어디 있는가? 우리의 생활은 무엇을 의미함인가? 하는 것이 자연주의문예 가운데서 자주 있는 것이다. 이 문제에 대하여 해결은 못 주지마는 독자로 하여금 생각 아니 할 수 없게 만든다. 자연주의문예는 오락인 예술이 아니오, 인생에 대하여 생활에 대하여 깊이 생각하게 하는 예술이다.

자연주의의 경향은 사회문제에 접촉되었다. 졸라의 소설 중 남녀가 음주, 색욕, 빈곤 등에 빠져서 여하如何히 추락해 가고 사망해 가는 것을 말한 것이 많이 있으니 이것이 사회문제가 아니고 무엇일까. 그이의 냉정한 과학적 태도도 그 내면에는 열렬한 사회개량가의 성의가 있지 아니한가. 입센의 희곡은 거의 다 인생 급及 사회문제에 대한 것뿐이니 사회의 악덕을 그이는 극력 묘사하여 개인해방 부인해방의 문제를 통절히 말함으로써 실생활에 큰 동요를 일으키게 한 것도 사실이다. 기외其外 러시아露西亞 작가 중에도 많은 예가 있는 것이오, 더욱 「엽인일기獵人日記」를 지은 투르게네프는 농노해방운동에 다대한 원동력을 준 것은 세상이 다 아는 일이다.[38]

담론의 층위를 보자면, 여기서 거론되는 자연주의는 제도적으로 구획된 문학이라는 영역을 넘어서 정치·사회·운동의 영역을 가로지르는 개념이 된다. "냉정한 과학적 태도"는 역설적으로 "인생에 대하여 생활에 대하여 깊이 생각"하도록 함으로써 내면에서는 그러한 현실을 넘어서고자 하는 행위자를 구성하게 된다. 그리하여 자연주의는 "사회문제"와 "사회의 악덕"에 맞서서 "개인해방"·"부인해방"·"농노해방" 등 해방운동을 견

38　극웅, 「문예에 대한 잡감」, 『창조』 4, 1920.4, 50쪽(현대 표기법으로 고치고, 강조는 인용자).

인하는 "원동력"이 되며, 이는 "실생활의 큰 동요를 일으"켜 기존의 체제에 긴장과 불화를 형성하게 된다. 즉, 이 글에서 자연주의는 문학의 문제이면서도 정치와 사회의 문제로 확대된다. 검열을 염두에 둔 까닭인지 명시적으로 서술되어 있지는 않지만, 문맥상 자연주의는 사회주의나 아나키즘 등 반체제적인 사상의 다른 이름이 되며, 그런 이유에서 에밀 졸라는 "열렬한 사회개량가", 더 정확하게 말하면 '사회주의자'로 자리매김된다. 다시 말해, 자연주의는 체제와 불화하는 해방적 주체성을 생성하며, 또한 그것은 담론의 층위에서 문학적 영역을 넘어서 당대 유행하고 있었던 복수의 사회주의들과 만나게 되는 것이다.

자연주의를 이해하고 개념화하는 이러한 방식은, 기존의 자연주의에 대한 이해를 고려할 때, 주류적인 방식도 아니며 익숙한 방식도 아니다.[39] 하지만 식민지 조선에서 자연주의를 이와 같은 식으로 이해하고 수용하려는 태도는 확실히 존재했다. 그리고 그것은 식민지 조선에서만 국한된 것은 아니었다.[40]

프랑스의 대표적인 자연주의 문학자 에밀 졸라Émile Zola가 사망1902.9.29하자, 당시 일본의 대표적인 아나키스트이자 사회주의자였던 고토쿠 슈스이幸德秋水는 곧바로 그의 죽음을 애도하면서 "그는 참으로 순수한 사회주의자였다"고 추모한다.[41] 그리고 일본의 문학자 사토 하루오佐藤春夫는

---

39 1920년대 식민지 조선에서의 자연주의의 이해에 대해서는 다음의 글을 참조. 손정수, 「한국 근대 초기 비평에 나타난 자연주의 개념의 변모양상」, 『개념사로서의 한국근대 비평사』, 역락, 2002.

40 일본의 시마무라 호게쓰(島村抱月)는 자연주의가 전근대적인 습관을 파괴하는 점에서 개인주의로 이어지며, 현실을 그려 냈다는 점에서 사회문제와 이어진다고 주장한다(島村抱月, 「文藝上の自然主義」, 『島村抱月文藝評論集』, 岩波書店, 1987). 이에 관해서는 심정명, 「한국과 일본의 자연주의 담론 비교 연구」, 서울대 석사논문, 2007, 27~28쪽 참조.

고토쿠 슈스이 등이 처형당한 대역사건大逆事建, 1910 무렵에는 자연주의와 사회주의가 동일한 것으로 간주되었기에 일본 정부는 양자 모두를 위험사상으로 인지했다고 서술하기도 한다.[42] 러일전쟁1905, 한일병합1910, 대역사건 등 일련의 사건들을 거치면서 1910년을 전후한 시기에 일본 정부는 대내외적 안정에 주력하고 있었으므로, 그것을 방해하는 위험사상에 대해서는 상당히 민감한 반응을 보였다. 즉 "위험사상의 불안에 들려 있었던 정부일본-인용자에게는, 사회주의, 자연주의, 무정부주의, 개인주의, 자기중심주의, 자유연애 등, 모든 주의는 동일한 것"으로 간주되었다. 그리하여 "그것들과 싸우기 위하여 탄압과 교화의 계획"을 추진하였다. 이 중에서도 자연주의는 "확실히 모든 가족 중심의 가치관"을 "의문시"하고 있었기 때문에, 일본 정부는 "자연주의의 대두"를 "가족 및 사회의 붕괴 징후의 하나"로 받아들여 "검열제도의 확대"를 진행하였다.[43] 실제로 당시 '자연주의'라는 기호는 협의의 자연주의 문학을 넘어서 "성과 관련된 모든 도덕적 일탈과 결부되어" 검열의 주요한 대상이 되었다.[44]

정리하자면, 일본에서 1910년을 전후한 시기, 그러니까 반체제사상에 대한 탄압이 최고조에 달했던 '대역사건'이 일어났던 무렵에 '자연주의'는 불온사상 가운데 하나로 간주되었다. 그리고 반체제사상의 최전선에 있었던 (메이지시대의) 초기 사회주의자에게도 '자연주의'는 사회주의아나키

---

41 幸德秋水, 「ゾーラを哭す」(明治 35年 10月 3日), 『幸德秋水全集 第四卷』, 日本圖書センタ, 1982, 136~139쪽.

42 佐藤春夫, 『詩文半世紀』, 読売新聞社, 1965, 54~55쪽 참조.

43 ジェイ・ルービン (Jay Rubin), 今井泰子・大木俊夫・木股知史・河野賢司・鈴木美津子 訳, 『風俗壊乱－明治国家と文芸の検閲』, 世織書房, 2011, 148~149쪽 참조.

44 가네코 아키오, 류충희・김미정 역, 「'풍속괴란'에 대한 시선－러일전쟁 이후의 '필화'를 중심으로」, 정근식 외편, 『검열의 제국－문화의 통제와 재생산』, 푸른역사, 2016, 185~191쪽 참조.

즘와 담론공간에서 교집합을 형성하는 사상의 한 갈래였다. 또한 다수의 대중도 한편으로는 몰이해에서 비롯된 것이기도 하지만, 자연주의와 사회주의를 동일한 것으로 이해하고 있었다. 즉 자연주의는 협의의 문학이라는 영역에 귀속된 사조나 방법론이라기보다 시대를 관통하는 광의의 사상에 가까웠으며, 기존의 전근대적 질서는 물론 근대적 국가 질서와 불화하는 기호였다.[45] 이 시기 "자연주의와 사회주의는, 당연하지만 완전하게 같다고는 말할 수 없어도, 어떤 점에서는 틀림없이 같은 것이었다".[46]

주지하듯이 염상섭은 1912년 보성중학 2학년 1학기를 마치고 일본으로 건너가 유학하게 된다.[47] 그는 『와세다문학早稻田文學』, 『중앙공론中央公論』, 『개조改造』 등을 "중학시절 5년간 문학소년으로서 닥치는 대로" 읽

---

45 다나카 기오(田中希生)는 일본의 메이지기·다이쇼기 사상을 검토하면서, '자연주의·아나키즘·직접행동'이 정신사적으로·사상사적으로 서로 이어져 있으며 통용 가능한 담론이었다고 주장한다. 이 책에서 염상섭의 자연주의를 재검토하는 과정에서 전개한 논의는, 일본의 메이지기와 다이쇼기의 자연주의의 이해 및 사회주의와의 관련성 등 서술한 다나카 기오의 논의로부터 일정한 시사를 받았음을 밝혀 둔다. 이에 관해서는 다음을 참조. 田中希生, 「自然主義から新カント主義へ―近代日本の認識論的転回と国民国家形成」, 『洛北史学』7, 2005; 「二つの精神, 吉野作造と大杉榮」, 『ノートル·クリティーク』1, 2008.5; 『精神の歴史―近代日本における二つの言語論』, 有志舎, 2009.

46 이어서 다나카 기오는 다음과 같이 상술한다. 자연주의와 사회주의는 "저널리즘의 융성을 거점으로 삼으면서, 언문일치운동의 일익을 담당하고, '자연'이라는 개념을 같은 무기로 삼아 담론＝정치적 투쟁을 확대해갔기 때문"에 이런 점에서 동일한 것이기도 했다. "'문학'은 사실을 꿰뚫지 않으면 안 되는 것이었고 사회주의가 그렇게 믿어지고 있었던 것처럼, '문학'도 또한 처음부터 정치적인 실천이었다. (…중략…) 자연주의와 사회주의의 동일시를 훗날의 시점에서 보아 오해라고 생각하는 까닭은 오히려 그 사상사적인 주장 자체에 의해서 당시의 사조를 그 자체로써 파악하는 계기를 잃어버렸기 때문이다. 왜냐하면 정치와 문학을 분리하려는 비난 자체가 당시 사조가 의거하고 있던 '표상' 개념을 재현 개념으로 부장하게 변경해 버렸기 때문이다." 田中希生, 『精神の歴史―近代日本における二つの言語論』, 有志舎, 2009, 150쪽.

47 염상섭, 「별을 그리던 시절」(『지성』, 1958.9), 『염상섭 문장 전집』III, 450쪽; 김종균, 『염상섭 연구』, 고려대 출판부, 1974, 23~25쪽 참조.

으며 "문학수업"을 독학으로 진행하게 된다. 이 무렵은 그가 스스로 언급하고 있듯이 "자연주의 전성시대"였으며, 그리하여 자연주의의 "대표작가들의 작품에서, 사조상으로나, 수법으로나, 영향을 적지 않게 받"게 된다.[48] 염상섭이 일본유학을 통해 자연주의를 접하게 된 시기와 대상들을 고려할 때, 그가 접한 자연주의는 앞서 언급한 사회주의와 공명하는 불온사상으로서의 자연주의라는 점을 확인할 수 있다. 예컨대 그는 「개성과 예술」에서는 자연주의를 두고 "성욕지상의 관능주의" 내지는 "천박한 이기주의"라고 오해하는 상황에 대해 비판한다.[49] 자연주의를 둘러싼 당대의 이러한 오해는, 사적 소유로서의 사랑으로 고정하려고 했던 (전)근대적 가족제도와 개인을 국가로 포섭하고자 했던 국가주의와, 자연주의가 긴장 관계를 형성하며 불화하고 있었음을 간접적으로 방증한다.

염상섭이 일본으로 건너가 자연주의문학에 몰두하고 있을 무렵의 일본자연주의의 특징과 현상에 관해 서술하고 있는, 이시카와 다쿠보쿠石川啄木의 「시대폐색의 현상時代閉塞の現狀」의 한 구절을 참고해 보자.

ⓐ **자기주장**自己主張**적 경향**이, 수년 전 우리들이 그 새로운 사색적 생활을 시작했던 당초부터 해서, 한편 그것과 모순되는 과학적, 운명론적, ⓑ **자기부정**自己否定**적 경향**순수자연주의과 결합하고 있었던 것은 사실이다. (…중략…) 이리하여 ⓒ 이제는 '자연주의'라는 말은 점차 신체도 얼굴도 변해, 완전히 하나의 스핑크스가 되고 있다. "자연주의 무엇인가? 그 중심은 어디에 있는가?" 이렇게 우리가 물음을 던질 때, 그들 중의 한 사람이라도 일어나 그것에 답할 수 있는 자가 있을까.

48　염상섭, 「문학소년시대의 회상」(양주동 편, 『민족문화독본』 상(개정판), 문연사, 1955), 『염상섭 문장 전집』 III, 305~310쪽 참조.
49　상섭, 「개성과 예술」(『개벽』, 1922.4), 『염상섭 문장 전집』 I, 191~192쪽 참조.

아니, 그들은 한결같이 일어나 답한 것이나 다름없다, 완전히 별개의 답을.[50]

이시카와는 '대역사건'[1910]을 통과하면서 그 시대를 '시대폐색'이라고 명명하기도 한다. 그는 당대 일본의 자연주의가 서로 모순적이라고도 할 수 있는 '자기주장적 경향'과 '자기부정적 경향'이 결합되어 마치 스핑크스와 같은 괴물의 형상을 하고 있다고 진단한다. 일반적으로 '에밀 졸라' 등으로 대표되는 유럽의 자연주의는 이시카와의 어법으로 말하자면, ⓑ와 같이 현실을 있는 그대로 그려내면서 감정과 의견 등을 억제하는 '자기부정적 경향', 즉 '순수자연주의'에 해당한다. 그런데 전체적으로 보자면 낭만주의에 가깝다고 할 수 있는 ⓐ와 같은 '자기주장적 경향' 역시도 당시 일본에서는 자연주의적 특성으로 간주되는 독특한 현상이 나타나고 있었다는 것이다.[51] 그리고 '자기부정적 경향'과 '자기주장적 경향'이라는 양자는 ⓒ와 같이 기묘한 결합과 혼연을 통해 자연주의문학으로 그 모습을 드러내게 된다. 당시 일본의 자연주의는 객관적인 현실 인식의 계기와 주관적인 의식 생성의 계기가 접합되면서 형성되었던 것이다.[52]

---

50 石川啄木,「時代閉塞の現狀(强權, 純粹自然主義の最後及び明日)」(1910.8),『石川啄木全集』四卷, 筑摩書房, 1980, 263~266쪽(여기서는 田中希生, 앞의 책, 147쪽에서 재인용, 강조는 인용자).

51 이러한 논의는 한국의 자연주의 연구들에서 일본자연주의의 일반적인 특징으로 정리되곤 했다. 김윤식,「한국 자연주의문학론고에 대한 비판」,『국어국문학』29, 1965.8;「한국 자연주의문학론」,『근대한국문학연구』, 일지사, 1973; 김학동,「자연주의 소설론」,『한국근대문학연구 ─ 일반문학적 試考』, 서강대 인문과학연구소, 1969; 정명환,『졸라와 자연주의』, 민음사, 1982; 강인숙,『자연주의 문학론』I, 고려원, 1987(1991);『자연주의 문학론』II, 고려원, 1991 등 참조.

52 이러한 과정은 한 연구자가 가라타니 고진(柄谷行人)의 논의를 참조하여 다음과 같이 지적하고 있듯이, 주관적인 내면과 근대적 주체(성)의 생성과 밀접하게 관련되어 있기도 하다. "가라타니 고진에 의해 지적된 점을 근거로 삼아 말하면, 이렇다. 주관을 배제해 있는 그대로 자연을 관찰하려고 하는 의식적인 태도는, 그것이 강렬한 만큼, 객관성

이와 같은 자연주의의 특징은 염상섭에게도 유사하게 나타난다. 염상섭이 일본의 자연주의 문학론으로부터 영향을 받았다는 논의는 오래전부터 이루어져 왔다. 대표적인 사례는 「개성과 예술」에서 언급되는 "환멸의 비애", "현실폭로의 비애" 등과 같은 구절을 근거로 삼아 하세가와 덴케이長谷川天溪의 영향을 언급하는 논의일 것이다.[53] 다만 염상섭이 일본의 특정 문학자를 일면적으로만 수용했을 것 같지는 않으며, 다양한 층위의 자연주의론을 경험하면서 자기 나름의 사유를 제련해 나갔을 듯하다. 최근에는 염상섭의 자연주의 수용을 쓰지 쥰辻潤의 막스 슈티르너Max Stirner 번역, 그리고 독일 자연주의의 영향 등과 더불어 이해하는 논의가 제출되었다.[54] 또한 염상섭의 자연주의가 암면暗面묘사와 베르그송에 기반을 둔 가네코 우마지金子馬治의 자연주의와 연관이 있음을 밝히는 논의는[55] 그의 자연주의가 단순히 문예사조의 수동적 수용에 불과한 것이 아님을 반증한다. 즉 염상섭에게 자연주의는 문학의 문제이기도 했지만 사상의 문제이거나 정치의 문제이기도 했으며 궁극적으로는 인간의 문제로 귀착되는 것이었다. 또한 그것은 전지구적 번역네트워크를 통해 전달된 외재적인 것이기도 했지만, 보다 본질적으로는 "모방이라거나 수입이 아니요, 제 바탕대로 자연생성한 것"[56]이며 "피압박 민족의 설움"과 같은 "시대의

으로 회수되지 않는, 잔여로서의 자기('내면')를 불가피하게 생산해 버린다. '자기부정'과 '자기주장'이 혼연된 일본의 '자연주의'는 그것의 귀결인 것이다. 요컨대 '자기'(주체)는 전제되는 것이 아니라, 태도(행위)의 결과로 만들어지는 사후적인 산물인 것이다" 田中希生, 「自然主義から新カント主義へ－近代日本の認識論的転回と国民国家形成」, 『洛北史学』 7, 2005, 74쪽.

53　강인숙, 『자연주의 문학론』 II, 고려원, 1991, 85~93쪽 참조.

54　최인숙, 「염상섭 문학의 개인주의」, 인하대 박사논문, 2013 참조.

55　권철호, 「『만세전』과 초기 염상섭의 아나키즘적 정치미학」, 『민족문학사연구』 53, 2013.8 참조.

56　염상섭, 「나와 자연주의」(『서울신문』, 1955.9.30), 『염상섭 문장 전집』 III, 300~301쪽.

청년의 고난상을 표현"[57]한 내재적인 것이기도 했다. 다시 말해 염상섭의 자연주의는 문학사상을 가로질러 당대 사회문제나 현실문제와 마주하면서 아나키즘 혹은 초기 사회주의와 공명하고 있었으며, 나아가 다양한 운동의 주체성을 생성하는 장치로서의 잠재성을 지니고 있었다. 이러한 다양한 가능성을 고려하면서, 다음의 서술을 살펴보자.

> 자연주의 사상은, ⓓ 결국 자아각성에 의한 권위의 부정, 우상의 타파로 인하여 유기誘起된 환멸의 비애를 수소愁訴함에, 그 대부분의 의의가 있다. 하므로 ⓔ 세인의 이 주의의 작품에 대하여 비난·공격의 목표로 삼는, 성욕묘사를 특히 제제로 택함은, 정욕적 관능을 일층 과장하여, 독자로 하여금 열정劣情을 유발케 하고 저급의 쾌감을 만족시키려는 것이 목적이 아니라, 현실폭로의 비애, 환멸의 애수, 또는 ⓕ 인생의 암흑·추악한 일 반면反面으로 여실히 묘사함으로써, 인생의 진상은 이러하다는 것을 표현하기 위하여, 이상주의 혹은 낭만파 문학에 대한 반동적으로 일어난 수단에 불과하다.[58]

이 서술은 초기 염상섭의 문학론이나 자연주의를 논의할 때, 항상 빠지지 않고 인용되는 부분이다. 이와 같은 염상섭의 자연주의에 대한 이해가, 프랑스식 자연주의나 일본의 자연주의와 얼마나 부합하는지 혹은 제대로 이루어졌는지는 부차적인 문제이다. 중요한 것은 염상섭이 자연주의라는 프로세스를 통해 어떠한 효과를 창출하려고 했으며, 그 속에 어떠한 가능성이 내재해 있는가이다. 우리는 염상섭이 말하고 있는 자연주의에 대해서 적어도 두 가지 정도는 말할 수 있다. 먼저 당시 자연주의는 ⓒ

---

57   염상섭, 「나의 초기 작품시대」(『평화신문』, 1954.5.24), 『염상섭 문장 전집』 III, 274쪽.
58   상섭(相涉), 「개성과 예술」(『개벽』, 1922.4), 『염상섭 문장 전집』 I, 192쪽(강조는 인용자).

와 같이 '세인世人'으로부터 비난과 공격, 즉 당시 기존의 현실 및 체제에 익숙해져 있었던 일반적인 사람들에게 긴장과 불화를 발생시키는 사상이었다는 점이다. 다른 하나는 염상섭이 말하는 자연주의는 ⓕ와 ⓓ 같이 두 계기로 이루어져 있다는 것이다. 한 계기는 "인생의 암흑추악한 일 반면을 여실히 묘사"하여 "인생의 진상"을 "표현"하는 것이다. 다른 계기는 객관적인·부정적인 현실묘사 이후에 오는 것으로 "자아의 각성에 의한 권위의 부정"이다. 「개성과 예술」에 나타나는 자연주의에 대한 이러한 이해는, 앞서 이시카와 다쿠보쿠가 일본자연주의에 관해 서술하면서 자기부정의 계기와 자기긍정의 계기의 결합으로 언급한 것과 유사하다.

이러한 프로세스를 거치면서 생성되는 것은 '자아의 각성'으로 말해지는 주체성인데, 이는 기본적으로 자발성에 근거하는 것이다. 따라서 이는 어떤 타자의 매개도 없이 즉각적으로 이루어지게 되며, 염상섭은 이러한 과정을 다음과 같이 '반역' 혹은 '자기혁명'이라고 명명하기도 한다.[59]

과연 부절不絶히 신장伸張하여가는 영혼, 탄력과 활력과 생기가 팽일澎溢한 ⓖ 영혼의 생명은 '반역'에 있다. ⓗ 일체의 '구舊'에 대하여 반기를 올리고, 일체의 '신新'에 향하여 매진하는 거기에, 영혼의 아름다운 광채가 빛나며, 생명의 영원히 새로운 세례가 있는 것이다.

ⓘ 자기혁명이라는 것은, 진구陳舊한 자기에게 대하여 반역하고, 새로운 자아를 확충

---

59 염상섭의 초기 문학을 아나키즘의 맥락에서 해명하는 최근의 연구들은, 막스 슈티르너의 논의에 기반을 둔 '반역'과 '자기혁명'이라는 개념에 주목한다. 최인숙, 「염상섭 문학의 개인주의」, 인하대 박사논문, 2013; 황종연, 「과학과 반항—염상섭의 『사랑과 죄』 다시 읽기」(『사이間SAI』 15, 2013.11), 한기형·이혜령 편, 『저수하의 시간, 염상섭을 읽다』, 소명출판, 2014; 권철호, 앞의 글; 배준, 「반역과 윤리—염상섭 초기 창작방법론 재독」, 『한국학연구』 34, 2014.8; 이경민, 「염상섭의 자기혁명과 초기 문학」, 『민족문학사연구』 60, 2016.4 등 참조.

하며 완성함을 이름이니 이러한 의미의 반역은 곧 지상선至上善이다.[60]

'자아의 각성', '자아의 해방'이라고 말해지는 주체성의 형성은 기존의 질서 및 체제와 부단히 불화하는 가운데 이루어진다. 자연주의의 계기를 거치면서 형성된 '자기 환멸의 비애'는 ⓗ와 같이 낡은 질서와 습속을 해체하고 새로운 것으로 나아가게 만들며, 그리하여 필연적으로 ⓖ와 같은 '반역'행위로 나타나게 된다. 또한 이것은 현실세계를 변화시키는 과정에서 행위자를 전혀 다른 새로운 존재로 탈바꿈시킨다는 점에서 ⓘ와 같은 자기혁명의 과정이기도 하다.

3) '생명의 약동' 으로서의 주체성 생성 – 자아·연애·노동을 중심으로[61]

염상섭에게 있어서 '자연주의·아나키즘·노동운동'의 연쇄를 통해 생성되는 주체성은 기존 체제나 현실과 불화하는 자기혁명에 기초한 반역자의 형상으로 나타난다. 그런데 이러한 반역자로서의 주체성은 자아·연애·노동이라는 주제어를 통해 구체적이고 다양한 특이성으로 재구성된다.

단순화를 무릅쓰고 말하자면, 이 무렵 염상섭의 산문은 주제에 따라 크게 세 가지 정도로 유형화된다. 첫째는 그의 가장 유명한 예술론이라고 할 수 있는 「개성과 예술」로 대표되는, 이른바 '자아의 각성' 혹은 '개성론'이다. 둘째는 「지상선至上善을 위하여」 등에 나타난 여성해방론 및 그

---

60 염상섭, 「지상선(至上善)을 위하여」(『신생활』, 1922.7), 『염상섭 문장 전집』I, 205쪽 (강조는 인용자).

61 이 부분은 이종호, 「염상섭 문학과 사상의 장소-초기 단행본 발간과 그 맥락을 중심으로」, 『한민족문화연구』 46, 2014.6, 21~36쪽을 수정·보완한 것을 기반으로 삼아 전체적으로 재구성했음을 밝힌다.

연장선상에 있는 연애론이다. 마지막으로 「노동운동의 경향과 노동의 진의眞義」와 같은 노동운동 담론 혹은 넓은 의미의 계급론으로 포괄할 수 있는 논의이다. 이 세 가지 유형은 한편으로 각각 개인, 가족, 사회에 대응될 수 있기에, 하나의 개체에서 출발하여 타자와 관계를 맺고 나아가 사회의 문제로 확산하는 발전 모델처럼 여겨지기도 한다. 염상섭의 글들을 자세히 살펴보면, 처음부터 이 세 유형은 동시적인 문제이며 하나의 문제로 출발하고 있음을 알 수 있다.

앞서 살펴보았듯이 염상섭은 「이중해방」에서 전근대와 근대라는 중첩된 시간에 포섭되어 있는 다양한 주체성의 해방을 역설한 바 있다. 즉 그는 봉건적 가부장제로부터 개인·청년·여성을 해방하고, 자본주의하에서 과잉노동 및 저임금으로 고통 받는 노동자를 해방하며, 국가권력으로부터 민중을 해방하여 민주주의를 구현함으로써 비로소 인류의 행복이 이루어질 것이라고 주장하였다.[62] 염상섭은 '해방'이라는 지향 아래, 개인의 층위에서 인류라는 집합적 공동체의 층위까지 그 논의를 동시적으로 전개한다. 문면상으로는 어떤 주체가 다른 주체를 선도하거나 견인하는 내용을 포함하고 있지 않으며, 어떤 주체에게도 우선성이 주어지지 않는다. 개인의 해방과 인류의 해방은 동시적인 문제이며 불가분의 관계로 설정되어 있기 때문이다.

「이중해방」에서 간명하게 제시된 해방론은 이후 각론적인 형태로 세분화되어 자아의 각성개성론, 여성해방연애론, 노동운동집합적 주체 및 노동 등으로 전개된다. 이와 관련하여 다음의 인용을 살펴보자.

---

62 염상섭, 「이중해방」(『삼광』, 1920.4), 『염상섭 문장 전집』 I, 74쪽 참조.

Ⓐ 나는, 자아의 각성은 '정靜'으로부터 '동動'에 혈血 있고, 육肉 있고, 누淚 있는, 지정의知情意의 활약 있는 **생명적 비약**이라고 말하였다. 하므로 근대인이 자아를 각성함으로써, 각개의 개성을 발견확립하고, 그 위대와 존엄을 자각하며 주장함도 또한 **생명적 용약**踊躍이 아니면 안될 것이다. 그러하면, 소위 '개성'이라는 것은 무엇인가. 개개인의 품부稟賦한 '독이적獨異的 생명'이 곧 그 각자의 개성이다. 하므로 그 거룩한 **'독이적 생명의 유로**流露' 가 곧 '개성의 표현'이다.[63]

Ⓑ 대관절 연애란 어떠한 것이냐? (…중략…) 원래 사람은 자기의 독이성獨異性을 그 상대 형상 안에서 발견할 제, 광희狂喜하는 성질이 있는 듯싶다. 그리고 그 광희가 강조된 것이 연애에까지 끌고 가지나 않는가 한다. (…중략…) 독이성이란 개성을 이름이요, 개성이란 자기 생명의 울림이다. 그러므로 우리가 예술의 대하여 요구함과 같이 인생을 통하여, 더 구체적으로 말하면, 애인될 사람을 통하여 대자연의 위대한 실재, 즉 큰 생명의 크고 적은 파동의 리듬을 엿보고, 그 영성靈性의 아름다움과 신비로움과 또한 그 오묘한 활동을 체득함으로 말미암아 커다란 생명의 흐름과 포옹하고 합류되고 그에 동화되어, 그 큰 생명 속에서 자신이 헤엄을 치고 자신의 영성 속에서 큰 생명의 키가 울려 일대 심포니를 듣게 될 제, 우리는 비로소 그 상대 형상, 즉 애인 될 사람의 생명 속에서 자기를 발견하는 것이다. 그리하여 이것이 건전하고 주관의 세계를 전개시킬 제, 우리는 거기서 또한 자기의 독이성을 발견한다.[64]

63　상섭, 「개성과 예술」(『개벽』, 1922.4), 『염상섭 문장 전집』I, 193~194쪽(강조는 인용자).

64　염상섭, 「감상과 기대」(『조선문단』, 1925.7), 『염상섭 문장 전집』I, 417~418쪽(강조는 인용자).

ⓒ 그러면 노동의 진의眞義 여하如何오. 여余는 5대 의의를 부여코자 하노니, 1왈曰, 생명의 발로. 2왈, 창조 혹은 개조의 환희. 3왈, 인류의 무한한 향상. 4왈, 행복의 원천. 5왈, 가치의 본체가 곧 이것이외다.

1. 생명의 발로. (…중략…) 일개의 미술품, 일개의 건축물이 노동의 은혜가 아니면, 어찌 인류의 행복에 채운 미장美粧한 문화의 궁전을 장식할 수가 있으며, 그 작물에 작자 자신의 전 생명이 용로鎔鑪의 철탕鐵湯을 주입함과 같이, 응결치 않고서는 또 어찌 가치가 있으리오. 생명은 영원한 것이외다. 육체를 떠난 생명은 영원한 것이외다. 예술가는 항상 "예술이 영원하다"고 감탄하는 것은, 또 예술이 사실상 영원한 생명을 가진 것은 영원성을 가진 생명이 노동을 통하여 생명의 발로로서 모든 작품에 응결되기 때문이외다.[65]

자아의 각성·연애·노동을 관통하는 하나의 키워드는 '생명', 즉 '생의 약동élan vital'이다. 이는 베르그송의 철학에서 연원한 것이다. 본격적으로 사회주의가 사상과 운동의 주도권을 쥐기 전, 베르그송의 사유는 일본에서뿐만 아니라 중국과 식민지 조선에 이르기까지 동아시아 전역에 걸쳐서 광범위하게 영향을 주었다. 그리고 동아시아에서의 베르그송의 수용은 전반적으로 근대 비판의 맥락에서 이루어졌다.

일본에서는 "베르그송 사상이 급격한 근대화에 대한 반근대, 반서양의 사상으로서 보편적인 '생명'을 근거로 근대를 넘어 새로운 정신문화를 창조하는 사상으로 받아들여졌다".[66] 중국에서는 이러한 일본적인 베르그

65　염상섭, 「노동운동의 경향과 노동의 진의(眞義)」(전7회)(『동아일보』, 1920.4.20~4.26), 『염상섭 문장 전집』I, 115~116쪽(강조는 인용자).

66　白井澄世, 「五四期におけるベルクソン・生命主義に関する一考察―瞿秋白を中心に」, 『東京退学中国語中国文学研究室紀要』10, 2007.11, 21쪽.

송 수용의 영향하에서, 다양한 인물들을 통해서 베르그송이 받아들여졌는데 그 가운데서도 5·4운동기에 취우바이瞿秋白의 경우가 흥미롭다. 당시 중국의 상황은 식민지 조선과도 유사하다고 할 수 있었다. 전통사회가 붕괴하고 새로운 사회를 모색하는 시기에, 각 개별자는 자신들을 근거 지울 사회를 찾지 못하고 고립되어 위기감을 느끼고 있었다. 이때 취우바이는 베르그송의 '생의 철학'을 통해 근대적 자아를 발생시키고 사회로 나아가는 원동력으로서의 생명에 주목하였다. 이후 그는 주지하듯이 맑스주의에 기반을 둔 사회주의 및 유물론으로 기울어지는데, 그런 가운데서도 그의 세계관은 불교와 베르그송의 생명철학의 영향에 기반을 둔 유심론唯心論도 더불어 지니고 있었던 것으로 평가된다.[67]

조선에서는 일본 유학생을 중심으로 일본에서 붐을 형성한 베르그송 사상의 문학적 수용이 이루어졌는데, 이는 주로 "자아의 발견"과 그러한 자아가 지닌 "무량한 자발적 창조력에 대한 신뢰" 등으로 표출되었으며, 나아가 식민지라는 조건하에서 민족해방이라는 지향으로 연결되기도 하였다.[68] 그리고 베르그송 등의 생명철학을 통해 형성된 다이쇼기 생명주의는 조선에서 영靈, 생명生命, 신인新人 등의 담론으로 구체화되면서 전영택, 오상순, 이광수, 염상섭 등에게 많은 영향을 끼쳤으며, 그리하여 한국 근대문학 형성에 있어 중요한 역할을 담당하였다.[69]

이 가운데 염상섭은 매우 이례적인 입장을 취한다. 왜냐하면 그는 베르그송의 사유를 자아와 연애 담론을 전개하는 데 접목했을 뿐만 아니라

---

67 5·4기 중국에서의 베르그송 수용에 대해서는 白井澄世, 앞의 글 참조.
68 심원섭, 「1910년대 일본 유학생 시인들의 대정기(大正期) 사상 체험―김여제, 최소월, 주요한을 중심으로」, 『한·일문학의 관계론적 연구』, 국학자료원, 1999, 67~98쪽 참조.
69 이철호, 『영혼의 계보―20세기 한국문학사와 생명담론』, 창비, 2013 참조.

당시 전개되고 있었던 노동운동과 연결했기 때문이다. 앞의 Ⓐ·Ⓑ·Ⓒ의 인용문에 언급되고 있듯이, 영원한 생명의 비약, 용약, 유로, 울림 등과 같은 생명의 다양한 양태로의 확장과 이를 자유롭게 구현하고자 하는 시도가 한 개체 속에서 이루어질 때 자아의 각성이 이루어지며, 그것이 그와 같은 형태로 표현될 때 개성 또한 표출되는 것이다. 즉 염상섭은 베르그송의 사유를 전유하여 자아가 생성되는 방식을 논의한다. 그런데 현실 속에서 자아는 순수한 진공 상태에 놓여 있는 존재가 아니다. 식민지 조선의 경우 봉건적 질서와 제국주의 질서의 중첩 속에 놓여 있었다. 따라서 그러한 현실로부터 해방될 수 있을 때, '자아의 각성'은 비로소 이루어질 수 있다. 그리고 그 해방은 개체로서의 자아를 넘어설 수 있을 때 가능해진다.

염상섭은 바로 그런 맥락에 '연애'를 위치 지운다.[70] 그에게 연애는 "성性과 생식본능의 맹목적 수행에 그치는 것"이 아니라 "완전을 희구하는 노력"으로서의 "인격적 요구"가 된다. 인용문 Ⓑ를 통해서 알 수 있듯이, 연애는 타자와의 만남을 통해서 "대자연의 위대한 실재"와 같은 "커다란 생명의 흐름과 (…중략…) 합류"하면서 교향곡을 만들어 내는 인간의 행위이다. 이와 같은 합류를 남녀관계에 국한하지 않고, 확장한다면 인간관계론 내지 운동적 차원에서의 조직론, 집단적 주체성의 형성 등과 같은 의미를 지니게 될 것이다. 부연하자면, 그가 말하는 애愛,사랑는 남녀 간의 문제로만 국한되지 않는다. "인류를 사랑하고, 자기를 사랑하는 인생

---

70 김경수는 염상섭의 개성론과 연애론이 긴밀히 연관되어 있음을 논의한 바 있다. 김경수, 「초기 소설과 개성론, 연애론―「암야」와 「제야」」, 『염상섭과 현대소설의 형성』, 일조각, 2008 참조.

의 열애자熱愛者"[71]로서의 사랑愛이며, "부모, 형제, 부부, 일가, 친척, 이웃, 동포, 인류"까지 확장되어 궁극적으로는 "생명의 근원"으로서 규정[72]된다. 말하자면, Ⓐ·Ⓑ·Ⓒ 인용문에서 끊임없이 등장하는 키워드인 '생명'을 치환할 수 있는 유일한 개념이 '애愛 / 사랑'이라고 할 수 있다.

그런데 이 '연애' 역시 두 개체만의 차원에서는 그 인격적 완전에 다다를 수 없는 것으로, 염상섭은 보고 있다. 그는 이러한 관계에 장애를 형성하는 것으로서 "무지와 인습으로 인하여 생기는 비극", 즉 봉건적 질서를 꼽고 있으며, 보다 중요하게는 "성생활에도 그 폭위를 떨치는" "물질적 캐피탈리즘", "성性의 자본주의화"를 거론한다. 즉 자본주의하에서 "현대인의 연애생활은 금전으로 매매되는 것"에 불과하다는 입장을 취하면서, "성의 해방 — 자유연애를 주장하는 자는 거의 전부가 무산청년"으로 연애문제가 궁극적으로는 계급적 문제로 귀결되고 있음을 역설한다. 그는 이 지점에 이르러서 "연애문제는 단독의 연애문제로 떨어지지 못하고 사회문제의 중요한 지점을 점하게 되고, 따라서 사회운동과 직접·간접으로 그 보조를 일치하게 되리라 한다"[73]면서, 연애론을 사회운동론으로 확장[74]시킨다.

사회운동적 측면에서 염상섭이 노동운동에 힘을 기울였음은 주지의 사실이다. '오사카 독립운동' 시절부터 지니고 있었던 노동자로서의 정체

71　제월, 「비평, 애(愛), 증오(憎惡)」(『기독청년』, 1918.9.16), 『염상섭 문장 전집』 I, 39쪽.

72　염상섭, 「작가의 말―『사랑과 죄』」(『동아일보』, 1927.8.9), 『염상섭 문장 전집』 I, 649~650쪽.

73　염상섭, 「감상과 기대」(『조선문단』, 1925.7), 『염상섭 문장 전집』 I, 417쪽.

74　자유연애를 통한 남녀의 이상적 결합을 의미하는 연애론과 체제를 넘어 해방적 사회를 구성하고자 하는 사회운동 간의 수평적 접속은, 일본 다이쇼기에 베르그송을 사유의 기반으로 삼은 아나키즘과 긴밀한 연관을 맺고 있다. 이에 관해서는 다음을 참조. 宮山昌治, 「大正期におけるベルクソン哲学の受容」, 『人文』 4, 学習院大学, 2005.

성은 이후 「노동운동의 경향과 노동의 진의」에 와서 본격적으로 문장의 형식으로 개화한다. 그는 노동운동에 관하여, "노동조건, 즉 노동시간, 임금 급及 기타 용자傭者와 피용자被傭者 간의 계약조건의 개선에만 국한"하는 지향을 비판하며, "자주자영自主自營의 인적人的 생활을 갈망하는 자의 정당하고 진솔한 절규"인 "해방의 전진곡前進曲"으로 규정한다. 이와 같은 규정은 단적으로 말해 자본에 포섭된 노동이 아니라 그로부터 해방된 노동을 지향하겠다는 의미이다.[75] 앞의 인용에서 언급되고 있듯이, 궁극적으로 염상섭이 지향하는 노동행위는 예술행위와 일치하게 되는 것이다.[76]

염상섭은 자아의 각성, 연애, 노동사회운동을 '생명의 약동'의 맥락에서 통합적으로 이해하고 있었다. 그의 사유 속에서는, 이 세 가지 범주들 가운데 어느 하나가 다른 것들에 대해 우위를 점하거나, 우선성을 지니지 않는다. 그리고 자아의 각성 없는 연애와 사회운동, 연애사랑 없는 자아의 각성과 사회운동, 사회운동 없는 자아의 각성과 연애는 전적으로 불가능한 것이다. 염상섭에게 있어서 이 세 가지 범주는 식민지 조선의 현실에서 항상 동시적으로 제기되고 있었다.

초기 염상섭에게 있어서 핵심적인 키워드인 자아·연애·노동은 사상적으로 보자면, 베르그송의 생명철학에 의해 뒷받침되고 있었다. 베르그송의 사상은 유럽의 프랑스에서 제국의 일본으로, 그리고 다시 식민지 조선으로 유통되면서 매 순간 새로운 사유를 촉발하고 있었다. 동아시아 차원에서 베르그송의 사유는 근대성을 비판하고 넘어서고자 하는 반근대성의 사상으로 받아들여졌으며, 아나키즘과 결합하면서 당대 정통맑스주의와는 다른 방식으로 제국주의적 근대성과 대결하고자 했다. 가령 초

75　사족이겠지만, 여기에는 생산력으로서의 노동 개념은 들어설 자리가 없다.
76　이와 관련해서는 이 책의 제3장 제2절에서 상세하게 논한다.

기 염상섭 문학의 핵심 개념이라고 할 수 있는 '자아·연애·노동사회운동'은 그러한 경향을 보여 주는 구체적인 모습이었다. 이 핵심 개념들은 근대성의 맥락에서 산출되었지만, 그것에 한정되는 것은 아니었다. 그것은 제국주의를 넘어서고자 하는 탈식민화의 지향 속에 놓여 있었으며, 이는 곧 근대자본주의 및 근대성과의 단절을 함의했고 나아가 대안적인 사회관계사회체를 구성하고자 하는 시도와 이어져 있었다. 염상섭은 봉건적인 질서 속에서 그것을 넘어서는 개인을 탄생시킴과 동시에, 그러한 존재를 인종, 민족, 계급, 젠더, 섹슈얼리티 등과 같은 척도를 통해 다시 위계화하고 재포섭하고자 했던 근대적 권력관계 및 근대성과도 단절을 꾀하면서 대안근대성을 형성하고자 했던 것이다.

2. 식민지 조선이라는 조건과 노동의 방략

1) 자본주의 노동을 넘어서는 노동운동

염상섭이 '식민지 조선'이라는 이중의 속박 — 봉건질서와 자본주의의 중첩 — 을 인식하며 극복하는 여러 경로 가운데 하나가 '노동'을 둘러싼 논의와 실천이었다. 앞에서 강조했듯이, 그는 독립선언을 일본 제국주의 체제의 가장 밑바닥에서 첨예하게 적대하고 있었던 이주노동자의 이름 — '오사카 한국노동자 일동 대표' — 으로 실행했다.[77] 물론 염상섭이 유학생이나 민족이라는 집단보다 '이주노동자'라는 집단을 선언의 주체로 전면에 내세웠던 것은, 한편으로 오사카라는 지역적 특수성을 고려한 결

---

77 염상섭, 「독립선언서」(1919.3.19), 『염상섭 문장 전집』 I, 43~44쪽 참조.

과였을 것이며 노동을 둘러싼 문제들에 대한 깊은 이해의 발로는 아니었을 수 있다. 하지만 여기에서 염상섭이 당시 맹아적인 형태로나마 지니고 있었던 사상의 정체를 확인할 수 있다. 그리고 독립선언을 계기로 그가 당시 노동운동의 이론과 실천에 천착하게 되었던 것만은 분명하다.

염상섭은 오사카독립선언으로 인해 투옥되었다가 석방된 뒤에는 도쿄에서 일본 노동운동 활동가 등과 교류하면서 그들로부터 "조선인 갱부의 노동조합을 신속히 조직"할 것을 권유 받기도 한다.[78] 이런 과정을 통해 그는 "무산자운동에 자극도 되고 일부 지도층과 접촉으로 받은 영향으로" "노동운동"에 "공명"하여 "그러한 이념을 가지게" 되며, 나아가 이를 실천하는 방편으로 요코하마복음인쇄소橫浜福音印刷所 "직공으로 자칭하여 노동자로 나서"게 된다.[79] 이후 그는 『동아일보』 기자로 임명되어 조선으로 귀국하게 되는데, 얼마 지나지 않아 메이데이를 앞둔 시점에 「노동운동의 경향과 노동의 진의眞義」를 7회[1920.4.20~4.26]에 걸쳐 『동아일보』에 연재한다. 또한 그는 이 글의 연장선상에서 1920년 5월 1일 메이데이를 기해 '조선노동공제회'가 주최한 '대강연회'에서 「노동조합의 문제와 이에 대한 세계의 현상」이라는 주제로 강연을 진행하기도 하였다. 이 강연회에는 염상섭 이외에도 당시 넓은 의미의 사회주의자였던 정태신, 김명식 등이 연사로 나섰으며, 장덕수 등도 관계되어 있었다.[80] 즉 염상섭은 '노동(운동)'이라는 공통항을 통해 당대의 사회주의자들과 직간접적인 관계를 맺고 있었다고도 할 수 있는데, 이후 1922년 7월 무렵부터 사회주의 계

---

78 염상섭, 「니가타현(新潟縣)사건에 감(鑑)하여 이출노동자에 대한 응급책」(전2회)(『동명』, 1922.9.3~9.10), 『염상섭 문장 전집』 I, 261쪽 참조.

79 염상섭, 「횡보문단회상기」(전2회 미완)(『사상계』, 1962.11~12), 『염상섭 문장 전집』 III, 592쪽 참조.

80 「모임」, 『동아일보』, 1920.5.1; 「노동공제회강연」, 『동아일보』, 1920.5.3.

열의 잡지로 분류되는 『신생활』에 객원기자로 참여하며[81] 「지상선을 위하여」와 『만세전』의 모태가 되는 「묘지」 등을 게재한다. 그리고 그는 곧이어 일본의 수력발전소 공사 현장에서 발생한 조선인 노동자 학살사건을 분석하면서 이주노동에 대한 구체적인 대응책을 제안하는 장문의 글을 발표하기도 한다.[82]

이와 같이 노동(운동)에 대한 염상섭의 이론과 실천은 여러 형태로 진화하면서 지속되었다. 이는 한편으로 식민지 조선의 자본주의의 안착과 전개 과정을 비판적으로 논의하는 산문들을 통해 나타나기도 했으며, 다른 한편으로는 조선에서의 노동운동과 계급적 분화를 그려내는 「윤전기」『조선문단』, 1925.10, 「두 출발」『현대평론』, 1927.4~7 등과 같은 소설을 통해 구체적으로 형상화되기도 했다. 이러한 흐름은 1925년을 전후로 활성화되기 시작한 프롤레타리아문학 및 사회주의와 비스듬히 마주하면서 「사랑과 죄」『동아일보』, 1927.8.15~1928.5.4와 「삼대」『조선일보』, 1931.1.1~9.17 등에서 등장하는 '주의자'의 형상 및 관련사건 등으로 진화된다. 따라서 염상섭의 문학에서 '노동'이라는 주제어는 좁게 보자면 1920년대에 적극적으로 형상화되었다고 볼 수 있으며, 넓게 보자면 그가 만주로 떠나면서 절필하기 전까지 퇴락한 사회주의자의 형상이나 식민지적 발전의 허구성과 자본주의 문명 비판 등을 주제로 하는 소설과 산문을 통해 지속되었다고 할 수 있다.

다시 말해 '노동'을 둘러싼 이론과 실천의 다발들은 적어도 염상섭 문학의 전반부 ― 식민지시대 ― 를 관통하는 중요한 축이었다고 할 수 있다. 거기에는 식민지 자본주의에 대한 비판적 거리가 내포되어 있으며,

---

81   「사고(社告)」, 『신생활』, 1922.7, 113쪽 참조.

82   상섭, 「니가타현(新潟縣)사건에 감(鑑)하여 이출노동자에 대한 응급책(전2회)(『동명』, 1922.9.3~9.10), 『염상섭 문장 전집』 I 참조.

나아가 노동을 둘러싼 주체와 담론으로부터 창출되는 해방적 주체성에 대한 문학적 형상화가 놓여 있다. 그런데 염상섭의 기획은 이후 식민지 조선에서 노동운동의 주도권을 쥐게 되는 맑스레닌주의가 구상한 노동(자)과는 구별된다. 그리고 이러한 '노동의 기획'들은 3·1운동 전후로 염상섭이 제기했던 민주주의의 지향과 이중해방론의 구체적인 양태이기도 했다.

염상섭의 노동을 둘러싼 논의와 관련하여, 「노동운동의 경향과 노동의 진의」는 특히 중요한 의미를 지닌다. 염상섭의 산문들은 전반적으로 학술적이거나 이론적인 성격이라기보다는 구체적인 현실에 개입하는 저널리즘적 성격이 강한 편이다. 노동을 둘러싼 논의들도 대체로 식민지 조선의 현실이나 여기에서 발생한 사건에 개입하는 성격의 글이 많다. 그런 가운데 「노동운동의 경향과 노동의 진의」는 노동과 노동운동에 관한 원론적인 차원의 서술이 가장 두드러지는 글이다. 따라서 이는 노동(운동) 관련 산문과 소설에 대한 내용 이해나 그 해석의 폭을 가늠하는 데 중요한 참조점이자 기준이 된다. 또한 주제의 측면에서 보자면, 이 글은 「독립선언서」와 「이중해방」과 연속선상에 놓인다. 즉 '노동자'라는 해방적 주체를 부각하며 "노동과잉과 생활난의 견뇌堅牢한 철쇄鐵鎖로부터 직공을, 자본주資本主의 채찍으로부터 노동자를" "철저히 해방"하여 "이상의 사회"를 건설하겠다는 이중해방론의 각론에 해당하는 것이다. 시간적으로는 봉건질서의 전근대와 자본주의체제의 근대를 동시에 극복하며 "내적 해방과 외적 해방", "정치생활의 해방과 경제생활의 해방"을 도모한다는 이중해방론[83]에서는 후자에, 즉 자본주의로부터 해방, 외적 해방, 경제생활

83 　염상섭, 「이중해방」(『삼광』, 1920.4), 『염상섭 문장 전집』 I, 74쪽 참조.

의 해방에 좀 더 강조점이 두어진 논의로 볼 수 있다.

이 글은 모두 6장 — 서언·노동운동의 기인起因·노동운동의 경향·관리권 요구의 논거·결론·조선과 노동문제 — 으로 이루어져 있으며 당대 노동운동의 원인과 경향 그리고 그 근거에 관해 원론적인 차원에서 서술하고 있다.[84] 문면에 제시되어 있는 여러 통계와 수치 그리고 노동운동과 관련한 구체적인 사례들을 미루어 볼 때, 염상섭은 이 글을 작성하기 위해 여러 문헌과 자료를 참고하는 수고를 마다하지 않았던 것으로 보인다. 글은 내용상으로 보자면 크게 3부분으로 나누어 볼 수 있다. 전 세계적인 수준에서의 노동운동에 대한 논의, 인간 노동에 관한 본질적 규정, 그리고 부록처럼 추가되어 있는 '조선의 상황과 노동문제'에 대한 논의가 그것이다. 전체 구성상으로만 보면, '결론'5장으로 글이 마무리된 다음에 덧붙여지는 '조선과 노동문제'6장는 다소 이질적인 부분에 해당한다. 그럼에도 이를 마지막 장으로 덧붙여 글을 마무리하고 있는 것은, 염상섭이 원론적인 차원의 노동운동과 노동에 관한 논의를 식민지 조선의 상황과 겹쳐 읽음으로써 그 현실적인 방향성을 모색하고자 한 것으로 이해할 수 있겠다. 여기서는 염상섭이 원론적인 차원에서 노동운동과 노동을 어떻게 사고하고 있었는지에 주목하고자 하며, 조선에서의 노동문제에 대한 논의는 절을 달리하여 검토할 것이다.

염상섭이 말하는 '노동운동'이란 임금노동 형태에 기반을 둔 산업자본주의체제를 인정한 가운데 추진되는 활동은 아니었다. 그가 노동운동의

---

84 저자는 「노동운동의 경향과 노동의 진의」를 아나키즘·생디칼리슴의 맥락에서 오스기 사카에(大杉榮)의 논의 등과 비교하여 분석한 바 있다. 이종호, 「일제시대 아나키즘 문학 형성 연구─『근대사조』『삼광』『폐허』를 중심으로」, 성균관대 석사논문, 2006, 111~122쪽 참조. 여기서는 염상섭이 서술하는 노동운동의 성격과 특징, 그리고 노동의 의미를 검토하고 그 가능성을 살펴보는 데 주안점을 두었다.

사례로 들고 있는 것은, 미국의 "동철공동맹파공銅鐵工同盟罷工", "부두인부파업埠頭人夫罷業" "강철공대파업鋼鐵工大罷業" 등과 영국의 "강철업동맹파업", "전영全英 철도종업원 총동맹파업", '탄광노조운동' 등 제1차 세계대전 이후 활발하게 전개되었던 서구의 노동운동이다. 당시 노동자나 프롤레타리아트를 주체로 내세우면서 자본주의 체제를 극복하려고 했던 정치적 전략으로는, 1917년 혁명을 성취한 볼셰비키의 러시아 모델과 자본주의의 발전에 따라 성장하고 있었던 노동자 중심의 서유럽 모델이 공존하고 있었다. 그중에서도 서유럽 모델은 국가권력 장악을 통해 혁명적 결과를 도출하는 정치 영역에서의 정당운동과 자주관리로 시작하여 그것을 사회의 전 영역으로 확산시키며 혁명으로 나아가는 경제 영역에서의 '혁명적 노동조합운동생디칼리슴, syndicalisme, syndicalism'으로 나누어져 있었다. 이러한 맥락에서 염상섭이 주장하는 노동운동은 생디칼리슴에 해당하는 것으로 볼 수 있다. 길게 보자면 18세기 말부터 19세기 초까지, 짧게 보자면 제1차 세계대전을 전후한 시기에 자본주의가 발달한 유럽과 미국 등을 중심으로 전세계적인 차원에서 노동운동을 통한 사회변혁혁명을 추구하는 생디칼리슴이 활발하게 전개되고 있었다.[85] 동아시아 차원에서는 아나키스트를 중심으로 직접행동을 추구하는 생디칼리슴이 광범위하게 수용되어 혁명론의 기초를 형성하였다.[86] 특히 일본에서는 1920~1922년 무렵, 즉 볼셰비즘이 본격적으로 사회주의운동과 노동조합운동에서 주도권을 쥐기 전까지는 생디칼리슴이 주요한 이론과 실천의 노선으로

---

85   랠프 달링턴, 이수현 역, 『사회변혁적 노동조합운동—20세기 초 유럽과 미국의 신디컬리즘』, 책갈피, 2015, 94~166쪽 참조.

86   조세현, 『동아시아 아나키스트의 국제교류와 연대—적자생존에서 상호부조로』, 창비, 2010 참조.

융성하고 있었다.[87] 이와 같은 생디칼리슴의 맥락에서, 염상섭은 '노동운동'이 다음과 같은 형태로 오해되거나 국한되어서는 안 된다고 강조한다.

유행성의 일시적 천박한 경향이거나, 또는 오직 노동조건, 즉 노동시간, 임금 급及 기타 용지傭者와 피용지被傭者 간의 계약조건의 개선에만 국한하고, 그 이상以上의 이상理想이 무無하다고 간주함은, 일대一大의 유상謬想이라 하겠습니다. 투철한 자각과 심각한 사상의 근저와 의의가 무無하고, 고원高遠한 이상理想에서 출발치 않았다 할진대, 이에 관한 제종諸種 운동은, 결국은 회분灰分으로 고탑高塔을 쌓으려는 자의 우愚일 것이외다.[88]

여기서 알 수 있듯이, 염상섭은 '노동운동'을 일시적으로 잠깐 유행하였다가 사라지는 것으로 보지는 않았다. 이는 자본주의가 지속되는 한 계속될 수밖에 없는 것이었다. 그리고 그것은 자본주의 내의 임금노동 형태를 인정하고 보존하면서 그것을 개선하고자 하는 움직임 — 즉 "'해방'을 전제로 하지 않는 개조"[89] — 을 넘어서는 것이었다. 즉 임금노동 형태에서 노동을 해방하고 자본주의에 대한 대안을 창출하고자 하는 것이었다. 이는 궁극적으로는 혁명적 상황이 아니면 현실화하기 어려운 지향이었으며, 따라서 이론과 실천의 방면에서 "투철한 자각", "심각한 사상", "고원한 이상"이 수반되기 마련이었다.

염상섭은 글의 모두冒頭에서 '노동운동'을 "심각한 '인간고人間苦'의 장구

87　이에나가 사부로, 연구공간 '수유＋너머' 일본근대사상팀 역, 『근대 일본 사상사』, 소명출판, 2006, 242~247쪽 참조.

88　염상섭, 「노동운동의 경향과 노동의 진의」(전7회)(『동아일보』, 1920.4.20~4.26), 『염상섭 문장 전집』 I, 102쪽.

89　염상섭, 「이중해방」(『삼광』, 1920.4), 『염상섭 문장 전집』 I, 73쪽.

하고 참담한 경험과, 이에 대한 통절한 자각으로부터 우러나오는 해방의 전진곡前進曲"이자, "인류 생활에 현대문명이 과한 반면半面의 해독과 과중한 위압으로부터 완전히 탈리脫離하여, 자주자영自主自營의 인적人的 생활을 갈망하는 자의 정당하고 진솔한 절규"로 해석한다. 이를 통해 알 수 있듯이, '노동운동'은 단지 공장이나 산업 부문의 변화에 국한된 운동이 아니라 인간의 삶의 전 영역을 변화시키며 궁극적으로 새로운 인간을 생성시키는 과정으로 규정된다. 그리하여 노동운동은 "불합리한 모든 조직을 근저로부터 타파하고 인성人性의 근본요구를 기초로 삼은 신조직新組織을 재건"하는 과정이 된다. 간단히 말해, 이는 기존의 체제를 파괴하고 새로운 체제를 구성하는 혁명론의 골자가 되는 셈이다. 즉 염상섭은 '노동운동'을 혁명의 문법 속에 배치하고자 했으며, 또 그런 과정을 통해 자본주의 체제에 대응하고자 했던 것이다.

그렇다면 염상섭은 자본주의 체제를 어떻게 사고하고 있었던 것일까. 이 글은 자본주의 일반에 대한 전방위적인 분석을 시도하거나 염상섭만의 독창적인 생각을 펼치고 있지는 않지만, 노동문제와 인간 노동이라는 측면에서 자본주의에 관한 염상섭의 입장을 다음과 같이 뚜렷이 개진하고 있다.

산업혁명, 이것은 생산기관의 거의 전부가 가정으로부터 공장에, 노동의 대부분이 손手으로부터 기계에 빼앗겼다는 것이 곧 이 혁명이었나이다. (…중략…) 과학이 급속한 속도로 발달됨에 따라서 공장에 윤전기가 도는 순간에 벌써 노동문제는 잉태되었습니다. 그리고 기계로 이전되는 동시에 여기서 소위 노자勞資의 양 계급이 확연히 구획되고 빈부의 현격懸隔이 우심尤甚케 된 것이외다.[90]

이는 자본주의체제하에서 인간 노동의 형태가 문제적이라는 견해이다. 가내수공업 형태의 노동에서 과학기술에 기반을 둔 공장제 노동으로의 이행은, 인간 노동의 기계로의 종속을 야기했다는 것이다. 즉 가내수공업 형태에서는 노동자가 생산수단을 소유하고 주체적으로 노동과정에 임할 수 있었음에 반해, 자본주의하의 공장노동에서는 노동자가 생산수단의 박탈로 말미암아 자본가에게 종속될 뿐만 아니라 생산수단기계에도 종속됨으로써 노동과정에서의 주체적 역할이 더 이상 존재할 수 없게 된다. 이러한 이유에서 염상섭은 노동과정에서 인간을 소외하는 과학기술 및 기계의 배치에 대해 비판적 입장을 견지한다.[91]

다음으로 염상섭은 임금노동이 지니는 문제점에 관해서 지적한다. 자본주의의 "임금제도하에서 행하는 소위 자유노동"을 통해 노동자의 "사회적 지위는 개선"되었으나, 자본가의 "산업적 혹은 경제적 전제주의의 횡행"으로 말미암아 그 실질적인 "생활의 보장과 안정"에 있어서는 오히려 노예제도나 농노제도에 비해 열등하다고 진단한다. 그리하여 "금일의 노동자는 노역이라는 감사한 재산과 빈궁이라는 명예로운 관위직품官位職品을 천세만대千世萬代에 유전遺傳치 않으면 안 될 함정에 빠졌다"라고 주장한다.

이와 같이 염상섭은 노동과정에서 발생하는 노동의 소외와 종속, 임금 노동 형태에 따른 생활의 불안정성과 경제적 지위 하락 및 고착 등으로 인해 자본주의하에서 인간의 삶은 해방적이거나 주체적일 수 없다고 보았다. 그는 이런 원인으로 인해 '노동운동'이 발생하게 되었으며, 서구의

---

90   염상섭, 「노동운동의 경향과 노동의 진의」(전7회)(『동아일보』, 1920.4.20~4.26), 『염상섭 문장 전집』I, 104쪽.

91   염상섭, 「명일(明日)의 길―다시 기계정복에」(전8회)(『조선일보』, 1929.9.7~9.21), 『염상섭 문장 전집』II, 128~142쪽 참조.

노동운동 사례들을 통해 그것의 궁극적인 목적을 서술한다.

구미의 노동운동이, 즉 선진 제군의 노동자의 요구가 오직 노동조건의 개선으로만은 만족할 수 없다는 것을 반증하는 동시에, 노동의 종국의 목적은 제반 산업의 완전한 지배권을 획득하려 함에 재在함을 용이히 인지할 수가 있습니다. (…중략…)

자각 있는 노동자는 '우리의 세계'가 도래할 것을 확언합니다. 피등彼等은 산업이라는 동맥 계통을 지배함으로써 세계라는 육체의 주재권主宰權을 가진 심장의 직무를 자임합니다.[92]

앞서 언급했듯이, 서구의 노동운동은 이른바 정치 영역의 장악을 통해 변화를 지향하는 정당운동과 경제 영역의 장악을 통해 변혁을 지향하는 생디칼리슴으로 나누어져 있었다. 그리고 생디칼리슴은 시기와 지역에 따라 차이는 있었지만, 통상적으로 정당과 의회라는 정치 영역을 통한 변혁에 부정적인 입장을 취한다.[93] 염상섭이 논의하는 '노동운동'도 이러한 입장과 궤를 같이하고 있었다. 기본적으로 소위 경제 영역이라고 불리는 "제반 산업의 완전한 지배권"의 획득을 통해 실질적인 관리와 경영을 노동자가 자주적으로 실행하고, 이를 기반으로 삼아 다른 영역에까지 그 지배권을 확장함으로써 "세계라는 육체의 주재권"을 확립한다는 방략을 취하게 되는 것이다. 즉 이러한 '노동운동', 즉 생디칼리슴은 경제로 분류되

92　염상섭, 「노동운동의 경향과 노동의 진의」(전7회)(『동아일보』, 1920.4.20~4.26), 『염상섭 문장 전집』I, 113~114쪽.

93　김수진, 『민주주의와 계급정치―서유럽 정치와 정치경제의 역사적 전개』, 백산서당, 2001, 239~262쪽 참조.

는 영역으로부터 출발하지만 그것에만 머무르는 것은 아니었다. 자본주의의 "동맥 계통을 지배"하는 자주관리를 정치·사회·문화 등 전 영역으로 확대함으로써 세상을 변혁하겠다는 지향을 가지고 있었다. 따라서 염상섭이 주장하는 '노동운동'은 일견 경제 영역에서 시작하는 경제투쟁으로서의 성격을 지녔다고도 할 수 있지만,[94] 동시에 항상 그것을 초과하여 '정치적인 것'을 불러오며 해방적 주체성을 생성하는 것으로 나아가게 된다.

과연 금일 민주사상의 일반적 보급과, 그 근저의 심원한 정도는, 실로 예상 외에 급遽하였으며, 또 이 데모크라시 사상의 자각이 노동자의 심저에 삼입滲入하였기 때문에, 금일의 노동운동이 고원高遠한 의의와 심견深堅한 근저 위에 서고, 또 전 인류에 대하여 중대한 사명을 가지게 된 것이외다.

그뿐만이 아니라 민주주의가 정치적 영분領分에서, 사회적社會的과 및 산업적 경역境域가지 정복함과 같이, 노동운동도 산업적 영역에서 정치경제의 분계分界에 확대됨은 실로 노동자 자신의 자각에 기인함이요, 그 자각은 구주대전의 고가高價한 반사물頒賜物이라 하겠습니다.[95]

염상섭은 전근대와 근대가 중첩되는 이중의 시간 속에서 신인新人·청년·부인·노동자·개인·민중 등의 다양한 주체성의 해방을 주장한 바 있다.[96] 여기서 관건은 그와 같은 주체성이 어떠한 과정을 통해 형성되는가

---

94 염상섭은 독특하게도 3·1운동을 정치투쟁으로, 그 이후의 다양한 움직임을 "외세에 대한 경제투쟁"으로 규정하기도 한다. 염상섭, 「나와 『폐허』 시대」(『신천지』, 1954.2), 『염상섭 문장 전집』 III, 252쪽 참조.

95 염상섭, 「노동운동의 경향과 노동의 진의」(전7회)(『동아일보』, 1920.4.20~4.26), 『염상섭 문장 전집』 I, 109쪽.

96 염상섭, 「이중해방」(『삼광』, 1920.4), 『염상섭 문장 전집』 I, 72~75쪽 참조.

이다. 위에 따르면, 그것은 기본적으로 "노동자 자신의 자각"에 의해서였으며 그것을 뒷받침한 사상의 근저에는 구성권 모두의 의지가 표현되는 "민주주의"라는 원리가 자리하고 있었다.

이러한 점은 염상섭 사유의 특이성을 보여 준다고 할 수 있다. 당시 노동자와 프롤레타리아트를 주체로 하는 노동운동과 사회주의운동은, 1920년대로 접어들면 사회주의 전위가 노동자 대중에게 계급의식을 주입하는 방식으로 노동자의 각성을 이룬다는 '전위와 대중'의 모델이 대세로 자리 잡게 된다.[97] 이와 달리 염상섭은 노동자 스스로의 자각을 통한 계급의식의 획득을 주장하고 있는 것이다. 이러한 방식의 주체 각성은 비단 '노동자'에게만 해당되는 것이 아니라 신인新人·청년·부인·노동자·개인·민중 등 모두에게 해당하는 것이기도 했다. 즉 염상섭은 봉건질서와 자본주의체제로부터의 다양한 주체의 해방을 모색하면서도 소위 맑스레닌주의에 기초한 사회주의와는 상이한 방식으로 해방적 주체성의 형성을 추구하고 있었다고 할 수 있다.

2) 생명의 발로發露로서의 예술 = 노동

「노동운동의 경향과 노동의 진의」에서 노동운동에 관한 논의와 더불어 다루어지는 것은 인간노동에 대한 본질적 규정이다. 먼저 염상섭은 노동을 특정한 계급이 담당하는 제한된 인간 활동으로 보지 않는다.

노동은 노동자라는 일부분의 특수한 계급에만 한한 특권(?)이거나 또는 인위적 과역課役이 아니라, 전 인류의 개인, 개인이 인류 전체에게 대하여 지는 최

---

97 1917년 러시아혁명으로 볼셰비키 모델, 즉 '전위정당과 노동대중'의 '지도와 피지도' 방식이 주요한 조직화 형태로 자리 잡았으며, 사회주의운동의 전형적인 모델이 되었다.

중最重한 의무라는 지고지순한 관념이 있습니다. 노동을 피하려는 자는 생존권을 포기하려는 자이올시다. 하므로 ⓐ 노동이 금일과 같이 여如한 상태에 재在함은, 기其 근본의의가 그릇된 소이가 아니요, 오직 시대적 현상에 불과함이외다. 즉 현재의 모든 조직이 불합리와 큰 모순에 빠지기 때문이외다.[98]

ⓐ의 구절을 통해서 확인할 수 있듯이, 염상섭은 자본주의하의 임금노동 형태가 인류 역사상에서 특수한 형태에 불과한 일시적인 것이며, 그것은 또한 '불합리'와 '큰 모순'에 처해 있었으므로 개선되지 않으면 안 된다는 시각을 지니고 있었다. 이에 따라 본질적으로 인간의 노동은 계급사회에 기초하여 특정한 계급에 한정된 협소한 의미의 '임금노동'을 의미하는 것이 아니라 "전 인류의 개인"이 "인류 전체에게 대하여 지는 최중한 의무"와 같은 것이 된다. 여기서는 노동과 관련하여 두 가지 쟁점이 도출된다. 하나는 자본주의하의 노동형태는 언제든지 변화 가능하다는 것이며, 다른 하나는 노동이 유적존재類的存在로서의 인간의 보편적 행위라는 것이다.

이와 같은 전제하에서, 염상섭은 인간노동이 지니고 있는 의의 ─"노동의 진의眞義"─ 를 검토함으로써, 노동운동이 지닌 근본적 잠재력과 그 방향성을 제시하고자 한다. 즉 그는 인간노동을 '생명의 발로·창조 혹은 개조의 환희·인류의 무한한 향상·행복의 원천·가치의 본체'로 파악하였다. 이러한 노동에 대한 인식은 현실적 층위와 잠재적 층위가 엄밀하게 구분되지 않은 채로 뒤섞여 있기는 하다. 가령 맑스의 논의에 기초하여 '사용가치'와 '교환가치'를 구분하면서 "'상품의 가치라는 것은 그 상품

---

98 염상섭, 「노동운동의 경향과 노동의 진의」(전7회)(『동아일보』, 1920.4.20~4.26), 『염상섭 문장 전집』 I, 115쪽(강조는 인용자).

중에 함유한 추상적 노동의 분량'"이라고 논하고, 자본주의하에서의 가치 생산의 원천으로 파악하는 부분은 현실적 층위에 관한 논의라고 할 수 있다. 이러한 경우에도 그는 노동을 자본주의하에 배치하기보다는 그로부터 벗어날 수 있는 가능성을 가늠하기 위해 그것의 진의를 따져 본다. 즉 자본주의의 상품과 가치 생산에 있어 노동의 근원적인 역할을 강조함으로써, 노동운동의 자주관리 및 사회변혁의 근거를 제시하고 있는 것이다.

염상섭이 말하는 '노동의 진의'와 관련하여 보다 중요한 것은 노동의 잠재적 층위에 관한 것이다.

ⓑ **생명의 발로.** (…중략…) 일개의 미술품, 일개의 건축물이 노동의 은혜가 아니면, 어찌 인류의 행복에 채운 미장美粧한 문화의 궁전을 장식할 수가 있으며, 그 작품에 작자 자신의 전 생명이 용로鎔爐의 철탕鐵湯을 주입鑄入함과 같이, 응결치 않고서는 또 어찌 가치가 있으리오. 생명은 영원한 것이외다. 육체를 떠난 생명은 영원한 것이외다. ⓒ **예술가가 항상 "예술은 영원하다"고 감탄하는 것은, 또 예술이 사실상 영원한 생명을 가진 것은 영원성을 가진 생명이 노동을 통하여 생명의 발로로서 모든 작품에 응결되기 때문이외다. ⓓ 동서고금의 영원히 기념할 만한 대**大 미술품, 대 건축물은 실로 우리 노동자가 일가一架의 흙을 져오고 돌을 담아옴으로부터 무궁한 생명을 가지게 된 것이외다.[99]

염상섭은 자본주의의 임금노동이라는 현실적 층위에서 잠재적 층위로 내려가 노동의 본질적인 성격을 탐색한다. 이때 노동은 한마디로 말해, 인간의 ⓑ "생명의 발로"가 된다. 인간 생명이라는 범주는 총체적인 인간

---

99   염상섭, 「노동운동의 경향과 노동의 진의」(전7회)(『동아일보』, 1920.4.20~4.26), 『염상섭 문장 전집』I, 115~116쪽(강조는 인용자).

의 생활과 삶을 포괄하는 것이라 할 수 있다. 따라서 여기서 노동은 인간의 특수한 행위에 한정되는 개념이 아니라, 인간의 삶 혹은 활동 전체를 포괄하는 개념이 된다. 그리고 ⓒ를 통해서 알 수 있듯이, 예술이라는 범주는 인간의 노동이 특유한 형태로 응결된 것을 의미한다. 즉 염상섭은 노동을 육체적·정신적 고통으로 여기는 피상적인 이해를 넘어서 '노동 = 삶생명·예술'이라는 차원으로 나아간다.[100] 여기에는 존재론적인 전제와 가치지향적인 목표가 동시에 제기되고 있다. 노동을 인간의 삶으로 이해함으로써, 그것은 인간의 행위 전체를 포괄하는 것이 된다. 그리고 삶으로서의 노동은 궁극적으로 예술적 형태를 지향한다. 즉, 염상섭이 천착했던 것은, 노동이 곧 삶이 되며 동시에 예술이 되는 조건과 제도였다고 할 수 있다.

'노동 = 삶 = 예술'로 사유했던 방식은, 확실히 당시 자본주의의 노동관과도 다르며 또한 오랫동안 그것의 대안으로 간주되었던 과거 사회주의의 노동관과도 다르다. 이른바 자본주의의 아버지라고 불리곤 하는 애덤 스미스Adam Smith의 경우, 분업노동의 필요성에 대해 논하면서 "수고와 번거로움"으로 노동을 설명한다.[101] 그리고 당시 사회주의운동의 주도권을 장악해 가던 볼셰비키를 비롯한 맑스주의자들의 노동관과도 결이 다르다. 향후 맑스의 정치경제학 비판을 고전경제학의 '노동가치론'으로 굴절시키면서 인간의 노동을 국가주도의 생산관계 속으로 편입시키는 동

100　박헌호는, 염상섭이 "예술 또한 노동으로 간주"하며 "예술이야말로 노동의 진의를 간직하고 있는 노동"으로 사유하고 있었음을 논의한다. 그는 염상섭이 주도한 "조선문인회 결성의 궁극적인 목표는 예술을 통해 노동의 진의를 복원하고 생을 확충시키는 데 있었다고 할 수 있다"고 주장한다. 박헌호, 「염상섭과 '조선문인회'」, 『한국문학연구』 43, 2012.12, 251~252쪽 참조.
101　애덤 스미스, 김수행 역, 『국부론(개역판)』 상, 비봉출판사, 2007, 38쪽 참조.

시에 끝내 국가노동으로 귀속시켰던 맑스레닌주의의 노동관과는 차원이 다른 것이다. 식민지 조선에서 노동을 궁극적으로 예술과 등치시키며 해방적 노동을 추구한 염상섭의 사유는, 노동의 측면에서 접근할 때도 특이한 것이었지만 예술의 측면에서 접근할 때에도 이례적인 것이었다.[102]

노동과 인간의 활동 사이의 구분이 사라지며 나아가 예술과 동일시될 수 있는 세계는, 인간의 활동이 착취에 기초한 임금노동으로 포섭되어 직분직업으로서의 예술이 구축되는 자본주의와, 그것의 거울 이미지라고 할 수 있는 사회주의에서는 구현되기 어렵다. 그와 같은 세계에 대한 지향은 반자본주의적인 것인 동시에 사회주의적인 조건에도 반하는 것이었다. 염상섭의 이러한 사유와 지향은, 맑스의 『자본』을 읽고 사회주의운동에 참여했으면서도 기성 사회주의 사상에 구애받지 않고 예술에 기초한 사회주의를 상상한 윌리엄 모리스William Morris의 예술관과 유사하다. 모리스는 "예술이란 노동 안에서의 인간의 기쁨을 표현한 것이다"[103]라고 정의하면서 "예술을 모든 인간의 생래적 권리라고 보고, 인간은 모두 예술가가 되어야 한다고 주장"[104]하면서 예술과 일상의 분열을 넘어서고자 하였다. 모리스는 자본주의를 비판하며 맑스의 문제의식을 받아들이면서도 근대적인 형태의 사회주의와 자본주의가 아닌 예술 중심의 독창적

---

102 한나 아렌트는 인간의 활동을 노동·작업·행위로 구분하여 논의한다(한나 아렌트, 이진우·태정호 역, 『인간의 조건』, 한길사, 1996, 73~78쪽 참조). 염상섭의 사유를 한나 아렌트의 심도 깊은 논의와 직접 비교하기는 무리겠지만, 염상섭이 '노동 = 삶 = 예술'을 통합적으로 이해함으로써 분업과 직분에 입각한 근대적 삶을 지양하고 있었던 점은 강조될 필요가 있다.

103 William Morris, "Art under Plutocracy"(1883), *The Collected Works of William Morris volume 23*, London : Longmans, Green & Co.(여기서는 에드워드 파머 톰슨, 엄용희·조애리·한애경·정남영·김나영·이선주·임보경·성은애 역, 『윌리엄 모리스2 ─ 낭만주의자에서 혁명가로』, 한길사, 2012, 515쪽에서 재인용).

104 박홍규, 『윌리엄 모리스 평전』, 개마고원, 2007, 106쪽.

인 사회주의를 구성했던 것이다. 현재로서는 염상섭에게 있어서 윌리엄 모리스의 영향 및 수용은 일본을 통한 매개적 수용이었을 것으로 추정해 볼 수는 있지만,[105] 직접적인 근거와 자료를 통해 해명할 수는 없는 상황 이다. 하지만 염상섭과 모리스의 예술과 노동을 둘러싼 공통된 사유를 통 해, 당시 자본주의를 넘어설 수 있는 세계에 대한 상상이 '사회주의'라는 한정된 모델로 수렴되지 않고 다양한 형태의 대안적 모델이 전세계적인 차원에서 구상되고 있었음은 강조해 두고 싶다.

노동과 예술 그리고 삶이 궁극적으로 합치되는 세계를 상상한 염상섭 에게 있어서 '예술'은 개인적 작업에서 출발하는 것이기는 하지만 ⓓ를 통해서 확인할 수 있듯이, 개인적 작업에 머무르는 것이 아니라 그에 기 초한 공동의 협력 작업을 전제로 한 것이었다. '노동 = 삶 = 예술'이라는 측면을 고려할 때, 염상섭의 이러한 사유는 삶의 다양한 영역과 부면으로 확장될 수 있는 가능성을 지니고 있었다. "예술가"와 "직공"은 개인적 차 원에서 "인생의 가장 높고, 가장 순결하고, 가장 가치 있으며, 가장 행복 스러운 창조의 환희"를 느끼게 되고, 그러한 개인적 차원의 '창조의 환희' 는 궁극적으로는 "전 인류의 행복, 문화의 향상"으로 확장된다. 그리하여 염상섭이 최종적으로 '노동운동'과 '노동'을 통해 구성하고자 하는 정치

---

105 참고로 언급해 두면, 일본에서는 다이쇼(大正)기에 윌리엄 모리스를 둘러싼 논의가 초 기사회주의의 맥락에서 수용되어 논의되고 관련 논문이 잡지에 발표되기도 하였다. 예 컨대 이와무라 도우로(岩村透)의 경우 윌리엄 모리스를 '취미적 사회주의'와 관련하여 논의하였다. 今橋映子, 「美術批評家·岩村透と初期社會主義(下)－大逆事件下の「美 術と社會」」, 『思想』, 2014.6, 119~153쪽 참조. 그리고 생산자의 자치조직을 기반으로 한다는 영국을 중심으로 1910년대에 형성된 '길드 사회주의'는 윌리엄 모리스로부터 일정한 영향을 받는다. 이 흐름은 일본에서는 1919년 중반부터 쇼와 초기까지 사회개 조 사상으로 유행을 하는데, '시라카바파(白樺派)'의 일원이었던 야나기 무네요시(柳 宗悅)의 경우 간접적인 영향을 받기도 하였다. 나카미 마리, 김순희 역, 『야나기 무네요 시 평전』, 효형출판, 2005, 222~237쪽 참조.

적 지향은 다음과 같은 '민주주의'이다.

> 인민의, 인민으로 된, 인민을 위한 모든 시스템. 이것을 내면적으로 관찰하
> 면 개인의 의사를 존중하고 각인各人의 의사意思로만 지배하는 모든 조직의 건
> 설, 이것만 우리의 정당한 요구요, 또 이것만 우리의 노력의 대상인 동시에 노
> 동운동의 최후의 귀착점이외다.[106]

"인민의, 인민으로 된, 인민을 위한 모든 시스템", "개인의 의사를 존중
하고 각인의 의사로만 지배하는 모든 조직의 건설" 등 이러한 주장과 지
향은 근대의 정치철학이나 정치운동에서 항상 제기되었던 문제였으며
구체적인 조직화의 방식인 동시에 추구하고자 하는 정체政體의 구체적인
상像이었다. 하지만 이러한 민주주의의 원리는 현실의 자본주의나 사회
주의 등 근대적인 국가 중심의 정체에서는 온전히 구현되기 어려웠다. 그
원리는 오히려 근대적인 체제의 임계를 드러내는 운동과 그것을 넘어서
고자 하는 상상 속에서 사건과 같은 형태로 도래하곤 했다. 즉 염상섭이
주장하는 "노동운동의 최후의 귀착점"은 기존의 체제를 해체하고 혁명적
으로 재구성하는 가운데 현실화될 수 있었다.

3) 식민지 / 제국 사이에서의 본원적 축적과 민족 - 프롤레타리아[107]

앞에서 검토한 「노동운동의 경향과 노동의 진의」라는 글은 형식상 '결

---

106 염상섭, 「노동운동의 경향과 노동의 진의」(전7회)(『동아일보』, 1920.4.20~4.26), 『염
　　상섭 문장 전집』 I, 120쪽.
107 이 부분은 이종호, 「혈력(血力) 발전(發電 / 發展)의 제국, 이주노동의 식민지 - 니가타
　　현(新潟県) 조선인 학살사건과 염상섭」, 『사이間SAI』 16, 2014.5, 35~44쪽을 수정·보
　　완하였음을 밝힌다.

론'이라는 항목으로 마무리된 다음에 다시 '조선과 노동문제'라는 부록과
같은 내용이 덧붙여진다. 글의 전체적인 구성과 내용을 고려하면 '조선과
노동문제'라는 부분은 형식적으로나 내용적으로나 다소 이질적인 부분
이다. 그리고 그 내용의 밀도가 여타의 다른 항목에 비해 다소 소략하며
피상적으로 서술되는 한계를 보여 주기도 한다. 그럼에도 이 부분은 중요
하다. 왜냐하면 염상섭이 노동운동에 관해 원론적인 서술을 앞세운 궁극
적인 목적은 식민지 조선에서의 노동과 노동운동의 문제를 서술하는 데
있었기 때문이다.

염상섭은 본문에서 여러 차례 다양한 사례들을 통해 언급한 서구 자본
주의 발달과 노동운동의 성장이라는 일반적인 조건이 식민지 조선에서
의 그것과 상이하다는 점을 강조한다. 그리하여 그는 서구와 동일한 경로
를 밟아 노동운동이 발생할 것으로 보지는 않았지만, "조선에도 노동문
제가 발생"할 것으로 예견하며 그 구체적인 조건을 검토한다. 예컨대 그
는 "관존민비官尊民卑" "양반상한兩班常漢" 등과 같은 봉건질서 내에서 형성된
"계급사상"의 중첩 속에서 근대적인 노동자의 자각, 즉 "계급사상의 반동"
이 일어날 것으로 보았으며, "조선은 농본국農本國인 고로" 대공장을 중심
으로 한 노동운동보다는 "소작인 문제" 등을 통한 농촌노동자에 기반을
둔 노동운동이 형성될 것으로 예견한다.[108]

노동운동과 노동에 대한 염상섭의 사유는 추구해야 할 이상과 현실적
조건을 고려하는 이중적인 방법론을 취한다고 할 수 있다. 한 측면에서는
'노동 = 삶 = 예술'이 일치되는 사회를 궁극적으로 지향하면서도 또 다
른 측면에서는 식민지 조선이라는 조건을 고려한 구체적인 방략의 모색

---

108 염상섭, 「노동운동의 경향과 노동의 진의」(전7회)(『동아일보』, 1920.4.20~4.26), 『염
상섭 문장 전집』I, 120~122쪽 참조.

가운데 그 지향을 점진적으로 실현하고자 하였다. 여기에는 식민지 조선 에서의 자본주의 발달 수준과 식민지라는 조건에서 노동자가 처한 상황 에 대한 구체적·현실적 인식이 자리하고 있었다.

「노동운동의 경향과 노동의 진의」를 발표한 이후, 염상섭은 노동을 둘 러싼 문제와 노동자의 형상을 「묘지」『만세전』를 통해 그려 보인다. 염상섭 은 사회주의와 아나키즘을 기반으로 하여 제국주의하에서 대안적 사유 를 전개하고 있었던 『신생활』에 객원기자로 참여하면서 소설 「묘지」를 연재하기 시작한다.[109] 하지만 주지하듯이 「묘지」는 연재 3회째 조선총독 부의 검열로 말미암아 전문삭제 처분을 받고 연재가 중단되었다. 이후 염 상섭은 2년 정도에 가까운 휴지기를 가진 뒤에 『시대일보』에서 '만세전' 으로 제목을 바꾸어 그 게재를 완료^{전59회, 1924.4.6~6.4}했고, 얼마 지나지 않아 고려공사에서 단행본[110]으로 출간하였다.[111]

『만세전』에서 주인공 '이인화'는 제국주의 일본의 수도 도쿄에서 고베 ^{神戸}·시모노세키^{下關}·부산·김천·대전을 거쳐 식민지 조선의 경성으로 이 동한다. 이러한 이동 경로에 따라 노동자에 대한 이인화의 시선과 인식이 다음과 같이 계속해서 변화한다.

---

109 염상섭(상섭), 「묘지」(1~3회), 『신생활』 7~9, 1922.7~9.

110 염상섭, 『만세전』, 고려공사, 1924.8.

111 『만세전』의 판본과 검열 그리고 개작에 관해서는 다음의 연구를 참조. 이재선, 「일제의 검열과 「만세전」의 개작—식민지시대 문학 해석의 문제」(『문학사상』 84, 1979.11), 권 영민 편, 『염상섭 문학연구—염상섭전집 별권』, 민음사, 1987; 신철하, 「복식읽기의 사 회시학—「만세전」의 재해석」, 『외국문학』 20, 1989.9; 이정임, 「염상섭 소설의 판본 비 교 연구—「만세전」, 「해바라기」, 『삼대』의 해방 후 개작 양상을 중심으로」, 연세대 석사 논문, 1998; 박현수, 「「묘지」에서 「만세전」으로의 개작과 그 의미—「만세전」 판본 연 구」, 『상허학보』 19, 2007.2; 이종호, 「염상섭 문학과 사상의 장소—초기 단행본 발간과 그 맥락을 중심으로」, 『한민족문화연구』 46, 2014.6 등.

㉑ 그 다음에, 노동자에 이르러서는, 자랑할 것도 없고 숨길 것도 없고 부끄러울 것도 없는 대신에 적나라한 자기와, 동정과, 소수의 적에 대한 방어적 단결이 있을 따름이다. 생활의 양식으로는 제일 진실되고 아름답다. 하므로 그들은 사람과 사람끼리 만날 때에, 결코 응시하거나 음미하거나 탐색하지는 않는다. 그러나 그들의 병은 무지한 것이다.[112]

㉒ 나는 여기까지 듣고 깜짝 놀랐다. 그 가련한 조선노동자들이 속아서, 지상의 지옥 같은 일본 각지의 공장으로 몸이 팔리어가는 것이, 모두 이런 도적놈 같은 협잡 부랑배의 술중術中에 빠져서 그러는구나 하는 생각을 할 제 나는 다시 한 번 그 자의 상파닥지를 쳐다보지 않을 수 없었다.[113]

㉓ 닻줄을 낚는 인부들 틈에서 누렇게 더러운 흰 바지저고리를 입은 조선 노동자가 눈에 띌 제, 나는 그래도 반가운 것 같기도 하고, 마음이 턱 놓이는 것 같았다.[114]

㉑는 도쿄에 있을 때, 이인화가 '노동자'에 대해 가지고 있었던 일반적인 인식이자 관념이다. ㉒는 시모노세키에서 부산으로 향하는 연락선의 목욕탕에서 조선의 소작농을 낮은 임금에 일본 노동자로 팔아넘기는 노동자 모집원의 이야기를 우연히 엿듣고 충격을 받아 가지게 되는 감정과 인식이다. ㉓는 연락선이 부산에 닿아 익명의 조선인 노동자를 마주하는 가운데 발생하는 감정이다. 이렇듯 이인화는 도쿄에서 경성으로 이동하면서 시시각각 노동자에 대한 자신의 관념과 감정 상태의 변화를 경험한

112　염상섭, 「만세전」, 『염상섭전집』 1, 민음사, 1987, 23쪽(이하 강조는 인용자).
113　위의 책, 38쪽.
114　위의 책, 50쪽.

다. 그는 도쿄에서는 노동자 일반에 대한 관념적인 사고에 머물러 있었다. 그런데 제국주의 일본과 식민지 조선을 연결하는 연락선에서 조선인 소작농이 일본에 노동자로 팔려 가는 사실을 목도하면서 노동자에 대한 이인화의 인식은 큰 변화를 겪게 된다. 한편으로 이것은 염상섭의 식민지 조선의 자본주의에 대한 인식의 심화이기도 했다. 즉 염상섭은 이러한 소설적 형상화를 통해, 식민지 조선과 제국(주의) 일본 사이에서 본원적 축적이 발생하고 있으며 그와 같은 방식으로 자본주의가 구축되고 있음을 보여 준다.[115] 그러니까 그는 자본가와 노동자라는 대립 혹은 부르주아와 프롤레타리아라는 대립이 곧 제국주의 일본과 식민지 조선으로 치환될 수 있음을 드러내고자 했다. 말하자면 염상섭은 식민지 조선 혹은 조선민족 그 자체가 프롤레타리아가 되고 있는 현실을 보여 주고 있는 것이다.

당대 현실에서 ㉺와 같은 상황은 실제로 발생한 '니가타현新潟縣 조선인 노동자 학살사건'으로 부각되면서 식민지 조선에서 큰 반향을 일으키게 된다.[116] 이 사건은 일본 니가타현 수력발전소 공사 현장에서 발생한 조선인 노동자 학살사건을 가리키는데 1922년 8월 1일에 『동아일보』를 통해 보도되면서 식민지 조선에 알려지게 된다.[117] 이후 진상규명을 위한 조사 활동이 전개되었는데, 그러한 과정에서 『만세전』에서 묘사되고 있는 것처럼 노동자 모집원에 속아 일본 수력발전소 건설 현장에 노동자로

---

115 『만세전』을 식민지배의 본원적 축적과 관련하여 분석하는 논의로는 다음을 참조. 김항, 「식민지배와 민족국가／자본주의의 본원적 축적에 대하여—『만세전』재독해」, 『대동문화연구』82, 2013.6.

116 최태원은 "「묘지」3회의 조선인 노동자 송출 문제가 사실은 1922년 발표 당시 실제로 일어났던 사건을 배경으로 하고 있다"고 서술하며 '니가타현(新潟縣) 조선인 노동자 학살사건'과 「묘지」(『만세전』)와 관련지어 논의한 바 있다. 최태원, 「「묘지」와 「만세전」의 거리—'묘지'와 '신석현(新潟縣)사건'을 중심으로」, 『한국학보』27(2), 2001.6 참조.

117 「일본에서 조선인 대학살」, 『동아일보』, 1922.8.1, 3면.

이주한 조선인들이 강제노역과 인신구속 및 폭력에 시달리며 노동착취를 당했던 사실들이 미디어를 통해 상세하게 보도되었다.[118]

'학살사건'과 관련된 당대의 자료 중에서, 진상규명에 관한 논의나 구체적인 진상 조사 활동과 관련된 기사는 찾아볼 수 있지만, 대응책과 관련하여 깊이 있는 논의는 빈약한 편이다. 염상섭은 「니가타현사건에 감鑑하여 이출노동자의 대한 응급책」이하 「응급책」이라는 글을 통해 그 대응책을 모색하였다. 「응급책」은 구체적인 조선의 현실과 사건에 개입하는 시론時論적인 글이다.

이 글에서 염상섭은 체계적인 형태로 서술하지는 않았지만, 전반에 걸쳐서 '근본책-응급책', '본공사-가공사', '실현되어야 할 이상-현실적 조건' 등으로 논의를 진행하고 있다. 즉 그는 제국주의 및 자본주의 속에서 그것에 대항하여 넘어서기 위한 방략을 두 층위로 나누어서 사유하고 있었던 것이다. 그리고 이 글은 후자 쪽에 초점이 맞추어져 있기 때문에 실현되어야 할 이상에 이르는 근본책에 관한 논의는 부수적인 형태로 이루어진다. 그리하여 급진적인 목소리가 문면에 선명히 드러나지는 않지만, 자본과 노동이라는 관계를 염두에 두며 노동(운동)이 취해야 할 방향성에 관해서는 명시적으로 제시한다. 이 글의 한 부분을 살펴보자.

물론 신문에 보도된 바, 채광採鑛 종업자에 대한 소위 지옥실地獄室인가 함비飯場인가의 개량책이며, 기타 조선노동자의 대우방법의 개선이며, 또한 소위 조선노동자 보호기관의 시설 등이 시급하지 않은 것은 아니나, 그것은 우리의 권

---

118 진상규명 조사 활동을 통한 대표적인 결과물로는 다음을 참조. 이상협, 「新潟県의 殺人境－穴藤踏査記」(전12회), 『동아일보』, 1922.8.23~9.4; 나공민(羅公民), 「怪常罔測한 新潟県 事件의 眞相」, 『동명』, 1922.9.3 등.

한 내에서 실현될 바도 아니요, 그러한 것이 원래가 **자본주나 정부의 혜여적**惠與的 **미봉책에 불과한 것인 고로 아직 철저한 근본책이라고는 할 수 없다.** 하므로 피등彼等 당국자 등은 하여何如한 태도와 하여한 정도의 성의로 차此문제에 노력하든지 우리는 우리로서의 책임을 이행하고 자위自衛의 도途를 강講하여야 할 것이다.[119]

여기서 염상섭은, 경성과 도쿄의 식민지 조선인들이 내놓은 구체적인 방침[120]을 "자본주나 정부의 혜여적 미봉책에 불과"하다면서 비판한다. 이는 「노동운동의 경향과 노동의 진의」에서 "오직 노동조건, 즉 노동시간, 임금 급及 기타 용자傭者와 피용자被傭者 간의 계약조건의 개선에만 국한하고, 그 이상의 이상理想이 무無하다고 간주함은, 일대一大 유상謬想"[121]이라고 비판하는 입장과 연속선상에 놓여 있다. 이러한 관점은 자본과 노동의 안정적 관계를 보존하는 형태로 노동의 자리를 찾는 것이 아니라,

---

119 상섭, 「니가타현(新潟県)사건에 감(鑑)하여 이출노동자에 대한 응급책」(전2회)(『동명』, 1922.9.3~9.10), 『염상섭 문장 전집』I, 250쪽(강조는 인용자).

120 조선 경성의 범(凡)사회주의 단체의 연대회의라고 할 수 있는 '니가타현조선인학살사건조사회'는 3가지 결의안을 다음과 같이 내놓았다. ① 현장에서 사람을 돌에 매여 절벽에 떨어뜨린 것을 목격한 사람을 분명히 가르쳐 달라고 내무성에 교섭할 일, ② 처음 노동자를 데려갈 때, 20개월 동안은 어디로 옮겨가지 못한다는 계약을 그만 해체하기로 당국과 교섭할 일, ③ 처음 노동자와 계약한 사망한 사람의 가족에게 위자금(慰藉金)을 준다고 한 것을 계약대로 실행케 할 일. 「삼개조건(三個條件)을 결의하고」, 『동아일보』, 1922.9.29. 일본 도쿄에 체재하고 있었던 아나키즘 및 사회주의 경향의 조선인들로 구성된 '시나노가와조선노동자학살사건조사회'가 내놓은 5가지 방침은 다음과 같았다. ① 연설회를 기타 방법으로 크게 여론을 일으키길, ② 오쿠라구미(大倉組)로 하여금 무리한 노동자의 자유를 속박하는 계약을 해체하도록 할 일, ③ 오쿠라구미가 당연히 갚아줄 것으로 아직까지 이때까지 갚지 아니한 품삯과 조위금을 갚아주게 할 일, ④ 부정한 수단으로 조선 안에서 노동자를 모집하는 일을 막을 일, ⑤ 조사회의 사업을 계속하여 이후라도 일본 각지에 있는 조선인 노동자의 상태를 조사하여 그 대우의 개선을 도모할 일. 「도쿄조사회(東京調査會)의 결의」, 『동아일보』, 1922.8.29 참조.

121 염상섭, 「노동운동의 경향과 노동의 진의」(전7회)(『동아일보』, 1920.4.20~4.26), 『염상섭 문장 전집』I, 102~103쪽.

궁극적으로 그 관계를 파열시키기 위한 것이다. 그는 노동운동의 방향성을 자본이나 국가에 끊임없이 무언가를 요구하는 방식과 같은 인정투쟁에 두는 것이 아니라, 노동의 "자위의 도"를 꾀하는 것에 초점을 맞춘다. 달리 말하면 노동을 자본에 종속된 것으로 상정하여 운동의 방향을 설정하기보다는 그로부터 분리하기 위하여 노동의 주체성을 강화하는 방식을 택하고 있는 것이다.

염상섭의 이러한 관점은, 오래된 노동운동의 어법으로 말하자면 노동조건 등의 개선에 초점을 맞추었던 경제투쟁에 대한 비판이기도 하다. 경제투쟁에 대한 비판은 당대의 볼셰비키로부터도 동일하게 제기되었고, 그에 따른 대안으로서 그들은 정치투쟁을 주장했음은 주지의 사실이다. 하지만 염상섭은 비판의 대안으로써 정치투쟁을 제시하지는 않는다. 그는 「노동운동의 경향과 노동의 진의」에서 노동을 "생명의 발로"로 보았으며, 노동운동은 자주자영自主自營의 인간적 삶의 문제로 나아가야 한다고 주장한 바 있다. 이는 당시 아나키즘 운동의 우이牛耳를 쥐고 있었던 오스기 사카에가 노동운동을 "전제군주인 자본"으로부터 "자신을 해방"하여 "자주자치적 생활 획득"하는 "인간적 요구"를 달성하기 위한 "인간운동"으로 제시한 관점[122]과 공명하는 것이기도 하다. 요컨대 염상섭이 말하는 "철저한 근본책"이란, 노동의 주체성을 강화하여 궁극적으로는 자본에 포섭된 노동에서 해방되어 생명의 발로로서의 노동활동을 행함으로써 인간적 삶을 복원하는 것을 의미한다.[123]

122　大杉栄, 「勞働運動の精神」(1919.10), 大杉榮全集刊行會 編, 『大杉栄全集』第二卷, 大杉榮全集刊行會, 1925 참조.

123　염상섭은 「니가타현사건에 감(監)하여 이출노동자의 대한 응급책」을 작성함과 거의 동시적으로 소설 「E선생」을 연재하기 시작(『동명』, 1922.9.10)하는데, 소설 속 주인공인 'E선생'의 다음과 같은 발언도 이와 같은 맥락에서 이해할 수 있을 것이다. "사람이, 인

그렇다면 자본으로부터 자위의 도를 강구하고 자주자영의 인간을 배양하기 위한 구체적인 메커니즘은 어떻게 구축될 수 있었던 것일까? 이와 유사한 문제에 맞닥뜨렸을 때, 당대의 볼셰비키들이 제시했던 것은 외부로부터의 계급의식의 주입이었다. 이러한 사유는 기본적으로 노동자들의 자생성이나 자발성을 부정하는 태도로 그들 스스로는 해방될 수 없다는 입장을 전제[124]한다. 하지만 염상섭이 오사카독립선언 이후 실행한 노동운동은 그와 같은 형식은 아니었다. 그는 짧은 기간이기는 했지만, 그 스스로가 노동자가 되는 방식을 통해 노동운동을 실행하는데, 이는 노동자 스스로 주체화가 가능하고 해방될 수 있다는 암묵적인 전제를 품고 있었다. 이런 맥락에서 「응급책」에서 '근본책'으로 제시되고 있는 '자위의 도'로서의 모델은 노동조합이었는데, 그는 노동조합을 다음과 같이 의미 규정한다.

노동조합특히 공업노동자으로 하여금 권위 있고 신용 있으며 가치 있게 하는 것은 기술이 우수한 노동자들 다수多數히 가입하게 함에 있는 것이다. **노동조합이란 것은 결국 자본력에 대한 노동자의 전투력의 집단이다. 그리고 노동자 개개인의 전투력은 기술에 있는 것이다.** 하므로 조합이 자본가와 대항하여 그 폭위暴威와 전횡

간업을 파공(罷工)하기 전에는 사람다운 의기, 지기(志氣)가 없으란 것은 아니다. 자각 있는 봉공심(奉公心)이라는 것은 군국주의의 세계에서는 볼 수 없는 것이지만, 사람다운 사람이 사는 세계에는 없지 못할 최대한 근본 요소다. 이것은 비록 사회주의니 공산주의니 하는 주의가 — 여러분은 몰라들을 사람도 있겠지만 — 실현된다 하더라도 가장 필요한 것이다"(「E선생」, 『동명』, 1922.10.19). 즉 염상섭은 사회주의 및 공산주의 실현을 인간적 삶의 복원을 통한 새로운 인간형을 창출하는 것에 두고 있었다. 이것을 노동에 초점을 두고 다시 서술해 보면, 그러한 인간형의 생성은 '노동의 해방'이 아니라 '노동으로부터 해방'을 통해 가능해질 수 있는 것이었다.

124 블라디미르 레닌, 최호정 역, 『무엇을 할 것인가』, 박종철출판사, 1998 참조.

을 철주掣肘하며 노동자의 이익을 옹호하려면, 저급노동자의 집단으로서는 자본가에 대한 권위를 발휘키 어렵고, 따라서 아무리 그 원수員數가 다대할지라도 도저히 자기의 주장을 관철키 어려운 것이다.[125]

염상섭은 노동조합이 정치적으로 작동할 수 있는 조건과 노동자가 집단적인 주체성을 구성할 수 있는 기본적인 원리를 서술한다. 여기서 말하는 '노동자의 전투력'은 앞서 언급한 '계급의식'에 상응한다고 해도 좋을 것인데, 그것은 달리 말하면 노동자의 정치적 능력이라고도 할 수 있다. 그런데 염상섭은 이러한 능력이 노동자의 기술적 정도에 따라 좌우된다는 점을 강조하고 있다. 즉 노동자가 노동과정에서 사용하는 기술적 정도와 구성이 정치적 능력을 발휘하는 데 기여한다는 것이다. 따라서 그는 노동자 개개인의 기술적 정도를 향상하는 것이 노동자 개인의 성장뿐만 아니라 전체 노동계급의 주체화 과정으로 이어질 수 있다고 보았던 것이다.[126] 여기서 말하는 기술이란, 자본의 측면에서 보자면 생산기술에 국한되는 것이지만, 노동의 측면에서는 경험과 지식을 통해 두뇌와 신체에 각인된 인간지성의 응축물에 다름 아니다. 노동자는 기술을 통해 생산과정을 통제함으로써 자본에 대항할 수 있게 되며, 그와 같은 인간지성을 통해 스스로를 성장시키고 자기해방을 이룰 수 있는 근거를 마련하게 될

---

125 상섭, 「니가타현(新潟県)사건에 감(鑑)하여 이출노동자에 대한 응급책」(전2회)(『동명』, 1922.9.3~9.10), 『염상섭 문장 전집』I, 253쪽(강조는 인용자).
126 이러한 관점은, 생디칼리슴의 입장에서 사회주의의 문제를 논의한 오스기 사카에의 입장과 상통한다. 오스기는 "노동자의 해방은 노동자 스스로의 일이지 않으면 안 된다"고 전제하면서 자본주의 내에서의 사회주의의 성숙을 가능하게 하는 조건을 노동계급의 "기술적 발달"과 "새로운 정신적 힘의 발달"에서 찾고 있다. 大杉榮, 「生の創造」(1913.1), 大杉榮全集刊行會 編, 『大杉榮全集』第一卷, 大杉榮全集刊行會, 1926, 50~58쪽 참조.

터였다.[127]

　요컨대 염상섭은 일정한 기술을 갖춘 노동자들로 구성된 노동조합을 조직화의 모델로 제시하며 자본으로부터 자율적인 노동의 주체성을 구상하였는데, 이를 통해 궁극적으로는 노동을 자본주의의 임금노동이라는 형식에서 해방함으로써 인간 생명의 발로인 인간 활동으로 전화시키고자 하였다. 여기까지가 「응급책」에서 염상섭이 '실현되어야 할 이상'으로 구상하고 있었던 '근본책'이라고 할 수 있을 것이다.

　하지만, 그가 보기에 당시 식민지 조선의 현실은 그러한 근본책을 실행하기 위한 조건들이 갖추어지지 않은 상태였다. "일시에 수백 명씩 모집되어 단체로 이출되는 노동자는, 그 대다수가 일정한 기술의 훈련이 없는 농민"이었다. 그리고 "현재의 조선"에서는 "어떠한 도회에든지 피등을 수용하고, 피등의 요구를 만족시킬 만한 공장노동의 수요가 핍절乏絶

127　당대의 현실에서 노동자의 기술적 정도의 향상은, 숙련노동자 혹은 전문노동자(professional worker)와 같은 계급구성을 가져왔을 것이다. 그렇게 되면 숙련된 지식과 기술을 바탕으로 생산과정에서의 일정한 자율성과 통제력을 확보함으로써, 자본에 대항할 수 있는 능력과 지성을 배양할 수 있게 될 터였다. 그리하여 혁명적 노동운동이나 노동자 자주관리 등의 형태를 통해 자본주의적 생산양식에 한정되지 않는 정치적 구성으로 나아갈 수 있는 조건을 마련할 수 있었을 것이다. 앞에서도 언급했듯이 「노동운동의 경향과 노동의 진의」에서 염상섭은 '노동운동의 궁극 목적'에 관해 언급하면서 구체적으로는 노동자 자주관리와 같은 모델을 제시하기도 했으며, "노동운동의 최후의 귀착점"으로 "인민의, 인민으로 된, 인민을 위한 모든 시스템"과 "개인의 의사를 존중하고 각인(各人)의 의사(意思)로만 지배하는 모든 조직의 건설"을 제시하였다. 그리하여 그는 최종적으로는 인간의 노동이 "생명의 발로"로서 예술과 합일되는 사회를 지향하고 있었다. 말하자면 그는 자본주의적 노동에서 해방됨은 물론이고 노동 그 자체로부터 해방되는 인간적 삶(예술적 삶)을 추구했던 것이다. 이런 맥락을 고려하면 「응급책」에서 강조되는 '기술의 연마'를 비롯한 '교육'과 '상호단결'을 통해, 노동자들은 일차적으로는 생산과정에서 대항헤게모니를 형성함으로써 그 현장에서 파업과 사보타지 등을 통해 자본주의 임금노동에 맞설 수 있는 능력과 지성을 배양하게 될 것이며, 나아가 궁극적으로는 그들 자신의 두뇌와 신체(인간지성)를 고양함으로써 스스로 해방되고 스스로 계몽될 수 있는 조건을 마련하게 될 터였다.

한” 상황이었고, “자연지세로 외국에 노동시장을 구할 수밖에 없는” 형편이었다.[128] 이른바 자본의 본원적 축적은 식민지 조선이라는 공간에 한정되어 발생하는 것이 아니라 '현해탄玄海灘'을 사이에 두고 제국 일본과 식민지 조선 사이에서 벌어지고 있었던 것이다. 조선의 토지에서 분리된 소작농들은 현해탄을 건너는 과정에서 노동자로 전화하여 일본의 노동시장으로 편입되고 있었다. 이와 같은 조건들 속에서 염상섭이 염두에 두고 있었던 '근본책'은 곧바로 조선의 현실에서 발현되기 어려웠으며, '응급책'을 통해 그와 같은 근본책으로 나아갈 수 있는 일정한 과정이 요구되었다.[129]

염상섭은 응급책을 각각 “조선노동자의 이출移出 문제”와 “재일노동자의 조합조직”의 두 영역으로 나누어서 사고한다. 이는 공간적으로 각각 식민지 조선과 제국 일본에 대응하는 것이었고, 주체의 관점에서 보자면 토지에서 분리된 소작농과 노동시장에 편입된 노동자의 문제에 해당하는 것이었다. 그리하여 조선에서는 전국적인 범위의 '소작인조합'을 염두에 두고 그 기초로서 이출노동자소작농와 고용자 및 노동브로커 간에 체결되는 계약을 단체적으로 교섭, 계약, 중개, 감시할 수 있는 '중개기관'을 설립할 것을 주장하였다. 그리고 일본에서는 “도거渡去한 노동자의 총동맹이나 혹은 개별적 조합을 완전히 조직”하는 일이 시급하다고 보았

---

128 상섭, 「니가타현(新潟縣)사건에 감(鑑)하여 이출노동자에 대한 응급책」(전2회)(『동명』, 1922.9.3~9.10), 『염상섭 문장 전집』 I, 250쪽.

129 박헌호는, 염상섭이 '니가타현사건'을 통해 제국 일본과 식민지 조선 간의, 즉 “지배피지배 민족 간의 공업발달 상태, 기술력, 노동조건의 간극을 새삼 깨닫게” 되었다고 논의한다. 그리하여 염상섭은 이를 “조선의 농촌상황과 저발전의 공업상황, 일본 자본의 필요 등의 요인이 긴밀하게 얽혀 있는 문제라는 사실을 인식하면서” 그에 적합한 응급책을 내어 놓았다고 주장한다. 박헌호, 「염상섭과 '조선문인회'」, 『한국문학연구』 43, 2012.12, 249쪽 참조.

다. 즉 현해탄을 건너 일본 노동시장에 편입된 조선인 노동자들의 개별적 노동조합 및 그것을 전국적인 형태로 총괄하는 총동맹의 구축을 청사진으로 제시한다. 그리고 조선인 노동자들의 기술적 정도가 불비不備하다고 판단하고 당장은 노동쟁의보다는 "대내적 행정, 즉 노동자의 상호부조·교육·사상계발·기술연마" 등에 초점을 맞추어 자본으로부터 일정한 자율성을 획득할 수 있는 노동자의 주체성 및 전투력을 성장시키는 일이 급선무라고 염상섭은 보았다.

이러한 응급책을 구상함에 있어 염상섭은 일본인노동자와 조선인노동자와의 관계설정 및 연대의 문제를 필수적인 전제로서 항상 고려한다. 본원적 축적이 식민지와 제국 사이에서 벌어지고 있었던 당시의 상황에서 이 문제는 중요했다. 이는 단순히 이념으로서의 국제주의를 넘어서 당시 조선인 이주노동자들을 현실적으로 규정하고 있는 조건이었다. 이 점을 염상섭은 주시하고 있었던 것이다. 낮은 수준의 기술적 구성에 머물러 있었던 조선인노동자는 "일본노동자와 백중伯仲을 상쟁相爭하고 자본가에 대하여 저항을 한다 하면 (…중략…) 구축驅逐을 당할" 처지에 놓여 있었으며, 그리하여 "피등 일본노동자에 대한 (…중략…) 일종의 경쟁자일 뿐 아니라, 실로 피등의 운동의 장애물"로 간주되기도 했다. 조선인 노동자와 일본인 노동자는 민족정체성에서뿐만 아니라 기술적 구성의 수준에 있어서도 분할되어 있었다. '노동조합을 통한 노동으로부터의 해방'이라는 염상섭의 지향은 "조합을 조직하고 계급적 자각을 계발하여 일본노동자의 운동과 보조를 같이 하"면서 이러한 분할선을 지워 내고 무화시키는 가운데 가능해질 수 있는 것이었다.

3. 프로문학과의 논쟁과 대안근대성의 사유 전개

1) 문화횡단된 복수의 사회주의와 염상섭의 위치[130]

앞에서 살펴보았듯이, '아나키즘-자연주의-노동운동직접행동'의 연쇄와 공명 속에서 사상적·문학적·운동적 활동을 전개한 염상섭이 존재한다. 3·1운동을 전후한 시기부터 1920년대 초중반에 걸쳐 염상섭은 자연주의 문학을 통해 식민지의 암울한 현실을 폭로하고, 아나키즘을 사상적 기반으로 삼아 반체제적인 반역자로서의 주체성을 구성하며, 나아가 직접행동에 기초한 노동운동을 통해 궁극적으로는 '반자본주의적 예술 = 노동의 삶'을 구상하고 있었다. 이러한 염상섭의 급진적 지향과 행보는 식민지의 봉건적·전근대 질서와 제국주의적·근대적 질서 모두를 비판·지양하며 그와는 다른 형태의 대안을 구현하려고 했던 것으로 이해할 수 있다.

1920년대 중반 염상섭은 '계급문학'으로 대변되는 현실사회주의 지향의 근대성을 주장하는 프로문학론자들과 논쟁을 전개한다. 프로문학은

---

130 이 부분은 이종호, 「염상섭의 자리, 프로문학 밖, 대항제국주의 안—두 개의 사회주의 혹은 '문학과 혁명'의 사선(斜線)」(『상허학보』 38, 2013.6, 29~35쪽), 한기형·이혜령 편, 『저수하의 시간, 염상섭을 읽다』, 소명출판, 2014, 69~75쪽을 수정·보완하였음을 밝힌다. 여기서는 기존의 논의를 다음과 같이 발전시켰다. ① 식민지 조선에서의 사회주의(문학)를 단성적(單聲的)인 체계가 아니라 다성적(多聲的)인 복수의 체계로, 즉 '복수의 사회주의들'의 경합으로 보아야 한다고 주장하고, ② 프로문학자들과의 논쟁을 통해 전개된 염상섭의 논의를 당시 식민지 현실 및 토착성과 결합하여 문화횡단 (transculturation)된, 즉 '번역(translation)된 사회주의'로 보아야 한다고 논의하였으며, ③ 반제국주의와 사회주의 지향이라는 측면에서 보자면 염상섭과 카프의 프로문학자는 내재적인 논쟁과 대화를 수행했다고 주장하였다. 그리하여 ④ 식민지 조선의 사회주의문학을 '이식'된 이론과 실천의 체계로 이해하기보다는 '번역'된, 즉 토착성과 결합된 유연한 이론과 실천의 다양한 체계로 이해함으로써 기존 문학사의 구도와는 다른 방식으로 프로문학을 둘러싼 논쟁들을 재독할 수 있음을 강조하고자 했다.

식민지의 전근대적 질서와 일본 제국주의의 근대적 질서 양자를 비판하며 극복하고자 했는데, 이런 점에서 염상섭의 급진적 지향과 한편으로 공통된다고 할 수 있다. 하지만 식민지 조선에 대한 현실인식, 전근대적·근대적 질서 양자를 극복·해체하는 방법론에서 입장의 차이를 가지고 있었으며, 이후 어떠한 지향으로 해체된 질서를 재구성할 것인지에 대해서는 서로 상이한 상像을 지니고 있었다. 이런 까닭에 프로문학자들과 염상섭 사이에서는 여러 차례에 걸쳐 논쟁이 발생하게 된다. 그런 의미에서 이 논쟁은 제국주의하의 식민지라는 조건을 넘어서기 위한 내재적인 논쟁이기도 했으며, 한편으로는 방법론과 지향이 상이했다는 점에서 궁극적으로는 서로 단절될 수밖에 없는 논쟁이기도 했다.

일반적으로 1925년 '계급문학시비론'에서 촉발된 프로문학을 둘러싼 일련의 논쟁에 관한 연구사들은 염상섭의 사상적 좌표를 대체로 민족주의 입장에서 중간파나 절충주의로 나아간 것으로 판단한다.[131] 이 연구들은 대체로 프로문학을 비판했던 논자들 가운데 염상섭이 계급문학을 둘러싼 주장을 가장 잘 이해하면서 이에 지속적인 문제제기를 했다는 점은 높이 평가한다. 하지만 1920년대 초반 염상섭의 사상적·문학적·운동적 행보와 이 논쟁을 연결하여 연속적인 맥락에서 그의 사유를 평가하고 논쟁의 함의를 해석하는 경우는 드문 편이다. 달리 말해 1920년대 초반의

---

131 김시태, 「橫步의 批評」, 『廉想涉研究』, 새문사, 1982; 장사선, 「廉想涉折衷論의 無折衷性」, 권영민 편, 『염상섭 문학연구−염상섭전집 별권』, 민음사, 1987; 김영민, 「역사·사회 그리고 문학에 대한 공정한 관심」, 『염상섭 문학의 재인식』, 깊은샘, 1998; 손정수, 「해방 이전 염상섭 비평의 전개과정에 대한 고찰」, 문학사와 비평연구회 편, 『염상섭 문학의 재조명』, 새미, 1998; 김경수, 「염상섭과 프로문학」, 『문학사와 비평』 9, 2002.2; 김재용, 「프로문학 논쟁」, 역사비평 편집위원회 편, 『논쟁으로 읽는 한국사』 2, 역사비평사, 2009; 조미숙, 「1920년대 중반 염상섭 작품에 나타난 프로의식의 성격」, 『한국문예비평연구』 37, 2012.4.

염상섭의 사상적 행보 및 급진성에 대한 평가는, 프로문학과의 논쟁을 정리하고 해석하는 여러 작업 속에서 약화되거나 사라지게 된다. 기존의 연구사들에서는 논쟁을 통해 부조된 염상섭에 대한 중간파·절충주의라는 편향된 평가에 기초하여 그의 노동운동적 기획과 노동자로의 변형은 축소된 형태로 해석해 왔다.

다만 일견 단절적으로 보이는 이러한 흐름에 대하여 김윤식은 날카롭게 문제를 제기한 바 있다. 노동운동에 투신한 이력을 고려할 때 염상섭이 "계급문학 시비에서 계급문학운동을 계급사상운동의 일환으로 보고, 그것을 부정할 수 없음은 당연한 이치"인데 "왜 계급문학을 적극적으로 지지하고 나서지 않고 다만 부분적으로만 승인하고 말았는지"에 대해 의문을 제기한다.[132] 이 의문은 한편으로 정당하고 자명해 보이지만, 이 자명함에 대해서는 재고해 볼 필요가 있다. 염상섭의 행보를 둘러싼 이러한 문제제기는 적어도 두 가지 명제를 전제로 삼고 있다. 이는 비단 한 연구자만의 전제가 아니라 한국 근대문학사 서술에서 일반적으로 취하고 있는 전제이기도 하다.

먼저 하나는 당대의 '사회주의'가 단일한 이론과 운동으로 이루어진 단성적單聲的 체계라는 명제이다. 하지만 역사적으로 사회주의는 여러

---

132 이와 관련하여 김윤식은 염상섭이 작가(作家)가 됨으로써 정치적 감각이 생활적 감각으로 하강하게 되어 계급사상에 대한 사유가 엷어졌다고 해석한다. 김윤식, 『염상섭 연구』, 서울대 출판부, 1986, 291~293쪽 참조. 염상섭이 식민지 조선에서 생활에 근거한 작가로 변화하는 점은 매우 중요한 변곡점이다. 하지만 이로 인해 정치적 감각 혹은 계급사상에 대한 사유가 후퇴했다고 보기는 어려울 것 같다. 오히려 염상섭은 본격적인 작가가 됨으로써 구체적인 현실에 더욱 천착하게 되었으며, 그리하여 '아나키즘—자연주의—노동운동(직접행동)'이라는 사유를 '식민지 조선'이라는 현실 속에서 구체화·심화하며 대안을 모색하는 쪽으로 나아갔다고 할 수 있다. 그러한 대안 모색이 프로문학자와의 논쟁과 그 연장인 글쓰기와 소설쓰기를 통해 표출되었다.

다양한 경향들이 경합을 벌이며 여러 이견이 충돌하고 있는 다성적多聲的 목소리들로 이루어져 있었다. 당대 스탈린주의로 대변되는 정통맑스주의와 소련이라는 현실사회주의를 중심으로 한 코민테른이 전반적인 사회주의의 이론과 운동의 우세한 경향이기는 했지만, 사회주의 전체가 그것으로 수렴되지는 않았다. 자본주의의 극복을 둘러싸고 전세계적인 차원에서는 아나키즘생디칼리슴과 맑스주의가 사회주의적 지향과 방법론을 놓고 이견을 형성하고 있었으며,[133] 맑스주의 내부적으로는 일정한 시차를 두고 소련 중심의 정통맑스주의와 유럽 중심의 서구맑스주의가 대치하고 있었다.[134] 제국주의하의 식민지 상황은 더욱 복잡했다. 민족자결과 식민지해방을 지원한 소련 중심의 맑스주의와 반식민 민족해방운동 간의 결합은 주류적인 경향이기는 했지만, 이외에도 아나키즘을 비롯하여 다양한 스펙트럼의 사회주의'들'이 공존하고 있었다. 식민지에서는 아나키즘·맑스주의를 비롯한 여러 복수의 사회주의가 수용되어 그 자체로 이론과 운동의 차원에서 경합을 벌이고 있었다. 그런데 그러한 '이식'된 사회주의들도 중요했지만, 보다 중요한 것은 식민지의 현실 즉 토착성과 결합하여 문화횡단transculturation된 즉 '번역translation'된 사회주의들이었다.[135] 정통맑스주의라는 교조적 기준으로 보자면, 이러한 '번역된 사회주의들'은 이단으로 간주될 정도로 비체계적이며 관념적인 경향으로 여겨질 수도 있었지만 또한 그러한 일탈에 비례하여 다양한 잠재력을 품고 있었다고도 할 수 있다. 즉 자본주의의 특정한 국면

---

133 장 프레포지에, 이소희 역, 『아나키즘의 역사』, 이룸, 2003, '제2부' 참조.

134 서구맑스주의의 형성, 소련 중심의 맑스주의와 서구맑스주의 사이의 논쟁에 관해서는 다음의 저작 등을 참조. 페리 앤더슨, 이현 역, 『서구 마르크스주의 읽기』, 이매진, 2003; 마르셀 판 데르 린던, 황동하 역, 『서구 마르크스주의, 소련을 탐구하다』, 서해문집, 2012.

인 제국주의를 넘어서고자 했던 여러 기획은 복수의 사회주의들을 통해 경합을 벌이고 있었다. 그것은 확실히 식민지 조선에도 해당되는 것이었다.

두 번째 전제로 삼고 있었던 명제는 반자본주의적 사회주의가 문학과 관계 맺는 방식은 이른바 '프롤레타리아문학'을 통해서라는 것이다. 즉 '사회주의'라는 지향을 현실화하기 위한 이론과 운동에서 '프로문학'은 당연히 그 일부를 형성한다는 것이다. 하지만 사회주의 혹은 코뮤니즘이라는 문제설정과 프로문학이 긴밀한 연관을 실제로 맺는지는 재고해 봐야 한다. 간단히 말해 프롤레타리아문학과 같은 예술을 통해 코뮤니즘으로 나아갈 수 있었는지 다시금 생각해 봐야 한다는 것이다. 이러한 재고는 다음과 같이 변주된 질문들로 이어진다. '사회주의'와 '프롤레타리아 문학·문화'와의 연관성은 의심의 여지 없이 자명한 것이었는지, 모든 사회주의자들이 '프롤레타리아문학·문화'가 코뮤니즘에 이르는 한 방법론이라고 동의했던 것인지, 그리고 '프롤레타리아문학·문화'에 대한 비판이, 곧바로 부르주아적인 것으로 치환되거나 '문화' 일반에 대한 부정으로 간주되어야 했던 것이었는지 등등으로 말이다.

이 물음에 대해 숙고하기 위해서, 즉 사회주의와 문학과의 관계를 재사유하기 위해서 프로문학 논의의 진원지였던 당대 소련러시아의 경우를 참조해 볼 수 있다. 레닌은 사망하기 10개월 전인 1923년 3월, 혁명 이후의 5년을 회고하면서 프롤레타리아문화에 대해 언급한다. "프롤레타

135 　대표적인 사례로 로버트 J. C. 영이 개념화하고 있는 아프리카·아시아·라틴아메리카의 "국지적 조건에 상응하는 유연한 맑스주의", 즉 '트리컨티넨탈리즘(Tricontinentalism)'을 들 수 있겠다. 로버트 J. C. 영, 김택현 역, 『포스트식민주의 또는 트리컨티넨탈리즘』, 박종철출판사, 2005 참조.

리아'문화에 관해 너무나 많은 것을 너무나 경박하게 말하는 사람들에게 부득이하게 불신과 회의를 품"을 수밖에 없다고 서술하면서 현재 "우선은 진정한real 부르주아문화로 충분할 것"이라는 견해를 피력한다. 그리고 "문화의 문제를 너무 성급하거나 일소하듯이 다루는 것은 몹시 유해하다"고 하면서 이 문제의 중요성을 다시 한번 일깨운다.[136] 레닌은 지배권력을 타파하고 구체제를 파괴하는 것만으로 혁명이 완성된다고 보지 않았다. 주지하듯이 봉기와 반란 같은 기존 체제의 파괴를 넘어서, 길고 지속적인 이행기를 필요로 한다고 보았는데, 그 이행기의 핵심은 낡은 일상생활 속에 침윤되어 있는 인간본성을 변형시켜 대표자나 지도자 없이 스스로가 통치할 수 있는 능력을 갖춘 새로운 인간을 창조하는 데 있었다.[137] 그리고 이를 위해서는 프롤레타리아의 과학과 문화, "그것만으로는 충분치 않"으며 "그것만으로는 우리가 승리할 수 없다"고 보았기 때문에, "우리가 완전히 최종적으로 승리하려면 자본주의에서 소중한 것들을 모두 흡수해야 하고 자본주의의 과학과 문화를 모두 받아들여야 한다"고 주장한다.[138] 이러한 '인간본성의 변형을 통한 새로운 인간의 창조를 위해서는 성마른 프롤레타리아문화론을 비판하고 부르주아문화를

---

136 Vladimir Ilyich Lenin, "Better Fewer, But Better", *Lenin's Collected Works* Volume 33 2nd English Edition, Moscow : Progress Publishers, 1965. pp.487~502.

137 레닌의 『국가와 혁명(The State and Revolution)』은 이러한 '이행의 문제'를 사고한 대표적인 저작이다. 레닌은 이행기의 문제와 핵심을 명확하게 정식화했지만, 그 방법론으로 프롤레타리아독재라는 해결책을 제시함으로써 그 문제를 푸는 데 실패했다. 프롤레타리아'독재'는 능동적인 인간형을 창조하기보다는 오히려 복종하는 인간형을 주조하기 마련이다. 혁명과 이행의 문제에 대해서는 안토니오 네그리·마이클 하트, 정남영·윤영광 역, 『공통체』, 사월의책, 2014, 6장 3절 참조.

138 V. I. Lenin, "Achievements and Difficulties of the Soviet Government"(Early Spring, 1919), *Lenin's Collected Works*, 4th English Edition, Moscow : Progress Publishers, 1972 Volume 29.

비롯한 전인류의 문화를 계승해야 한다'는 레닌의 견해는, 혁명 이후 기회가 있을 때마다 여러 차례에 걸쳐서 강조되었으며, 공식적인 입장으로 채택되기도 하였다.[139]

이와 같은 견해는 레닌만의 고립된 생각은 아니었다. 트로츠키 또한 대체로 레닌과 유사한 입장을 견지하고 있었다. 일반적인 선입견과 달리 트로츠키는 문학예술과 문화의 중요성에 대해 "프롤레타리아'만'의 문화를 만들어 나가려고 했던" "프롤레트쿨트"[140]만큼이나 — 그러나 그와는 다른 관점에서 — 잘 인식하고 있었다. 레닌이 짧은 문건의 형태로 자신의 입장을 표현한 것에 비해, 그는 긴 논문과 저작들을 통해 자신의 입장을 밝힌다. 그와 관련한 대표적인 저작이 『문학과 혁명』1923과 『일상생활의

---

139 그 대표적인 사례로 다음과 같은 구절을 들 수 있을 것이다. "프롤레타리아문화를 논할 때 우리는 바로 이 점에 주목해야만 합니다. 오직 인류의 전발전 과정을 통해서 형성된 문화에 대한 정확한 지식을 지니고 과거의 문화를 개혁할 때에만 비로소 프롤레타리아 문화를 건설할 수 있습니다. 프롤레타리아문화는 하늘에서 뚝 떨어지는 것도 아니고 프롤레타리아문화의 전문가라고 자칭하는 사람들이 고안해 내는 것도 아닙니다. 그것은 전적으로 난센스입니다. 프롤레타리아 문화는 자본가, 지주, 관료의 압제하에서 인류가 축적해 온 지식의 보고를 합법칙적으로 발전시킨 것이지 않으면 안 됩니다." 레닌, 1920년 10월 2일 러시아 공산청년동맹 제3회 전러시아대회에서의 연설; 「청년동맹의 임무」, 함성편집부 편역, 『레닌의 청년·여성론』, 함성, 1989, 100쪽. 이어서 얼마 지나지 않은 10월 8일에 「프롤레타리아문화에 관하여」라는 문건을 집필하는데, 여기서도 "맑스주의는 부르주아시대의 가치 있는 업적들을 거부하지 않으며 나아가 2천 년이 넘는 인류의 사상과 문화의 가치 있는 모든 것들을 흡수하고 발전시켜 나가려 해 왔기 때문에 혁명적 프롤레타리아의 이데올로기로서 역사적 의의를 획득한다. (…중략…) 이러한 방향으로서의 작업만이 진정한 프롤레타리아문화 발전을 가능케 할 수 있다"고 주장하며, 이러한 원칙하에서 프롤레타리아만의 고유한 문화를 구축하려고 했던 '프롤레타리아쿨트회의'의 활동을 거부한다. 레닌, 이길주 역, 「프롤레타리아 문화에 관하여」, 『레닌의 문학예술론』, 논장, 1988, 207~208쪽(번역은 일부 수정). 레닌이 '프롤레타리아문화'라는 용어를 사용하고 있지만, 그것을 긍정하기 위해서 사용하는 것은 아니며 지시적인 의미로 사용하고 있음을 부기해 둔다.

140 이득재, 「소련의 프롤레트쿨트와 문화운동」, 『문화과학』 53, 2008.3, 224쪽.

문제들』1924이다.[141] 『문학과 혁명』은 프롤레타리아문학·문화에 대한 비판적 논의가 주를 이루고 있는데, 쟁점을 다음과 같이 몇 가지로 추려 볼 수 있다.[142]

첫째, "자본주의에서 사회주의로의 짧은 이행기"203쪽가 끝나면 프롤레타리아 계급 자체가 소멸할 것이기 때문에, 프롤레타리아가 아닌 인류의 발전을 위한 문화가 구축되어야 한다. 그렇기에 프롤테타리아문화론은 불필요하거나 불가한 것이 된다. 둘째, 프롤레타리아의 문화적 성장과 "참된 인류문화를 창조하기" 위해 부르주아문화를 비롯한 과거 문화유산과 전통을 옹호해야 한다. 셋째, "새로운 문화 그리하여 새로운 예술을 위한 장을 의식적으로 한 단계씩 준비해 가기 위하여 당은 문화적 동반작가들을 (…중략…) 노동자계급의 실제적 혹은 잠정적인 지지자"228쪽로 확보해야 하며, 구체적으로는 보리스 필냐크Boris Pilnyak 등의 동반자문학을 옹호한다. 넷째, "예술은 스스로의 길을 스스로의 방법에 의해 만들어 가야 하는 것"이므로, "예술의 영역은 당이 지도할 수 있는 영역이 아니"228쪽라며 예술의 자율성·독자성을 옹호한다. 마지막으로, 맑스의 전인적인 인간에 비견되는 "코뮤니즘적 인간의 문화적 건설"264쪽을 추구한다.

이와 같은 트로츠키의 문학문화론은 '프롤레트쿨트'를 비롯하여 스탈린주의와 불화하며 그로부터 많은 비판을 받는다. 단적인 예로 마오쩌둥

---

141   레닌이 지병으로 쓰러지면서 스탈린과의 권력투쟁이 심화되고 자신의 정치적 입지가 좁아지는 와중에도 트로츠키는 오히려 문학과 예술에 대해 더욱 높은 관심을 기울였는데, 이러한 사실은 그가 이 문제를 얼마나 중요시하고 있었는지를 간접적으로 말해 준다. 아이작 도이처, 한지영 역, 『비무장의 예언자 트로츠키 1921~1929』, 필맥, 2007, 3장 참조.

142   레온 트로츠키, 김정겸 역, 『문학과 혁명』, 과학과사상, 1990. 이 책의 인용문의 경우, 본문에 인용 쪽수를 첨자로 표기함.

毛澤東은 트로츠키를 두고 "정치는 맑스주의적인 것, 예술은 부르주아 계급적인 것"이라고 비판하며 "혁명적 사상투쟁과 예술투쟁은 반드시 정치투쟁에 종속되지 않으면 안 된다."고 주장한다.[143] 만약 트로츠키에게 이런 비판이 가능하다면, 그 비판은 레닌에게도 고스란히 되돌려져야 하는 것이기도 하다. 그런데 이러한 비난에 가까운 수사는, 식민지 조선에서 이루어진 프로문학논쟁에서 '프롤레타리아문학불가론'을 주장했던 염상섭을 두고 프로문학자들이 가했던 비판과 그대로 겹쳐지기도 한다. 즉 프롤레타리아문학을 둘러싼 레닌·트로츠키 대對 프롤레트쿨트·스탈린주의의 논쟁 구도는 식민지 조선에서의 염상섭 대對 프로문학론자 사이의 논쟁 구도와 유비적이었다고 할 수 있다.

'계급문학시비론'을 통해 프로문학논쟁이 시작된 1925년을 전후한 무렵은, 조선의 프로문학론자와 염상섭에게는 논쟁의 시발점이 되는 중요한 시기였는데, 러시아, 일본, 중국 등 동아시아적 차원으로 그 범위를 확장해 보면 이 논쟁을 입체적으로 해석할 수 있는 상황들이 전개된 시기이기도 하다. 식민지 조선에서는 '계급문학시비론' 이후 6개월 뒤 '조선프롤레타리아예술가동맹KAPF : Korea Artista Proleta Federatio'이 결성되고 외형적으로는 프로문학이 탄력을 받기 시작하는데, 이 해 '제1차공산당사건'도 발발한다. 러시아에서는 레닌이 사망하고 난 뒤, 스탈린이 '일국사회주의론'을 제출하고 트로츠키를 축출하면서 본격적인 '스탈린주의'를 확립해 나가기 시작하는 때이다. 일본에서는 사회주의혁명운동들을 탄압하기 위하여 치안유지법이 공포되는 가운데, 트로츠키의 문학·문화론의 저작들인 『문학과 혁명』[144]과 『일상생활의 문제들』[145]이 번역·출판되어1925.7,

---

143 모택동, 김승일 역, 「연안 문예 좌담회에서의 강연」(1942.5), 『모택동 선집』 3, 범우사, 2007, 98쪽.

일본어를 매개로 이 책의 동아시아적 유통이 가능해진다. 실제로 중국에서는 1925년 8월 26일, 루쉰의 일기장에 일역본으로 추정되는 트로츠키의 『문학과 혁명』을 구입했다는 사실이 기록된다.[146]

1925년을 전후한 무렵, 동아시아에서의 이러한 일련의 흐름은 다음과 같이 정리하여 의미를 부여할 수 있겠다. 제국주의 일본의 사회주의 탄압이 법률적으로 정비되며 본격화되는 가운데, 사회주의의 사상적·정치적·조직적 모태가 된다고도 할 수 있는 러시아의 상황은 스탈린주의의 일국사회주의론으로 기울면서 그 공식적인 노선은 병들기 시작한다. 그리고 식민지 조선에서는 공산당을 비롯한 카프는 그 공식적인 노선으로부터 — 항상 그런 것은 아니었겠지만 — 점차 자유롭지 못하게 될 예정이었다. 즉 현실사회주의를 둘러싸고 외부적으로 탄압이 심화되고 내부적으로는 타락이 가속화되면서 그 이론과 운동은 가파르게 하강하고 있었다.

하지만 이와는 다른 대항적 흐름도 존재했다. 번역과 출판을 통한 또 다른 선은 제국주의 일본과도, 그리고 공식적인 정통맑스주의스탈린주의와도 대립하는 흐름을 만들고 있었다. 대표적으로 중국의 루쉰이 그 한 사례였다. 루쉰은 트로츠키의 『문학과 혁명』의 동반자작가론, 정치에 종속

---

144 トロツキイ, 茂森唯土 譯, 『文學と革命』, 改造社, 1925.7.

145 レオ・トロツキー, 西村二郎 譯, 『ロシヤ革命家の生活論』, 事業之日本出版部, 1925.7.

146 나가호리 유조(長堀祐造)는 루쉰이 구입한 트로츠키의 저작을 검토하면서, 1925년 8월 26일 『문학과 혁명』의 일역본(トロツキイ, 茂森唯土 譯, 『文學と革命』, 改造社, 1925.7)을 처음으로 구입했다고 밝히고 있다. 長堀祐造, 『魯迅とトロツキー』, 平凡社, 2011, 19~21쪽 참조.
실제로 루쉰의 1925년 8월 26일자 일기를 찾아보면, "동아공사(東亞公司)에 가서 『문학과 혁명』 1책을 1원(元) 5각(角)에 구입했다"고 기재되어 있다. 魯迅, 飯倉照平·南雲智 編, 渡辺新一 訳, 『魯迅全集 18 — 日記』 II, 学習研究社, 1985, 42쪽 참조.

되지 않는 문학의 독자성, 혁명과 문학의 관계 등 주요 쟁점들을 전유하면서, 자신의 문학관을 정초하고 중국의 '좌련左聯 : 中國左翼作家聯盟' 속에서 다른 프로문학 작가들과 논쟁을 전개해 나갔다. 동반자작가론을 통해 지식계급이라는 자신의 계급적 기반에 갇히지 않고 제사계급노동자계급과 연대하여 혁명에 투신할 수 있는 내적인 회로를 구축했다. 그리고 외적으로는 '정통맑스주의스탈린주의'를 부정하고 그 문예이론과 쟁투하면서도, 트로츠키의 문예이론을 그 근거로 맑스주의를 포기하지 않는 가운데 스탈린주의의 질곡으로부터 벗어날 수 있는 회로를 구축했던 것이다.[147]

이쯤에서 염상섭으로 다시 돌아와야 할 듯싶다. 중국의 루쉰이 그러한 사례였다고 한다면, 식민지 조선에서는 염상섭이 그러한 사례였다고 말할 수 있을 듯하다. 염상섭은 프로문학론자들과 주고받는 논쟁에서 러시아혁명의 주역이었던 '트로츠키'와 '보리스 필냐크'라는 러시아 동반자작가를 불러오며, 실제로 트로츠키의 문예이론에 근거했음직한 구절과 내용을 통해 프로문학론을 비판하면서 '문학과 혁명'의 관계를 카프와는 다른 방식으로 정립하려고 시도하고 있었다. 반제국주의와 사회주의 지향이라는 측면에서 보자면, 확실히 염상섭은 카프와 내재적인 논쟁과 대화를 수행하고 있었던 셈이다. 염상섭이 제기한 구체적인 쟁점과 그로부터 추론할 수 있는 대안적 사유에 관해서는 절을 달리하여 살펴보자.

---

147 루쉰과 트로츠키의 관련성에 대해서는 長堀祐造, 앞의 책, 1·2·3장 참조. 루쉰과 트로츠키의 관계를 밝히는 논의는 매우 드문 편이다.

2) 새로운 인간·삶의 발명으로서의 문학과 혁명, 계급과 민족[148]

염상섭은 「계급문학시비론─작가로서는 무의미한 말」『개벽』, 1925.2을 시작으로 당시 형성되고 있었던 프로문학에 대한 비판적 논지를 전개하는데, 이후 일련의 글들을 통해 논쟁을 전개하며 그의 이론적 지평을 발전시켜 나간다. 「계급문학시비론」에서 그는 "계급문학이 출현되지 못하리라는 것도 아니요, 또 그 출현이 불합리하다는 것도 아니나, 다만 일종의 적극적 운동으로 이를 무리하게 형성시키려고 애를 쓸 필요가 없다"면서 자생적인 계급문학의 출현은 인정하면서도, "어떠한 주의라든지 일정한 경향에 구속"된 계급문학에 대해서는 비판적인 입장을 취한다.[149] 이러한 입장을 뒷받침하는 근거는 두 지점에서 마련된 것으로 보인다. 하나는 운동이 생성되는 자생성·자발성을 긍정하면서도 그 운동을 규율하는 목적성에 대해서는 비판적이었던 아나키즘적 경향이었고, 다른 하나는 이와

---

148 이 부분은 이종호, 「염상섭의 자리, 프로문학 밖, 대항제국주의 안─두 개의 사회주의 혹은 '문학과 혁명'의 사선(斜線)」(『상허학보』 38, 2013.6, 36~49쪽), 한기형·이혜령 편, 『저수하의 시간, 염상섭을 읽다』, 소명출판, 2014, 75~88쪽을 수정·보완하였음을 밝힌다. 여기서는 기존의 논의를 다음과 같이 보완하고 발전시켰다. ① 염상섭은 프로문학론자와의 논쟁을 통해 카프의 공식적인 프롤레타리아문학과는 다른 차원의 프롤레타리아문학을 지향했음을 좀 더 분명히 논했다. ② 염상섭은 프로문학론들이 지향했던 반제국주의 및 사회주의를 거부·부정한 것이 아니라 아나키즘에 대한 사유·식민지라는 조건 등을 고려하는 가운데 그것을 내파하고 재구성함으로써 사회주의적 기획을 다양화하고 확장시켰음을 주장했다. ③ 그런 가운데 염상섭은 결과적으로는 제국주의적 근대성과 현실사회주의적 근대성 모두를 넘어서는 대안근대성을 모색하고 있었음을 논의했다. ④ 이런 맥락에서 염상섭은 프로문학론자의 지향과는 사선(斜線)의 관계를 맺었다고 할 수 있는데, 즉 그는 문제의식은 공유했지만 궁극적으로는 그것과 단절하는 방식으로 혁명과 문학, 계급과 민족을 사유하였다.

149 염상섭, 「계급문학시비론─작가로서는 무의미한 말」(『개벽』, 1925.2), 『염상섭 문장 전집』 I, 329~331쪽. 염상섭은 당대 프로문학 전반에 대해서는 비판적이었지만 최서해에 대해서는 높이 평가했다(염상섭, 「문단시평(文壇時評)」(『신민』, 1927.2), 『염상섭 문장 전집』 I, 548~549쪽 등 참조).

연장선상에 있는 예술의 독자성에 대한 옹호였다. 그리고 이 글에는 조선이 처해 있는 현실적 조건 — 문화적 후진성토착성에 대한 인식과 그것을 넘어서기 위한 고민이 투영되어 있다. 이러한 토착성에 대한 고려는 "저급한 교양을 가진 대다수 민중"이라는 구절을 통해 표출되는데, 이러한 관점을 단순히 엘리트주의의 소산으로만 이해할 수는 없다. 자발성에 대한 긍정은 대상이 품고 있는 잠재성을 인정함으로써 가능한 것이다. 다만 그는 그 잠재적인 차원과는 다른 현실적인 차원을 냉철하게 인식한다. 즉 당대의 현실적인 차원에서 존재하고 있었던 "취미가 저열하고 이해력이 유치한 일반 민중"을 두고 그에 "영합"하는 방식이나 목적성을 외부에서 주입하는 방식이 아니라, "문화적 진전"이라는 전체적인 문화의 수준을 상승시킬 수 있는 조건이 마련되어야 한다고 보았던 것 같다. 그런 의미에서 '당시의 계급문학'은 그의 말처럼 작가와 독자 그리고 조선의 문화에 있어서, 현실적 조건과 토착성을 고려하지 않은 모두 '무의미한 말'이 되고 만다.

다소 소박하다고도 볼 수 있는 염상섭의 이러한 견해는 1년에 가까운 시간을 지나 제2차 도일渡日을 전후한 시기[150]에 비약적인 진전을 이룬다. 그는 일본에서 건너가기 직전인 1925년 12월 21일 「계급문학을 논하여 소위 신경향파에 여與함」이라는 글을 작성하고[151] 일본에 건너와 몇 개월 지나지 않은 시기에 「프롤레타리아문학에 대한 P씨의 언言」을 작성한

---

150 염상섭의 제2차 도일은 1926년 1월부터 1928년 2월까지 만 2년 1개월 동안 이루어졌다. 이에 대해서는 김경수, 「횡보의 재도일기(再渡日期) 작품」, 『한국문학이론과 비평』 10, 2001.3(「재도일기의 소설적 탐색」, 『염상섭과 현대소설의 형성』, 일조각, 2008) 참조.
151 염상섭, 「계급문학을 논하여 소위 신경향파에 여(與)함」(전7회)(『조선일보』, 1926.1.22 ~2.2), 『염상섭 문장 전집』I, 441~473쪽. 이 글은 염상섭이 도일한 이후에 게재되었으나, 글의 말미에 기재되어 있는 "을축(乙丑) 12월 21일 야(夜)"라는 구절을 통해 알 수 있듯이 도일 직전에 작성되었다.

다.[152] 이 두 글 사이에는 낯선 고유명이 등장하는데, 앞서 언급한 바 있는 '보리스 필냐크'라는 동반자작가와 '트로츠키'이다. 이 점을 염두에 두면서 먼저 도일 직전의 글을 살펴보자.

「계급문학을 논하여 소위 신경향파에 여與함」은 '악성인플루엔자-소위 신경향파의 기조-신경향파의 작품-프롤레타리아 전선의 적십자군이냐?-프롤레타리아문학의 존부存否-프롤레타리아문학의 방향-프롤레타리아문학의 기조'로 전체 7절로 구성된 장문의 야심찬 논문이다. 이 글의 가장 큰 특징은 '자본주의에서 사회주의로의 이행'이라는 전제를 승인하고 동의하면서 프롤레타리아문학에 대하여 논의하고 있다는 점이다. 다시 말해 사회주의로의 이행, 즉 혁명의 문제설정 속에서 그것과 문학文化의 관계를 묻는다. 그런 과정에서 염상섭은 무심결에 자신의 사상적 지향에 관한 속내를 표출한다. 즉 그는 "나는 민중예술에 대하여 전연히 부인하는 것은 아니다"라고 말하며 나아가서 "나도 박 군박영희-인용자만한 계급의식은 가지고 있다"고 서술한다.[153] 말하자면 이 무렵 염상섭은 사회주의로의 이행이라는 지향을 머릿속에 지니고 있으면서 계급의식을 소유하고 있다고 공식적으로 발언하고 있었던 셈이다. 이러한 염상섭에게 프로문학자들이 그랬던 것처럼 단순히 '부르주아작가'라는 비난의 레테르를 붙여버리는 것은 석연치 않다. 염상섭은 다음과 같이 말한다.

우리는 생각하여볼 두 가지의 문제가 있다. 즉, 우리의 계급의식은 자자손손

---

152 염상섭, 「프롤레타리아문학에 대한 P씨의 언(言)」(『조선문단』, 1926. 5), 『염상섭 문장 전집』I, 474~479쪽.
153 염상섭, 「계급문학을 논하여 소위 신경향파에 여(與)함」(전7회)(『조선일보』, 1926.1.22~2.2), 『염상섭 문장 전집』I, 450 · 455쪽.

계승시켜야 할 인류의 영원한 무거운 짐인가? 또 인류가 가진 생활형식의 두 가지 중에서 인류가 영원히 지속하여야 할 생활형식은 무엇인가? 이 두 가지 문제에 상도想到할 제, 누구든지 얻는 답안은 프롤레타리아의 세계라는 것이다. 과연 부르주아의 몰락의 일ㅌ은 계급전선 철회의 일ㅌ이요, 동시에 계급의식 포기의 일ㅌ인 것은 내가 설명할 필요도 없을 것이다. 그리하여 남는 것은 **내용 다른 프롤레타리아 생활형식이다.**[154]

염상섭의 이러한 진술 속에는, 부르주아와 프롤레타리아가 대립하고 있는 당대로부터 일정한 이행기를 거쳐 사회주의코뮤니즘로 나아갈 것이라는 전망이 전제되어 있다. 그리하여 그 이행이 완료되는 시점에서 부르주아는 사라지고 프롤레타리아만 남게 될 터인데, 그때 남는 것은 이전의 프롤레타리아와는 "내용 다른 프롤레타리아"라는 것이다. 그렇게 되면 계급 자체가 소멸하기 때문에, '계급의식'이나 '계급전'이라는 개념 자체가 성립 불가능하며, 프롤레타리아 역시 소멸하여 염상섭이 말하고 있듯이 일반적인 "인류"가 된다. 그리하여 염상섭은 이러한 혁명과 이행의 프로세스 속에서 문학 및 문화는 어떠해야 하는지를 묻고 있는 것이다.

이와 같은 입장에서 그가 보기에, 당시 '박영희'로 대변되는 프로문학은 단순한 "부르주아문학의 전통과 전형에서 벗어난 데에" 급급하며 "관념적"이고 "편협한 계급의식에 뇌거牢居"하여, 잠재적인 "새로운 인생관"은 고사하고 현실적인 "재현再現"조차도 제대로 수행하지 못하는 "사이비 문예"의 형상화에 머물고 있었던 것이다. 더구나 "신문잡지의 문예란에 공지空紙나 채우고 앉아서, 나는 프롤레타리아와 운명을 같이 하려고 프

---

154 위의 글, 468쪽(강조는 인용자).

롤레타리아를 위한 문예를 창작한다고 큰소리를 치"는 것은 정작 "프롤레타리아와는 관계가 없"으며 "실제 운동"도 아니며 그러는 사이에 "혁명은 프로문예거나 부르주아문예거나 쫓아올 테거든 오고, 말 테거든 말라 하며 달아나"고 있다고 비판한다.[155] 루쉰의 말을 빌려 염상섭의 말을 받아 보면, 프로문학자들의 "화근은 '문예를 계급투쟁의 무기로 삼은 것'에 있는 것이 아니라 '계급투쟁을 빌려서 문예의 무기로 삼는' 것"에 있었는지도, 그리하여 그들의 행위는 "결국 문학을 '계급투쟁'의 두호斗護 아래 두려는"[156] 것에 불과했던 것인지도 모른다. 덧붙이자면 당시의 프로문학자들은 그들의 말과는 달리 실제로는 문학을 혁명이나 사회주의의 문제로 확산시켰다기보다는 오히려 혁명이나 사회주의를 문학의 문제로 축소시켜버리는 경향을 노정했다고 해도 좋을 것이다. 염상섭의 "프롤레타리아 전선의 적십자군이냐?"는 비아냥거림이 섞인 비판은 이런 맥락에서 이해할 수 있을 것이다.[157]

염상섭은 프로문학자들이 주장하는 것과는 다른 "진정한 프롤레타리아문학"을 주장한다. 이는 자본주의에서 사회주의로의 이행의 프로세스와 평행적인 또 하나의 프로세스를 구축하는 것처럼 여겨진다. 염상섭은 프롤레타리아를 두 차원으로 제시한다. 하나는 자본주의제국주의의 권력과 착취 구조 속에 고통받는 수동적 형상, 즉 부르주아와 프롤레타리아의 대립이라는 조건에 놓여 있는 현실적인 차원의 프롤레타리아이다. 예컨대 앞서 언급한 '저급한 민중'이나 "반역과 전투력으로만 응결"되어 있는 존

---

155 위의 글, 450~459쪽 참조.

156 魯迅, 竹內好 譯註, 「'硬譯'과 '문학의 계급성'」, 한무희 역, 『魯迅文集』 VI, 일월서각, 1986, 243쪽.

157 염상섭, 「계급문학을 논하여 소위 신경향파에 여(與)함」(전7회)(『조선일보』, 1926.1.22.~2.2), 『염상섭 문장 전집』 I, 459~462쪽 참조.

재와 같이 "물질적 조건이 (…중략…) 사람의 정신을 지배"할 때 존재하는 프롤레타리아이다. 다른 하나는 권력과 착취로부터 해방된 잠재적인 차원의 프롤레타리아이다. 즉 "부르주아도, 프롤레타리아도 없고, 착취도 피착취도 없이 모든 것을 초월"하여 "본연의 인간성을 회복"한 형상이다. 그가 방점을 두는 것은 후자의 형상에 기반을 둔 프롤레타리아문학이다. 이에 관해 염상섭은 다음과 같이 언급한다.

> 프롤레타리아문학의 의무는 결코 목전의 계급전階級戰의 일 보조무기로 사용되려는 고식적姑息的사업에서 발견할 수 없다. 그렇다! 진정한 프롤레타리아문학, 완전히 해방된 프롤레타리아로 탄생된 프롤레타리아가 잃었던 인간성을 찾는 거룩한 운동과 그 정신에서 나오는 문학이어야 할 것이요, 구체화한 인류애와 모든 음영이 걷히고, 가장 자유롭게 흐르는 위대한 생명을 예찬하기 위하여 건전한 정신과 사상에서 성장하는 문학이어야 할 것이다. 새로운 인생관, 새로운 사회관, 새로운 예술관……. 이러한 인류가 이때까지 가져보지 못하던 모든 아름다운 사상을 길러주고, 풍윤豊潤하고 순진한 정서로 생명의 미와 생활의 유열愉悅을 한층 더 꾸미고 맛보게 하기 위하여 존재할 문학이다. 이때에 프롤레타리아문학은 신인도주의요, 신인생주의로, 신로맨티시즘일 것이다.[158]

이러한 서술을 통해 알 수 있듯이, 염상섭이 프롤레타리아문학에 대해 일방적인 반대의사를 고수했던 것은 아니다. 그는 카프가 주장했던 "목전의 계급전의 일 보조무기로 사용되려는" 프롤레타리아문학을 비판하며 그것과는 다른 차원의 프롤레타리아문학을 지향하고 있었다. 즉 카프

---

158 위의 글, 469쪽(강조는 인용자).

와 염상섭 모두 동일한 대상에 관해 말하고 있었지만, 양자가 말하는 '프롤레타리아문학'이 혁명 및 사회주의와 관계 맺는 방식은 상이했으며 따라서 그 성격도 다를 수밖에 없었다. 염상섭은 현실적 차원의 수동적 형상의 프롤레타리아를 형상화하는 것보다는 잠재적 차원의 능동적 형상의 프롤레타리아를 형상화하는 것에 초점을 맞추는 방식을 통해 프롤레타리아문학을 규정하려고 했다. 그가 말하는 "완전히 해방된 프롤레타리아"는 봉건적 질서하의 전근대나 혹은 제국주의 질서하의 근대에서는 현실화되기 불가능하다. 그것은 사회주의 혹은 코뮤니즘의 도래를 통해서만 현실화가 가능한 것이다. 그리하여 그것은 "새로운 인생관, 새로운 사회관, 새로운 예술관"을 통해서 생성되며, 그러한 가운데 임금노동에 구속되었던 프롤레타리아는 완전히 해방되어 "생명의 미와 생활의 유열"을 발산하는 '새로운 인류', 즉 새로운 인간으로 거듭나게 된다. 요컨대 염상섭이 말하는 프롤레타리아문학은 새로운 인간형을 발명하는 프로세스인 것이다. 그리하여 그에게 있어 이러한 이행과 발명의 문제는 일차적으로는 현실적인 차원의 "'재현再現'에서부터 출발하는 것"이지만, 그것에 한정되지는 않는다. 그는 다음과 같이 말한다.

4, 5년 전에 「지상선을 위하여」라는 소논문을 당시의 『신생활』 지誌에 발표한 일이 있었다. 그것은 슈미트의 개인주의를 인용하여 자기혁명, 자기해방을 역설하고, 관념의 파기, 관념의 부정을 고조하였었다. 이것은 계급의식을 고취함에는 자아의 작성에서부터 선전하여야 하겠다는 필요로 개인주의를 창도唱導하고 가족제도부터 공격하기 시작한 것이었다. 그러나 이 말은 지금까지도 프롤레타리아운동의 쿨트 방면으로는 그 기조가 되는 것이라고 믿는 바이다.[159]

"소생한 프롤레타리아의 유토피아적 생활을 인류에게 제공함으로써 인간성을 탈환"하기 위한 작업으로 나아가는, 즉 현실적 차원의 프롤레타리아에서 잠재적인 차원의 프롤레타리아^{탈계급 사회의 인류}로 이행하는 방법론의 하나로서 "관념의 파기", "관념의 개조"를 제시하고 이것이 곧 프롤레타리아문학의 기조가 되어야 함을 강조한다. 염상섭이 이행의 문제를 제기하는 가운데 '슈미트', 즉 '막스 슈티르너^{Max Stirner}'와 같은 아나키즘적 경향을 겹쳐 놓는 점은 눈여겨볼 점이다. 당시 유통되던 '토대와 상부구조론'이라는 기계론적 유물론의 문법에서 관념의 문제는 상부구조의 문제와 관련된다고 할 수 있을 텐데, 아나키즘의 계기를 도입함으로써 '토대가 상부구조를 결정한다'는 기계론적인 유물론의 문법에서 벗어나서 상부구조의 자율성 및 그 변화 가능성을 타진한다. 이는 한편으로 정치와 문학·문화의 관계가 종속적 관계가 아니라 독자적이거나 자율적 관계를 이룬다는 것과도 연관되는 사고이다. 새로운 인간형을 창출함에 있어, 달리 말하면 혁명의 시간을 도래케 함에 있어, 문학과 문화가 수행할 수 있는 의의 및 고유한 영역을 강조함으로써, 경제적 구조^{생산관계}의 변화뿐만 아니라 문화적인 영역의 중요성 및 독자성을 일깨우고 있다.[160]

염상섭은 "관념의 개조"를 통한 새로운 인간형의 창출을 위해서는 "전통을 부인하려고 애만 써서는 아니 될 것"임을 강조한다. "새로운 생활을 자율하고, 지지할 만하고, 새로운 사회를 가질 새 사람의 새 관념"으로 바꾸어 나가는 데 전통이 일정한 역할을 수행할 수 있음을 주장한다. 이러

---

159 위의 글, 470쪽.

160 염상섭의 이러한 사유방식은 계속 지속되어 '유물론'과 평행적 관계를 이루는 '유심론'이라는 개념으로 발전하게 된다. 염상섭, 「민족, 사회운동의 유심적 고찰—반동, 전통, 문학의 관계」(전7회)(『조선일보』, 1927.1.4~1.16), 『염상섭 문장 전집』 I, 510~539쪽.

한 그의 주장은 마치 인간 본성을 변형시키고 자본주의로부터 최종적으로 승리하기 위해서는 부르주아적인 것을 포함하여 전인류의 유산을 받아들여야 한다는 레닌이나 트로츠키의 논의를 상기시킨다.

지금까지 살펴보았듯이, 「계급문학을 논하여 소위 신경향파에 여與함」은[161] 트로츠키의 『문학과 혁명』과 이론적으로 공명할 지점들을 많이 가지고 있다. 염상섭이 이 글을 쓸 당시에 『문학과 혁명』이나 그러한 논의를 정리한 트로츠키의 문학론을 접했는지 그 여부를 알려 주는 자료는 찾을 수 없다. 다만 일역본이 번역되어 있었기 때문에 접근 가능성 자체가 차단되어 있었던 것은 아니다.[162] 그 구체적인 관련성이 드러나는 것은 「프롤레타리아문학에 대한 P씨의 언言」이라는 글인데, 이는 일본으로 건너간 뒤 쓴 산문들 가운데 시기적으로 가장 앞서는 것이다.

염상섭이 일본으로 건너가고 얼마 지나지 않아 러시아의 동반자문학자 보리스 필냐크가 일본을 방문하게 된다.[163] 필냐크는 잇단 강연과 문

---

161 염상섭, 「계급문학을 논하여 소위 신경향파에 여(與)함」(전7회)(『조선일보』, 1926.1.22~2.2), 『염상섭 문장 전집』 I, 441~473쪽.

162 어쩌면 읽었더라도 그를 문면에 내세우지 않았을 가능성도 조심스럽게 점쳐 볼 수 있겠다. 치안유지법이 공포되고 '1차 공산당사건'이 터지는 등 일제의 사상통제가 강화되는 시대의 풍압을 고려할 때, 러시아혁명에서 레닌에 버금가는 트로츠키를 문면에 그대로 드러내기가 쉽지가 않았을 수도 있다. 간토대지진 때 학살당한 오스기 사카에(大杉栄)를 고려하여, 『만세전』의 『시대일보』(1924.4.26) 판본에서 '오스기 사카에'의 이름을 스스로 삭제했을 것이라고 추론하는 논의(이혜령, 「正史와 情史 사이-3·1운동, 후일담의 시작」, 『민족문학사연구』 40, 2009.8, 265~266쪽 참조)를 고려해 보면, 염상섭이 일제가 행한 사상통제의 풍압에 얼마나 민감하게 대응했는지 짐작해 볼 수 있다.

163 "필냐크는 1926년 예술가와 작가들과의 교류를 통해, 러시아(소련)의 예술을 일본에 널리 알리고자 한 일로예술협회(日露藝術協會)의 초대로 일본을 방문하여 약 2개월 동안 체류하였다." 溝渕園子, 「鏡のなかの日本とロシア-宮本百合子「モスクワ印象記」とピリニャーク『日本人象記』の比較を中心に」, 『日本研究教育年報』 14, 2010.3, 111~112쪽. 필냐크가 2월에 러시아를 출발한 것으로 보아 대략 2~4월 사이에 일본에 체류했던 것으로 추정된다. ボリス・ピリニャーク, 井田孝平・小島修一 共譯, 『日本

화 체험으로 바쁜 외중에도 『도쿄아사히신문東京朝日新聞』에 프롤레타리아 문학론을 발표하는데, 마침 염상섭은 이 기사를 읽게 된다. 염상섭은 이 글을 읽고 나서 "트로츠키의 의견을 인용하여 나의 지론과 부합되는 평범한 태도"를 취했다고 평가하는 해제 성격의 글과 더불어 필냐크의 글 전문을 중역하여 싣는다.

이 번역글의 말미에는 "노보리 쇼무昇曙夢 씨氏 신서新薯의 서문"이라고 명기되어 있는 것으로 보아 책의 서문으로 싣기 전에 신문에 발표된 글임을 알 수 있다. 실제로 필냐크의 이 글은 노보리 쇼무의 단행본 서문으로 게재되었는데, 그 서문의 말미에는 1926년 4월 도쿄에서 작성한 것으로 부기되어 있다.[164] 참고삼아 덧붙이면, 노보리 쇼무의 책은 그 제목에서 알 수 있듯이 '프롤레타리아문학의 이론과 실상'을 모두 7장으로 나누어 체계적으로 정리하고 있는데, 트로츠키의 『문학과 혁명』의 내용 및 그 논쟁점을 정리하고 있는 부분도 포함하고 있다. 염상섭이 필냐크의 서문을 전문 번역하여 게재할 정도로 높은 관심을 보인 것으로 보아 이후 7월에 출판된 이 책을 구해 읽었을 가능성도 십분 고려해 볼 수 있겠다.[165]

염상섭이 번역한 필냐크의 글의 논점을 살펴보면, 크게 3가지로 정리

人象記-日本の太陽の根帶』, 原始社, 1927, 180쪽 참조.

164 ボリス・ピリニャーク, 「プロレタリヤ文學について-昇曙夢氏の新書に序す」, 昇曙夢, 『無産階級文學の理論と實相-新ロシヤ・パンプレット』第7編, 新潮社, 1926.7.

165 昇曙夢, 『無産階級文學の理論と實相—新ロシヤ・パンプレット』第7編, 新潮社, 1926.7. 덧붙이면, 이 책은 식민지 조선에서 일정한 독자를 확보했던 것으로 보인다. 양주동은 러시아 프롤레타리아문학을 개관하는 한 글에서 책 제목을 밝히지는 않았지만 "노보리 쇼무(昇曙夢) 씨의 저서를 참고한 것이 있다"고 밝히고 있다. 양주동이 작성한 내용을 미루어 볼 때, 염상섭 또한 노보리 쇼무의 이 책을 참고한 것으로 추정된다(양주동, 「구주 현대 문예사상 개관」, 『동아일보』, 1929.1.16 참조). 염상섭이 제2차 도일기간에 양주동과 함께 지냈음을 고려해 보면, 양주동과 염상섭이 이 책을 같이 읽었을 가능성도 배제할 수 없겠다.

해 볼 수 있다. 하나는 정치에 종속되지 않는 문학의 독자성에 대한 옹호이다. "사회의 각 시대가 문학에 반영된다"는 것은 "틀림없는 사실"이지만 "창작의 바이올로지생명 활동-인용자는 사람의 정신의, 완전한 독립한 방면이기 때문"이므로 그 특이성이 확보되어야 한다는 것이다. 둘째는 이것이 트로츠키의 의견임을 명시하는데, "인류는 장래에 계급적 속박에서 벗어"날 것이라는 사회주의로의 이행기론에 입각하여 "프롤레타리아계급도 소멸할 것인 고로" 프롤레타리아문학은 불가하고, "일반 인류적 노동문학"을 창조해야 한다는 의견이다. 셋째는 자신이 속한 문학단체인 '세라피온 형제'를 "창작의 바이올로지를 유일, 최고最高한 천혜로 알며 작가의 주인이라고 생각"하는 문학자로 소개하며, 그와는 결을 달리하는 "창작의 바이올로지를 초월하려고 노심勞心하는 작가, 바이올로지 대신에 사상만을 중시하는 작가"인 프로문학자들과 대비시킨다.[166] 이는 정치에 종속되지 않는 문학적 독자성 및 특이성을 중시하면서도 혁명에 동의하는 동반자작가에 대한 옹호인 것이다. 이러한 필냐크의 논점은 트로츠키가 『문학과 혁명』에서 언급한 주요 논점과 일치하며, 염상섭도 언급하고 있듯이 자신의 논의「계급문학을 논하여 소위 신경향파에 여(與)함」와도 궤를 같이한다.

지금까지 살펴본 일련의 글들을 통해서 알 수 있듯이, 염상섭은 사회주의로의 이행이라는 문제를 생산관계의 변형이나 제도의 창출로 국한하지 않았다. 그는 궁극적으로 사회주의의 현실화는 새로운 인간형을 창출하는 데에, 그리하여 인류가 지닌 잠재력을 만개하는 데에 있음을 여러 차례에 걸쳐 상기시킨다. 간단히 말해 염상섭의 논의는, 당시 사회구성

---

166 염상섭, 「프롤레타리아문학에 대한 P씨의 언(言)」, 『염상섭 문장 전집』 I, 476~479쪽.

체를 해명하기 위해 유물론이 고착화되어 있었던 '토대와 상부구조'라는 '수직적 구조'를 '수평적 혹은 평행적 구조'로 재구성하는 것이다. 즉 '물질적 생산의 생산양식이 사회적·정치적·정신적인 생활과정 일반을 조건 짓는다'는 사유를 받아들이면서도 탈구축한다. 인간의 삶 전체를 '물질적 영역'과 '정신적 영역'으로 나누어 볼 수 있다면, 어느 하나가 다른 하나를 일방적으로 결정하기보다는 서로 영향을 주고받는 동시에 각각의 영역은 자율성과 평행성을 확보한다는 것이다. 이렇게 되면 사회주의로의 이행의 문제에 있어서도 각각의 영역이 일정한 자율성을 갖고 이행기를 거칠 수밖에 없게 된다. 이러한 사유체계가 「민족, 사회운동의 유심적 고찰 — 반동, 전통, 문학의 관계」[167]라는 글 전체를 관통하는 하나의 전제이다.

이 글은 기본적으로 '반동과 문학'이라는 절에서 여러 차례 반복적으로 언급되듯이 "프롤레타리아독재"로 대변되는 사회주의로의 이행기론을 전제한다. 여기서 염상섭은 자신의 논의를 "아라사 평가評家 트로츠키도 인정하는 바인 모양"이라고 말하면서 글을 전개하는데, 실제로 트로츠키의 『문학과 혁명』의 '제6장 프롤레타리아문화와 프롤레타리아예술'의 논의를 상당 부분 전유하여 자신의 사유에 맞게 변형하여 재구성한다. 요컨대 앞의 다른 글에서도 확인할 수 있었듯이, 글 전체를 통해 제시된 궁극적인 도달점은 사회주의이며 구체적인 방법론은 프롤레타리아독재로 말해지곤 하는 '이행기론'이었다.

하지만 염상섭은 이러한 맑스주의의 논의를 그대로 받아들이지는 않는다. 그의 사상의 한 축이 기본적으로 아나코 생디칼리슴노동운동 같은 '아

167　염상섭, 「민족, 사회운동의 유심적 고찰 — 반동, 전통, 문학의 관계」(전7회)(『조선일보』, 1927.1.4~1.16), 『염상섭 문장 전집』 I, 510~539쪽.

나키즘'적 자질과 결부되어 있었다는 것을 앞에서 언급했었다. 이는 그 경향적으로 볼 때, 앞서 인용한 '막스 슈티르너'의 자기혁명, 자기해방과 같은 관념의 타파 등을 통해서 말해지듯이, 유물론적인 변화만큼이나 유심론[168]적 변화에 무게를 둔다.[169] 이 아나키즘적 자질, 즉 유심론적 자질을 그대로 유지해 가면서, 염상섭은 '프롤레타리아독재를 경유한 사회주의로의 이행기론'으로 요약되는 당대의 맑스주의를 수용하려고 했다. 다시 말해 그는 식민지 조선의 현실 및 토착성을 고려하는 가운데 3·1운동 전후로 형성해 온 아나키즘적 사유를 제2차 도일을 통해 발전시킨 맑스주의적 사유와 하이브리드하면서 당대 제국주의적 질서를 극복하는 방법론을 형성하고 있었던 것이다.

당시 세간에 우세하게 통용되고 있었던 맑스레닌주의적 이행기론은 "유물적인 대상"의 이행(만)을 우선시했기 때문에 "유심적 대상"의 이행은 충분히 고려되지 않았다. 그렇지만 염상섭의 입장에서는, 유물적 대

---

168 염상섭의 유심론적인 측면은 본문에서 언급했듯이 아나키즘과 깊은 관련을 맺고 있다. 또한 염상섭의 이러한 사유의 형성에 있어, 베르그송의 영향을 빼놓을 수 없다. 당대 동아시에서의 아나키즘은 베르그송의 영향을 통해 유심론적인 경향을 이론적으로 정교하게 가다듬고 있었다. 가령 오스기 사카에의 『노동운동의 철학(勞働運動の哲學)』(東雲堂書店, 1916)은 베르그송의 '창조적 진화론'과 깊은 관련을 맺고, 그에 공명하고 있다. 앞에서 서술했듯이, 초기 염상섭이 제기한 '자아의 각성(개성론)', '여성해방(자유연애)', '노동운동(집합적 주체의 형성)'을 관통하는 공통된 키워드는 '생명', '생의 약동(élan vital)'인데, 이는 베르그송 철학의 주요한 개념이다.

169 이러한 경향은 당대 아나키즘이 공유하고 있는 자질이었다. 가령 오스기 사카에의 경우, 노동운동을 '자기 획득 운동', '인격운동'으로 규정(「勞働運動の精神」, 1919.10)하면서 정신적인 변화를 중요시했으며, 직접적으로 "나는 정신을 좋아한다"(「僕は精神が好きだ」, 1918.2)고 언급하기도 한다. 그리고 그가 언급한 '생의 확충'(「生の擴充」, 1913.7)이나 '반역의 정신'(「個人主義と政治運動」, 1915.3) 등도 이러한 맥락에서 이해할 수 있다. 오스기 사카에의 글은 大杉榮, 大杉榮全集刊行會 編, 『大杉榮全集』第一卷·第二卷, 大杉榮全集刊行會, 1925~1926 참조.

상과 유심적 대상은 각각 자율적이고 평행적인 영역이기 때문에, 별도로 "유심적 대상"의 이행도 함께 고려되어야 하는 것이었다. 그렇게 되면 이 두 이행 모두를 포괄하는 새로운 개념어가 필요하게 되는데, 그것이 바로 '반동反動'이다. 즉 "반동의 대상은 두 가지"인데, 그것은 "유심적인 대상과 유물적 대상의 두 가지로 구분"된다. 이러한 맥락에서 '반동'의 개념은 다음과 같이 정의된다.

> 생활감정에 분열이 생길 때의 직전까지의 생활은 벌써 분해작용을 시작한다. 따라서 직전까지의 생활을 지지하여오던 사상은 타락한 비행기 모양으로 자기의 관념 속에서 해체에 착수치 않으면 아니 될 것이요, 현전現前의 생활조직과 생활의식이 무용無用의 폐물화廢物化한 것을 깨달을 것이다. 이것이 '반동'이라는 것이다. 일종의 모반이다. 기존旣存한 사상, 인습因襲한 전통에 대한 모반이요, 현실에 대한 모반이다. 일언으로 폐蔽하면 반동은 현실타파다.[170]

그리고 염상섭은 "반동기에 있는 우리"라는 표현을 사용함으로써 당시 식민지 조선이 처해 있는 조건을 간접적으로 규정해 보이며, "반동운동", "반동행위", "반동행위기" "반동계급독재기" 등의 조어를 함께 사용한다. '반동'이라는 개념의 맥락을 가만히 살펴보면, 이는 '혁명'으로 치환하면 오히려 의미가 분명해진다. "혁명 전의 아라사 문학", "혁명운동" 등의 문구들에서 알 수 있듯이 염상섭은 '혁명'과 '반동'을 개념상으로 구분하여 사용한다. 그는 '혁명'이 맑스주의적 맥락, 그러니까 유물적 이행의 맥락에 한정될 수도 있다고 판단했던 것 같다. 그리하여 염상섭 자신이 생각

---

170 염상섭, 「민족, 사회운동의 유심적 고찰―반동, 전통, 문학의 관계」(전7회)(『조선일보』, 1927.1.4~1.16), 『염상섭 문장 전집』 I, 511쪽.

한 유물적·유심적 이행 모두를 포괄할 수 있는 말로써 '반동'이라는 개념을 새롭게 도입한 듯하다.

반동기^{이행기}를 통해 도달해야 하는 혹은 사회주의운동을 통해 도달해야 하는 사회의 구체적인 모습 및 목표를 염상섭은 다음과 같이 말한다.

> 프롤레타리아의 반동은 유심적으로 보면 자연에의 귀의에 이상이 있는 것이라 하겠다.[171]

이러한 염상섭의 주장에 따르면, "금후 인류의 대목표는 자연에 ― 자연의 이법에 돌아가는" 것이 된다. 달리 말해 "기계로부터의 해방 ― 현대문명에서의 해방 ― 그것은 자연에 돌아가는 길"이 되며, "자연의 이법에의 복귀 ― 그것은 자본주의의 생활법칙의 파괴요, 부르주아의 멸락"이 되는 것이다.

이러한 목표를 이루는 방법론으로 "금일까지의 문화가 발전되어 오는 동안에 사람의 머리에 뿌리 깊게 심어준 노예도덕의 관념, 소유충동에서 오는 관념, 그 방면이 그릇된 현대문명을 시인, 지지함에 필요한 제諸 관념을 파기하고 개조케 하는" 것이 제시된다.

여기서 염상섭은 비로소 민족운동의 문제를 끄집어내는데, 그것은 "민족 관념"이 제 관념들을 파기하고 개조하는 데 도움이 되느냐, 아니면 해가 되느냐에 초점이 맞춰져 있었다. 부르주아 이데올로기로 기능하는 민족 관념이 일부 있기는 하지만, 큰 틀로 보았을 때 "민족의 전통"을 "자연의 이법"에 순응하도록 만들어 "그것^{자연의 이법―인용자}에 합치"할 수 있다

171　위의 글, 533쪽.

는 것이다. 따라서 민족의 전통은 "사회개조사업에 장해를 재래齎來할 리가 없"고, "계급의식의 마취제로 변태"하지 않을 것이라는 것이다. 요컨대 그는 사회주의로의 이행을 중심에 놓고, 민족전통및 민족운동이 과연 그 이행에 도움이 될 것인지 해가 될 것인지를 계속해서 타진하고 있는 셈이다. 이후 염상섭은 이 글에 대한 반박문을 홍기문과 한 차례씩 주고받은[172] 직후 시조의 부흥과 관련된 글[173]을 작성했으며 곧바로 이어서 민요를 옹호하는 글[174]을 썼다. 이는 최남선의 국민문학론으로서의 시조부흥론[175]과는 차원을 달리하는 문제였다.[176] 염상섭은 시조와 민요 등의 '민족전통'의 문제를 통해 단순히 반근대성의 자장 안에 갇히기를 원했던 것이 아니라 "자본주의적 일체에서 벗어나서 또다시 새로이 '대지大地의 자子'로서 당연히 획득할 생활양식"[177]을 구축하기를, 즉 대안근대성으로 나아가기를 지향했던 것이었다. 조금은 과한 해석일 수도 있겠지만, 프란츠 파농Frantz Fanon이 언급한 "유럽이 낳을 수 없는 완전한 인간을 창조하기"[178]와 같은 기획의 일환으로 그가 이 문제를 제기했다고 이해할 수 있

---

172 홍기문(洪起文), 「염상섭 군의 반동적 사상을 반박함－『조선일보』의 「민족 사회 운동의 유심적 고찰」을 읽고, 『조선지광』, 1927.2; 염상섭, 「나에 대한 반박에 답함」(『朝鮮之光』, 1927. 3), 『염상섭 문장 전집』I, 560~570쪽.

173 염상섭, 「의문이 왜 있습니까」(『新民』, 1927.3), 『염상섭 문장 전집』I, 571~574쪽.

174 염상섭, 「시조와 민요－문예만담에서」(『동아일보』, 1927.4.30), 『염상섭 문장 전집』I, 605~611쪽.

175 최남선, 「조선국민문학으로서의 시조」, 『조선문단』 16, 1926.5; 「시조태반으로서의 조선 민성과 민속」, 『조선문단』 17, 1926.6.

176 프란츠 파농의 말을 빌자면, 최남선의 이러한 욕구는 "전통에 접근하려는 욕구 혹은 폐기된 전통을 되살리려는 욕구"에 해당한다고 할 수 있으며, 이는 "역사의 흐름을 거슬러 가는 것만이 아니라 자기 민족에 반대하는 것이기도 하다." 프란츠 파농, 남경태 역, 『대지의 저주받은 사람들』, 그린비, 2010, 227쪽.

177 염상섭, 「시조와 민요－문예만담에서」(『동아일보』, 1927.4.30), 『염상섭 문장 전집』I, 610쪽.

을 것이다.

반동기의 유심적 측면에 대한 이러한 고찰 뒤에 따라오는 것은 반동기의 유물적 측면실제운동·정치생활·경제생활이다. 염상섭은 민족운동 진영이 실행한 "민족 대 민족의 착취제국주의—인용자를 자민족의 자본주의적 발달로서 방어할 수밖에 없는 답안에 득달"하게 된 노선을 "확실히 변태요, 역류다"라면서 비판한다. 그는 민족운동이 궁극적으로는 자본주의 노선과는 결별해야 하고, 그럴 때만 민족운동으로서의 의미가 있고 사회주의운동과 제휴 가능하다고 그 원칙을 밝히고 있는 것이다. '자본주의 없는 민족(운동)' 혹은 '사회주의에 기초한 민족(운동)'을 말하고 있는 것이라고 해도 좋을 것이다.

그런데 염상섭은 "피압박민족, 피착취민족의 남에게 말 못할 이중, 삼중의 고통"과 "딜레마"[179] 앞에서 고민을 거듭한 것으로 보인다. 그는 "현실생활의 유지라는 긴박한 조건", 시쳇말로 먹고는 살아야 하지 않겠냐는 식으로, 그리고 "현시現時의 조선 부르주아가 발전된다 하자마자 미미함에 불과할 뿐 아니라 상당한 발달을 할지라도 부르주아의 공통한 필연적 운명자본주의 붕괴·부르주아계급의 몰락·사회주의로의 이행—인용자하에 놓이게" 될 터이니까 임시방편적인 부르주아적 행태들은 좀 이해해 주면 안 되겠느냐는 식으로 사회주의운동 진영에 양해를 부탁하다시피 하는 자세를 취한다. 즉 염상섭의 궁극적인 지향은 사회주의가 실현되더라도 '민족' 자체는 소

178　프란츠 파농, 앞의 책, 318쪽.

179　염상섭의 다른 글에서는 이러한 딜레마가 다음과 같이 구체적으로 표현된다. "태서(泰西)의 석학이나 일본의 학자들은 어엿한 제 국가를 가지고 있고, 또 계급운동을 할지라도 현재의 조선인같이 사회운동과 민족운동이 대립 혹은 병진하여야 할 신세들이 아니므로, 이러한 문제는 등한에 부(附)할 것이요, 또한 따라서 민족성을 고조하면서 동시에 계급의식을 활발케 하려는 의견이나 저술도 없을 것이다." 염상섭, 「나의 반박에 답함」(『朝鮮之光』, 1927.3), 『염상섭 문장 전집』I, 565쪽.

멸되지 않는 그런 '사회주의'였다고 할 수 있다. 이러한 그의 지향 속에서 민족운동과 사회주의운동은 항상 동시적으로 고려될 수밖에 없는 것이었는데, 식민지라는 구체적인 현실 속에서 사회주의운동과 민족운동 양자를 어떻게 융합하여 '병진'케 할 것인지가 그에게 있어 혁명과 문학을 둘러싼 관건이었다고 할 수 있겠다.

염상섭은 논쟁을 통해 프로문학론자들이 주장하는 문학을 비판하면서도 프롤레타리아문학을 새로운 인간형의 창출·발명이라는 새로운 관점으로 재규정함으로써, 그들이 제기한 문제의식을 '번역'하여 재구성하는 면모를 보여 주었다. 그리고 그는 제국주의를 넘어선 사회주의로의 이행의 문제 즉 대안근대를 모색함에 있어서도, 당대 맑스레닌주의자들의 주장과 방법론에 대해서는 지속적인 비판을 가했지만 그들의 문제의식 자체를 전면적으로 거부하거나 사장시키지는 않았다. 염상섭은 혁명과 이행이라는 문제의식이 지닌 급진성을 충분히 고려하면서도 당대 조선이 처해 있는 현실적·토착적 조건, 즉 식민지라는 조건에 대해서 예민하게 고려하고 있었다. 즉 그는 "사회운동과 민족운동이 대립 혹은 병진해야 할 신세"에 처해 있는 상황을 야기하는 식민지라는 조건에 천착하는 가운데 "민족성을 고조하면서 동시에 계급의식을 활발케 하려는" 방도[180]를 모색하고 있었던 것이다. 그리고 아나키즘에서 맑스주의에 이르는 일견 상호 모순적인 것처럼 비칠 수 있는 다양한 스펙트럼의 반자본주의적·범사회주의적 사상들을 혼성적으로 융합하면서 혁명과 이행이라는 문제를 둘러싼 이론과 운동을 재구성하고 있었다.

이런 맥락에서 염상섭은 프로문학론자들이 지향했던 사회주의를 거부

180　위의 글.

하거나 부정한 것이 아니라, 식민지의 토착적 현실을 고려하는 가운데 기존에 그가 지니고 있었던 사상적 기반을 바탕으로 하여 프로문학론자들이 제시했던 맑스레닌주의적 방법론을 내파하고 재구성함으로써 사회주의적 기획을 다양화하며 확장시켰다. 염상섭과 프로문학론자들은 제국주의 / 자본주의를 넘어서는 대안적인 사회를 지향했다는 점에서 동일한 지향을 가지고 있었던 것이다. 그런데 염상섭은 이론적으로는 스탈린주의, 구체적으로는 현실사회주의 모델로 고착화·일면화되고 있던 특정한 사회주의 경향을 내재적으로 비판하면서 변형하고 전화시키고자 했다. 이러한 염상섭의 기획은 혁명적 상황의 도래를 의미하는 것이었으며, 구체적으로는 자연의 이법에 따르는 새로운 인간을 창출하는 과정이었다. 염상섭은 결과적으로 당대 제국주의하의 식민지에서 전개되는 자본주의 체제와 소련에서 전개되고 있었던 사회주의체제 모두를 넘어서고자 한 대안을 모색하고 있었던 셈이다. 그리하여 그는 프로문학자들의 지향과는 사선斜線의 관계를 맺으며 궁극적으로는 그것과 단절하면서 혁명과 문학, 그리고 계급과 민족을 사유하고 있었던 것이다.

3) 공통적인 것을 구성하는 장치 – '심퍼사이저'의 수용과 재구성[181]

'아나키즘-자연주의-노동운동직접행동'에 기반을 둔 염상섭이 구현한 소설 가운데 가장 큰 성취를 보여 준 작품으로는 『만세전萬世前』을 꼽을 수 있을 것이다. 『만세전』의 최종판본이라고 해도 좋을 고려공사 판본이 출간된 1924년은 『해바라기』와 『견우회牽牛花』가 연이어 간행된 때이기도 하다.[182] 이 시기는 세 권의 창작 단행본이 말해 주듯이 염상섭이 문학적

---

181 이 부분은 이종호, 「염상섭의 자리, 프로문학 밖, 대항제국주의 안—두 개의 사회주의 혹은 '문학과 혁명'의 사선(斜線)」(『상허학보』 38, 2013.6, 50~54쪽), 한기형·이혜령

한 시기를 결산하는 때였으며 나아가 사상적·운동적 방면에서도 하나의 전환점을 형성하는 때였다.

그러한 결산에 있어서 『만세전』은 종합적 판본이라고 할 수 있다. 주지하듯이 『만세전』은 텍스트 내외부적으로 검열로 대표되는 식민지 사법 권력에 긴박되어 있는 작품이었다. 즉 텍스트 외부적으로는 『신생활』 필화사건으로 전문삭제를 당하며 연재가 중단되었으며, 텍스트 내부적으로는 주인공 이인화가 일제가 구축해 놓은 근대적 교통망에 따라 사법적 취체取締를 당하는 등 이 소설은 식민지라는 현실 속에서 지식인과 근대적 개인이 겪는 곤경을 단적으로 보여 준다. 그럼에도 '만세전'이라는 제목을 비롯하여 "조선에 만세가 일어나던 전해 겨울이었다"[183]라는 첫 문장은, 소설의 근거와 지향점이 어디에 있는지를 명확히 한다. 염상섭은, 그의 사유와 자부심의 기저를 이루고 있던 '3·1운동'을 전면에 배치함으

편, 『저수하의 시간, 염상섭을 읽다』, 소명출판, 2014, 88~93쪽을 수정·보완하였음을 밝힌다. 여기서는 기존의 논의를 다음과 같이 보완하고 발전시켰다. ① 기존의 논의에서는 염상섭의 '심퍼사이저'라는 장치가 트로츠키의 『문학과 혁명』을 통해서 파생된 개념임을 밝히는 데 주력하여 그 '수용'의 측면만을 강조했는데, 여기서는 염상섭이 단순한 수용 및 이식에 그친 것이 아니라 조선의 토착적 상황과 자신의 사유를 고려하여 그것을 '번역'함으로써 원본을 넘어서는 개념을 창조했음을 강조했다. ② 염상섭의 소설 전개에서 '심퍼사이저' 개념을 비롯한 '사회주의'가 어떤 역할을 하고 있는지를 논의했다. 즉 '심퍼사이저' 개념을 통해서 개별화되어 있었던 주체들이 연대하며 집합적 주체성을 형성할 수 있게 되었음을 주장했다. ③ 그리하여 염상섭이 사용하는 '심퍼사이저' 개념은 '동반자작가'라는 좁은 의미를 넘어서서 조직화의 원리이자 공통적인 것을 구성하는 원리로써 염상섭의 소설에서 작동하고 있음을 강조했다. 즉 『만세전』에 이르면서 창출되었던 특이성으로서의 개인들이 '심퍼사이저'라는 장치를 통해 개별적인 차원에서의 파국을 넘어서 집합적 주체성으로 나아갈 수 있었으며, 전근대적·근대적 질서 및 제국주의적·현실사회주의적 질서를 넘어서는 새로운 조직화의 윤리를 발명할 수 있게 되었다.

182 염상섭, 『해바라기』, 박문서관, 1924.7.21; 『만세전』, 고려공사, 1924.8.10; 『견우화』, 박문서관, 1924.8.25.

183 염상섭, 「만세전」, 『염상섭 전집』 1, 민음사, 1987, 11쪽.

로써 제국주의로부터의 해방이라는 지향과 특이성으로서의 개인에 기반한 민주주의의 지향을 드러냈다고 할 수 있다. 그리고 '묘지'에서 '만세전'으로의 제목 변경은 식민지 현실에 대한 염상섭의 인식 전환을 상징적으로 보여 주는 것이기도 했다.

『만세전』은 3·1운동을 전후한 시기에 염상섭이 전개한 '아나키즘-자연주의-노동운동직접행동'이라는 지향을 표출하며, 앞으로 전개될 문학 및 사상의 가능성을 잠재하고 있었다. 주체성의 측면에서 보자면 각성한 형상들이 다양하게 등장한다. 봉건적·전근대적 질서의 굴레와 제국주의적·근대적 체제의 통제와 항상 불화하지만 "새로운 생명이 약동하는 환희"[184]를 통해 각성한 자아·개인으로 나아가는 인물^{이인화}, 전근대적·근대적 억압 속에서 연애와 사랑이라는 선을 따라 "반역자"의 기세를 보여 주며 "자기의 생활을, 자율하여 나갈 힘"[185]의 잠재성을 가시화하는 여성^{西村} ^{靜子}, 여전히 타자로 머물러 있기는 하지만 관념적인 형상에서 현실의 구체적인 형상으로 재현되는 식민지의 노동자들, 일본인과 조선인 사이에서 태어난 혼혈적·혼종적 인물, '갓장수'로 대변되는 민중형 인물 등, 「이중해방」에서 언급되었던 다양한 층위의 주체성이 현실화된 해방적 형상 혹은 미완의 잠재적 형상으로 그려진다.[186] 향후 전개될 염상섭 소설에 등장하는 다양한 인물군의 잠재적 원형이 『만세전』에서 나타난다고 해도 좋을 것이다. 하지만 이러한 인물 군상들은 서로 지속적인 관계를 형성하거나 연대의 가능성을 만들어 내지 못한다. 이인화는 제국주의 일본

---

184 위의 글, 106쪽.

185 위의 글, 23~26쪽.

186 이외에도 봉건적 가족질서나 근대적 사회제도에 순응하며 앞서 언급한 주체들과 불화하는 부패한 인물군도 더불어 등장하여 대립과 갈등을 만들어 낸다.

의 도쿄와 식민지 조선의 경성을 연결하는 교통망을 따라 해방의 가능성을 지닌 다양한 인물들을 만나지만, 스치듯이 지나갈 뿐이다. 이러한 인물들은 "사는 것이 아니라 산다는 사실에 끌리는", "(To live)가 아니라, (To compel to live)"한, "능동이 아니라 피동"인[187] 공동묘지와 같은 삶을 역전시킬 잠재력을 지닌 존재들이지만, 이 인물들 사이에서 연대를 통해 집합적 주체성으로 전화될 가능성은 좀처럼 생성되지 않는다. 소설의 결말에서 이인화는 서촌정자西村靜子에게 편지를 보내며 "일후에 만나 뵐 날"을 기약하지만, 그 만남이 구체적으로 실현될지, "개인에게서 출발하여 개인에 종결"하는 과정을 넘어서 집합적 주체성으로 발전할 수 있을지 좀처럼 그 가능성을 점치기 어려워 보인다.[188] 즉 각 개별적 주체들의 활로는 좀처럼 모색되지 않으며 그들의 지향과 현실 사이에서의 유리는 쉽게 좁혀지지 않는다.

실제로 이 무렵 염상섭의 소설들에 등장하는 대부분의 인물은 파국을 맞이한다. 「제야」의 '나'는 봉건적 인습을 넘어선 자유연애를 통해 반역자의 형상을 드러내기도 하지만 다시 경제적 이익과 상징자본의 획득을 위한 가족제도에 포섭되어버림으로써 자살로 이어지는 파국을 맞는다.[189] 「해바라기」의 영희는 도쿄여자대학東京女子大學 출신의 신여성으로 구식결혼 및 신식결혼 등 모든 관습을 부정하고 비판하는 급진적인 인물이지만 아이러니하게도 경제적인 이유로 순택과의 결혼을 선택하게 되는데, 그것이 조화로운 상생의 결말로 이어질지는 미지수로 남는다.[190]

---

187 염상섭, 「만세전」, 『염상섭전집』 1, 94쪽.

188 위의 글, 106~107쪽.

189 염상섭, 「제야(除夜)」(전5회)(『개벽』, 1922. 2~6), 『염상섭전집 9 ─ 초기단편 1921~1936』, 민음사, 1987.

190 염상섭, 「해바라기」(전40회)(『동아일보』, 1923. 7. 18~8. 26; 박문서관, 1924. 7), 『염상

「너희들은 무엇을 얻었느냐」에서는 봉건적 질서에 대해서는 급진적인 성격을 지니는 자유연애가, 자본주의 가족제도와 사적 소유로서의 사랑에 포섭되면서 그 급진성을 상실하고 근대적 질서 체제에 어떻게 영합하게 되는지를 여러 인물 군상을 통해서 보여 준다.[191] 즉 이 무렵 염상섭의 소설들에서 주요한 인물들은 전근대적 질서로부터 벗어나 '자아의 각성'이나 '개성의 발견'을 위해 고군분투하는데, 그것을 달성하더라도 개별자로 남게 되는 순간 또다시 가족제도와 자본주의와 같은 근대적 질서로 재포섭되어 그 각성과 개성을 상실하고 파국을 맞이하게 되는 경우가 대부분이다. 「비평, 애, 증오」 등의 초기 산문에서 인류애를 표방했던 '사랑愛'[192]은 그 공공성을 상실하고 사적 소유로서의 사랑으로 수축되어 부패되는 순간, 거의 모든 인물은 윤리적 타락과 더불어 현실적인 곤경에 처하게 된다. 달리 말해 자유연애가 안온한 부르주아 가족제도로 포섭되는 순간 윤리적 부패는 진행되며 반역자로서의 형상은 사라지게 된다. 소설 속에서 이러한 타락과 부패 그리고 몰락은, 식민지 조선 내에서 기득권을 소유하고 남성 인물들보다는 사회적으로 무용無用한 상징자본만을 소유하여 체제의 가장자리에 놓여 있었던 신여성 인물들에게서 두드러진다. 「개성과 예술」의 어법으로 말하자면, 즉 "작자 자신의 개성이 표현된 동시에, 민족적 개성이 표현되고, 민족적으로 독이한 생명이 잠류潛流하고 활약"[193]하는, 즉 개인과 집단의 개성이 동시에 발현되는 프로세스를 어

섭전집』1, 민음사, 1987.

191 염상섭, 「너희들은 무엇을 어덧느냐」(전129회)(『동아일보』, 1923.8.27~1924.2.5), 『염상섭전집』1, 민음사, 1987.

192 제월, 「비평, 애(愛), 증오(憎惡)」(『기독청년』, 1918.9.16), 『염상섭 문장 전집』I, 39~40쪽 참조.

193 상섭, 「개성과 예술」(『개벽』, 1922.4), 『염상섭 문장 전집』I, 199쪽.

떻게 구성할 것인가라는 문제가 제기되고 있었던 것이다.

『만세전』으로 대표되는 염상섭의 초기 소설들이 당면한 곤경은 여기에 있었다. 전근대적 질서로부터 해방되고자 했던 반역자로서의 존재들은 근대적 자본주의 질서 속으로 다시 편입됨으로써 '자기혁명'의 기획은 실패하고 수동적인 근대적 개인으로 추락하게 된다. 이는 마치 봉건적 토지에서 해방·탈구脫臼된 식민지 조선의 농민들이 일본의 자본주의 질서로 포섭되어 가는 『만세전』의 한 장면 및 '니가타현新潟県사건'의 이주노동자[194]와 동형적인 형태를 보여 준다. 즉 봉건적인 전근대 질서로부터 해방된 개별자들은 제국주의적 근대적 질서로부터 벗어날 수 있는 방법론을 구체화하지 못하고 원자화된 개인으로 머물게 되는 것이다. 이러한 상황은 애초에 염상섭이 지향했던 '이중해방'의 기획과는 거리가 멀다. 확실히 그는 식민지 조선에 중첩된 전근대와 근대라는 시간을 동시에 뛰어넘어 해방으로 나아가겠다는 지향을 지니고 있었다고 할 수 있다.[195]

염상섭은 다시 일본으로 건너가 생활하며 프로문학론자들과 논쟁을 전개하는 가운데, 『만세전』이 다다른 곳에서 생겨났던 곤경을 해소할 수 있는 가능성을 발견하게 된다. 그것은 사회주의라는 보다 구체화된 이념적 방법론과 그로부터 파생된 '심퍼사이저sympathizer'라는 장치였다. 1920년대 중반으로 넘어가면서 염상섭이 창작한 대부분의 소설에는 사회주의자의 형상이 뚜렷하게 등장하며 동시에 그와 협력하는 심퍼사이저형 인물들도 대다수 등장한다. 이와 같은 소설적 진화는 앞서 언급한 프로

194 상섭, 「니가타현(新潟県)사건에 감(鑑)하여 이출노동자에 대한 응급책」(전2회)(『동명』, 1922.9.3~9.10), 『염상섭 문장 전집』 I, 248~263쪽 참조.
195 염상섭, 「이중해방」(『삼광』, 1920.4), 『염상섭 문장 전집』 I, 74쪽 참조.

문학론자와의 논쟁을 통해서 가속화되었다고 할 수 있다. 이 시기『사랑과 죄』,『삼대』,『무화과』 등의 장편소설에 등장하는 심퍼사이저형 인물과 사회주의자형 인물은 염상섭의 작품세계를 관통하는 중요한 축이기도 하다. 그런 만큼 심퍼사이저와 사회주의자들을 어떻게 해석하느냐에 따라 작품의 전체적인 주제와 방향성이 결정된다고도 할 수 있다. 염상섭은 살아생전 마지막으로 남긴 글인「횡보문단회상기」에서 심퍼사이저와 관련된 소설의 전개에 관해 다음과 같이 압축적으로 언급한 바가 있다.

> 이 조祖・부父・손孫의 삼대三代를 다시 명확하게 규정한다면, 조부는 '만세' 전前 사람이요, 부친은 '만세' 후後의 허탈상태에서 자타락自墮落한 생활에 헤매던 무이상無理想・무해결인 자연주의문학의 본질과 같이, 현실폭로를 상징한 '부정적'인 인물이며 손자의 대에 와서 비로소 새 길을 찾아 들려고 허덕이다가 손에 잡힌 것이, 그 소위 '심퍼사이저'라고 하는, 즉 좌익에의 동조자 동정자라는 것이었다.[196]

여기서 염상섭은 자신의 소설세계가 현실폭로에 기반을 둔 자연주의문학에서 심퍼사이저와 사회주의에 기반을 둔 리얼리즘문학으로 변화했음을 스스로 명확히 한다. 그리고 그는『삼대』로 대표되는 리얼리즘문학으로 전화하는 데 있어, 중요한 소설적 장치로 심퍼사이저동조자・동정자를 꼽고 있다. 심퍼사이저란 소박하게 말하자면 서로 다른 정체성의 집단들 혹은 사상적 집단들의 연대를 가능하게 하는 조직화의 장치이자 원리라고 할 수 있다. 앞의 절에서 서술했듯이, 염상섭은「민족, 사회운동의 유

196　염상섭,「횡보문단회상기(橫步文壇回想記)」(전2회 미완)(『사상계』, 1962.11~12),『염상섭 문장 전집』III, 605쪽.

심적 고찰―반동, 전통, 문학의 관계」에서 식민지 조선이라는 당대의 현실적 조건하에서 유심적 층위를 염두에 두면서 민족운동과 사회(주의)운동의 제휴와 결합을 강조한 바 있다. 그리고 그는 그러한 제휴와 결합을 현실화하는 주요한 장치 및 매개물로 심퍼사이저라는 형상을 설정한다. 말하자면 탈식민과 혁명으로 나아가기 위한 사회주의 노선과 민족해방 노선의 연대라는 난제를 풀어낼 묘수로 심퍼사이저가 제기되었던 것이다. 이와 관련하여 염상섭은 다음과 같이 서술한다.

> 아무리 '조선민족적인 정치경제 상태'에 살 수 있게 될지라도 기계에, 자본주의적 생활법칙에 예속되어 살기를 원하고 자연의 이법에 돌아가기를 생각지 않는 동포는 새로운 세대에 발맞추지 못할 ㉮**반려**요, 또 아무리 새로운 생활환경에 안적安適할 수 있더라도 민족적 개성을 상실하였거나 지리적 조건으로 약속된 민족의 전통을 무시하는 사회원은 자연의 이법에 귀순하려는 인류의 신新 행로의 ㉯**동행자**가 되기 어려울 것이다.[197]

인용문을 통해서 알 수 있듯이, 염상섭은 조선의 정치경제적 구성이 자본주의가 아닌 사회주의가 되어야 함을 강조하면서도 민족구성이 소멸되지 않는 사회구성체를 고려하고 있었다. 그리하여 민족운동은 사회주의운동의 '반려'의 위치를 점하게 되고, 사회주의운동은 민족운동의 '동행자'의 위치를 점한다는 것이다. 사실상 여기서 '반려'와 '동행자'는 동일한 의미로 사용되고 있으며, '심퍼사이저' 개념에 해당한다고 할 수 있다. 실제로 염상섭은 그의 산문에서 '반려'를 '심퍼사이저'의 역어譯語로 사용

---

197 염상섭, 「민족, 사회운동의 유심적 고찰―반동, 전통, 문학의 관계」(전7회)(『조선일보』, 1927.1.4~1.16), 『염상섭 문장 전집』 I, 538쪽(강조는 인용자).

하고 있는데 '반려'라는 단어가 처음 등장하는 산문은 「프롤레타리아문학에 대한 P씨의 언言」이다.[198] 이 글은 보리스 필냐크의 프롤레타리아문학론의 일어日語본을 중역한 것인데, 실제 일어본과 비교해 보면 다음과 같다.

①"포풋치키－혁명革命의 반려伴侶" 〈「프롤레타리아문학에 대한 P 씨의 언言」, 1926〉

②"「ポプッチキ」革命の道伴れの意" 〈「プロレタリヤ文學について－昇曙夢氏の新書に序す」, 1926〉

③"попутчик, poputchik" 〈트로츠키, 『문학과 혁명Literature and Revolution』, 1923〉

염상섭은 '반려伴侶'라는 단어를 자신의 산문 전체에서 단 3번만 사용한다.[199] 그런 만큼 이 단어는 그가 일반적인 보통명사로 사용하기보다는 특정한 단어와 의미를 염두에 두고 사용했다고 보아야 할 것이다. ①·

---

198 조남현은 동반자작가의 성격과 위상을 논의하는 과정에서 염상섭이 「프롤레타리아문학에 대한 P씨의 언(言)」에서 번역한 구절인 "포풋츠키－혁명의 반려(伴侶)"가 동반자작가를 일컫는다고 서술한 바 있다. 조남현, 「동반자작가의 성격과 위상에 관한 연구」, 『인문논총』 27, 1992.6, 4·14쪽 참조.

199 저자는 「염상섭의 자리, 프로문학 밖, 대항제국주의 안－두 개의 사회주의 혹은 '문학과 혁명'의 사선(斜線)」, 『상허학보』 38, 2013.6, 51쪽(한기형·이혜령 편, 『저수하의 시간, 염상섭을 읽다』, 소명출판, 2014, 90쪽)에서, 염상섭이 전체 산문에서 이 단어를 단 2번만 사용한다고 기술했었는데, 여기서는 오류를 바로잡아 3번으로 정정한다. 본문에서 확인할 수 있듯이, '반려'는 「민족, 사회운동의 유심적 고찰－반동, 전통, 문학의 관계」와 「프롤레타리아문학에 대한 P씨의 언(言)」에서 각각 사용되었으며, 마지막으로 「문예만담－4월 창작 월평」(전11회)(『동아일보』, 1927.4.16~4.27), 『염상섭 문장 전집』 I, 592쪽에서 "무산운동의 반려"라는 구절에도 등장한다.

②·③을 통해서 알 수 있듯이, '반려伴侶'는 일본어 '道伴れ미치즈레'를 번역한 것이며, 일본어 '道伴れ'는 러시아어의 "попутчик, poputchik"파푸치키, 즉 '동반자'를 번역한 것이다. 즉 염상섭이 사용하는 '반려'라는 단어는 그 연원을 거슬러 올라가 보면 트로츠키의 '동반자попутчик, poputchik' 개념과 만난다. 주지하듯이 '동반자'는 트로츠키가 『문학과 혁명』에서 개념화한 것이다. 이처럼 염상섭의 사유와 트로츠키의 사유가 만나는 것은 단순한 우연은 아니다. 앞의 절에서 서술했듯이, 염상섭은 프로문학론자와 논쟁을 전개할 때 주요한 주장의 근거이자 무기로 트로츠키의 논의를 활용했기 때문이다. 말하자면 '사회주의에 맞서는 사회주의' 혹은 '맑스주의에 맞서는 맑스주의'라는 구도를 형성하며 염상섭은 논쟁을 전개하였으며, 그 주장의 중심에는 '동반자'에 대한 이해가 놓여 있었다. 따라서 민족운동과 사회주의운동에 대한 염상섭의 사유는 다음과 같이 정리할 수 있다. '민족운동은 사회주의운동의 동반자동행자의 위치를 점한다.' 그리고 동시에 '사회주의운동은 민족운동의 동반자동행자의 위치를 점한다'고.

다시 말해 염상섭이 「횡보문단회상기」에서 사용하고 있는 '심퍼사이저'라는 개념은 맥락상 '반려'와 동일한 의미를 지니며, 트로츠키의 '동반자'에 그 연원을 두고 있다고 할 수 있다. 이러한 관계를 좀 더 분명히 확증하기 위해서 다음의 내용을 참조해 보자.

④ シンパサイザー共鳴者·同情者 a sympathizer; a fellow traveler

『新和英大辞典』第5版, 研究社, 2003.

⑤ シンパ심파

영어 심퍼사이저sympathizer의 약어로 동정자同情者라는 뜻. 영어의 'fellow traveller', 독일어의 'Mitläufer'와도 유사한 말로, 이 경우 번역어는 '동반자同伴者' 혹은 '동조자同調者'가 사용된다. 공산주의 운동의 맥락에 잘 사용되는데, 그 정치 활동의 지지자이지만 당원은 아닌 사람을 가리킨다. 특히 공산당이 '유일한 전위정당'이라는 이해가 침투력을 갖는 시대 상황에 유의미한 말이다. 이러한 상황하에서 공산당은 당원이 아주 엄격한 '철의 규율'을 가지기를 바랐고, 또한 전업 당활동을 요구했으므로, 전체적인 운동은 소수의 당원을 중심으로 지지자가 동심원적으로 분포하여 존재하는 양상을 보인다. 그것은 입당자入黨者의 풀pool로서 비非당원 대중과의 융합대融合帶로서, 또는 재정상·활동상의 보조자로서 중요시된다.번역-인용자

都築勉,「シンパ」,『世界大百科事典』, 平凡社, ネットで百科@Home.

④와 ⑤는 각각 일본의 『新和英大辞典』과 『世界大百科事典』에서 '심퍼사이저'와 관련된 항목을 발췌한 것이다. 이를 통해 알 수 있듯이, 영어의 'sympathizer'와 'fellow traveler'는 동의어로 사용된다. 그리고 트로츠키의 『문학과 혁명』 영어본에서 "попутчик, poputchik"는 'fellow traveler'로 번역된다.[200] 따라서 염상섭이 사용한 '반려'라는 단어는 '심퍼사이저'의 번역어이기도 한 것이다. ④를 통해서 알 수 있듯이, '심퍼사이저'라는 개념어는 '동반자fellow traveller'와 호환되면서 사회주의공산주의운동의 차원에서 일정한 역사적 맥락을 가지고 사용되었다. 그리고 이러한 용법의 연원은 트로츠키 저작 『문학과 혁명』의 '동반자작가' 개념에 있었다.[201] 식민지 조선에서 심퍼사이저의 약칭인 '심파'라는 용어가 본격적으로 등장하기 시작하는 시기는 1932년 무렵부터인데,[202] 문학사적으로 볼 때는 프

200　Leon Trotsky, *Literature and revolution*, The University of Michigan Press, 1960, chapter II 참조.
201　20세기 공산주의운동에서의 '동반자(fellow travelers)' 개념에 대해서는 다음을 참조.

로문학 진영을 중심으로 '동반자작가논쟁'이 진행되던 때와 겹친다.

염상섭의 '심퍼사이저'라는 용어가 트로츠키의 '동반자작가'를 그 연원에 두고 있다면, 이 용어는 기본적으로 사회주의자공산주의자 입장에서 발화되고 창안된 것이라 할 수 있다. 이런 점을 고려하면, '동반자 없는 사회주의자'는 존재할 수 있지만, '사회주의자 없는 동반자'는 그 개념 자체가 성립하기 어렵다. 이 때문에 식민지 조선에서 심퍼사이저동반자가 신문지상에 오르내릴 때마다, 그럼 '그 배후조종자는 누구인가?'라는 물음이 항상 제기되기 마련이었을 것이다. 식민지 조선에서 활동하는 사회주의자를 재현하는 것이 불가능하다는 조건과 식민자는 친일파를 통해서 재현될 수 있다는 조건[203]을 물구나무 세워 역이용할 수 있는 심퍼사이저동반자를 재현하는 것은 사회주의자의 존재를 환기하는 방식이 아니었을까? 말하자면 심퍼사이저동반자를 재현하고 형상화한다는 것은 그 이면에서 이미 사회주의자를 재현하고 형상화하고 있는 것이 되는 셈이다.[204] 즉 염상섭이 동반자작가 보리스 필냐크를 언급할 때는 이미 혁명가 트로츠키를 말하고 있는 셈이며, 『삼대』에서 '심퍼사이저 조덕기'를 형상화하

Abbott Gleason, translated by Mark Epstein and Charles Townsend, "Fellow Travelers", edited by Silvio Pons and Robert Service, *A dictionary of 20th-century communism*, Princeton : Princeton University Press, c2010, pp.327~328.

202 「전남함평 모부호를 종로서 인치취조, 공작위원사건의 심파 협의로 / 배후조종은 공작위원회?, 제1, 제2고보맹휴사건, 불일간 송국할 모양」, 『중앙일보』, 1932.3.22; 「인테리, 심파層의 十餘名을 檢擧 그중에는 명사의 자제도 만허 特高部에서 嚴重監視—극좌운동탄압(東京)」, 『동아일보』, 1932.8.13 참조. 이후 '심파'와 관련된 기사는 점차 증가한다.

203 이혜령, 「감옥 혹은 부재의 시간들—식민지 조선에서 사회주의자를 재현한다는 것, 그 가능성의 조건」, 『대동문화연구』64, 2008.12; 이혜령, 「식민자는 말해질 수 있는가—염상섭 소설 속 식민자의 환유들」, 『대동문화연구』78, 2012.6 참조.

204 박헌호, 「소모로서의 식민지, [不姙]資本의 운명—염상섭의 『무화과』를 중심으로」, 『외국문학연구』48, 2012.11 참조.

는 것은 '사회주의자 김병화'를 말하고 있는 셈이 된다. 즉, 염상섭은 트로츠키를 말하기 위해서 먼저 필냐크를 선택했다. 사상통제의 풍압을 고려할 때 필냐크는 러시아에서 일본 도쿄로 올 수 있지만 혁명가 트로츠키가 제국주의 일본의 수도를 활보할 수는 없기 때문이다. 트로츠키혁명가를 말하기 위해 필냐크동반자가 앞세워졌듯이, 사회주의자김병화를 형상화하기 위해 심퍼사이저조덕기가 앞세워졌다고 볼 수도 있는 것이다. 따라서 심퍼사이저에 대한 그의 소설적 형상화와 서술은 사회주의라는 사상과 기획을 수반하기 마련이었다.

염상섭은 다른 한편으로 아니, 보다 중요하게는 사회주의적 기원을 고려하면서도 그것에 한정시키지 않고 심퍼사이저라는 개념을 확장시켜 사용하는 용법을 보여 주었다. 앞서 살펴본 그의 어법에 따르면, 민족운동은 사회주의운동의 '동반자'이며 동시에 사회주의운동은 민족운동의 '동반자'이기도 했다. 심퍼사이저를 둘러싼 이러한 개념적 확장과 응용은 염상섭만의 독특한 사유라고 할 수 있다. ⑤를 통해서 알 수 있듯이, '심퍼사이저·동반자'의 개념은 기본적으로 사상적 정체성 및 사상적 밀도가 상이한 존재들을 연대시키고 협력하게 하는 방법론이자 장치이다. 말하자면 상이한 입장의 특이성들을 공통적으로 구성하는 장치의 하나라고 볼 수 있는 것이다. 대부분의 프로문학론자들이 소련러시아에서 송신된 '동반자작가론'을 식민지 조선에서 그대로 수신하는 데 주력했다면,[205] 염상섭은 이를 조선의 현실과 자신의 사상에 맞추어 '번역'하는 능동성을 보여 주었다. 결과적으로는 프로문학론자들은 '동반자'라는 개념과 장치

---

205 동반자작가 논쟁에 관해서는 다음을 참조. 김영민, 『한국근대문학비평사』, 소명출판, 1999, 315~344쪽.

가 지닌 가능성을 풍부하게 활용하지 못하고 교조적인 형태로 이식하면서 문학만의 문제로 한정시켰다고 할 수 있다. 이와 달리 염상섭은 조선이 처한 식민지라는 상황을 고려하여 민족운동과 사회주의운동을 병진시키기 위한 장치로써, '동반자' 개념의 원본성에 종속되지 않는 동시에 이를 문학의 문제로 한정시키지 않고 그것의 잠재력을 증폭시켜 나아갔다고 할 수 있다. 즉 그는 사회주의라는 기획과 지향 속에서 심퍼사이저라는 문제를 사유하고 있었고, 당대 민족운동과 사회주의운동의 갈등과 협력을 지켜보며 민족이라는 특이성이 유지되는 사회주의 사회구성체를 지향하고 있었다.[206] 그리고 당대 국민문학과 계급문학의 논쟁 속에서는 양자의 "협동"의 길을 모색하며 "국민문학도 필경에는 무산문학일 것이다"라고 서술하며 궁극적으로 조선문학이 장래에 이르게 될 성격에 대해서도 분명한 입장을 밝히고 있었다.[207] 이런 맥락을 고려할 때, 심퍼사이저를 둘러싼 염상섭의 사유는 '사회주의를 넘어선 사회주의' — 현실사회주의를 넘어서 문화횡단된 사회주의 — 의 기획이었다고 할 수 있다. 그리하여 염상섭의 '심퍼사이저'는 트로츠키의 사유로부터 연원한 것이었지만, 단순한 이식에 머물지 않고 토착적 조건에 맞추어 번역됨으로써 그 원본성을 넘어서 새롭게 재창조되었다.

염상섭은 심퍼사이저를 통한 연대 및 집합적 주체성의 형성을 『사랑과 죄』, 『삼대』, 『무화과』 등의 소설들을 통해 다양하게 형상화했다. 그와 같은 연대 및 집합적 주체성의 형성은 크게 두 가지 층위로 나누어 살펴볼 수 있다. 첫째 자본주의 및 제국주의에 반대하고 대항한다는 측면에서

---

206 염상섭, 「민족, 사회운동의 유심적 고찰―반동, 전통, 문학의 관계」(전7회)(『조선일보』, 1927.1.4~1.16), 『염상섭 문장 전집』 I, 538쪽.
207 염상섭, 「조선문단의 현재와 장래」(『신민』, 1927.1), 『염상섭 문장 전집』 III, 636쪽.

는 공통적인 입장을 취했지만, 대안적 사회에 대한 구체적인 방법론과 지향이 상이했던 사상적·운동적 노선 간의 연대이다. 그리고 두 번째는 사상적 밀도 혹은 지적인 밀도가 상이하고 나아가 정체성과 사회적 계층에 있어 위계화되어 있는 존재들 간의 수평적 연대와 아쌍블라주assemblage에 해당하는 것이다.[208] 두 층위는 서로 보완적인 관계를 형성하며 형상화되었는데, 시기적으로 보자면 사상적·운동적 노선 간의 연대 중심에서 위계화되어 있는 존재들 간의 아쌍블라주 중심으로 그 형상화의 경향이 이동하였다. 이는 한편으로 식민지 조선에서 제국주의 일본의 사상적 풍압이 높아짐에 따라 범사회주의운동의 활동이 합법적 공간에서는 어려워진 현실을 염상섭이 소설적으로 형상화한 것이며, 다른 한편으로 이러한 변화와 더불어 집합적 주체성의 구성에 있어서 염상섭이 중점을 두고자 하는 층위가 변화한 것이기도 했다.

이와 관련하여 『사랑과 죄』에서 가장 인상적인 것은 이념적으로 서로 견해를 달리하는 존재들이 남산골의 한 카페에서 사상적 연대와 실제 운동의 향방을 놓고 논전을 벌이는 장면이다.[209] 소설의 주요 등장인물인 유산계급 이해춘, 사회주의자 김호연, 니힐리스트 조일朝日 혼혈인 류진 등을 비롯하여, 이 장면을 위해 특별히 공산주의자 적토赤兎, 아나키스트 일본인 야마노山野가 등장하여 각자의 사상에 기초한 논쟁을 펼친다. 이

---

208 오혜진은 기존의 염상섭 연구에서 '심퍼사이저'에 대한 협소한 이해('조덕기'와 금전적 지원 등)를 비판하며, 그것을 위계화된 성별과 계층을 넘어서는 다양한 연대를 구현하는 동력으로 확장하여 이해할 필요성에 대해 강조한다. 오혜진b, 「'심퍼사이저(sympathizer)'라는 필터─저항의 자원과 그 양식들」, 한기형·이혜령 편, 『저수하의 시간, 염상섭을 읽다』, 소명출판, 2014, 136~165쪽 참조.
209 염상섭, 『염상섭전집 2─사랑과 죄』(전257회)(『동아일보』, 1927.8.15~1928.5.4; 박문서관, 1931), 민음사, 1987, 205~212쪽 참조.

들이 대화와 논쟁을 통해 펼쳐 보이는 이념적 스펙트럼과 실제 운동에 대한 입장은 당대 식민지 조선에서 유통되고 있었던 '아나키즘-공산주의-사회주의-민족주의-니힐리즘'의 재현이라 할 수 있다. 이러한 인물들의 민족적 구성을 통해서 알 수 있듯이, 논쟁은 민족을 인정하면서도 그것을 넘어서는 사상적 연대를 추구하는 지향을 보여 준다.[210] 이렇듯 염상섭은 다양한 이념적 경향들이 지니는 이론적·운동적 입장의 차이를 명확히 인지하고 있었으며, "자본주의 — 제국주의에 대해서 반기를 드는", "'반항'이라는 일점에서 지기상통하는 것"에 주목하여 사상적 연대와 "병립을 노력하는" 모습 또한 부각한다. 논쟁에 참여하는 민족구성 — 조선인·혼혈인·일본인 — 을 고려할 때, 그것은 일차적으로 민족적 층위를 넘어서 일본제국주의에, 그리고 나아가 보편적인 제국주의에 대항하는 연대를 지향하고 있었다. 그리고 보다 구체적으로는 식민지 조선에서의 민족주의운동과 사회주의운동의 연대에 초점이 맞추어졌다. 사회주의자 김호연을 지지하는 심퍼사이저라고 할 수 있는 이해춘은, 민족운동에 비판적인 공산주의자 적토의 논의에 맞서 "민족주의가 제국주의와 자본주의의 태반胎盤에서만 숨을 불어 넣는 것이라고 주장하는 이론적 근거가 어디 있느냐고 공박을 하"면서 민족운동과 사회주의운동의 연대 가능성을 계속 타진한다. 즉 염상섭은 제국주의·자본주의에 대항하는 복수의 범사회주의적 사상들의 공동전선을 구축하는 장치로 심퍼사이저 혹은 동반자를 활용한다. 아울러 『사랑과 죄』에서는 정마리아와 지순영이라는

210　황종연은 『사랑과 죄』의 이러한 경향을 "초민족적 흑색 연대"로 설명하면서 "아나키즘과 민족주의의 복잡한 얽힘"에 주목한다. 황종연, 「과학과 반항—염상섭의 『사랑과 죄』 다시 읽기」(『사이間SAI』 15, 2013), 한기형·이혜령 편, 『저수하의 시간, 염상섭을 읽다』, 소명출판, 2014, 120~135쪽 참조.

대조적인 여성인물이 등장한다. 이 소설에서 정마리아는 사적 소유로서의 사랑을 일관되게 추구하고 공공성을 훼손하며 개인적인 영달을 추구하다가 파국을 맞이한다. 이에 반해 지순영은 가족제도로 포섭되는 사적 소유로서의 사랑에 한정되지 않고 민족해방운동에 접속하여 동지애와 같은 사랑의 공공성을 창출함으로써 새로운 가능성을 획득하게 된다.

『사랑과 죄』에서 형상화된 연대와 집합적 주체성의 형성 가능성은 『삼대』에 와서 보다 발전적으로 변형된다.[211] 『사랑과 죄』와 비교해 보면, 『삼대』에서 지식인 혹은 사상가들 사이의 동반자적 연대의 스케일은 민족주의와 사회주의의 문제로 좁혀지며 명료화된다. 이에 비해 사상적·지적인 밀도 및 사회적 계층에 있어서 위계화를 형성하고 있는 존재들 간의 수평적 연대는 확장되고 활성화된다. 다시 말해 『삼대』에서 김병화와 조덕기의 동반자적 연대와 합류는 여전히 중요하지만, 좀 더 주의 깊게 의미를 확장할 지점은 산해진을 거점으로 한 다양한 인물들의 네트워킹과 아쌍블라주이다.[212] 산해진을 비롯하여 사회주의운동과 관련한 중심인물은 김병화이지만 그는 집합적 행위의 부분적인 역할을 하는 정도이지 기존의 공산주의 정당의 전위와 같은 위치와 역할을 점하지 않는다. 산해진은 친구인 조덕기의 금전적 지원을 비롯하여 동지적 사랑에 기반한 홍경애 및 필순의 결합, 무산계급에 가까운 원삼이의 합류, 지하운동가인 피혁과 장훈의 네트워킹 등을 통해 조직화되고 확산된다. 이러한 집합적 주체

---

211 염상섭, 「삼대」(전215회)(『조선일보』, 1931.1.1~9.17), 류보선 정리, 『삼대 外』, 동아출판사, 1995.

212 이보영은 '조의관의 집'과 '산해진 소집단'을 각각 "봉건적, 보수적인 가족주의"와 "원초적인 가족적 감정이 아니라 어떤 공동의 목적을 위한 인격적인 결합의 열망"의 대립으로 파악하며, 『삼대』에서 산해진이 지니는 위상을 강조한 바 있다. 이보영, 『난세의 문학—염상섭론』, 예지각, 1991, 328~329쪽 참조.

성의 구성은 봉건적·근대적 가족제도를 통해 형성되는 집합성과도 구별되며, 사상적 밀도에 따른 위계화 속에서 전위와 대중이라는 지도와 피지도 방식을 통해 집단을 구성했던 공산주의 전위정당의 조직화 방식과도 구별된다. 다시 말해 산해진에 네트워킹된 개인들은 모두 특이성으로서의 개인으로 집합적 주체성과 같은 공통적인 것을 형성한다. 말하자면 산해진의 구성원들은 모두 각각 다른 구성원들에게 심퍼사이저가 됨으로써 전체를 형성하게 되는 것이다. 그리하여 『삼대』의 주인공은 김병화인가, 조덕기인가 하는 낡은 방식의 물음에 굳이 답을 하자면, 이 소설의 주인공은 산해진에 네트워킹되어 공통적인 것을 구성하는 특이성으로서의 개인들 모두이자 집합적 주체성 그 자체라고 할 수 있다.

염상섭 문학과 민주주의를 향한 횡보

염상섭은 구한말에 태어나 대한제국기에 유년시절을 보내면서 한일병탄을 경험하고 청년시절에는 3·1운동에 참여하며 일제 식민지기를 살았다. 이후에는 좌우대립의 해방기 혹은 미소군정기를 경험하고 한국전쟁을 몸소 체험했으며, 분단이 고착화된 이후에는 대한민국의 제1공화국을 살았는데 말년에는 4·19혁명으로 그것이 붕괴하는 것을 목도한다. 공간적으로는 한반도에서 태어나 유년시절과 청년시절 두 차례에 걸쳐 제국 일본의 수도 도쿄東京에서 9~10년가량 거주했으며, 중년에 접어들어서는 만주滿洲의 창춘長春과 단둥安東 등지로 이주하여 9년 정도 생활하였다. 해방을 만주에서 맞이한 그는 신의주를 거쳐 월남하던 중 소련군정 아래에서 구축되고 있던 북한체제를 목격하기도 하고, 한국전쟁 때는 인공치하 서울에서의 생활을 경험하기도 했다.

이와 같이 염상섭은 20세기 한반도와 그 주변에 구축되었던 거의 모든 통치형태政體를 경험했다. 전지구적 차원에서 그는 제국주의체제에서 냉전체제에 이르는 시기를 살았다. 제국주의하에서는 제국 일본·식민지 조선·인공국가 만주국 등을, 해방 후 냉전하에서는 미소군정·한국전쟁·인공치하·대한민국 등을 가로지르며 살았다. 그 과정에서 염상섭은 식민지와 제국주의 국가 간의 권력관계를 체험하고, 좌우라는 추상적 이념이 구체적인 통치형태 / 국가체제로 현실화되는 것을 실제로 체험하였다. 말하자면 그는 근대라는 역사적 시공간에 존재했던 거의 모든 통치형태를 직간접적으로 경험하고 살아 낸 셈이다. 하지만 그는 어느 하나에서도 안정적으로 안착하지 못했으며 그 어떤 통치형태에도 진정한 의미에서의 충만한 지지를 표명하지는 않았다. 그는 제국주의 일본과 식민지 조선의 통치권력은 말할 것도 없고, 만주국에서도 실질적인 통치자였던 관동군과 불화했다. 해방 후에는 결과적으로 대한민국에 남았지만, 그 형성 과정에 놓여 있었던 남북의 국가체제 모두와 긴장을 형성하며 분단에 반대하고 통일을 지향했다. 그의 후반생은 배제적 포섭에 기반을 둔 문단의 소외와 경제적 궁핍으로 인해 순탄치 않았으며 그가 남긴 문학적 업적과 활동에 비하자면 많이 초라한 편이었다.

요컨대 염상섭은 근대라는 시공간에서 현실화되었던 대부분의 통치형태와 불화하며 긴장을 형성했으며, 그것들을 뒷받침했던 이념과는 좌우를 가리지 않고 평생에 걸쳐 글쓰기를 통해 교전을 진행했다. 그는 인간의 삶을 규율하고 포섭하려는 통치체제와 이념적 체계에 대해서는, 항상 비판적 입장을 견지했으며 글쓰기를 통해 저항의 선들을 그려 내는 가운데 그와 다른 삶의 형태, 즉 대안을 모색했다. 달리 말해 그의 글쓰기는 국가와 자본으로 수렴되었던 근대성과 비대칭적 힘의 관계를 형성하였으며, 궁극적으로는 그것과 단절하면서 다른 대안적 기획, 즉 대안근대성 altermodernity이라고 할 수 있는 것을 지향하고 있었다. 다만 염상섭의 언어는 긍정의 어법보다는 부정의 어법으로 표출되는 경우가 많았기 때문에, 그 지향과 대안이 음각陰刻화되어 있는 경우가 많았다. 특히 논쟁과 비판

의 경우는 더욱 그러했다. 하지만 그의 글쓰기는 부정성에 고착되기보다
는 국가와 자본의 근대성에 대한 부정의 사유를 통해 그것을 탈구축하며
대안으로 나아가고자 하는 구성적 기획을 내재하고 있었다. 달리 말하면
그것은 해체와 재구성, 파괴와 건설, 부정과 구성 등의 이중적 계기를 통
해 대안을 모색하는 사유였다.

　염상섭은 글쓰기를 통해 지속적으로 3·1운동의 시간을 현재로 소환했
다. 즉 그는 식민지기와 해방기에 다양한 형태로 3·1운동을 불러오며 정
치적 에너지의 응축과 발산을 유도했다. 그리고 말년에는 4·19혁명을 의
미화하면서 3·1운동과 겹쳐 놓으며, 또 마지막이 된 글쓰기에서도 3·1
운동을 통해 그의 삶과 문학을 규정하고 정리하기도 한다. 이처럼 그는
기존 질서를 탈구축하는 3·1운동을 끊임없이 현재적 맥락과 시공간으로
가져오고자 했다. 즉 염상섭이 삶의 활력을 발현한 것은, 여러 통치체제
아래에서의 반복적 일상을 통해서가 아니라 그것을 중단시키고 탈구축
하는 사건들을 통해서였다. 이런 맥락에서 그에게 3·1운동은 평생에 걸
쳐 회귀하는 카이로스의 시간이었으며, 그의 문학과 사유의 원점과도 같
은 사건이었다. 그리고 그것은 단적으로 말해, 실질적인 민주주의의 정신
과 제도를 실현하는 것을 의미했다. 그리하여 그의 삶은 구한말에서 제1
공화국에 이르는 크로노스의 시간에 놓여 있었다기보다, 근본적으로는
3·1운동에서 4·19혁명에 이르는 카이로스의 시간을 가로지르고 있었다
고 서술하는 편이 좀 더 정확할 것이다. 염상섭은 통치체제하의 반복되
는 일상을 지속하면서도 그것이 중단되고 새로운 가능성이 열리는 사건
과 시간을 글쓰기를 통해 불러내고 있었고, 바로 그때 그의 삶은 활력으
로 충만해지곤 했다. 염상섭이 살았던 시간은 현실화된 통치체제의 시간
과 잠재적인 민주주의봉기와 혁명의 시간이 이중나선 구조와 같이 맞물려 있

었다. 그는 글쓰기를 통해 지속적으로 잠재적인 민주주의의 시간을 현실화하였으며, 그런 의미에서 그의 삶은 통치체제의 연대기가 아니라 민주주의의 시간을 가로지르고 있었다.

염상섭이 살았던 통치체제들은 국면과 장소에 따라 차이가 없었던 것은 아니지만, 국가와 자본으로 수렴된 근대성으로 특징 지워지는 시공간이었다. 소유에 기초한 국가체제를 중심으로 제국주의·식민지체제와 냉전체제라는 전지구적 질서가 (불)연속적으로 전개되었다. 이런 가운데 3·1운동과 같은 카이로스의 시간을 현재적으로 소환하는 것은 그러한 근대성을 파열시키고 중단시키며 그와는 다른 시간을 구성하는 행위였다. 그리하여 3·1운동으로 상징되는 사건의 계열들은 근대성에 저항하는 반근대성, 그리고 궁극적으로는 근대성과 단절하고 그 너머로 나아가는 대안근대성으로서의 의미를 지니게 된다. 염상섭은 산문과 소설을 통해 봉건적인 전근대성에 대해서 비판적인 사유를 전개함과 동시에 제국주의적·자본주의적 근대성에 대해서도 비판적 입장을 견지했다. 그의 지향은 전근대성과 근대성 모두로부터 해방된 주체성, 해방된 사회를 생성시키는 것이었으며, 구체적으로는 특이성으로서의 개성이 연대를 통해 공통적인 것을 구성하며 실질적인 민주주의를 실현하는 것이었다.

이와 같은 염상섭 문학의 대안근대성은, 근대성이 지배적이었던 시대의 사유 속에서는 온전하게 이해되지 못했다. 일제시대 소위 좌파 프로문학론자들을 중심으로 이루어진 염상섭 및 그의 문학에 대한 평가는 근대적 시간관, 역사발전단계론에 입각한 것이었다. 그들은 자본주의에서 사회주의로의 이행이라는 단계론을 문학적 버전으로 변환하여 자연주의에서 리얼리즘으로의 이행이라는 단계론에 조응시켰다. 이러한 프레임 속에서 프로문학론자들은 염상섭 문학을 자연주의문학으로 한정 짓고 그를 부르주아작가로 호명하면서 사회주의리얼리즘의 미달태로서 규정했다. 해방 후 남북이 분단된 냉전체제하에서 대한민국 문단의 주도권을 잡은 이른바 우파 문인들은 중간파로 규정된 염상섭을 배제적으로 포섭함으로써, 그의 정치성과 문학성을 모두 통제하고 관리하고자 했다. 염상섭은 해방 이후에도 많은 소설과 산문을 썼지만, 우파 문인들에 의해 부과된, 시대에 뒤떨어진 자연주의작가라는 규정을 좀처럼 벗어나지 못했다. 다시 말해 염상섭의 문학은 좌파 문인들이 지향했던 사회주의적 근대성, 그리고 우파 문인들이 지향했던 자본주의적 근대성 양자 모두로부터 편향된 평가를 받았다. 염상섭 사후死後 이루어진 미학적으로는 리얼리즘, 정치적으로는 민족문학, 경제적으로는 중산층 지향이라는 재평가는, 기존의 평가에 비하면 긍정적인 입장에서 이루어진 것이어서 진일보한 것이라고 볼 수도 있지만, 근대성 자체에 대한 근본적인 비판과 성찰이 제기되지 않았다는 점에서 기존 프레임의 연장선상에 놓여 있는 것이기도 했다.

앞서도 언급했듯이, 염상섭의 공공적인 삶은 3·1운동과 더불어 시작되고 끝이 났다고 할 수 있다. 그런 의미에서 3·1운동은 염상섭 문학의 대안근대성의 형성과도 밀접한 관련을 맺고 있다. 염상섭의 글쓰기에서 3·1운동은 방법론적 사유이기도 했다. 그에게 3·1운동은 식민지라는 역사적 경험을 각인한 과거의 시간이기도 했고 또한 아직은 현실화되지 않은 미래의 시간이기도 했으며, 나아가 평생에 걸쳐 현재적 삶으로 회귀함으로써 현재적 과제를 계속해서 부여하는 살아 있는 현재의 시간이었다. 그리하여 그에게 3·1운동의 시간은 '봉기와 제도화' 혹은 '파괴와 구성'이라는 혁명의 문법 속에서 말해지는 것이었으며, 궁극적으로는 제헌권력의 구성을 통한 민주주의 지향으로 나아가는 것이었다. 실제로 염상섭이 오사카에서 행한 독립선언에는 이후 그가 다양한 글쓰기를 통해 펼쳐 보인 사상적 지향, 주체성의 구성, 연대와 조직화의 기예 등에 관한 단초를 내재하고 있었다. 구체적으로는 전 / 근대로부터의 해방의 정치와, 사랑의 윤리에 의한 주체성의 형성과 연대를 함의하고 있었다.

오사카독립선언 이후, 식민지 조선으로 돌아온 염상섭은 『동아일보』 등의 기자 활동을 전개하면서 동인지 『폐허』를 발간하고 「표본실의 청개구리」, 「암야」, 「제야」, 『만세전』 등의 소설 창작에 힘을 기울였으며, 노동운동을 둘러싼 이론과 실천에 대한 산문을 발표하였다. 이 시기 염상섭은 문학적으로는 자연주의, 정치적으로는 아나키즘, 운동적으로는 노동운동^{직접행동}의 경향을 보여 주었는데, 이는 통합적 사유 속에서 연쇄를 이루는 것이었다. 마치 '리얼리즘·사회주의·대의제^{전위 / 대중}'가 하나의 다발로 연쇄적으로 작동했던 것처럼, 염상섭에게 있어서 '자연주의·아나키즘·직접행동^{노동운동}'은 서로 공명하는 동일한 문법을 공유하고 있었다. 염상섭의 자연주의는 '현실폭로의 비애'와 같은 부정성을 통해 기존의 제도와 불화하는 주체성을 형성하는 계기였다. 즉 그에게 자연주의는 현실인식에 대한 부정성을 통해서 반역적인 주체성을 생성한다는 점에서, 일체의 권위를 부정하고 자기혁명적인 주체성을 강조하는 아나키즘의 사상과 이어지는 것이었으며, 매개 없는 자발성에 기초하여 그러한 변화와 행동이 이루어진다는 점에서 직접행동에 기초한 노동운동과 상호 공명하는 것이었다. 이런 가운데 이 무렵 염상섭은 궁극적으로 '예술과 노동 그리고 삶이 일치되는 사회'로의 지향을 드러내면서 이러한 연쇄가 구성하게 될 구체적인 사회상을 제시하였다.

그와 같은 연쇄는 주되게는 '자아·연애·노동'의 양태로 발현되면서 특이성으로서의 개인, 봉건적 인습으로부터 해방된 여성, 식민지 자본주의라는 조건에서 배태된 프롤레타리아 등의 주체성을 생성시켰다. 염상섭은 소설들에서 다양한 행위자들로 이러한 주체성을 형상화하였는데, 그것은 대안의 구성에 중점이 두어져 있다기보다 전반적으로 기존 체제로부터의 탈구에 초점이 맞추어져 있었다.『만세전』등에서의 행위자들은 전근대 및 근대적 질서와 불화하며 그로부터 벗어나는 데 주력함으로써 특이성으로서의 개성이라는 자기혁명적인 주체성을 만들어 내지만, 그것을 지속하여 대안을 구성하는 데에는 이르지 못한다. 즉 행위자들은 관념적으로는 사랑愛이라는 원리를 통해 연대하거나 공통적인 것을 구성해야 한다는 원칙에 입각해 있으나, 구체적인 현실 속에서 그것을 구현하는 방략에는 어려움을 겪으면서 독자적인 개인으로 고립되거나 근대적 질서로 재포섭되어 파국을 맞이한다. 달리 말해 이 무렵 염상섭의 대안근대성을 둘러싼 기획은 근대성에 저항하는 반근대성에 집중되어 있으며, 대안근대의 사유와 지향을 어떻게 현실화할 것인가는 여전히 과제로 주어졌다. 이는 주체성의 측면에서 보자면 특이성으로서의 개인이 공통적인 것을 어떻게 구성할 것인가 하는 문제로 나아가는 것이었다.

염상섭은 제2차 도일度日과 프로문학론자들과 논쟁을 통해 사회주의와 조우함으로써, 특이성이 그 자체에 머물지 않고 집합적 주체성을 형성하며 공통적인 것을 구성할 수 있는 방략을 마련한다. 다만 염상섭의 사회주의는 당대 맑스레닌주의 혹은 현실사회주의와는 구별되는 것이었다. 그의 사회주의는 아나키즘과 맑스주의 그리고 그의 고유한 사유들이 융합된 것이었으며, 유심적 변화와 유물적 변화 모두를 추구하는 것이었다. 맑스레닌주의적 입장에서 보자면 그것은 잡종적이고 이단적이며 식민지의 토착성과 현실이 뒤엉킨 이상한 혹은 오염된 사회주의였을 것이다. 프로문학론자들이 '이식'을 통해 맑스주의의 정통성을 교조적으로 확보하고자 했다면, 염상섭은 식민지라는 현실과 자신의 사유를 숙고하는 가운데 다양한 사상들의 융합적 조합을 통해 최량의 힘의 배치를 만들어 내고자 했다. 그는 트로츠키가 발신한 심퍼사이저動伴者 개념을 전유번역함으로써 식민지 조선에서 사회주의운동과 민족운동이 병진할 수 있는 조건을 창출하고자 했다. 나아가 당파성의 위계화에 근거해 있던 그 개념을, 성별 및 계층 등으로 위계화되어 분리되어 있었던 다양한 존재들을 수평적으로 연대시켜 집합적 주체성으로의 구성을 가능하게 하는 장치로 번역함으로써 새로운 조직화와 연대의 윤리를 만들어 내었다. 달리 말해 염상섭은 현실사회주의라는 근대성을 그대로 수용하기보다는 전유하여 독자적인 사유로 재구성함으로써, 그로부터 단절할 수 있는 대안근대성의 기획을 현실화하였다. 가령 그는 심퍼사이저라는 개념의 전유를 통해, 『사랑과 죄』에서는 초민족적인 아나키즘·공산주의·허무주의 등의 사상적 연대와 사적 소유를 넘어서는 공통적인 사랑의 연대를 소설적으로 형상화하였다. 그리고 『삼대』에서는 사회주의자, 민족주의자, 여성들, 무산계급 등 다양한 인물들의 수평적 네트워킹 및 아쌍블라주를 바탕으로 특이성으로서의 개인을 형성함과 동시에 집합적 주체성, 공통적인 것을 구성하는 조직화의 형상을 소설적으로 구현하였다.

요컨대 염상섭은 제국주의·식민지시대와 냉전체제를 가로지르는 가운데, 전근대성과 근대성 양자 모두를 지양하며 그것들을 넘어설 수 있는 대안근대성을 추구하였다. 그리하여 그는 목적론으로 미리 예정되어 있지 않은 길을 글쓰기를 통해 '횡보橫步'하였다. 이 사선斜線의 걸음은, 자본주의적·제국주의적 근대성은 물론이고 사회주의적 근대성과도 단절을 꾀하는 대안근대성의 지향이었다고 할 수 있다.

이와 같이 이 책은 염상섭 문학의 대안근대성을 논의함에 있어, 그의 전체적인 삶의 궤적과 행보를 시야에 넣기는 했지만, 3·1운동을 전후한 무렵부터 『삼대』에 이르는 시기를 주요한 대상으로 삼았다. 이 시기는 염상섭 문학의 주요한 개념이 생성되고 대표적인 소설작품들이 창작되는 등 염상섭 문학의 전반적인 체계가 성립하는 시기이다. 그럼에도 이 시기만으로 염상섭 문학의 전체를 해명할 수는 없다. 따라서 아래와 같이 후속 작업과 과제를 정리해 보면서 염상섭의 문학과 삶에 대한 보완은 훗날을 기약하도록 하겠다.

첫째, 염상섭의 삶에 대한 실증적 작업이 보완되어야 한다. 염상섭의 생애 가운데 2차 도일기의 활동, 만주에서의 생활과 활동, 해방기에서 한국전쟁기에 이르는 활동과 지향 등에 관해서는 여러 연구를 통해 조금씩 진전을 이루고 있지만 충분하다고는 할 수 없다. 염상섭에게 2차 도일기는 사회주의의 수용 및 간토대지진 이후 자본주의적 발전 및 부흥과 관련하여 중요한 인식이 싹트는 시기이다. 만주에서의 활동은 그가 체류한 기간에 비해 남아 있는 자료들이 소수이지만, 좀 더 입체적으로 해명될 필요가 있다. 그리고 해방기에서 한국전쟁기에 이르는 시기는 최근 연구를 통해 많은 부분이 밝혀졌지만, 그럼에도 정치적 대립이 첨예화되고 역동적이었던 때인 만큼 실증에 기초한 연구에 의해 보완된다면, 염상섭의 정치적 입장과 이념적 지향과 관련하여 다면적인 해석이 가능하게 될 것이다.

둘째, 대안근대성과 관련해서는 냉전체제가 구축되고 좌우 대립 및 국가건설이 본격화되는 해방기 및 한국전쟁기의 염상섭의 정치적 행보, 미디어 활동, 글쓰기소설과 산문 등을 분석하는 가운데 그 구체적인 내용과 성격이 규명될 필요가 있다. 이 시기는 일제시대와는 다른 조건과 상황에서 염상섭의 기획이 예각화되는 때이다. 기존의 '좌-중간-우'라는 이념적 프레임을 상대화하는 방식, 즉 염상섭을 중간파로 고정하여 이해하는 구도에서 벗어나 그의 문학과 사상을 이해할 때 대안근대성에 관한 염상섭의 기획이 더욱 입체적으로 규명되리라 기대한다.

셋째, 염상섭의 후반생에 해당한다고 할 수 있는 1950년대에 대한 상세한 이해가 수반되어야 한다. 염상섭은 이 시기에도 적지 않은 소설과 산문을 발표하였는데, 기존 연구들에서는 이에 대한 충분한 해명과 분석이 이루어졌다고 보기는 어렵다. 당시 염상섭은 신문연재 장편소설에 있어서 항상 우선순위 작가로 섭외되고 있었으며, 실제로 다수의 장편소설들을 주요 일간지 및 문예지에 연재하면서 집필 능력을 입증하였다. 물론 이 시기 소설들은 식민지기와 해방기의 그것에 비해 상대적으로 문학적·정치적 긴장도가 낮은 것은 사실이다. 이는 염상섭 개인의 역량과도 관련이 있지만 다른 한편으로는 분단이라는 폐쇄적 국면이 유발한 제약으로 생각해 볼 수도 있을 것이다.

넷째, 염상섭이 여러 산문을 통해 서술하는 민족 개념에 대한 새로운 이해가 필요해 보인다. 염상섭이 말하는 '민족'은 근대적인 민족 개념과 일치하지 않으며 어긋남이 일정 정도 존재한다. 그리고 현재로서는 단정하여 말하기는 어렵지만, 그는 민족이라는 개념을 국가와 같은 근대적 통치체제와 대립시키는 구도 속에서 활성화시킨다. 그런 맥락에서 염상섭의 민족 개념을 새롭게 의미화하는 가운데 대안근대성과 관련하여 그 의미를 고찰해 보는 것도 흥미로운 작업이 될 것이다.

3·1운동 이후,
염상섭의 미디어 활동과 운동의 방략*

『신생활』과 『동명』에서의 활동을 중심으로

1. 3·1운동 이후, 염상섭과 미디어

1919년 3·1운동을 계기로, 염상섭은 소년기부터 계속된 약 8년 간의 일본 유학 생활을 정리하고 조선으로 귀국한다.[1] 간단히 그 사정을 간추려 보면 이러했다. 염상섭은 '3·19오사카독립선언'으로 체포된 뒤 감옥에서 「조선이 독립하지 않으면 안 될 이유서」를 작성하여 『오사카아사히신문大阪朝日新聞』에 투고한 바가 있었는데, 그 원고는 마침 그 신문사에 재직하고 있었던 진학문秦學文의 눈에 띄게 되었다. 진학문은 그 문장 솜씨

---

* 이 부분은 '임화문학연구회 콜로키엄−3·1운동과 프로문학'(서울대, 2019.5.25)에서 '포스트 3·1운동의 분기와 사회주의의 향방−염상섭과 『동명』을 중심으로'라는 제목으로 발표되었고, 이후 『한국연구』 5(한국연구원, 2020.10)에 게재된 「3·1운동 이후, 염상섭의 미디어 활동과 운동의 방략−『신생활』, 『동명』을 중심으로」를 수정·보완한 것이다. 이 자리를 빌려 콜로키엄 토론자 선생님과 심사위원 선생님께 감사드린다.

1 염상섭은 1912년 9월 13일 무렵부터 1920년 2월을 전후한 시기까지 일본에 체류한 것으로 보인다. 이에 대해서는 다음을 참조. 김종균, 『염상섭 연구』, 고려대 출판부, 1974, 23~28쪽; 김윤식, 『염상섭 연구』, 서울대 출판부, 1986, 23~68쪽; 김경수, 「1차 유학 시기의 문학 활동」, 『한국 현대소설의 형성과 모색』, 소나무, 2014, 246~277쪽 등.

에 감탄을 하여 감옥으로 염상섭을 찾아가기도 하였다.[2] 이 일을 계기로 염상섭은 진학문과 인연을 맺게 되었다. 출옥 후 요코하마복음인쇄소橫濱福音印刷所 노동자로 일하던 염상섭은 『동아일보』 창간에 참여하고 있었던 진학문의 요청에 의해 정경부政經部 기자로 임명됨에 따라 1920년 2월 무렵에 귀국하게 된다. 이런 변화 속에서, 잡지 『삼광三光』1919.2.10~1920.4.15 동인 활동으로 시작된 그의 글쓰기 작업[3]이 본격화되기에 이른다.

이후 1920년대 염상섭의 삶과 활동은 크게 보자면, 1926년 제2차 도일渡日을 기준으로[4] 전반기와 후반기로 구분된다. 그리고 1920년대 전반기 또한 개인적인 활동과 정세의 변화에 따라 다시 몇 국면으로 나누어 볼 수 있다. 먼저 그가 『동아일보』 기자로 활동1920.4.1~7.31하며[5] '폐허' 동인을 결성하여 동인지 『폐허』를 창간1920.7.25한 이후, 평안북도 정주 오산학교 교사로 근무1920.9~1921.6한 시기(A)가 있다. 두 번째는 1921년 7월 무렵 다시 경성으로 돌아와 「표본실의 청개구리」, 「암야闇夜」, 「제야除夜」 등 소위 '초기 3부작'을 『개벽』에 잇달아 발표하고, 『신생활』 객원기자로 활동1922.7~9하다가 『동명』의 창간에 합류하여 기자로 활동1922.9.3~1923.6.3한 뒤

---

2   「내가 겪은 대로·본 대로·들은 대로—본보 창간 당시를 말하는 좌담회」, 『동아일보』,
     1960.4.1, 4면. 참석자 '진학문'의 발언 참조.
3   『삼광(三光)』 동인으로서 염상섭의 활동과 그 사상적 경향에 대해서는 다음을 참조. 한
     기형, 「초기 염상섭의 아나키즘 수용과 탈식민적 태도—잡지 『삼광』에 실린 염상섭 자
     료에 대하여」, 『한민족어문학』 43, 2003.12.
4   염상섭은 1926년 1월부터 1928년 2월까지 일본에 체류하면서 다수의 소설을 발표하
     는 가운데 소설적 기법 및 식민지 조선에 대한 현실 인식의 측면에서 심화를 보여 주
     었다. 김경수, 『염상섭과 현대소설의 형성』, 일조각, 2008, 93~116쪽 참조. 또한 프로
     문학자들과 논쟁을 통해 염상섭은 독특한 사회주의 인식을 보여 주기도 했다. 이종호,
     「염상섭의 자리, 프로문학 밖, 대항제국주의 안—두 개의 사회주의 혹은 '문학과 혁명'
     의 사선(斜線)」, 『상허학보』 38, 2013.6 참조.
5   동아일보사 편, 『동아일보사사』 1, 동아일보사, 1975, 418~419쪽 참조.

계속해서 『시대일보』 사회부장으로 그 활동1924.3.31~1925.4 무렵[6]을 이어간 시기(B)이다.

(A)와 (B) 두 시기 사이에는, 염상섭 개인적인 차원에서는 짧은 휴지기가 놓여 있다. 그는 진학문이 『동아일보』에서 물러난 후, 한 달 뒤에 기자를 그만두고 "동경 재유再遊라는 계획"을 세우고 "법리학 연구라는 꿈"을 꾸기도 하였으나, 결국은 "정주 오산학교로 유배 가듯이 붙들려가서는" 교사로서 "북국北國의 벽촌僻村"에서 "무사분주無事奔走하면서도 단조한 생활을" 경험하게 된다.[7] 이때 염상섭은 「표본실의 청개구리」를 썼고, 이를 계기로 본격적인 소설가로서의 삶을 시작하게 된다.

(A)와 (B) 시기를 가로지르며, 염상섭의 개인의 삶도 변화를 겪었지만, 시대의 흐름도 역동적으로 변화했다. 3·1운동 이후 (다소간의 시차는 있지만) 첫 번째 시기에서 두 번째 시기로 접어들면서 점차 즉각적인 독립에의 기대가 사그라들기 시작했다. 만세시위는 1919년 4월을 지나면서 빈도가 급감하기는 했지만 당해 8~9월 정도까지도 그 여파가 이어졌으며,[8] 이후에도 지속적인 영향을 끼쳤다.[9] 그런 가운데 윌슨의 민족자결주의에 매료된 일부 독립운동자들은 제1차 세계대전 전후 처리를 논의하는 파리강화회의1919.1.18~6.28와 워싱턴회의1921.11.12~1922.2.6 등에 큰 기대를 품고 조

---

6 1925년 4월 홍명희, 한기악, 이승복 등의 새로운 경영·편집진이 『시대일보』를 인수하면서, 염상섭은 『시대일보』를 사직하게 된 것으로 보인다. 박용규, 「일제하 시대·중외·중앙·조선중앙일보에 관한 연구―창간 배경과 과정, 자본과 운영, 편집진의 구성과 특성을 중심으로」, 『언론과 정보』 2, 1996.2, 117~120쪽 참조.

7 염상섭, 「처녀작 회고담을 다시 쓸 때까지」(『조선문단』, 1925.3), 한기영·이혜령 편, 『염상섭 문장 전집』 I, 소명출판, 2013, 348~349쪽 참조.

8 최우석, 「3·1운동의 마지막 만세시위 검토」, 『사림』 67, 2019.1 참조.

9 고태우, 「3·1혁명의 여진과 조선 사회―『조선소요사건관계서류(朝鮮騷擾事件關係書類)』를 중심으로」, 『한국학연구』 52, 2019.2 참조.

선의 독립을 청원하는 대표단을 파견하기도 했지만, 결과적으로는 아무런 성과도 거두지 못했다. 이러한 일련의 사건들 속에서 워싱턴회의 이후 즉각적인 조선의 독립은 현실적으로 불가능하다는 인식이 자리잡았으며, 이에 독립운동 진영은 새로운 방법론을 준비하기 시작했다.[10]

염상섭은 3·1운동을 전후한 시기부터 제2차 도일 전까지 『삼광』, 『동아일보』, 『폐허』, 『동명』, 『시대일보』 등 모두 5개사의 인쇄미디어에 직간접적으로 관여했다. 그가 (A) 시기에 주로 관여했던 『삼광』, 『동아일보』, 『폐허』는 식민지라는 조건을 넘어 독립을 즉시 꾀하고자 했던 3·1운동의 열기가 여전히 남아 있는 가운데 발간되었다. 이와 달리 (B) 시기에 참여한 『신생활』, 그리고 『동명』과 『시대일보』는 '3·1운동 이후 식민지'라는 조건을 현실로 인정하는 가운데, 새로운 전략과 전술을 모색하던 때에 발간된 인쇄미디어였다.

또한 (B) 시기에 염상섭은 고려공사에서 단행본 『만세전萬歲前』1924을 출간했다. 주지하듯이 『만세전』은 단행본으로 출판되기 전까지 『신생활』과 『동명』의 후신인 『시대일보』를 경유했으며, 그 과정에서 제목도 '묘지'에서 '만세전'으로 변경되었다.[11] 즉 이 작품은 1922년 7~9월전3회에 「묘지」라는 제목으로 『신생활』에 일부가 연재되었으며, 이후 1924년 4월 4일~6월 4일전59회에 「만세전」이라는 제목으로 『시대일보』에 연재되고 나서, 1924년 8월 10일에 출판사 고려공사에서 단행본으로 출간되었다. 다

10　전상숙, 「제1차 세계대전 이후 국제질서의 재편과 민족 지도자들의 대외 인식」, 『한국정치외교사논총』 26(1), 2004.8; 고정휴, 「워싱턴회의(1921~22)와 한국민족운동」, 『한국민족운동사연구』 35, 2003.6; 임경석, 「워싱턴회의 전후 한국 독립운동 진영의 대응」, 『대동문화연구』 51, 2005.9 참조.

11　박현수, 「「묘지」에서 「만세전」으로의 개작과 그 의미―「만세전」 판본 연구」, 『상허학보』 19, 2007.2 참조.

시 말해 『만세전』은 1922년 7월부터 1924년 8월에 이르는 2년간 두 개의 인쇄미디어를 거쳐 비로소 단행본으로 출간되었던 것이다.[12]

단행본 『만세전』 출판 경위를 통해서도 확인되듯이, (B) 시기 염상섭에게 있어서 『신생활』과 『시대일보』는 각별한 의미를 지닌다. 물론 여기에는 『시대일보』의 전신이자 모태라고 할 수 있는 『동명』의 존재도 추가되어야 할 것이다. 1922년 9월을 전후한 시기에 염상섭은 『신생활』 객원기자에서 『동명』 창간 기자로 자리를 옮긴다. 3·1운동 이후 새로운 모색을 가늠해야 했던 1922년의 염상섭에게 있어서, 『신생활』과 『동명』은 생활의 문제를 해결하는 동시에, 문학적·사상적·실천적 글쓰기 작업의 토대가 되는 매우 중요한 인쇄미디어였다.[13] 염상섭은 양쪽 모두에서 미디

---

12 고려공사판 단행본 『만세전』의 서문이 작성된 시점은 1923년 9월로 명기되어 있다. 즉 염상섭은 『시대일보』 연재 이전에 『만세전』을 완결 짓고 단행본 출간을 계획했던 것으로 보인다. 「묘지」 및 「만세전」의 연재와 단행본 출간에 대해서는 다음을 참조. 이종호, 「염상섭 문학과 사상의 장소—초기 단행본 발간과 그 맥락을 중심으로」, 『한민족문화연구』 46, 2014.6.

13 이와 관련된 기존 논의의 경향은 다음과 같이 몇 가지로 정리해 볼 수 있다. 먼저 염상섭과 『신생활』의 관련성에 대한 논의는 주로 「묘지」의 연재 및 검열의 측면에서 이루어졌다(이재선, 「일제의 검열과 『만세전』의 개작—식민지시대 문학 해석의 문제」, 『염상섭 문학연구—염상섭전집 별권』, 민음사, 1987; 최태원, 「〈묘지〉와 〈만세전〉의 거리—'묘지'와 '신석현사건'을 중심으로」, 『한국학보』 27(2), 2001.6; 박현수, 「「묘지」에서 만세전」으로의 개작과 그 의미—「만세전」 판본 연구」, 『상허학보』 19, 2007.2 등 참조). 둘째, 염상섭이 견지한 아나키즘 및 범사회주의적 경향에 주목하여 '『신생활』의 객원기자'가 지니는 사상적 의미를 고려하는 논의들이 있었다(황종연, 「과학과 반항—염상섭의 『사랑과 죄』 다시 읽기」, 『사이間SAI』 15, 2013.11, 114쪽; 권철호, 「『만세전』과 초기 염상섭의 아나키즘적 정치미학」, 『민족문학사연구』 72, 2013.8, 175~180쪽 등 참조). 셋째, 『동명』과 염상섭의 관계를 고찰하는 작업들은 『동명』 창간을 주도했던 최남선과 진학문의 자장 속에서 이를 주로 의미화했다(김종균, 『염상섭 연구』, 고려대 출판부, 1974, 30쪽; 김윤식, 『염상섭 연구』, 서울대 출판부, 1986, 246~253쪽 등 참조). 최근 들어서는 잡지 『동명』과의 관련 속에서 염상섭의 번역 작업과 '문인회' 결성을 다루는 논의 등이 더해졌다(정선태, 「시인의 번역과 소설가의 번역—김억과 염상섭의 「밀회」 번역을 중심으로」, 『외국문학연구』 53, 2014.2; 박현수, 「1920년대 전반기 〈문인회〉의

어 발간과 관련된 역할을 담당했고, 글쓰기를 통해 의미 있는 성과를 남겼다. 말하자면, 3·1운동의 급진적 기운이 가라앉기 시작하고 그 이후의 새로운 경로를 구상해야 하는 시기에, 염상섭은 『신생활』과 『동명』에서의 글쓰기를 통해 그 방향성을 모색해 나갔다고 해도 좋을 것이다.

그럼에도 두 미디어 전체에서 보자면 염상섭은 주변적이거나 부차적인 존재였다. 객관적으로 보면, 『신생활』에서는 '객원기자', 말 그대로 손님으로 참여한 셈이었으며, 『동명』에서는 미디어의 편집과 발간과 관련하여 실무를 담당했지만 최남선과 진학문의 그림자에 가려져 있었다고 할 수 있다. 이런 조건으로 말미암아 두 미디어의 전반적인 성격 및 지향을 논의하는 기존 연구들에서도 염상섭의 위치와 역할은 비중 있게 다루어지지는 못했다.

1922년 당시 『신생활』과 『동명』은 3·1운동 이후의 새로운 전략을 모색한다는 동일한 조건 속에 놓여 있었지만, 발행 주체의 성격과 구체적인 사상적 지향점에서는 많은 차이를 지니고 있었다. 이 무렵은 1919년 3·1운동을 통해 봉인 해제된 다층적인 사상과 운동의 흐름이 분화를 거치고 다양한 쟁점을 형성하기 시작하는 역동적 시기였다. 크게 보면, 아나키즘과 볼셰비즘이 이론적·조직적인 측면에서 각각 그 정체성을 뚜렷이 하면서 분화를 이루기 시작했다. 1922~1923년 무렵 조선노동공제회와 원산 지역 등을 중심으로 아나키스트와 볼셰비키들 사이에서 이론적·조직적 충돌이 발생하기 시작했으며,[14] 1922년 하반기에는 일본에서 시작된

<hr>

결성과 그 와해」, 『한민족문화연구』 49, 2015.2; 손성준, 「번역문학의 재생(再生)과 반(反)검열의 앤솔로지─『태서명작단편집(泰西名作短篇集)』(1924) 연구」, 『현대문학의 연구』 66, 2018.10 등 참조).

14　이호룡, 「일제강점기 국내 아나키스트들의 공산주의에 대한 비판적 활동」, 『역사와 현실』 59, 2006.3, 262~263쪽 참조.

'아나·볼' 논쟁이 조선의 아나키즘 운동과 볼셰비즘 운동의 분화에도 영향을 주었다.[15] 그리고 '김윤식 사회장사건'[1922]과 '사기공산당사건'[1922] 등을 거치면서 사회주의운동 진영과 민족운동 진영 간의 분화와 대립이 뚜렷해지기 시작했다.[16] 그리고 이러한 분화와 대립은 당시의 미디어와 문화 진영에도 큰 영향을 주었다. 특히 『신생활』과 『동명』은 이러한 사상적 지형도의 변동을 보여 주는 대표적인 미디어였다. 『신생활』은 '김윤식 사회장'을 반대한 상해파 고려공산당 국내 조직의 일부가 분리하여 만든 '신생활사 그룹'이 발간한 범사회주의 경향의 미디어로 알려져 있다.[17] 그리고 『동명』의 경우, 민족의 완성을 통해 근대로 나아가고자 했던, 민족주의에 기초한 최남선의 계몽적 기획으로 이해된다.[18] 즉 3·1운동 이후 1920년대 초반, 사회주의 경향과 민족주의 경향을 각각 대별하는 잡지 미디어로 『신생활』과 『동명』을 거론할 수 있을 것이다.[19]

그렇다면 1922년 8~9월 무렵, 염상섭이 사회주의 경향으로 간주되는 『신생활』의 객원기자에서 민족주의 경향으로 논의되는 『동명』의 창간 기자로 그 자리를 옮기는 과정 및 그 의미를 어떻게 이해할 수 있을까. 기존의 염상섭 연구들에서 이 과정은 온전히 주목받거나 해명되지 못했다. 그 이유는 다음과 같이 정리될 수 있다. 먼저 『신생활』은 최종적으로 15호

---

15 아나·볼 논쟁을 거치면서 이루어진, 재일조선인 아나키즘 사상단체의 조직적·이념적 분화에 대해서는 다음을 참조. 김명섭, 「1920년대 초기 재일 조선인의 사상단체―흑도회·흑우회·북성회를 중심으로」, 『한일민족문제연구』 1, 2001.2.

16 최선웅, 「1920년대 초 한국공산주의운동의 탈자유화 과정」, 『한국사학보』 26, 2007.2 참조.

17 박종린, 「'김윤식사회장' 찬반논의와 사회주의세력의 재편」, 『역사와현실』 38, 2000.12, 263~267쪽 참조.

18 류시현, 『최남선 연구』, 역사비평사, 2009, 149~167쪽; 이경돈, 「1920년대초 민족의식의 전환과 미디어의 역할―『개벽』과 『동명』을 중심으로」, 『사림』 23, 2005.6 등 참조.

19 정진석, 『한국언론사』, 나남, 1990, 272~273쪽 참조.

까지 발간되었다는 기사[20]가 확인되지만 실물을 확인할 수 있는 것은 「묘지」의 3회 연재분이 삭제된 9호까지였으며,[21] 이후 잦은 검열 처분으로 인해 실질적인 역할을 하지 못했다고 판단되었다.[22] 이러한 여건 속에서 검열 등으로 인해 염상섭이 『신생활』 활동을 그만두게 되었고,[23] 그 뒤에 순차적으로 『동명』으로 옮겨간 것으로 여겨졌다. 두 번째는, 「묘지」 연재 『신생활』에서 「만세전」 연재 『시대일보』로 이어지는 텍스트의 연속적인 과정에 주목하여, 염상섭이 『신생활』에서 『동명』으로 이동한 것에는 큰 의미를 부여하지 않았다. 세 번째는 미디어적 이동을 염상섭 개인 차원의 인간관계에 한정하여 논의해 왔다. 즉 염상섭의 삶의 궤적에 적지 않은 영향을 끼쳤던 진학문의 영향 관계에서 『동명』에서의 활동을 의미화하고자 했다.[24] 그러나 이러한 관점들은 염상섭의 행보에 놓인 의미를 온전히 해명하지는 못한다. 그런데 최근 『신생활』 10호를 발굴하여 논의한 박현수의 연구는, 3·1운동 이후 국내외 운동 진영의 변화 및 미디어 진영의 변동과 연관 지어 염상섭의 행보를 다각적으로 논의할 수 있는 토대를 제공하고 있다. 박현수는 '신생활사 그룹'이 운동의 방향을 놓고 사회주의적

---

20 「신간소개」, 『동아일보』, 1922.12.30, 4면 참조. 실물을 확인할 수 없는 관계로, 『신생활』이 통권 11호로 폐간을 당했다는 서술(최덕교 편저, 『한국잡지백년』 2, 현암사, 2004, 343~345쪽 참조)도 있지만, 최종적으로는 주보(週報) 형태로 15호까지 발간된 것으로 보인다.

21 『신생활』 9호에 염상섭이 연재한 「묘지」의 3회분은 전문 삭제를 당했다. 하지만 납본용 자료가 남아 있어 그 전모를 확인할 수 있다.

22 박종린, 『사회주와 맑스주의 원전 번역』, 신서원, 2018, 83~89쪽 참조.

23 염상섭 연구 초기에는 검열로 인해 「묘지」 3회가 전문 삭제 당하고 『신생활』이 9호로 폐간되었으며, 그 과정에서 「묘지」의 연재가 중단될 수밖에 없다는 논의가 이루어지기도 했다. 이재선, 「일제의 검열과 『만세전』의 개작—식민지시대 문화 해석의 문제」, 『염상섭 문학연구—염상섭전집 별권』, 민음사, 1987, 283쪽 참조.

24 김윤식, 『염상섭 연구』, 서울대 출판부, 1986이 대표적인 사례라고 할 수 있다.

관점에서 민족운동을 비판하는 구도를 구축하여 다시 '민족의 일치와 완성'을 내세웠던 『동명』을 직접 겨냥하여 대립선을 형성하였고, 그러면서 『동명』의 기자로 활동하고 있었던 염상섭이 자연스럽게 「묘지」 연재를 중단할 수밖에 없게 되었으리라 논의하였다.[25]

따라서 이 글에서는 새롭게 학계에 보고된 『신생활』 10호 및 박현수의 연구를 발판으로 삼아, 1922년 『신생활』과 『동명』을 가로질렀던 염상섭의 궤적을 실증적으로 검토하면서, 그가 3·1운동 이후 미디어 활동을 통해 모색했던 방략들을 검토해 보고자 한다. 이 과정에서 1920년대 초반 운동의 분화와 더불어 형성된 사상적 논쟁점이 당대 전세계를 횡단하고 있었던 반제국주의 운동의 전략·전술의 측면에서 어떠한 의미를 지니고 있었는지도 가늠해 보고자 한다.

2. 염상섭과 『신생활』

1) 『신생활』 객원기자로서의 활동

염상섭이 『신생활』의 객원기자로 활동하는 시점은 7호부터였다. 『신생활』은 사고社告를 내고 염상섭이 "본사의 객원으로 우리와 같이 일하게 되"었음을 알리고 그의 "문명文名"과 "달필達筆"이 "일대 이채異彩를 발發할

25　박현수, 「신문지법과 필화의 사이 ― 『신생활』 10호의 발굴과 연구」, 『민족문학사연구』 69, 2019.4 참조. 박현수는 『신생활』 10호를 발굴하여 운영상의 변동과 간행사의 특징, 게재된 내용 등을 총체적으로 분석하여, 그 구체적인 논점을 ① 볼셰비즘과 프롤레타리아 국제주의에 대한 소개, ② 민족주의와 『동명』에 대한 비판, ③ 염상섭에 대한 비판 등으로 제시하였다. 이 보론에서 『신생활』 10호와 관련된 내용은 박현수의 논문으로부터 많은 시사를 받았음을 밝힌다.

것"이라는 기대를 밝혔다.[26] 7호의 인쇄일과 발행일은 각각 1922년 6월 26일, 7월 5일이었다. 즉 염상섭은 정주 오산학교에서 경성으로 다시 올라와서 소설 「표본실의 청개구리」[1921.8~10], 「암야」[1922.1], 「제야」[1922.2~6]와 산문 「남궁벽 군의 사死를 앞에 놓고」[1921.12], 「개성과 예술」[1922.4]을 『개벽』에 잇달아 게재한 뒤, 바로 『신생활』에 합류했던 것이다. 염상섭이 『신생활』 7~9호 게재한 글은 〈표 1〉과 같이 정리해 볼 수 있다.

〈표 1〉『신생활』에 염상섭이 게재한 글

게재 호수	글 제목	비고
7호 (1922.7.5)	「묘지」(1회)	
	「지상선(至上善)을 위하여」	1922.6.3 심야 작성, 검열로 일부 삭제
8호 (1922.8.5)	「묘지」(2회)	
	「여자 단발문제와 그에 관련하여 −여자계에 여(與)함」	1922.7.14 작성
	「별의 아픔과 기타」	고(故) 남궁벽 글에 대한 해설 1922.6.25 변영로와 공동으로 작성
9호 (1922.9.5)	「묘지」(3회)	전문 삭제, 납본용 원고 존재
	「이끼의 그림자」	고(故) 남궁벽 글에 대한 해설 1922.7.6 작성

　　염상섭이 게재한 글은 크게 세 종류로 구분된다. 소설 『만세전』의 첫 판본인 미완의 「묘지」, 헨릭 입센[Henrik Ibsen]과 막스 슈티르너[Max Stirner]에 기초한 자기혁명 담론 및 여성해방 논의, 『폐허』 동인 남궁벽에 대한 추모와 애도 작업 등이 그것이다. 전반적인 경향은 "진구陳舊한 자기에게 대하여 반역하고 새로운 자아를 확충하며 완성"한다는 "자기혁명"으로부터 시작하여 "제사계급프롤레타리아−인용자의 자각과 대두로 말미암"은 "일대 신개벽新開闢"을 예감하며, "금일의 시대사조 내지 그 정신"을 "전제로부터

26　「사고」, 『신생활』 7, 1922.7, 113쪽. 이 책의 보론에서 인용하는 자료는 특별한 경우를 제외하고 현대어 표기법과 띄어쓰기 기준에 맞추어 수정하였다.

민주民主에, 계급적 차별로부터 평등에, 인습으로부터 해방에, '개個'의 부
정으로부터 '개'의 고조에"서 구하는 "사회개조·생활개조"론을 기반으로
삼았다.[27] 그 사상적 기반은 헨릭 입센과 막스 슈티르너,[28] 오스기 사카에
大杉栄와 레닌[29] 등 개조론 및 아나키즘을 포괄하는 넓은 의미의 사회주의
에 걸쳐 있었다. 염상섭은 그러한 논의를 담론적 차원에서 언급하는 것
에 그치지 않고, 식민지 조선이라는 구체적인 현실에서 사유하고자 했다.
가령 그는 제국주의 체제에서 감시와 검열에 긴박된 식민지 지식인의 일
상과 노예적인 이주노동에 착취 당하는 프롤레타리아의 삶을 형상화하
고,[30] 당대 조선에서 봉건적인 관습과 자본주의적 질서 양쪽 모두를 지양
하는 "여자해방운동"과 "이상적 생활"을 고민하기도[31] 하였다.

염상섭이 『신생활』에 게재한 글들의 경향은, 당대 러시아 볼셰비즘에
기반을 둔 단일한 사회주의적 경향으로는 수렴되지 않은 다양한 개조론,
범사회주의적 담론을 기반으로 했다. 그런데 이러한 범사회주의적 경향
은 『신생활』에도 해당되는 것이었다. 염상섭이 참여한 9호까지 『신생활』
에는 크로포트킨Kropotkin, 막스 슈티르너 등에 기초한 아나키즘 담론과 윌
리엄 모리스William Morris의 논의까지도 포괄하는 개조론 및 범사회주의적
경향의 다양한 글들이 폭넓게 게재되었다.[32] 그런 의미에서 『신생활』의

---

27 염상섭, 「지상선(至上善)을 위하여」(『신생활』, 1922.7), 『염상섭 문장 전집』I,
    205·209~210쪽 참조.

28 위의 글 참조.

29 염상섭, 「묘지」(3회), 『신생활』9호, 1922.9(납본용 판본), 151쪽 참조.

30 위의 글 참조.

31 상섭(想涉), 「여자 단발문제와 그에 관련하여—여자계(女子界)에 여(與)함」(『신생활』,
    1922.8), 『염상섭 문장 전집』I, 226~243쪽 참조.

32 이성태 역, 「사회생활의 진화」, 『신생활』2, 1922.3.21; 이성태 역, 「적자의 생존」, 『신생
    활』3, 1922.4.1; 크로포트킨, 이성태 역, 「청년에게 소함」, 『신생활』6, 1922.6.6; 이성
    태, 「크로포트킨학설연구」, 『신생활』7, 1922.7.5; 路草, 「이상향의 남녀생활」, 『신생활』

전체적인 논조와 염상섭의 사유는 대체로 부합했다고 할 수 있다. '사회주의'적 경향을 대표하는 잡지로 분류되는 『신생활』은, 적어도 9호까지는 그 '사회주의'가 단성적인 것은 아니었음을 알 수 있다.[33]

『신생활』은 상해파 고려공산당 국내 지부에서 탈퇴한 김명식金明植 중심의 사회주의자들이 만든 '신생활사 그룹'을 모태로 하여 발간되었다.[34] 1922년 1월 15일 "월간 잡지『신생활』을 발행"할 목적으로 "신생활사"가 창립되었다.[35] 그들은 "세계 인류의 공통한 표어"인 '개조와 혁신'을 내세우고, '사회 개조를 위한 인간 개조, 인간 개조를 위한 생활 개조'를 그 과정으로 제시하며, "인습의 질곡에서 위력의 압박에서 경제의 노예에서 이탈하고 신생활의 신운동을 개척"하고자 했다. 그리고 신생활, 평민문화, 자유사상을 주지主旨로 내걸었다. 창간 당시 박희도朴熙道, 이병조李秉祚, 강매姜邁, 김명식金明植, 이경호李京鎬, 김원벽金元璧, 이승준李承駿, 원한경元漢慶, 이강윤李康潤, 민관식閔寬植, 백아덕白雅惠 등이 이사진을 구성했고, 박희도가 사장을 겸했다. 그리고 김명식을 주필로 하여 편집국장 강매, 기자 신일용辛日鎔, 이성태李星泰, 정백鄭栢 등으로 필진이 구성되었다.[36] 박종린의 연구에 따르면, 이사진은 "민족운동 관련자들이 다수를 차지"했는데, 경영·재정은 이사진이 담당하고 내용과 편집은 기자들이 담당하는 구조였기

8, 1922.8.5; 이성태, 「想片」, 『신생활』 9, 1922.9.5; 정백, 「유일자와 그 중심사상」, 『신생활』 9, 1922.9.5 등 참조.

33　이는 다양한 사회주의적 기획의 가능성을 보여 주는 것이기도 하지만, 달리 보면 『신생활』 필진들이 당대 사회주의 운동의 흐름 및 이론을 정확하게 인지하지 못했음을 방증하는 것이기도 하다.

34　박종린, 앞의 글, 263~267쪽 참조. 1921년 말 김명식 중심의 사회주의자들은 장덕수(張德秀) 세력에 반대하여 상해파 고려공산당 국내 지부에서 탈퇴한 뒤, '신생활사 그룹'을 만들었다.

35　「신생활사 창립」, 『동아일보』, 1922.1.19, 2면 참조.

36　「취지서 급(及) 조직」, 『신생활』 1(임시호), 1922.3.15, 68~70쪽.

에 전반적인 논지는 필진들에 의해 좌우되었다고 한다.[37] 발간 형식은 원래 월간으로 하려고 했으나 "빈약한 느낌이 있는 까닭"으로 순간旬刊으로 변경하여[38] 1922년 3월 11일 창간호를 발간하였다.[39] 그러나 창간호는 납본 검열 과정에서 치안방해로 압수당하였고[40] 다시 3월 15일에 임시호가 발간되었다. 이후 5호까지는 순간으로 발간하였으나 계속된 "검열에 곤란을 당하"여[41] 내용과 경영상의 어려움을 겪게 되자, "월간으로 해서 책의 내용과 분량만 상당하게 해가지고 내"고자 했다.[42] 그리하여 6~9호까지는 월간으로 발행되었다.

염상섭이 어떤 경위와 과정을 통해 『신생활』의 객원기자로 합류하게 되었는지를 알려 주는 자료는 없다. 하지만 다음과 같은 사정을 통해 합류의 맥락과 계기를 추정해 볼 수 있다. 먼저 염상섭은 3·1운동 무렵부터 노동운동의 자장 속에서의 활동을 지속하고 있었다. 즉 당시 염상섭의 활동은 좁은 의미의 문학 범주를 넘어서 노동운동 및 사상적 맥락에서 수렴되는 지점들이 많았다.[43] '3·19오사카독립선언'은 '한국노동자'라는 정체성을 바탕으로 도모되었고[44] 이후 그는 요코하마복음인쇄소에서 노동자

37　박종린, 앞의 책, 77~82쪽 참조.

38　「편집을 마치고」, 『신생활』 1(임시호), 1922.3.15, 71쪽 참조.

39　「『신생활』 발행 계획」, 『매일신보』, 1922.2.22, 2면 참조.

40　「신생활 창간호 압수」, 『동아일보』, 1922.3.9, 2면 참조.

41　4호는 발매금지 처분을 당하였다. 「신생활 발매금지」, 『동아일보』, 1922.4.13, 1면; 「『신생활 필화』」, 『동아일보』, 1922.4.13, 3면. 이외에도 검열 과정에서 크고 작은 삭제 처분을 받았다.

42　「사고」, 『신생활』 5, 1922.4.20 참조.

43　이하 3·1운동을 전후한 시기, 염상섭이 전개한 노동운동에 대한 논의와 그 사상적 의미에 대해서는 다음을 참조하였다. 이종호, 「일제시대 아나키즘 문학 형성 연구 ―『근대사조』 『삼광』 『폐허』를 중심으로」, 성균관대 석사논문, 2006, 67~122쪽; 이종호, 「염상섭의 자리, 프로문학 밖, 대항제국주의 안―두 개의 사회주의 혹은 '문학과 혁명'의 사선(斜線)」, 『상허학보』 38, 2013.6, 18~29쪽.

로의 전신轉身을 시도하기도 했다. 그러면서 사상적으로 봉건적·근대적 질서 속에서 억압 받은 모든 주체들을 불러내면서 철저한 민주주의에 기초한 해방론을 정초하고,[45] 나아가 중요한 흐름으로 부상하기 시작한 노동운동의 원인·경향·목적 등을 폭넓게 개괄하는 가운데 예술로서의 노동이라는 독특한 지향을 보여 주기도 하였다.[46] 구체적인 활동의 차원에서는, 1920년 5월 1일 '조선노동공제회'가 주최한 메이데이 기념 강연회에서, 당시 사회주의 활동가였던 정태신과 『신생활』의 주필이 되는 김명식 등과 함께 연사로 출연하여 「노동조합의 문제와 이에 대한 세계의 현상」이라는 주제로 강연을 진행하였다.[47] 그리고 염상섭이 『동아일보』 창간 당시 김명식과 함께 기자생활을 한 인연도 참조할 수 있을 것이다.[48] 또한 결과적으로 『신생활』에서 이광수가 빠진 자리를 염상섭이 들어가게 된 정황도 있다. 창간호부터 지속적으로 『신생활』에 글을 게재한 이광수[49]는 「민족개조론」[50]으로 인한, 『신생활』 내부의 비판으로 6호를 끝으로 활동을 중단했고,[51] 7호부터는 염상섭이 「묘지」 등을 통해 여러 글을 게

44　염상섭, 「독립선언서」(1919.3.19), 『염상섭 문장 전집』 I, 43~44쪽 참조.

45　염상섭, 「이중해방」(『삼광』, 1920.4), 『염상섭 문장 전집』 I, 72~75쪽 참조.

46　염상섭, 「노동운동의 경향과 노동의 진의」(전7회)(『동아일보』, 1920.4.20~4.26), 『염상섭 문장 전집』 I, 102~122쪽 참조.

47　「모임」, 『동아일보』, 1920.5.1 참조. 애초에 이 강연회에는 장덕수, 정태신, 김명식이 연사로 나서기로 되어 있었다. 그런데 사고로 장덕수가 출석을 할 수 없게 되어 염상섭이 그 자리를 대신한 것이었다. 이는 당시 염상섭이 직간접적으로 범사회주의 활동가들과 네트워크를 형성하고 있었음을 짐작케 한다.

48　「본사 사원 씨명(氏名)」, 『동아일보』, 1920.4.1, 3면 참조. 권철호는 '염상섭과 『신생활』의 네트워크'를 해명함에 있어, 『동아일보』 시절 김명식과의 인적 네트워크에 주목하였다. 권철호, 앞의 글, 179~180쪽 참조.

49　춘원(春園), 「금강산유기(金剛山遊記)」, 『신생활』 1~6(연재 미완), 1922.3.15~6.6; 타골(타고르), 노아(이광수) 역, 「기탄자리」, 『신생활』 6, 1922.6.6, 103~115쪽.

50　이춘원(李春園), 「민족개조론」, 『개벽』, 1922.5.

재하기 시작한다. 요컨대 필진 구성의 변화, 인적 네트워크, 그리고 무엇보다 사상적 지향 및 활동의 이력이 바탕이 되어, 염상섭은 사회주의 성향의 미디어로 간주된 『신생활』의 객원기자로 참여하게 되었을 것이다.

2) 염상섭에 대한 『신생활』 진영의 비판

그러나 염상섭의 『신생활』에서의 활동은 오래 지속되지 않았다. 「묘지」의 3회분 연재가 검열로 전문 삭제된 무렵에 그의 객원기자 활동은 마무리된 것으로 보인다. 1922년 11월 14일 주보週報 형태로 발간된 『신생활』 10호에는 「묘지」의 연재본이 실려 있지 않다. 그 대신 염상섭을 비판하는 「분명한 사실에 대한 상섭 군의 오해」라는 글이 게재되었다. 뒤에서 다시 논하겠지만, 당시 염상섭은 『동명』의 기자로 활동하고 있었다. 이 글은 염상섭이 『신생활』 8호에 게재한 「여자 단발문제와 그에 관련하여—여자계에 여與함」의 내용을 표면적으로 문제 삼는다. 하지만 보다 근본적으로는 '민족'을 둘러싼 염상섭의 태도와 입장을 비판하고자 한 것이었다. 그 글의 마지막 대목은 다음과 같이 마무리된다.

⊙ 그런데 상섭 군도 현금 사회를 관찰할 적에 어떠한 일편에서 어떠한 일편이 해방되고자 하는 사실까지는 보았다. (…중략…) 그리고 또 인간사회에 기사飢死의 참상과 주종의 부자연한 뇌옥牢獄을 옹호하는 마도魔徒 계급에게 그 필봉이 미칠 때에는 거의 반광적半狂的으로 그 계급을 이도彝倒하였으며 그 계급의 타파를 절규하였다. 이것은 상섭 군이 유산계급을 사갈蛇蝎같이 증오한 명문려구名文麗句를 보아도 알 수 있다. 그대는 진정개혁론자인가? ⓛ 그러면 그대는 인류를 말할

---

51 박종린, 앞의 책, 87쪽 참조.

적에 의식적으로든지 혹은 무의식적으로든지 동포同胞라는 말로 불러본 적이 있었는가 없었는가? 하여간 그대는 인류 가운데에도 특히 동혈족同血族인 우리 조선민족을 부를 때에는 반드시 동포라고 말하였으리라.

나는 동군의 논문을 읽을 때에 처처處處에서 우와 같은 의미의 말이 쓰여 있는 것을 알았다. 뿐만 아니라 ⓒ 동군이 압박에서 신음하는 동포를 위하여 어떻게 열렬한 희생행동을 취한 것은 천구백십팔년 봄에 일본 오사카大阪에서 증명된 적이 있었다고 기억한다. 그럼으로 나는 동군이 이와 같이 말하였다고 단언한다 하더라도 허언도 아닐 뿐 아니라 명예 있는 동군에게 대하여서도 불명예까지는 아니 되리라고 믿는다. 따라서 동군은 조선 여성을 말할 때에 자매라고 말하였으리라. (미완)[52]

이 글에는 제목 다음에 "일日, 도쿄東京에서"라는 구절이 덧붙여져 있는데, 필자는 이정윤李廷允이었다. 이정윤은 1년 전인 1921년 11월 5일 '워싱턴회의'를 겨냥하여 도쿄 조선기독교청년회관에서 개최된 학우회 석상에서 '제2회조선독립선언'을 결의하였고, 결의문과 선언서를 일어와 영어로 번역하여 대사관 및 언론기관에 배포한 바가 있었다. 그 사건으로 인해 출판법 위반으로 도쿄 감옥에서 복역한 뒤 1922년 11월 1일 만기 출소한 상황이었다.[53] 그러니까 이 글은 이정윤이 출소하자마자 작성한 것이었다. 그는 장차 북성회北星會, 고려공산동맹의 가입 및 활동을 통해 사회주의자로 성장해 갈 인물이었다.[54] 이정윤과 염상섭은 모두 1897년

---

52 이정윤, 「분명한 사실에 대한 상섭 군의 오해」, 『신생활』10, 1922.11.4, 12쪽(강조는 인용자).

53 警保局, 「朝鮮人近況槪要(大正十一年一月)」, 『在日朝鮮人關係資料集成 第一卷』, 朴慶植 編, 東京 : 不二出版, 1975, 122~123쪽; 「동경유학생 선언서 사건 공판」, 『동아일보』, 1922.1.18, 3면; 「제이차독립을 선언한」, 『동아일보』, 1922.11.2, 3면 참조.

생으로 동갑내기였다. 그러나 서로 교류가 있던 사이는 아니었다. 염상섭이 문학장 내에서 비판과 논쟁을 주고받은 것은 예사로운 일이었지만, 사상운동 진영에서 비판을 받은 것은 이례적인 사건이었다.

이정윤의 글은 미완의 형태에 머물고 있어서[55] 궁극적으로 주장하는 바가 명확하게 드러나지는 않는다. 다만 그는 염상섭을 크게 세 층위에서 논평하였다. 첫째는 ⓒ과 같이 염상섭이 1919년 오사카에서 전개한 '3·19오사카독립선언'에 대한 평가이다.[56] 이정윤은 이를 '동포를 위한 희생'으로 상찬하면서도, 전체적으로는 그러한 희생이 '조선 동포'에만 한정되었지 인류 전체에 해당된 것은 아니었다는 비판을 가한다. 둘째 ㉠과 같이 당대 염상섭의 해방론 및 사상에 대해 논평하였다. 그는 염상섭이 지배계급으로부터 피지배계급의 해방, 혹은 유산계급으로부터 무산계급의 해방이라는 사유를 전개·공유했음을 부분적으로 인정한다. 그런데 셋째, 그러한 염상섭의 해방론이 지닌 한계를 ㉡과 같이 비판한다. 즉 이정윤은 염상섭이 '동포'라는 용어를 조선 민족에 한정하여 사용하는가 아니면 인류 전체에도 사용하는가 하는 논법을 통해, 해방적 주체성의 범위를 문제 삼는다. '민족동포의 해방 대對 사해동포의 해방'(혹은 '민족' 대

---

54 강만길·성대경 편, 『한국사회주의운동 인명사전』, 창작과비평사, 1996, 368~369쪽 참조.

55 『신생활』11호는 발매금지를 당했고, 현재 그 실물을 확인할 수 없다. 「『신생활』 발매금지」, 『동아일보』, 1922.11.16, 3면 참조. 따라서 이정윤의 글이 11호에 이어서 게재되었는지는 알 수 없다.

56 원문에는 "千九百十八年 봄에 日本 大阪"으로 되어 있으나 "千九百十九年 봄에 日本 大阪"의 오식으로 보인다. 염상섭은 1918년 3월 교토부립(京都府立) 제2중학을 졸업하고, 4월에는 게이오기주쿠(慶應義塾) 예과에 입학하여 10월까지 재학하였다(김윤식, 『염상섭 연구』, 41쪽; 김윤식, 「『염상섭 연구』가 서 있는 자리」, 문학사와비평연구회 편, 『염상섭 문학의 재조명』, 새미, 1998, 13쪽 등 참조). 따라서 이정윤이 가리키는 사건은 염상섭의 '3·19오사카독립선언'을 의미한다고 볼 수 있다.

'계급')이라는 이분법적 사유를 통해, 염상섭의 해방론을 조선 민족에 한정된 것이라고 미리 재단하고 그 한계에 대해서 비판을 하는 방식으로 논지를 전개한 셈이다.

이정윤의 염상섭에 대한 비판은 표면적으로 개인적 차원에서 이루어진 것이다. 하지만 비판의 관점, 민족과 인류계급라는 이분법적 도식, 그리고 『신생활』의 이정윤과 『동명』의 염상섭이라는 미디어적 지형도 등을 고려할 때, 그 비판과 대립은 3·1운동 이후 식민지 조선에서의 전체 운동의 분화 및 그 쟁점을 제유하고 있었다고 볼 수 있다.[57] 염상섭과 이정윤, 두 사람 모두 "3·1운동의 후예들"[58]이었다. 두 사람은 제1차 세계대전 이후 구축될 새로운 국제질서에 기대를 품었다가 그것을 철회하거나 좌절한 경험을 지니고 있었다. 염상섭은 베르사유체제를 성립시킨 파리강화회의 및 국제노동기구ILO 총회가 지닌 한계를 지적하고 "'해방'을 의미하는 개조"를 주장하며 논의를 급진화하였다.[59] 한편 이정윤은 워싱턴회의를 통한 조선의 독립을 기대하면서 다시 한 번 독립선언을 추진하였지만, 정작 그 회의를 통해 일본의 조선에 대한 지배는 국제적으로 승인되고 말았다. 즉 "1919년 3월 이래 지속되어 오던 혁명적 정세가 워싱턴회의를 계기로 하여 퇴조기로 전환되었다."[60] 제1차 세계대전의 전후 처리와 3·1운동을 통해 한층 고무되었던 새로운 세계질서 및 조선의 탈식민화에 대한 기대는 더 이상 유효하지 않은 것이 되었다. 이에 새로운 방략

---

57 박현수는 "『신생활』의 입장에서는 9호까지 '객원'으로 일했던 염상섭의 음영을 지워내는 일이 필요했을 것"이라며 이정윤의 염상섭에 대한 비판을 당시 미디어와 운동의 맥락을 고려하면서 논의했다. 박현수, 앞의 글, 295~296쪽 참조.
58 정병준, 『현앨리스와 그의 시대』, 돌베개, 2015, 2장 참조.
59 염상섭, 「이중해방」(『삼광』, 1920.4), 『염상섭 문장 전집』 I, 72~75쪽 참조.
60 임경석, 앞의 글, 293쪽.

과 운동이 요청되고 있었고, 운동의 지향 및 자원을 놓고 '민족'과 '계급'이 주요한 개념으로 부상하였다. 이정윤의 염상섭에 대한 비판도 그러한 맥락 속에서 이루어진 것이었다.

3) 『신생활』의 변화 – 대중의 동무에서 신흥계급의 전위로

식민지 조선의 운동 지형의 변화를 『신생활』 10호는 일정 정도 반영하고 있다. 『신생활』은 9호 발간 이후, 보증금 3백 원을 납부하고 1922년 9월 12일 조선총독부로부터 신문지법에 의한 순간 발행허가 지령을 받음으로써 정치나 시사도 다룰 수 있게 되었다.[61] 이후 신생활사는 당국과 교섭하여 『신생활』의 발간을 다시 주간으로 변경하였고 합자회사로 사업의 규모도 확장하였다.[62] 신생활사는 10호 발간을 앞두고 다음과 같은 광고를 통해 변화된 사항을 공지했다.

본보는 현대사상의 최고 기조인 ㉮ 사회주의의 입지에서 세계적으로 우짖는 현하 조선에서 수시 발생하는 ㉯ 사회문제 급及 정치문제의 이론과 실제를 연구, 소개, 비평, 보도하는 것을 주지로 하고 전진하려는 조선 유일의 언론기관이외다.

본보는 최초에 순간으로 출세出世하였다가 검열 관계로 경영이 곤란하여 월간으로 인속^{이繪} 발행하던 바 금번 신문지법의 출판허가가 출出하여 주간^{신문형}으로 변경하고 ㉰ 갱更히 진용陣容을 정제整齊하여 충실한 내용으로 새로운 원기元氣로써 ㉱ 신흥계급의 전위를 작作하려 합니다.[63]

---

61 「잡지 4종 허가」, 『동아일보』, 1922.9.16, 2면; 「주목할 언론계 전도」, 『동아일보』, 1822.9.16, 3면; 「언론 취체에 대하여」, 『동아일보』, 1922.9.18, 1면.

62 「신생활 사업 확장」, 『동아일보』, 1922.10.18, 3면.

약 8개월 사이에 '신생활'이라는 제호만 제외하고 모든 것이 변화했음을 알리는 공지였다. 창간호에서 제시했던 '개조와 혁신', '신생활, 평민문화, 자유사상' 등으로 표현되었던 사상적 지향은 ㉮ '사회주의'로 단일하게 정리되었다. 신문지법을 통해 ㉯ '사회문제와 정치문제'를 다룰 수 있게 됨에 따라 식민지 조선에 대한 직접적인 현실 개입이 가능하게 되었다. 이런 변화 속에서 ㉰와 같이 조직과 구성원을 정비하는 작업은 자연스러운 일이었을 것이다. 창간호에서 수평적인 "대중의 동무"[64]를 자처했던 『신생활』은 이제 조직적이고 수직적인 "신흥계급의 전위"로 그 목적을 명확하게 했다. 급격한 변화였다. 확실히 이러한 변화와 지향, 그리고 그 언어 속에서 염상섭이 손님客員으로라도 머물 자리를 찾기란 쉽지 않았을 듯하다. 『신생활』 10호는 다음과 같이 「주보週報 발간에 임하여」라는 발간사를 통해 그간의 사정을 좀 더 상세하게 해명하고 정리했다.

본지가 창간된 후의 세월은 많지 아니한 8개월간이외다마는, (…중략…) 실로 많은 곤란이 있었고 심한 위험이 있었습니다. 원래 ㉹ 자본주의와 전제정치가 적이 된 것은 물론이오, 그 외에 ㉺ 종교가, 교육가, 매법자賣法者들도 적이 되었으며 심하여서는 ㉻ 동일한 주의와 주장으로 우리와 보조를 같이할 동지까지도 또한 적이 되었습니다. 그 우에 ㉾ 경제는 항상 곤궁하여 (…중략…) ㊀ 당국으로부터 최후 처분을 행한다는 추상秋霜 같은 경고를 수受하였으며 이뿐 아니라 ㊁ 동지자 간에서 발생한 의혹은 해외에서까지 선전이 되어 마침내 국제적으로 본지의 불온한 것을 취체하라는 교섭까지 모처某處에 있게 되었던 모양이외다. (…중략…) 그리하여 일시는 유탕遊蕩한 기분에 포로된 연문학자軟文學者와 여如히 제국주의에 위협된 소약민족小弱民族

63　「주보 신생활」, 『동아일보』, 1922.10.22, 1면(강조는 인용자).
64　「창간사」, 『신생활』 1(임시호), 1922.3.15, 9쪽.

의 국수주의자의 기력氣力과 여如히 실망과 낙담으로 한갓 자폭자기自爆自棄한 적도 있었으며 또 일방으로는 ㉰ 석일昔日의 『라인 신문』의 최후 운명을 연상하여 고적孤寂과 비애를 규叫하면서 스스로 이것을 조상吊喪한 적도 없지 아니하였습니다.[65]

인용문을 통해서 확인할 수 있듯이, 신생활사 그룹은 창간 후 다양한 어려움에 봉착했던 것으로 보인다. 기본적으로 ㉣과 같이 '자본주의'와 '전제정치'라는 제국주의가 부과하는 어려움을 비롯하여, 보다 세부적으로 ㉢과 같이 자연스레 종교·교육·사업 등의 이른바 이데올로기적 국가 장치라고 할 만한 영역 등과도 갈등을 겪었다. 구체적으로는 ◎과 같이 조선총독부의 검열과 탄압이 잡지의 발간을 위태롭게 했으며 이로 인해 ㉥처럼 지속적인 경영난에 시달렸던 것으로 보인다. 다만 이러한 곤경은 식민지 조선의 운동 집단 대부분에 부과되는 상수와 같은 조건이었다고도 할 수 있다. 더 큰 어려움은 ㉧과 ㉲처럼 운동의 내부적인 갈등과 노선의 차이, 그리고 뜻하지 않게 "동지자 간에 발생한 의혹"으로 말미암은 곤란함에 있었던 것으로 보인다. 뜻을 같이한다고 믿었던 동지들 간의 갈등과 적대는 심각한 상황이었으며, 이로 인한 국제적 차원에서의 사상적 심판이 큰 압박으로 작동했던 것으로 보인다. 이와 관련하여 발간사에서 구체적인 사건이 언급되지는 않는다. 다만 여러 정황을 고려할 때 1922년 1월 '김윤식사회장사건'과 1922년 4월 '사기공산당사건'을 거치면서 조직적으로는 '상해파 고려공산당 국내지부'가 분열되어 '신생활사 그룹'이 만들어지고, 이념적으로는 비공산주의적 요소를 배제하고 볼셰비즘 경향으로 수렴되는 일련의 과정이 연관되어 있을 듯하다.[66]

---

65 「주보 발간에 임하여」, 『신생활』 10, 1922.11.4, 1쪽(강조는 인용자).
66 최선웅, 앞의 글; 박종린, 앞의 글; 임경석, 「1922년 상반기 재 서울 사회단체들의 분규

실제로 『신생활』은 9호1922.9.5에서 10호1922.11.4로 넘어오는 과정에서 전체적인 논조는 크게 달라졌다. 앞서도 언급했듯이 9호까지는 개조론 및 아나키즘을 포함하는 다양한 논의가 게재되었으나, 10호에 이르러서는 러시아와 레닌 그리고 볼셰비키 등에 관한 논의로 수렴되는 단일한 노선으로 정리가 이루어졌다.[67] 불과 두 달 사이의 이러한 급격한 변화에는 마치 제삼자에게 사상적 선명성을 증명해야 한다는 성마름이 묻어나기도 한다. 그리하여 '발간사'에서는 논의의 근거로 "볼셰비키의 승리"와 "레닌의 선견先見"이 제시되고, "노동자의 위력, 신흥계급의 천하, 이것은 우리의 판정하는 바이오 우리가 확신하는 바"이다는 식으로 전체적인 입장과 지향이 정리된다. 『신생활』의 발간을 ㉢과 같이 맑스Karl Marx의 『라인 신문 Die Rheinische Zeitung』의 발간에 비견하는 대목에 이르면, 신생활사 그룹이 염두에 두고자 했던 사상의 토대가 명료하게 드러난다. 이러한 미디어의 재편과 논조의 변화는, 잠정적으로 신생활사 그룹의 전체적인 방향전환을 의미하는 것이었다. 3·1운동 이후, 그들의 노선은 계급과 사회주의에 초점이 맞추어졌으며, 그 조직화 모델은 러시아 볼셰비즘에 기초하게 되었던 것이다. 따라서 이러한 노선에 이견을 가지고 있거나 함량이 미달될 경우, 조직에서 축출되거나 비판을 받는 것은 예견된 일이었다. 이정윤에게 비판을 받은 염상섭도 그러한 사례 가운데 하나였던 것이다.

와 그 성격」, 『사림』 25, 2006.6 등 참조.

67   예외적으로 크로포트킨 관련 단편 기사가 게재되기는 했다. 크로포트킨, 「노동자의 선언」, 『신생활』 10, 1922.11.4 참조.

3. 염상섭과 『동명』

1) 『동명』 창간 기자로 합류

1922년 늦은 여름, 염상섭은 진학문의 주선으로 최남선을 처음 만났다. 진학문은 "『동명』지를 창간하니 덮어놓고 같이 시작하자"고 염상섭에게 제안했다.[68] 이를 계기로 염상섭은 『신생활』 9호를 끝으로 하여, 『동명』 창간1922.9.3에 참여하게 된다. 염상섭은 큰 시차 없이 『신생활』에서 『동명』으로 이동했다.

진학문의 회고에 따르면, 최남선은 출옥1921.10.18[69] 후 그에게 편지를 보내어 이광수와 함께 『청춘靑春』을 속간하자고 제안했는데, '청춘'이라는 제호를 총독부가 허가하지 않아 '동명'으로 제호를 바꾸어 신청했다고 한다. 그리고 사전 검열을 피할 요량으로 월간지 대신 주간지라는 형식을 선택하였다.[70] 이형식의 연구에 따르면, 『동명』의 허가 과정에는 당시 조선총독부 사이토 마코토齋藤實의 개인 고문이었던 아베 미쓰이에安部充家의 도움이 적잖이 작용했다.[71] 1921년 말 무렵까지만 해도 최남선은 『동명』을 자신과 진학문, 홍명희洪命熹 3인 체제로 하고, 나중에 공식적으로 이광수를 합류시키는 방식을 통해 운영할 계획이었다.[72] 『동명』은 1921년 겨

---

68   염상섭, 「최육당(崔六堂) 인상」(『조선문단』, 1925.3), 『염상섭 문장 전집』 I, 351~352 쪽 참조.

69   「최남선 씨 가출옥」, 『동아일보』, 1921.10.19, 3면.

70   진학문, 「신문·잡지에 쏟은 정열」, 『신동아』 44, 동아일보사, 1968.4, 248~249쪽; 진학문, 「나의 문화사적 교유기」, 『세대』 118, 1973.5, 203쪽 참조.

71   아베 미쓰이에는 최남선의 가석방에도 큰 역할을 하였고, 이후 최남선이 창간한 『동명』과 『시대일보』 허가에도 큰 영향력을 발휘하였다고 한다. 이형식, 「'제국의 브로커' 아베 미쓰이에(安部充家)와 문화통치」, 『역사문제연구』 37, 2017.4, 450~462 쪽; 「『동명』·『시대일보』 창간과 아베 미쓰이에(安部充家)」, 『근대서지』 18, 2018.12, 723~732쪽 참조.

울에 발행허가를 신청하였는데, 1922년 5월 27일에서야 비로소 신문지
법에 의해 허가를 받았으며 6월 6일에 지령을 교부받았다.[73] 이는 영향력
있는 일본인 아베를 매개해야 할 정도로 쉽지 않은 일이기도 했다.

　창간이 임박한 시점에서 최남선이 애초에 계획한 주요한 인적 구성은
실현되지 못했다. 이광수와 홍명희의 참여가 이루어지지 않았기 때문이
다.[74] 창간호 발행 직전 동명사는 『동아일보』 1면에 절반이 넘는 대형 광
고를 게재했다.[75] 광고 상단에 "시사주보時事週報 동명"이라는 제호 양쪽에
"감집監輯 최남선", "주간 진학문" 표기를 통해 2인 체제로 운영됨을 밝혔
고, 그 하단에 특별히 염상섭에 대해 다음과 같이 언급하면서 그 역할을
강조했다.

　『동명』은 현문단의 효장驍將 염상섭 군의 안배按排하에 소설, 시가 등 문예 기
사에 특색을 정물할 것이며, 더욱 소설은 순예술적, 전기적傳奇的, 정탐적偵探的,
골계적 각각을 장단長短 수편數篇 씩式 매호 게재하여 항상 신미新味 충일充溢한 관
조경觀照境과 아취雅趣 풍만豐滿한 환소歡笑 건件을 독자에게 제공합니다.[76]

72　이형식, 「『동명』·『시대일보』 창간과 아베 미쓰이에(安部充家)」, 725쪽의 이형식이 번
　　역한 「1921년 12월 26일자 아베 앞 최남선 서한」(『安部充家關係文書』 190) 참조.

73　「잡지 『동명』 허가」, 『동아일보』, 1922.6.8, 3면.

74　이광수가 『동명』에 참여하지 못한 사정에 대해서는 견해가 엇갈린다. 이광수는 『동명』
　　의 경영을 진학문이 맡고 편집을 자신이 담당하기로, 애초에 최남선으로부터 제안을
　　받았다고 회고한다. 그런데 정작 자신에게 "아무 말도 없이 『동명』이 나왔다"고 하며 당
　　시 분개했다. 이광수는 그러한 사정의 원인을 「민족개조론」으로 인한 여론의 악화에서
　　찾는다. 이광수, 「문단 생활 30년의 회고―무정을 쓰던 때와 그 후(3)」, 『조광』, 1936.6,
　　120쪽 참조. 그러나 진학문은 이광수가 "작가 생활만을 하겠다는 본인의 거절"로 참여
　　하지 않았다고 서술한다. 진학문, 「신문·잡지에 쏟은 정열」, 248쪽 참조.

75　이하 '1) 『동명』 창간 기자로 합류' 부분에서 논의하고 있는 『동명』의 발행 취지와 관련한
　　인용과 분석은 다음의 자료에 기초했다. 『동아일보』, 1922.8.24, 1면 『동명』 관련 광고.

76　『동아일보』, 1922.8.24, 1면 『동명』 관련 광고.

염상섭의 역할은 어쩌면 애초에 최남선이 염두에 두었던 이광수의 자리를 대신한 것인지도 모른다. 『동명』은 당시 미디어에서 문예물이 지닌 위상을 잘 인지하고 있었던 것 같다. 최남선과 진학문 이외에 언급된 고유명은 염상섭이 유일했으며, 그가 문예 기사 및 문예물을 담당한다고 지정함으로써 전문성을 표출하고자 했다. 그리고 순수 예술에서 대중적 흥미를 유발하는 전기물, 정탐물, 골계물 등에 이르기까지 문예물을 고루 배치하는 방침을 세웠고, 그럼으로써 '문예 독자'에서 '대중 독자'까지 다양한 독자층을 포괄하려 했다. 이 3인 외에도 현진건玄鎭健, 이유근李有根, 권상노權相老 등이 기자로 참여했다.[77] 그리고 "만중萬衆의 상망想望하는 각 방면 명사 공동 집필"을 강조하며 대중에게 영향력을 행사할 수 있는 다양한 필진을 확보함으로써, 『동명』의 위상을 강화하고자 했다. 즉 "각 방면의 대표적 명사를 객원으로 연청延請하여 각 방면의 고명한 의견을 매호에 교체 소개"할 작정이었다.

그런데 창간 이후 틀이 어느 정도 잡히자 최남선은 『동명』을 일간지로 전환하기 위해 동분서주했기 때문에, 염상섭과 현진건이 대부분의 편집 실무를 담당하게 되었다.[78] 『동명』은 3~4천 부 정도를 판매했지만 주간지 형식으로 인해 광고 수입에는 한계가 있었고, 곧 심각한 재정난에 시달리자 일간지로의 전환을 통해 자본금을 확보하고자 했다.[79] 이는 동명사의 사활이 걸린 문제였고, 최남선은 일간지로의 전환을 위해 총독부와 교섭하고 명사들과 접촉하여 발행 자금을 확보하는 등 분주할 수밖에 없

---

77 진학문, 「신문·잡지에 쏟은 정열」, 248쪽.
78 염상섭, 「아까운 그의 조세(早世)」(전2회)(『국도신문』, 1949.11.18~11.19), 『염상섭 문장 전집』 III, 163쪽; 「육당과 나―현대사의 비극을 몸소 기술한 육당의 편모(片貌)」(『신태양』, 1957.12), 『염상섭 문장 전집』 III, 376쪽 참조.

는 상황이었다.

『동명』은 "조선에서 최초로 시험하는 시사주보時事週報"라는 형식을 통해, "일간신문에 비하여는 기사를 정선하고 보도를 정확하게" 하며, "월간 잡지에 비하면 청신淸新한 재료와 신속한 기재로써 시시時時 변천하는 내외 형세를 적시適時 보지報知"하고자 했다. 즉 "신문 겸 잡지"를 표방하여 "양자의 특장特長"을 두루 취하려고 했던 것이다. 그리고 '시사주보'라 해서 정치기사나 시사평론에만 주력하는 것이 아니라 사회 보도 및 취미, 건강, 생활, 육아 등의 생활 전반의 내용 등도 포괄하여 지식인, 여성, 청년 학생 등 폭넓은 독자를 확보하려고 했다.

또한 다양한 지식과 소식을 망라한다는 의욕으로 정치, 경제, 군사, 교육, 학술, 사회 등 여러 분야를 다루고자 하였다. 그리고 특히 경제생활의 문제와 나아가 노자勞資 문제, 경제적 신이상新理想, 사회적 신운동新運動 등의 문헌들을 망라하고자 하는 의욕을 보여 주었다. 그리하여 "활동 약진하는 세계 만상"을 종합적으로 담아내어, "개조세계, 신생조선"의 교차로에 선 "광탑光塔"의 면모를 갖추고자 했다. 요컨대 "일반사회의 감조鑑照"로서의 역할을 수행함으로써 "전체 민중의 붕우朋友"가 되고자 했던 것이다.

주지하듯이, 『동명』 창간호에는 별도의 '발간사'가 실리지 않았다. 하지만 『동아일보』 광고에서, 최남선은 자신을 '동인 대표'라고 지칭하면서 『동명』의 '발간사'에 해당하는 글을 더불어 게재했다. 2,400자 정도의 글인데, 그 내용을 간추려 인용해 보면, 다음과 같다.

㉑ 현하의 조선인은 오직 한 가지 직무가 허여許與되어 있습니다. 무엇이고 하니

79　진학문, 「신문·잡지에 쏟은 정열」, 248~249쪽 참조.

최근에 이르러 새삼스럽게 '발견된 민족'을 '일심일치一心一致'로 '완성'하는 일이외다. (…중략…) ㉕ 우리가 '민족'이라는 귀중한 '발견'을 이루기 위하여 어떻게 참담한 도정途程을 지냈습니까, 어떻게 거대한 희생을 바쳤습니까. (…중략…) ㉖ 이 '발견'을 다치지 않고 잘 보지保持하며 잘 장양長養하여 그 내용의 충실과 그 외연의 확고確固를 '완성'함으로 말미암아 비로소 오인의 민족적 생명을 발휘하고 세계적 사명을 수행할 것이외다. (…중략…) ㉗ 오인은 온갖 신이상, 신경향에 대하여 경의와 열심을 가지는 자者외다. (…중략…) ㉘ 일체의 신이상新理想에 실현상 가능성을 주기 위하여 먼저 민족완성운동에 전력하여야 할 줄을 신信하며 일체의 신경향新傾向에 가속적 원동력을 주기 위하여 첫째 민족완성운동에 진심盡心하여야 할 줄을 신信합니다.[80]

전체적인 내용이 다소 추상적인 지시어를 통해 전개되고 있어서 구체적인 내용이 명료하게 전달되지는 않는다. 하지만 여기에는 최남선이 생각하는 3·1운동의 의의, 이후의 구체적인 과제와 전략, 당시 사회주의운동에 대한 견해 등이 함의되어 있다. ㉕와 같이 3·1운동은 "참담한 도정"이기도 했고 "거대한 희생"이기도 했지만, 한편으로 '민족의 발견'을 가능하게 했던 사건으로 의미화된다. 그리고 이후의 과제는 ㉖와 같이 발견된 민족의 내용과 외연을 온전히 지키고 양성하여 '완성'하는 것으로 제시된다. ㉘의 '일체의 신이상'과 '일체의 신경향'은 당시 노선을 선명하게 하고 크게 약진하고 있었던 사회주의운동 및 사회주의적 이상이라고 볼 수 있다. 『동명』을 대표해서 최남선은 ㉗와 같이 "오인은 온갖 신이상, 신경향에 대하여 경의와 열심을 가지는 자"라고 언급하면서, 사회주의운동에

80　『동아일보』, 1922.8.24, 1면『동명』관련 광고(강조는 인용자).

대하여 긍정적인 견해를 피력한다. 그런데 ㉧와 같이 그 순서에 있어서 '민족완성운동'이 먼저 이루어져야 한다고 보았다. 다시 말해 '민족완성독립'이 선행되어야 한다는 것이었으며, 그 토대 위에서 사회주의가 구체화되거나 실현될 수 있다는 입장이었다. 민족주의운동과 사회주의운동에 대한 이러한 관점 및 입장은 대체로 『동명』 전체를 관통하는 것이었다.

2) 『동명』에서의 글쓰기 활동

염상섭의 회고에 따르면, 『동명』에서의 생활은 분주하고 고단했다. 창간 후 편집 실무는 염상섭과 현진건이 담당하였는데, 타블로이드 판형의 편집 및 발행은 "전속인쇄소를 옆에 끼고 앉았어서도 수월치 않은 일"이라 "손이 모자라서 그날그날을 안비막개眼鼻莫開로 지내고 툭하면 철야도" 해야 했기 때문이다. 이러한 상황 속에서 1922년 9월 3일 창간부터 1923년 6월 3일 종간까지, 만 9개월 동안 염상섭은 다음의 〈표 2〉와 같이 『동명』을 중심으로 글쓰기 작업을 전개하였다.[81]

〈표 2〉 『동명』에 염상섭이 게재한 글

글 제목	게재 호수
「니가타현(新潟縣)사건에 감(鑑)하여 이출노동자에 대한 응급책」	통권 1호~2호(1922.9.3~9.10)(전 2회)
「구(舊) 7월 1일 오전 5시 홍수로 탁랑(濁浪)에 해백(駭魄)된 수원 화홍문(華虹門)」	통권 1호(1922.9.3)
「E선생」(소설)	통권 2호~15호(1922.9.10~12.10) (전13회, 통권 14호에서는 휴재)
「민중극단의 공연을 보고」	통권 6호(1922.10.8)
「죽음과 그 그림자」(소설)	통권 20호(1923.1.14)(1923.1.11 작성)

81　그 외는 다음의 2편이 유이(唯二)했다. 염상섭, 「문인회 조직에 관하여」, 『동아일보』, 1923.1.1; 「자서(自序)」(1923.5.30 야(夜) 작성), 『견우화(牽牛花)』, 박문서관, 1923.

「E선생」은 「표본실의 청개구리」, 「암야」, 「제야」의 초기 3부작과는 결을 달리한다. 이 무렵 염상섭의 작풍은 크게 바뀌었으며[82] 인물의 현실 인식 및 대응 방법이, 광증·기도·죽음 등과 같은 초월의 형식을 넘어서 객관적·논리적인 언어로 변화했다.[83] 특히 오산학교 경험과 맞물려 있는 「표본실의 청개구리」의 인물들은 3·1운동 이후의 침체와 권태 속에서 우울과 광증에 휩싸여 있다. 그들은 "세계 평화 유지 사업"을 위한 "동서친목회"[84]로의 도약을 제기해 보지만 현실에 쉽게 안착하지 못한다. "민족주의에 코즈모폴리터니즘 비슷한 이상향을 가미한" 그것은 「E선생」에 이르면 보다 객관적이고 현실적인 언어를 획득하기 시작한다. 'E선생'이 학생들에게 말하는 '군국주의'와 '침략주의'에 대한 비판은 제국주의와 식민지 현실에 대한 거부로 의미화되고, 대안으로 발화되는 '사회주의'와 '공산주의'라는 기표는 자본주의에 대한 비판과 지향하는 정체政體를 암시한다. 여기까지는 크게 새롭지 않은 내용이다. 염상섭의 특이성이 드러나는 지점은, "사람다운 사람이 사는 세계에는 없지 못할 최대한 근본 요소"로 강조하는 "자각 있는 봉공심奉公心"에 대한 강조이다.[85] 즉 물질적 변화를 통한 체제의 변화와 더불어 정신적 변화를 통한 인간성의 변화를 제기한 셈인데, 이는 앞으로는 슈티르너를 참조한 자기혁명자기해방의 개념[86]과, 뒤로는 사회주의의 이행에서의 새로운 인간형의 창출 문제[87]와

---

82 박월탄(朴月灘), 「문단의 일년을 추억하여 현상과 작품을 개평(槪評)하노라」, 『개벽』 31, 1923.1.1, 13~14쪽 참조.

83 김종균, 『염상섭 연구』, 고려대 출판부, 1974, 92쪽 참조.

84 염상섭, 「표본실의 청개구리」, 『개벽』 16, 1921.10, 121쪽.

85 상섭(想涉), 「E선생」, 『동명』 12, 1922.11.19, 13쪽.

86 염상섭(廉尙燮), 「지상선(至上善)을 위하여」(『신생활』, 1922.7), 『염상섭 문장 전집』 I, 200~224쪽 참조.

87 염상섭(廉想燮), 「계급문학을 논하여 소위 신경향파에 여(與)함」(전7회)(『조선일보』,

연결되는 것이다. 낡은 어법으로 말하자면 상부구조의 중요성을 드러내는 인식이라고도 할 수 있다.

염상섭이 『동명』에 게재한 글들은 『신생활』 및 그 이전에 게재했던 글들과 일정한 연속성을 지닌다. 「죽음과 그 그림자」는 소설의 형식을 취하고 있지만, 이는 염상섭이 『신생활』을 통해 추모하고자 한 남궁벽의 죽음과 연결되어 있는 작품이다. 소설 속 화자는 잦은 음주와 "매일 극무劇務에 피로한 신경" 상태 속에서 목격한 'P의 고모'의 자동차 사고사를 계기로 '죽음의 그림자'에 붙들리게 되고, 다음과 같이 친구 N군의 죽음을 떠올린다.

그러나 N도 지금 나 같은 생각을 하며 죽었을까? (…중략…) "응 아까 보이던 것은 그때 R이 왔을 때 N 군의 묘墓를 찾아가던 생각을 한 게로군." 하며 혼자 생각하였다. 이것은 N 군은 생시生時에 친교가 있던 어떤 일본 학자가 작년에 왔을 때 같이 수철리水鐵里로 N의 안면安眠하는 양을 보러 갔던 기억에서 나왔단 말이다.[88]

염상섭의 자전적인 사실을 고려하면, 여기서 'N 군'은 '남궁벽'을, '일본 학자'는 '야나기 무네요시柳宗悅'를 가리킨다. 실제로 『폐허』 동인이었던 남궁벽과 야나기는 각별했다.[89] 야나기는 1922년 1월 16일 무렵 염상섭을 비롯한 『폐허』 동인들과 함께 수철리에 있는 남궁벽의 묘지를 방문

1926.1.22~2.2), 『염상섭 문장 전집』 I, 441~473쪽 참조.

88   상섭(想涉), 「죽음과 그 그림자」, 『동명』 20, 1923.1.14, 8~9쪽.

89   야나기 무네요시는 남궁벽과 긴밀하게 교류했는데 이에 대해서는 다음을 참조. 다카사키 소지(高崎宗司), 「야나기 무네요시와 조선 관계 연보」, 야나기 무네요시, 심우성 역, 『조선을 생각한다』, 학고재, 1996, 393~397쪽.

했다. 염상섭은 1920년 귀국 전에 남궁벽의 소개로 야나기를 만났고, 『동아일보』를 매개로 하여 야나기의 부인 야나기 가네코(柳兼子)의 음악회가 조선에서 개최되는 데 일조했다. 야나기의 조선예술 및 민족문화 연구는 「개성과 예술」을 비롯하여 염상섭에게 많은 영향을 끼쳤다.[90] 야나기는 미학적 아나키즘의 경향과 조선민족예술 연구의 측면에서 『폐허』 동인들과 사상적으로 공명하였다.[91] 우연이었을 테지만, 1922년 8월 24일 『동명』 발간을 알리는 대형 광고가 실린 『동아일보』 1면에는 조선총독부의 광화문光化門 철거방침에 반대하는 야나기의 「장차 잃게 된 조선의 한 건축」이라는 기고 원고가 연재되기 시작했다.[92]

야나기가 경성의 광화문이 사라질까 걱정하고 있을 때, 염상섭은 홍수로 유실된 수원 화성의 화홍문華虹門을 애도하는 글을 『동명』 창간호에 실었다.[93] 야나기가 "아! 광화문이여, 광화문이여, 웅대하도다 너의 자태"라고 감탄할 때, 염상섭은 "아아, 화홍아, 화홍아, 너는 만고에 변함없는 우리 민족의 예술적 보패寶貝"라고 탄식했다. 염상섭은 홍수로 사라져버린 '화홍문'의 '128년의 일생애'를 마치 가전체로 이야기하듯이 서술한다. 즉 정조 19년1795 화려하고 영화롭게 출생한 이후 누린 장수와 번화繁華를 묘사하면서도 '비참한 최후'와 '기구한 팔자'를 안타까워했다. 특히 '(구) 한국은행' 일 원권 지폐를 사진으로 함께 제시하면서 그 도안으로 사용

90　염상섭, 「남궁벽(南宮璧) 군」(『신천지』, 1954.9), 『염상섭 문장 전집』 III, 283~284쪽 참조.

91　이종호, 「일제시대 아나키즘 문학 형성 연구―『근대사조』 『삼광』 『폐허』를 중심으로」, 성균관대 석사논문, 2006, 158~166쪽 참조.

92　柳宗悅, 「장차 잃게 된 조선의 한 건축을 위하여」(전5회), 『동아일보』, 1922.8.24~8.28.

93　상섭(想涉), 「구(舊) 7월 1일 오전 5시 홍수로 탁랑(濁浪)에 해백(駭魄)된 수원 화홍문(華虹門)」, 『동명』 1, 1922.9.3, 7쪽.

된 화홍문의 처지를 "뜬 세상 재화를 탐내어 은행이란 부호가富豪家에 서 슴없이 몸을 팔아""궁도窮途에 우는 사람 주린 장자腸子를 끊어 놓고""충 효열절忠孝烈節의 거룩한 영혼을 울리였"다고 일갈하는 대목은, 염상섭 특 유의 번뜩이는 날카로움이 드러난다. 그 지폐의 도안1910.12.21은 일본 제일 은행권의 원판1908.8.1을 거의 그대로 가져온 것이었고[94] 그 시기는 식민지 화를 전후한 때였다. 즉 염상섭은 식민지가 무엇인지를, 조선 후기 영화 롭던 건축물전통·예술이 식민지 자본주의의 화폐 도안으로 전락하는 과정 을 통해 대유代喩하고 있다.

3·1운동의 혁명적 열기가 사그라드는 1922년은 위태로운 시절이었 다. 조선의 개국을 상징하는 광화문은 헐리기 직전이었고, 조선 후기의 중흥과 이상을 보여 준 화성의 화홍문은 홍수로 떠내려가 식민지 자본주 의의 화폐로만 남게 되었다. 즉 '조선의 전통'이라고 할 만한 것들은 제국 주의에 의해 사라지거나 그것에 포섭될 운명이었다. 그리고 식민지 조선 에서 과거의 전통을 넘어 새로운 전통을 창출할 소위 신흥계급은 온전한 모습을 갖추지 않은 상태였다. 염상섭이 「묘지」에서 형상화하고 있듯이, 식민지의 토지에서 분리된 농민들은 현해탄을 건너 제국으로 이주하더 라도 온전한 노동자-프롤레타리아가 될 수 없었다. 그들에게 강제된 것 은 브로커들의 사기와 수탈에 기초한 노예 노동에 불과했다. 그것을 여 실하게 보여 준 것이 『동명』 창간호가 비중 있게 다루었던 '니가타현新潟縣 사건'이었다. 일본 니가타현 수력발전소 현장에서, 일본인은 자본주의적 형태의 임금노동을 수행했지만 조선인은 인신이 자유롭지 못한 노예 노 동을 강요받았다.[95] 앞서 언급했듯이 이 사건에 대해서 염상섭은 「니가타

---

94 한국은행 편,『한국의 화폐－고대부터 대한제국시대까지』, 한국은행, 2006, 80~81·
    150~151쪽 참조.

현사건에 감하여 이출노동자에 대한 응급책」^{이하 「니가타현」}이라는 글을 통해 현실적인 대책을 강구하고자 했다. 최태원이 지적하듯이, 조선인 노동자가 브로커에게 사기를 당해 부당한 조건으로 일본의 공장으로 건너가게 되는 상황을 묘사하는 「묘지」^{3회}와 당대 현실의 '니가타현사건', 그리고 염상섭의 「니가타현」은 서로 긴밀하게 연결되어 있다.[96] 「니가타현」에서 염상섭은 "조선노동자의 이출移出 문제와 재일노동자의 조합조직의 양대 문제"로 구분하여 '응급책'을 구하고자 했는데, 여기서 염상섭이 주목한 것은 식민지 조선의 자본주의적 관계의 미성숙과 조선인 노동자의 낮은 기술적 구성이었다. 이런 이유로, 염상섭은 이출노동자에 의한 전투적 노동조합의 결성은 시기상조로 보았으며 그들의 노동 계약을 책임질 '중개기관'의 운용을 주장했다. 그리고 재일노동자의 경우, 일본인 노동자와의 기술적 격차를 고려하여 노동조건과 차별적 대우를 개선하면서 계급적 자각을 유도하는 조합의 조직을 주장했다. 즉 염상섭은 제국과 식민지, 일본과 조선 사이의 자본주의 관계의 성숙도를 고려하는 가운데, 조선인 노동자의 활로와 일본 노동운동과의 연대 가능성을 타진하고자 했던 것이다.[97]

---

95 이종호, 「혈력(血力) 발전(發電 / 發展)의 제국, 이주노동의 식민지—니가타현(新潟縣) 조선인 학살사건과 염상섭」, 『사이間SAI』 16, 2014.5 참조.

96 최태원, 앞의 글, 121~130쪽 참조.

97 상섭, 「니가타현(新潟縣)사건에 감(鑑)하여 이출노동자에 대한 응급책」(전2회)(『동명』 1~2, 1922.9.3~9.10), 『염상섭 문장 전집』 I, 248~263쪽 참조. 염상섭의 이 글에 대한 연구로는 박헌호, 「염상섭과 '조선문인회'」, 『한국문학연구』 43, 2012.12, 248~251쪽; 이종호, 「혈력(血力) 발전(發電 / 發展)의 제국, 이주노동의 식민지—니가타현(新潟縣) 조선인 학살사건과 염상섭」, 『사이間SAI』 16, 2014.5, 37~44쪽 참조.

4. 민족과 계급 사이에서

3·1운동 이후 1922년 무렵, 계급과 민족을 둘러싸고 여러 운동이 재편·분화될 때 『신생활』과 『동명』은 각 운동의 흐름을 대표하는 주요한 미디어로 자리 잡았다. 다음은 당시 조선 민족의 중심 세력을 형성해야 함을 촉구하면서 식민지 조선에서 구축되어 있었던 주요한 사상 및 운동의 흐름을 논의하는 『개벽』의 논설이다.

> 조선에는 정치적 또는 사회적 중심 세력이 없다. 중심 세력이 없는 민중은 민족도 아니다. 더구나 한 국민은 아니다. (…중략…) 조선에서는 엄정한 의미에서 아직까지 이러한 중심세력이 될 단체가 없다. (…중략…) 조선 민족의 의사를 누구에게 물으랴. 이완용李完用에게 물으랴, 김명준金明濬에게 물으랴. 또는 독립주의란 동아일보 사장이나 동명 주간에게 물으랴 또는 사회주의라는 신생활 잡지 사장에게 물으랴. 물으면 각각 대답은 하리라. (…중략…) 더욱이 조선 민족은 민족적 의사를 충분히 표시하여야 할 시대에 있다. 그것이 동화주의든 자치론이든지 독립주의든지 사회주의든지를 물론하고 조선인은 이 중심에 어느 것 하나를 취하여 민족적 의사를 만들어야 할 것이다.[98]

글쓴이는 당시 식민지 조선의 사상적·운동적 흐름을 동화주의, 자치론, 독립주의, 사회주의 등의 네 가지로 분류하고, 이완용, 김명준, 『동아일보』와 『동명』, 『신생활』을 각각 대표적인 사례로 꼽았다.[99] 이 분류법에

---

98 「곧 해야 할 민족적 중심 세력의 작성」, 『개벽』 34, 1923.4, 4~6쪽(강조는 인용자).

99 1920년대 초반, 이와 같은 네 가지 사상적·운동적 흐름에 대한 보다 상세한 논의로는 다음을 참조. 윤덕영, 「1920년대 전반 민족주의 세력의 민족운동 방향 모색과 성격—

따르면 일본 제국주의하의 식민지라는 조건을 극복하고자 했던 흐름은 '독립주의'와 '사회주의'로 모아졌으며, 『동명』과 『신생활』이 그러한 흐름을 대표하는 인쇄미디어로 인식되었다. 두 미디어는 3·1운동이 지향했던 탈식민이라는 전제 조건을 공유하고 있었지만, 그 구체적인 노선에서는 뚜렷한 차이를 보여 주었다. 그리하여 『동명』과 『신생활』은 정도의 차이는 있었지만, 서로를 강하게 의식하고 있었고 그것을 상황에 따라 논쟁적 언어로 표출하기도 했다.

『신생활』 10호는 내부적으로는 '신생활사 그룹' 내의 방향전환을 선명하게 드러내는 한편, 『동명』에 대한 집중 비판을 통해 그것을 조선의 미디어 지형도 속에서 쟁점화하고자 했다. 그 중심에는 '민족'과 '계급'이라는 개념이 자리하고 있었다. 신생활사 그룹은 『동명』에 대한 비판을 경유하면서, 3·1운동 이후 운동의 흐름을 만들어 가고자 했던 것 같다. 유진희兪鎭熙는 다음과 같이 『동명』에 대한 직접적인 비판을 가했다.

방금 조선에 있어서 가장 선명하게 ㉠ 민족일치를 절창絶唱하는 신문이나 잡지가 있다하면 이것은 위선 『동명』에 제일지指를 꼽을 수가 있을 듯하다. ㉤ 『동명』이 착취계급을 옹호하는 사명을 다하기 위하여 의식적으로 이것을 창도하는지 혹은 이에 대한 이해와 자각이 없이 다만 열熱에 띄운 섬어譫語를 중얼거리는 셈인지는 알 수 없으나 하여간 ㉣ 『동명』이 의식적이고 무의식적임을 무론하고 약탈군略奪群의 진문陣門을 고수하는 용감한 태도는 자타自他가 다 부인할 수 없는 사실이다.[100]

앞서 살펴봤듯이, 『동명』은 3·1운동을 통해 발견된 민족을 완성하기

동아일보 주도세력을 중심으로」, 『사학연구』 98, 2010.6, 378~386쪽.
100 유(兪, 유진희), 「민족·계급 소위 민족일치의 활자 마술」, 『신생활』 10, 1922.11.4, 2쪽

위해 표지에서부터 '조선민족의 일치'를 강조했다. 유진희에 따르면, 그러한 '민족 일치'가 결과적으로 민족 내부의 '정복군·착취군·약탈군'과 '피정복군·피착취군·피약탈군' 사이의 대립적 관계^{지배와 피지배}를 은폐하게 된다. 즉 ㉠의 '민족일치'는 자본주의 내 부르주아와 프롤레타리아 사이의 착취 관계를 감추는 것으로 귀결되기 때문에, 궁극적으로 ㉤과 같이 착취계급이나 부르주아계급을 옹호하는 것으로 귀결된다는 것이다. 이 같은 맥락에서 유진희는 ㉥과 같이 『동명』이 부르주아의 문지기 노릇을 하고 있다고 비판을 가했다.

'민족'을 둘러싼 이러한 논리는 『신생활』 10호의 거의 모든 필진이 공유하고 있었던 내용이었다. 『폐허』 창간호에 시詩를 게재하며 염상섭과 더불어 필자로 참여했던 이혁로李赫魯[101]의 경우, 글의 부제에서부터 "『동명』의 조선민시론朝鮮民是論을 박駁함"이라고 그 비판의 대상을 명확히 하면서 민족 관념의 배타성과 민족주의자의 부르주아적 성격을 비판하였다. 나아가 그는 "그 이해가 상이하고 그 생활의 내용이 상이한 계급이, 다만 동일한 민족, 동일한 역사, 동일한 언어, 동일한 습관 등의 역사적 망식網索으로 일치단결을 행키 난難"하리라 주장하였다.[102] 김명식의 경우도 국제주의와 민족주의의 대립이라는 구도를 통해, 민족주의 논의와 운동에 비판을 더했다.[103] 이런 맥락에서 『신생활』 10호는 '민족 관념'이 대외적으로는 그 배타적 성격으로 인해 제국주의로까지 나아가게 된다고 보았다.[104] 또한 대내적인 차원에서 민족의 단일성은 지배계급의 이익으

(강조는 인용자).

101　보성(步星, 이혁로), 「네 발자국 소리」, 『폐허』 1, 1920.7.25.

102　이혁로(李赫魯), 「민족주의와 프롤레타리아운동 ― 『동명』의 조선민시론을 박함」, 『신생활』 10, 1922.11.4 참조.

103　솔뫼(김명식), 「민족주의와 코스모폴리타니즘(1)」, 『신생활』 10, 1922.11.4 참조.

로 귀결되는 것에 불과하기에[105] 오히려 민족 내부에 자리하고 있는 계급적 차이에 주목해야 함을 강조했다.[106]

민족, 민족주의, 계급에 대한 이러한 이해는, 신생활사 그룹의 독창적인 사유라기보다는 맑스주의의 논의, 특히 레닌이 구체적인 당대 현실 속에서 전개했던 민족을 둘러싼 논의에 기댄 것이었다. 그리고 이는 "세계 대전이 발기되었을 당시에, 인간 생활의 진리 추구를 간판으로 한 사회 당원이 불국佛國에서나 독일에서나 다 같이 민족적 일치의 미명美名에 마취되어서, 인인隣人의 살육비를 무조건으로 승인"[107]한 사실로부터 비롯된 것이었다. 즉 신생활사 그룹이 『동명』을 비판하는 근거로 삼았던 것은 '제국주의 국가의 민족주의사회배외주의'[108]에 대한 레닌의 비판이었다.

그런데 주지하듯이, '식민지의 민족·민족주의·민족해방운동'에 대해서 레닌은 다른 입장을 가지고 있었다. 러시아혁명 직후, '전러시아 노동자·병사 대의원 소비에트대회'에서 채택된 「러시아 제 민족의 권리 선언」1917은 "러시아에 사는 모든 민족의 진정한 자결권의 보장을 약속했고", 「노동하고 착취당하는 인민의 권리 선언」1918은 "식민지와 소국小國의 노동자에 대한 부르주아 문명의 야만적 정책과의 결별과 민족자결권을 선언"했다.[109] 이후 레닌은 식민지의 민족해방운동에 대해서 지지하는 입

104　위의 글, 3쪽.

105　이혁로(李赫魯), 앞의 글, 4쪽.

106　유(兪, 유진희), 앞의 글, 2쪽.

107　이혁로(李赫魯), 앞의 글 참조.

108　강신준, 「제2인터내셔널 시기의 마르크스주의」, 『이론』 3, 1993.1; 황동하, 「제1차 세계 대전기 독일 사회민주당의 '방어전쟁'과 로자 룩셈부르크」, 『마르크스주의 연구』 11(3), 2014.8 등 참조.

109　稲子恒夫, 「ロシア諸民族の権利の宣言」(1917);「勤労し搾取されている人民の権利の宣言」(1918), 『人権宣言集』, 岩波書店, 1955, 272~280쪽.

장을 견지했다. '코민테른Comintern 제1차 총회'1920.7~8에서 레닌은 「민족 및 식민지문제에 대한 테제」를 제출한다. 그 테제에서 레닌은 "모든 공산당은 이들 국가에서의 부르주아 민주주의적 해방운동을 도와야만 한다"[110]고 주장했다. 즉 "레닌의 견해는, 공산주의들은 가능하다면 제국주의에 대한 공동 투쟁에서 식민지의 부르주아 민주주의 운동을 지지하거나 협력해야만 한다는 것이었다."[111]

1922년 코민테른집행위원회가 주최한 '극동민족대회'1922.1.21~2.2에서는 코민테른 집행위원인 사파로프G. Safarov는 "후진국·식민지의 민족해방운동을 돕겠다고 천명"하면서 "식민지 한국의 민족혁명운동은 부르주아적 성질을 띠고 있"음에도, "그것이 제국주의에 반대하는 요소이기 때문에 공산주의자들이 지지해야 한다는 점을 명백히 했다."[112] 이런 맥락에서 '한국문제에 관한 결의'도 채택되었다. "조선에 있어서는 아직 공업이 발달하지 않고 또 계급의식이 유치함으로 계급운동은 시기상조이며 조선은 농업국으로서 일반 대중은 민족운동에 동참하고 있기 때문에 계급운동자는 독립운동을 후원지지하라는 방침"이 골자를 이루었다. 즉 당시 코민테른집행위원회는 조선이 사회주의 혁명 이전에, 부르주아 민주주의 혁명이나 민족해방운동 혹은 탈식민 독립운동을 수행하도록 결정한 것이었다.[113]

---

110 그리고 레닌은 이어 다음과 같은 내용도 덧붙였다. "코민테른은 후진 식민국에서의 부르주아 민주주의와 일시적인 동맹을 맺어야만 하나, 이것과 통합되어서는 안되고 모든 조건하에서, 비록 프롤레타리아운동이 맹아 형태에 있다 해도, 독립성을 유지해야만 한다." 편집부 편역, 「민족·식민지 문제에 대한 테제」, 『코민테른과 통일전선―코민테른 주요문건집』, 백의, 1988, 336쪽.

111 로버트 J. C. 영, 김택현 역, 『포스트식민주의 또는 트리컨티넨탈리즘』, 박종철출판사, 2005, 234쪽.

112 임경석, 『한국사회주의의 기원』, 역사비평사, 2003, 527~529쪽.

1920년대 초 거의 같은 시기에 전개되었던 국제 공산주의 운동의 흐름에 비춰볼 때, 『신생활』 10호가 보여 주었던 민족 비판의 논리와 관철하고자 했던 계급적 선명성은 현실운동의 양상과는 다소 동떨어져 보이기까지 한다. '민족'을 둘러싼 그들의 논의에는 식민지라는 문제의식이 빠져 있기 때문이다. 즉 당시 '신생활사 그룹'은 이론에서나 정세분석에서나 그리 면밀하거나 재빠르지는 못했다고 볼 수 있을 것이다.[114]

그러나 『동명』은 '신생활사 그룹'의 비판에 즉각적으로 응대하지는 않았다. 오히려 『신생활』 필화사건을 비중 있게 다루면서 조선총독부의 언론 탄압에 여타의 언론사들과 연대하여 대응하는 모습을 보여 주기도 했다.[115] 이와 더불어 『동명』은 '민족 일치'를 통한 '민족 완성'을 전체 기획으로 내세웠음에도, 다양한 사회주의 관련 기사를 비중 있게 다루는 광범위한 편집 역량을 표출하기도 했다.[116] 이러한 작업을 바탕으로 6개월 정

---

113 임경석의 연구에 따르면 이 결의안은 문서로 남아 있지 않고, 그 내용은 여운형의 경찰 신문조서를 통해서만 확인할 수 있다. 임경석, 위의 책, 536쪽; 여운형, 『몽양 여운형 전집』 1, 한울, 1991, 413~414쪽 참조.

114 사소한 예에 불과할지 모르지만, 『신생활』 10호 1쪽 하단에 실린 크로포트킨의 「노동자의 선언」이라는 짧은 글은 전체적인 지면 구성상 이질적인 성격을 지닌 것이다. 부연하면 1917년 러시아로 돌아간 크로포트킨은 1921년 2월 8일 사망 전까지 볼셰비키들과 불화했다. 혁명 이후 많은 러시아 아나키스트들 대부분이 탄압을 받았고 세력을 상실해 갔다. 이문창, 「(해설) 크로포트킨과 그의 시대」, 크로포트킨, 김유곤 역, 『크로포트킨 자서전』, 우물이 있는 집, 2003, 635~656쪽 참조.

115 「동명시단」, 『동명』 13, 1922.11.26, 3쪽; 「당국의 준엄한 언론계 압박－불안한 공기의 창일(漲溢)」, 『동명』 13, 1922.11.26, 10쪽; 「언론은 압박할 수 있는 것인가?」, 『동명』 14, 1922.12.3, 3쪽; 「언론 압박에 대하여 여론이 비등－법조계 언론계 분기」, 『동명』 14, 1922.12.3, 10쪽; 「일주일별(一週一瞥)」, 『동명』 20, 1923.1.14, 3쪽 등 참조.

116 『동명』은 다양한 형식의 사회주의 관련 기사를 실었다. 가령 「적색세계(赤色世界)」라는 코너를 통해 사회주의 관련 짧은 소식과 단평을 전했고, 토마스 커컵(Thomas Kirkup)의 사회주의 입문서 *A Primer of Socialism*을 일본어 중역을 통해 12회에 걸쳐 연재했다(「사회주의 요령(要領)」, 『동명』 6~15, 1922.10.8~12.10). 이와 유사한 기획으로 다음의 번역글도 있다. 「사회주의의 실행 가능 방면」, 『동명』 16~17, 1922.12.17~12.24.

도가 지난 후, 『동명』은 민족(주의)운동과 사회(주의)운동에 대한 입장을 밝혔다. 필자가 표기되어 있지 않은 무기명의 글이지만 다음은 『동명』의 사회주의에 대한 논의를 직접적으로 밝히고 있다는 점에서 흥미로운 글이다.

다시 말하면 전인류 전세계에 향하여 안색이나 지방이나 언어나 혈통의 여하와 혹은 정치적으로써 인류의 일부를 차별시하여, 인류의 공존과 공영이라는 대의를 저버리고 인류권 내에서 제외된 우리의 현상을 타파하려는 노력이 소위 민족운동이라는 소극적 태도요, 결코 적극적으로 제국주의나 침략주의를 예상하거나 자본주의와 및 계급주의를 시인하는, 혹은 이러한 주의에 의하여 발달된 민족적 우월관념이나 민족적 유아독존주의를 주장하려는 것은 아니다.

오늘날 우리의 이르는 바 민족주의와 재래의 민족주의 간에 그 내용적 차이가 있을 뿐 아니라, 얼마나 민족의식을 고조하는 자일지라도 자본주의의 폭위暴威를 시인하리만치 그 정신이 거세되지도 않았을 것이요, 계급의식이 몽롱하리만치 건망증에 실신하지도 않았을 것이다. 민족적 자본주의 민족적 계급주의가 배태한 제국주의, 침략주의에 참담한 경험과 세례를 받은 지가 이미 오랜 우리다. 그러므로 우리가 아무리 민족적 자립 민족적 자결을 역설하고 이에 혼신의 노력을 바칠지라도 결코 자본주의나 계급주의를 시인할 수 없을 것은 물론이다. 자본주의 소멸과 계급의 타파를 세계에 향하여 선언하는 동시에 자민족간에 있어서도 이것은 투쟁의 대상이라 아니 되는 것은 아니다. 우리는 이러한 견해로써 민족운동과 사회운동의 일치점

그리고 에드워드 벨라미(Edward Bellamy)의 *Looking Backward : 2000-1887*을 일본어 중역을 통해 10회에 걸쳐 연재했다(「이상(理想)의 신사회」, 『동명』 19~28, 1923.1.7~3.11). 민족의 완성을 추구했던 『동명』의 사회주의 기획이 지니는 의미에 대해서는 지면을 달리하여 논의하고자 한다.

을 멱출^{覓出}할 수 있어도 아무 모순을 감^感하지 않는 바이다.[117]

이 글에서 말하는 민족운동의 전제 조건은 계급주의, 즉 자본주의를 인정하지 않는 것이다. 자본주의 소멸과 계급의 타파는 제국주의에도 해당되는 것이며, 자민족적 내부에서도 이루어져야 하는 것으로 서술된다. 말하자면 민족을 인정하는 가운데 자본주의를 폐절하고 그와는 다른 세상으로 나아가겠다는 맥락에서 민족운동과 사회운동의 일치를 구하고 있는 것이다. 이런 맥락에서 보면 『동명』이 사회주의의 사상과 체제를 부정하는 것은 아님을 알 수 있다. 앞서 살펴보았듯이 『동명』은 탈식민을 지향하는 독립주의로 분류된다. 그렇다면 '민족의 완성'이란 바로 '민족의 독립'을 의미하는 것일 테다. 독립 이후 사회주의로의 이행, 그것이 『동명』이 사유하고 있었던 방략 가운데 하나였다. 그리고 중요한 점은 이러한 사유와 입장이 최남선보다는 염상섭에 의해 오랫동안 이어졌고 발전되었다는 것이다. 1925년 무렵 최남선은 여전히 사회운동과 민족운동의 일치점을 찾았지만, 민족의 독립 이후 구축할 정체^{政體}에 대해서는 군주정, 공화정, 사회주의체제 등으로 다양하게 열어 놓으며 한발 물러섰다.[118] 그러나 염상섭의 경우, 1926년을 지나면서 사회주의에 대한 나름의 심화를 통해 이행기의 문제를 고민했고, 이후 해방기에도 자본주의 없는 통일민족국가에 대한 의견을 피력하기도 했다.[119]

---

117 「오직 출발점이 다를 뿐 — 민족운동과 사회운동의 합치점」, 『동명』 32, 1923.4.8, 3쪽 (강조는 인용자).

118 1925년의 최남선은 여전히 사회운동과 민족운동의 일치점을 찾지만, 민족의 독립 이후 구축할 정체(政體)에 관해서는 제왕정치, 공화정치, 볼세비키정치 등으로 다양하게 열어 놓는다. 최남선, 「사회운동과 민족운동(4) — 차이점과 일치점」, 『동아일보』, 1925.1.6, 2면.

119 염상섭은 「민족, 사회운동의 유심적 고찰 — 반동, 전통, 문학의 관계」(전7회)(『조선일

5. 식민지에서 횡보하기

1922년은 식민지 조선에서 3·1운동을 통해 형성되었던 혁명적 정세와 봉기의 흐름이 일단락 지어지는 시기였다. 제1차 세계대전 이후의 국제질서를 결정한 '워싱턴회의'[1921~1922]에서 조선에 대한 일본의 지배가 국제적으로 승인되면서, 3·1운동을 계기로 발산된 급진적 흐름은 퇴조하였다. 그러면서 '3·1운동 이후'의 현실을 인정하는 다른 방식의 담론과 운동이 요청되기 시작했다. 당시 반제국주의 경향의 운동들은 분화하면서 각각의 정체성과 노선을 형성해 나갔다. 개조론과 분화되지 않은 범사회주의의 흐름 속에서는 아나키즘과 사회주의가 분화하는 가운데, 점차 사회주의운동이 주도권을 쥐기 시작했다. 그리고 민족운동 진영도 그 흐름을 분명히 드러냈고, 1922년을 지나면서 운동의 흐름은 사회주의 진영과 민족주의 진영으로 양분되었다.

오사카독립선언을 노동운동의 자장 속에서 감행한 염상섭은, '조선노동공제회' 등과 인연을 맺으면서 미분화 상태의 범사회주의 잡지 『신생활』의 객원기자로 활동했으며, 거기에 「묘지」를 연재했다. 그런데 신생활사 그룹이 명료한 볼셰비즘으로 방향전환을 시도하자, 최남선이 창간을 준비하고 있었던 『동명』의 기자로 합류한다. 신생활사 그룹은 민족운동의 배타적 특성과 계급 착취적 성격을 들어 『동명』을 전면적으로 비판하였다. 이에 『동명』은 '민족의 완성독립' 이후 사회주의라는 정치체제를 사

보」, 1927.1.4~1.16), 『염상섭 문장 전집』 I, 510~539쪽 참조. 해방기 염상섭은 "구래(舊來)의 민족주의에서 자본주의 요소나 제국주의 요소를 제거한 것이라는 의미"에서 자신의 지향을 제시한 바 있다. 이에 관해서는 다음을 참조. 염상섭, 「'자유주의자'의 문학」(『삼천리』, 1948.7), 『염상섭 문장 전집』 III, 88~89쪽; 이종호, 「해방기 염상섭과 『경향신문』」, 『구보학보』 21, 2019.4, 445쪽.

유하자는 형태로 두 운동을 포괄하고자 했다. 이때 코민테른에서는 식민지의 민족해방운동을 공산당이 지지해야 한다는 테제를 발표했고, 조선에 대해서는 자본주의 발전의 미성숙을 이유로 제국주의에 반대하는 민족(독립)운동을 지지할 것을 결의했다.

1922년 무렵 『신생활』과 『동명』을 거치면서 민족운동과 사회주의운동을 일치시키고자 했던 염상섭의 입장은, 신생활사 그룹과는 변별되는 것이었을 뿐만 아니라 사회주의 체제에 대해 다소 미온적이었던 최남선과도 구분되는 것이었다. 염상섭이 미디어 활동을 통해 주목한 것은, 저발전의 식민지 조선, 제국주의 일본과 식민지 조선 사이에서 작동하는 자본주의 시스템이었다. 『신생활』의 「묘지」에서는 식민지 조선의 농민이 현해탄을 건너 제국주의 일본의 이주노동자로 포섭되는 형상을 그려 내면서 그러한 자본주의 시스템에 대해서 문제를 제기했다. 그리고 그에 대한 나름의 응답은 『동명』을 통해 내놓았다. 조선의 자본주의 발달 정도와 노동자의 기술적 성숙도를 고려하며, 즉각적인 계급운동보다는 그러한 운동이 가능한 조건을 마련하자는 것이었다. 이는 물질적 토대의 변화와 더불어 '자기혁명'과 같은 유심론적 변화도 포함되는 것이었다. 달리 말해 3·1운동을 거치면서 염상섭이 발견한 것은 제국주의와 식민지 사이에서 작동하는 비대칭성이었다고 할 수 있다. 즉 염상섭은 식민지라는 조건에 대한 숙고를 통해 민족이라는 방법에 천착하게 되었으며, 더불어 사회주의적 지향을 견지할 수 있었던 것이다. 이 무렵의 염상섭은 민족이라는 자원資源을 포기하지 않는 가운데 자본주의에 반대하며 사회주의를 지향하고자 하는 독특한 입장의 단초를 보여 주었다. 염상섭의 이러한 사유, 입장, 방략은 1920년대 중후반 프로문학 진영과의 논쟁을 통해 뚜렷한 형상을 드러낼 예정이었다.

참고문헌

1. 기본자료

『경향신문』,『동아일보』,『매일신문』,『매일신보』,『서울신문』,『우리신문』,『자유신문』,『조선일보』,『조선중앙일보』,『중앙신문』,『한국일보』,『大阪每日新聞』,『大阪朝日新聞』,『新聞總覽』,『퇴사원록』(동아일보사, 신문박물관 소장)

『개벽』,『改造』,『기독청년』,『나라사랑』,『생장』,『문예』,『문예공론』,『문예중앙』,『문장』,『문학동네』,『문학사상』,『민성』,『박문』,『백민』,『삼광』,『삼천리』,『세대』,『신동아』,『신천지』,『여자계』,『일간 예술통신』,『조광』,『조선지광』,『창조』,『폐허』,『현대문학』

염상섭,『해바라기』, 박문서관, 1924.7.21.
______,『견우화』, 박문서관, 1924.8.25.
______,『만세전』, 고려공사, 1924.8.10.
______,『이심』, 박문서관, 1939.5.10.
______,『염상섭전집』(전12권, 권영민·김우창·유종호·이재선 책임편집), 민음사, 1987.
______,『무화과』(류보선 정리), 동아출판사, 1995.
______,『삼대 外』(류보선 정리), 동아출판사, 1995.
______,『광분(狂奔)』(김경수 감수), 프레스21, 1996.
______,『불연속선』(김경수 감수), 프레스21, 1997.
______,『소설집 인력거군』(현대조선문학선집 16), 문학예술종합출판사, 1998.
______,『효풍』, 실천문학사, 1998.
______,『난류』(해설 신영덕), 글누림, 2015.
______,『채석장의 소년』(해설 김재용), 글누림, 2015.
______,『효풍』(해설 김종욱), 글누림, 2015.

한기형·이혜령 편,『염상섭 문장 전집 Ⅰ-1918~1928』, 소명출판, 2013.
______________,『염상섭 문장 전집 Ⅱ-1929~1945』, 소명출판, 2013.
______________,『염상섭 문장 전집 Ⅲ-1946~1962』, 소명출판, 2014.

2. 국내논저

1) 논문

가게모토 츠요시, 「'부흥'과 불안-염상섭 「숙박기」(1928) 읽기」, 『국제어문』 65, 국제어문
　　　　학회, 2015.6.

　　　　　　　　, 「'영원'으로의 도망가기-염상섭 「제야」론」, 『한국학연구』 42, 인하대 한
　　　　국학연구소, 2016.8.

가네코 아키오, 류충희·김미정 역, 「'풍속괴란'에 대한 시선-러일전쟁 이후의 '필화'를 중심
　　　　으로」, 정근식·한기형·이혜령·고노 겐스케·고영란 편, 『검열의 제국-문화의 통
　　　　제와 재생산』, 푸른역사, 2016.

가라타니 고진(柄谷行人), 구인모 역, 「근대문학의 종말」, 『문학동네』 41, 문학동네,
　　　　2004.11.

감영상, 「염상섭 소설의 여성 인물 연구-장편 『삼대』, 『백구』, 『취우』를 중심으로」, 『사림어
　　　　문연구』 13, 사림어문학회, 2000.12.

강경구, 「가족, 돈과 권력과 성의 삼중주-파금의 『가(家)』와 염상섭의 『삼대』의 비교연구」,
　　　　『중국학보』 40, 한국중국학회, 1999.12.

강경애, 「염상섭 씨의 논설 「명일(明日)의 길」을 읽고」(『조선일보』, 1929.10.3~10.7), 이상
　　　　경 편, 『강경애 전집』, 소명출판, 1999.

강남주, 「한국의 자연주의 문학-특히 「표본실의 청개고리」를 중심으로」, 『백경』 3, 부산수
　　　　산대 학도호국단, 1962.10.

강상희, 「「만세전」의 주체」, 『어문연구』 122, 한국어문교육연구회, 2004.6.

강신준, 「제2인터내셔널 시기의 마르크스주의」, 『이론』 3, 이론, 1993.1.

강영훈, 「염상섭 장편소설 「효풍」 연구」, 『어문논총』 25, 전남대 한국어문학연구소, 2014.6.

강인숙, 「염상섭과 자연주의2」, 『건국대학교학술지(인문사회과학편)』 33, 건국대, 1989.5.

　　　, 「염상섭의 소설에 나타난 돈과 性의 양상」, 『인문과학논총』 22, 건국대 인문과학연
　　　　구소, 1990.9.

　　　, 「염상섭의 작중인물 연구-자연주의와의 관계를 중심으로」, 『건국대학교학술지(인
　　　　문사회과학편)』 35, 건국대, 1991.5.

강지윤, 「수전노, 탕자, 사회주의자-아버지와 아들, 그리고 식민지 자본주의」, 『현대문학의
　　　　연구』 58, 한국문학연구학회, 2016.2.

강헌국, 「기분과 서사-「표본실의 청게고리」론」, 『현대소설연구』 29, 한국현대소설학회,
　　　　2006.3.

강헌국, 「개념의 서사화−염상섭의 초기 소설」, 『국어국문학』 143, 국어국문학회, 2006.9.

고영자, 「횡보와 자연주의론−「표본실의 청개구리」를 통해 본 고찰」, 『월간문학』 21(10), 월간문학사, 1988.10.

고정옥, 「해방 후 15년간의 조선 문예학−문학사 연구 및 고전 계승 사업을 중심으로」(『조선어문』 5, 1960), 이선영·김병민·김재용 편, 『현대문학비평자료집 5−이북편(1959~1962)』, 태학사, 1993.

고정휴, 「워싱턴회의(1921−22)와 한국민족운동」, 『한국민족운동사연구』 35, 한국민족운동사학회, 2003.6.

고태우, 「3·1혁명의 여진과 조선 사회−『조선소요사건관계서류(朝鮮騷擾事件關係書類)』를 중심으로」, 『한국학연구』 52, 인하대 한국학연구소, 2018.11.

공종구, 「염상섭 초기 소설의 탈식민 의식」, 『현대문학이론연구』 38, 현대문학이론학회, 2009.9.

______, 「염상섭 초기소설의 여성의식」, 『한국언어문학』 74, 한국언어문학회, 2010.9.

곽상순, 「근대 형성기 소설에 나타난 여행의 의미−「무정」, 「배따라기」, 「만세전」을 대상으로」, 『시학과 언어학』 19, 시학과언어학회, 2010.8.

곽원석, 「현실 모순의 소설화의 그 세 가지 차원−「만세전」을 중심으로」, 『현대소설연구』 16, 한국현대소설학회, 2002.6.

______, 「염상섭 소설어의 성격」, 『인문학연구』 32, 숭실대 인문과학연구소, 2002.12.

______, 「염상섭 장편소설 「광분(狂奔)」 연구」, 『현대소설연구』 20, 한국현대소설학회, 2003.12.

______, 「경아리 말씨 염상섭」, 『새국어생활』 17(2), 국립국어원, 2007.6.

곽종원, 「주조의 상실과 사상성의 빈곤−상반기 창작계 총평」(전3회), 『조선일보』, 1956. 7.21~7.24.

곽학송, 「김동인과 염상섭」, 『월간문학』 16(4), 월간문학사, 1983.4.

구모룡, 「한국 근대소설에 나타난 해항도시 부산의 근대 풍경」, 『해항도시문화교섭학』 4, 한국해양대 국제해양문제연구소, 2011.4.

구인환, 「염상섭의 소설고」, 서울대 사범대 국어교육과 편, 『金亨奎교수정년퇴임기념논문집』, 서울대 사범대 국어교육과, 1976.

______, 「「만세전」의 소설미학」, 『사대논총』 18, 서울대 사범대, 1978.12.

구중서, 「한국 리얼리즘 문학의 형성」, 『창작과비평』 17, 창작과비평사, 1970.6.

구창환, 「염상섭의 「만세전」 소고」, 『한국언어문학』 1, 한국언어문학회, 1963.12.

권동우, 「염상섭의 초기 신문연재소설과 '문학저널리즘' 인식−「진주는 주엇스나」를 중심으로」, 『한민족어문학』 72, 한민족어문학회, 2016.4.

권보드래, 「'풍속사'와 문학의 질서-김동인을 통한 물음」, 『현대소설연구』 27, 한국현대소
　　설학회, 2005.9.

______, 「1910년대의 혁명-3·1운동 전야의 개념과 용법을 중심으로」, 박헌호 편, 『백 년
　　동안의 진보』, 소명출판, 2015.

______, 「3·1운동과 '개조'의 후예들-식민지시기 후일담 소설의 계보」, 『민족문학사연
　　구』 58, 민족문학사학회·민족문학사연구소, 2015.8.

권영민, 「염상섭의 문학론에 대한 검토-1920년대 비평 활동을 중심으로」, 『동양학』 10, 단
　　국대 동양학연구원, 1980.10.

______, 「자연주의인가 리얼리즘인가-염상섭의 소설론과 그 성격」, 『소설문학』 8(8), 소설
　　문학사, 1982.8.

______, 「염상섭의 민족문학론」, 『한국문화』 7, 서울대 한국문화연구소, 1986.12.

권정희, 「『인형의 집』의 수용과 1920년대 '생명' 담론」, 『한국학연구』 42, 인하대 한국학연
　　구소, 2012.9.

______, 「「태어나는 고뇌(生れ出づる悩み)」와의 비교로 읽는 「암야(闇夜)」」, 『외국문학연
　　구』 60, 한국외대 외국문학연구소, 2015.11.

권철호, 「「만세전」과 초기 염상섭의 아나키즘적 정치미학」, 『민족문학사연구』 52, 민족문학
　　사학회·민족문학사연구소, 2013.8.

권혁건, 「나쓰메 소세키의 「산시로」와 염상섭의 「만세전」 비교 연구-기차 안 승객의 현실
　　인식을 중심으로」, 『일본근대학연구』 35, 한국일본근대학회, 2012.2.

______, 「나쓰메 소세키와 염상섭의 유학체험과 소설의 형상화 비교 고찰」, 『일본학보』 99,
　　한국일본학회, 2014.5.

______·이경규·전수진, 「한·일 근대소설에 묘사된 부산과 도쿄의 도시 공간에 대한 비교」,
　　『일본근대학연구』 39, 한국일본근대학회, 2013.2.

______·전수진, 「나쓰메 소세키의 「산시로」와 염상섭의 「해바라기」 속 여성주인공의 결혼
　　관 비교」, 『일본근대학연구』 45, 한국일본근대학회, 2014.8.

김경수, 「염상섭의 통속소설 연구-「二心」, 「白鳩」, 「牧丹꽃 필 때」」, 『서강어문』 11, 서강어
　　문학회, 1995.11.

______, 「소설로 증거한 해방기의 현실-염상섭의 「양과자갑」」, 『문학사상』 287, 문학사상
　　사, 1996.9.

______, 「일제하 염상섭 장편소설의 귀결과 운명-「불연속선」론」, 『서강어문』 12, 서강어문
　　학회, 1996.12.

김경수, 「횡보 염상섭 탄생 부끄러운 100년」, 『황해문화』 16, 새얼문화재단, 1997.9.

_____, 「전후 염상섭 장편소설의 전개」, 『서강어문』 13, 서강어문학회, 1997.12.

_____, 「혼란된 해방 정국과 정치 의식의 소설화―염상섭의 「효풍(曉風)」론」, 『외국문학』 53, 열음사, 1997.12.

_____, 「횡보의 재도일기(再渡日期) 작품」, 『한국문학이론과 비평』 10, 한국문학이론과 비평학회, 2001.3.

_____, 「염상섭과 프로문학」, 『문학사와 비평』 9, 문학사와 비평학회, 2002.2.

_____, 「염상섭의 초기 소설과 개성론과 연애론―「암야」와 「제야」를 중심으로」, 『어문학』 77, 한국어문학회, 2002.9.

_____, 「염상섭 소설과 연극」, 『현대소설연구』 31, 한국현대소설학회, 2006.9.

_____, 「현대소설의 형성과 여성―악한의 탄생―염상섭의 「해바라기」론」, 『우리말글』 39, 우리말글학회, 2007.4.

_____, 「염상섭 소설과 번역」, 『어문연구』 134, 한국어문교육연구회, 2007.6.

_____, 「염상섭 문학의 근대성」, 『한국언어문화』 33, 한국언어문화학회, 2007.8.

_____, 「한국 현대소설의 문학법리학적 연구」, 『현대소설연구』 38, 한국현대소설학회, 2008.8.

_____, 「1차 유학 시기 염상섭 문학 연구」, 『어문연구』 146, 한국어문교육연구회, 2010.6

_____, 「염상섭의 시조(時調)론과 조선정서론」, 『한국언어문화』 46, 한국언어문화학회, 2011.12.

김광주, 「최근 창작계―기억에 남은 작품들」, 『백민』 4(4), 백민문화사, 1948.7·8.

김근수, 「횡보 초기 작품의 개제와 개작」, 『문학사상』 49, 문학사상사, 1976.10.

김기진, 「내가 본 염상섭씨」(인물합평 염상섭론), 『생장』 2, 생장사, 1925.2.

_____, 「문예 월평―산문적 월평」, 『조선지광』 61, 조선지광사, 1926.12.

_____, 「창작계의 1년」(전3회), 『동아일보』, 1928.1.1~1928.1.3.

_____, 「10년간 조선문예 변천과정」(전22회), 『조선일보』, 1929.1.1~2.2.

_____, 「변증적 사실주의」, 『동아일보』, 1929.2.25~3.7.

_____, 「사실주의 문제」, 『조선일보』, 1929.6.13~6.25.

_____, 「조선문학의 현재의 수준」, 『신동아』 4(1), 동아일보사, 1934.1.

_____, 「횡보 사망의 부음을 듣고」, 『동아일보』, 1963.3.14.

김대성, 「바다라는 '사이', 부산이라는 '사이'―염상섭의 「만세전」을 경유하여」, 『해양평론』 5, 해양문화정책연구센터·한국항해항만학회, 2010.12.

김도경, 「염상섭·김동인 논쟁과 坪內逍遙·森鷗外의 물이상 논쟁 비교 연구」, 『현대소설연구』39, 한국현대소설학회, 2008.12.

김도경, 「염상섭의 『牧丹꽃 필 때』 연구」, 『한국문예비평연구』 27, 한국현대문예비평학회, 2008.12.

______, 「염상섭 초기 단편소설 연구 ― 「표본실의 청게고리」, 「암야」, 「제야」를 중심으로」, 『한국문예비평연구』 29, 한국현대문예비평학회, 2009.8.

김동리, 「문화인에 보내는 각서 ― 주체의 일관성 가지라」, 『동아일보』, 1948.8.29.

______, 「성하의 작단 ― 7·8월의 창작평」, 『문예』 1(2), 문예사, 1949.9.

______, 「[횡보 염상섭 특집] 내가 본 횡보선생 ― 횡보선생의 일면」, 『현대문학』 101, 현대문학사, 1963.5.

김동석, 「염상섭 소설에 나타난 욕망과 윤리, 이념 ― 해방기를 중심으로」, 『한국문학연구』 5, 동국대 한국문학연구소, 2004.12.

김동윤, 「염상섭의 『미망인』 연구」, 『한국언어문화』 22, 한국언어문화학회, 2002.12.

김동인, 「제월(霽月) 씨의 평자적 가치 ― 「자연의 자각」에 대한 평을 보고」, 『창조』 6, 창조사, 1920.5.

______, 「제월 씨에게 대답함」(전2회), 『동아일보』, 1920.6.12~6.13.

______, 「비평에 대하여」, 『창조』 9, 창조사, 1921.5.

______, 「조선근대소설고」(전17회), 『조선일보』, 1929.7.28~8.16.

______, 「작가 4인 ― 춘원·상섭·빙허·서해 그들에 대한 단평」(전5회), 『매일신보』, 1931. 1.1·3·5·7·8.

______, 「2월 창작평 ― 삼탄(三嘆)할 수법 ― 염상섭 씨 작 「그 여자의 운명」」(4), 『매일신보』, 1935.2.14.

______, 「춘원연구(6)」, 『삼천리』 7(5), 삼천리사, 1935.6.

______, 「문단 30년의 자최」(전12회), 『신천지』 3(3)~4(7), 서울신문사, 1948.3~1949.8.

김동환, 「「삼대」·「태평천하」의 환멸구조」, 『관악어문연구』 16, 서울대 국어국문학과, 1991.12.

김명수, 「조선 프로레타리아 문학의 첫단계로서의 '신경향파' 문학」(『우리문학의 혁명적 전통』, 1956), 이선영·김병민·김재용 편, 『현대문학비평자료집 7 ― 카프 및 항일혁명문학』, 태학사, 1993.

김명섭, 「1920년대 초기 재일 조선인의 사상단체 ― 흑도회·흑우회·북성회를 중심으로」, 『한일민족문제연구』 1, 한일민족문제학회, 2001.2.

김명인, 「비극적 자아의 형성과 소멸 그 이후 ― 1920년대 초반 염상섭 소설세계의 전환과 관련하여」, 『민족문학사연구』 28, 민족문학사학회·민족문학사연구소, 2005.8.

김명훈, 「염상섭 초기소설의 창작기법 연구-「진주는 주엇스나」와 「햄릿」 비교를 중심으로」, 『한국현대문학연구』 39, 한국현대문학회, 2013.4.

김문집, 「염상섭 저 『이심』-조선판 『죄와 벌』」, 『박문』 9, 박문서관, 1939.7.

김미란, 「염상섭의 『삼대』론」, 『어문학보』 6, 강원대 사범대 국어교육과, 1982.12.

김미영, 「다문화적 체험과 소수자 표상에 대한 소설사교육 연구-염상섭 소설에 나타난 '혼혈의식'을 중심으로」, 『한국언어문화』 53, 한국언어문화학회, 2014.4.

김병걸, 「20년대의 리얼리즘문학 비판-서구의 리얼리즘과 김동인 염상섭의 초기작들」, 『창작과비평』 32, 창작과비평사, 1974.6.

김병구, 「염상섭 소설의 탈식민성-『만세전』과 『삼대』를 중심으로」, 『현대소설연구』 18, 한국현대소설학회, 2003.6.

______, 「염상섭의 「사랑과 죄」론」, 『어문연구』 118, 한국어문교육연구회, 2003.6.

______, 「염상섭 『효풍』의 탈식민성 연구」, 『비평문학』 33, 한국비평문학회, 2009.9.

______, 「염상섭의 「광분」론」, 『반교어문연구』 30, 반교어문학회, 2011.2.

______, 「1920년대 초기 염상섭 소설의 탈식민주의적 연구-「표본실의 청개구리」를 중심으로」, 『우리문학연구』 35, 우리문학회, 2012.2.

김병구, 「염상섭의 「이심」론」, 『시학과 언어학』 24, 시학과언어학회, 2013.2.

______, 「'적색쌩그사건'과 염상섭의 통속소설 「백구」」, 『어문연구』 159, 한국어문교육연구회, 2013.9.

______, 「염상섭 장편소설 「무화과」 연구」, 『한국근대문학연구』 28, 한국근대문학회, 2013.10.

______, 「염상섭의 통속 장편소설 「모란꽃 필 때」 연구」, 『시학과 언어학』 28, 시학과언어학회, 2014.11.

______, 「염상섭 장편소설 「불연속선」 연구」, 『우리문학연구』 45, 우리문학회, 2015.1.

______, 「염상섭 장편소설 「백구」의 정치 시학적 특성 고찰」, 『국어문학』 58, 국어문학회, 2015.2.

김병익, 「시대적 갈등과 통찰-염상섭의 『삼대』」, 『현대예술』 3, 현대예술사, 1977.5.

김상선, 「염상섭 문학의 연구사적 비판」, 신동욱·김열규 편, 『염상섭 연구』, 새문사, 1982.

김상일, 「한국의 상징주의」, 「현대문학」 30, 현대문학사, 1957.6.

______, 「자연주의의 유산」(전2회), 『현대문학』 33~34, 현대문학사, 1957.9~10.

김성근(金聲近), 「조선 현대 문예개관」(전6회), 『동아일보』, 1927.1.1~1.6.

金聖基, 「『삼대』고」, 『연구논문집』 10(2), 울산공대, 1979.8.

김성연, 「염상섭 「무화과」 연구-새 시대의 징후와 대안 인물의 등장」, 『한민족문화연구』 16,

한민족문화학회, 2005.6.

김성연, 「가족 개념의 해체와 재형성－염상섭 장편소설 「삼대」, 「무화과」, 「불연속선」을 중심으로」, 『인문과학』 44, 성균관대 인문과학연구소, 2009.8.

______, 「경성의 '직업인'과 '직업부인'－신비한 연애와 결혼이라는 현실－염상섭의 「백구」에 대한 일 고찰」, 『한어문교육』 28, 한국언어문학교육학회, 2013.5.

______, 「조선박람회의 문학적 재현－염상섭 『광분(狂奔)』의 세계」, 『인문학논총』 36, 경성대 인문과학연구소, 2014.10.

김성옥, 「사회축도로서의 봉건대가정과 신세대의 삶의 대응양상－염상섭의 「삼대」와 巴金의 「家」의 비교」, 『한중인문학연구』 10, 한중인문학회, 2003.6.

김성은, 「志賀直哉와 염상섭의 초기 문학적 영향관계에 대한 소고－초기작품을 중심으로 不一致의 발견과 자아인식의 경로」, 『한양일본학』 15, 한양일본학회, 2005.8.

______, 「志賀直哉와 염상섭의 중기소설 비교연구－근대적 자기인식의 경로를 중심으로」, 『일본어문학』 28, 한국일본어문학회, 2006.3.

______, 「시가나오야와 염상섭 비교연구－고백문학을 중심으로」, 『일본어문학』 31, 한국일본어문학회, 2006.12.

김성희, 「「이심」론」, 『한국어문학연구』 9, 한국외대 한국어문학연구회, 1998.12.

김송현, 「한국 자연주의 문학 서설－염상섭을 중심으로」, 『현대문학』 91, 현대문학사, 1962.7.

김순남, 「리얼리즘소고」, 『한양』 104, 한양사, 1972.1.

김승민, 「염상섭 소설에 나타난 '혼혈'의 문제」, 『문학사상』 381, 문학사상사, 2004.7.

______, 「해방 직후 염상섭 소설에 나타난 만주 체험의 의미－「혼란」, 「모략」, 「해방의 아들」을 중심으로」, 『한국근대문학연구』 16, 한국근대문학회, 2007.10.

______, 「염상섭 소설에 나타난 '소문'의 의미와 서사화 방식에 대한 고찰－「사랑과 죄」를 중심으로」, 『한국현대문학연구』 33, 한국현대문학회, 2011.4.

______, 「염상섭 「모란꽃 필 때」 연구－삼각관계 구도 변화와 '동경'의 의미를 중심으로」, 『현대문학이론연구』 63, 현대문학이론학회, 2015.12.

김승환, 「염상섭론－상승하는 부르주아와 육이오」, 『한국학보』 74, 일지사, 1994.3.

김안서(金岸署), 「염상섭 씨의 근업(近業) 『사랑과 죄』를 읽고서」, 『동아일보』, 1931.8.10.

김양무, 「염상섭론－자연주의작가요 단편의 선구자」, 『국문학보』 4, 전남대 문리과대 국문학연구회, 1964.12.

김양선, 「식민지적 근대성의 한 양상－염상섭의 「삼대」와 「무화과」를 중심으로」, 『서강어문』 12, 서강어문학회, 1996.12.

김양선, 「염상섭의 「취우」론 ― 욕망의 한시성과 텍스트의 탈이념적 성격을 중심으로」, 『서강 어문』 14, 서강어문학회, 1998.12.

______, 「『광분』 자세히 읽기」, 『한국문학이론과 비평』 10, 한국문학이론과 비평학회, 20 01.3.

김억, 「悲痛'의 상섭」(인물합평 염상섭론), 『생장』 2, 생장사, 1925.2.

김연숙, 「아시아적 근대와 청년 지식인의 '불안' 감정 ― 나쓰메 소세키의 「산시로」와 염상섭 「만세전」을 중심으로」, 『인문학연구』 20, 경희대 인문학연구원, 2011.12.

______, 「'나혜석'의 재현과 자기서사 ― 염상섭, 함정임의 소설을 중심으로」, 『어문연구』 167, 한국어문교육연구회, 2015.가을.

김영경, 「해방기 염상섭의 정치·경제의식과 서사의 비균질성 ― 염상섭의 「효풍」론」, 『우리 말글』 67, 우리말글학회, 2015.12.

김영민, 「남·북한에서의 이광수 문학 연구사 정리와 검토」(『동방학지』 83, 1994.3), 연세대 국학연구원 편, 『춘원 이광수 문학연구』, 국학자료원, 1994.

______, 「염상섭 초기 산문 연구」, 『대동문화연구』 85, 성균관대 대동문화연구원, 2014.3.

______, 「염상섭 초기 문학 재인식 ― 「제야(除夜)」 연구」, 『사이間SAI』 16, 국제한국문학문 화학회, 2014.5.

______, 「한국 근대문학 연구의 쟁점」, 『한국민족문화』 59, 부산대 한국민족문화연구소, 2016.5.

김영수, 「염상섭 연구」(전2회), 『문과대학보(문경)』 19~20, 중앙대 문과대 학생회, 1965.8~1966.2.

김영택, 「염상섭 소설에서 '거리(距離)' 문제」, 『한국문예비평연구』 20, 한국현대문예비평학 회, 2006.8.

김예림, 「'배반'으로서의 국가 혹은 '난민'으로서의 인민 ― 해방기 귀환의 지정학과 귀환자의 정치성」, 『상허학보』 29, 상허학회, 2010.6.

김용희, 「염상섭 소설의 도시인식 ― 「牧丹꽃 필 때」와 「불연속선」」의 경우」, 『어문연구』 120, 한국어문교육연구회, 2003.12.

김우종, 「정월의 작단」, 『현대문학』 50, 현대문학사, 1959.2.

______, 「범속의 리얼리즘」, 『한국현대소설사』, 선명문화사, 1968.

______, 「산문정신의 구도자」, 『문학사상』 6, 문학사상사, 1973.3.

______, 「염상섭의 사실주의와 객담소설」, 『현대소설의 이해』, 삼우사, 1976.

______·김양수·천상병·조연현, 「1957년의 문단과 문학 ― 신예평론가 정담」, 『현대문학』 36, 현대문학사, 1957.12.

김우창, 「비범한 삶과 나날의 삶－3·1운동과 근대 문학」, 『뿌리깊은나무』 1, 한국브리태니
　　커회사, 1976.3.

______, 「리얼리즘에의 길－염상섭 초기 단편」, 『문예중앙』 27, 중앙일보사, 1984.9.

김원수, 「「삼대」와 「무화과」의 근대성」, 『어문학』 69, 한국어문학회, 2000.2.

김유방(金惟邦), 「같은 공기에 묻혀서－「저수하에서」를 읽고」(전6회), 『조선일보』,
　　1921.3.1~3.6.

김윤식, 「한국자연주의문학론고에 대한 비판」, 『국어국문학』 29, 국어국문학회, 1965.8.

______, 「초창기문학론과 비평의 성립」, 『현대문학』 217~219, 현대문학사, 1973.1~3.

______, 「한국 자연주의문학론」, 『근대한국문학연구』, 일지사, 1973.

______, 「한국문예 비평사 연구의 방법론」, 『근대한국문학연구』, 일지사, 1973.

______, 「염상섭의 소설구조」, 『염상섭』, 문학과지성사, 1977.

______, 「3·1운동과 문인들의 저항운동」, 『한국독립운동사연구』 1, 독립기념관 한국독립운
　　동사연구소, 1987.8.

______, 「고백체 소설형식의 기원－염상섭의 경우」, 『현대문학』 370, 현대문학사, 1985.10.

______, 「만주에서의 한국문학－염상섭의 경우」, 『소설문학』 12(7), 소설문학사, 1986.7.

______, 「제1분과 토론－3·1운동과 염상섭·김동인」, 동아일보사 편, 『3·1운동과 민족통일
　　－3·1운동 70주년 기념 심포지엄』, 동아일보사, 1989.

______, 『한국 근대문학과 문인들의 독립운동』, 독립기념관 한국독립운동사연구소, 1989.

______, 「우리근대문학사의 연속성에 대하여－『취우』와 『대동강』을 중심으로」, 『한국현대
　　문학연구』 1, 한국현대문학회, 1991.4.

______, 「노동자의 독립선언서와 염상섭」, 『현대소설과의 대화』, 현대소설사, 1992.

______, 「『염상섭 연구』가 서 있는 자리」, 문학사와 비평연구회 편, 『염상섭 문학의 재조명』,
　　새미, 1998.

______, 「증언으로서의 소설－염상섭론」, 『20세기 한국작가론』, 서울대 출판부, 2004.

______ · 김현, 「영정조에서 4·19에 이르는 한국문학사 －개인과 민족의 발견」, 『문학과지
　　성』 11, 문학과지성사, 1973.2.

김윤지, 「한·일 자연주의의 수용양상」, 『일본어문학』 43, 한국일본어문학회, 2008.11.

______, 「염상섭 문학의 일본 자연주의 수용 양상」, 『한일어문논집』 13, 한일일어일문학회,
　　2009.8.

______, 「다야마 가타이(田山花袋)와 염상섭의 소설 비교－「이불(蒲団)」과 「표본실의 청개
　　구리」를 중심으로」, 『일어일문학』 45, 대한일어일문학회, 2010.2.

김은중, 「포스트식민주의를 거쳐, 모더니티를 넘어, 트랜스모더니티로」, 서울대 라틴아메리

카연구소 편, 『라틴아메리카의 전환―변화와 갈등』(하), 한울, 2012.

김은하, 「근대소설의 형성과 우울한 남자―염상섭의 「만세전」을 대상으로」, 『현대문학이론연구』 29, 현대문학이론학회, 2006.12.

김재용, 「염상섭의 민족의식과 비서구 식민지의 근대성」, 『한국언어문학』 41, 한국언어문학회, 1998.12.

______, 「민족문학의 거장 염상섭, 그 세계문학적 위상 찾기」, 『민족예술』 53, 한국민족예술인총연합, 1999.12.

______, 「민족주의와 관념적 국제주의를 넘어서―한국근대문학사에서 민족문학의 의미」, 『한국근대문학연구』 1, 한국근대문학회, 2000.4.

______, 「염상섭 문학과 여성의식」, 『작가연구』 9, 새미, 2000.4.

______, 「염상섭 전쟁문학과 분단극복의 눈」, 『역사비평』 51, 역사비평사, 2000.5.

______, 「남북 문학계의 교류와 문학유산의 확충―남북에서 함께 읽는 홍명희와 염상섭」, 『실천문학』 58, 실천문학사, 2000.5.

______, 「염상섭과 한설야―식민지와 분단을 거부한 남북의 문학적 상상력」, 『역사비평』 82, 역사비평사, 2008.2.

______, 「세계문학으로서의 염상섭 문학」, 『지구적 세계문학』 2, 글누림, 2013.10.

______, 「해방 직후 염상섭과 만주 재현의 정치학」, 『한민족문화연구』 50, 한민족문화학회, 2015.6.

______, 「'일본식 한자어'의 정체―일본 제국하 조선인 문인들의 위기의식을 중심으로」, 『새국어생활』 25(4), 국립국어원, 2015.12.

김정숙, 「염상섭의 「표본실의 청개구리」에서 본 자연주의」, 『국어국문학연구』 3, 이화여대 문리대 국어국문학회, 1961.2.

______, 「「삼대」의 대화적 담론과 근대성 연구」, 『어문연구』 48, 한국어문교육연구회, 2005.8.

김정진, 「염상섭과 Emile Zola의 소설론―소설창작론을 중심으로」, 『한국어문학연구』 5, 한국외대 한국어문학연구회, 1993.11.

______, 「상섭의 초기 창작방법론 연구」, 『이문논총』 14, 한국외대 대학원, 1994.12.

______, 「염상섭 초기장편 「사랑과 죄」」, 『한국어문학연구』 5, 한국외대 한국어문학연구회, 1994.12.

______, 「염상섭 소설에 나타난 저항단체 연구」, 『한국문예비평연구』 2, 한국현대문예비평학회, 1998.6.

______, 「염상섭 후기 단편소설 연구」, 『한국문학이론과 비평』 10, 한국문학이론과 비평학

회, 2001.3.

김정진, 「향수 어린 서울말」, 『서울말연구』 2, 박이정, 2002.12.

______, 「횡보 후기 단편소설 연구」, 『한국어문학연구』 21, 한국외대 한국어문학연구회, 2005.2.

______, 「염상섭 초기 단편에서 고뇌의 의미」, 『새국어교육』 72, 한국국어교육학회, 2006.4.

______, 「염상섭 소설의 동정자 인물유형 연구」, 『새국어교육』 75, 한국국어교육학회, 2007.4.

______, 「「백구」의 인물 연구」, 『새국어교육』 82, 한국국어교육학회, 2009.8.

______, 「「취우(驟雨)」의 냉소적 세계관 연구」, 『지역문화연구』 10, 세명대 지역문화연구소, 2011.12.

______, 「염상섭 장편소설 「이심」 연구」, 『한국문예창작』 29, 한국문예창작학회, 2013.12.

______, 「염상섭 소설에 나타난 혼혈의 문제―남충서, 유진, 조준석을 중심으로」, 『한어문교육』 34, 한국언어문학교육학회, 2015.11.

______, 「염상섭 「미망인」 연구―종결어미 이외의 종결 표현을 중심으로」, 『한어문교육』 38, 한국언어문학교육학회, 2016.11.

김정한, 「한국에서 포스트맑스주의의 수용 과정과 쟁점들」, 『민족문화연구』 57, 고려대 민족문화연구원, 2012.12.

김정희·노상래, 「「삼대」에 나타난 '연애'의 양상과 의미에 관한 고찰」, 『우리말글』 41, 우리말글학회, 2007.12.

김종구, 「염상섭의 세태쓰기의 플롯과 서술상황」, 『한남어문학』 22, 한남대 한남어문학회, 1997.12.

______, 「염상섭 「삼대」의 다성성(多聲性) 연구」, 『한국언어문학』 59, 한국언어문학회, 2006.12.

김종균, 「평론가로서의 상섭」, 『국문학』 7, 고려대 국문학학생회, 1963.9.

______, 「횡보수필소고―전반기작품을 중심으로」, 『고대신문』, 고려대 고대신문사, 1963.11.2.

______, 「염상섭 소설의 연구―전반기를 중심으로 한 고찰」, 고려대 석사논문, 1964.2.

______, 「염상섭소설의 연대적 고찰」, 『국어국문학』 36, 국어국문학회, 1967.5.

______, 「염상섭소설의 대비적 고찰」, 『국어국문학』 42·43, 국어국문학회, 1969.2.

______, 「염상섭 소설의 구조적 고찰―작중 인물론을 중심으로」, 『국어국문학』 51, 국어국문학회, 1971.1.

______, 「염상섭 소설의 연대적 고찰―중기 작품을 중심으로」, 『국어국문학』 55·56·57(합

본), 국어국문학회, 1972.11.

김종균, 「염상섭 연구의 비판」(한국현대문학의 재정리―횡보 염상섭 편), 『문학사상』 6, 문
　　　학사상사, 1973.3.

　　　, 「염상섭의 장편소설―3부작 「무화과」를 중심으로」, 『국어국문학』 64, 국어국문학
　　　회, 1974.9.

　　　, 「염상섭의 장편소설―삼부작 「무화과」를 중심으로」, 『고대신문』, 고려대 고대신문
　　　사, 1974.9.3.

　　　, 「염상섭의 1930년대 단편소설연구」, 『국어국문학』 77, 국어국문학회, 1978.6.

　　　, 「염상섭의 단편소설―특히 同體異名의 문제작을 중심으로」, 『시문학』 8(7), 시문학
　　　사, 1978.7.

　　　, 「염상섭 소설의 배경 및 그 특성」, 『시문학』 9(2), 시문학사, 1979.2.

　　　, 「염상섭의 장편소설―그 삼부작을 중심으로」, 『시문학』 9(10), 시문학사, 1979.10.

　　　, 「염상섭소설의 구조」, 『한국근대작가의식연구』, 성문당, 1980.

　　　, 「염상섭의 1920년대 장편소설연구―그 작가의식을 중심으로」, 『논문집』 9, 청주사
　　　범대, 1980.6.

　　　, 「염상섭의 『만세전』고」, 『어문연구』 31~32, 한국어문교육연구회, 1981.12.

　　　, 「자아실현과 시대인식―염상섭론」, 『한국근대작가연구』, 삼지원, 1985.

　　　, 「염상섭의 중편소설연구―「두 출발」의 대비·분석을 중심으로」, 『논문집』 18, 한국
　　　외대, 1985.7.

　　　, 「염상섭의 중편 「미해결」고」, 『교육논총』 1, 한국외대 교육대학원, 1986.2.

　　　, 「도시의 야인 염상섭」, 『문학사상』 163, 문학사상사, 1986.5.

　　　, 「염상섭 초기소설과 「악몽(惡夢)」의 상관성 연구」, 『외국문학연구』 4, 한국외대 외
　　　국문학연구소, 1998.2.

　　　, 「머리말」, 김종균 편, 『염상섭소설연구』, 국학자료원, 1999.

　　　, 「『염상섭 연구』(1974)의 역정」, 김종균 편, 『염상섭소설연구』, 국학자료원, 1999.

　　　, 「염상섭(廉想涉) 연구 성과와 과제」, 『한국문학이론과 비평』 10, 한국문학이론과 비
　　　평학회, 2001.3

　　　, 「염상섭(廉想涉) "내가 뭐 논문감이 되나"―횡보(橫步) 선생님과의 만남」, 우리문학
　　　기림회 편, 『내가 뭐 논문감이 되나―작고 문인 50 회고담』, 새미, 2002.

　　　, 「내가 만난 작가 염상섭―"어디 내가 논문감이 되나"」, 『염상섭 경성을 횡보하다―
　　　한국 근대문학의 아버지, 경성의 풍속도를 그린 작가』, 경향신문사·염상섭 문학제
　　　운영위원회, 2012.

김종욱, 「염상섭의 「취우」에 나타난 일상성에 관한 연구」, 『관악어문연구』 17, 서울대 국어 국문학과, 1992.12.

______, 「관념의 예술적 묘사 가능성과 다성성의 원리-염상섭의 「삼대」론」, 『민족문학사연 구』 5, 민족문학사학회·민족문학사연구소, 1994.7.

______, 「언어의 제국으로부터의 귀환-염상섭의 「해방의 아들」」, 『현대문학의 연구』 35, 한 국문학연구학회, 2008.6.

______, 「한국전쟁과 여성의 존재 양상-염상섭의 「미망인」과 「화관」 연작」, 『한국근대문학 연구』 9, 한국근대문학회, 2004.4.

______, 「해방기 국민국가 수립과 염상섭 소설의 정치성-「효풍」을 중심으로」, 『외국문학연 구』 60, 한국외대 외국문학연구소, 2015.11.

김종환, 「염상섭의 장편소설 2편 연구-「백구」와 「모란꽃 필 때」를 중심으로」, 『논문집』 30, 육군제3사관학교, 1990.5.

김주연, 「현실주의의 한 승화」, 『문학사상』 6, 문학사상사, 1973.3.

김주현, 「자유연애의 이상과 파국-염상섭의 「제야」를 중심으로」, 『우리문학연구』 26, 우리 문학회, 2009.2.

______, 「근대 초기 문사의식과 예술가의 형상의 상관성」, 『한국문학논총』 54, 한국문학회, 2010.4.

김준기, 「염상섭 소설 고찰-해방공간기의 작품을 중심으로」, 『인천어문학』 7, 인천어문학 회, 1991.2.

김준현, 「1950년대 문예지와 염상섭의 단편소설」, 『반교어문연구』 40, 반교어문학회, 2015.8.

김지영, 「'연애'의 형성과 초기 근대소설」, 『현대소설연구』 27, 한국현대소설학회, 2005.9.

______, 「1920년대 문학에서 고백의 성립과 자기 인식의 문제-이광수, 김동인, 염상섭을 중 심으로」, 『현대소설연구』 28, 한국현대소설학회, 2005.12.

______, 「환멸의 비애를 넘어서기-1920년대 염상섭 문학에 나타난 '개성'과 '생활'의 의미」, 『한국현대문학연구』 21, 한국현대문학회, 2007.4.

김찬념, 「자연주의 문학 연구-염상섭을 중심으로」, 숙명여대 석사논문, 1965.

김치수, 「염상섭 재고」(『중앙일보』, 1966.1.15·1.20), 『문예사조』, 문학과지성사, 1977.

김태준, 「조선소설사」(전69회), 『동아일보』, 1930.10.31~1931.2.14.

김태진, 「전후의 풍속과 전쟁 미망인의 서사 재현 양상-염상섭의 「미망인」·「화관」 연작을 중심으로」, 『현대소설연구』 27, 한국현대소설학회, 2005.9.

김학균, 「「사랑과 죄」에 나타난 연애구조 고찰」, 『한국문학평론』 28, 국학자료원, 2004.12.

김학균, 「『사랑과 죄』에 나타난 연애의 성립 과정 고찰」, 『한국현대문학연구』 19, 한국현대
　　　문학회, 2006.6.

______, 「탐정서사에 나타난 가족공동체의 해체 연구-염상섭의 1930년대 장편을 중심으
　　　로」, 『한국문학평론』 30, 한국문학평론가협회, 2006.6.

______, 「'가족살해 모티프'와 가족 공동체의 붕괴-1930년대 염상섭 장편을 중심으로」, 『인
　　　문논총』 56, 서울대 인문학연구원, 2006.12.

______, 「1930년대 염상섭 장편소설에 나타난 '희생양'의 이미지」, 『한국문학평론』 32, 한국
　　　문학평론가협회, 2007.12.

______, 「가족 갈등에 나타난 분단의 현실과 '중간파'의 정치의식-해방 후 염상섭 소설을 중
　　　심으로」, 『현대소설연구』 38, 한국현대소설학회, 2008.8.

______, 「염상섭 「이심」론」, 『한국문학평론』 35, 한국문학평론가협회, 2009.8.

______, 「『사랑과 죄』에 나타난 아편중독자 표상 연구」, 『국제어문』 54, 국제어문학회,
　　　2012.4.

______, 「염상섭의 유머 감각」, 『새국어생활』 23(4), 국립국어원, 2013.12.

______, 「염상섭 장편소설에 나타난 미국인과 '아메리카니즘'-『이심』과 『효풍』을 중심으
　　　로」, 『도시인문학연구』 6(1), 서울시립대 도시인문학연구소, 2014.4.

김학동, 「자연주의 소설론」, 『한국근대문학연구-일반문학적 試考』, 서강대 인문과학연구
　　　소, 1969.

김항, 「식민지배와 민족국가 / 자본주의의 본원적 축적에 대하여-『만세전』 재독해」, 『대동
　　　문화연구』 82, 성균관대 대동문화연구원, 2013.6.

김현, 「염상섭과 발자크」, 『향연』 3, 서울대 교양과정부, 1970.12.

____, 「식민지시대의 문학-염상섭과 채만식」, 『문학과지성』 5, 문학과지성사, 1971.9.

김형수, 「염상섭, 예술, 근대성-1920년대 염상섭의 비평」, 『사림어문연구』 12, 사림어문학
　　　회, 1999.1.

김형원, 「紹介一言」(인물합평 염상섭론), 『생장』 2, 생장사, 1925.2.

김환태, 「2월 창작계 개관-이 달의 수확은 무엇인가」(『조선중앙일보』, 1936.2.19~2.23),
　　　문학사상자료조사연구실 편, 『김환태전집』, 문학사상사, 1988.

______, 「순수시비(純粹是非)」, 『문장』, 문장사, 1939.11.

김휘정, 「『만세전』과 근대성」, 『여성문학연구』 7, 한국여성문학학회, 2002.6.

김흥규, 「1920년대 초 한국 자연주의 문학 재고-염상섭을 중심으로 한 그 서구적 양상과의
　　　대비적 고찰」, 『고대문화』 11, 고려대 고대문화편집위원회, 1970.5.

______, 「1920년대 초기시의 낭만적 상상력과 그 역사적 성격」, 『한국학논집』 6, 계명대 한국

학연구소, 1979.2.

김희자, 「핏줄과 돈 계산―염상섭의 후기 단편을 중심으로」, 『겨레어문학』 22, 겨레어문학회, 1997.9.

김희정, 「염상섭에 있어서의 아리시마 다케오 수용―아리시마 다케오의 『태어나는 고뇌』와의 교감을 중심으로」, 『일본어문학』 65, 한국일본어문학회, 2014.5.

나병철, 「리얼리즘의 두 유형과 대화적 소설」, 『기전어문학』 10·11, 수원대 국어국문학회, 1996.11.

_____, 「식민지시대 문학의 민족인식과 탈식민주의―염상섭의 민족인식과 타자성의 경험」, 『현대문학의 연구』 13, 한국문학연구학회, 1999.8.

_____, 「미적 근대성의 두 가지 길―탈주의 욕망과 에로티즘」, 『현대문학의 연구』 20, 한국문학연구학회, 2003.2.

_____, 「한국문학과 탈식민」, 『상허학보』 14, 상허학회, 2005.12.

_____, 「탈식민 소설과 트랜스내셔널의 전망」, 『현대문학이론연구』 54, 현대문학이론학회, 2013.9.

노연숙, 「염상섭의 『만세전』 연구―탈식민주의 시각에서 본 '나'의 자리 찾기와 '일본인 표상'을 중심으로」, 『한국문화』 43, 서울대 규장각한국학연구원, 2008.9.

노영희, 「韓·日家族史小說 속의 아버지상―島崎藤村과 廉想燮의 비교를 중심으로」, 『일본학』 11, 동국대 일본학연구소, 1992.8.

등천, 「염상섭 초기작에 나타난 입센 수용 양상 연구―「지상선을 위하여」와 「제야」를 중심으로」, 『국제어문』 68, 국제어문학회, 2016.3.

류경동, 「염상섭의 「효풍」에 나타난 상품세계의 변동과 갈등 양상 연구」, 『현대문학이론연구』 59, 현대문학이론학회, 2014.12.

류리수, 「아리시마 타케오(有島武郎)와 염상섭 작품에 나타난 근대인의 고뇌」, 『일본학보』 48, 한국일본학회, 2001.9.

_____, 「한일 근대 서간체소설을 통해 본 신여성의 자아연소―아리시마 타케오(有島武郎)의 『돌에 짓눌린 잡초(石にひしがれた雜草)』와 염상섭의 『제야(除夜)』」, 『일본학보』 50, 한국일본학회, 2002.3.

_____, 「아리시마 타케오(有島武郎)의 「宣言」과 염상섭의 「너희들은 무엇을 어덧느냐」―신여성의 자아각성을 중심으로」, 『일본학보』 57, 한국일본학회, 2003.12.

_____, 「'집(家)' 안에서의 근대적 자아―아리시마(有島武郎)의 「부자(親子)」와 염상섭의 「삼대」」, 『일본근대문학―연구와 비평』 3, 한국일본근대문학회, 2004.5.

류진희, 「염상섭의 「해방의 아들」과 해방기 민족서사의 젠더」, 『상허학보』 27, 상허학회,

2009.10.

류희석, 「세계체제의 (반)주변부와 근대소설―식민지근대의 극복을 화두로」, 『창작과비평』 148, 창비, 2010.6.

문재호, 「「취우」의 공간 연구」, 『숭실어문』 12, 숭실어문학회, 1995.11.

______, 「근대 도시소설 연구―염상섭「암야」와 박태원의「소설가 구보씨의 일일」을 중심으로」, 『숭실어문』 15, 숭실어문학회, 1999.6.

미야지마 히로시, 『나의 한국사 공부』, 너머북스, 2013.

____________, 『동아시아는 몇 시인가?』, 너머북스, 2015.

박노자, 「한국적 근대 만들기―1920년대의 '타이쇼 데모크라시'형(型) 개인주의―염상섭의 「만세전」」, 『인물과사상』 48, 인물과사상사, 2002.4.

박두진, 「추도시―거성 지시다니」, 『동아일보』, 1963.3.14.

박상준, 「지속과 변화의 변증법―「만세전」 연구」, 『관악어문연구』 22, 서울대 국어국문학과, 1997.12

______, 「풍속 묘사의 전면화와 리얼리즘의 길―염상섭의「사랑과 죄」론」, 『문학사와 비평』 7, 문학사와 비평학회, 2000.2.

______, 「환멸에서 풍속으로 이르는 길―「만세전」을 전후로 한 염상섭 소설의 변모 양상 논고」, 『민족문학사연구』 24, 민족문학사학회・민족문학사연구소, 2004.3.

박성태, 「염상섭의 프로문학론 비판과 개성적 사실주의 문학론」, 『현대문학이론연구』 66, 현대문학이론학회, 2016.9.

박신자, 「새 자료로 본 횡보의 생애」, 『문학사상』 6, 문학사상사, 1973.3.

박영준, 「[횡보 염상섭 특집] 내가 본 횡보선생―횡보선생 옆에서」, 『현대문학』 101, 현대문학사, 1963.5.

박영희, 「신경향파의 문학과 그 문단적 지위―금년은 문단에서 있어서 새로운 첫걸음을 시작하였다」, 『개벽』 64, 개벽사, 1925.12.

______, 「신흥예술의 이론적 근거를 논하여 염상섭 군의 무지를 박함」(전14회), 『조선일보』, 1926.2.3~2.19.

______, 「현대조선문학사(3)」, 『삼천리』 14, 삼천리사, 1949.12.

박용구, 「[횡보 염상섭 특집] 내가 본 횡보선생―같은 동리에 사셨던 횡보선생」, 『현대문학』 101, 현대문학사, 1963.5.

박용규, 「일제하시대・중외・중앙・조선중앙일보에 관한 연구―창간 배경과 과정, 자본과 운영, 편집진의 구성과 특성을 중심으로」, 『언론과 정보』 2, 부산대 언론정보연구소, 1996.2.

박월탄, 「문단 일년을 추억하야 현상(現狀)과 작품을 개평(槪評)하노라」, 『개벽』 31, 개벽사, 1923.1.

박윤영, 「염상섭 『불연속선(不連續線)』 연구」, 『한국어와 문화』 16, 숙명여대 한국어문화연구소, 2014.8.

박은숙, 「전쟁과 사상투쟁의 객관화와 그 의미―염상섭의 「취우」와 張賢亮의 「綠化樹」의 비교연구」, 『한국문학이론과 비평』 40, 한국문학이론과 비평학회, 2008.9.

박정애, 「근대적 주체의 시선에 포착된 타자들―염상섭 「만세전」의 경우」, 『여성문학연구』 6, 한국여성문학학회, 2001.12.

박정희, 「「만세전」 개작의 의미 고찰―'首善社版' 「만세전」(1948)을 중심으로」, 『한국현대문학연구』 31, 한국현대문학회, 2010.8.

______, 「1920년대 근대소설의 형성과 '신문기사'의 소설화 방법―「발[簾]」과 「검사국대합실」을 중심으로」, 『어문연구』 155, 한국어문교육연구회, 2012.9.

박종린, 「'김윤식사회장' 찬반논의와 사회주의세력의 재편」, 『역사와현실』 38, 한국역사연구회, 2000.12.

박종화, 「신춘창작평」, 『개벽』 45, 개벽사, 1924.3.

______, 「우리 문학에 공적 크다―가난하게 죽다니 가슴 아픈 일」, 『동아일보』, 1963.3.14.

______, 「횡보의 문학과 업적, 앞으로도 건필 휘두르길―3·1문화상 수상을 계기로」, 『동아일보』, 1962.3.9.

______, 「횡보 추도―우정과 술과 고집과」, 『조선일보』, 1963.3.15.

______, 「횡보 염상섭 형을 보내면서」, 『현대문학』 100, 현대문학사, 1963.4.

______, 「[횡보 염상섭 특집] 1920년대의 염상섭―젊은 시절의 염상섭」, 『현대문학』 101, 현대문학사, 1963.5.

______, 「역의 예술론」, 『문학사상』 83, 문학사상사, 1979.10.

박팔양, 「가시덤불길」(『문학신문』, 1957.8.22), 이선영·김병민·김재용 편, 『현대문학비평자료집 8―사회주의 사실주의 발생 발전론』, 태학사, 1993.

______, 「카프 문학의 영예로운 길」(『문학신문』, 1959.8.5), 이선영·김병민·김재용 편, 『현대문학비평자료집 8―사회주의 사실주의 발생 발전론』, 태학사, 1993.

박헌호, 「'문학' '史' 없는 시대의 문학연구―우리 시대 한국 근대문학 연구에 대한 어떤 소회」, 『역사비평』 75, 역사비평사, 2006.5.

______, 「'문화 연구'의 정치성과 역사성―근대문학 연구의 현황과 반성」(『민족문화연구』 53, 2010.12), 임형택 편, 『한국학의 학술사적 전망2―근현대편』, 소명출판, 2014.

______, 「염상섭과 '조선문인회'」, 『한국문학연구』 43, 동국대 한국문학연구소, 2012.12.

박헌호, 「소모로서의 식민지, [不姙]資本의 운명-염상섭의 「무화과」를 중심으로」, 『외국문학연구』 48, 한국외대 외국문학연구소, 2012.11.

______, 「'생활'하는 '주의자'들-〈'김병화' 傳〉으로 읽는 「삼대」」, 『반교어문연구』 40, 반교어문학회, 2015.8.

______, 「염상섭과 부르주아지」, 『한국학연구』 39, 인하대 한국학연구소, 2015.11.

박현수, 「1920년대 자연주의 소설론-염상섭을 중심으로」, 『반교어문연구』 8, 반교어문학회, 1997.12.

______, 「염상섭의 초기 소설과 문화주의」, 『상허학보』 1, 상허학회, 1999.12.

______, 「「묘지」에서 「만세전」으로의 개작과 그 의미-「만세전」 판본 연구」, 『상허학보』 19, 상허학회, 2007.2.

______, 「3·1운동과 근대 문인의 의식-김동인, 염상섭의 행적과 사상을 중심으로」, 박헌호·류준필 편, 『1919년 3월 1일에 묻다』, 성균관대 출판부, 2009.

______, 「염상섭의 소설론에 대한 고찰-1927~1929년을 중심으로」, 『한국근대문학연구』 28, 한국근대문학회, 2013.10.

______, 「1920년대 전반기 〈문인회〉의 결성과 그 와해」, 『한민족문화연구』 49, 한민족문화학회, 2015.2.

______, 「신문지법과 필화의 사이-『신생활』 10호의 발굴과 연구」, 『민족문학사연구』 69, 민족문학사학회·민족문학사연구소, 2019.4.

박희현, 「염상섭의 「牧丹꽃 필 때」 연구-민족적 정체성의 재현으로서의 여성과 가부장적 세계관」, 『어문연구』 157, 한국어문교육연구회, 2013.3.

방인근, 「[횡보 염상섭 특집] 상섭을 땅에 묻고서」, 『현대문학』 101, 현대문학사, 1963.5.

배개화, 「『東光』을 통해 본 근대적 글쓰기의 형성」, 『국어국문학』 150, 국어국문학회, 2008.12.

배경렬, 「한국전쟁 이후 염상섭 소설 연구」, 『현대문학이론연구』 32, 현대문학이론학회, 2007.12.

배준, 「반역과 윤리-염상섭 초기 창작방법론 재독」, 『한국학연구』 34, 인하대 한국학연구소, 2014.8.

______, 「평범함의 비극성-염상섭 소설의 통속적 대중 재현에 나타난 멜로드라마 전유 양상의 고찰」, 『대중서사연구』 35, 대중서사학회, 2015.8.

배하은, 「전시의 서사, 전후의 윤리-「난류」, 「취우」, 「지평선」 연작에 나타난 염상섭의 한국전쟁 인식 연구」, 『한국현대문학연구』 45, 한국현대문학회, 2015.4.

배항섭, 「'탈근대론'과 근대중심주의」, 『민족문학사연구』 62, 민족문학사학회·민족문학사

연구소, 2016.12.

백낙청, 「한국소설에 있어서서의 리얼리즘 전망」, 『동아일보』, 1967.8.12.

백순재, 「염상섭의 초기문학과 그의 새 평론 고찰」, 『한국문학』 48, 한국문학사, 1977.10.

백윤경, 「가족로망스의 변형과 그 가능성-『삼대』론」, 『인문학연구』 89, 충남대 인문과학연구소, 2012.12.

白川豊, 「한중현대소설에 나타난 리얼리즘-염상섭의 「두파산」과 모순의 「임가포자」를 중심으로」, 『비교문화연구』 2, 한양대 비교문화연구소, 1983.12.

백철, 「[기축(己丑) 신년의 문화건설 전망] 소위 중간파의 진출-예상되는 금년의 창작계」, 『세계일보』, 1949.1.1.

_____, 「현상은 타계될 것인가-주로 기성작가의 동향에 관한 전망」(전6회), 『경향신문』, 1949.1.5.~1.12.

_____, 「회월의 문학사가 발표되는데 앞서서」, 『사상계』 57, 사상계사, 1958.4.

_____, 「[횡보 염상섭 특집] 염상섭의 문학사적 위치-「표본실의 청개구리」를 예로」, 『현대문학』 101, 현대문학사, 1963.5.

변희용, 「行動을 쏟았던 젊음의 情熱」, 『一波 卞熙瑢先生遺稿』, 성균관대 출판부, 1977.

서경석, 「염상섭 초기소설 문체의 특징과 '사라진 매개자'」, 『우리말글』 67, 우리말글학회, 2015.12.

서동진, 「포스트사회과학-사회적인 것의 과학, 그 이후?」, 『민족문화연구』 57, 고려대 민족문화연구원, 2012.12.

서영채, 「한국소설과 근대성의 세 가지 파토스」, 『문학동네』 19, 문학동네, 1999.5.

_____, 「둘째 아들의 서사-염상섭, 소세키, 루쉰」, 『민족문학사연구』 51, 민족문학사학회·민족문학사연구소, 2013.4.

_____, 「무한공간의 출현과 근대의 서사-아리시마 다케오를 중심으로」, 『비교문학』 67, 한국비교문학회, 2015.10.

서은경, 「1910년대 후반 미적 감수성의 분화와 '감정'이 부상되는 과정-유학생 잡지 『삼광』을 중심으로」, 『현대소설연구』 45, 한국현대소설학회, 2010.12.

서정록, 「염상섭의 문체연구」, 『동대논총』 8, 동덕여대, 1978.5.

_____, 「염상섭 문학의 서민적 리얼리티-해방 후 단편을 중심으로」, 『동대논총』 15, 동덕여대, 1985.6.

서준섭, 「염상섭의 「효풍」에 나타난 정부 수립 직전의 사회·문화적 풍경과 그 의미」, 『한중인문학연구』 28, 한중인문학회, 2009.12.

서형범, 「염상섭 「효풍(曉風)」의 중도주의 이데올로기에 대한 고찰」, 『한국학보』 115, 일지사, 2004.6.

석일균, 「염상섭의 문학과 언어기교−문학사상과 독자적인 문제」, 『한국외국어대학 논문집』 12, 한국외대, 1979.6.

선민서, 「염상섭 소설의 예술가 표상 연구−「사랑과 죄」·「모란꽃 필 때」를 중심으로」, 『우리어문연구』 55, 우리어문학회, 2016.5.

성경린, 「염상섭론」, 『풍림』 4, 풍림사, 1937.3.

성형경, 「「암야」를 통해 본 상섭의 현실인식」, 도남조윤제박사 고희기념논총간행위원회 편, 『도남조윤제박사고희기념논총』, 형설출판사, 1976.

손성준, 「텍스트 시차와 공간적 재맥락화−염상섭의 러시아 소설 번역이 의미하는 것들」, 『한국어문학연구』 62, 한국외대 한국어문학연구회, 2014.2.

______, 「번역이라는 고투(苦鬪)의 시간−염상섭의 번역과 초기 소설의 문체 변화」, 『한국문학논총』 67, 한국문학회, 2014.8.

______, 「한국 근대소설과 번역·창작의 복합주체−염상섭과 현진건의 통속소설 번역과 그 이후」, 『한국현대문학연구』 47, 한국현대문학회, 2015.12.

______, 「번역문학의 재생(再生)과 반(反)검열의 앤솔로지−『태서명작단편집(泰西名作短篇集)』(1924) 연구」, 『현대문학의 연구』 66, 한국문학연구학회, 2018.10.

손정목, 「회사령연구」, 『한국사연구』 45, 한국사연구회, 1984.6.

손정수, 「해방 이전 염상섭 비평의 전개과정에 대한 고찰」, 문학사와 비평연구회 편, 『염상섭 문학의 재조명』, 새미, 1998.

______, 「한국 근대 초기 비평에 나타난 자연주의 개념의 변모양상」, 『개념사로서의 한국근대비평사』, 역락, 2002.

손지연, 「민족 알레고리로서의 여성−염상섭의 『만세전』을 중심으로」, 『비교문화연구』 10(1), 경희대 글로벌인문학술원, 2006.6.

송명희, 「근대소설에 나타난 신여성 모티프」, 『인문사회과학연구』 11(2), 부경대 인문사회과학연구소, 2010.10.

송은영, 「1910년대 잡지에 나타난 장르분화와 언어의식−역사·허구의 분리와 근대소설의 재현 관념을 중심으로」, 『석당논총』 48, 동아대 석당학술원, 2010.11.

송인선, 「해방 / 패전 체험과 미(美·米)점령기의 '영어' 이야기−염상섭과 고지마 노부오의 소설을 중심으로」, 『비교문학』 64, 한국비교문학회, 2014.10.

송하춘, 「염상섭의 초기 창작방법론−『남방의 처녀』와 『이심』의 대비 고찰」, 『현대소설연구』 36, 한국현대소설학회, 2007.12.

송희복, 「비평 염상섭, 새로운 읽을거리, 새롭게 읽기−탄생 1백주년에 부쳐」, 『작가세계』

35, 세계사, 1997.11.

수(秀)(최일수), 「자연주의 문학의 선구자-횡보 염상섭 씨 가다」, 『조선일보』, 1963.3.15.

시라카와 유타카(白川豊), 「염상섭과 일본」, 『국제어문』 58, 국제어문학회, 2013.8.

신규호, 「「표본실의 청개구리」와 露文學」, 『비평문학』 2, 한국비평문학회, 1988.8.

신남철, 「최근 조선문학사조의 변천-'신경향파'의 대두와 그 내면적 관련에 대한 한 개의 소
　　묘」, 『신동아』 5(9), 동아일보사, 1935.9.

신동한, 「횡보의 인간과 문학」, 『자유문학』 8(4), 자유문학자협회, 1963.4.

신명란, 「1930년대 소설의 여성인물 연구-염상섭·채만식을 중심으로」, 『대구어문논총』
　　12, 대구어문학회, 1994.6.

신상섭, 「근대문학초기중편소설의 재평가」, 『월간문학』 15(9), 월간문학사, 1982.9.

신샛별, 「염상섭 「효풍」에 나타난 해방기 도덕지층 연구」, 『동악어문학』 68, 동악어문학회,
　　2016.8.

신영덕, 「염상섭의 민족문학론 고찰」, 『논문집』 28, 공군사관학교, 1990.8.

_____, 「「취우」에 나타난 현실인식의 성격」, 『한국현대문학연구』 1, 한국현대문학회,
　　1991.4.

신영덕, 「염상섭의 해군 체험과 관련된 새로운 자료에 관하여」, 『문학정신』 60, 열음사,
　　1991.10.

_____, 「전쟁기의 염상섭의 해군 체험과 문학 활동」, 『한국학보』 67, 일지사, 1992.6.

_____, 「염상섭의 창작방법론 연구」, 『관악어문연구』 13, 서울대 국어국문학과, 1996.12.

신영미, 「저항과 모색을 통한 자아의 완성-염상섭의 「제야」, 김동인의 「눈을 겨우 뜰 때」에
　　나타난 죽음을 중심으로」, 『한국학연구』 20, 인하대 한국학연구소, 2009.5.

신윤주, 「한·일 근현대문학에 나타난 생활사적 의미에서 「전당포(典當鋪)」가 미친 영향」,
　　『일본근대학연구』 50, 한국일본근대학회, 2015.11.

신은경, 「해방 후 이념의 초월 양상-염상섭 소설 「효풍」을 중심으로」, 『국제한인문학연구』
　　13, 국제한인문학회, 2014.2.

_____, 「1950년대 '중간소설 전문지' 『소설계』의 지형-1950년대 후반에서 1960년대까지
　　초기 잡지를 중심으로」, 『어문논집』 71, 민족어문학회, 2014.8.

신종곤, 「염상섭 초기작에 나타난 자기반성적 서술 형식 연구-「표본실의 청게고리」, 「암
　　야」, 「제야」, 「만세전」을 중심으로」, 『상허학보』 7, 상허학회, 2001.8.

신지영, 「해방 전후 '소문'에 나타난 복수의 시간성과 이족(異族) 갈등-안회남과 염상섭
　　의 귀환 / 이주 단편소설을 중심으로」, 『사이間SAI』 21, 국제한국문학문화학회,
　　2016.11.

신철하, 「중도론, 민족주의론의 정체와 지향－염상섭의 비평」, 『한양어문연구』 5, 한양대 한양어문연구회, 1987.10.

______, 「복식읽기의 사회시학－「만세전」의 재해석」, 『외국문학』 20, 열음사, 1989.9.

신혜수, 「해방 후 염상섭 문학 궤적의 일단－『그리운 사랑』을 중심으로」, 『이화어문논집』 40, 이화어문학회, 2016.12.

신희교, 「염상섭의 「짖지 않는 개」에 나타난 초점화 연구」, 『한국언어문학』 80, 한국언어문학회, 2012.3.

심정명, 「한국과 일본의 자연주의 담론 비교 연구」, 서울대 석사논문, 2007.

심진경, 「문단의 '여류'와 '여류문단'－식민지시대 여성작가의 형성과정」, 『상허학보』 13, 상허학회, 2004.8.

______, 「세태로서의 여성－염상섭의 신여성 모델소설을 중심으로」, 『대동문화연구』 82, 성균관대 대동문화연구원, 2013.6.

______, 「염상섭 소설에 나타난 소문의 서사화 전략 연구－「이심」의 스캔들화된 여성을 중심으로」, 『어문론총』 68, 한국문학언어학회, 2016.6.

심훈, 「무딘 연장과 녹이 슬은 무기－언어와 문장에 관한 우감수제(偶感數題)」(1934.8)[심훈30주기추모(미발표)유고특집], 『사상계』 152, 사상계사, 1965.10.

____, 「무딘 연장과 녹이 슬은 무기－언어와 문장에 관한 우감(偶感)」, 『심훈문학전집』 3, 탐구당, 1966.

안남일, 「『삼광(三光)』 수록 소설 연구」, 『현대소설연구』 45, 한국현대소설학회, 2010.12.

안미영, 「1920년대 불량 여학생의 출현 배경 고찰－염상섭의 「너희들은 무엇을 어덧느냐」를 중심으로」, 『한국문학이론과 비평』 18, 한국문학이론과 비평학회, 2003.3.

______, 「염상섭의 해방직후 소설에서 '민족'을 자각하는 방식과 계기－1949년~1948년 작품을 중심으로」, 『한국언어문학』 68, 한국언어문학회, 2009.3.

안서현, 「'효풍(曉風)'이 불지 않는 곳－염상섭 「무풍대(無風帶)」 연구」, 『한국현대문학연구』 39, 한국현대문학회, 2013.4.

______, 「두 개의 이름 사이－염상섭 소설에 나타난 언어적 혼종성의 문제」, 『한국근대문학연구』 30, 한국근대문학회, 2014.10.

안석주(安碩柱)·이승만(李承萬)·노심산(盧心汕)·이상범(李象範), 「신문소설과 삽화가」, 『삼천리』 6(8), 삼천리사, 1934.8.

안석주, 「문단 메리꼬라운드(15)－지진계(地震系)에 사시는 횡보 염상섭 씨」, 『조선일보』, 1933.2.9.

______, 「조선문단 30년 측면사」(전3회)(『조광』, 1938.12~1939.2), 『안석영 문선』, 관동출

판사, 1984.

안석주, 「문단30년비사」(『문화시보』, 1947.9~10), 『안석영 문선』, 관동출판사, 1984.

______, 「문단회고록」(『민족문화』, 1949.9~1950.2), 『안석영 문선』, 관동출판사, 1984.

안수길, 「기교의 면에서 본 9월의 창작」, 『문학예술』 4(9), 문학예술사, 1957.10.

______, 「[횡보 염상섭 특집] 내가 본 횡보선생―횡보선생과 나」, 『현대문학』 101, 현대문학사, 1963.5.

안용희, 「염상섭 초기 소설의 세대의식과 공동체 윤리의 문제」, 『국제어문』 57, 국제어문학회, 2013.4.

양건식, 「염상섭론」(인물합평 염상섭론), 『생장』 2, 생장사, 1925.2.

양문규, 「염상섭 문학을 통해 본 근대 이후의 인간관」, 『인문학보』 27, 강릉대 인문과학연구소, 1999.6.

______, 「근대성·리얼리즘·민족문학적 연구로의 도정」, 문학과사상 연구회 편, 『염상섭 문학의 재인식』, 깊은샘, 1998

양미영, 「「만세전」의 텍스트 일기―내포작가와 서술자를 중심으로」, 『인문학연구』 94, 충남대 인문과학연구소, 2014.3.

양주동, 「정묘문단총관(丁卯文壇總觀)―창작계만평」, 『신민』 33, 신민사, 1928.1.

______, 「정묘평론단총관(丁卯評論壇總觀)―국민문학과 무산문학의 제문제를 검토비판함」(전16회) 『동아일보』, 1928.1.1~1.18.

______, 「구주 현대 문예사상 개관」, 『동아일보』, 1929.1.16.

양주동, 「[횡보 염상섭 특집] 1920년대의 염상섭―문(文)·주회구기(酒懷舊記)」, 『현대문학』 101, 현대문학사, 1963.5.

엄호석, 「현대 조선문학에 있어서의 사회주의적 사실주의 전통」(『우린문학의 혁명적 전통』, 1956), 이선영·김병민·김재용 편, 『현대문학비평자료집 7―카프 및 항일혁명문학』, 태학사, 1993.

______, 「사회주의 사실주의 창작 방법」(『조선문학에서의 사조 및 방법연구』, 1963), 이선영·김병민·김재용 편, 『현대문학비평자료집 7―카프 및 항일혁명문학』, 태학사, 1993.

염무웅, 「리얼리즘의 역사성과 현실성」, 『문학사상』 1, 문학사상사, 1972.10.

______, 「염상섭의 중도적 민족노선―1922년부터 1960년까지」, 『국제어문』 58, 국제어문학회, 2013.8.

______, 「염상섭의 중도적 민족노선―그의 50주기를 기념하여」, 『창작과비평』 161, 창비, 2013.9.

염상섭·김동인·백철,「신문학운동의 회고와 전망-김동인, 염상섭 양 씨(氏)에게 문학을 듣는 좌담회」(전2회),『중앙신문』, 1947.11.1~11.2.

염재용,「가친(家親)과 '횡보(橫步)'와」,『현대문학』101, 1963.5.

오무라 마스오(大村益夫),「북한의 문학선집 출판현황」(『한길문학』2, 1990.6),『윤동주와 한국문학』, 소명출판, 2001.

오윤호,「자연주의 경향의 염상섭 소설과 진화론적 상상력-「만세전」을 중심으로」,『현대문학이론연구』54, 현대문학이론학회, 2013.9.

오창은,「염상섭 문학과 공간의 문화정치-「사랑과 죄」와 1920년대 경성」,『국제어문』58, 국제어문학회, 2013.8.

______,「염상섭과 4·19혁명」,『국어국문학』170, 국어국문학회, 2015.3.

오혜진a,「근대 대중소설에 나타난 장르믹스의 변모양상-염상섭의「사랑과 죄」와 김말봉의「찔레꽃」을 중심으로」,『우리문학연구』27, 우리문학회, 2009.6.

오혜진b,「"캄포차 로멘쓰"를 통해 본 제국의 욕망과 횡보의 문화적 기획-『남방의 처녀』(염상섭 역술, 평문관, 1924) 해제」,『근대서지』3, 근대서지학회, 2011.6.

______,「'심퍼사이저(sympathizer)'라는 필터-저항의 자원과 그 양식들-1920~1930년대 염상섭의 소설과 평문을 중심으로」,『상허학보』38, 상허학회, 2013.6.

월탄,「嗚呼 我文壇(附月評)」,『백조』2, 문화사, 1922.5.

____,「대전 이후의 조선문예운동」(전12회),『동아일보』, 1929.1.1~1.12.

____,「삼일 전후의 문학운동(하)」,『중앙신문』, 1946.3.1.

유광렬,「[횡보 염상섭 특집] 1920년대의 염상섭-횡보의 이 일 저 일」,『현대문학』101, 현대문학사, 1963.5.

유기환,「자연주의론 비교 연구-졸라의「실험소설」과 염상섭의「개성과 예술」」,『불어불문학연구』100, 한국불어불문학회, 2014.12.

유문선,「식민지시대 대지주계급의 삶과 역사적 운명-「삼대」의 리얼리즘적 성과와 한계」,『민족문학사연구』1, 민족문학사학회·민족문학사연구소, 1991.9.

______,「식민지 조선사회 욕망과 이념의 한 자리-염상섭의『사랑과 죄』」,『민족문학사연구』13, 민족문학사학회·민족문학사연구소, 1998.12.

______,「최근 북한 근대문학사 인식의 변화-『현대조선문학선집』(1987~)의 '1920~30년대 시선'을 중심으로」,『민족문학사연구』35, 민족문학사학회·민족문학사연구소, 2007.12.

유봉희,「염상섭 장편「牧丹꽃 필 때」연구-은유와 환유를 중심으로」,『어문논총』20, 전남대 한국어문학연구소, 2009.8.

유숙자, 「염상섭과 아리시마 타케오(有島武郎) – 초기 3부작을 중심으로」, 『비교문학』 20, 한국비교문학회, 1995.12.

유승미, 「식민지 조선의 근대와 자립의 과제 – 염상섭의 「사랑과 죄」, 「광분」, 「삼대」를 중심으로」, 『어문논집』 66, 민족어문학회, 2012.10.

______, 「식민지 경성, 그 상실된 장소의 소설적 재현 – 염상섭 「광분」을 중심으로」, 『한국문예비평연구』 41, 한국현대문예비평학회, 2013.8.

유인순, 「한국 자연주의 문학 소고」, 『연구논집』 10, 이화여대 대학원, 1982.7.

______, 「「표본실의 청개구리」에 대한 비교문학적 연구」, 『이화어문논총』 5, 이화여대 이화어문학회, 1982.12.

유인혁, 「식민지시기 염상섭 장편소설의 총체적 도시 재현」, 『인문논총』 71, 서울대 인문학연구원, 2014.8.

______, 「염상섭 장편소설 「사랑과 죄」에 나타난 범죄의 지리」, 『구보학회』 13, 구보학회, 2015.12.

______, 「이광수와 염상섭의 경성 – '경성 / 지방'의 공간 분할과 소설의 플롯」, 『사이間SAI』 21, 국제한국문학문화학회, 2016.11.

______ · 박광현, 「염상섭 소설에 나타난 이중적 건축과 식민지 도시의 이중성 – 「광분」, 「삼대」, 「무화과」를 중심으로」, 『한국어문학연구』 62, 한국외대 한국어문학연구회, 2014.2.

유임하, 「세태로서의 분단현실과 중산층의 일상적 세계 – 염상섭의 해방 이후 단편과 장편 「취우」에 나타난 현실인식」, 『동악어문논집』 31, 동악어문학회, 1996.12.

유종호, 「일별이언(一瞥二言)」, 『사상계』 67, 사상계사, 1959.2.

______, 「죽음과 싸움 – 염상섭에 있어서의 삶」, 『한국문학』 4(7), 한국문학사, 1976.7.

유철상, 「매개적 인물의 형상화와 관조적 리얼리즘의 구현 – 염상섭의 「삼대」론」, 『현대문학이론연구』 21, 현대문학이론학회, 2004.4.

윤대석, 「문학(화) · 식민지 · 근대 – 한국근대문학연구의 새 영역」, 『역사비평』 78, 역사비평사, 2007.2.

윤병로, 「염상섭 문학의 사실성 – 주로 『취우』에 대하여」, 『성대문학』 1, 성균관대 국어국문학과, 1955.11.

______, 「단평 – 2월의 소설」, 『현대문학』 39, 현대문학사, 1958.3.

______, 「무덤 속의 『만세전』」, 『여원』 75, 여원사, 1961.11.

______, 「염상섭의 「만세전」」, 『현대작가론』, 이우출판사, 1978.

윤순식, 「토마스 만의 「부덴브로크가의 사람들」과 염상섭 「삼대」 비교 – 인물 유형을 중심으로」, 『독일어문화권연구』 18, 서울대 인문학연구원 독일어문화권연구소, 2009.12.

윤영옥, 「염상섭 소설에서의 자유연애와 자본으로서의 젠더인식 -「제야」, 「너희는 무엇을 얻었느냐」, 「해바라기」를 중심으로」, 『현대문학이론연구』 58, 현대문학이론학회, 2014.9.

윤일주, 「[횡보 염상섭 특집] 내가 본 횡보선생 - 해군생활에서」, 『현대문학』 101, 현대문학사, 1963.5.

윤홍로, 「염상섭의 연구사적 비판」, 권영민 편, 『염상섭 문학연구 - 염상섭전집 별권』, 민음사, 1987.

이강언, 「현실조응과 작가의식의 반응 - 염상섭의 리얼리즘」, 『영남어문학』 1, 영남어문학회, 1974.11.

______, 「염상섭소설의 도시성 연구 - 1920년대 작품을 중심으로」, 『대구어문론총』 10, 대구어문학회, 1992.6.

이경돈, 「1920년대초 민족의식의 전환과 미디어의 역할 - 『개벽』과 『동명』을 중심으로」, 『사림』 23, 수선사학회, 2005.6.

______, 「세 척의 함선 세 곳의 행선지 - 2010년대, 문학 연구의 향배」, 『반교어문연구』 32, 반교어문학회, 2012.2.

______, 「횡보(橫步)의 문리(文理) - 염상섭과 산(散)혼(混)공(共)통(通)의 상상」, 『상허학보』 38, 상허학회, 2013.6.

이경민, 「염상섭의 자기혁명과 초기 문학」, 『민족문학사연구』 60, 민족문학사학회 · 민족문학사연구소, 2016.4.

이경훈, 「완전한 귀향 - 염상섭론2」, 『한국문예비평연구』 1, 한국현대문예비평학회, 1997.12.

______, 「염상섭 문학에 나타난 법의 문제 - 그 시론적 고찰」, 『한국문예비평연구』 2, 한국현대문예비평학회, 1998.6.

______, 「오딧세우스의 변명 - 문학과 풍속에 대해」, 『현대소설연구』 27, 한국현대소설학회, 2005.9.

______, 「문자의 전성시대 - 염상섭의 「모란꽃 필 때」에 대한 일 고찰」, 『사이間SAI』 14, 국제한국문학문화학회, 2013.5.

이광수, 「문예쇄담(文藝瑣談)」, 『동아일보』, 1925.11.2.

______, 「조선의 문학」, 『삼천리』, 삼천리사, 1933.3.

______, 『이광수전집』 10, 삼중당, 1971.

이광호, 「염상섭 소설의 시선 주체와 문학사적 의미 - 소설 「만세전」을 중심으로」, 『현대소설연구』50, 한국현대소설학회, 2012.8.

이광훈, 「자연주의 그 위대한 모순－염상섭」, 『문학춘추』8, 문학춘추사, 1964.11.

이기인, 「『삼대』의 문학적 성과와 한계」, 『동서문학』172, 동서문학사, 1988.11.

이덕화, 「염상섭 초기 문학에 나타난 근대체험과 가족 이데올로기」, 『여성문학연구』13, 한국여성문학학회, 2005.6.

＿＿＿, 「염상섭의 작품을 통해서 본 신여성에 대한 오인 메커니즘」, 『현대소설연구』28, 한국현대소설학회, 2005.12.

＿＿＿, 「염상섭의 '同情者' 윤리를 통해 본 세계관과 돈에 대한 인식」, 『현대문학의 연구』32, 한국문학연구학회, 2007.7.

이동주, 「한국현대소설사전(7)－염상섭 편」, 『현대문학』171, 현대문학사, 1969.3.

이동하, 「염상섭 장편소설 연구－그 현재적 의의의 구명을 위한 시론」, 『인문과학』1, 서울시립대 인문과학연구소, 1993.12.

이득재, 「소련의 프롤레트쿨트와 문화운동」, 『문화과학』53, 문화과학사, 2008.3.

이래수, 「염상섭의 전기문학고」, 『한국문학론연구』, 대광문화사, 1980.

이량(李亮), 「문예시장론에 대한 편언(片言)」, 『개벽』69, 개벽사, 1926.5.

이만영, 「염상섭과 진화론－염상섭의 초기 텍스트들을 중심으로」, 『민족문화연구』68, 고려대 민족문화연구원, 2015.8.

이명원, 「계몽과 창조의 혼성담론－염상섭의 「개성과 예술」(1922)론」, 『반교어문연구』15, 반교어문학회, 2003.8.

＿＿＿, 「문학의 탈정치화와 포스트 담론의 파장－민주화 이후 한국문학의 전개와 쇠락」, 『민족문화연구』57, 고려대 민족문화연구원, 2012.12.

이명자, 「'청개고리'의 해부－한국 대표작 정리, 염상섭의 「표본실의 청개구리」」, 『문학사상』58, 문학사상사, 1977.7

이명현, 「「카라마조프가의 형제들」과 「삼대」－가족서사의 근대성」, 『러시아어문학연구논집』43, 한국러시아문학회, 2013.6.

이무영, 「50대 문학의 항변」(전4회), 『동아일보』, 1958.7.5~7.10.

이문창, 「(해설) 크로포트킨과 그의 시대」, 크로포트킨, 김유곤 역, 『크로포트킨 자서전』, 우물이 있는 집, 2003.

이미림, 「근대인 되기와 정주 실패－여행소설로서의 『만세전』」, 『현대소설연구』31, 한국현대소설학회, 2006.

이병도, 「상섭의 부음을 듣고」, 『경향신문』, 1963.3.15.

이병렬, 「염상섭의 「너희들은 무엇을 어덧느냐」 고(攷)」, 『숭실어문』5, 숭실어문학회,

1988.4.

이병순, 「염상섭의 후기소설 연구」, 『국어국문학』 110, 국어국문학회, 1993.12.

______, 「해방기 중간파 문학론 연구」, 『어문논집』 5, 숙명여대 한국어문학연구소, 1995.12.

이보영, 「식민지적 걸작에의 도전-염상섭의 「이심」」, 『현대문학』 280, 현대문학사, 1978.4.

______, 「한국현대소설과 도스토예프스키」, 『월간문학』 12(9), 월간문학사, 1979.9.

______, 「식민지 문학의 前夜性-횡보의 초기작을 중심으로」, 『월간문학』 13(5), 월간문학사, 1980.5.

______, 「추락한 사회와 윤리-염상섭의 「사랑과 죄」」, 『월간문학』 14(10), 월간문학사, 1981.10.

______, 「염상섭 문학의 재평가-횡보 탄생 90주년을 기념하여」, 『민족문화연구』 21, 고려대 민족문화연구원, 1988.2

______, 「염상섭 문학과 도스토예프스키-초기작을 중심으로」, 『동양문학』 3, 동양문학사, 1988.9.

______, 「Oscar Wilde와 염상섭-비교문학적 고찰」, 『인문논총』 20, 전북대 인문과학연구소, 1990.12.

______, 「염상섭과 베르그송」, 『월간문학』 26(2), 월간문학사, 1993.2.

______, 「죠셉 콘라드와 염상섭-『어둠의 핵심』과 『만세전』」, 『신학과 사회』 15, 한일장신대, 2001.12.

______, 「염상섭의 잠복된 항일의지-「모란꽃 필 때론」」, 『월간문학』 39(12), 월간문학사, 2006.12.

______, 「한국 작가와 러시아 문학-신문학 초기 외국문학의 수용」, 『문예연구』 55, 문예연구사, 2007.12.

______, 「염상섭 평전-생애와 문제」 1~2, 『문예연구』 61~62, 문예연구사, 2009.6~9.

이봉래, 「문학과 문학상의 경위-자유문학상 수상작품의 구체적 비판」, 『새벽』 3(3), 새벽사, 1956.5.

이상억, 「현대문학에 나타난 서울 옛말씨의 연구」, 『서울학연구』 17, 서울시립대 부설 서울학연구소, 2001.9.

이선구, 「[횡보 염상섭 특집] 내가 본 횡보선생-관찰자의 생애」, 『현대문학』 101, 현대문학사, 1963.5.

이선영, 「리얼리즘과 한국 장편소설」, 『민족문학사연구』 2, 민족문학사학회·민족문학사연구소, 1992.7.

______, 「주체와 욕망 그리고 리얼리즘-염상섭 소설 총론」, 『민족문학사연구』 11, 민족문학

사학회·민족문학사연구소, 1997.9.

이선영, 「20세기 한국문학에 대한 전문가 반응－『한국문학논저 유형별 총목록』제1~7권에 의거하여」, 『실천문학』64, 실천문학사, 2001.11.

이숭녕, 「학문의 노인왕국」(전3회), 『동아일보』, 1958.7.13~7.16.

______, 「제2공화국의 문화창조－인문과학－청신한 기백이 풍겨야 한다」, 『동아일보』, 1960.6.5~6.6.

이승만(李承萬) 외, 「[좌담]화가가 '미인'을 말함」, 『삼천리』8(8), 삼천리사, 1936.8.

이어령, 「유성군의 위치－1956년도 창작총평」, 『문학예술』4(1), 문학예술사, 1957.2.

______, 「1957년도의 작가들」, 『사상계』54, 사상계사, 1958.1.

______, 「문학과 '젊음'－「문학도 함께 늙는가?」를 읽고」(전2회), 『경향신문』, 1958.6.21~6.22.

______, 「한국소설의 맹점－리얼리즘 문제를 중심으로」, 『사상계』100, 사상계사, 1961.11.

이용희, 「염상섭의 장편소설과 식민지 모던 걸의 서사학－「사랑과 죄」의 '모던 걸' 재현 문제를 중심으로」, 『한국어문학연구』62, 한국외대 한국어문학연구회, 2014.2.

이은봉, 「염상섭의 장편 「모란꽃 필 때」 연구－등장인물의 상관관계를 중심으로」, 『한남어문학』14, 한남대 한남어문학회, 1988.12.

이익상, 「중학시절추억」(인물합평 염상섭론), 『생장』2, 생장사, 1925.2.

이인모, 「품사적 사실과 작가의 성격」(전4회), 『현대문학』17~20, 현대문학사, 1956.5~8.

______, 「문장 형성법과 작가의 성격－김동인과 염상섭의 작품을 통한」(전5회), 『현대문학』23~27, 현대문학사, 1956.11~1957.3.

이재선, 「일제의 검열과 『만세전』의 개작－식민지시대 문학 해석의 문제」(『문학사상』84, 1979.11), 권영민 편, 『염상섭 문학연구－염상섭전집 별권』, 민음사, 1987.

이정숙, 「해방기 소설에 나타난 귀환의 양상 고찰」, 『현대소설연구』48, 한국현대소설학회, 2011.12.

이정은, 「염상섭 소설에 나타난 혼혈의 양상과 의미－경계인 의식을 중심으로」, 『현대소설연구』61, 한국현대소설학회, 2016.4.

이정임, 「염상섭 소설의 판본 비교 연구－『만세전』, 『해바라기』, 『삼대』의 해방 후 개작 양상을 중심으로」, 연세대 석사논문, 1998.2.

이종수, 「신문학 발생 이후의 조선문학－민족문학시대의 문학사상 변천」, 『신동아』, 동아일보사, 1935.9.

이종호, 「일제시대 아나키즘 문학 형성 연구－『근대사조』『삼광』『폐허』를 중심으로」, 성균관대 석사논문, 2006.

이종호, 「해방기 이동의 정치학-염상섭의 단편소설을 중심으로」, 『한국문학연구』 36, 동국대 한국문학연구소, 2009.6.

______, 「염상섭의 자리, 프로문학 밖, 대항제국주의 안-두 개의 사회주의 혹은 '문학과 혁명'의 사선(斜線)」, 『상허학보』 38, 상허학회, 2013.6.

______, 「혈력(血力) 발전(發電 / 發展)의 제국, 이주노동의 식민지-니가타현(新潟縣) 조선인 학살사건과 염상섭」, 『사이間SAI』 16, 국제한국문학문화학회, 2014.5.

______, 「염상섭 문학과 사상의 장소-초기 단행본 발간과 그 맥락을 중심으로」, 『한민족문화연구』 46, 한민족문화학회, 2014.6.

______, 「해방기 염상섭과 『경향신문』」, 『구보학보』 21, 구보학회, 2019.4.

이종환, 「[횡보 염상섭 특집] 내가 본 횡보선생-대가풍 비치지 않는 대가」, 『현대문학』 101, 현대문학사, 1963.5.

이주열, 「염상섭의 「사랑과 죄」 주제의식과 갈등 양상」, 『이문논총』 22, 한국외대 대학원, 2002.12.

이철호, 「1910년대 후반 도쿄 유학생의 문화 인식과 실천-『기독청년』을 중심으로」, 『한국문학연구』 35, 동국대 한국문학연구소, 2008.12.

______, 「염상섭 장편소설의 동정자(sympathizer) 형상과 다이쇼(大正) 생명주의-「사랑과 죄」, 「삼대」를 중심으로」, 『비교문학』 53, 한국비교문학회, 2011.2.

______, 「한국 근대소설과 '의식의 흐름'-베르그송, 제임스, 아인슈타인을 중심으로」, 『상허학보』 36, 상허학회, 2012.10.

______, 「반복과 예외, 혹은 불가능한 공동체-「취우」(1953)를 중심으로」, 『대동문화연구』 82, 성균관대 대동문화연구원, 2013.6.

이춘식, 「염상섭론」, 『동아』 1, 동아대 학술부, 1961.6.

이태숙, 「염상섭의 20년대 연애소설과 유학의 경험」, 『한중인문학연구』 29, 한중인문학회, 2010.4.

이하관, 「문학의 인상-조선문학현상론」, 『중앙』, 조선중앙일보사, 1936.9

이한결, 「염상섭의 초기 3부작 재독-예술론과의 연관성을 중심으로」, 『인문학연구』 49, 조선대 인문학연구원, 2015.2.

이헌구, 「양심적인 분이었는데-애도의 말하기조차 어려워」, 『동아일보』, 1963.3.14.

이현식, 「식민지적 근대성과 민족문학-일제하 장편소설」, 문학과사상 연구회 편, 『염상섭 문학의 재인식』, 깊은샘, 1998.

이형식, 「'제국의 브로커' 아베 미쓰이에(安部充家)와 문화통치」, 『역사문제연구』 37, 역사문제연구소, 2017.4.

이형식, 「『동명』·『시대일보』 창간과 아베 미쓰이에(安部充家)」, 『근대서지』 18, 근대서지학
　　회, 2018.12.
이형진, 「'이미지'로서의 여성의 삶과 사랑―1910, 20년대 이광수, 김동인, 염상섭의 작품들
　　을 중심으로」, 『한국현대문학연구』 36, 한국현대문학회, 2012.4.
이혜령, 「인종과 젠더, 그리고 민족 동일성의 역학―1920~30년대 염상섭 소설에 나타난 혼
　　혈아의 정체성」, 『현대소설연구』 18, 한국현대소설학회, 2003.6.
______, 「언어＝네이션, 그 제유법의 긴박과 성찰 사이―한국문학 근대성 연구의 한 귀결에
　　대하여」, 『상허학보』 19, 상허학회, 2007.2.
______, 「지식인의 자기정의와 '계급'―식민지시대 지식계급론과 한국 근대소설의 지식인
　　표상」, 『상허학보』 22, 상허학회, 2008.2.
______, 「감옥 혹은 부재의 시간들―식민지 조선에서 사회주의자를 재현한다는 것, 그 가능
　　성의 조건」, 『대동문화연구』 64, 성균관대 대동문화연구원, 2008.12
______, 「正史와 情史 사이―3·1운동, 후일담의 시작」, 『민족문학사연구』 40, 민족문학사학
　　회·민족문학사연구소, 2009.8.
______, 「식민지 군중과 개인―염상섭의 「광분」을 통해서 본 시론」, 『대동문화연구』 69, 성
　　균관대 대동문화연구원, 2010.3.
______, 「사상지리(ideological geography)의 형성으로서의 냉전과 검열―해방기 염상섭의 이
　　동과 문학을 중심으로」, 『상허학보』 34, 상허학회, 2012.2.
______, 「식민자는 말해질 수 있는가―염상섭 소설 속 식민자의 환유들」, 『대동문화연구』
　　78, 성균관대 대동문화연구원, 2012.6.
______, 「검열의 미메시스―염상섭의 「광분」을 통해서 본 식민지 예술장의 초(超)규칙과 섹
　　슈얼리티」, 『민족문학사연구』 51, 민족문학사학회·민족문학사연구소, 2013.4.
______, 「소시민, 레드콤플렉스의 양각―1960~1970년대 염상섭론과 한국 리얼리즘론의 사
　　정」, 한기형·이혜령 편, 『저수하의 시간, 염상섭을 읽다』, 소명출판, 2014.
이혜진, 「1920년대 자연주의 문학의 메타 내러티브―염상섭의 자연주의 문학론 재고」, 『국
　　제어문』 58, 국제어문학회, 2013.8.
이호규·권혁건, 「다이쇼 데모크라시와 한일 근대 작가의 개인주의적 주체 비교연구―염상
　　섭과 아쿠타가와 류노스케 비교를 통해」, 『한국문학논총』 54, 한국문학회, 2010.4.
이호룡, 「일제강점기 국내 아나키스트들의 공산주의에 대한 비판적 활동」, 『역사와현실』 59,
　　한국역사연구회, 2006.3.
이훈, 「「만세전」의 근대성에 대한 연구―주체의 근대적인 의식과 식민지적 근대성에 대한
　　반영 양상을 중심으로」, 『한국언어문학』 45, 한국언어문학회, 2000.12.

이희정, 「1920년대 식민지 동화정책과 『매일신보』 문학연구(2)-후반기 연재소설의 전개과 정을 중심으로」, 『현대소설연구』 48, 한국현대소설학회, 2011.12.

______·김상모, 「염상섭 초기 소설의 변화 과정 고찰-매체와의 상관성을 중심으로」, 『한 민족문화연구』 38, 한민족문화학회, 2011.10.

임경석, 「1922년 상반기 재 서울 사회단체들의 분규와 그 성격」, 『사림』 25, 수선사학회, 2006.6.

임경석, 「워싱턴회의 전후 한국 독립운동 진영의 대응」, 『대동문화연구』 51, 성균관대 대동 문화연구원, 2005.9.

임규찬, 「3·1운동 전후의 작가와 문학적 근대성-이광수·김동인·염상섭의 비평을 중심으 로」, 『민족문학사연구』 24, 민족문학사학회·민족문학사연구소, 2004.3.

임긍재, 「본격문학의 인간성과 시류문학의 목적성-1948년도 창작계 총평」, 『백민』 5(1), 백민문화사, 1949.1.

______, 「주관성의 박약-문학」, 『민성』 5(12), 고려문화사, 1949.12.

______, 「내용의 몽환성과 형식의 기교성-1950년도 상반기 개평」, 『연합신문』, 1950.6.20.

______, 「문학상실에의 경향-1월 작품을 중심으로」, 『새벽』 3(2), 새벽사, 1956.3.

임명진, 「염상섭의 리얼리즘론과 그 절충적 성격」, 『국어국문학』 105, 국어국문학회, 1991.5.

______, 「「삼대」에 나타난 '자본'의 문제」, 『비평문학』 43, 한국비평문학회, 2012.3.

임상민·이경규, 「제국 일본의 출판유통과 식민도시 부산의 독자층 연구-일본인 경영 서점 과 염상섭 「만세전」을 중심으로」, 『일본근대학연구』 49, 한국일본근대학회, 2015.8.

임영봉, 「식민지 근대성과 광인 서사의 의미-광인형 등장인물의 세 가지 유형을 중심으로」, 『인문학연구』 34, 중앙대 인문과학연구소, 2002.8.

임영천, 「세속화시대의 종교와 문학-염상섭의 「삼대」론」, 『비평문학』 10, 한국비평문학회, 1996.7.

______, 「염상섭 소설의 다성성 연구」, 『한민족문화연구』 6, 한민족문화학회, 2000.6.

임옥규, 「북한의 문학사 서술토대, 주체문학론의 실체와 위상」, 민족문학사연구소 남북한문 학사연구반 편, 『북한의 우리문학사 재인식』, 소명출판, 2014.

임주탁, 「1920년대 초반 소설의 근대적 특성 연구-『동아일보』 연재소설을 중심으로」, 『한 국문학논총』 42, 한국문학회, 2006.4.

임형택, 「염상섭의 작가정신과 한국 근대-「삼대」를 중심으로」, 『창작과비평』 166, 창비, 2014.12.

임화, 「조선신문학사론 서설-이인직으로부터 최서해까지」, 『조선중앙일보』, 1935.10. 9~11.13.

임화, 「소설문학의 20년」, 『동아일보』, 1940.4.12~4.20.

_____, 「『백조(白潮)』의 문학사적 의의-일(一) 전형기(轉形期)의 문학」, 『춘추』 3(11), 조선 춘추사, 1942.11.

_____, 「조선 민족문학 건설의 기본과제에 관한 일반보고」, 조선문학가동맹 중앙집행위원회 서기국 편, 『건설기의 조선문학』, 조선문학가동맹, 1946.

_____, 「조선소설에 관한 보고-보고자 안회남 씨의 결석으로 인하여 대행한 연설요지」, 조선 문학가동맹 중앙집행위원회서기국 편, 『건설기의 조선문학』, 조선문학가동맹, 1946.

임희현, 「염상섭 초기 문학에 나타난 '폐허'와 '죽음'의 의미」, 『구보학보』 14, 구보학회, 2016.6.

장두영, 「염상섭의 「조야의 제공에게 호소함(朝野の諸公に訴う)」이 지닌 자료적 의미」, 『문 학사상』 454, 문학사상사, 2010.8.

_____, 「염상섭의 모델소설 창작 방법 연구-「너희들은 무엇을 어덧느냐」를 중심으로」, 『한국현대문학연구』 34, 한국현대문학회, 2011.8.

_____, 「염상섭의 「만세전」에 나타난 '개성'과 '생활'의 의미-아리시마 다케오(有島武郎) 의 『아낌없이 사랑은 빼앗는다(惜みなく愛は奪ふ)』와의 비교를 중심으로」, 『일본 학연구』 34, 단국대 일본연구소, 2011.9.

_____, 「염상섭 문학에 나타난 '죽음'」, 『한국현대문학연구』 36, 한국현대문학회, 2012.4.

_____, 「염상섭 초기 문학론의 형성과정 연구-1918~1920년대 초반에 발표된 평론을 중 심으로」, 『어문학』 121, 한국어문학회, 2013.9.

_____, 「「사랑과 죄」의 통속성과 1920년대 후반 염상섭의 장편소설 인식」, 『한국현대문학 연구』 42, 한국현대문학회, 2014.4.

장무익, 「횡보 염상섭 연구」, 『논문집』 2, 공군사관학교, 1967.6.

장문석, 「전통지식과 사회주의의 접변-염상섭의 「현대인과 문학」에 관한 몇 개의 주석」, 『대동문화연구』 82, 성균관대 대동문화연구원, 2013.6.

장백산인(長白山人), 「문인인상호기(文人印象互記)」, 『개벽』 44, 개벽사, 1924.2.

장백일, 「1958년의 작단 총평(上)-또 하나의 빛을 향해서」, 『자유문학』 3(12), 한국자유문 학자협회, 1958.12.

장사선, 「廉想涉折衷論의 無折衷性」, 권영민 편, 『염상섭 문학연구-염상섭전집 별권』, 민 음사, 1987.

장수익, 「이기심과 교환 관계 그리고 이념-염상섭 중기 소설 연구1」, 『한국언어문학』 64, 한국언어문학회, 2008.3.

_____, 「자본의 무차별성에 대한 극복책 모색-염상섭 중기소설 연구2」, 『현대소설연구』

56, 한국현대소설학회, 2014.8.

장인수, 「1920년대 '편지'의 배치와 감수성의 문학」, 『한민족문화연구』 42, 한민족문화학회, 2013.2.

전상숙, 「제1차 세계대전 이후 국제질서의 재편과 민족 지도자들의 대외 인식」, 『한국정치외교사논총』 26(1), 한국정치외교사학회, 2004.8.

전성욱, 「작가의 욕망과 텍스트의 욕망－염상섭의 「효풍」론」, 『국어국문학』 23, 국어국문학회, 2004.12.

전영택, 「횡보와 우리문학」, 『동아일보』, 1963.3.15.

______, 「횡보 염상섭 형의 서거를 슬퍼하며」, 『현대문학』 100, 현대문학사, 1963.4.

전종봉, 「실험소설(the experimental novel)론과 염상섭 자연주의」, 『동서비교문학저널』 11, 한국동서비교문학학회, 2004.12.

전훈지, 「식민지 근대사회의 속물근성 연구－염상섭의 「모란꽃 필 때」를 중심으로」, 『동서비교문학저널』 32, 한국동서비교문학학회, 2015.4.

______, 「식민지시기 혼혈인의 자아 정체성 연구－염상섭 소설을 중심으로」, 『우리어문연구』 53, 우리어문학회, 2015.9.

정경수, 「염상섭 소설에 나타난 사회의식의 변용」, 『어문학교육』 4, 부산교육학회, 1981.12.

정남영, 「Dickens의 Little Dorrit와 새로운 리얼리즘론의 가능성」, 서울대 박사논문, 1996.2

______, 「근대, 대안근대, 그리고 문학－리얼리즘론을 되돌아보며」, 『자음과 모음』 25, 자음과모음, 2014.8.

정명환, 「염상섭과 Zola－성에 대한 견해를 중심으로」, 『한불연구』 1, 연세대 한불문화연구소, 1974.12.

정보람, 「전쟁의 시대, 생존의지의 문학적 체현－염상섭의 「취우」, 「미망인」 연구」, 『현대소설연구』 49, 한국현대소설학회, 2012.4.

______, 「'괴물'에서 '거울'로의 전환－「만세전」, 「사랑과 죄」의 여성 인물 연구」, 『어문연구』 167, 한국어문교육연구회, 2015.9.

______, 「'탕녀'와 '가장'－1950년대 전쟁미망인의 이중적 표상 연구」, 『현대소설연구』 61, 한국현대소설학회, 2016.4.

정선태, 「시인의 번역과 소설가의 번역－김억과 염상섭의 「밀회」 번역을 중심으로」, 『외국문학연구』 53, 한국외대 외국문학연구소, 2014.2.

정연정, 「근대화 과정 속 전쟁미망인의 존재양상과 역할변화－염상섭 「미망인」·「화관」 연작을 중심으로」, 『문학 사학 철학』 28·29, 한국불교사연구소, 2012.4.

정연희, 「염상섭 초기 소설의 자기서술방식과 작가의식 연구」, 『현대문학이론연구』 21, 현대문학이론학회, 2004.4.

정우택, 「황석우의 매체 발간과 사상적 특징」, 『민족문학사연구』 32, 민족문학사학회·민족
　　　문학사연구소, 2006.12.

정정숙, 「염상섭 초기 단편에 나타난 식민지 지식인의 근대의식-「암야」, 「표본실의 청개구
　　　리」, 「제야」를 중심으로」, 『전농어문연구』 10, 서울시립대 국어국문학과, 1998.9.

정종현, 「1950년대 염상섭 소설에 나타난 정치와 윤리-「젊은 세대」, 「대를 물려서」를 중심
　　　으로」, 『한국어문학연구』 62, 동악어문학회, 2014.2.

정태용, 「문학의 자유-백철·염상섭 양씨를 박함」(전4회), 『조선중앙일보』, 1949.1.19~
　　　1.22.

______, 「1958년의 소설 총관-두 세대와 디렘마의 세계」, 『현대문학』 49, 현대문학사,
　　　1959.1.

______, 「6월의 소설」, 『현대문학』 55, 현대문학사, 1959.7

______, 「9월의 소설」, 『현대문학』 58, 현대문학사, 1959.10.

정한모, 「리얼리즘 문학의 한국적 양상」, 『사조』 5, 사조사, 1958.10.

______, 「염상섭의 문체와 어휘 구성의 특성-형성과정에서의 그의 가능성을 중심으로」,
　　　『문학사상』 6, 문학사상사, 1973.3.

정한숙, 「상섭문학의 사회성과 세태풍경」, 『아세아연구』 53, 고려대 아세아문제연구소,
　　　1975.1.

정혜영, 「삶의 허위와 사랑의 허위-염상섭 「너희들은 무엇을 어덧느냐」」, 『한국문학논총』
　　　39, 한국문학회, 2005.4.

정호웅, 「염상섭전기문학론-작가의식을 중심으로」, 『한국문화』 6, 서울대 규장각한국학연
　　　구원, 1985.12.

______, 「염상섭의 「광분」 연구」, 『국어국문학』 95, 국어국문학회, 1986.5.

______, 「염상섭의 「효풍」론-냉소와 풍자」, 『실천문학』 52, 실천문학사, 1998.11.

조남현, 「염상섭의 후기소설」, 『문학정신』 35~36, 문학정신사, 1989.8~9.

______, 「동반자작가의 성격과 위상에 관한 연구」, 『인문논총』 27, 서울대 인문학연구소,
　　　1992.6.

______, 「1948년과 염상섭의 이념적 정향」, 『한국현대문학연구』 6, 한국현대문학회,
　　　1998.12.

______, 「국어 사랑, 시대의 한복판을 뚫은 명작의 버팀목」, 『새국어생활』 11(3), 국립국어원,
　　　2001.9.

조동일, 「동아시아 소설이 보여준 가부장(家父長)의 종말」, 『국제지역연구』 10(2), 서울대

국제지역원, 2001.6.

조두섭, 「1920년대 한국 상징주의시의 아나키즘과 연속성 연구」, 『우리말글』 26, 우리말글
학회, 2003.12.

조미숙, 「식민지시대 지식인 여성상 연구 — 남성작가와 여성작가 비교를 중심으로」, 『한국문
예비평연구』 17, 한국현대문예비평학회, 2005.8.

______, 「「진주는 주었으나」의 이야기 방식과 근대성」, 『한국문예비평연구』 34, 한국현대문
예비평학회, 2011.4.

______, 「1920년대 중반 염상섭 작품에 나타난 프로의식의 성격」, 『한국문예비평연구』 37,
한국현대문예비평학회, 2012.4.

______, 「「진주는 주었으나」, 「남편의 책임」을 통해 본 1920년대 염상섭의 젠더의식」, 『인문
과학논집』 23, 강남대 인문과학연구소, 2012.6.

______, 「「사랑과 죄」의 여성 인물 주체 형성 과정과 인물묘사방법 — 「광분」의 인물들과의
비교를 중심으로」, 『한국문예비평연구』 47, 한국현대문예비평학회, 2015.8.

______, 「염상섭 중기 소설의 크로노토프 — 『삼대』 삼부작을 중심으로」, 『한국문예비평연
구』 51, 한국현대문예비평학회, 2016.9.

______, 「「무화과」에 나타난 1930년대 경성의 장소성」, 『통일인문학』 65, 건국대 인문학연
구원, 2016.3.

조미희, 「염상섭 소설에 나타난 희생의 의미 연구 — 「해바라기」를 중심으로」, 『한국언어문
화』 58, 한국언어문화학회, 2015.12.

______, 「염상섭 소설에 나타난 근대적 일상과 법의식 연구」, 『동아시아문화연구』 64, 한양
대 동아시아문화연구소, 2016.2.

조봉제, 「김이 모락모락 나는 청개구리 五臟 — 염상섭과 자연주의」, 『시문학』 6(5), 시문학
사, 1976.5.

조석래, 「염상섭 「박래묘」에 대하여 — 한국근대작가의 습작품의 문제」, 『도남학보』 2, 도남
학회, 1979.4.

조성면, 「철도와 문학 — 경인선 철도를 통해서 본 한국의 근대문학」, 『인천학연구』 4, 인천대
인천학연구원, 2005.2.

조연현, 「근대조선소설사상계보론 서설 — 우리의 근대소설이 시험한 사상적 과업」, 『신천
지』 4(7), 서울신문사, 1949.8.

______, 「문학의 구경적 의의 — 염상섭 씨의 「두 판산」을 읽고」(전2회), 『경향신문』,
1949.8.30~8.31.

______(조석제), 「해방문단 5년의 회고」, 『신천지』 4(8)~5(2), 서울신문사, 1949.9~1950.2.

조연현, 「염상섭론」, 『신태양』 32, 신태양사, 1955.4.

______, 「한국현대문학사」(전41회), 『현대문학』 6~41, 현대문학사, 1955.6~1958.5.

______, 「우리나라의 비평문학―그 회고와 전망」, 『문학예술』 3(1), 문학예술사, 1956.1.

______, 「비평의 신세대」, 『문학예술』 3(3), 문학예술사, 1956.3.

______, 「자유문학상 심사의 공명성―문총성명에 대한 구체적 답변」, 『새벽』 3(3), 새벽사, 1956.5.

______, 「양에 비해 저조한 질―금년도 창작계 총평」(전2회), 『조선일보』, 1956.12.17~ 12.18.

______, 「염상섭론―한국현대작가론4」, 『새벽』 4(6), 새벽사, 1957.6.

______, 「해방후 창작계의 제양상―작가의 특성을 중심으로」(전4회), 『조선일보』, 1957.8.19~8.23.

조영암, 「염상섭전」, 『한국대표작가전』, 광문사, 1958.

조용만, 「흉금을 열어 선배에게 일탄(一彈)을 날림―염상섭(廉想涉) 씨에게」(전2회), 『조선중앙일보』, 1934.6.26~6.27.

______, 「장거리선수·횡보」(1948), 『방의 숙명』, 삼중당, 1962.

______, 「생각나는 사람들―과묵강직의 문인 염상섭」, 『대한일보』, 1967.9.14.

조윤정, 「언어의 위계와 어법의 균열―해방기~1960년대, 한국의 언어적 혼종상태와 문학자의 자의식」, 『현대문학의 연구』 46, 한국문학연구학회, 2012.2.

조은애, 「식민도시의 상징과 잔여―염상섭 소설의 在京城 일본인, 그 재현 (불)가능의 장소들」, 『한국문학이론과 비평』 57, 한국문학이론과 비평학회, 2012.12.

조은주, 「1920년대 문학에 나타난 허무주의와 '폐허(廢墟)'의 수사학」, 『한국현대문학연구』 25, 한국현대문학회, 2008.8.

조정환, 「사회주의 리얼리즘의 종말 이후의 노동문학」(『실천문학』 57, 2000.2), 『카이로스의 문학』, 갈무리, 2006.

______, 「오늘날의 문학상황과 버추얼리즘―최근 리얼리즘 / 모더니즘 논쟁에 부쳐」(『시작』 3, 2002.11), 『카이로스의 문학』, 갈무리, 2006.

______, 「내재적 리얼리즘―리얼리즘의 폐허에서 생각하는 대안리얼리즘의 잠재력」, 『오늘의 문예비평』 92, 산지니, 2014.3.

조형래, 「『효풍』과 소설의 경찰적 기능―염상섭의 『효풍』 연구」, 『사이間SAI』 3, 국제한국문학문화학회, 2007.11.

주현진, 「근대소설 속의 의학―프랑스와 한국의 자연주의 소설 비교 연구」, 『인문학연구』 102, 충남대 인문과학연구소, 2016.3.

지용신, 「염상섭 초기소설 속 연애 담론 고찰」, 『한남어문학』 37, 한남대 한남어문학회, 2013.3.

진선정, 「「제야」와 「해바라기」의 신여성 연구」, 『한남어문학』 33, 한남대 한남어문학회, 2009.7.

진정석, 「염상섭의 소설시학을 위하여-최근 연구 성과에 대한 검토를 중심으로」, 문학사와 비평연구회 편, 『한국 현대문학과 근대성의 탐구』, 새미, 2000.

진태원, 「'포스트' 담론의 유령들-애도의 애도를 위하여」, 『민족문화연구』 57, 고려대 민족문화연구원, 2012.12.

차승기, 「'폐허'의 시간-1920년대 초 동인지 문학의 미적 세계관 형성에 대하여」, 『상허학보』 6, 상허학회, 2000.8.

차원현, 「유명론적 세계 이해와 개체성의 윤리성-염상섭과 20년대」, 『민족문학사연구』 22, 민족문학사학회·민족문학사연구소, 2003.6.

차혜영, 「지식의 최전선-'풍속-문화론 연구'에 대한 비판적 검토-」, 『민족문학사연구』 33, 민족문학사학회·민족문학사연구소, 2007.4.

채만식, 「염상섭 작 『이심』 신간평」, 『조선일보』, 1939.6.5.

______, 「염상섭 작 『이심』」, 『박문』 9, 박문서관, 1939.7.

채영님, 「시마자키 토오송(島崎藤村)과 염상섭의 시대인식과 '가족'-입센의 『인형의 집』의 수용양상을 통하여」, 『일본근대문학-연구와 비평』 4, 한국일본근대문학회, 2005.10.

채오병, 「국제 노동분업과 국내 산업공동화-제국질서와 위기담론의 궤적」, 『경제와사회』 98, 비판사회학회, 2013.6.

채호석, 「가족 구조 속에 담아낸 식민지 자본주의 사회-염상섭의 「삼대」」, 『문학사상』 317, 문학사상사, 1999.3.

채훈, 「염상섭 연구 시론」, 『어문논지』 1, 충남대 문리과대 국어국문학회, 1972.1.

천이두, 「한국단편소설론(하)」, 『현대문학』 131, 현대문학사, 1965.11.

______, 「역사적 접근과 공시적 접근」, 『문학과지성』 18, 문학과지성사, 1974.11.

천정환, 「새로운 문학연구와 글쓰기를 위한 시론」, 『민족문학사연구』 26, 민족문학사학회·민족문학사연구소, 2004.11.

______, 「'문화론적 연구'의 현실 인식과 전망」, 『상허학보』 19, 상허학회, 2007.2.

______, 「소문(所聞)·방문(訪問)·신문(新聞)·격문(檄文)-3·1운동 시기의 미디어와 주체성」, 『한국문학연구』 36, 동국대 한국문학연구소, 2009.6.

______, 「민족문학과 민중문학을 다시 생각하기-서발턴은 쓸 수 있는가」, 백영서·김명인

편, 『민족문학론에서 동아시아론까지―최원식 정년기념논총』, 창비, 2015.

최강민, 「1920년대 한일소설에 나타난 조선인의 민족성 비교」, 『한국문예비평연구』 35, 한국현대문예비평학회, 2011.8.

최남선, 「조선국민문학으로서의 시조」, 『조선문단』 16, 조선문단사, 1926.5.

______, 「시조태반으로서의 조선 민성과 민속」, 『조선문단』 17, 조선문단사, 1926.6.

최미선, 「해방기 장편 아동서사의 현실인식 연구」, 『한국아동문학연구』 29, 한국아동문학학회, 2015.10.

최미진·임주탁, 「1920년대 신문소설에 나타난 유학 체험과 근대적 특성―「읍혈조(泣血鳥)」와 「진주(珍珠)는 주엇스나」, 『한국문학논총』 41, 한국문학회, 2005.12.

____________, 「한국 근대소설과 연애담론―1920년대 『동아일보』 연재소설을 중심으로」, 『한국문학논총』 44, 한국문학회, 2006.12.

최선웅, 「1920년대 초 한국공산주의운동의 탈자유화 과정」, 『한국사학보』 26, 고려사학회, 2007.2.

최성민, 「제3세계를 향한 제국주의적 시선과 탈식민주의적 시선」, 『현대소설연구』 40, 한국현대소설학회, 2009.4.

최성실, 「염상섭 후기 단편소설의 창작방법론―'개성'과 '젠더' 문제를 중심으로」, 『한국문예창작』 17, 한국문예창작학회, 2009.12.

최성윤, 「근대 초기의 비평 논쟁과 '묘사' 개념의 구체화 과정」, 『우리어문연구』 49, 우리어문학회, 2014.5

최순렬, 「염상섭의 「만세전」과 리얼리즘」, 『한국문학연구』 8, 동국대 한국문학연구소, 1985.6.

최애순, 「1950년대 서울 종로 중산층 풍경 속 염상섭의 위치―「젊은 세대」와 「대를 물려서」를 중심으로」, 『현대소설연구』 52, 한국현대소설학회, 2013.4.

최우석, 「3·1운동의 마지막 만세시위 검토」, 『사림』 67, 수선사학회, 2019.1.

최원식, 「한국문학의 근대성을 다시 생각한다」, 『창작과비평』 86, 창작과비평사, 1994.12.

최인숙, 「'노라'를 바라보는 염상섭과 루쉰의 시선―염상섭의 「제야」와 루쉰의 「傷逝」」, 『한국학연구』 21, 인하대 한국학연구소, 2009.11.

최인숙, 「염상섭 문학의 개인주의」, 인하대 박사논문, 2013.

최주한, 「염상섭과 근대적 주체―초기 작품을 대상으로」, 『서강어문』 13, 서강어문학회, 1997.12.

______, 「염상섭 소설의 여성과 민족주의 담론의 젠더 이데올로기―여성의 재현 양상과 그 의미를 중심으로」, 『어문연구』 115, 한국어문교육연구회, 2002.9.

최주한, 「일상화된 식민주의와 '범죄'의 서사-염상섭의 『백구』론」, 『어문연구』120, 한국어
　　　문교육연구회, 2003.12.

최진옥, 「해방 직후 염상섭 소설에 나타난 민족의식 고찰」, 『한국현대문학연구』23, 한국현
　　　대문학회, 2007.12.

최태원, 「「묘지」와 「만세전」의 거리-'묘지'와 '신석현(新潟縣)사건'을 중심으로」, 『한국학
　　　보』103, 일지사, 2001.6.

최해수, 「한일근대소설 작중 지식인의 유형 비교연구-나쓰메 소세키(夏目漱石) 소설의 '高
　　　等遊民'과 염상섭 소설의 '심퍼사이저'의 비교」, 『일본학보』57(2), 한국일본학회,
　　　2003.12.

_____, 「나츠메 소오세키(夏目漱石)와 염상섭 문학의 영향관계 연구-「나는 고양이다(吾
　　　輩は猫である)」와 「박래묘(舶來猫)」」, 『일본근대문학-연구와 비평』3, 한국일본
　　　근대문학회, 2004.5.

_____, 「나쓰메 소세키의 「도련님(坊っちゃん)」과 염상섭의 「E 선생」 비교연구」, 『일본연
　　　구』23, 한국외대 일본연구소, 2004.12.

_____, 「청년지식인 근대체험의 두 양상-나쓰메 소세키(夏目漱石)의 「三四郞」와 염상섭
　　　의 「만세전」의 비교」, 『일본학보』62, 한국일본학회, 2005.2.

_____, 「나츠메 소오세키(夏目漱石)와 염상섭 문학의 지식인상 비교연구」, 『일본근대문학
　　　산책』7, 한국외대 대학원 일본근대문학회, 2015.5.

최현식, 「파탄난 '생활세계'의 관찰과 기록-해방기 단편소설」, 문학과사상 연구회 편, 『염상
　　　섭 문학의 재인식』, 깊은샘, 1998.

_____, 「혼혈 / 혼종과 주체의 문제」, 『민족문학사연구』23, 민족문학사학회·민족문학사연
　　　구소, 2003.12.

최현희, 「염상섭 초기 문학에 나타난 '자아'의 담론」, 『관악어문연구』30, 서울대 국어국문학
　　　과, 2005.12.

최혜실, 「염상섭 장편소설에 나타난 통속성 연구」, 『국어국문학』108, 국어국문학회,
　　　1992.12.

_____, 「염상섭 소설에 나타나는 근대성-돈과 애정의 갈등구조를 중심으로」, 『선청어문』
　　　21, 서울대 국어교육과, 1998.9.

춘성(春城), 「오해한 상섭 형에게-『폐허이후』의 비평에 대하여」, 『동아일보』, 1924.1.7.

케빈 오록(Kevin O'Rourke), 「1920년대의 한국단편 문학과 자연주의」, 연세대 석사논문,
　　　1970.7.

테오도르 휴즈(Theodore Hughes), 「국제화시대의 한국 문학 강의와 읽기-미국에서의 한국

문학 읽기와 염상섭의 「효풍」」, 『예술원보』 47, 대한민국예술원, 2003.12.

테오도르 휴즈(Theodore Hughes), 박병옥 역, 「냉전세계질서 속에서의 '해방공간' - 해방 직후의 남·북한문학」, 『한국문학연구』 28, 동국대 한국문화연구소, 2005.6.

하영만(河榮萬), 「염상섭 씨에게 - 단편을 발표하라!」, 『조선중앙일보』, 1934.7.24.

하정일, 「'개인'의 이데올로기를 넘어서 - 90년대 한국 근대문학 비평과 연구에 대한 한 반성」, 『비평과 전망』 8, 새움, 2004.6.

한기형, 「초기 염상섭의 아나키즘 수용과 탈식민적 태도 - 잡지 『삼광』에 실린 염상섭 자료에 대하여」, 『한민족어문학』 43, 한민족어문학회, 2003.12.

______, 「노블과 식민지 - 염상섭소설의 통속과 반통속」, 『대동문화연구』 82, 성균관대 대동문화연구원, 2013.6.

한만수, 「「만세전」과 공동묘지령, 선산과 북망산 - 염상섭의 「만세전」에 대한 신역사주의적 해석」, 『한국문학연구』 39, 동국대 한국문학연구소, 2010.12.

______, 「「만세전」에 나타난 감시와 검열」, 『한국문학연구』 40, 동국대 한국문학연구소, 2011.6.

한수영, 「소설과 일상성 - 후기 단편소설」, 문학과사상 연구회 편, 『염상섭 문학의 재인식』, 깊은샘, 1998.

한승옥, 「염상섭 장편소설 연구 - 「난류」, 「취우」, 「지평선」을 중심으로」, 『숭실어문』 7, 숭실어문학회, 1990.10.

한형구, 「「만세전」 - 한국 근대소설의 진정한 출발 그 근대성의 기념비적 성격」, 『문학정신』 48, 문학정신사, 1990.9.

한효, 「민족문학에 대하여」(문화전선사, 1949), 이선영·김병민·김재용 편, 『현대문학비평자료집 1 - 이북편(1945~1950)』, 태학사, 1993.

____, 「조선현대문학의 역사적 고찰 - 특히 조선 프롤레타리아문학의 첫단계로서의 신경향파문학에 대하여」(『역사제문제』 11·12, 1949), 이선영·김병민·김재용 편, 『현대문학비평자료집 1 - 이북편(1945~1950)』, 태학사, 1993.

____, 「사회주의 리얼리즘과 조선문학」(『문학론』, 1952), 이선영·김병민·김재용 편, 『현대문학비평자료집 2 - 이북편(1950~1953)』, 태학사, 1993.

____, 「자연주의를 반대하는 투쟁에 있어서의 조선문학」(『문학예술』, 1953.1~4), 이선영·김병민·김재용 편, 『현대문학비평자료집 2 - 이북편(1950~1953)』, 태학사, 1993.

함일돈, 「창작계의 이삼(二三) 고찰」(전9회), 『동아일보』, 1931.1.30~2.10.

허병식, 「사랑의 정치학과 죄의 윤리학 - 염상섭의 「사랑과 죄」를 중심으로」, 『한국문학연구』 31, 동국대 한국문학연구소, 2006.12.

허윤, 「1950년대 전후 남성성의 탈구축과 젠더의 비수행(Undoing)」, 『여성문학연구』 30, 한국여성문학학회, 2013.12.

현상윤, 「현시(現時) 조선청년과 가인불가인(可人不可人)을 표준」, 『기독청년』 3, 동경 조선기독교청년회, 1918.1.

______, 「제월(霽月) 씨의 비평을 독(讀)함」, 『기독청년』 7, 동경 조선기독교청년회, 1918.5.

현순영, 「염상섭의 『삼대』, '주의자에 대한 담론'의 반영과 해부」, 『현대소설연구』 19, 한국현대소설학회, 2003.9.

胡薇, 「1930년대 한·중 가족사소설에 나타난 가부장제 질서 대응양상에 대한 비교-염상섭의 『삼대』·『무화과』 연작과 巴金의 『激流三部曲』을 중심으로」, 『외국학연구』 12(2), 중앙대 외국학연구소, 2008.8.

______, 「1930年代韓中长篇小说再现的 资产阶级人物形象比较研究-以廉想涉的『三代』·『无花果』和茅盾的『子夜』为中心」, 『외국학연구』 13(2), 중앙대 외국학연구소, 2009.12.

홍기문, 「염상섭 군의 반동적 사상을 반박함-『조선일보』의 「민족, 사회운동의 유심적 고찰」을 읽고」, 『조선지광』 64, 조선지광사, 1927.2.

홍기삼, 「폐쇄된 상황의 인간들-염상섭의 『취우』」, 『수록작가 작품해설집(한국문학전집 별권)』, 삼성출판사, 1972.

홍백웅, 「인물평론·염상섭」, 『자유세계』 1(5), 홍문사, 1952.8.

홍순애, 「근대소설에 나타난 타자성 경험의 이중적 양상-염상섭 「만세전」을 중심으로」, 『정신문화연구』 106, 한국학중앙연구원, 2007.3.

홍재범, 「근대적 이성의 이율배반-염상섭 「E 선생」론」, 『어문학』 83, 한국어문학회, 2004.3.

홍혜원, 「'집'의 장소성과 젠더-염상섭의 「일대의 유업」을 중심으로」, 『어문연구』 88, 한국어문교육연구회, 2016.6.

홍효민(안재좌(安在左)), 「신구문인(新舊文人) 언·파레드」, 『삼천리』 5(1), 삼천리사, 1933.1.

______________________, 「문학의 역사적 실천-조선적 리얼리즘의 제창」, 『백민』 4(4), 백민문화사, 1948.7·8.

황광수, 「염상섭 소설의 현재성」, 『창작과비평』 98, 창작과비평사, 1997.12.

황국명, 「「삼대」의 근대성 연구」, 『인제논총』 12(2), 인제대, 1996.12.

황동하, 「제1차 세계대전기 독일 사회민주당의 '방어전쟁'과 로자 룩셈부르크」, 『마르크스주의 연구』 11(3), 경상대 사회과학연구원, 2014.8.

황정아, 「한국의 근대성 연구와 '근대주의'」, 『사회와 철학』 31, 사회와철학연구회, 2016.4.

황정현, 「북한 문학사의 시각과 이광수 연구사-『조선문학개관』 이후의 인식 변화를 중심으
로」, 『현대문학이론연구』 66, 현대문학이론학회, 2016.9.

황종연, 「과학과 반항-염상섭의 『사랑과 죄』 다시 읽기」, 『사이間SAI』 15, 국제한국문학문
화학회, 2013.11.

______, 「플로베르, 염상섭, 문학 정치-한국 근대문학에 대한 랑시에르적 사유의 시도」, 『한
국현대문학연구』 47, 한국현대문학회, 2015.12.

황호덕, 「차이와 반복-회통, 민족적 기억과 코스모폴리탄적 문체」(『문학동네』 32, 2002.8),
『프랑켄 마르크스』, 민음사, 2008.

颜宁宁, 「近代中韩两国的家族小说中人物形象的分析-以巴金的《家》和廉想涉的《三代》为
中心」, 『東方學術論檀』 14, 한국학술정보, 2009.12.

2) 단행본

강경애, 이상경 편, 『강경애 전집』, 소명출판, 1999.

강만길·성대경 편, 『한국사회주의운동 인명사전』, 창작과비평사, 1996.

강인숙, 『자연주의 문학론』 I, 고려원, 1987(1991).

______, 『자연주의 문학론』 II, 고려원, 1991.

구승회 외, 『한국 아나키즘 백년』, 이학사, 2004.

권보드래, 『연애의 시대』, 현실문화연구, 2003.

권영민 편, 『염상섭 문학연구-염상섭전집 별권』, 민음사, 1987.

김경수, 『염상섭 장편소설 연구』, 일조각, 1999.

______, 『염상섭과 현대소설의 형성』, 일조각, 2008.

______, 『한국 현대소설의 형성과 모색』, 소나무, 2014.

김기진, 홍정선 편, 『김팔봉문학전집 I-이론과 비평』, 문학과지성사, 1988.

______, ______ 편, 『김팔봉문학전집 II-회고와 기록』, 문학과지성사, 1988.

김명섭, 『이회영-자유를 위해 투쟁한 아나키스트』, 역사공간, 2008.

______, 『한국 아나키스트들의 독립운동-일본에서의 투쟁』, 이학사, 2008.

김산·님 웨일즈, 조우화 역, 『아리랑』, 동녘, 1995(개정2판).

김삼웅, 『이회영 평전-항일 무장투쟁의 중심, 자유정신의 아나키스트』, 책으로보는세상,
2011.

김상준, 『한국의 아나키스트, 자유와 해방의 전사』, 이학사, 2007.

______, 『맹자의 땀 성왕의 피-중층근대와 동아시아 유교문명』, 아카넷, 2011.

김성국, 『잡종사회와 그 친구들-아나키스트 자유주의 문명전환론』, 이학사, 2015.

김성국 외, 『지금, 여기의 아나키스트』, 이학사, 2013.

김수진, 『민주주의와 계급정치-서유럽 정치와 정치경제의 역사적 전개』, 백산서당, 2001.

김시태, 『廉想涉硏究』, 새문사, 1982.

김영민, 『한국근대문학비평사』, 소명출판, 1999.

김용규, 『혼종문화론-지구화시대의 문화연구와 로컬의 문화적 상상력』, 소명출판, 2013.

김우종, 『한국현대소설사』, 선명문화사, 1968(1973).

김윤식, 『염상섭 연구』, 서울대 출판부, 1986.

______, 『박영희 연구』, 열음사, 1989.

______, 『염상섭 문학의 재조명』, 새미, 1998.

김은석, 『개인주의적 아나키즘-절대 자유를 향한 철학』, 우물있는집, 2004.

김의경, 『식민지에서 온 아나키스트』, 지식을만드는지식, 2014.

김종균, 『염상섭 연구』, 고려대 출판부, 1974.

______, 『염상섭의 생애와 문학』, 박영사, 1981.

______, 『염상섭-한국 근대 리얼리즘 문학의 거장』, 동아일보사, 1995.

김태준, 『조선소설사』, 청진서관, 1933(『조선소설사』, 예문, 1989).

______, 『증보조선소설사』, 학예사, 1939(박희병 교주, 『교주 증보조선소설사』, 한길사, 1990).

김택호, 『한국 근대 아나키즘문학, 낯선 저항』, 월인, 2009.

______, 『아나키즘, 비애와 분노의 뿌리-근대 지식인 문학과 농민주체문학의 기원』, 소명출판, 2015.

김학균, 『염상섭 소설 다시 읽기』, 한국학술정보, 2009.

김흥규, 『문학과 역사적 인간』, 창작과비평사, 1980.

동아일보사 편, 『동아일보사사』1, 동아일보사, 1975.

류시현, 『최남선 연구』, 역사비평사, 2009.

문학과사상연구회 편, 『염상섭 문학의 재인식』, 깊은샘, 1998.

________________, 『염상섭 문학의 재인식(개정판)』, 소명출판, 2016.

문학사와 비평연구회 편, 『염상섭 문학의 재조명』, 새미, 1998.

민족문학사연구소, 『북한의 우리문학사 인식』, 창작과비평사, 1991.

민족문학연구소 남북한문학사연구반, 『북한의 우리문학사 재인식』, 소명출판, 2014.

박난영, 『혁명과 문학의 경계에 선 아나키스트 바진』, 한울, 2006.

박윤덕, 『시민혁명』, 책세상, 2010.

박종린, 『사회주와 맑스주의 원전 번역』, 신서원, 2018.

박진희,『유치환 문학과 아나키즘』, 지식과교양, 2012.

박헌호 외,『작가의 탄생과 근대문학의 재생산 제도』, 소명출판, 2008.

박홍규,『(자유·자치·자연)아나키즘 이야기』, 이학사, 2004.

______,『윌리엄 모리스 평전』, 개마고원, 2007.

______,『카페의 아나키스트, 사르트르-자유를 위해 반항하라』, 영남대 출판부, 2008.

______,『인디언 아나키 민주주의-인디언에게 배우는 자유, 자치, 자연의 정치』, 홍성사, 2009.

______,『절망 속에서도 희망을-노동자화가 빈센트 반 고흐의 아나키 유토피아』, 영남대 출판부, 2013.

박환,『식민지시대 한인아나키즘운동사』, 선인, 2005.

방영준,『저항과 희망, 아나키즘』, 이학사, 2006.

백철,『조선신문학사조사』, 수선사, 1948.

____,『조선신문학사조사-현대편』, 백양당, 1949.

____,『신문학사조사』, 민중서관, 1953.

____,『신문학사조사(증보판)』, 민중서관, 1955.

____,『신문학사조사(백철전집4)』, 신구문화사, 1968.

____,『한국신문학발달사』, 박영사, 1975.

서영채,『사랑의 문법』, 민음사, 2004.

심원섭,『한·일문학의 관계론적 연구』, 국학자료원, 1999.

안석주,『안석영 문선』, 관동출판사, 1984.

안종수,『에스페란토, 아나키즘 그리고 평화』, 선인, 2006.

여운형,『몽양 여운형 전집』 1, 한울, 1991.

양주동 편,『민족문화독본(개정판)』 상, 문연사, 1955.

역사비평 편집위원회 편,『논쟁으로 읽는 한국사』 2, 역사비평사, 2009.

유병석,『염상섭 전반기 소설 연구』, 아세아문화사, 1985.

윤세평(윤기섭),『해방전 조선문학』, 조선작가동맹출판사, 1958.

이경훈,『오빠의 탄생』, 문학과지성사, 2003.

이덕일,『아나키스트 이회영과 젊은 그들』, 웅진닷컴, 2001.

이문창,『해방 공간의 아나키스트』, 이학사, 2008.

이병기·백철,『표준국문학사』, 1956.

__________,『국문학전사』, 신구문화사, 1957.

이보영,『난세의 문학-염상섭론』, 예지각, 1991.

이보영, 『염상섭 문학론-문제점을 중심으로』, 금문서적, 2003.

이선영, 『한국문학의 사회학』, 태학사, 1993.

______, 『한국문학논저 유형별 총목록』 1~7, 한국문화사, 1990~2001.

______·김병민·김재용 편, 『현대문학비평자료집 1-이북편(1945~1950)』, 태학사, 1993.

______, 『현대문학비평자료집 2-이북편(1950~1953)』, 태학사, 1993.

______, 『현대문학비평자료집 5-이북편(1959~1962)』, 태학사, 1993.

______, 『현대문학비평자료집 7-카프 및 항일혁명문학』, 태학사, 1993.

______, 『현대문학비평자료집 8-사회주의 사실주의 발생 발전론』, 태학사, 1993.

이철호, 『영혼의 계보-20세기 한국문학사와 생명담론』, 창비, 2013.

이호룡, 『한국의 아나키즘-사상편』, 지식산업사, 2001.

______, 『아나키스트들의 민족해방운동』, 독립기념관 한국독립운동사연구소, 2008.

______, 『절대적 자유를 향한 반역의 역사-한국 아나키즘을 돌아본다』, 서해문집, 2008.

______, 『신채호 다시 읽기-민족주의자에서 아나키스트로』, 돌베개, 2013.

______, 『한국의 아나키즘-운동편』, 지식산업사, 2015.

임경석, 『한국사회주의의 기원』, 역사비평사, 2003.

임규찬·한진일 편, 『임화 신문학사』, 한길사, 1993.

임화문학예술전집 편찬위원회 편, 『임화문학예술전집 2-문학사』, 소명출판, 2009.

장두영, 『염상섭 소설의 내적 형식과 탈식민성』, 태학사, 2013.

장은주, 『유교적 근대성의 미래』, 한국학술정보, 2014.

정남영, 『리얼리즘과 그 너머-디킨즈 소설 연구』, 갈무리, 2001.

정명환, 『졸라와 자연주의』, 민음사, 1982.

정병준, 『현앨리스와 그의 시대』, 돌베개, 2015.

정우택, 『황석우 연구』, 박이정, 2008.

정종현 편, 『신남철 문장선집1-식민지 시기편』, 성균관대 출판부, 2013.

정진석, 『한국언론사』, 나남출판, 1990.

정혜영, 『일제시대 재일조선인민족운동연구』, 국학자료원, 2001.

조세현, 『동아시아 아나키즘, 그 반역의 역사』, 책세상, 2001.

______, 『동아시아 아나키스트의 국제 교류와 연대-적자생존에서 상호부조로』, 창비, 2010.

조약골, 『운동권 셀레브리티』, 텍스트, 2011.

조연현, 『한국현대문학사』(제1부), 현대문학사, 1956.

______, 『한국현대문학사』(전권), 인간사, 1961.

조연현, 『조연현문학전집 1 - 내가 살아온 한국문단』, 어문각, 1977.

조영복, 『1920년대 초기 시의 이념과 미학』, 소명출판, 2004

조정환, 『공통도시 - 광주민중항쟁과 제헌권력』, 갈무리, 2010.

______, 『인지자본주의 - 현대 세계의 거대한 전환과 사회적 삶의 재구성』, 갈무리, 2011.

______, 『예술인간의 탄생』, 갈무리, 2015.

천정환, 『근대의 책읽기』, 푸른역사, 2003.

최덕교 편저, 『한국잡지백년』 2, 현암사, 2004.

하승우, 『세계를 뒤흔든 상호부조론』, 그린비, 2006.

______, 『아나키즘』, 책세상, 2008.

______, 『풀뿌리 민주주의와 아나키즘 - 삶의 정치 그리고 살림살이의 재구성을 향해』, 이매
진, 2014.

한국은행 편, 『한국의 화폐 - 고대부터 대한제국시대까지』, 한국은행, 2006.

한기형·이혜령 편, 『저수하의 시간, 염상섭을 읽다』, 소명출판, 2014.

3. 국외논저

가네코 후미코, 정애영 역, 『무엇이 나를 이렇게 만들었는가 - 일본 제국을 뒤흔든 아나키스
트 가네코 후미코 옥중 수기』, 이학사, 2012.

가라타니 고진, 조영일 역, 『근대문학의 종언』, 도서출판b, 2006.

게오르크 루카치, 변상출 역, 『발자크와 프랑스 리얼리즘』, 문예미학사, 1998.

______________, 조정환 역, 『변혁기 러시아의 리얼리즘 문학』, 동녘, 1986.

고토쿠 슈스이, 임경화 편역, 『나는 사회주의자다 - 동아시아 사회주의의 기원, 고토쿠 슈스
이 선집』, 교양인, 2011.

나리타 유이치, 이규수 역, 『다이쇼 데모크라시』, 어문학사, 2011.

나카미 마리, 김순희 역, 『야나기 무네요시 평전 - 미학적 아나키스트』, 효형출판, 2005.

魯迅, 竹內好 譯註, 한무희 역, 『魯迅文集』 VI, 일월서각, 1986.

노엄 촘스키, 이정아 역, 『촘스키의 아나키즘』, 해토, 2007.

다니엘 게랭, 김홍옥 역, 『아나키즘 - 이론에서 실천까지』, 여름언덕, 2015.

데이비드 그레이버, 나현영 역, 『아나키스트 인류학의 조각들』, 포도밭출판사, 2016.

랠프 달링턴, 이수현 역, 『사회변혁적 노동조합운동 - 20세기 초 유럽과 미국의 신디컬리즘』,
책갈피, 2015.

레닌, 이길주 역, 『레닌의 문학예술론』, 논장, 1988.

____, 편집부 역, 『레닌의 청년·여성론』, 함성, 1989.

레온 트로츠키, 김정겸 역, 『문학과 혁명』, 과학과사상, 1990.

로버트 롤 볼프, 임홍순 역, 『아나키즘 국가권력을 넘어서』, 책세상, 2001.

로버트 J. C. 영, 김택현 역, 『포스트식민주의 또는 트리컨티넨탈리즘』, 박종철출판사, 2005.

류시중·박병원·김희곤 역주, 『국역 고등경찰요사』, 선인, 2010.

리처드 포튼, 박현선 역, 『영화, 아나키스트의 상상력』, 이후, 2007.

마르센 판 데르 린던, 황동하 역, 『서구 마르크스주의, 소련을 탐구하다』, 서해문집, 2012.

마샬 버먼, 윤호병·이만식 역, 『현대성의 경험』, 현대미학사, 1994.

마이클 테일러, 송재우 역, 『공동체, 아나키, 자유』, 이학사, 2006.

만프레트 클림 편, 조만영·정재경 역, 「엥겔스가 런던의 마가렛 하크니스에게(런던, 1888년
　　　4월초-초안)」, 『맑스·엥겔스 문학예술론』1, 돌베개, 1990.

모택동, 김승일 역, 『모택동 선집』3권, 범우사, 2007.

미나미 히로시, 정대성 역, 『다이쇼 문화 1905~1927-일본 대중문화의 기원』, 제이엔씨,
　　　2007.

미쓰오 다카요시, 오석철 역, 『다이쇼 데모크라시』, 소명출판, 2011.

미타니 다이이치로(三谷太一郎), 염재용 역, 「다이쇼(大正) 데모크라시의 전개와 논리」, 차
　　　기벽·박충석 편, 『일본현대사의 구조』, 한길사, 1980.

박선영, 나병철 역, 『프롤레타리아의 물결식민지 조선의 문학과 좌파문화』, 소명출판, 2022.

발터 벤야민, 최성만 역, 「「역사의 개념에 대하여」 관련 노트들」, 『발터 벤야민 선집』5, 길,
　　　2008.

백의 편집부 편역, 『코민테른과 통일전선-코민테른 주요문건집』, 백의, 1988.

베네딕트 앤더슨, 윤형숙 역, 『민족주의의 기원과 전파』, 나남, 1991.

　　　　　　　　, 최석영 역, 『民族意識의 歷史人類學』, 서경문화사, 1995.

　　　　　　　　, 윤형숙 역, 『상상의 공동체-민족주의의 기원과 전파에 대한 성찰』, 나남출
　　　판, 2002.

　　　　　　　　, 서지원 역, 『세 깃발 아래에서-아나키즘과 반식민주의적 상상력』, 길,
　　　2009.

사카이 나오키 외, 이종호·임미진·정실비·양승모·이경미·최정옥 역, 『총력전하의 앎과
　　　제도』, 소명출판, 2014.

숀 쉬한, 조준상 역, 『우리 시대의 아나키즘』, 필맥, 2003.

쉬무엘 N. 아이젠스타트, 임현진·최종철·이정환·고성호 역, 『다중적 근대성의 탐구』, 나남,
　　　2009.

시라카와 유타가, 곽형덕 역, 『한국근대 知日 작가와 그 문학연구』, 깊은샘, 2010.

아리시마 다케오(有島武郎), 「선언 I」, 임규찬 편, 『일본프로문학과 한국문학』, 연구사,
　　　1987.
아리프 딜릭, 장세룡 역, 『글로벌 모더니티-전 지구적 자본주의시대의 근대성』, 에코리브로,
　　　2016.
아이작 도이처, 한지영 역, 『비무장의 예언자 트로츠키 1921~1929』, 필맥, 2007.
안토니 기든스(앤서니 기든스), 이윤희·이현희 역, 『포스트 모더니티』, 민영사, 1991.
안토니오 네그리, 윤수종 역, 『야만적 별종』, 푸른숲, 1997.
　　　　　　　, 영광 역, 『혁명의 만회』, 갈무리, 2005.
안토니오 네그리·마이클 하트, 윤수종 역, 『제국』, 이학사, 2001.
　　　　　　　　　　　　, 조정환·정남영·서창현 역, 『다중-제국이 지배하는 시대의
　　　전쟁과 민주주의』, 세종서적, 2008.
　　　　　　　　　　　　, 조정환·유충현·김정연 역, 『선언』, 갈무리, 2012.
　　　　　　　　　　　　, 정남영·윤영광 역, 『공통체』, 사월의책, 2014.
안토니오 알타리바·킴, 해바라기 프로젝트 역, 『어느 아나키스트의 고백』, 이미지프레임,
　　　2013.
알렉산더 우드사이드, 민병희 역, 『잃어버린 근대성들-중국 베트남 한국 그리고 세계사의
　　　위험성』, 너머북스, 2012.
애덤 스미스, 김수행 역, 『국부론(개역판)』 상, 비봉출판사, 2007.
앨런 앤틀리프, 신혜경 역, 『아나키와 예술-파리코뮌에서 베를린장벽의 붕괴까지』, 이학사,
　　　2015.
야나기 무네요시, 심우성 역, 『조선을 생각한다』, 학고재, 1996.
야마다 쇼지, 정선태 역, 『가네코 후미코-식민지 조선을 사랑한 일본 제국의 아나키스트』,
　　　산처럼, 2003.
에드워드 H. 카, 이태규 역, 『미하일 바쿠닌』, 이매진, 2012.
에드워드 사이드, 장호연 역, 『말년의 양식에 관하여』, 마티, 2005.
에드워드 파머 톰슨, 엄용희·조애리·한애경·정남영·김나영·이선주·임보경·성은애 역,
　　　『윌리엄 모리스 2-낭만주의자에서 혁명가로』, 한길사, 2012.
에리코 말라테스타, 하승우 역, 『국가 없는 사회-카페에서 만난 어느 아나키스트와의 대
　　　화』, 포도밭출판사, 2014.
엠마 골드만, 김시완 역, 『저주받은 아나키즘』, 우물이있는집, 2001.
오스기 사카에, 김응교·윤영수 역, 『오스기 사카에 자서전』, 실천문학사, 2005.
월터 D. 미뇰로, 김은중 역, 『라틴아메리카, 만들어진 대륙』, 그린비, 2010.

위르겐 하버마스, 윤평중 역, 「근대성-미완의 과제」, 윤평중, 『푸코와 하버마스를 넘어서-합리성과 사회비판』, 교보문고, 1990.

윌리엄 고드윈, 피터 마셜 편, 강미경 역, 『최초의 아나키스트-윌리엄 고드윈 수상록』, 지식의숲, 2006.

윤소영 편역, 『日本新聞 韓國獨立運動記事集(I)-3·1운동편(1) 大阪朝日新聞』, 독립기념관 한국독립운동사연구소, 2009.

__________, 『日本新聞 韓國獨立運動記事集(II)-3·1운동편(2) 大阪每日新聞』, 독립기념관 한국독립운동사연구소, 2009.

이에나가 사부로, 연구공간 '수유+너머' 일본근대사상팀 역, 『근대 일본 사상사』, 소명출판, 2006.

자크 랑시에르, 양창렬 역, 『정치적인 것의 가장자리에서』, 길, 2008.

장 프레포지에, 이소희·이지선·김지은 역, 『아나키즘의 역사』, 이룸, 2003.

잭 A. 골드스톤, 노승영 역, 『혁명』, 교유서가, 2016.

제임스 C. 스콧, 김훈 역, 『우리는 모두 아나키스트다』, 여름언덕, 2014.

__________, 이상국 역, 『조미아, 지배받지 않는 사람들-동남아시아 산악지대 아나키즘의 역사』, 삼천리, 2015.

제임스 카할란, 최충익 역, 『사막의 아나키스트-70~80년대 미국 환경운동의 새로운 전위 에드워드 애비의 일생』, 달팽이, 2006.

질 들뢰즈·펠릭스 가타리, 김재인 역, 『천 개의 고원』, 새물결, 2001.

칼 맑스·프리드리히 엥겔스, 김세균 감수, 최인호 외역, 『칼 맑스 프리드리히 엥겔스 저작 선집』 2, 박종철출판사, 1992.

칼 슈미트, 김효전 역, 『독재론-근대 주권사상의 기원에서 프롤레타리아 계급투쟁까지』, 법원사, 1996.

캔데이스 포크, 이혜선 역, 『엠마 골드만-사랑, 자유, 그리고 불멸의 아나키스트』, 한얼미디어, 2008.

콜린 워드, 김정아 역, 『아나키즘, 대안의 상상력』, 돌베개, 2004.

테오도르 휴즈(테드 휴즈), 나병철 역, 『냉전시대 한국의 문학과 영화-자유의 경계선』, 소명출판, 2013.

테리 이글턴, 이재원 역, 『이론 이후』, 길, 2010.

토머스 홉스, 진석용 역, 『리바이어던』, 나남출판, 2008.

페리 앤더슨, 이현 역, 『서구 마르크스주의 읽기』, 이매진, 2003.

폴 애브리치, 하승우 역, 『아나키스트의 초상』, 갈무리, 2004.

표트르 알렉세예비치 크로포트킨, 백용식 역, 『아나키즘』, 개신, 2009.

_______________________________, 김유곤 역, 『크로포트킨 자서전-인류의 품격 있는 진보를 꿈꾸었던 아나키스트』, 우물이있는집, 2014.

프란츠 파농, 남경태 역, 『대지의 저주받은 사람들』, 그린비, 2010.

피에르 조제프 프루동, 이용재 역, 『소유란 무엇인가』, 아카넷, 2013.

피터 칼버트, 김동택 역, 『혁명』, 이후, 2002.

한나 아렌트, 이진우·태정호 역, 『인간의 조건』, 한길사, 1996.

교육도서출판사 편, 『조선문학사년대표-김일성종합대학 조선문학 강좌편찬』, 교육도서출판사, 1957(東京都, 학우서방, 1961).

김정일, 『주체문학론』, 조선로동당출판사, 1992.

류만, 『조선문학사』 9, 과학백과사전종합출판사, 1995.

____·리동수, 『조선문학사』 7, 과학백과사전종합출판사, 2000.

박종식, 『문학사조와 작가정신』, 평양출판사, 1993.

박종원·류만, 『조선문학개관』 2, 사회과학출판사, 1986.

______·최탁호, 『조선문학사(19세기 말~1925)』, 과학백과사전출판사, 1980.

안함광, 『조선문학사(1900~)-대학용 교재』(조선문학사 제3권), 교육도서출판사, 1956.

언어문학연구소 문학연구실, 『조선문학통사』 (하), 과학원출판사, 1959.

은종섭, 『조선 근대 및 해방전현대 소설사 연구』 1, 김일성종합대학출판사, 1986.

______, 『조선 근대 및 해방전현대 소설사 연구』 2, 김일성종합대학출판사, 1986.

정홍교·박종원, 『조선문학개관』 1, 사회과학출판사, 1986.

『新聞總覽』, 日本電報通信社, 1917.

『新聞總覽』, 日本電報通信社, 1920.

『新聞總覽』, 日本電報通信社, 1922.

山之内靖·ヴィクターコシュマン·成田龍一 編, 『総力戦と現代化』, 柏書房, 1995.

酒井直樹 外, 『総力戦下の知と制度-1935~1955年1』(岩波講座 近代日本の文化史 7), 岩波書店, 2002.

アントニオ　ネグリ, 杉村昌昭·斉藤悦則 訳, 『構成的権力-近代のオルタナティブ』, 松籟社, 1999.

ジャン·ジャック·ルソー, 市村光恵·森口繁治 訳, 『民約論』, 有斐閣, 1920.

ルウソー, 藤田浪人 訳, 『ルウソー民約論』, 新鋭堂書店, 1919.

ルーソオ, 平林初之輔 訳, 『民約論』, 人文会出版部, 1925.

________, 「民約論」, 加藤一夫 訳, 『世界大思想全集』第7巻, 春秋社, 1927.

慶北警察局 編, 『高等警察要史』, 1929.

堺利彦, 「大杉君と僕」(『近代思想』第二巻, 1914.9), 川口武彦 編, 『堺利彦全集』第四巻, 法律文化社, 1971.

廣瀬純・コレクティボシトゥアシオネス, 『闘争のアサンブレア』, 月曜社, 2009.

廣井勇, 『日本築港史』, 丸善株式會社, 1927.

溝渕園子, 「鏡のなかの日本とロシアー宮本百合子「モスクワ印象記」とピリニャーク『日本人象記』の比較を中心に」, 『日本研究教育年報』14, 2010.3.

宮山昌治, 「大正期におけるベルクソン哲学の受容」, 『人文』4, 学習院大学, 2005.

今橋映子, 「美術批評家・岩村透と初期社會主義(下)ー大逆事件下の「美術と社会」」, 『思想』, 2014.

金慶洙, 大川大輔 訳, 「廉想渉の言語意識ーハングル綴字法と漢子に対する認識を中心に」, 『朝鮮学報』226, 2013.1.

吉野作造, 「民本主義の意義を説いて再び憲政有終の美を濟すの途を論ず」(『中央公論』, 1918.1), 『吉野作造選集』2, 岩波書店, 1996.

________, 「憲政の本義を説いてその有終の美を濟すの途を論ず」, 『中央公論』, 1916.1.

________, 『吉野作造選集 14ー日記 二(大正4~14)』, 岩波書店, 1996.

內務省土木局 編, 『日本の港灣』, 港灣協會, 1924.

盧英姫, 「島崎藤村の「家」と廉想渉の「三代」ー"家"の束縛と崩壊を中心に」, 『比較文学研究』48, 1985.10.

大杉榮, 『勞働運動の哲學』, 東雲堂書店, 1916.

______, 「生の創造」(1913.1), 大杉榮全集刊行會 編, 『大杉榮全集』第一卷, 大杉榮全集刊行會, 1926.

______, 「生の擴充」(1913.7), 大杉榮全集刊行會 編, 『大杉榮全集』第一卷, 大杉榮全集刊行會, 1926.

______, 「個人主義と政治運動」(1915.3), 大杉榮全集刊行會 編, 『大杉榮全集』第一卷, 大杉榮全集刊行會, 1926.

______, 「勞働運動とプラグマティズム(1915)」, 大杉榮全集刊行會 編, 『大杉榮全集』第一卷, 大杉榮全集刊行會, 1926.

______, 「民主主義の寂滅」(「盲の手引する盲」, 『文明批判』, 1918.2), 大杉榮全集刊行會 編, 『大杉榮全集』第一卷, 大杉榮全集刊行會, 1926.

大杉榮,「僕は精神が好きだ」(1918.2), 大杉榮全集刊行會 編,『大杉榮全集』第二卷, 大杉榮全集刊行會, 1925.

______,「勞働運動の精神」(1919.10), 大杉榮全集刊行會 編,『大杉榮全集』第二卷, 大杉榮全集刊行會, 1925.

稲子恒夫,「ロシア諸民族の権利の宣言」(1917);「勤労し搾取されている人民の権利の宣言」(1918),『人権宣言集』, 岩波書店, 1955.

島村抱月,「文藝上の自然主義」,『島村抱月文藝評論集』, 岩波書店, 1987.

敦賀新聞社 編,『(改版)敦賀』, 山上書店, 1919.

レオ・トロツキー, 西村二郎 譯,『ロシヤ革命家の生活論』, 事業之日本出版部, 1925.7.

柳利須,「韓國近代文學における有島武郎の『宣言』ー廉想渉『お前たちは何を得たのか』を中心に」,『有島武郎研究』12, 2009.9.

朴慶植 編,『在日朝鮮人關係資料集成』第一卷, 不二出版, 1975.

魯迅, 飯倉照平・南雲智 編, 渡辺新一 訳,『魯迅全集18ー日記II』, 学習研究社, 1985.

白井澄世,「五四期におけるベルクソン・生命主義に関する一考察ー瞿秋白を中心に」,『東京退学中国語中国文学研究室紀要』10, 2007.

白川豊・小野順子,「朝鮮戦争前後の廉想渉小説についてー1948~53年を中心に」,『九州産業大学国際文化学部紀要』32, 2005.11.

______,「廉想渉の1930年代中盤長篇小説考ー1932~36年を中心に」,『朝鮮学報』199・200, 2006.7.

______,「廉想渉と張赫宙ー朝鮮近代作家の二つの〈生〉と文学」,『朝鮮学報』203, 2007.4.

______,『朝鮮近代の知日派作家,苦闘の軌跡 廉想渉,張赫宙とその文学』, 勉誠出版, 2008.

______,「廉想渉の〈二つの破産〉と茅盾の〈林商店〉についてー朝中現代小説に表れたリアリズムの様相(特集 日本の中の韓国学)」,『東アジア比較文化研究』8, 2009.6.

______,「朝鮮近代の文豪, 廉想渉とその文学」,『東京大学コリア・コロキュアム講演記録2010年度』, 2010.

______,「廉想渉の1950年前後の長編小説についてー〈暁風〉〈暖流〉〈驟雨〉を中心に」,『朝鮮学報』217, 2010.10.

______,「廉想渉の朝鮮戦争後短編と1950年代韓国小説ー1953~62年を中心に」,『朝鮮学報』227, 2013.4.

ボリス・ピリニャーク,「プロレタリヤ文學についてー昇曙夢氏の新書に序す」, 昇曙夢,『無産階級文學の理論と實相ー新ロシヤ・パンプレット』第7編, 新潮社, 1926.7.

______, 井田孝平・小島修一 共譯,『日本人象記ー日本の太陽の根帶』, 原始社, 1927.

山之内靖, 伊豫谷登士翁・成田龍一・岩崎稔 編,『総力戦体制』, 筑摩書房, 2015.

上条勇,「革命」, 石塚正英・柴田隆行　監修,『哲学・思想翻訳語事典』, 論創社, 2003.

石川啄木,「時代閉塞の現狀(强權, 純粹自然主義の最後及び明日)」(1910.8),『石川啄木全
　　　集』四卷, 筑摩書房, 1980.

小野容照,「在日朝鮮人留學生卞熙瑢の軌跡－在日朝鮮人社会主義運動史研究のための
　　　一視座」,『二十世紀研究』10, 2009.

昇曙夢,『無産階級文學の理論と實相－新ロシヤ・パンプレット』第7編, 新潮社, 1926.7.

廉想渉, 白川豊 訳,『万歳前』, 勉誠出版, 2003.

─────────,『三代』(朝鮮近代文学選集), 平凡社, 2012.

有島武郎,「宣言一つ」,『改造』, 1922.1.

任苔均,「牧野信一の「父親小説」群と廉想渉の『三代』－父子関係を中心に」,『待兼山論叢
　　　(文学篇)』32, 1998.12.

─────,「島崎藤村『破戒』と廉想渉『万歳前』－〈父性〉と〈旅〉を中心に」,『島崎藤村研究』
　　　27, 1999.9.

─────,「日韓近代文学における父子関係の比較研究－島崎藤村と廉想渉を中心に」, 大阪
　　　大学博士論文, 2000.9.

長堀祐造,『魯迅とトロツキー』, 平凡社, 2011.

田中希生,「自然主義から新カント主義へ－近代日本の認識論的転回と国民国家形成」,
　　　『洛北史学』7, 2005.

─────,「二つの精神, 吉野作造と大杉榮」,『ノートル・クリティーク』1, 2008.5.

─────,『精神の歴史－近代日本における二つの言語論』, 有志舎, 2009.

丁貴連,「日韓帰郷小説に見られる故郷の意味をめぐって－独歩『帰去来』と廉想渉(ヨム
　　　サンソプ)『万歳前』」,『稿本近代文学』21, 1996.11.

佐藤春夫,『詩文半世紀』, 読売新聞社, 1965.

住田正一,『近海港灣論』, 嚴松堂, 1921.

酒井隆史,『通天閣 新・日本資本主義発達史』, 靑土社, 2011.

ジェイ・ルービ(Jay Rubin), 今井泰子・大木俊夫・木股知史・河野賢司・鈴木美津子 訳,
　　　『風俗壞亂－明治國家と文芸の檢閲』, 世織書房, 2011.

蔡永姈,「廉想渉『三代』論－家族共同体の新しい生成へ向けて」,『広島大学大学院教育学
　　　研究科紀要』50, 2002.2.

─────,「廉想渉『万歳前』に見る家族・民族－1918年の東京・京城認識を通して」,『広島大

学大学院教育学研究科紀要』51, 2003.3.

蔡永姬, 「近代文學に見る植民地朝鮮－高浜虚子「朝鮮」と廉想涉「萬歲前」を比較して」, 『日本文化學報』17, 2003.5.

______, 「廉想涉の初期作品に見る日本植民地下の「近代」朝鮮認識－「闇夜」「標本室の靑蛙」の家族像を通して」, 『日本文化學報』34, 2007.8.

浦川登久恵, 「モデル小説・廉想涉『해바라기』の分析」, 『朝鮮学報』207, 2008.4.

トロツキイ, 茂森唯士 譯, 『文學と革命』, 改造社, 1925.7.

幸德秋水, 「ゾーラを哭す」(明治 35年 10月 3日), 『幸德秋水全集』第四卷, 日本圖書センター, 1982.

Abbott Gleason, translated by Mark Epstein and Charles Townsend, "Fellow Travelers", edited by Silvio Pons and Robert Service, *A dictionary of 20th-century communism*, Princeton : Princeton University Press, c2010.

Antonio Negri, Trans. Maurizia Boscagli, *Insurgencies : constituent power and the modern state*, Minneapolis : University of Minnesota Press, 1999.

______, Trans. Noura Wedell, *The Porcelain Workshop : For a New Grammar of Politics*, Los Angeles, CA : Semiotext(e), 2008.

Chen Jung－Hwan, "'Cultural Studies' as Interdisciplinary Literary Studies", *The Review of Korean Studies* Vol.16 No.2, 2013.

Enrique Dussel, "Eurocentrism and Modernity(Introduction and the Frankfurt Lectures", *boundary 2*, Vol.20, No.3, The Postmodernism Debate in Latin America, Autumn, 1993.

______, "Europe, Modernity, and Eurocentrism", *Nepantla : Views from South* Volume 1, Issue 3, 2000.

Heekyoung Cho, *Translation's Forgotten History : Russian Literature, Japanese Mediation, and the Formation of Modern Korean Literature*, Harvard University Asia Center, 2016.

Leon Trotsky, *Literature and revolution*, The University of Michigan Press, 1960.

Michel Foucault, "Afterward : The Subject and Power", in Hubert Dreyfus and Paul Rabinow, *Michel Foucault : Beyond Structuralism and Hermeneutics*, The University of Chicago Press, 1982.

Sunyoung Park, *The Proletarian Wave : Literature and Leftist Culture in Colonial Korea, 1910-1945*, Harvard University Asia Center, 2015.

Theodore Hughes, *Literature and Film in cold War South Korea*, Columbia University Press, 2012.

Edited by Yasushi Yamanouchi·J. Victor Koschmann·Ryuichi Narita, *Total War and Modernization*, Cornell East Asia Program, 1998.

V. I. Lenin, "Achievements and Difficulties of the Soviet Government"(Early Spring, 1919), *Lenin's Collected Works*, 4th English Edition, Moscow : Progress Publishers, 1972 Volume 29.

Vladimir Ilyich Lenin, "Better Fewer, But Better", *Lenin's Collected Works* Volume 33 2nd English Edition, Moscow : Progress Publishers, 1965.

William Morris, "Art under Plutocracy"(1883), *The Collected Works of William Morris* volume 23, London : Longmans, Green & Co.

4. 기타자료

1) 사전

국어국문학편찬위원회 편, 이응백·김원경·김선풍 감수, 『국어국문학자료사전』, 한국사전연구사, 1994.

권영민 편, 『한국현대문학대사전』, 서울대 출판부, 2004.

『브리태니커세계대백과사전』15, 한국브리태니커회사, 1993.

『한국문학사전 – 한국예술사전』I, 대한민국예술원, 1985.

『한국민족문화대백과사전』15, 한국정신문화연구원, 1990.

『광명백과사전6 – 문학예술』, 백과사전출판사, 2008.

『문예상식』, 문학예술종합출판사, 1994.

사회과학원 문학연구소 편, 『문학예술사전』, 사회과학출판사, 1972.

사회과학원 주체문학연구소 편, 『문학예술사전』(상), 과학백과사전종합출판사, 1988.

사회과학원 주체문학연구소 편, 『문학예술사전』(중), 과학백과사전종합출판사, 1991.

『조선대백과사전』7, 백과사전출판사, 1998.

『世界大百科事典』, 平凡社, ネットで百科@Home.

『新和英大辞典』第5版, 研究社, 2003.

2) 인터넷자료

〈국가법령정보센터〉(http://www.law.go.kr/).

조정환, 「생산력, 제헌권력, 대도시, 다중」(blog.daum.net/nalsee/16521646).

『한국역대인물종합정보시스템』(http://people.aks.ac.kr/index.aks).

신문 및 잡지 미디어 찾아보기

(재)한국연구원 한국연구총서 목록